AILEEN P. ROBERTS

Das Land jenseits der Zeit

GOLDMANN
Lesen erleben

Buch

Eigentlich wollte die 18-jährige Lena in diesem Sommer auf große Tour gehen. Stattdessen darf sie nun das nach einer rauschenden Partynacht zu Schrott gefahrene Auto ihres Vaters ersetzen – und wird auch noch im örtlichen Seniorenheim zu Sozialstunden verdonnert. Sie ist wenig begeistert, bis sie sich mit Frau Winter anfreundet, einer ehemaligen Malerin. Eine nette ältere Dame, die jedoch überaus seltsame Geschichten von einem magischen Land und einem geheimnisvollen Seelenfreund erzählt. Lena hält die Geschichten für harmlose Fantastereien. Erst als sie nach dem Tod der alten Frau in deren Bildern Hinweise auf reale Plätze und Begebenheiten findet, wird sie stutzig. Zusammen mit Frau Winters Enkel Ragnar macht sie sich auf die Suche nach dem Ort, den eines der Bilder darstellen soll – und an dem unter anderem ein wertvoller Schatz verborgen sein könnte.

Die Suche gestaltet sich schwierig, zumal der durchaus gutaussehende, aber ziemlich zurückhaltende Ragnar etwas vor Lena zu verbergen scheint. Als er urplötzlich verschwindet, ist sie sich sicher, dass er ihr in der Tat einen Schritt voraus war und sich mit dem vermeintlich wertvollen Fund abgesetzt hat. Scheinbar zu spät stößt sie auf den Ort, den eines von Frau Winters Bildern zeigt: eine alte keltische Kultstätte, die Esperhöhle. Auch Ragnar war hier, und auf seinen Spuren beginnt für Lena eine fantastische Reise in ein Land jenseits der Zeit …

Weitere Informationen zu Aileen P. Roberts
sowie zu lieferbaren Titeln der Autorin
finden Sie am Ende des Buches.

Aileen P. Roberts

Das Land jenseits der Zeit

Elvancor

Band 1

Roman

GOLDMANN

Dieses Buch ist auch als E-Book erhältlich

MIX
Papier aus verantwortungsvollen Quellen
FSC® C014496
FSC www.fsc.org

Verlagsgruppe Random House FSC-DEU-0100
Das FSC®-zertifizierte Papier *Super Snowbright* für dieses Buch
liefert Hellefoss AS, Hokksund, Norwegen.

1. Auflage
Originalausgabe April 2013

Umschlaggestaltung: UNO Werbeagentur, München
Umschlagmotiv: © FinePic®, München;
Trevillion Images / Mark Owen
Lektorat: Kerstin von Dobschütz
Th · Herstellung: Str.
Satz: DTP Service Apel, Hannover
Druck und Bindung: GGP Media GmbH, Pößneck
Printed in Germany
ISBN: 978-3-442-47876-7
www.goldmann-verlag.de

Besuchen Sie den Goldmann Verlag im Netz

Für Mara und Stephan

Prolog

Schwungvoll fuhr Amelia mit ihrem Pinsel über die zu großen Teilen noch weiße Leinwand, und die tiefblauen Wasser des Linnron erwachten zum Leben.

Leise rollten die Wellen an das grasbewachsene Ufer des Sees. Libellen und durchscheinende Wassergeister spielten miteinander im lauen Wind, der aus dem Süden kam. Seite an Seite ritten Amelia und Maredd am westlichen Gestade des Linnron entlang, und ihre Blicke trafen sich in regelmäßigen Abständen.

»Ganz gleich, wie du dich jenseits der Schwelle entscheidest«, brach Maredd das Schweigen, »ich werde die Tage mit dir stets in meinem Herzen bewahren.«

»Das werde ich ebenfalls, und glaube mir, ich habe mir den Entschluss zurückzugehen nicht leicht gemacht.« Amelia hatte das Gefühl, ein zentnerschwerer Stein würde auf ihrer Brust liegen, und die Angst, möglicherweise doch das Falsche zu tun, drohte sie zu ersticken.

»Du könntest zu mir zurückkehren, wenn dein Sohn das Mannesalter erreicht hat.« In Maredds dunklen Augen stand so viel Sehnsucht und Zuneigung, dass es ihr beinahe das Herz zerriss.

»Das könnte ich, nur wird dann hier eine lange Zeit vergangen sein. Wer weiß, was sich alles verändert hat.«

»Dass du immer von Zeit sprechen musst …«

Mit einem behutsamen Strich ließ Amelia Nebel über dem See aufsteigen. Sachte legte er sich über Bäume und Sträucher, den Gipfel des Berges Cerelon im Osten und auch die ersten Ausläufer der gewaltigen Bergkette des Westens.

Sanft und beinahe tröstend hüllten die Nebelschwaden die beiden Reiter ein. So vieles hatten sie sich während der letzten Tage schon gesagt, so vieles hätte es noch zu sagen gegeben. Doch Amelia spürte – sie musste zurückgehen. Ihr Blick schweifte über das Land, in dem sie die schönste Zeit ihres Lebens verbracht hatte, zu dem Mann, dem sie sich so sehr verbunden fühlte. Aber sie war verheiratet, hatte einen kleinen Sohn. Ihr Verantwortungsbewusstsein sagte ihr, dass sie das bei all den Wundern, die sie hier erlebt hatte, nicht vergessen durfte.

»Wie wäre es, wenn du das Kind mit nach Elvancor bringen würdest?«, stieß Maredd hervor.

Hoffnung keimte in Amelia auf, doch dann schüttelte sie den Kopf. »Du könntest dir den Zorn deines Volkes zuziehen, außerdem ist Elvancor nicht ohne Gefahren.«

Maredds Miene verfinsterte sich. »Die Rodhakan. Ich hoffe, wir können sie eines Tages besiegen.« Plötzlich zuckte sein Kopf nach links, er starrte ins Unterholz, und auch Amelia erstarrte. Ein mulmiges, kribbeliges Gefühl machte sich in ihrem Inneren breit.

»Reite, Amelia – es sind viele!«

Vorsichtig tauchte Amelia den Pinsel in die schwarze Farbe, mischte sie mit Weiß, bis auf ihrer Malpalette ein helles Grau entstand. Mit wenigen geschickten Bewegungen aus ihrem Handgelenk erwachten verschwommene Gestalten zwischen den Bäumen zum Leben, schemenhaft, den Nebelschwaden gar nicht unähnlich.

Das Schnauben ihres Pferdes und das beständige Donnern der Pferdehufe vermischten sich mit dem Pochen ihres eigenen Herzens. Amelia und Maredd wichen den Ästen aus, die gegen ihre Gesichter peitschten, trieben ihre Pferde den Berg hinauf. Nur fort von den Wesen, die sie verfolgten. Bald öffnete sich der Wald zu einem Hochplateau. Hier hatte der Wind den Nebel fortgeblasen, hell schien die Sonne vom Firmament und ließ das Land funkeln und strahlen.

Sie stürmten vorwärts, doch die Schatten waren nahe, noch zwischen den Bäumen, aber unweigerlich auf ihrer Spur.

»Herren der Winde, des Sturmes und der Lüfte. Wir erbitten eure Hilfe!«, schrie Maredd, sah sich hektisch um und schien etwas zu suchen.

Nur einen Atemzug später erhob sich direkt vor ihnen ein mächtiger Luftwirbel. Amelia parierte den grauen Hengst eilig durch, sah ängstlich zu Maredd hinüber, aber der nickte beruhigend und brachte auch sein Pferd zum Stehen. Immer höher schraubte sich die Windhose in die Luft, wechselte von einem hellen Weiß zu dunklem Blau, nur um dann erneut heller zu werden. Schließlich verharrte der Luftwirbel auf der Stelle, und Amelia riss die Augen weit auf, als sie dunkle Augen in dem wirbelnden Weiß erkannte und sich eine runde Öffnung, ähnlich einem Mund, auftat.

»Was ist euer Begehren?«, grollte eine tiefe Stimme.

»Herr der Lüfte, die Rodhakan, sie verfolgen uns«, rief Maredd atemlos. »Wir erbitten deine Hilfe, um zu den heiligen Plätzen der Tuavinn zu gelangen.«

»Rodhakan oder Tuavinn – wir sind es nicht, die über das Fortbestehen der einen oder anderen Art entscheiden.«

»Amelia, sie möchte zurück über die Schwelle. Ich muss sie in Sicherheit bringen!«

Die Gestalt des Luftgeistes schwankte hin und her, so als würde er überlegen. Erst nach einer Weile sprach er erneut. »Die

Frau, sie ist kein Wesen Elvancors und muss gehen, um eines Tages zurückzukehren. Der Pfad der Lüfte soll euch an euer Ziel bringen.«

Auch wenn Amelia Ähnliches schon häufiger erlebt hatte, so verschlug es ihr doch den Atem, als der Tornado über sie kam, sie mit seinen strudelnden Luftmassen umschloss und mitsamt den Pferden in die Höhe hob. Rasend schnell stiegen sie auf, die Welt um sie herum geriet aus den Fugen, löste sich förmlich auf. Amelia konnte nur wirbelndes Weiß erkennen.

Dann spürte sie, wie das Pferd sanft wieder auf den Boden gelassen wurde, der Luftwirbel löste sich in nichts auf, und sie fanden sich mitten im Wald wieder, umgeben von Laubbäumen und zackigen Felsen.

So erleichtert sie war, den Rodhakan entkommen zu sein, jetzt nahte endgültig der Abschied. Ebenso wie Maredd stieg sie aus dem Sattel, dann umarmte sie ihren Geliebten.

»Ich werde dich über die Schwelle begleiten, Amelia.« Seine Hand, groß und kräftig und doch so zärtlich, wie Amelia nur zu gut wusste, legte sich auf das Schmuckstück an ihrem Hals. »Es ist deine Entscheidung, das Leben in der anderen Welt zu führen, aber mein Amulett wird dich zu mir bringen, falls es unser Schicksal ist. Doch um dich zu schützen, werde ich Vorsichtsmaßnahmen ergreifen müssen, sobald wir hinübergetreten sind …«

»Amelia, ist das Essen immer noch nicht fertig? Georg kommt gleich nach Hause!«, riss sie eine bärbeißige Stimme aus ihrem Tagtraum. Elvancor verblasste zu einer schwachen Erinnerung, dann nur noch zu einem wehmütigen Gefühl, verborgen in den Tiefen ihrer Seele.

Amelias Hand sank herab. Noch einmal betrachtete sie das Bild und wusste plötzlich nicht mehr, weshalb sie diese märchenhafte Landschaft eigentlich gemalt hatte.

Kapitel 1

Sozialstunden

Zack, zack! Fürs Träumen werden wir hier nicht bezahlt«, riss Schwester Margaretas Stimme Lena aus ihren Gedanken. Gerade hatte sie frischgewaschene Bettlaken zusammengelegt und sich – zugegebenermaßen – dabei mehr Zeit als nötig gelassen.

»Ich werde überhaupt nicht bezahlt«, grummelte Lena missmutig.

»Das wird schon seinen Grund haben.« Die resolute Mittfünfzigerin zog ihre Augenbrauen in die Höhe. »Also los, Frau Winter in Zimmer neun wartet auf ihr Essen.«

Resigniert legte Lena die letzten Laken in den Schrank und schlurfte durch die hallenden Gänge des Seniorenheims St. Elisabeth zur Küche, um das Mittagessen für die betagten Bewohner zu holen. Da Lena und ihr Exfreund das Auto ihres Vaters zu Schrott gefahren hatte, war sie zu Sozialstunden im Altersheim verdonnert worden und schuftete nun bereits seit zwei endlosen Wochen hier. »Toll, eigentlich sollte Kevin sich hier zum Affen machen«, schimpfte sie leise vor sich hin und betrachtete kurz ihr Spiegelbild in der Glastür. Kritisch zog sie ihre Stupsnase kraus, denn ihr herzförmiges Gesicht zeigte tatsächlich alles andere als hübsche Sommerbräune. Außerdem war der blaue Kittel auch nicht gerade kleidsam, und man kam darunter ordentlich ins Schwitzen. »Aber nein, der hohe Herr liegt wahrscheinlich im Schwimmbad, während ich hier als Bleichgesicht den ganzen Sommer lang mein Dasein friste.« Gereizt fuhr sich Lena durch ihre schulterlangen, hellbraunen Haare mit den roten Strähnen, dann zupfte sie an dem verhassten Kleidungsstück herum, das um ihre schlanke Taille schlackerte. Mit ihren knapp eins sechzig war es schwierig gewesen, überhaupt etwas Passendes zu finden. Die meisten Schwestern oder Praktikanten, die hier arbeiteten, waren allesamt größer – und meist wesentlich kräftiger als die zierliche Lena.

Eine hochgewachsene Gestalt näherte sich energischen Schrittes der Glastür und ließ Lena hastig weitergehen, denn mit Frau Käppler, der Stationsleiterin, war noch weniger gut Kirschen essen, wenn man den Tag verbummelte, als mit der gutmütigen Margareta. Und tatsächlich verzog sich Frau Käpplers ohnehin schon schmaler Mund zu einem Strich, ihr spitzes Kinn reckte sich nach vorne, und sie stemmte die Hände in die Hüften. Ihre unangenehm schrille Stimme hallte durch den Gang.

»Hatte ich nicht ausdrücklich gesagt, ich wünsche, dass du dieses … *Ding* aus deinem Gesicht entfernst?« So als handelte es sich um ein widerwärtiges Geschwür, deutete sie auf das Piercing an Lenas Augenbraue.

»Sorry, hab ich vergessen«, nuschelte Lena, nahm das Schmuckstück heraus und wollte sich eilig davonmachen.

»Warte!«

Mit dem Rücken zu Frau Käppler verdrehte sie die Augen, aber als sie sich umwandte, zauberte sie ein höfliches Lächeln auf ihr Gesicht. Doch selbstverständlich ließ sich die Stationsleiterin nicht davon beeindrucken. Einer Oberlehrerin gleich streckte sie ihren dünnen rechten Finger aus. »Wir sind ein ordentliches Haus, bekannt dafür, einen hohen Standard zu bieten …«

Wie oft hatte Lena derartige Worte in den letzten Tagen schon gehört! Sie lehnte sich an die Wand und ließ Frau Käpplers Redeschwall über sich ergehen, ohne ihm zuzuhören.

Als sich hinter Frau Käppler die alte Frau Meister näherte, nickte sie dieser kurz zu. Frau Meister war einer der wenigen Lichtblicke in dieser Einrichtung. Im Gegensatz zu den anderen Bewohnern war sie geistig vollkommen fit, und Lena hatte sich schon häufig mit ihr unterhalten. Plötzlich entfuhr Frau Käppler ein spitzer Schrei, und Lena presste eine Hand vor den Mund, um nicht laut loszulachen. Die alte Dame war der Stationsleiterin mit ihrem Rollator in die Hacken gefahren.

»Oh, verzeihen Sie, das war keine Absicht.« Allerdings zwinkerte die kleine Frau mit den weißen Locken Lena verschwörerisch zu.

Frau Käpplers biestiges Gesicht verzog sich noch mehr, während sie sich ihr rechtes Bein rieb. »Haben Sie nicht gesehen, dass ich hier stehe?«

Frau Meister blinzelte unschuldig. »Meine Brille, ich muss sie verlegt haben. Obendrein sind die Bremsen meines Rollators nicht mehr die besten!«

»Lena, du suchst auf der Stelle Frau Meisters Brille!« Mit gestrafften Schultern fegte sie davon.

»Dürre, garstige Spinne«, brummte Frau Meister ihr hinterher, dann lächelte sie Lena an. »Ich hoffe, es war dir recht, dass ich dich vor weiteren Lobeshymnen über diese *ach so tolle* Seniorenresidenz bewahrt habe.«

»Ja, vielen Dank, die Käppler hätte mir sicher wieder 'ne halbe Stunde ein Ohr abgekaut.« Lena zuckte mit ihren Schultern. »Also, dann suchen wir mal Ihre Brille.« Schon wandte sie sich um, aber Frau Meisters Stimme ließ sie innehalten.

»Ups, da hat sich das dumme Ding doch glatt in meiner Tasche versteckt.« Mit einem äußerst listigen Lächeln zog Frau Meister ihre Brille aus ihrer geblümten Kittelschürze.

Breit grinsend schüttelte Lena den Kopf. »Sie sind echt cool drauf«, lachte sie.

»Bin ich das?« Die alte Frau kicherte leise, dann schlurfte sie weiter ihres Weges, während Lena sich daranmachte, Frau Winters Mittagessen abzuholen.

Zimmer neun bewohnte derzeit lediglich die über neunzig Jahre alte Amelia Winter, da vor drei Tagen ihre Zimmergenossin gestorben war. Frau Winter lag im Bett, denn sie war vor Kurzem gestürzt und hatte sich einen Knöchel angebrochen, der aber inzwischen beinahe wieder geheilt war. Wache, graublaue Augen blickten Lena freundlich an, als diese den Wagen mit dem Essen in das kleine Zimmer steuerte.

»Sorry, hat etwas gedauert, ich bin aufgehalten worden«, entschuldigte sich Lena.

»Das macht nichts, wenn ich etwas habe, dann ist es Zeit«, entgegnete die Seniorin mit weicher, freundlicher Stimme, während sie sich aufsetzte. Frau Winter war recht groß, und auch wenn sie jetzt dünn und ausgemergelt wirkte, glaubte Lena zu erahnen, dass Amelia Winter durchaus einmal attraktiv gewesen sein mochte. Ihr schmales Gesicht zeigte natürlich aufgrund ihres Alters ein paar Falten, wenn auch erstaunlich wenige. Insgesamt wirkte es harmonisch und freundlich, und Frau Winter lächelte gerne, was sie äußerst sympathisch machte.

Lena stellte ihr den Teller mit Hühnchen und zerkochtem Gemüse hin. *Pfui Teufel, wie kann man den armen Leuten nur so etwas zumuten*, dachte Lena, aber Frau Winter beschwerte sich nicht, sondern aß stumm und bedächtig, während Lena ihre Kissen aufschüttelte. Einmal mehr wanderte Lenas Blick zu den geschmackvollen Landschaftsbildern in Öl. Früher war Frau Winter Malerin gewesen, und einige ihrer Kunstwerke hatte sie mit ins Altersheim genommen, wo sie nun die kargen Wände schmückten und dem Zimmer im Vergleich zu den anderen ein beinahe wohnliches Ambiente gaben.

»Bald kommt mein Geliebter und holt mich«, sagte Frau Winter unvermittelt.

»Ja, klar.« Wie so viele alte Leute war auch Amelia Winters

Gedächtnis nicht mehr das beste, und Maike, eine der Altenpflegerinnen, hatte Lena schon vorgewarnt, dass besonders die alte Frau aus Zimmer neun häufig von ihrem geheimnisvollen Geliebten sprach und fest daran glaubte, er würde zu ihr kommen.

»Maredd ist ein wundervoller Mann«, sinnierte die alte Dame, »ein stolzer Krieger, anerkannt bei seinem Volk.«

Der Typ müsste ja dann schon an die hundert sein, dachte Lena bei sich, *vermutlich ist er im Zweiten Weltkrieg gefallen und die Winter denkt, er lebt noch immer.* Laut erwiderte Lena: »Na, und wenn er dann kommt, sollten Sie auch schick sein. Ich kämme Ihnen gleich mal die Haare.«

Frau Winter widersprach nicht, blieb auf der Bettkante sitzen und ließ sich von Lena das noch immer kräftige, graue Haar bürsten. Dabei erzählte sie mit leiser Stimme weiter von diesem Maredd. »Er war so charmant und hat mir den Hof gemacht, als ich noch ein junges Mädchen war. Wahrscheinlich reitet er jetzt über die endlosen grünen Weiten seines Landes.«

Okay, die hat ihre sieben Sinne genauso wenig beisammen wie alle anderen hier, dachte Lena. Aber zumindest war Frau Winter stets freundlich, wurde nie ausfallend oder ungeduldig, und im Grunde genommen schadete ihr wirres Gerede ja auch niemandem.

Kurz nach fünf war Lenas Schicht dann endlich vorüber. Erleichtert zog sie sich ihr Top und einen kurzen Jeansrock an, schob sich das Piercing wieder in die Augenbraue und hastete auf den Ausgang zu, um den Rest dieses heißen Junitages noch zu genießen.

»Hoppla!« In Gedanken an ein Eis oder eine kühle Apfelschorle zuhause in Omas Garten war sie durch die Tür gerannt, ohne sich umzusehen. Auf der Stelle errötete sie, denn vor ihr stand Timo, der hier als Altenpfleger arbeitete. Mit über eins achtzig Körpergröße, sonnengebräunter Haut und blonden Haaren, die ihm über die Schulter reichten, war er der Schwarm aller Altenpflegeschülerinnen. Außerdem besaß er unverschämt schöne blaue Augen, die nun Lena musterten.

»Du hast es aber eilig.«

»Na ja, so eilig auch wieder nicht«, entgegnete sie lässig und fuhr sich rasch durch die Haare. Sie hätte nichts dagegen, noch ein paar Worte mit Timo zu wechseln. Aber dieser zwinkerte ihr zu und öffnete die Tür. »Genieß deinen Feierabend bei diesem schönen Wetter.«

»Ja, klar.« Schon war Timo verschwunden, verfolgt von Lenas sehnsüchtigem Blick. Sie schwang sich auf ihr Mountainbike und strampelte los.

Jetzt im Frühsommer war das Örtchen Gößweinstein, in dem sich das Altenheim St. Elisabeth befand, von vielen Touristen besucht, und überall spazierten Familien mit Kindern umher, oder Rentner flanierten von einem Café zum andern. Lena konnte das Kuhkaff, wie sie es nannte, schon lange nicht mehr leiden, genauso wenig wie den noch kleineren Ort Leutzdorf, wo sie mit ihrer Familie lebte. Eigentlich hätte sie bald schon auf einer Tour durch Italien und Frankreich sein und Städte wie Paris, Rom oder Florenz kennen lernen sollen. Diese Reise hatte ihre Familie ihr zum bestandenen Abitur versprochen, bevor sie zum nächsten Sommersemester nach Berlin gehen und Mediendesign studieren wollte. Doch nach der Sache mit dem Unfall war der Trip gestorben und das Geld in ein neues Auto für Papa geflossen. Natürlich reichte das Reisegeld nicht für Papas Audi, und so würde sie sich einen Job suchen müssen, sobald sie die Sozialstunden hinter sich gebracht hatte. Anstatt sich pulsierende Großstädte anzusehen und aufregende Bekanntschaften in fremden Ländern zu machen, hatte sie gleich nach den Prüfungen im Altenheim angefangen. Ein kleiner Trost war es, dass sie seit zwei Tagen wusste, dass sie ihr Abitur mit einem Schnitt von 2,0 bestanden hatte und ihr die mündlichen Prüfungen erspart blieben. Vor der Abschlussfeier hingegen graute ihr, denn sicher würden ihre Klassenkameraden peinliche Fragen zu ihrer geplatzten Reise stellen.

Auf dem Heimweg kam sie ordentlich ins Schwitzen, denn die Straße führte in etlichen Kurven bergauf und bergab. Brutus, der Hofhund von Bauer Messingschlager, kam am Dorfeingang laut kläffend aus seiner Hundehütte geschossen und wurde im letzten Moment von der langen Kette zurückgerissen, bevor er Lena beißen konnte.

»Im nächsten Frühling bin ich hier weg!«, keifte sie den Schäferhund an, so als wäre der an allem schuld. »Dann kann ich endlich Großstadtluft atmen statt Kuhscheiße.« Wie auf Kommando bog Bauer Messingschlager mit einem Wagen voller Mist aus seiner Hofeinfahrt, hob grüßend die Hand und holperte dann auf die Hauptstraße, nicht ohne ein Fuder stinkenden Mist auf der Straße zu verteilen. Naserümpfend trampelte Lena weiter und war gehörig außer Atem, als sie endlich das Fachwerkhaus ihrer Großmutter Gisela, ganz am Ende des Ortes, erreichte. Umrahmt von einem verwilderten Garten mit alten Obstbäumen stand das über zweihundert Jahre alte Gebäude auf einem großzügigen Grundstück. Ihre Eltern hatten sich vor drei Jahren ein eigenes, modernes Haus gebaut, das jedoch nach einem Baupfusch noch immer nicht bewohnbar war. Der Prozess gegen die Baufirma lief, und so lebten sie weiterhin bei Gisela Langfeld, der Mutter von Lenas Vater. So wie häufig um diese Zeit, wenn es kühler wurde, werkelte Oma Gisela draußen in ihrem Kräutergarten herum, die grauen Haare zu einem langen Zopf gebunden, mit einem weiten, naturfarbenen Rock und einer ärmellosen Bluse bekleidet. Viele der Nachbarn lästerten über Oma Gisela, wie Lena nur zu genau wusste, und sie war im Dorf als Kräuterhexe verschrien, was besonders Lenas Eltern sauer aufstieß. Lena hingegen fand ihre Oma cool, denn die war in früherer Zeit ein echter Hippie gewesen und hatte so einiges erlebt, wenngleich

Lena vermutete, dass ihre Erzählungen aus der Flowerpower-Zeit nur der Gipfel des Eisberges waren. Mit weit über fünfzig hatte sie noch einmal eine Ausbildung gemacht und arbeitete seither als Heilpraktikerin, gab Seminare in Kräuterkunde, veranstaltete Heilkräuterführungen in der Umgebung und behandelte auch ihre eigene Familie homöopathisch, was nicht bei jedem große Begeisterungsstürme auslöste.

»Na, Feierabend?«, erkundigte sich ihre Großmutter, wischte sich eine verschwitzte Haarsträhne aus dem Gesicht und deutete in den hinteren Teil des Gartens, wo Lenas Eltern bereits den Abendbrottisch unter dem knorrigen Apfelbaum deckten.

»Dem Knast entronnen, trifft es eher«, grollte Lena.

»Ach komm schon, so schlimm wird es nicht sein.« Oma Gisela legte ihr eine verschmutzte Hand auf den Rücken und schob sie vorwärts. »Ich habe einen schönen gemischten Salat mit Schinken und Käse gemacht.«

Das versöhnte Lena ein klein wenig, denn den Salat ihrer Oma mochte sie ganz besonders, und bei dieser Hitze konnte man ohnehin nichts anderes essen.

»Hallo Lena.« Kritisch, so wie immer in letzter Zeit, hoben sich die dünnen Augenbrauen ihres Vaters. Er fuhr sich über seine beginnende Halbglatze und musterte sie strafend. »Hast du ordentlich gearbeitet?«

Lena wusste genau, dass er nach wie vor sauer auf sie war. Auch Lenas Mutter blickte fragend über den Rand ihrer Brille hinweg. Manuela Langfeld war mit neunundvierzig vier Jahre jünger als ihr Mann Dieter, nur ein paar Zentimeter größer als Lena, hatte jedoch während der letzten Jahre ordentlich an Gewicht zugelegt. Ihre Haare trug sie kinnlang und, wie Lena fand, wenig vorteilhaft frisiert, denn ihr Gesicht wirkte durch die Locken nur noch breiter und die hängenden Wangen wurden viel zu sehr betont. Aber das nachlässige Styling ihrer Mutter war momentan ihr geringstes Problem.

»Ja, ja«, antwortete Lena genervt. »Die olle Käppler hatte nichts zu motzen.«

»Sprich nicht so respektlos von Frau Käppler«, kam postwendend die scharfe Zurechtweisung ihres Vaters. »Du solltest hier mal lieber ganz kleine Brötchen backen!«

»Also wirklich«, stieg ihre Mutter voll darauf ein, »Haschisch rauchen und dann auch noch Auto fahren. Ich weiß nicht, von wem du das hast.« Ihre Stimme nahm den wohl bekannten und gefürchteten Jammerton an. »Haben wir dir das etwa vorgelebt? Drogen! Meine Tochter! Was für eine Katastrophe!«

Stumm ließ Lena alles über sich ergehen, auch wenn sie diese Moralpredigt inzwischen auswendig kannte, aber jedes Widerwort wäre zwecklos gewesen.

»Lasst das Mädchen doch mal in Ruhe«, schaltete sich Oma Gisela nach einer Weile ein. Sie kam mit einem Krug voll Wasser aus dem Haus. »Wenn ich daran denke, was wir damals alles geraucht haben – da war ein Joint noch harmlos!«

»Ja, ja, sag ihr das auch noch«, keifte Manuela ihre Schwiegermutter an. »Am Ende hast du ihr das Zeug noch besorgt.«

»Jetzt mach mal halblang, Manuela«, protestierte Dieter, aber Oma Gisela winkte ohnehin schon ab.

»Ich will nicht gutheißen, was sie getan hat, vor allem hätte Lena nicht das Auto fahren dürfen, aber meine Güte, Manuela, du warst doch auch mal jung, da macht man eben Fehler – und letztendlich lernt man auch daraus!«

Dankbar lächelte Lena ihre Oma an und dachte nur: *Wenn ihr wüsstet, dass alles ganz anders war.* Resigniert ließ sie auch diese Strafpredigt über sich ergehen, wobei sie sich bemühte, ihre Ohren zu verschließen und die Lobhudeleien auf ihre ach so wohl geratene Schwester Ramona zu ignorieren. In den Augen von Lenas Eltern war Ramona offenbar die Vorzeigetochter schlechthin. Diese war vierzehn Jahre älter als Lena, seit langer Zeit verheiratet und hatte zwei kleine Kinder. Nach dem Abitur hatte sie eine Ausbildung als medizinisch-technische Assistentin absolviert und bis zur Geburt des inzwischen sechsjährigen Maximilian gearbeitet. Angeblich hatte sich Ramona nie etwas zu Schulden kommen lassen. Keine falschen Freunde, keine exzessiven Partys, so wie Lena sie zu ihrem achtzehnten Geburtstag im letzten Herbst gefeiert hatte, als ihre Eltern verreist waren – und vor allem keine Drogen. Eigentlich hatte Lena damit ebenfalls nichts am Hut, nur in jener verhängnisvollen Nacht auf der Party eines Freundes von Kevin hatte sie sich eben zu einem Joint überreden lassen. Dass sie sich im Anschluss daran geschworen hatte, in Zukunft die Finger davon zu lassen, nahmen ihr ihre Eltern selbstverständlich nicht ab.

Gerade bildete sich eine Sorgenfalte auf der Stirn ihres Vaters, und prompt fing er zu lamentieren an. »Mit einer drogenabhängigen Tochter kann ich mir das Amt als Bürgermeister vermutlich abschminken.«

»Ich bin doch nicht drogenabhängig!«, protestierte Lena empört.

»Die Nachbarn sehen das aber ganz anders«, keifte ihre Mutter. »Frau Neubauer hat mich vorhin schon ganz schräg angesehen, als ich sie beim Einkaufen getroffen habe.«

»Die Neubauer kann nicht anders, als schräg zu gucken«, warf Oma Gisela ein, dann klatschte sie in die Hände. »Und jetzt Schluss damit, ihr habt diese Sache mittlerweile oft genug durchgekaut. Lena, erzähl doch mal von deiner neuen Arbeit. Hast du dich inzwischen ein bisschen eingelebt?«

Froh, ihre Eltern von dem leidigen Thema abzubringen, berichtete sie von den Insassen des St. Elisabeth-Heims, und als sie von Frau Meister und deren Streich mit Frau Käppler erzählte, lachte ihre Großmutter herzlich.

Nur die Eltern teilten diese Art von Humor leider nicht und ließen sich lediglich zu einem säuerlichen Lächeln herab.

»Steht nicht demnächst das Sommerfest im St. Elisabeth an?«, erkundigte sich Lenas Mutter, zupfte an ihren dauergewellten Haaren herum und ließ sich im Stuhl zurücksinken.

»Jaaa«, antwortete Lena gedehnt. »Die Schwesternschülerinnen und ich sollen uns irgendwelche dämlichen Spiele ausdenken.«

»Das ist doch eine nette Aufgabe.« Schon wieder zogen sich die Augenbrauen ihres Vaters bedrohlich zusammen, und Lena verkniff sich einen spitzen Kommentar.

»Wenn du meinst.«

Oma Gisela, die selten still dasitzen konnte, war schon wieder dabei, Blumen zu gießen und ihre Heilkräuter von Unkraut zu befreien. »Ach, mir würde da schon was einfallen«, rief sie ihr zu.

»Echt?« Lena richtete sich kerzengerade auf, denn wenn ihrer Oma eine geniale Idee gekommen war, konnte sie diese bei der nächsten Dienstbesprechung als die ihre präsentieren.

»Aber sicher doch.« Oma Giselas von nur wenigen Falten bedecktes Gesicht verzog sich zu einem derart schelmischen Grinsen, dass sie direkt fünfzehn Jahre jünger erschien. »Rollatoren-Offroad-Parcours, Gebissprothesen-Weitwurf …«

Während Lena losprustete, entfuhr ihrem Vater ein empörtes »Mutter!«. Aber Oma Gisela kicherte nur vor sich hin und fuhr mit ihrer Arbeit fort. Da nun ihre Großmutter als Objekt des Zorns herhielt, murmelte Lena eilig, sie würde duschen gehen, schmunzelte jedoch die ganze Zeit über vor sich hin – Oma Gisela war einfach eine Wucht.

Kapitel 2

Ragnarök

Am nächsten Morgen beim Frühstück kam Oma Gisela noch einmal auf das bevorstehende Sommerfest zu sprechen. »Ich habe gestern nur Spaß gemacht. Eigentlich tun mir die armen Leute im St. Elisabeth leid.« Sie seufzte schwer. »Ich hoffe, ich bleibe noch einige Jahre fit und dass es mir dann vergönnt ist, friedlich in meinem eigenen Bett einzuschlafen.«

»Ach Oma, du wirst sicher mit hundert noch in deinem Garten rumwuseln und eher Papa im Rollstuhl spazieren schieben als er dich.«

Das brachte ihre Großmutter zum Lachen. »Möglich wär's, dein Vater ist mit den Jahren ganz schön behäbig geworden.« Sie machte eine eindeutige Geste vor dem Bauch. »Aber jetzt zurück zu eurem Sommerfest. Wie wäre es, wenn du die alten Leute nach Liedern aus ihrer Jugend fragst. Vielleicht könnt ihr ein paar Texte einstudieren. Oder ihr kocht gemeinsam Gerichte aus ihrer Heimat. Oft haben die alten Leute ein erstaunlich gutes Gedächtnis, was Dinge aus vergangener Zeit angeht.«

»Super Idee, Oma«, freute sich Lena. Da sie mal wieder spät dran war, schnappte sie sich ihr Marmeladenbrötchen und machte sich auf den Weg zum Seniorenheim. Zum Glück schaffte sie es pünktlich, half bei der Ausgabe des Frühstücks, bezog Betten frisch und verteilte gemeinsam mit Maike Medikamente auf den Zimmern. Die rundliche Pflegerin war eine der wenigen angenehmen Seiten dieser Arbeit, wie Lena fand. Offenbar hatte das zwei Jahre ältere Mädchen im Gegensatz zu Lena keinerlei Probleme mit vollen Windeln, verschmutzter Wäsche oder überquellenden Nachttöpfen. Eigentlich war Maike immer gut gelaunt, hatte für jeden Bewohner ein freundliches Wort und war jedem gegenüber hilfsbereit. Lena hingegen konnte sich mit vielen Aufgaben nicht anfreunden. Hätte sie lediglich die alten Leute im Rollstuhl durch die Gegend schieben oder ihnen Essen bringen sollen, wäre das in ihren Augen noch akzeptabel gewesen, aber insbesondere die pflegerischen Aufgaben lösten häufig eine kaum niederzuzwingende Übelkeit bei ihr aus.

Doch dankenswerterweise lenkte Maike sie ab, scherzte mit dem vergesslichen Herrn Schmidt, der zum hundertsten Mal seinen Geldbeutel suchte, und ließ sich auch von der dementen Frau Reichelt nicht beirren.

»Unter meinem Bett befindet sich ein Dieb!«, behauptete die Achtzigjährige steif und fest und weigerte sich hartnäckig, dieses zu verlassen.

Maike nahm lediglich einen Besen, kehrte demonstrativ unter Frau Reichelts Bett und meinte schließlich: »Sehen Sie, dem haben wir's aber gegeben.«

Daraufhin nickte die korpulente Seniorin, erhob sich ächzend und stapfte aus dem Zimmer. »Jetzt werde ich Kartoffeln ernten«, verkündete sie im Brustton der Überzeugung.

Kichernd presste Lena eine Hand vor den Mund. »Kartoffeln! Wahrscheinlich gräbt sie gleich den ganzen Park um.«

»Du wirst lachen«, stimmte Maike zu, »das hat sie tatsächlich schon versucht. Hat dem Gärtner einen Rechen geklaut und wollte damit den Boden umgraben.«

»O Mann, manche sind hier echt krass drauf!« Nachdem Frau Reichelts Bett frischbezogen war, machte sie sich gemeinsam mit Maike auf den Weg zum nächsten Zimmer.

Ein lautstarker Streit ließ sie innehalten. An der offenen Tür stand, mit dem Rücken zu ihnen, ein schlanker Mann mit kurzem, grau meliertem Haar und schrie auf Schwester Gunda ein. Gunda war für ihr heiteres Wesen und ihren Hang zum Esoterischen bekannt. Um ihren Hals hingen stets zahlreiche Amulette und Ketten, und während der Pausen legte sie interessierten Kollegen häufig die Karten oder erstellte Horoskope. Jetzt war sie jedoch sichtlich aufgebracht, ihr Gesicht hatte beinahe die Farbe ihres feuerrot gefärbten Lockenschopfes angenommen, und sie musterte den Mann kopfschüttelnd.

Dieser gebärdete sich tatsächlich äußerst unverschämt und schrie: »Gibt es in diesem Saftladen nicht einmal einen Rollstuhl? Sie verlangen horrende Summen für die Pflege. Soll ich meine Großmutter am Ende die Treppe hinuntertragen?«

Lena fiel auf, dass er mit einem leichten Akzent sprach, den sie nicht sofort zuordnen konnte.

»Junger Mann«, Gundas Stimme blieb trotz allem gelassen, »ich sagte bereits, in spätestens einer Viertelstunde wird unser Pfleger mit Herrn Koch zurück sein, dann können Sie den Rollstuhl haben.«

Hektisch riss der Mann am Kragen seines T-Shirts herum, so als trüge er eine Krawatte, die ihm die Luft abdrückte. »Dann komme ich verflucht nochmal in fünfzehn Minuten zurück.« Er drehte auf dem Absatz um, und als er an Lena vorbeirauschte, erkannte sie voller Erstaunen, dass er trotz der zahlreichen grauen Strähnen in seinem dunklen Haar ein ausgesprochen jugendliches und glattes Gesicht hatte. Sie schätzte ihn auf allerhöchstens fünfundzwanzig. Sein schmales Gesicht mit den hohen Wangenknochen war vor Wut verzerrt, und an seinem Hals hatten sich rote Flecken gebildet. Sekunden später war er an der Tür und stieß diese so heftig auf, dass sie gegen die Wand krachte.

»Wow, wer war das denn?« Lena verzog das Gesicht.

»Einer von Frau Winters Enkeln«, erklärte Gunda. »Mit einer

netten Familie ist sie nicht gerade gesegnet, ihr Sohn Georg ist auch nicht besser.«

»Tja, der Apfel fällt nicht weit vom Stamm«, gab Lena zurück, doch Gunda schüttelte den Kopf.

»Ragnar ist nicht Georgs Sohn.«

»Ragnar?«

»Na, der junge Heißsporn. Er ist von ihrem jüngeren Sohn Lucas, der mit einer Isländerin verheiratet war.«

»Daher der seltsame Name.«

Gunda fuhr sich durch ihre roten Haare. »Gott sei Dank heißt er mit Nachnamen Winter und nicht Rök.«

»Was? Warum?« Lena verstand den Witz nicht, wohingegen Maike leise lachte, aber sie wurde sogleich von Gunda belehrt.

»Ragnarök – das Ende der Welt in der nordischen Mythologie.«

»Okay, würde allerdings gut zu dem Typen passen«, bemerkte Lena amüsiert.

»So, jetzt aber genug geschwatzt.« Schwester Margareta kam aus dem Aufenthaltsraum und klatschte in die Hände. »Maike, du machst in Zimmer zwölf weiter, Gunda, sei so gut und richte die Medikamentenausgabe zum Mittagessen her. Lena, du kannst Herrn Krause schon mal hinausschieben. Der Fahrdienst ist überfällig, und Herr Krause hat einen dringenden Arzttermin.« Lena nickte, nahm den betagten Herrn Krause in Empfang, der kaum sprach, aber stets freundlich lächelte, fuhr mit dem Aufzug ins Erdgeschoss, dann schob sie den Rollstuhl in Richtung Ausgang. Die Sommerhitze schlug ihr ins Gesicht, aber glücklicherweise sorgte eine angenehme Brise für ein wenig Abkühlung. Sehnsüchtig dachte Lena daran, dass ihre Freunde jetzt vermutlich Eis aßen oder sich im Schwimmbad abkühlten.

Ihr Blick fiel auf Frau Winters Enkel, wie er, das Gesicht schweißüberströmt, an einem Baum lehnte und die Augen geschlossen hielt.

Wenn der aus Island kommt, ist ihm hier sicher zu warm, vielleicht ist er deshalb so ausgerastet, dachte sie und musterte ihn verstohlen.

Auch wenn sein Verhalten ihn äußerst unsympathisch erscheinen ließ, musste sie feststellen, dass er trotz seiner eigenartigen Haare auf den zweiten Blick nicht einmal schlecht aussah. Für Lenas Geschmack war er zu klein, nur knapp einen Kopf größer als sie, dafür aber schlank und durchtrainiert. Sein Gesicht war relativ schmal mit einer geraden, wohl geformten Nase.

Beschwingten Schrittes näherte sich nun Timo, was Lena schlagartig von diesem seltsamen Ragnar ablenkte. Der junge Pfleger kam mit einer Cola in der Hand auf sie zu. »Willst du?«

Leicht errötend nickte Lena, dann runzelte Timo die Stirn.

»Geht's dem nicht gut?« Er deutete auf Frau Winters Enkel, der sich, die Augen noch immer geschlossen, am Stamm der alten Buche auf den Boden sinken ließ.

»Das ist Frau Winters Enkel – der *Weltuntergang*«, flüsterte sie und kicherte dann.

Fragend hob Timo eine seiner blonden Augenbrauen, und Lena nutzte sein Interesse gleich, in der Hoffnung, ein bisschen länger mit ihm plaudern zu können. Sie erzählte ihm, was sich soeben auf der Station abgespielt hatte.

»Okay«, erwiderte Timo gedehnt. »Ich hatte Frau Winters Enkel noch gar nicht gesehen.«

»Da hast du auch nicht allzu viel verpasst, der spinnt total.« Lena nickte dem Fahrer zu, woraufhin dieser Herrn Krause in den Transporter lud, dann ging sie an Timos Seite zurück zum Haus.

»Was machst du eigentlich nach Feierabend?«, fragte Lena, wobei sie sich um einen möglichst unverbindlichen Tonfall bemühte.

Sie bemerkte, dass Timos attraktives, äußerst männliches Gesicht ein leichtes Schmunzeln zeigte. »Dies und das, mit Freunden weggehen, grillen oder ins Schwimmbad.«

»Hm.« Plötzlich war es Lena peinlich, überhaupt davon angefangen zu haben, denn Timo ging nicht weiter darauf ein, sondern entschuldigte sich mit der Ausrede, in die Wäscherei zu müssen.

Sehnsüchtig sah sie seiner sportlichen Erscheinung hinterher – und wurde prompt von Maike erwischt.

»Du also auch«, erwähnte sie säuerlich.

»Was – ich auch?«

»Du stehst auf ihn.« Maikes Blick wanderte über Lena. »Lass dir aber gesagt sein, dass andere ältere Rechte haben.«

»Du vielleicht?«, fragte Lena spöttisch und fuhr sich demonstrativ über ihre schlanke Taille, woraufhin Maike knallrot anlief. Sie war auf Dauerdiät, bekam jedoch kaum ein Pfund herunter, ganz im Gegensatz zu Lena, die essen konnte, was sie wollte, ohne auch nur ein Gramm zuzunehmen. »Mir hat er wenigstens schon eine Cola ausgegeben.«

»Bild dir nur nichts ein!« Maike fuhr sich durch ihre schwarzen Haare. »Er ist eben freundlich und gibt öfters mal was aus.«

Da Lena keinen Stress mit Maike wollte, lenkte sie sogleich wieder ein. »Lass mal gut sein, falls er sich für dich entscheidet, werde ich euch nicht in die Quere kommen. Von Typen habe ich im Augenblick ohnehin die Schnauze voll«, meinte sie und schnitt eine Grimasse.

Auf der Stelle entspannten sich Maikes Schultern, auch wenn sie noch ein wenig misstrauisch wirkte. »Timo ist sowieso zu alt für dich«, grummelte sie.

»Du bist auch nicht viel älter als ich.«

Schon wieder holte Maike empört Luft, aber Lena klopfte ihr lachend auf die Schulter. »Ehrlich gesagt, habe ich den Eindruck, er will nichts mit einer Kollegin anfangen.«

»Da hast du leider Recht«, seufzte Maike. »Er trennt Beruf

und Freizeit strikt, und auch wenn er schon fast drei Jahre hier arbeitet, ist er noch mit keiner der Pflegeschülerinnen eine Beziehung eingegangen.«

»Vielleicht steht er ja auf die olle Käppler«, scherzte Lena, woraufhin Maikes rote Wangen sich zunächst aufblähten, ehe sie losprustete – und schon war der kleine Streit vergessen.

Bald hatte Ragnar Winter bei sämtlichen Angestellten von St. Elisabeth seinen Spitznamen weg: der *Weltuntergang* – denn auch in den folgenden Tagen sorgte er für Wirbel, fiel durch sein unbeherrschtes Verhalten auf und hatte an allem etwas auszusetzen. Andererseits bemerkte Lena einige Verhaltensweisen an ihm, die sie verwirrten. Wenn sie Ragnar draußen im Park mit seiner Großmutter sah, verhielt er sich völlig anders. Bei gutem Wetter schob er die alte Dame stundenlang durch die Gegend, las ihr aus der Zeitung vor oder spielte mit ihr Karten. Es war so, als bestünde er aus zwei unterschiedlichen Personen. Der unbeherrschte Kotzbrocken, der sich maßlos über zu spät gewechselte Bettlaken oder enge Räume aufregte, und der liebevolle junge Mann, der sich aufopferungsvoll um seine Großmutter kümmerte. Wenn sie ihn im Park traf, nickte er ihr gelegentlich sogar freundlich zu, dennoch war er Lena unheimlich. Während der Pausen hatte sie mit den Kollegen sogar schon darüber diskutiert, ob er möglicherweise schizophren sei.

An einem sonnigen, durch ein nächtliches Gewitter angenehm abgekühlten Junitag war Lena gerade auf dem Weg zum Tor des Seniorenheims, um eine Lieferung frisches Obst und Gemüse in Empfang zu nehmen. Rasche Schritte hinter ihr ließen sie herumfahren. Unwillkürlich fuhr sie sich durch die Haare, als sie Timo erblickte, der auf sie zugejoggt kam.

»Ich soll dir helfen«, keuchte er.

»Das ist toll.« Zu ihrem Ärger spürte Lena, wie sie knallrot anlief, und als Timo sie urplötzlich hinter einen Busch zog und ihr einen Finger auf die Lippen drückte, drohte ihr Herz auszusetzen.

»Pass auf«, flüsterte er melodramatisch.

»Was ist?«, hauchte Lena. Wollte er sie am Ende küssen?

Doch ihre Hoffnung zerschlug sich schlagartig. »Der *Weltuntergang* naht!« Mit einem breiten Grinsen deutete Timo zum Seniorenstift, von dem Ragnar Winter mit seiner Großmutter im Rollstuhl in ihre Richtung kam.

»Idiot!« Lena befreite sich aus Timos Umarmung und schlug ihm auf die Schulter.

Der junge Pfleger ließ sich jedoch nicht beirren und deutete auf die Straße. Dort quälte sich ein beleibter Mann mit schütterem, dunkelblondem Haar aus seinem dunkelblauen Mercedes. »Das ist sogar ein doppelter *Weltuntergang*, würde ich mal sagen«, stellte er fest.

»Weshalb?« Lena zog sich ihren Kittel glatt.

Timo deutete zu dem Mann in Anzug und Krawatte, der sich nun durch das klemmende Tor quetschte, wobei er ein äußerst unleidliches Gesicht machte.

»Was machst du denn hier?«, bellte er Ragnar und dessen Großmutter schon von Weitem an.

»Das ist Frau Winters ältester Sohn Georg«, erklärte Timo. »Er ist ein hohes Tier bei Siemens in Erlangen.«

»Sehr beeindruckend«, meinte Lena zynisch. Sie blieb stehen und beobachtete, wie Georg Winter auf seinen Neffen zutrat, die speckigen Schultern gespannt, das Gesicht verkniffen.

»Ich besuche meine Großmutter«, bemerkte der junge Mann gelassen.

»Du hast sie jahrelang nicht besucht. Willst bestimmt nur an ihr Erbe!«

»Guten Tag, Georg.« Frau Winter lächelte ihren Sohn freundlich an.

Dieser stutzte kurz, nickte dann und wandte sich erneut an Ragnar. »Also, was hat dich aus deinem unzivilisierten, kalten Norwegen hergetrieben?«

»Island«, stellte Ragnar richtig, und Lena bemerkte, wie sich sein Gesicht anspannte.

»Das ist doch alles das Gleiche«, knurrte Georg Winter, ließ sich ächzend auf einer Parkbank nieder, wischte sich mit einem Taschentuch über die hohe Stirn und lockerte seine Krawatte.

»Ich muss mich nicht dafür rechtfertigen, hier zu sein. Früher haben wir Großmutter jedes Jahr ein- bis zweimal besucht.« Ragnars Hand legte sich auf die schmalen Schultern der alten Frau.

»Das ist schon ewig her«, keuchte sein Onkel, als hätte er nicht nur fünfzig Meter vom Tor bis hierher zurückgelegt, sondern einen Marathon hinter sich. »Seit dein Vater tot ist, hast du dich nicht mehr blicken lassen.«

»Es ist etwas schwierig, als Kind allein in ein Flugzeug zu steigen und herzufliegen«, schoss Ragnar zurück.

Georg Winter winkte nur ab. »Erbschleicher seid ihr, allesamt!«

»Ich bin noch am Leben, Georg, falls dir das entgangen sein sollte«, stellte Frau Winter mit sanfter Stimme fest, was ihren Sohn jedoch nicht zu beeindrucken schien.

Dieser fuhr fort: »*Ich* bin es, der seit Jahren dieses teure Heim bezahlt. *Ich* muss alles für meine Mutter regeln, und jetzt kommst du daher und …«

»Sprich nicht, als wäre Großmutter nicht hier!«

Gespannt hatte Lena das Streitgespräch verfolgt und bog nun die Äste des Busches zurück, um besser sehen zu können. Ausnahmsweise musste Lena diesem Ragnar zustimmen, denn Frau Winters Sohn legte ein äußerst unverschämtes Benehmen an den Tag.

»Du hast mir gar nichts zu sagen, du Rotzlöffel«, regte sich sein Onkel nun auf. »Ein Habenichts, das bist du, genau wie dein Vater. Ihr habt doch in eurem Leben alle noch nichts geleistet! Schmarotzer und Tagediebe!«

Ragnar trat hinter dem Rollstuhl hervor und stellte sich direkt vor seinen Onkel, der sich daraufhin schwerfällig erhob. Beide Männer waren ungefähr gleich groß, Georg Winter jedoch annähernd doppelt so breit wie sein schlanker Neffe. »Beleidige nicht meinen Vater«, verlangte Ragnar eisig.

»Ha, dein Vater. In der Weltgeschichte rumgondeln und dem Steuerzahler auf der Tasche liegen, das konnte er«, giftete er.

»Niemals haben meine Eltern Geld vom Staat bekommen«, stellte Ragnar richtig, was sein Onkel aber nur mit einer abfälligen Handbewegung abtat. »Es kann ja nicht jeder seinem Vorgesetzten in den Hintern kriechen und als scheintoter …«, er zögerte kurz, so als würde er nach dem richtigen Wort suchen, »… Bürozombie durch die Gegend wandeln.«

Lena entfuhr ein Kichern, und sie duckte sich eilig hinter dem Strauch, damit Herr Winter sie nicht entdeckte. Timo zwinkerte ihr grinsend zu.

»Dieser Ragnar wird mir ja fast schon sympathisch«, flüsterte er ihr zu. »Mein Onkel kennt Frau Winters Sohn und meint, der würde sich tatsächlich bei sämtlichen Vorgesetzten anbiedern.«

Jetzt war Georg Winters runder Kopf knallrot angelaufen, und er erinnerte an einen Krebs auf dem Trockenen, wie er so mit seinen Händen herumfuchtelte und offensichtlich kurz davor stand, einen Herzinfarkt zu bekommen. Hektisch schnappte er nach Luft. »Ich lasse mich doch nicht von einem wie *dir* beleidigen. Schließlich bin ich ein angesehener Vorstandsvorsitzender! So weit wirst du es nie bringen …«

»Will ich auch gar nicht.« Ragnar wandte sich zu seiner Großmutter um. »Möchtest du weitergeschoben werden oder bei deinem liebenswerten Sohn bleiben?«

Die alte Frau zögerte, sah von einem zum anderen, dann

drückte sie Ragnars Hand. »Geh jetzt besser und komm morgen wieder.«

Für einen Moment schien Ragnar zu zögern, dann nickte er. »Gut. Ich wünsche dir einen schönen Tag und bitte einen der Pfleger, dich zurückzubringen, falls das unter der Würde des Herrn *Vorstand* ist.«

»Du kleiner Mistkerl«, ereiferte sich Georg Winter, aber da war Ragnar schon zum Ausgang geeilt, sprang mit einem bewundernswert geschmeidigen Sprung über das Tor und war verschwunden. Noch eine ganze Weile hörte Lena den unangenehmen Mann vor sich hin schimpfen, dann war er mit seiner Mutter im Park verschwunden.

»Wie kann eine so nette alte Dame eine derart bescheuerte Familie haben?«, wunderte sich Lena kopfschüttelnd.

Timo zuckte jedoch nur die Schultern und ging zum Tor, wo Kisten mit Äpfeln, Bananen und Gemüse standen.

Kapitel 3

Frau Winters Geschichten

Noch Tage nach dem Vorfall zwischen Georg Winter und seinem Neffen musste Lena an diese seltsame Begegnung denken. Im Gegensatz zu seinem Onkel kam Ragnar beinahe jeden Tag zu seiner Großmutter und kümmerte sich um sie. Zu gern hätte sie ihn gefragt, wo er wohnte und ob er hier Urlaub machte, aber irgendwie scheute sie sich, den eigenartigen jungen Mann anzusprechen, denn nach wie vor verhielt er sich gelegentlich äußerst barsch.

Frau Winter schien die Aufmerksamkeit gutzutun, und sie erzählte Lena häufig von ihrem »lieben Jungen«. Auch wenn Lena Ragnar alles andere als *lieb* fand, freute sie sich doch für die alte Dame. Nachdem deren Fuß endlich verheilt war, ging Frau Winter auch wieder kurze Stücke allein, nur in den Park ließ sie sich lieber von ihrem Enkel begleiten, denn sie war noch recht unsicher auf den Beinen.

»Ich bin gespannt, wann Maredd endlich zu mir kommt«, seufzte sie am heutigen Morgen, als Lena ihr das Frühstück aufs Zimmer brachte.

In den letzten Tagen hatte sie kaum von ihrem ominösen Verehrer geredet, aber jetzt zeigte ihr Gesicht wieder diesen verträumten Ausdruck, und sie blickte wehmütig in die Ferne.

»Na ja, ich würde eher auf Ihren Enkel zählen, wenn ich ehrlich bin«, meinte Lena pragmatisch.

Kurz stutzte Frau Winter, dann lächelte sie. »Ragnar – er ist seinem Vater so ähnlich.«

»Echt?«

»Ja, meine beiden Söhne Lucas und Georg sind charakterlich völlig verschieden.« Ihre Stimme nahm einen traurigen Unterton an. »Die beiden haben sich nie gut verstanden. Das mag auch am Altersunterschied von beinahe zehn Jahren liegen.«

Na ja, wenn dieser Lucas sich nicht mit Georg verstanden hat, spricht das eindeutig für ihn, dachte Lena.

»Ich war schon vierzig, musst du wissen, als Lucas auf die Welt kam.«

»Hm, ist doch nicht so schlimm.«

»Heutzutage nicht.« Frau Winter schmunzelte. »Aber zu meiner Zeit war das beinahe ein Skandal! Fritz war alles andere als begeistert.«

»Fritz? Ich dachte, Ihr Mann hieß Maredd?«

»Nein, nein.« Frau Winter flüsterte nun und sah sich verstohlen um, so als würde jemand sie belauschen. »Maredd ist mein Geliebter.«

Ein breites Grinsen überzog Lenas Gesicht. Tadelnd wedelte sie mit ihrem Zeigefinger. »Sie sind mir ja eine! Dann ist Lucas am Ende von diesem Maredd?«

»Nein, leider nicht.« Für einen Moment schloss Frau Winter die Augen. »Ich hätte es mir sehr gewünscht, ein Kind von Maredd zu haben. Etwas, das mich für alle Zeit mit ihm verbindet, aber das kann nicht sein.«

»Weshalb nicht?«

»Lucas kam elf Monate nach meiner letzten Begegnung mit Maredd zur Welt.«

»Okay, dann geht das – sofern ich in Bio aufgepasst habe – wohl kaum«, stimmte Lena zu.

Bedächtig strich Frau Winter Butter auf ihr Brötchen, wobei ein tiefes Seufzen ihrer Kehle entstieg. »Trotzdem ähnelte Lucas

Maredd in vielen Dingen, und vielleicht ist auf magische Weise ein Teil von ihm auf Lucas übergegangen. In Elvancor geschieht einiges, was hier kaum denkbar wäre!«

»Elvancor?«

Erneut blickte sich die alte Dame um und senkte ihre Stimme. »Mareдds Land, in das er mich entführt hat.«

»Und wo soll das liegen? Hört sich irgendwie … keine Ahnung«, Lena zuckte mit den Schultern, »vielleicht nach einem Land in Südamerika an oder so.«

»Südamerika«, Frau Winter lachte herzlich. »Nein, nein, Elvancor befindet sich auf keinem uns bekannten Kontinent.« Verschwörerisch beugte sie sich zu Lena vor. »Es ist ein Land, das außerhalb von allem liegt, was wir uns vorstellen können. Es liegt sogar jenseits der Zeit. Du kannst dort unter Umständen ein Jahr oder mehr verbringen, und wenn du hierher zurückkehrst, bist du nicht gealtert, und hier ist höchstens ein einziger Tag verstrichen.«

»Ah, ja«, meinte Lena und bemühte sich, nicht zu schmunzeln. Sicher lebte Frau Winter in ihrer eigenen, ihrer Vorstellungskraft entsprungenen Welt, und Lena wollte diese nicht zerstören.

Die alte Dame dagegen stand auf, ging zur Wand und deutete auf eines der Bilder. Ein Wasserfall, der bis in den Himmel ragte, ergoss sich in ein erblühtes Tal. Verschwommen konnte man Gestalten auf Pferden ausmachen, außerdem fremdartige Blumen und Bäume mit Blättern, die ein ganzes Haus verdecken konnten.

»Dort waren wir sehr glücklich.« Versonnen strich Frau Winter über die schemenhaft dargestellten Reiter.

»Sie wollen also behaupten, das ist dieses merkwürdige Elvancor?«, erkundigte sich Lena, wobei sie ihre Augenbrauen kritisch in die Höhe zog und in Richtung des Bildes nickte.

»Das behaupte ich nicht nur, so ist es. Aber nicht jeder kann nach Elvancor reisen«, stellte sie dann im Brustton der Überzeugung klar. »Maredd verliebte sich in mich und gab mir einen magischen Schlüssel zu seinem Reich – ein Amulett aus Silber und Bronze. Es bestand aus zwei identischen Teilen, die sich ineinanderfügten und dadurch ihre Magie freigaben. Verschlungene Knoten, die ein Eigenleben zu führen schienen, wenn man länger darauf sah.«

»Sehr cool, kann ich mir diesen *Schlüssel* mal ausleihen?«

»Bedauerlicherweise hat er den zweiten Teil des Amuletts bei unserer letzten Begegnung wieder an sich genommen«, bemerkte Frau Winter traurig, dann wanderte ihr Blick erneut über die Bilder – größtenteils Fantasiebilder, aber auch Gemälde, welche die Umgebung rund um Gößweinstein, ihren letzten Wohnort, darstellten. Da sah man die Ruine Neideck, das Wiesenttal mit seinem verschlungenen Bachlauf und den Mühlen. Außerdem jede Menge Bilder von Wäldern und den ungewöhnlichen Steinformationen, die für diese Gegend typisch waren.

»Das ist natürlich blöd.« Lena bückte sich und verdrehte heimlich die Augen. Manche Bewohner hier hatten wirklich eine blühende Fantasie. Lena überlegte, wie viele der Senioren wohl fernab der Realität sein mochten und ob dies ein Fluch oder gar eine Gnade war, die das Leben alternden Menschen erwies.

»Aber er wird mich trotzdem holen«, behauptete Frau Winter überzeugt. »Nur der Tag und die Gegebenheiten müssen stimmen.«

»Was denn für Gegebenheiten?« Eigentlich nervte Lena dieses konfuse Gerede inzwischen. Sie mochte Frau Winter, aber die abstrusen Einfälle der sonderbaren Dame waren ihr nicht ganz geheuer. Gleichzeitig ging eine gewisse Faszination von Frau Winters Geschichten aus. Allerdings wurden sie unterbrochen, denn Schwester Margareta kam, um den Blutdruck zu messen. »Zack, zack, Lena, die anderen wollen auch frühstücken!«

»Ja, schon klar.« Entschuldigend hob sie die Schultern und machte sich dann an die Arbeit.

Da zwei Schwestern und eine Pflegeschülerin aus dem Urlaub zurückkamen, wurde die Arbeit für Lena in der nächsten Zeit deutlich entspannter. Die Festangestellten übernahmen einen Großteil der ungeliebten Pflegeaufgaben, und Lena konnte nun öfters die alten Leute im Rollstuhl durch den Park schieben oder ihnen bei schlechtem Wetter auf dem Zimmer Gesellschaft leisten.

Ihr Abiturzeugnis hatte Lena endlich in der Tasche. Zur Zeugnisübergabe und Abiturfeier war sie nicht gegangen, obwohl ihre Großmutter sie dazu gedrängt hatte. Vielleicht hatte Oma Gisela sogar Recht, und sie hatte eine einmalige Gelegenheit verpasst, von ihrer Schulzeit Abschied zu nehmen, doch sie hatte den Fragen und Lästereien ihrer früheren Schulkameraden aus dem Weg gehen wollen und sich das Zeugnis zuschicken lassen.

An einem düsteren, gewittrigen Julitag saß Lena an Frau Winters Bett. Da die alte Dame nicht mehr sehr gut sah, hatte Lena ihr aus der Zeitung vorgelesen. Nun erhellten Blitze den Raum, und kurz darauf war entferntes Donnergrollen zu hören. Ein starker Wind erhob sich, und prompt drohte eine Sturmböe den Vorhang aus der Schiene zu reißen. Eilig sprang Lena auf und schloss das geöffnete Fenster.

»Puh, könnte schlimm werden«, bemerkte Lena. Die Gewitter in der Fränkischen Schweiz hatten es häufig in sich, nicht selten tobten sie sich heftig in der hügeligen Landschaft aus.

»Damals, in Elvancor, haben Maredd und ich auch ein verheerendes Gewitter erlebt. Die Berge von Avarinn wurden erleuchtet, als stünden sie in Flammen.«

Also mal wieder Elvancor, dachte Lena zynisch. Aber weil sie heute keine wichtigen Aufgaben mehr zu verrichten hatte und ohnehin bald Feierabend war, beschloss sie, sich etwas von Frau Winter erzählen zu lassen.

»Und, was haben Sie und Ihr Geliebter da getrieben – in diesen Bergen?«

»Maredd und ich waren auf einem Erkundungsritt«, erzählte sie aufgeregt. »Wir sollten feststellen, ob die Rodhakan erneut versuchten, die magischen Plätze in Besitz zu nehmen, an denen Maredd und sein Volk, die Wächter von Elvancor, in die uns bekannte Welt übertreten.«

»Was bitte sind Rodhakan? Und weshalb bewacht Mareds Volk irgendwelche Übergänge?«

»Rodhakan sind finstere Schattenkreaturen«, erklärte Frau Winter mit düsterer Stimme.

Ein Blitz erhellte das Zimmer, die Reiter auf Frau Winters Bild von Elvancor leuchteten kurz gespenstisch auf, so als würden sie für den Bruchteil einer Sekunde zum Leben erwachen. Plötzlich schlug Lenas Herz schneller.

»Sie bestehen aus waberndem Nebel«, fuhr Frau Winter leise und mit zusammengekniffenen Augen fort, »doch können sie für kurze Zeit feste Gestalt annehmen. Man sagt, sie nähren sich von der Angst ihrer Opfer und erlangen dadurch Stärke.«

Ein heftiger Donnerschlag unterstrich Frau Winters unheimliche Erzählungen, und Lena zuckte zusammen. Unwillkürlich stellten sich die Härchen an ihren Unterarmen auf. Draußen war es auf einmal stockfinster, und sie dachte voller Unbehagen daran, bald allein mit dem Fahrrad nach Hause fahren zu müssen. Geschichten von irgendwelchen Schattenkreaturen trugen wenig zu einer entspannten nächtlichen Heimreise bei, auch wenn Lena eigentlich zu alt für Schauermärchen war. Doch irgendetwas zog sie in den Bann. War es die eigenartige Gewitterstimmung und der Kampf von Blitz und Donner um die Vorherrschaft am Himmel? War es Frau Winters Stimme, die so leise, aber auch bestimmt und ein wenig düster klang?

»Die Rodhakan wollen die alleinige Herrschaft in Elvancor und auch in unserer Welt«, erzählte sie weiter. »Sie streben danach, die Übergänge zu kontrollieren und das Volk der Tuavinn zu besiegen. Ihre Umarmung ist für alle Menschen tödlich, sobald sie feste Gestalt angenommen haben. Nur die Tuavinn sind von einem uralten Zauber umgeben, der sie beschützt, und ihre bloße Anwesenheit kann einen Rodhakan schwächen, wenn auch nicht töten.«

»Wow«, entfuhr es Lena fasziniert. »Und wie kann man diese Typen dann besiegen?«

»Maredd und sein Volk kämpfen mit Waffen aus einer seltenen Gesteinsart, geschmiedet in den glühenden Feuern, die unter den Bergen von Avarinn lodern, gehärtet im eiskalten Wasser der Himmelsfälle. Ihre Schwerter und Pfeilspitzen werden in schweißtreibender Arbeit hergestellt, und diese Waffen sind das einzige Mittel gegen die Rodhakan.« Sie deutete auf jenes Bild, das Lena schon länger aufgefallen war. Eine urtümliche Berglandschaft war dort zu sehen und Wasserfälle, die sich wild schäumend aus den Wolken zu ergießen schienen.

»Das sieht toll aus!« Lena ertappte sich selbst dabei, völlig in Frau Winters Geschichte versunken zu sein, denn so wie die alte Frau das alles erzählte, klang es, als habe sie alles tatsächlich erlebt.

»Maredd brachte mir bei, wie man mit Pfeil und Bogen umgeht.« Frau Winter lachte hell auf. »Mit dem Schwert konnte ich nicht viel anfangen, aber Bogenschießen, das war lange Zeit eine Leidenschaft von mir.«

»Und Sie haben auch gegen diese … Rodhakan … gekämpft«, erkundigte sich Lena, jetzt wieder skeptisch.

Doch die alte Dame nickte nachdrücklich. »Das habe ich, und es gelang uns sogar, einige der Waffen zu erobern, mit denen sie Maredds Volk töten. Und ein Schatz … ja ein Schatz«, murmelte sie vor sich hin und runzelte dabei angestrengt die Stirn. »Ich glaube, ich kann mich daran erinnern, wir brachten etwas sehr Wertvolles mit hierher.«

»Einen Schatz?« Lena horchte auf.

»Ja, und wir haben ihn gut versteckt.«

»Warum das denn?«

»Ich weiß es nicht mehr, Lena.«

»Okay, und wo soll dieser Schatz sein?«

Einige Sekunden lang sah Frau Winter Lena an, dann zuckte sie mit den Schultern. »Zu meinem eigenen Schutz hat Maredd mein Gedächtnis gelöscht, nur für den Fall, dass sich auch hier Rodhakan herumtreiben oder gar aus unserer Welt kommen, wie einige vermuten, auch wenn Maredd diese Ansicht nicht teilt.«

»Ach, das Gedächtnis löschen kann er also auch.« Lena schürzte ihre Unterlippe. »Scheint ja ein echter Supermann zu sein.« Sie wurde unterbrochen, da ihr Handy klingelte und sie wie aus weiter Ferne in die Realität zurückrief. »Sorry, ich muss mal eben rangehen«, sagte sie entschuldigend.

Ihre Freundin Katrin war dran.

»Hey, Lena, arbeitest du noch?«

»Ja.« Ein Blick auf die Uhr sagte Lena indes, dass sie schon seit einer Viertelstunde Feierabend hatte. Da es aber draußen inzwischen in Strömen goss, würde sie wohl mit dem Heimfahren noch eine Weile warten müssen.

»Hast du Lust, morgen Abend zu mir zu kommen?«, erkundigte sich Katrin. »Wir könnten eine DVD anschauen.«

»Eigentlich gern«, seufzte Lena, »aber Oma ist morgen bei einem ihrer Kräuterseminare, und wenn ich Papa bitte, mich zu fahren, kann ich mir wieder stundenlange Vorhaltungen anhören, von wegen, ich könnte ja auch allein fahren, hätte mir nur alles versaut.«

»Du hast dir schon ein derbes Ding geleistet«, tadelte Katrin sie.

»Jetzt fang du nicht auch noch an!«

»Nee, keine Panik. Aber ich muss morgen sowieso für Mama einkaufen und kann dich im Altersheim abholen, wenn du Feierabend hast. Später fahr ich dich dann nach Hause.«

»Okay, super, dann warte ich vor dem Eingang.«

»Bis morgen!«

Mit Vorfreude legte Lena auf, denn die ein Jahr ältere Katrin zählte seit ihrem Übertritt ins Gymnasium zu ihren besten Freunden.

»Also, Frau Winter, ich muss dann mal gehen.« Überraschenderweise spürte Lena leises Bedauern darüber, nicht mehr von Frau Winters fantastischen Geschichten zu hören.

»Auch wenn du nicht an Elvancor glaubst«, sagte sie mit einem traurigen Unterton in der Stimme, »darf ich dir an einem anderen Tag wieder davon erzählen?«

»Ja, gerne.« Diesmal war Lenas Lächeln nicht gespielt. »Ich wünsche Ihnen einen schönen Abend.«

Ganz langsam ließ sich Frau Winter in ihre Kissen sinken, ihre Augenlider sackten herunter. Offenbar hatte sie das lange Erzählen angestrengt. »Heute wird Maredd noch nicht kommen«, murmelte sie, dann erhellte ein Lächeln ihr Gesicht. »Aber bald werde ich ihn wiedersehen.« Tiefe Atemzüge kündeten davon, dass sie eingeschlafen war.

»Na ja, vielleicht ist es ganz gut, wenn sie diesen Traum hat«, sagte Lena leise zu sich selbst, verließ dann eilig den Raum. Zum Glück hatte der Regen aufgehört, bis Lena sich umgezogen und von den Kollegen verabschiedet hatte, aber die Wolken am Himmel verhießen nichts Gutes. Dummerweise hatte sie keine Regenjacke dabei, doch wenn sie ordentlich in die Pedale trat, würde sie vielleicht noch trocken nach Hause kommen.

Ein tiefergelegter, knallroter Golf vor der Eingangstür ließ sie stutzen, und kurz darauf stieg ein muskulöser Mann Anfang zwanzig mit Muskelshirt und ausgewaschener Jeans aus.

»Hi Kevin.« Wenig begeistert schob Lena ihr Fahrrad weiter, denn auf ihren Exfreund hatte sie im Moment ganz sicher keine Lust.

»Soll ich dich nach Hause fahren?« Er zeigte sein charmantestes Lächeln, worauf sie früher immer hereingefallen war, aber diese Zeiten waren vorbei.

»Nein danke, kein Bedarf«, giftete sie.

»Ach komm schon, du wirst mir doch nicht mehr böse sein. Mit Susi habe ich schon längst wieder Schluss gemacht.«

»Was für ein Glück für sie!« Energisch schob Lena ihr Fahrrad an und schwang sich in den Sattel, dann strampelte sie los.

Doch wie nicht anders zu erwarten, ließ sich Kevin davon nicht abhalten und fuhr neben sie. »Jetzt komm schon, gib mir noch 'ne Chance«, bettelte er. Seine blauen Augen blickten sie flehend durch das geöffnete Fenster der Beifahrertür an.

»Vergiss es.«

»Aber lass mich dich doch zumindest mitnehmen. Es fängt wieder stärker zu regnen an.«

Dummerweise hatte er Recht, denn ein neuer Schauer prasselte herab. Dennoch zog Lena nur ihre Schultern ein und fuhr verbissen weiter.

»Lena, sei doch nicht dumm. Nur weil ich dich mitnehme, heißt das nicht, dass wir wieder zusammen sind.«

Ein plötzlicher Blitz ließ Lena zusammenzucken, und der Donner, der unmittelbar darauf folgte, zeigte an, wie nah das Gewitter war.

»Steig ein, oder willst du vom Blitz erschlagen werden?«

Einen Moment lang überlegte Lena, was besser war, aber schließlich hielt sie an. Eilig lud Kevin ihr Fahrrad in den Kofferraum, und Lena ließ sich auf den Beifahrersitz plumpsen. Kurz darauf stieg auch Kevin ein. Er fuhr sich durch die kurz geschorenen, dunkelblonden Haare, dann grinste er einnehmend. »Ist doch schon deutlich besser.«

»Kann sein.«

Einmal mehr konnte er es sich nicht verkneifen, den Motor aufheulen zu lassen und mit quietschenden Reifen loszufahren – das war typisch für ihn. Inzwischen war es Lena schleierhaft, wie sie sich auf diesen Angeber hatte einlassen können, doch leider war sie vor einem knappen Jahr auf ihn reingefallen.

Während der Fahrt erzählte Kevin lauter belangloses Zeug, aber als sie vor dem Haus ihrer Oma anhielten, beugte er sich zu ihr hinüber. »Darf ich noch mit reinkommen?«

»Nein!«

»Hey Süße, eine kleine Belohnung habe ich mir aber schon verdient.«

»Ich bin nicht deine Süße, und du hast mich quasi genötigt mitzufahren.«

»Du machst es einem echt schwer«, stöhnte er.

Als sie die Tür öffnen wollte, hielt er sie am Handgelenk fest. Zornig runzelte Lena die Stirn. Unvermittelt setzte Kevin seinen flehendsten Dackelblick auf. »Du, Lenchen, ich hätte eine Bitte an dich.«

»Welche?«, erkundigte sie sich, dann fügte sie hinzu: »Und nenn mich nicht Lenchen. Denn wenn du so anfängst, hast du meistens Mist gebaut.«

Verlegen hob er seine breiten Schultern. »Na ja, ich stecke ein bisschen in Schwierigkeiten. Da wollte ich dich fragen, ob du mir so zwei oder drei Hunnis leihen kannst?«

Für einen Moment starrte sie ihn nur an, dann spürte sie, wie ihr die Zornesröte ins Gesicht stieg. »Sag mal, hast du sie noch alle?«

»Wär auch nur für zwei oder drei Wochen.«

»Weißt du eigentlich, wie viele Schulden ich wegen dir Arsch bei meinem Vater habe?«, brach es aus ihr heraus. »Ich blöde Kuh habe nach dem Crash die Schuld auf mich genommen. Nur deinetwegen habe ich keinen Führerschein mehr, schufte in diesem verfluchten Altenheim, um die bescheuerte Feuerwehrtür abzubezahlen, und du wagst es, mich anzupumpen?«

Heute ärgerte sie sich darüber, für ihren Exfreund in die Bresche gesprungen zu sein, denn der hatte auf dem Weg von einer

Party nach Hause den Wagen zu Schrott gefahren und sie angefleht, die Schuld auf sich zu nehmen, da er auf seinen Führerschein angewiesen war und ohnehin schon zwei Vorstrafen wegen Schlägereien hatte. Doch das kaputte Auto war nicht alles gewesen, denn Kevin war mit Karacho in die Glastür vom Feuerwehrhaus des Nachbardorfes gekracht. Den entstandenen Schaden durfte jetzt sie mit monatelangen Sozialstunden abstottern, denn der liebe Kevin hatte bisher keinen einzigen Cent aufgetrieben, auch wenn er ihr hoch und heilig versprochen hatte, ihr alles zurückzubezahlen.

Gedankt hatte Kevin ihr ohnehin nicht und nur zwei Wochen nach dem Unfall wegen einer anderen mit ihr Schluss gemacht. Schon mehrfach war Lena der Gedanke gekommen, alles aufzuklären, aber vermutlich wären ihre Eltern angesichts ihrer Dummheit nur noch mehr ausgerastet.

Sichtlich erschrocken von ihrem Ausbruch, hob Kevin jetzt schützend die Hände vor sich. »Ist ja schon gut, ich dachte nur …«

»Nein, du denkst eben nicht!« Sie riss die Tür auf und knallte sie dann lautstark von außen zu. »Der Kerl ist völlig gaga!«, regte sie sich auf und riss ihr Fahrrad förmlich aus dem Kofferraum. Als Kevin langsam davonfuhr, warf sie ihm noch einen vernichtenden Blick hinterher. »So ein Vollidiot!«

»Holla, immer langsam mit den jungen Pferden!« In Gedanken und vor sich hin schimpfend, war Lena mit ihrer Oma zusammengestoßen, die in diesem Moment um die Hausecke trat.

»Sorry, Oma.«

»Du ziehst ja ein Gesicht! Welche Laus ist dir denn über die Leber gelaufen an diesem schönen Tag? Das Gewitter hat sich beinahe verzogen, die Luft ist klar und rein.« Sie deutete in den Himmel. »Und die Sonne kommt nun auch wieder heraus.«

Noch einmal sah Lena zu der Stelle, wo Kevin eben noch mit seinem Protzauto gestanden hatte. »Männer!«

»Davon kann ich ein Lied singen!«

Wie Lena wusste, war ihre Großmutter seit über zwanzig Jahren geschieden. Ihren Opa Manfred hatte Lena nur ein paarmal zu Gesicht bekommen.

»Man sollte sie allesamt zum Mond schießen«, bemerkte Lena düster.

Tröstend legte ihre Oma ihr einen Arm um die Schultern. Die beiden waren ungefähr gleich groß, und Lena hatte ihre zierliche Figur vermutlich ihrer Großmutter zu verdanken, denn die übrigen Mitglieder ihrer Familie waren eher kräftig gebaut. »Ja, an einem Tag möchte man sie zum Mond schießen, am nächsten taucht dann derjenige auf, der deine Seele zum Singen bringt.«

»Pah, so was wie die große Liebe gibt es nicht – höchstens im Kino.«

»Das würde ich nicht sagen.«

Lena sah ihre Oma kritisch an. »Du bist doch das beste Beispiel, Opa Manfred hat dich wegen einer zwanzig Jahre jüngeren Tussi verlassen und kümmert sich jetzt lieber um deren Kinder als um uns.«

»Tja, Manfred war eine Niete im großen Lostopf des Lebens«, räumte Gisela ein, »aber das heißt nicht, dass ich nicht eines Tages doch noch meinen Hauptgewinn ziehe. Und mal abgesehen von Manfred hatte ich durchaus einige prickelnde Beziehungen! Wenn ich da nur an Woodstock denke!«

So wie immer, wenn ihre Großmutter von der Hippiezeit sprach, bekam sie einen ganz verträumten Blick. Lena musste grinsen. Völlig unschuldig an der Scheidung war Oma Gisela ganz sicher nicht, denn wie sie nur zu gut wusste, war Lenas Onkel Carsten das Resultat einer leidenschaftlichen Woodstock-Liebe, und damals war ihre Großmutter schon mit Opa Manfred verheiratet gewesen.

»In deinem Alter willst du dich nochmal verlieben?« Lena zog ihre Stupsnase kraus, woraufhin ihre Oma sie spaßhaft kniff.

»Liebe ist keine Frage des Alters.«

»Na, ich weiß nicht«, entgegnete sie altklug. »Ich glaube, mit dem Alter sieht man seine verflossene Liebe doch eher verklärt. Ich sage nur – Frau Winter!«

»Komm, Lena, hilf mir, Salat und Tomaten fürs Abendessen zu holen, dann kannst du mir von Frau Winter erzählen.«

Eigentlich hatte sich Lena auf eine Dusche und ein oder zwei Stunden Internetsurfen gefreut, aber jetzt folgte sie ihrer Oma doch in den hinteren Teil des Gartens, wo diese ihre heiß geliebten Gemüsebeete angelegt hatte. Sie berichtete von Frau Winters Fantastereien und dem ominösen Land, das angeblich nur sie kannte.

Abwägend wiegte Oma Gisela den Kopf. »Vermutlich mischt sich bei ihr Wahrheit mit Einbildung. Du sagst, sie war früher Malerin?«

Lena nickte bestätigend.

»Maler sind sehr fantasievolle Menschen. Wahrscheinlich hat sie tatsächlich mal einen Mann namens Maredd gekannt und hat sich den Rest ausgedacht. Mit über neunzig ist das nicht ungewöhnlich.«

»Irgendwie wäre es ja schon romantisch«, überlegte Lena, während sie sich an den Stamm eines knorrigen Apfelbaumes lehnte. »Stell dir mal vor, er käme tatsächlich aus dem geheimnisvollen Land und würde sie holen.«

»Und du sagst, wir Alten wären sentimental und verklärt«, lachte Oma Gisela.

»Schon gut! Ich bin Realist«, meinte Lena, dann ging sie ins Haus, um sich endlich trockene Sachen anzuziehen.

Kapitel 4

Schatten im Wald

Auch am folgenden Tag bekam Lena wieder Geschichten von Frau Winters Geliebtem präsentiert. Diesmal holte die alte Dame sogar weitere Skizzen des fantastischen Landes Elvancor aus ihrer Zeichenmappe hervor. Eine von ihnen war sehr düster, zeigte verhüllte, schattenhafte Gestalten zwischen den Überresten von blattlosen Bäumen. Frau Winter nannte ihn »den toten Wald von Vakkarin«, und unwillkürlich lief Lena ein Schauer über den Rücken, denn die verdorrten Äste und Stämme hatten selbst in dieser Bleistiftzeichnung eine bösartige Ausstrahlung. Sie fragte sich, wie man sich so etwas ausdenken und sogar zu Papier bringen konnte.

Sie war froh, als ihre Schicht abends um fünf Uhr endlich beendet war und Katrin sie mit ihrem klapprigen Opel Corsa abholen kam.

»O Mann, ich bin echt fertig«, stöhnte Lena. »Auf jeden Fall weiß ich jetzt, dass ich ganz bestimmt niemals als Altenpflegerin arbeiten werde!«

»Na, dann hat das Ganze ja wenigstens etwas Gutes«, ulkte Katrin und zwinkerte Lena zu. »Wir kaufen uns noch 'ne Packung Eis und hauen uns dann eine DVD rein.«

Süßigkeiten waren Katrins Leidenschaft, was man auch ihrer Figur ansah. Sie war nicht dick, aber doch recht mollig. Erfreulicherweise haderte Katrin jedoch im Gegensatz zu den meisten anderen Mädchen nicht mit ihrem Übergewicht, sondern stand dazu, gerne zu essen, was Lena völlig in Ordnung fand. Schlimmer erschienen ihr da diese Spinatwachteln, die jede Kalorie zählten und ständig schlecht gelaunt waren. Lena selbst kannte ohnehin keine Figurprobleme, und so stimmte sie dem Vorschlag ihrer Freundin zu.

Die beiden Mädchen hatten es sich gerade vor dem Fernseher in Katrins Zimmer bequem gemacht, sie bewohnte den obersten, ausgebauten Stock im Haus ihrer Eltern, als Frau Krause hereinkam. Genau wie ihre Tochter hatte sie ihre braunen Haare kurz geschnitten und trug eine Brille. Doch im Gegensatz zu Katrin war deren Mutter ein Sportfanatiker, joggte jeden Tag mehrere Kilometer und ging regelmäßig ins Fitnessstudio. Daher war sie äußerst drahtig und bewegungsfreudig – sehr zu Katrins Leidwesen, wie sich auch heute mal wieder zeigte.

Missbilligend wanderten Frau Krauses Augen über den üppigen Eisbecher mit Sahne in Katrins Hand. »Du musst noch mit dem Hund raus, ich habe gleich Pilates.«

»Ach nö, wir haben eben erst die DVD eingelegt«, nörgelte Katrin.

»Die DVD läuft euch nicht davon, und Bewegung schadet dir ganz sicher nicht. Nimm dir mal ein Beispiel an Lena, die hat mindestens drei Kleidergrößen weniger als du!«

»Die isst aber deswegen auch nicht weniger als ich.« Katrins rundliches Gesicht verzog sich immer mehr.

»Los jetzt.« Resolut zog Frau Krause ihre widerstrebende Tochter in die Höhe. »Der arme Rudi muss sein Geschäft machen.«

»Das kann er auch im Garten.«

»Nichts da, ihr geht jetzt mindestens eine Stunde spazieren. Ich frage deinen Opa danach, wenn ich zurück bin.«

»Das ist echt das Letzte!«, regte sich Katrin auf, nachdem ihre Mutter wie ein Wirbelwind aus dem Zimmer verschwunden war.

»Los komm, dann gehen wir halt noch ein Stück«, lenkte Lena ein und kicherte plötzlich los. »Wenn der General dich überwacht, hast du ohnehin keine Chance.«

Sie gingen hinunter, wo Mischling Rudi bereits wartete. Der wuschelige Rüde reichte Lena knapp bis zum Knie, und hätte er nicht begeistert mit dem Schwanz gewedelt, sie hätte einmal mehr kaum sagen können, wo bei ihm vorne und hinten war.

»Na dann komm, du nerviger Wischmopp«, knurrte Katrin.

»Lass dich nicht ärgern«, grinste Lena, während sie dem Hund den Kopf kraulte. »Eigentlich hat Katrin dich total gern.«

Diese schnaubte nur, schnappte sich die Leine und hielt auf die Eingangstür zu. Draußen sah man Katrins Mutter mit einem hochgewachsenen Mann um die siebzig sprechen. Ein üppiger Schnurrbart beherrschte sein kantiges Gesicht, und obwohl er auf einen Stock gestützt ging, strahlte er doch Agilität aus. Seine Schultern waren gestrafft, der Kopf hoch erhoben.

»Sag nichts, wir gehen ja schon«, brummte Katrin ihrem Großvater zu.

Er musterte sie von oben bis unten. »Beim Militär sind wir oft dreißig Kilometer am Tag gelaufen«, bemerkte er stolz. »Ihr jungen Leute seid einfach nichts mehr gewohnt. Außerdem mussten wir …«

»… unsere ganze Ausrüstung und Wasser für zwei Tage mitschleppen«, beendete Katrin den Satz leise, bevor ihr Opa es tun konnte.

Nur mühsam versteckte Lena ihr Prusten hinter einem vorgetäuschten Husten, denn sie wusste, dass Katrins Großvater nur allzu gern von seinem Militärdienst sprach.

»Da sieht man es! Erkältung mitten im Sommer!«, tadelte er, wobei seine Augen nun auf Lena ruhten. »Abhärten sollte man euch – jeden Tag zur Schule und zurück laufen lassen.«

»Wir sind nicht mehr in der Schule«, widersprach Katrin, was ihren Opa die Stirn runzeln ließ.

»Fünf Jahre freiwilliger Dienst bei der Bundeswehr hätten dir nach dem Abitur auch nicht geschadet. Ich hätte meine Kontakte spielen lassen können, aber nein, du musstest ja diesen *Bürojob* annehmen.«

Das Wort klang bei ihm so, als müsste Katrin Toiletten schrubben, aber Lenas Freundin ersparte sich einen Kommentar, zog nur die Schultern ein und eilte dann zum Tor hinaus.

»Vor einer Stunde will ich euch nicht sehen!«, verfolgte sie die kräftige Stimme Herrn Krauses. »Und marschiert stramm!«

»Der ist echt krass drauf«, lachte Lena, als sie endlich das Grundstück der Krauses hinter sich gelassen hatten und die Dorfstraße in Richtung Burg hinabliefen.

Nicht umsonst trug Katrins Großvater den Spitznamen General, denn er war in jungen Jahren leidenschaftlicher Bundeswehrsoldat gewesen, und den militärischen Tonfall und das herrische Auftreten hatte er auch mit dem Rentenalter nicht abgelegt. Lena musste zugeben, dass er einer der wenigen Erwachsenen war, vor dem sie echten Respekt hatte, denn mit Walter Krause war nicht gut Kirschen essen.

»Beschwer du dich nur nochmal über deine Familie«, stöhnte Katrin. »Du lebst zumindest nicht in einer Kaserne! Ich sag dir, sobald ich meinen Abschluss habe, ziehe ich aus.«

»Na ja, meine Oma ist okay«, gab Lena zu, »aber meine Eltern …«

»Wir könnten uns bei der Burg in den Biergarten setzen«, schlug Katrin vor, und ihre Augen strahlten mit einem Mal, denn die kleine Festung von Burggaillenreuth kam in Sicht. Auf einem schroffen Felsen erbaut, mit einem gemütlichen, unter alten Linden gelegenen Biergarten davor, thronte sie über dem bewaldeten Tal.

»Hm.« Bedächtig wiegte Lena den Kopf. »Wenn der General auf seinem *strammen* Abend-Kontrollspaziergang vorbeikommt, ist was los.«

»Auch wieder wahr«, seufzte Katrin und schlug einen schmalen Waldweg ein. »Also gut, lass es uns hinter uns bringen.« Sie löste Rudis Leine, und der Hund trottete schnüffelnd vor ihnen her.

Der Pfad zog sich an einem steilen Abhang entlang, und bald kamen sie an einem hölzernen Wanderwegschild vorüber. *Der Keltenwall.*

Lena konnte sich daran erinnern, als kleines Kind mit ihrem Onkel Carsten hier gewesen zu sein. Der war ein echter Naturbursche, und als er noch in der Gegend gewohnt hatte, waren sie häufig klettern oder wandern gegangen. Heute war Onkel Carsten in der ganzen Welt unterwegs, jobbte mal hier, mal dort, momentan, soweit Lena wusste, als Surflehrer in Spanien. Manchmal vergingen Monate, bis er sich meldete, aber wenn er zu Besuch nach Hause kam, konnte man sich auf eine Party und die verrücktesten und ungewöhnlichsten Geschenke gefasst machen. Grinsend musste Lena an eine präparierte Vogelspinne denken, die er ihr mitgebracht hatte, als sie zwölf Jahre alt gewesen war. Auf seine Anregung hin hatte sie diese in der Tasche ihrer ungeliebten Mathematiklehrerin deponiert – und postwendend einen Verweis kassiert. Doch die Miene und den spitzen Schrei von Frau Schulze waren den Ärger allemal wert gewesen.

Während sie sich über ihre vergangene Schulzeit und ehemalige Schulkameraden unterhielten, schlenderten die beiden Mädchen durch den dämmrigen Wald. Sie hatten gar nicht bemerkt, wie rasch die Zeit vergangen war, und auf einmal wurde es merklich düster zwischen den hohen Bäumen und den vielen ungewöhnlich geformten Felsen.

»Ich denke, wir sollten zurückgehen, bevor es dunkel wird«, schlug Lena vor, dann verzog sie ihren Mund. »Selbst der General wird kaum etwas zu meckern haben.«

»Vermutlich nicht«, stimmte Katrin zu.

Unruhig trat Lena von einem Bein aufs andere. Sie befanden sich auf einer Erhöhung im Wald, jener Stelle, von der man vermutete, dass sich hier eine keltische Siedlung befunden hatte. »Ich muss mal. Geh doch schon vor.«

»Okay.« Katrin warf einen Blick voller Unbehagen ins Unterholz, machte sich dann aber mit Rudi an der Leine auf den Weg bergab, während Lena sich nach einer geschützten Stelle umsah. Um diese Zeit waren zwar nicht mehr unbedingt Touristen oder Kletterer zu erwarten, die an der nahegelegenen Steilwand ihren Sport ausübten, aber man wusste ja schließlich nie!

Im Schutz eines moosbewachsenen Felsens verschaffte sich Lena Erleichterung, vernahm jedoch hinter sich plötzlich ein Geräusch. Es raschelte im Gebüsch, ein leichter Wind hatte sich erhoben und ließ die Kronen der Bäume wogen und einen der alten Stämme knarren. Im Zwielicht des Abends konnte Lena zunächst nicht allzu viel erkennen, aber sie war sich sicher, eilige Schritte, gedämpft vom weichen Waldboden, zu hören. Hier und da knackte ein Ast. Sie kauerte sich hinter dem Felsen zusammen und spähte aus ihrer Deckung hinaus in den Wald. Zwei Personen kamen genau in ihre Richtung. Ihr stockte der Atem, und entgegen jeglicher Vernunft fuhr sie kerzengerade auf und besah sich die bizarre Szenerie. Eine Albtraumgestalt, hochgewachsen mit derben, unmenschlichen Gesichtszügen, rannte mit einer Art Säbel bewaffnet durch den Wald und stieß dabei grunzende Laute aus. Dem sonderbaren Wesen folgte ein Mann mit wehendem Umhang – ebenfalls ein Schwert in der Hand. Dieser beschleunigte nun seine Schritte, machte einen Bogen, sprang geschmeidig auf einen Felsen und fiel schließlich das eigenartige Geschöpf von hinten an. Dieses polterte laut keuchend auf den Waldboden, nur ein paar Schritte von Lena entfernt, dann rührte es sich nicht mehr.

»Du bist tot«, sagte der Mann mit der Kapuze.

Lena konnte nur dastehen und stumm und mit aufgerissenen

Augen auf die Szene blicken. Unwillkürlich musste sie an Frau Winters Erzählungen denken. Dass es klüger gewesen wäre davonzurennen, wurde ihr sofort klar, als sich das Gesicht des Mörders in dem Umhang ihr zuwandte.

»Also ich … ich habe nichts gesehen«, stammelte sie und spürte dabei, wie ihre Knie weich wurden.

Da war der finstere Kerl auch schon bei ihr, und als er sprach, glaubte sie kurz, seine Stimme zu erkennen, hatte jedoch viel zu viel Angst, um weiter darüber nachzudenken – schließlich war sie soeben Zeugin eines Mordes geworden und würde vermutlich in den nächsten Sekunden das nächste Opfer werden.

»Läufst du immer mit heruntergelassener Hose durch den Wald?«, fragte der Mann jedoch nur zynisch.

Lena entfuhr ein entsetztes Quietschen. Eilig zog sie ihre Hose hoch, und als der Mann seine Kapuze zurückschlug, wusste sie gar nicht mehr, was sie denken sollte. Vor ihr stand Ragnar, Frau Winters Enkelsohn. Auch diese seltsame, vermeintlich tote Gestalt erhob sich nun wieder. Bei näherem Hinsehen erinnerte sie Lena verblüffend an einen der Uruk-hai aus dem Film *Der Herr der Ringe*.

»Ich … also was …«, stotterte sie.

Ragnars Gesicht verzog sich zu einem breiten Grinsen, während er dem Uruk-hai auf die Schulter schlug. »Kann es sein, dass dich der gute Rolf erschreckt hat?«

Das vermeintliche Ungeheuer zog sich nun die Maske vom Kopf, strich sich durch die schulterlangen, blonden Haare, die ihm verschwitzt am Kopf klebten, und lachte. »Hi!«

»Hi.« Ganz langsam kam Lena wieder zu sich, sie straffte die Schultern und sah Ragnar herausfordernd an. »Rennt ihr immer in so einem Aufzug durch die Gegend?«

»Eigentlich nicht. Wir haben nur ein LARP-Event dieses Wochenende.«

»Ein was?« Lena starrte ihn verwirrt an.

»LARP«, erklärte Rolf, noch immer sichtlich amüsiert. »Live Action Role Play. Wir treffen uns ein Wochenende lang und stellen bestimmte Szenen aus Büchern oder Computerspielen nach. Diesmal ist *Herr der Ringe* das Thema. Ich spiele einen Uruk-hai, Ragnar einen Waldläufer.«

Ragnar deutete vage in den Wald. »Dort hinten sollten einige Elfen und Hobbits sein.«

»Wie nett!« Lena schüttelte den Kopf. »Sag mal, ihr habt sie doch nicht alle, oder?«

Rolf, der Uruk-hai, grinste jedoch nur breit. Der Statur nach konnte er tatsächlich als Fantasy-Ungeheuer durchgehen, denn er war äußerst kräftig gebaut und – ohne Maske – nicht einmal unattraktiv mit seinem Dreitagebart und dem freundlichen Grinsen im Gesicht. Lena schätzte ihn auf Mitte bis Ende zwanzig.

»Ob du's glaubst oder nicht, das macht wirklich Spaß.« Er klopfte auf seinen bedrohlich wirkenden Säbel. »Das ist übrigens nur Schaumstoff! Falls du Lust hast, komm doch einfach zu uns ins Lager und sieh dir an, was wir so treiben. Wir sind echt ein netter Haufen.« Sein Blick wanderte interessiert über sie. »Wie heißt du eigentlich?«

Ohne sich vorzustellen, stapfte sie los. »Nein danke, kein Bedarf!« Inzwischen war es ihr äußerst peinlich, mit heruntergelassener Hose vor Ragnar und einem verkleideten Uruk-hai gestanden und sich komplett zum Narren gemacht zu haben. Daher verabschiedete sie sich hastig und eilte nun durch den Wald zurück. Sie musste sich nicht umdrehen, um zu wissen, dass die beiden ihr hinterhergrinsten.

»Mensch, Lena, wo warst du denn so lange?«, rief Katrin ihr schon entgegen, als sie die in den Stein gehauenen Stufen hinabgeeilt kam, die hinauf zu der alten Keltensiedlung führten. Katrin sah sich unbehaglich um. »Es ist schon fast stockdunkel, da bin ich nicht gern im Wald. Wer weiß, wer sich hier alles nachts herumtreibt.«

»Tja, du würdest dich wundern.« Noch einmal wandte sich Lena kopfschüttelnd zum Keltenwall, dann erzählte sie ihrer Freundin von ihrer höchst eigentümlichen Begegnung.

Kapitel 5

Der verlorene Schatz

Inzwischen hatte sich Lena im Internet über diese ominösen LARP-Veranstaltungen informiert und herausgefunden, dass es offenbar eine große Fangemeinde von Rollenspielern gab. Bei mehr oder weniger großen Events trafen sie sich, schlüpften in die Rolle von Elfen, Zwergen oder Trollen und stellten Schlachten oder andere Szenen nach. Wie es aussah, handelte es sich nicht, wie Lena erwartet hatte, um eine Minderheit von völlig durchgeknallten Freaks, sondern angeblich beteiligten sich selbst erfolgreiche Geschäftsleute, Lehrer und Bankangestellte an derartigen Veranstaltungen und schlüpften für ein oder zwei Tage in eine beliebige Rolle.

Trotz allem wurde sie den Eindruck nicht los, dass dieser Ragnar nicht ganz dicht war. Eines Tages wurde sie nämlich Zeuge, wie er vor dem Zimmer seiner Großmutter seinen beleibten Onkel Georg gegen die Wand drückte. Dessen Gesicht war mal wieder knallrot angelaufen, und trotz seiner deutlich kräftigeren Gestalt schien er sich seines Neffen nicht erwehren zu können, auch wenn er ihn lauthals beschimpfte.

»Du wirst dir das Erbe nicht unter den Nagel reißen! Sollte dieser fragwürdige Schatz tatsächlich existieren, dann gehört er mir.«

Ragnars zum Zerreißen angespanntes Gesicht näherte sich bedrohlich dem seines Onkels. »Du widerwärtiger, geldgieriger

Schleimer. Deine Mutter interessiert dich doch überhaupt nicht, alles, was du siehst ist … Geld!«

Herr Winter versuchte, sich aus dem Griff Ragnars zu befreien, aber der hielt ihn an den Handgelenken fest. Unentschlossen, was sie tun sollte, stand Lena mit dem Wagen voller Getränke da und beobachtete die beiden Männer.

Ihr wurde die Entscheidung abgenommen, denn Schwester Margareta kam um die Ecke, erfasste die Situation mit einem Blick und stellte sich dann vor die Streithähne.

»So, die Herren, das hier ist kein Boxring, sondern ein Seniorenheim. Wären Sie so freundlich und würden sich außerhalb unserer Einrichtung die Köpfe einschlagen?«

»Retten Sie mich vor diesem Irren!«, keuchte Georg Winter mit hervorquellenden Augen.

»Wer hier irre ist, darüber erlaube ich mir kein Urteil.« Schwester Margarete klatschte in die Hände. »Zack, zack, verschwinden Sie, sonst muss ich die Leitung informieren.«

Widerstrebend ließ Ragnar seinen Onkel los, nicht ohne ihm noch einmal drohend seinen Finger vor die Nase zu halten. »Ich lasse nicht zu, dass du meine Großmutter unter Druck setzt!« Damit fuhr er auf dem Absatz herum und rauschte durch die Tür.

Auch Georg Winter zog ab, nervös an seiner Krawatte nestelnd und den Kopf rot wie ein Feuerlöscher.

»Was war das denn?«, erkundigte sich Schwester Margareta bei Lena.

»Keine Ahnung, ich dachte schon, gleich fließt Blut.«

»Also wirklich, so wie du dreinblickst, könnte man meinen, das hätte dir gefallen«, rügte die resolute Altenpflegerin sie.

»Ein bisschen Action kann nie schaden«, grinste Lena.

»Nun gut, dann fahr mal die Getränke aus, wenn du Action brauchst!«, befahl Schwester Margareta und schob Lena an der Schulter vorwärts, woraufhin sie sich seufzend auf den Weg machte.

Herr Schubert, der bald seinen dreiundachtzigsten Geburtstag feiern würde, verwechselte Lena zum wiederholten Male mit seiner Enkeltochter und schüttete seinen Tee über dem Bett aus, sodass Lena die gesamte Bettwäsche wechseln musste. Dies trug nicht unbedingt zur Aufhellung ihrer Stimmung bei, daher war sie reichlich verärgert, als sie später in Frau Winters Zimmer trat. Die alte Dame saß vor dem Fenster und sah hinab in den Park. Ihr Gesicht legte sich in Falten, als sie Lena anlächelte. »Ist das nicht ein wunderbarer Tag heute?«

»Geht so«, grummelte Lena.

»Hast du vorhin den lauten Streit vor meinem Zimmer gehört? Was ist denn vorgefallen?«, erkundigte sie sich dann.

»Ja, Ihr Enkel und Ihr Sohn haben sich in die Wolle gekriegt.«

»Ach, nicht schon wieder«, stöhnte Frau Winter, dann wandte sie sich einem kleinen Spatz zu, der gerade auf dem Fenstersims landete.

»Ich hatte Ragnar vorhin von den Edelsteinen aus Elvancor erzählt, die Maredd mit hierherbrachte. Doch dann kam Georg dazu. Er wollte wissen, wo sich der Schatz befindet, den Maredd und ich versteckt haben.«

»Okay, da ist er natürlich hellhörig geworden«, stellte Lena fest.

»Nur leider glaubt er mir nicht, dass ich nicht weiß, wo sich die Edelsteine befinden«, seufzte sie. »Er denkt, ich wollte sie Ragnar vermachen.«

»Und, wollen Sie?«

»Der Junge hat viel mitgemacht, er hätte es verdient.« Traurig sah sie Lena an. »Es ist nicht leicht, so früh seinen Vater zu verlieren. Wüsste ich noch, wo die Edelsteine sind, ich würde ihm sagen, wo er sie finden kann.« Frau Winter blickte zu ihren Bildern. »Manchmal glaube ich, ich hätte den Ort gemalt.« Nun wirkten ihr Blick und ihre Stimme ganz entrückt. »Wenn ich gemalt habe, dann habe ich mich Elvancor stets ganz nahe gefühlt, seinen Zauber gespürt, und ich hatte den Eindruck, ich wäre tatsächlich dort. Aber zu meinem Bedauern kann ich mich nicht an alles entsinnen, was ich mit meinen Bildern zum Ausdruck bringen wollte.«

»Wirklich?« Mit neuem Interesse schweifte Lenas Blick über die fantastischen Bilder und auch über jene, die Landschaftsaufnahmen der Fränkischen Schweiz zeigten. Doch einen Hinweis auf irgendwelche geheimnisvollen Edelsteine fand sie nicht.

»Maredd wird es mir sagen, wenn er mich holen kommt«, behauptete Frau Winter schließlich voller Überzeugung.

»Ja, bestimmt.« Lena zwinkerte ihr zu und wollte noch etwas hinzufügen, als die Tür aufgerissen wurde und Frau Käppler hereingestürmt kam.

»Du solltest doch die Wege im Park rechen«, regte sich die Leiterin auf.

»Aber Schwester Margareta meinte, ich solle zuerst die Getränke ausfahren.«

»Wer hat hier das Sagen?«, schimpfte die hagere Frau.

Lena hob die Schultern, als eine Stimme von der Tür her tönte: »Natürlich ist es wichtiger, totes Laub von den Wegen zu rechen, als lebenden Menschen ihre wohlverdienten Getränke zu servieren.« Auf ihre Gehhilfe gestützt, stand Frau Meister in der Tür, ihr typisch verschmitztes Lächeln im Gesicht.

Hastig fuhr Frau Käppler herum, und ihre eben noch so verbiesterte Miene wandelte sich in ein geschäftsmäßiges Lächeln. »Na, Frau Meister, wie geht es uns heute? Hatten wir schon Stuhlgang?«

Frau Meister runzelte die Stirn. »Glauben Sie ernsthaft, ich gehe mit einem Stuhl spazieren?«

Lena hielt sich rasch eine Hand vor den Mund, als sie Frau Käpplers aufgerissene Augen sah, aber da winkte Frau Meister bereits ab. »War nur ein kleiner Scherz. Aber nun mal im Ernst.

Ich hatte schon, wie es bei Ihnen aussieht, kann ich nicht sagen«, entgegnete die alte Dame dann recht trocken. »Doch wenn ich Ihre schlechte Laune richtig interpretiere, würde ich behaupten – *nein.*«

Obwohl Lena es krampfhaft versuchte, sie konnte das aufsteigende Lachen nicht unterdrücken, denn Frau Käppler schnappte nach Luft wie ein Fisch auf dem Trockenen, wollte offenbar noch etwas sagen, rückte jedoch schließlich nur ihre Brille auf der Nase zurecht und quetschte sich dann an Frau Meister vorbei.

Diese sah ihr kopfschüttelnd hinterher. »Diese dämliche Fragerei nach dem Stuhlgang ging mir schon immer auf die Nerven.«

»Kann ich verstehen«, lachte Lena. »Das Gesicht von der Käppler – einfach genial!«

»Es war mir eine Ehre, dir den Tag versüßt zu haben.« Frau Meister deutete eine Verbeugung an und tippelte dann weiter.

»Frau Meister ist einfach supercool!«, bemerkte Lena und stellte Frau Winter noch eine Flasche Wasser auf ihren Nachttisch. »Ich muss dann mal weiter, der Park ruft.«

»Maredd und ich haben es immer geliebt, durch den Wald zu reiten. Die Wälder von Elvancor waren so majestätisch und voller Magie.«

»Das war sicher sehr schön. Früher bin ich auch geritten«, erzählte Lena.

»Ach tatsächlich?« Interessiert wandte sich Frau Winter ihr zu.

»Ja, aber irgendwann habe ich aufgehört.«

»Das ist schade, Pferde sind wundervolle Geschöpfe.«

»Sofern sie einen nicht im Dreck absetzen, schon«, stimmte Lena zu. »Also, ich würde mich ja wirklich gerne weiter mit Ihnen unterhalten, aber ich muss jetzt los, sonst killt mich die Käppler.«

»Natürlich, ich will dich nicht aufhalten.« Sie streckte ihre schmale, knochige Hand nach ihr aus. »Lena, du bist ein nettes Mädchen, ich habe dich sehr gern.«

»Vielen Dank.« Lena spürte, wie ihr die Röte ins Gesicht stieg. Meist ging ihr die Arbeit hier im Altenheim gehörig auf die Nerven, aber sie musste sich eingestehen, Bewohner wie Frau Winter oder Frau Meister liebgewonnen zu haben.

Mit wenig Begeisterung machte sie sich im Park daran, die kiesbedeckten Wege vom Laub zu befreien. Die Gewitter der letzten Tage hatten einiges an Blättern und Ästen zu Boden befördert.

»Sklavenarbeit«, grummelte sie vor sich hin und stutzte, als sie Frau Winters Enkelsohn, an eine alte Buche gelehnt, auf dem Boden sitzen sah. Er hielt die Augen geschlossen, sein markantes Gesicht war den letzten Sonnenstrahlen des Tages zugewandt.

Er schien Lena gehört zu haben und hob die Augenlider, oder vielleicht hatte er auch ihren Blick gespürt. Da sie sich ertappt fühlte, ging sie sofort auf Konfrontation. »Na, heute ganz ohne deinen attraktiven Uruk-Freund und ohne Mordwaffe unterwegs?«

»Heute ausnahmsweise vollständig bekleidet unterwegs?«, schoss Ragnar postwendend zurück.

Auf der Stelle glühten Lenas Wangen. Dieser Kerl war einfach unmöglich. Nun erhob er sich mit einer einzigen fließenden Bewegung und klopfte sich das Hinterteil seiner schwarzen Jeans ab.

»Tut mir übrigens leid, dass du vorhin Zeugin des Streits mit meinem Onkel geworden bist«, sagte er völlig unvermittelt.

»Ist ja nicht mein Problem«, murmelte sie und fuhr damit fort, das Laub zusammenzurechen.

Zu ihrer Verwunderung folgte Ragnar ihr, mit einem Mal ganz entspannt, und begann, beinahe schon freundlich zu erzählen.

»Es macht mich wahnsinnig, wie er hinter dem Geld meiner

Großmutter her ist. Sie besitzt nicht viel außer ihrem kleinen Häuschen in Gößweinstein. Auch gibt er nichts auf ihre Geschichten von ihrem Geliebten, nur die Edelsteine, die hätte er schon gern, so sie denn tatsächlich existieren.«

»Glaubst du etwa an die Hirngespinste deiner Oma?«

Er zuckte mit den Schultern, dann sah er sie mit seinen ungeheuer intensiven dunkelgrauen Augen an, in denen Lena plötzlich helle, silbrige Punkte zu entdecken glaubte. »Hirngespinste? Ich kenne das Wort nicht.«

Da Ragnar so gut Deutsch sprach, nur mit diesem leichten Akzent, hatte sie ganz vergessen, woher er kam. »Fantastereien, Spinnereien, ihre Geschichten können doch gar nicht wahr sein.«

»Weshalb nicht?« Fast liebevoll fuhr er mit einer Hand über einen Holunderbusch. »Natürlich klingt vieles absurd, aber es gibt mehr Dinge zwischen Himmel und Erde, als wir uns ausmalen können, hat meine andere Großmutter in Island immer gesagt.«

Als Lena ihre Nase krauszog, fuhr er fort, wobei ein Schmunzeln um seine schmalen Lippen spielte: »Für Großmutter Sigrid existieren Elfen und Kobolde tatsächlich, und sie stellt ihnen stets eine Schale mit Keksen oder Milch aufs Fensterbrett.«

»Du willst mich doch verarschen?«

»Nein, absolut nicht!«, beteuerte Ragnar. »Bei uns in Island gibt es sogar Elfenbeauftragte, die prüfen, ob neue Straßen das kleine Volk nicht stören.«

»Dann haben bei euch eben alle einen an der Klatsche.« Für den Fall, dass er auch diesen Ausdruck nicht kannte, machte sie eine eindeutige Handbewegung gegen die Stirn. Anders als erwartet, wurde Ragnar nicht böse, sondern lachte nur. »Für euch mag das ungewohnt erscheinen, hier sind die alten Legenden beinahe ausgestorben, habe ich den Eindruck. Aber alle Generationen vor uns haben von magischen Wesen berichtet.«

»Das waren doch primitive Urzeitmenschen!«

»Das würde ich nicht sagen.« Ragnar setzte sich auf eine der Parkbänke und klopfte einladend neben sich. Ein prüfender Blick überzeugte Lena davon, nicht von Frau Käppler beobachtet zu werden, daher ließ sie sich neben ihm nieder.

»Wusstest du, dass in allen Kulturen Legenden von Drachen existieren? Und das zu Zeiten, als es weder Post noch Telefon, Internet oder sonst etwas gegeben hat. Zudem ähneln sich Zeichnungen von Drachen sämtlicher Kulturen auf frappierende Weise. Während alle Wirbeltiere nur vier Gliedmaßen haben, verfügen Drachen über sechs. Ist dies nicht sonderlich für Legenden? Wie bitte sollen sie also zu Stande gekommen sein?«

»Du glaubst ernsthaft an Drachen?« Jetzt war es für Lena endgültig klar – Ragnar hatte nicht alle Sinne beisammen.

»Ich weiß nicht«, räumte er ein. »Auch ich bin in dieser modernen und von Technik übermannten Welt aufgewachsen und hege meine Zweifel. Wenn man mit einundzwanzig von Fabelwesen spricht, laufen die meisten Mädchen davon – jedenfalls hier in der Gegend.«

»Du bist erst einundzwanzig?«, rutschte es Lena heraus.

Verlegen fuhr er sich durch seine von grauen Strähnen durchzogenen Haare. »Liegt bei uns in der Familie, mein Vater war auch mit Anfang zwanzig schon beinahe ergraut.«

»Ist ja nicht so schlimm«, lenkte Lena eilig ein. »Dass die Mädels allerdings davonlaufen, das kann ich verstehen, bei den Dingen, die du von dir gibst. Deshalb gehst du wohl auch auf diese komischen LARP-Events.«

»Nicht regelmäßig, aber ich habe auf einem Mittelaltermarkt gejobbt und dort Kontakte zu einigen Leuten aus der Szene bekommen, die mich eingeladen haben mitzumachen. Dennoch bevorzuge ich richtige Schaukampfwaffen statt dieser Schaumstoffdinger.« Bedächtig wiegte er den Kopf. »Natürlich sehe ich ein, dass es zu gefährlich wäre, bei LARP-Events Metallwaffen zu erlauben.«

»Du kannst also richtig mit Schwertern kämpfen?«, wunderte sich Lena, einerseits entsetzt, andererseits fasziniert.

»Einige Zeit habe ich mich mit Schwertkampfvorführungen auf Mittelaltermärkten über Wasser gehalten und Schnitzereien und Lederarbeiten verkauft.«

Insgeheim verblüffte es Lena, wie gesprächig er auf einmal war, und sie musste sich eingestehen, dass es eigentlich ganz nett war, mit ihm zu plaudern.

»Bist du schon lange in Deutschland?«

»Seit knapp zwei Jahren.« Plötzlich verfinsterte sich sein Gesicht wieder.

»Und wo wohnst du?«

»Wie gesagt, einige Zeit war ich unterwegs, habe mich hier und da mit Gelegenheitsarbeiten durchgeschlagen, bis ich hierhergekommen bin, um meine Großmutter wiederzusehen. Momentan arbeite ich als Stallbursche im Reitstall in Burggaillenreuth und wohne in der Holzhütte hinter den Weiden, falls du dich dort auskennst.«

»Ich kenne den Reitstall«, rief sie aus, dann neigte sie den Kopf skeptisch zur Seite. »Echt, in der Bruchbude wohnst du?«

Gelassen zuckte Ragnar die Achseln. »Ich habe die Hütte renoviert, dafür muss ich keine Miete zahlen. Wasser- und Stromleitungen waren noch gut in Schuss, nur das Dach musste ausgebessert werden.«

»Na ja, jedem wie's ihm gefällt.«

»Ich mag Holzhäuser, sie haben Seele.« Er runzelte seine Stirn, als er zum Gebäude des Altenheims blickte. »Im Gegensatz zu diesen Betonbunkern. Ich könnte niemals in so tristen Gebäuden leben.«

»Der Traum meiner schlaflosen Nächte wäre das auch nicht gerade«, stimmte Lena zu. »Aber manchen Bewohnern bleibt eben nichts anderes übrig.«

Ragnar öffnete den Mund zu einer Entgegnung, aber da sah

Lena Frau Käppler forschen Schrittes durch den Park kommen. Sofort sprang sie auf und begann, wie wild zu rechen. Auf Ragnars Gesicht erschien ein zynisches Grinsen.

»Hast wohl Angst vor deiner Chefin?«

»Nein, aber …«

»Ich verstehe nicht, weshalb manche Leute sich tyrannisieren lassen und Berufe ausüben, die ihnen keine Freude bereiten«, unterbrach er sie.

»Das ist nicht mein verfluchter Beruf«, zischte Lena ihn an. »Mir bleibt keine Wahl und …«

»Sehr gut!«, flötete Frau Käppler mit ihrem aufgesetzten Lächeln. »Fleißig bei der Arbeit, so gefällt es mir.«

Lena hörte, wie Ragnar etwas vor sich hin brummelte, vermutlich war es Isländisch, und sein düsterer Blick traf ihre Vorgesetzte. Diese stutzte kurz, dann eilte sie auf ihren hohen Absätzen auf den Ausgang zu.

»Eine unangenehme Person«, bemerkte Ragnar.

»Das kannst du laut sagen!«

»Soll ich?« Er holte tief Luft, aber Lena schüttelte lachend den Kopf. »Was meinst du damit, dir würde keine Wahl bleiben?«

»Hm, na ja …« Verlegen trat Lena auf der Stelle herum. »Ich muss hier Sozialstunden ableisten.« Als er fragend die Augenbrauen hob, fuhr sie fort: »Eine Strafe sozusagen.«

»Hast du etwas ausgefressen?«

»Könnte man so sagen.«

Unvermittelt erhob sich Ragnar. »Wenn du Lust hast, kannst du mir ein anderes Mal davon erzählen. Ich muss jetzt gehen, die Pferde warten auf ihre Abendfütterung.«

»Ja, vielleicht«, stimmte Lena zu, sah ihm kurz hinterher und beeilte sich dann, weiter den Weg von Laub und kleinen Ästen zu befreien.

Kurz darauf kam Maike in legerer Freizeitkleidung den Weg entlang. Auf ihrem Gesicht zeichnete sich ein breites Grinsen ab.

»Was hast du denn so lange mit dem *Weltuntergang* zu bereden gehabt?«, erkundigte sie sich neugierig.

»Was? Ich hab ihn nur zufällig im Park getroffen.«

»Das sah aber ganz anders aus.« Maike verschränkte die Arme vor ihrem imposanten Busen.

»Blödsinn. Außerdem ist der Typ echt merkwürdig, wenn man bedenkt, wie er sich verhält und was er so von sich gibt.«

»Huhu!« Maike riss ihre Augen weit auf. »Wir Mädels stehen doch auf geheimnisvolle Männer!«

»Du vielleicht.« Lena machte eine einladende Handbewegung. »Du kannst ihn gerne haben.«

»Nee, lass mal. Ich bleibe lieber bei Timo.« Verträumt wanderte ihr Blick zur Straße, wo der junge Altenpfleger einer Heimbewohnerin in den Bus half.

»Bisher waren deine Bemühungen ja nicht gerade von Erfolg gekrönt. Und du bist schon deutlich länger hier als ich.«

Diese Worte schienen Maike überhaupt nicht zu gefallen. Sie reckte ihr Kinn in die Höhe und meinte dann hochnäsig: »Viel Spaß noch mit dem Laub, ich gehe jetzt ins Freibad.« Sie stolzierte zum Ausgang, wechselte mit demonstrativen Blicken ein paar Worte mit Timo und war dann auch schon verschwunden. Auf Lena hingegen warteten noch drei qualvolle Stunden Arbeit, und sie hätte viel dafür gegeben, irgendwo im Schatten mit einem Buch oder ihrem MP3-Player zu sitzen und es sich gut gehen zu lassen.

Ähnlich wie der gesamte Juni bescherte auch der Juli der Fränkischen Schweiz einige Tage mit flirrender Sommerhitze. Lena hatte auch das lästige Sommerfest hinter sich gebracht. Hin und wieder sah sie Ragnar noch bei seiner Großmutter, doch mehr als ein paar flüchtige Worte wechselte sie kaum mit ihm. Maike dagegen hatte eines Tages seine *Weltuntergangsstimmung* mal wieder voll abbekommen, als sie versehentlich beim Putzen eines der Bilder seiner Großmutter heruntergeworfen hatte. Wenn Lena Zeit hatte, erzählte Frau Winter ihr weiterhin von ihren fantastischen Erlebnissen in Elvancor, und ab und zu ertappte sie sich dabei, sogar ihren Feierabend zu vergessen. Selbst wenn die Geschichten erfunden waren, so zogen die Abenteuer, die Frau Winter angeblich mit Maredd erlebt hatte, sie doch immer mehr in ihren Bann. Sie konnte sich den starken, hochgewachsenen Krieger mit den langen Haaren beinahe leibhaftig vorstellen, wie er mit seinem Kriegsross über die Ebenen preschte und die schattenhaften Rodhakan jagte. Auch heute saß Lena an Frau Winters Bett. Die alte Dame hatte sich eine Erkältung zugezogen und sollte daher das Haus nicht verlassen.

»Ich war erst siebzehn, als ich Maredd das erste Mal traf«, erinnerte sie sich. »Ein eiskalter Tag im Winter 1937 war angebrochen. Ich war unterwegs, um Feuerholz am Staffelberg zu sammeln. Damals lebte ich mit meinen Eltern in der Nähe von Staffelstein, die Schneemassen türmten sich mehr als kniehoch. Ein Eissturm überraschte mich, und ich denke, ich wäre erfroren, wäre Maredd nicht wie aus dem Nichts aufgetaucht und hätte mich in einer Höhle in Sicherheit gebracht.«

»Wo kam der denn so plötzlich her?«, wollte Lena wissen.

»Die Grenzen nach Elvancor sind fließend«, erklärte sie. »An bestimmten Kraftorten ist es wahrscheinlicher, nach Elvancor übertreten zu können, und stets ist ein Aufkommen großer Energie nötig, um die Kraftlinien zu verbinden und die Grenzen zu öffnen – in meinem Fall war es der Eissturm.«

»Sie meinen, Sie haben sich an einem solchen Kraftort befunden?«, erkundigte sich Lena aufgeregt.

»Davon gehe ich aus.«

»Und Sie sind mit in Maredds Land gegangen?«

»Nicht sofort. Zunächst saßen wir die halbe Nacht in der Höhle.« Ein verträumtes Lächeln ließ Frau Winter sehr viel jünger aussehen. »Ich glaube, ich habe mich auf der Stelle in ihn verliebt, aber natürlich war ich zu stolz, ihm ohne weitere Erklärungen zu folgen. Wir waren eingeschneit, und auch wenn ich ihm – so mag es dir bei meiner Geschichte ebenfalls ergehen – nicht sofort geglaubt habe, dass er aus Elvancor kommt, so bin ich doch letztendlich mit ihm gegangen.« Sie hob ihre Arme. »Wir waren ohnehin von der Außenwelt abgeschnitten, und ich war jung und neugierig. Aber was ich dann sah, verschlug mir den Atem.«

»Was denn?«

Frau Winter deutete auf eines ihrer Bilder, jenes mit den Wasserfällen und dem gigantischen Bergmassiv. »Die Berge von Avarinn. Dort liegt ein Zentrum uralter Magie. Außerdem sind die mächtigen Berge nicht nur die Wohnstätte der Tuavinn, sondern auch die Grenzen zu den Kraftorten unserer Welt öffnen sich an diesem Ort. Ich war sehr unsicher«, gab sie zu. »Schließlich war Maredd ein mir völlig fremder Mann, seine Welt verwirrte mich, aber gleichzeitig wusste ich, er ist der Richtige – mein Anam Cara.«

»Ihr was?«, hakte Lena nach.

»Anam Cara – Seelenfreund oder Seelengefährte, so nennen die Tuavinn den zweiten Teil ihres Selbst, denjenigen, der für einen bestimmt ist.«

»Wow, das ist voll romantisch.« Lena entfuhr ein Seufzen, und sie ertappte sich dabei, völlig in Frau Winters Geschichte gefangen zu sein. »Was geschah dann?«

»Die Rodhakan hatten bemerkt, dass Maredd mich mitgebracht hatte, und machten Jagd auf uns. Sie wollten mich entführen und ihn erpressen, die Grenzen für sie zu öffnen, damit sie hier ihr Unwesen treiben können, denn heutzutage gibt es bei uns kaum noch Wächter so wie Schamanen, Druiden oder andere weise Männer und Frauen wie in früheren Zeiten, die über die Grenzen wachen.«

»Hm, blöde Sache.«

»Eine gefährliche Jagd durch die Berge begann«, erzählte die alte Frau, die Augen weit aufgerissen, so als würde sie alles noch einmal erleben. »Maredd verteidigte mich mit seinem Leben, und später gestand er mir, ebenfalls sofort gewusst zu haben, dass ich seine Seelengefährtin bin. Glücklicherweise trafen wir auf andere Tuavinn, mit deren Hilfe er die Schattenkreaturen zurückschlagen konnte. Ich war so fasziniert von Maredd, dass ich all meine Vorbehalte und Zweifel über den Haufen warf und eine lange Zeit mit ihm verbrachte. Er lehrte mich auf den edlen Pferden von Avarinn zu reiten, wir besuchten die Menschen auf den Ebenen von Zinth, auch wenn Maredd dort nie lange bleiben mochte.«

»Weshalb nicht?«

»Die Tuavinn sind ein sehr naturverbundenes Volk. Selten erschaffen sie sich künstliche Behausungen, schlafen am liebsten im Freien unter Bäumen und wenn nicht, dann lassen sie sich in Höhlen nieder oder bauen Hütten aus Holz.«

Das fand Lena eigenartig, aber da sie ohnehin alles Frau Winters ausgeprägter Fantasie zuschrieb, machte sie sich auch keine weiteren Gedanken mehr darüber.

»Manchmal hatte ich den Eindruck zu träumen. Elvancor war so fantastisch, mit Tieren, wie man sie hier niemals zu Gesicht bekommt, und Naturgeistern in den Wäldern. Selbst Drachen zogen ihre Kreise über den Bergen von Avarinn.«

»Und die haben Sie nicht gefressen?«, hakte Lena nach.

»Sonst säße ich heute nicht hier, oder?« Frau Winter schmunzelte verschmitzt. »Nein, die Drachen von Elvancor sind nicht die blutrünstigen, menschenfeindlichen Wesen, wie sie so gerne in unseren Legenden beschrieben werden. Sie leben frei und wild in den Bergen und behelligen die anderen Lebewesen nicht. Maredd führte mich sogar ganz in die Nähe der Drachenberge, da ich so fasziniert von ihnen war.«

»Also hat Ihr geheimnisvoller Freund auch noch Drachen als Freunde – echt abgefahren!«

»Als Freunde würde ich sie nicht direkt bezeichnen«, widersprach die alte Frau. »Drachen sind sehr stolze und unnahbare Wesen, und sie greifen nur in das Geschehen ihrer Welt ein, wenn sie direkt bedroht werden.«

»Wollen Sie am Ende behaupten, schon einmal auf einem Drachen geritten zu sein?«

»Aber nein!« Jetzt wirkte Frau Winter äußerst aufgebracht. Energisch schüttelte sie den Kopf. »Die Drachen von Avarinn würden niemals einen Menschen auf ihrem Rücken tragen.«

»Na dann halt nicht.« Vorsichtig spähte Lena auf ihre Armbanduhr. Auch wenn ihr die Geschichte gefiel, langsam musste sie weiter. »Und weshalb sind Sie denn überhaupt wieder gegangen, wenn es Ihnen in Elvancor so gut gefallen hat?«

Ein tiefes Seufzen entstieg Frau Winters Kehle. »Sosehr ich Maredd auch liebte, ein Teil von mir bezweifelte seine Beteuerungen, dass hier in unserer Welt kaum Zeit vergangen sein würde, wenn ich zurückkehrte. Er spürte, was mich beschäftigte. Es war mein schlechtes Gewissen meinen Eltern gegenüber, meine Angst, sie im Stich gelassen zu haben. Also schickte er mich zurück und versprach, sobald es ihm möglich wäre, zu mir zurückzukehren und mich noch einmal zu fragen, ob ich mit ihm leben wolle.«

»Und?« Gespannt beugte sich Lena nach vorne.

»Er kam, allerdings erst zwölf Jahre später, ehrlich gesagt, hatte ich schon gar nicht mehr mit ihm gerechnet. Wir waren inzwischen nach Gößweinstein gezogen, aber Maredd erklärte, er hätte mich auch hier gespürt.«

»Weshalb kam er so spät?« Lena machte sich auf eine neue fantastische Geschichte gefasst und wurde nicht enttäuscht.

»Er musste gegen die Rodhakan kämpfen, denn sie waren enorm erstarkt und drohten die Menschen von Elvancor zu vernichten. Außerdem musste Maredd auf den richtigen Zeitpunkt warten, und der bot sich erst während eines gewaltigen Unwetters im Sommer 1949.«

»Sind Sie wieder mit ihm gegangen?«

»Nein, leider nicht.« Bei diesen Worten sah sie sehr traurig aus. »Auch wenn ich Maredd vermisste, ließ ich mich zu einer Heirat mit Fritz überreden. Mein ältester Sohn Georg war vor nicht allzu langer Zeit geboren worden, und ich konnte ihn nicht allein zurücklassen.«

»Logisch«, stimmte Lena zu.

»Noch einmal kam Maredd zu mir, etwa neun Jahre später. Ich erinnere mich noch an jene Nacht. Dieses eine Mal noch folgte ich ihm, wollte noch einmal seine Nähe spüren und blieb für einige Tage in Elvancor. Aber dann siegte mein Verantwortungsbewusstsein. Ich musste zu Georg zurück und auch zu Fritz, den ich zwar nicht wirklich liebte, den ich jedoch nicht mit einem kleinen Kind zurücklassen wollte.«

»Aber Sie sagten doch, bei uns würde kaum die Zeit vergehen, solange Sie in Elvancor sind«, wunderte sich Lena.

»Für euch vergeht höchstens ein Tag, während man in Elvancor eine lange Zeit verbringen kann. Man lebt in den Tag hinein, macht seine Erfahrungen und altert auch nicht. Trotzdem vermisste ich meinen kleinen Jungen.«

Zwar konnte sich Lena den grobschlächtigen, unangenehmen Georg Winter kaum als niedliches Kind vorstellen, aber er war ja damals erst neun oder zehn gewesen, und eine Mutter machte sich natürlich Sorgen um ihren Nachwuchs.

Verdammt, schoss es ihr plötzlich durch den Kopf, *langsam fange ich an, ihr zu glauben und mir Gedanken über das zu machen, was sie behauptet.*

»Maredd war sehr enttäuscht, wir stritten uns heftig. Er sagte, er wäre sich sicher, in mir seine Anam Cara gefunden zu haben, seine Seelenfreundin. Aber wenn ich das nicht einsähe, würde er mein Gedächtnis von jeglicher Erinnerung an Elvancor befreien und mir hier ein normales Leben ermöglichen. Sollte er sich täuschen und wir gehörten nicht zusammen, würde ich ihn und Elvancor vergessen. Wenn ich aber seine Anam Cara wäre, käme meine Erinnerung nach und nach zurück. Trotzdem äußerte er auch Bedenken, rechtzeitig zu mir zurückkehren zu können, da schwere Zeiten für die Tuavinn angebrochen waren.«

»Moment«, unterbrach Lena sie verwirrt. »Ein Tag vergeht hier, aber wenn ich es richtig verstanden habe, ist das in Elvancor nicht der Fall – also hätte er sich doch ewig Zeit lassen können.«

Erneut lächelte die alte Dame wehmütig. »So ist es. Für Maredd werden – für unsere Begriffe – viele Jahrhunderte vergangen sein, wenn er wieder zu mir kommt. Lena«, sie beugte sich zu ihr vor, »Zeit ist etwas, das in Elvancor nicht existiert, auch wenn das für uns sehr schwer verständlich ist. Niemand misst dort Jahre oder Jahrzehnte. Man lebt, liebt und entwickelt sich, bevor man in die Ewigkeit eingeht. Es ist faszinierend. Ich hoffe, Maredd liebt mich noch immer und wird mich tatsächlich ein letztes Mal fragen und mich nach Elvancor mitnehmen.«

»Puh.« Lena blies die Backen auf. »Mal ganz ehrlich, Frau Winter, wenn dieser Maredd nicht altert, was will er denn dann noch mit Ihnen?«

Ein glockenhelles Lachen entstieg ihrer Kehle. »Elvancor ist ein magisches Land. Dort könnte ich wieder jung sein.«

»O Mann, sorry, aber das ist mir jetzt doch zu heftig.« Lena stand auf, betrachtete Frau Winter kopfschüttelnd und wandte sich schon zur Tür.

»Lena!«

Noch einmal drehte sie sich um und sah in Frau Winters wache Augen.

»Ich bin dir nicht böse, wenn du mir nicht glaubst. Für jemanden, der noch niemals das erlebt hat, was mir widerfahren ist, mag das alles sehr ungewöhnlich klingen. Ganz besonders in einer Umgebung, in der ohnehin viele Menschen leben, die wirres Zeug reden.«

»Sie treffen den Nagel auf den Kopf«, murmelte Lena kaum hörbar vor sich hin.

»Nur erlange ich meine Erinnerung nach und nach zurück, während alle anderen ihr früheres Leben vergessen.«

»Hm.«

Abermals richtete sich Frau Winter auf, reckte stolz ihr Kinn. »Maredd wird kommen – und dann werde ich wieder jung sein.«

Lena grinste nur mitleidig.

»Ich werde dir ein Zeichen hinterlassen.«

»Okay, alles klar.« Zum Abschied hob Lena die Hand.

Beim Abendessen im Garten erzählte Lena ihrer Oma von Frau Winters Spinnereien. Diese sah das Ganze wie gewohnt eher gelassen. »Es ist doch schön, wenn sie so inbrünstig daran glaubt. Sie ist schon sehr alt und wird nicht mehr lange zu leben haben. Wenn sie in dem Glauben stirbt, ihre große Liebe wiederzutreffen, fällt es ihr sicher leichter zu gehen. Und niemand weiß, ob sie ihm nicht tatsächlich im Jenseits begegnet.«

»Ach was«, mischte sich Lenas Vater ein, »ich halte nichts von all dem esoterischen Krimskrams. Nach dem Tod ist es vorbei, da kommt nichts mehr.«

»Und das sagt jemand, der seit einiger Zeit brav jeden Sonntag in die Kirche rennt«, zog ihn seine Mutter auf. »Oder liegt das vielleicht doch nur an den Stimmen, die du dir zur Bürgermeisterwahl versprichst?«

Ein dunkles Rot überzog Wangen und Hals von Lenas Vater und kündete davon, dass seine Mutter voll ins Schwarze getroffen hatte. Dieter räusperte sich verlegen. »So kannst du das jetzt nicht sagen, Mutter, also … ich …«

»Erspar es dir, Dieter, du hast mich schon mit sieben Jahren nicht anlügen können, als du steif und fest behauptet hattest, nicht die gesamte Keksdose bereits vor Weihnachten leergegessen zu haben.«

»Habe ich auch nicht«, verteidigte er sich im Brustton der Überzeugung, was Lena zum Grinsen brachte. Ihrem Vater blieben weitere peinliche Anekdoten aus seiner Kindheit erspart, denn plötzlich stürmten zwei kleine Jungen herbei.

»Maximilian, Sven-Dominik – laaangsam!«, ertönte die schrille Stimme von Lenas Schwester Ramona. Diese hastete schnaufend um die Hausecke, einen Korb bei sich und so rot im Gesicht, als hätte sie einen Zehnkilometerlauf hinter sich. Auch Lenas Mutter kam jetzt von der Arbeit nach Hause, vermutlich hatten sich die beiden vor der Tür getroffen.

»Uroma!« Die kleinen Jungen umklammerten beide Beine von Lenas Oma, und diese ließ sich auf die Knie nieder und streichelte dem Sechs- und dem Dreijährigen über die braunen Haare.

»Maximilian, du hast schon wieder deine Brille vergessen!« Vorwurfsvoll hielt Ramona ihrem ältesten Sohn die knallrote Brille hin, woraufhin dieser ein trotziges Gesicht machte und sich hinter seiner Urgroßmutter versteckte.

»Blille!«, rief sein jüngerer Bruder dagegen und streckte seine Händchen aus.

»Jetzt setzt euch erst einmal, Jungs. Möchtet ihr Kakao?«

Die beiden nickten einstimmig, und Oma Gisela verschwand eilig im Haus. Stöhnend ließ sich Ramona auf dem Gartenstuhl nieder. »So ein Stress!«

»Warum?«, erkundigte sich Lena kritisch. »Soweit ich weiß, sind die beiden doch donnerstags nach dem Kindergarten immer bei deinen Schwiegereltern.«

»Trotzdem!«, regte sich Ramona sofort auf, wobei sich die Augen hinter ihrer Brille weiteten. »Ich musste schließlich den ganzen Tag putzen und einkaufen.«

»Na ja, wenn man auch hysterisch hinter jedem Staubkörnchen herwischt.«

»Sag nichts, Lena, dein Zimmer könnte sehr gut etwas von Ramonas Gründlichkeit vertragen«, warf ihr Vater sofort ein, was Ramona grimmig nicken und Lena resigniert die Schultern herabhängen ließ. Sie war und blieb das schwarze Schaf der Familie.

Kurz darauf kam Oma Gisela mit Kakao für die Kinder und Obstsalat mit Sahne zum Nachtisch zurück.

»Stellt euch nur vor«, begann Ramona. »Maria, die mit mir in der Schule war, hat vorgestern ihr viertes Kind bekommen, das habe ich beim Friseur gehört!«

Kritisch musterte Lena die Dauerwelle ihrer Schwester. Schon oft hatte sie ihr ans Herz gelegt, sich einen anderen Friseur zu suchen, denn dieser altmodische Kurzhaarschnitt machte sie deutlich älter, aber Ramona weigerte sich hartnäckig. Lena vermutete ohnehin, dass sie hauptsächlich wegen des Tratsches zu dem kleinen Friseurgeschäft in Gößweinstein ging.

»Ach, und was ist es geworden?«, wollte ihr Vater wissen.

»Ein Mädchen.«

»Wie heißt sie denn?« Gespannt musterte Manuela ihre Älteste.

Diese wollte offenbar antworten, dann schimpfte sie jedoch los: »Sven-Dominik, du sollst nicht den Pullover deines Bruders mit Sahne beschmieren!«

Mit einem breiten Grinsen saß der Dreijährige in seinem Stühlchen und patschte unbeeindruckt in die Hände.

»Jetzt kann ich ihn schon wieder umziehen!«, ereiferte sich Lenas Schwester.

»Ein sehr kreatives Sahnekunstwerk, das kann er eigentlich

nur von mir haben«, war Oma Giselas einziger Kommentar, auf den Ramona indes nicht einging.

Mit verkniffenem Gesicht zog sie Maximilian, den die Sahneattacke seines Bruders überhaupt nicht gestört hatte, den Pullover aus.

»Ach so, Mama, Marias Kleine heißt Chantal.«

»Du liebe Zeit, womit hat das arme Würmchen das denn verdient?«, stöhnte Oma Gisela.

»Warum?« Ramona starrte sie verwirrt an.

»Eben.« Auch Lenas Mutter schüttelte den Kopf. »Chantal ist doch ein sehr schöner Name.«

»Das ist Geschmackssache.« Nebenbei wischte Oma Gisela dem kleinen Sven-Dominik die verschmierten Händchen ab. »Aber meiner Meinung nach grenzt es an Körperverletzung, sein Kind Chantal zu nennen, wenn man heftigsten Dialekt spricht. Nichts gegen den Dialekt, aber wenn dann Chantal nach Schandoll klingen wird und man noch dazu mit dem Nachnamen Messingschlager geschlagen ist, denn wird es dieses Kind im Leben nicht leicht haben!«

Da Oma Gisela den ausgeprägt fränkischen Dialekt von Ramonas Schulfreundin derart treffend nachmachte und auch deren Gesichtsausdruck mit den stets hängenden Mundwinkeln imitierte, prustete Lena lauthals los.

Ramona dagegen wirkte beleidigt, und ihre Mutter meinte lediglich: »Was du immer hast!«

Aber Lena konnte kaum noch an sich halten. »Schandoll Messingschlocher – genial!«, presste sie lachend hervor. Ihre Neffen stimmten mit ein, auch wenn sie vermutlich nicht verstanden, um was es hier ging.

Dann war die ungewöhnliche Namenswahl als Thema abgehakt. Nur ganz nebenbei hörte Lena den Gesprächen ihrer Familie zu, die ohnehin überwiegend von Nachbarn handelten, für die sie sich wenig interessierte. Sie musste noch immer an Frau

Winter denken und fragte sich, welche Geschichte aus dem magischen Elvancor die alte Dame ihr am nächsten Tag auftischen würde.

Zumindest deutlich spannender, als sich über den ungepflegten Garten der Beutners aufzuregen, dachte Lena, denn darum drehte sich im Moment das Gespräch von Ramona und ihrer Mutter.

Kapitel 6

Das Amulett

Am nächsten Tag hatte Lena Nachtschicht, die ihr stets verhasst war. Als sie allerdings mitbekam, dass Timo die Schicht mit ihr teilte, hob sich ihre Stimmung enorm.

Den halben Abend über saßen sie im Schwesternzimmer und unterhielten sich über Musik und Filme. Solange niemand nach ihnen klingelte und sie den Rundgang hinter sich gebracht hatten, blieb ihnen hierfür genügend Zeit. Erfreulicherweise war es recht ruhig. Schwester Gunda quälte sie auch nicht mit unnützen Aufgaben, wie es Schwester Margareta vermutlich getan hätte. Am Tag war es erneut sehr schwül gewesen, auch in der Nacht waren die Temperaturen kaum gefallen. Sie hatten schon alle Fenster im Gang geöffnet, doch auch das brachte kaum Kühlung. In der Ferne zuckten Blitze vom Himmel, hier und da grollte Donner durch die Nacht.

Lena zupfte an dem T-Shirt herum, das ihr feucht am Körper klebte. Timo indes warf einen Blick auf die Uhr. »Kurz nach drei. Zwei Stunden noch, dann haben wir's geschafft.« Er sah sie besorgt an. »Musst du etwa wieder mit dem Fahrrad nach Hause fahren?«

»Nein, meine Oma holt mich ab.« Sekunden später bereute sie ihre Antwort, denn Timo sagte beinahe im gleichen Atemzug: »Ach so, sonst hätte ich dich gefahren.«

Sie hätte sich ohrfeigen können, lief knallrot an und meinte:

»Na ja, also ich könnte sie später anrufen, sie wäre sicher froh, nicht so früh losfahren zu müssen.«

»Klar, kein Problem.« Timo erhob sich, dann streckte er seinen Rücken durch. »So, der Rundgang wäre jetzt mal fällig.« Er hielt Lena die Tür auf, woraufhin sie seufzend aufstand.

Inzwischen war sie ziemlich müde und hatte keine Lust, in sämtlichen Zimmern nachzusehen, ob alles in Ordnung war. Erfreulicherweise schliefen die meisten Bewohner, lediglich Herr Fischer war noch wach und behauptete im Brustton der Überzeugung, er müsse jetzt auf Streife gehen. Früher war er Polizist gewesen, und heute, da er beinahe neunzig Jahre alt war, war er häufig verwirrt. Nach einigem Hin und Her gelang es Lena, ihn zu beruhigen, gab ihm eine Schlaftablette und atmete auf, als er endlich zu schnarchen begann.

Das nächste Zimmer war das von Frau Winter. Da die alte Frau nicht in ihrem Bett lag, klopfte Lena an die Toilettentür.

»Frau Winter, sind Sie da drinnen?« Keine Antwort ertönte, und so klopfte sie noch einmal. »Frau Winter? Alles in Ordnung?«

Erneut rührte sich nichts. Alarmiert drückte Lena die Klinke herunter, aber Frau Winter war nicht im Bad. Also machte sich Lena sofort auf die Suche nach Timo, rannte durch die Gänge und fand ihn schließlich im untersten Stockwerk. »Frau Winter ist nicht in ihrem Zimmer.«

Ein heftiges Donnergrollen ließ Lena zusammenzucken.

»Na, hoffentlich ist ihr nichts passiert. Ich sage schnell Schwester Gunda Bescheid, dann suchen wir gemeinsam. Früher hat sie oft schlafgewandelt, sei so gut und sieh draußen im Park nach.«

»Bei dem Wetter?« Angewidert zog Lena ihre Nase kraus, denn schon wieder erhellte ein Blitz die Landschaft.

Timo zwinkerte ihr zu und kniff sie in die Nasenspitze. »Dann beeil dich besser, solange es nicht regnet.«

Lena rannte los und verfluchte Kevin und ihre Sozialstunden zum hundertsten Mal. Ein starker Wind war aufgekommen.

Noch fiel kein Regen vom Himmel, aber die kürzer werdenden Abstände zwischen Blitz und Donner verhießen nichts Gutes.

»Die ist garantiert nicht hier draußen«, grummelte Lena vor sich hin, während sie durch den Park eilte. »Frau Winter mag verwirrt sein, aber bei einem Gewitter geistert sie doch nicht im Freien herum!«

Lena wollte schon wieder umdrehen, aber da glaubte sie, eine Gestalt zwischen den Bäumen auszumachen.

»Frau Winter?« Lena kniff die Augen zusammen, um irgendetwas zu erkennen, aber die Umgebung wurde nur kurz von den zuckenden Blitzen beleuchtet, und so war sie sich nicht ganz sicher, ob sie sich nicht getäuscht hatte. Der Donner hallte nun fast unmittelbar nach den Blitzen durch die Nacht, ein aufbrausender Sturm zerrte an Lenas Haaren und ließ die Baumkronen bedrohlich schwanken. Kleine Äste krachten direkt neben ihr zu Boden. Laut rufend, auch wenn ihre Worte vom Wind fortgerissen oder vom Donner übertönt wurden, rannte Lena durch den Park. Ganz am Ende der Anlage, wo sich die hohe Mauer befand, glaubte sie auf einmal, wieder jemanden zu sehen. Im flackernden Licht der Blitze hatte sie den Eindruck, es seien zwei Personen.

Vielleicht hat Timo sie schon gefunden, überlegte sie.

Ein erneuter Blitz fuhr vom Himmel, für einen Moment konnte Lena die enorme Energie spüren, dann schlug er in die alte Eiche, keine zehn Schritte von ihr entfernt, ein. Der folgende Donnerschlag riss sie von den Füßen, und sie kauerte sich auf dem Boden zusammen und hielt sich die Ohren zu. Der Baum ging in Flammen auf, Lena konnte noch immer nichts hören, und als sie beim nächsten Blitz eine Frau und einen Mann mit langem Haar entdeckte, die ihr zuwinkten, war sie sich sicher zu halluzinieren.

Urplötzlich legten sich Hände auf Lenas Schultern, und sie zuckte zusammen.

»Timo«, keuchte sie, als sie ihren jungen Kollegen erkannte.

Timo zog sie in die Höhe und sah sie besorgt an. Sein Mund bewegte sich, aber sie verstand keinen Ton. Lena schüttelte den Kopf, und in diesem Augenblick öffneten sich die Himmelsschleusen und durchnässten sie innerhalb von Sekunden.

»Lena, bist du in Ordnung?«, vernahm sie dann endlich Timo, der gegen den Sturm anschrie.

»Ja, ich denke schon.«

»Ich hatte schon befürchtet, du wärst vom Blitz getroffen worden.« Kopfschüttelnd blickte er auf die lichterloh brennende Eiche. »Wir müssen die Feuerwehr anrufen.«

»So wie das schüttet, brennt der Baum nicht lange«, vermutete Lena, folgte ihm aber dennoch ins Haus.

Weder Timo noch Schwester Gunda hatten Frau Winter gefunden, und inzwischen machten sie sich wirklich Sorgen.

»Für einen Moment dachte ich, jemanden im Park gesehen zu haben«, erwähnte Lena, während sie sich die Haare mit einem Handtuch frottierte.

»Sobald dieses Unwetter nachlässt, gehen wir nochmal raus«, bestimmte Timo. »Im Augenblick denkt man ja, die Welt geht unter!«

Tatsächlich stürzten wahre Wassermassen vom Himmel, der Sturm tobte, und obwohl sich das Gewitter langsam entfernte, krachte und blitzte es weiterhin in kurzen Abständen.

Es dauerte nicht lange, bis die Feuerwehr eintraf, doch der Regen hatte ohnehin schon die meisten Flammen gelöscht. Knapp zwei Stunden später wagten sich Lena und Timo ein zweites Mal hinaus. Die düsteren Sturmwolken waren abgezogen, einzelne Sterne blitzten fahl am Himmel, und das erste zarte Morgengrau war im Osten zu erahnen. Auch die Luft wirkte angenehm erfrischt und gereinigt. Möglicherweise hatte sich Frau Winter in einen der Schuppen oder in die Gartenlaube zurückgezogen, so hoffte Lena wenigstens, denn im Haus hatte sie nach wie vor niemand gesehen. Leise platschte das Wasser unter Lenas Turnschuhen, und bald waren sie völlig durchgeweicht. »Eigentlich hätte ich schon Feierabend«, schimpfte sie vor sich hin, als Timos Ruf zu ihr herüberschallte.

»Lena!«

Sofort spurtete sie los, ignorierte das spritzende Wasser und erreichte bald atemlos die Laube, wenige Meter hinter der inzwischen vom Blitz gespaltenen Eiche.

»Ich habe sie gefunden.« Timos Stimme klang bedrückt, und ein kalter Schauer lief über Lenas Rücken.

Eigentlich wollte sie gar nicht näher herantreten, aber dann tat sie es doch, so als würden ihre Füße ein Eigenleben führen. Nur mit einem weißen Nachthemd und einem Morgenmantel bekleidet, lag Frau Winter im Gras vor der Gartenlaube. Lena schlug eine Hand vor den Mund und spürte, wie ihr Tränen in die Augen stiegen.

»Was … wie … warum?« Sie wusste nicht, was sie sagen sollte, und Timo hob unschlüssig seine Schultern.

»Keine Ahnung, aber ich rufe einen Arzt. Macht es dir etwas aus, kurz hier zu warten?«

Lena schüttelte den Kopf, und eigentlich war sie ganz froh, jetzt allein zu sein. Nachdem Timo verschwunden war, ließ sie ihren Tränen freien Lauf und beugte sich vorsichtig über Frau Winter. Dies war der erste tote Mensch, den sie jemals gesehen hatte. Eigentlich wirkte es, als schliefe die alte Dame nur. In dem sanften Morgenlicht sahen ihre Züge entspannt aus, und ein Lächeln hatte sich in ihr Gesicht gemeißelt.

Lena legte ihren Kopf schief. *Ob sie in ihren letzten Minuten von ihrem Maredd geträumt hat?*, überlegte sie. Sie streckte eine Hand aus, wollte Frau Winter noch einmal über ihre grauen Haare streicheln, aber dann traute sie sich nicht. Etwas anderes erweckte jedoch ihre Aufmerksamkeit, und Lena kniete sich neben Frau Winters Körper. Ihre linke Hand war halb geöffnet, und darin hielt sie ein seltsames Schmuckstück. Ganz vorsichtig nahm es Lena an sich, hielt es vor ihr Gesicht, und mit einem Mal schossen ihr Frau Winters Worte durch den Kopf. *Ein Amulett aus Silber und Bronze, verschlungene Knoten, die ein Eigenleben zu führen schienen, wenn man länger darauf sah.*

Genau wie in Frau Winters Erzählungen bestand dieses Schmuckstück aus drei kunstvollen silbernen Knoten, die mit einer bronzefarbenen Triskele in der Mitte des Amuletts verwoben waren.

Konnte das im Ernst jenes Schmuckstück sein, das Maredd ihr geschenkt hatte? Noch kein einziges Mal zuvor war es Lena aufgefallen, aber hätte die alte Frau es nicht immer getragen, wenn es ihr doch so viel bedeutete?

Ich werde dir ein Zeichen hinterlassen.

So absurd es auch erschien, war es nicht möglich, dass genau dieses Amulett ein solches Zeichen war? Die ersten Sonnenstrahlen des Tages fielen darauf, und als Lena das Schmuckstück zwischen ihren Fingern baumeln ließ, hatte sie tatsächlich den Eindruck, als würden sich die Knoten bewegen und Silber und Bronze ineinander verschwimmen. Ein Sonnenstrahl traf einen der Knoten, und Lena drehte sich ruckartig um, denn sie glaubte, ein Lachen hinter sich gehört zu haben, hell und leise, so wie es Frau Winter zu eigen gewesen war. *Es ist deins, Lena, behalte es*, erklang plötzlich eine Stimme in ihrem Kopf.

Verwirrt fuhr sich Lena über das Gesicht. Was hatte das alles zu bedeuten? Die Gestalten, die sie im nächtlichen Garten gesehen hatte, Frau Winters rätselhafte Andeutungen vor einigen Tagen, jetzt die Kette und diese Stimme – das war doch alles sehr ominös. War die Geschichte, auch wenn Lena es kaum glauben wollte, am Ende wahr, und hatte dieser Maredd Frau Winter geholt? Andererseits lag ihr Körper ja noch hier, steif, kalt und leblos.

Nun näherten sich Stimmen – diesmal sehr reale –, und Lena

starrte unsicher auf das Schmuckstück. Sie konnte es kaum behalten, denn das würde jeder als Diebstahl ansehen, und an eine geheimnisvolle Stimme in ihrem Kopf würde garantiert niemand glauben. Trotzdem zögerte sie, die Kette zurück in Frau Winters Hand zu legen.

Du musst sie nehmen, Lena, achte gut darauf! Erschrocken fuhr sie auf und ließ dabei das Amulett fallen, das neben Frau Winter im Gras liegen blieb. Hektisch sah sich Lena um, aber niemand war hier, niemand, zu dem diese Stimme gehören konnte. Lediglich Timo, Schwester Gunda und ein Mann mit großem Koffer, bei dem es sich vermutlich um den Arzt handelte, näherten sich vom Haus her.

Ich glaube, ich werde verrückt!

Sekunden später war Timo bei ihr und fasste sie am Arm. Sein Gesicht drückte Besorgnis aus. »Geht es dir gut?«

Lena nickte mechanisch, sah sich jedoch weiterhin verstohlen um.

»Du bist aber verdammt blass. Ich hätte dich doch nicht allein lassen sollen«, meinte er betreten.

»Vielleicht sollte sich die junge Dame besser setzen«, schlug der bärtige Arzt mit dunkler, eindringlicher Stimme vor, wobei er auf einen der Gartenstühle in der Laube deutete.

Nur allzu gern kam Lena der Aufforderung nach, denn ihre Beine fühlten sich wie Gummi an.

Der Arzt untersuchte Frau Winter und verkündete dann: »Vermutlich Herzversagen, sie ist schon einige Stunden tot.«

»Dann sollten wir die Angehörigen benachrichtigen.« Betrübt schüttelte Schwester Gunda den Kopf. »Frau Winter war eine unserer angenehmsten Bewohnerinnen, sehr traurig.«

»Aber vielleicht ist sie jetzt genau dort, wo sie immer sein wollte«, murmelte Lena vor sich hin und kam sich postwendend äußerst närrisch vor.

»Was hast du gesagt?«, fragte Schwester Gunda nach.

»Mit über neunzig Jahren hatte sie sicher ein gutes Leben.«

»Ja, in der Tat.« Gunda spielte an ihren zahlreichen Ketten herum. »Niemand weiß, wo ihre Seele jetzt ist, vielleicht bei den Menschen, die sie ihr halbes Leben lang vermisst hat.«

Während der Arzt kritisch seine buschigen Augenbrauen hob, starrte Lena Schwester Gunda an. Die Altenpflegerin mit den roten Locken streichelte tröstend Lenas Arm. »Geh jetzt nach Hause, Lena, und du brauchst auch erst morgen wiederkommen, die nächste Nachtschicht schenke ich dir. Ich werde das Frau Käppler schon beibringen!«

»Ich fahre dich«, bot Timo noch einmal an. »Meine Schicht ist ebenfalls schon längst vorbei.«

Auch wenn es sich Lena die ganze Zeit über gewünscht hatte, jetzt konnte sie es nicht einmal genießen, dass Timo sie in seinem Auto mitnahm. Viel zu viel ging ihr durch den Kopf, und sie sprachen auf der Heimfahrt kaum.

Als sie vor ihrem Haus angekommen waren, streichelte er ihr sogar über die Wange, was Lena dann doch überrascht aufsehen ließ. »Schlaf dich aus. Und mach dir nicht zu viele Gedanken. Frau Winter hatte ein erfülltes Leben.«

»Ja, wahrscheinlich«, stimmte sie zu und stieg aus. »Danke, Timo.«

»Keine Ursache.« Er zwinkerte ihr zu und fuhr davon.

Obwohl Lena todmüde war, konnte sie lange nicht einschlafen. Kaum schloss sie die Augen, sah sie Blitze durch die Nacht toben und alles ausleuchten, alles, bis auf zwei dunkle Gestalten in der Ferne. Als Lena schließlich doch noch die Müdigkeit übermannte, träumte sie von Wasserfällen, die aus dem Himmel stürzten, Kriegern auf edlen Pferden und finsteren Schattenkreaturen.

Kapitel 7

Frau Winters Vermächtnis

Lena war froh über den unverhofft freien Tag und verbrachte ihn mit ihrer Freundin Katrin im Schwimmbad. Doch immer wieder kreisten ihre Gedanken um Frau Winter und die eigenartigen Vorkommnisse der letzten Nacht. Schließlich beschloss sie, alles als seltsame Zufälle anzusehen, die Stimme in ihrem Kopf war sicher ein Resultat von Übermüdung gewesen.

Am folgenden Tag ging sie morgens wieder zur Arbeit und wurde von Schwester Margareta gleich an ihren enormen Busen gedrückt. »Traurig, dass ausgerechnet du Frau Winter finden musstest. Aber so ist das Leben, auch der Tod gehört dazu.«

Lena lächelte zaghaft, und irgendwie graute ihr davor, Frau Winters Zimmer wieder zu betreten. Wahrscheinlich zog in ein paar Tagen jemand anderes dort ein. Eine Weile noch würde man an die alte Dame mit den fantasievollen Bildern und ihren abenteuerlichen Geschichten denken, aber bald wäre sie vergessen. Tränen stiegen in Lenas Augen, und vielleicht wurde sie sich in diesem Moment das erste Mal ihrer eigenen Sterblichkeit bewusst. Wer würde sie – vermutlich erst in vielen Jahren – vermissen, wenn sie diese Welt einmal verließ?

»Na, komm her, Kleine!« Noch einmal drückte Schwester Margareta sie und reichte ihr schließlich ein Taschentuch. »So, jetzt atmest du kräftig durch, dann kannst du Maike bei der Gymnastikstunde helfen.«

»Okay.« Lena putzte sich die Nase und ging zum Schwesternzimmer, um Maike abzuholen.

Die beiden Mädchen waren gerade auf dem Weg zum Gymnastikraum, wo die körperlich noch halbwegs agilen Bewohner sicher schon ungeduldig warteten.

»Ach du Schande, der *Weltuntergang* naht!«, stieß Maike plötzlich hervor, denn aus Frau Winters Zimmer kam im Stechschritt Ragnar, gefolgt von seinem äußerst aufgebrachten Onkel.

»… das werden wir ja noch sehen!«

»Du verfluchter, geldgieriger …«, fuhr Ragnar ihn an.

Seine Augen schienen Funken zu sprühen, doch schon trat Schwester Margareta zwischen die beiden Streithähne. »Aus Respekt vor der Verstorbenen sollten Sie sich zusammenreißen!«

»Wenn aber doch dieser Erbschleicher …«, plusterte sich Georg Winter auf.

»Ich will nichts von deinem verdammten Geld«, zischte Ragnar, die Hände vor der Brust verschränkt, als müsste er sich gewaltsam davon abhalten, seinen Onkel zu erwürgen.

»Bitte klären Sie Ihre Angelegenheit außerhalb dieser Einrichtung«, verlangte Schwester Margareta energisch. »Die persönlichen Sachen von Frau Winter packen wir zusammen, und Sie können sie in den nächsten Tagen abholen.«

»Notfalls sehen wir uns vor Gericht!« Georg Winters wurstiger Finger deutete drohend in Ragnars Richtung, und dieser knirschte mit den Zähnen.

Der junge Mann stieß ein Wort hervor, und Lena war sich ziemlich sicher, dass es das isländische Pendant zu Arschloch war. Ragnar drehte auf dem Absatz um, dann verließ er beinahe fluchtartig den Gang. Georg Winter nickte zufrieden, rückte seine geschmacklose, auffallend bunt gemusterte Krawatte zurecht und murmelte: »Auf Wiedersehen.«

»Dass sie sich auch immer ums Erbe streiten müssen«, schimpfte Schwester Margareta.

»War Frau Winter denn wohlhabend?«, wollte Lena wissen.

»Nein, eher nicht.« Die Altenpflegerin schüttelte den Kopf. »Ich habe allerdings schon gestern mitbekommen, dass es um irgendwelche Edelsteine ging, die ihr Sohn in ihrem Haus oder Garten vergraben vermutet. Soweit ich mitbekommen habe, wollte Ragnar lediglich ein paar ihrer Bilder als Erinnerung, aber sein Onkel bestand darauf, sie zuvor auf verborgene Reichtümer im Rahmen zu untersuchen. Er ist durch ihr ganzes Zimmer gekrochen wie ein Spürhund.«

»Der Kerl ist echt ekelhaft.« Angewidert sah Lena dem massigen Mann hinterher, der sich an Frau Meister und ihrem Rollator vorbeiquetschte.

»Was ist denn jetzt mit unserer Gymnastikstunde?«, erkundigte sich die kleine Frau gespannt, nachdem sie dem unverschämten Kerl lauthals hinterhergeschimpft hatte.

»Wir sind gleich da, Frau Meister«, versicherte Maike ihr.

Die nächsten Tage zogen in einer gewissen Eintönigkeit dahin. Inzwischen war Frau Winters Zimmer wieder bewohnt, bedauerlicherweise von zwei äußerst garstigen, über achtzigjährigen Schwestern, die durch ihr permanentes Gezeter auffielen. Sehnsüchtig wünschte sich Lena das Ende ihrer Sozialstunden herbei, aber sie musste noch bis Anfang Oktober durchhalten, und das kam ihr wie eine Ewigkeit vor. Seit ein paar Tagen rief Kevin wieder bei ihr an, und auch wenn Lena ihn jedes Mal wegdrückte, gab er einfach nicht auf. Inzwischen erwog sie ernsthaft, sich eine neue Handynummer zuzulegen, denn ihr Exfreund ging ihr gehörig auf die Nerven. Mit Timo kam sie auch nicht richtig weiter. Er war freundlich, spaßte mit ihr, machte jedoch keinerlei Andeutungen, dass aus ihrer Freundschaft irgendwann einmal mehr werden könnte.

An einem drückend heißen Juliabend hatte ihre Großmutter sie zum Gießen verdonnert. Leider bestand Oma Gisela darauf, das Wasser aus ihrem alten Brunnen hinter dem Haus zu holen, statt – wie normale Leute – einen Gartenschlauch zu benutzen. Doch laut ihrer Oma gediehen die Heilkräuter besser, wenn man Regen- oder Brunnenwasser benutzte. So gern Lena ihre Großmutter hatte, manchmal fand sie deren Spleens doch recht anstrengend. Also balancierte sie mit einer antiken Eisengießkanne zwischen Lavendel und Schöllkraut herum, um auf keine der Pflanzen zu treten, von denen sie selbst kaum zu sagen vermochte, ob es sich um Unkraut oder eine Heilpflanze handelte.

»Guten Abend, Lena.« Eine Stimme vom Zaun her ließ sie herumfahren.

»Was machst du denn hier?« Diese Begrüßung klang vermutlich nicht sehr freundlich, aber sie konnte sich keinen Reim darauf machen, weshalb Ragnar urplötzlich vor ihr stand.

Der junge Mann fuhr sich verlegen durch die grau melierten Haare. »Kann ich mit dir reden?«

»Klar.« Sie ließ die Gießkanne stehen und lehnte sich an den alten Bretterzaun, der eigentlich schon lange hätte gestrichen werden müssen.

»Wie du weißt, ist meine Großmutter gestorben«, begann er umständlich.

»Ja, rein zufällig haben Timo und ich sie gefunden«, erwähnte Lena trocken.

»Genau, und vorgestern war die Testamentseröffnung.«

»Hast du was geerbt?«

»Ja, einen Umschlag mit fünftausend Euro.« Ragnar zog seine Augenbrauen zusammen. »Meinem Onkel hat das überhaupt nicht gefallen, aber darum geht es auch gar nicht. Sie hat mir einen Großteil ihrer Bilder vermacht, und außerdem ist ein Brief aufgetaucht, in dem sie schreibt, du hättest ihr ihre letzten Tage sehr versüßt und falls du möchtest, darfst du dir auch einige Bilder als Andenken aussuchen.«

»Ich? Wirklich?«, staunte Lena, und auf einmal saß ihr ein dicker Kloß in der Kehle, der sich verstärkte, als Ragnar fortfuhr.

»Sie hat dich sehr gerngehabt und häufig von dir gesprochen.«

»Wow ... ich ... also ich mochte sie auch sehr«, stammelte Lena, wobei sie sich bemühte, die aufsteigenden Tränen wegzublinzeln, denn vor Ragnar wollte sie nicht weinen.

»Also, wenn du möchtest, kannst du mit zum Haus meiner Großmutter kommen und dir einige Bilder aussuchen.« Unsicher sah er sie an. »Es sei denn, du willst sie gar nicht.«

Für einen Moment glaubte Lena, er wolle noch etwas hinzufügen, aber dann biss er sich auf die Lippe und schwieg.

»Nein, ich mag ihre Bilder – ehrlich. Sie haben etwas Besonderes.«

»Ja, das finde ich auch«, stimmte er zu. »Hast du heute Abend noch Zeit, oder ist dir ein anderer Tag lieber?«

»Nein, heute ist okay.« Sie sah sich suchend um. »Kannst du mich mitnehmen? Ich habe ... ähm ... keinen Führerschein.«

»Bist du noch gar nicht achtzehn?«, wunderte er sich.

»Doch, ich, also ... ich habe ihn nur verloren.«

»Soll ich dir suchen helfen?«

Im ersten Moment stutzte Lena und dachte, er würde sie auf den Arm nehmen, aber Ragnar sah sie derart ernst und abwartend an, dass sie lachen musste. Vermutlich hatte er sich unter »verloren« einfach etwas anderes vorgestellt.

»Nein, ich habe ihn nicht verlegt. Mir wurde der Führerschein nach einem Unfall abgenommen.«

»Oh, das tut mir leid.« Dann hob er bedauernd die Schultern. »Aber ich habe auch kein Auto.«

»Und wie bist du hergekommen?«

»Gelaufen.«

»Den ganzen Weg von Burggaillenreuth her?«, fragte sie entsetzt.

»Durch den Wald ist es nicht einmal eine Stunde und ein sehr schöner Spaziergang noch dazu«, erwiderte er ganz selbstverständlich.

Lena hingegen konnte sich kaum vorstellen, freiwillig so weit zu laufen. »Hm, aber sag mal, wie kommst du denn hier so ganz ohne Auto zurecht? Die öffentlichen Verkehrsmittel sind doch eine Katastrophe.«

Er zuckte mit den Schultern. »Mit dem Bus, soweit es geht, sonst zu Fuß oder per Anhalter.«

»Hast du einen Führerschein?«

»Ja, ich kann Auto fahren.«

»Was für ein Glück, dann frage ich meine Oma, ob sie uns ihre Rostlaube leiht.«

»Rost… « Ragnar machte ein fragendes Gesicht.

»Ihr altes Auto, es wird nur noch von Rost zusammengehalten.«

»Ach so.«

»Warte einfach hier.«

Lena rannte ins Haus und platzte ins Wohnzimmer, wo ihre Oma mit einer älteren Frau saß und sie tadelnd ansah. »Lena, hast du den Zettel an der Tür nicht gesehen?«

Sie hatten vereinbart, dass Oma Gisela immer einen roten Zettel mit der Aufschrift »Bitte nicht stören« an die Tür hängte, wenn sie einen ihrer Patienten behandelte.

»Sorry, hab ich echt nicht. Du, Oma, kann ich dein Auto haben?«

»Lena, du weißt doch genau …«

»Ich will ja gar nicht selbst fahren«, unterbrach sie eilig. »Ein Bekannter ist hier, der Enkel von Frau Winter aus dem Altenheim, sie hat mir nämlich ein paar ihrer Bilder vererbt.«

»Ach wirklich?« Oma Gisela stand auf und sah zum Fenster hinaus.

Ragnar wartete noch am Zaun. »Ist er das?«

»Ja.«

»Na gut, dann hoffe ich, er hat tatsächlich einen Führerschein.«

»Soll er ihn dir zeigen?«, fragte Lena ein wenig gereizt.

»Nein, schon gut, aber sag ihm, er soll vorsichtig fahren.«

»Mach ich.« Lena spurtete in die Küche und nahm sich den Autoschlüssel vom Haken neben der Tür.

»Ich hab ihn!«, rief sie Ragnar schon vom Eingang aus entgegen und bedeutete ihm, ihr in die efeubedeckte Garage neben dem Haus zu folgen. Die alten Scharniere der Holztür knarrten, als sie diese mit vereinten Kräften öffneten. Im Inneren befand sich Oma Giselas heiß geliebte, orangefarbene Ente, außerdem Feuerholz für den Kachelofen und zahlreiche Gartengeräte. Lena warf Ragnar den Schlüssel zu, und dieser fing ihn geschickt auf, bevor er sich auf dem Fahrersitz niederließ. »Sag mal, Ragnar, woher wusstest du eigentlich meine Adresse?«

»Ich habe im Altenheim gefragt, und als die nette Pflegerin mit den roten Haaren und den vielen Ketten um den Hals gehört hat, dass meine Großmutter dir einige Bilder vermacht hat, hat sie mir gleich verraten, wo du wohnst«, antwortete er.

»Gunda«, lachte Lena, »sie ist wirklich nett.«

Rumpelnd setzte sich das antike Gefährt in Gang, und Lena beobachtete Ragnar, der mit angespanntem Gesicht hinter dem Lenkrad saß. Offenbar hatte er Probleme mit der Lenkradschaltung, denn mehrfach krachte es bedenklich.

»Oma bringt ihn um, wenn er was kaputt macht«, murmelte sie vor sich hin.

»Was sagst du?«

»Rechts!«, schrie Lena plötzlich.

Hektisch riss Ragnar das Auto herum und fuhr in eine schmale Seitenstraße. Offenbar völlig mit der ungewohnten Gangschaltung beschäftigt, waren Ragnars Augen von der Fahrbahn gewichen, und er hätte beinahe zwei Rentner übersehen, welche die Straße überqueren wollten. Er holperte über den Gehsteig, und um ein Haar wäre Frau Leitner aus der Metzgerei auf der Motorhaube gelandet. Die korpulente Frau wedelte drohend mit ihrem Besen, und ihr Gezeter drang durch die geöffneten Fensterscheiben herein. »Kannst du nicht Auto fahren, du Trottel, du?«

»Doch nicht hier rein«, regte sich Lena auf.

»Aber du sagtest doch rechts!«

»Ich habe auch nicht gemeint, du sollst abbiegen, sondern nur nach rechts lenken. Du bist viel zu weit auf der linken Straßenseite gefahren, du Vollpfosten.«

»Voll… was?«

Lena winkte ab. »Beinahe hättest du zwei Touris umgenietet.«

»Ach wirklich?« Betreten blickte er über die Schulter, was Oma Giselas Ente schon wieder ins Schlingern brachte.

»Kannst du bitte auf die Straße schauen?« Lena klammerte sich am Haltegriff neben der Tür fest und war heilfroh, als sie knappe zehn Minuten später vor einem weiß getünchten Häuschen in Gößweinstein ankamen.

»Hier ist es.« Ragnar wischte sich den Schweiß von der Stirn, ob jetzt von der Fahrt mit dem ungewohnten Auto oder der Hitze wegen, wusste sie nicht.

»Okay, dann lass uns reingehen.«

Die Haustür stand weit offen, und Ragnars Gesicht verfinsterte sich, als sein Onkel mit großen Gesten und einem schmächtigen Männlein an seiner Seite heraustrat.

»Ich gehe davon aus, dass Sie einen guten Preis aushandeln«, verlangte er dröhnend.

Der kleine Mann mit dem spitzen Gesicht, er schwitzte sichtlich in seinem schwarzen Anzug, wischte sich hektisch mit einem Taschentuch über die lichte Stirn. »Das Grundstück ist ohne Haus, sofern Sie es in der Tat abreißen lassen wollen, nicht mehr als fünfzigtausend wert.«

Georg Winters ohnehin schon hängende Wangen fielen noch weiter herab, ein unwilliger Zug erschien um seinen Mund. »Dann strengen Sie sich an, das ist schließlich Ihr Job, und Ihnen winkt ja eine ordentliche Provision! Oder ist Ihre Makleragentur grundlos die renommierteste der Gegend?« Ohne den Immobilienmakler weiter zu beachten, wandte er sich an Ragnar. »Was willst du denn hier?«

»Lena soll sich auch einige Bilder aussuchen.«

Als würde er ein ekelhaftes Insekt betrachten, fuhren seine kleinen Schweinsaugen über Lena. »Lena, aha.«

»Sie hat sich im Altersheim um Großmutter gekümmert.«

»Pah, das machen sie alle und erhoffen sich, auch etwas vom Erbe abzubekommen.«

»Jetzt hören Sie aber mal!«, ereiferte sich Lena, doch der bullige Mann winkte ab.

»Schon gut, die Schmierereien sind ohnehin nichts wert. Je eher der Kram aus dem Haus verschwindet, umso besser, dann kann ich die alte Hütte endlich abreißen lassen.« Damit stapfte er zu seinem Auto.

»Was für ein Kotzbrocken«, zischte Lena, und Ragnar verdrehte zustimmend die Augen.

»Weshalb will er denn das Haus abreißen lassen?«, wollte sie wissen. »In so schlechtem Zustand scheint es nun auch wieder nicht zu sein.«

»Ich gehe davon aus«, spekulierte Ragnar, »dass er die ominösen Edelsteine irgendwo im Keller eingemauert oder im Garten vermutet.« Ragnar deutete auf den Minibagger, der sich neben der Einfahrt befand. »Vermutlich gräbt er jetzt alles um.«

»So wie der aussieht, lässt er lieber graben.«

Sie gingen auf das Haus zu, und an Ragnars angespannter Miene erkannte sie, dass er sich noch immer über seinen Onkel ärgerte.

»Hier sind die meisten ihrer Bilder«, erklärte er mit gepresster

Stimme, als sie das Wohnzimmer betraten. An altmodische Möbel gelehnt, standen jede Menge Gemälde, zum Teil gerahmt, zum Teil auch aufgerollte Leinwandstücke. Im Haus roch es muffig, so als wäre schon lange niemand mehr hier gewesen.

»Ich geh raus«, meinte Ragnar plötzlich. »Sag Bescheid, wenn du dir etwas ausgesucht hast.« Er stürmte zur Tür hinaus und ließ Lena zurück, die langsam zwischen den Bildern umherwandelte. Die meisten zeigten fantastische Landschaften, Wasserfälle, weite Ebenen, ein anderes hielt ein edles, graues Pferd mit wallender Mähne fest, die es herrisch in den Wind warf.

»Ob das eines der Pferde der Tuavinn sein soll?«, murmelte Lena vor sich hin. Sie fragte sich, ob sich Frau Winter schon früher Geschichten über dieses magische Land Elvancor ausgedacht hatte, denn die meisten ihrer Kunstwerke zeigten diese ungewöhnlichen Landschaften, die zu keinem Land passen wollten, das Lena kannte. Zu ihrer eigenen Verwunderung hätte sie die Bilder noch stundenlang betrachten können, denn fast alle passten zu den Geschichten von Frau Winter. Hier die schattenhaften Gestalten der Rodhakan, in graue Umhänge gehüllt, ihre Gesichter nur schemenhaft erkenntlich, dort vielleicht die Bergseen von Avarinn oder die gigantischen Wasserfälle, von denen sie so gerne gesprochen hatte.

»Hast du etwas gefunden?«, ertönte dann jedoch die Stimme von Ragnar aus dem Garten.

»Ja, gleich!« Schließlich entschied sich Lena für das Bild mit den Wasserfällen, das ihr schon im Altenheim gefallen hatte, und jenes, auf dem das graue Pferd abgebildet war. Sie klemmte sich die Bilder unter den Arm und trat ins Freie.

»Denkst du, deine Großmutter würde mir in den nächsten Tagen noch einmal ihr Auto leihen?«, fragte Ragnar, nachdem sie die Bilder auf der Rückbank verstaut hatten. »Ich muss die restlichen Gemälde mit in meine Wohnung nehmen. Onkel Georg befördert sie sonst nur in den Müll.«

»Solange ich ihr nichts von deinem eigenwilligen Fahrstil erzähle«, scherzte Lena.

Als Ragnar kritisch die Stirn runzelte, versicherte sie: »Ja, ich denke schon, Oma ist cool drauf.«

Wieder zuhause stieg Lena, nachdem Ragnar das Auto glücklicherweise unbeschädigt in die Garage gefahren hatte, aus, schnappte sich ihre Bilder und fragte dann der Höflichkeit halber: »Möchtest du noch etwas trinken?«

»Nein, ich laufe nach Hause.« Er zögerte sichtlich, dann reichte er ihr einen Briefumschlag. »Der ist für dich. Ich weiß nicht, was meine Großmutter für dich niedergeschrieben hat, aber du darfst nicht vergessen, sie war schon sehr alt und etwas wunderlich. Nimm ihre Worte nicht zu ernst.«

Lena drehte den weißen Umschlag in der Hand. »Ich denke, du weißt nicht, was drinsteht?«

»Das nicht«, stimmte er zu, »aber … ich gehe davon aus, es wird dem ähneln, was in meinem stand. Wie auch immer, ich gehe jetzt.« Damit machte er ohne ein weiteres Wort auf dem Absatz kehrt und zog von dannen.

»Seltsamer Typ«, flüsterte Lena, steckte den Brief in ihre Hosentasche und brachte die Bilder ins Haus.

»Zeig mal her.« Oma Gisela besah sich die Gemälde, dann nickte sie anerkennend. »Schön, aber ich dachte gar nicht, dass dir so etwas gefällt.«

»Ich weiß nicht, normalerweise sind Ölbilder nicht unbedingt mein Ding, aber hinter diesen hier steckt eine Geschichte und Frau Winter … Irgendwie war sie wirklich sehr nett.«

»Das freut mich, Lena.« Lächelnd drückte Oma Gisela Lenas Arm. »Willst du sie aufhängen?«

»Ja, ich nehme ein paar meiner alten Poster herunter.«

»Das nenne ich mal eine gute Idee.« Oma Gisela tippte Lena auf die Nasenspitze und wirkte recht erfreut.

Zunächst stellte Lena die Bilder neben die Heizung, dann

erinnerte sie sich an den Brief, den Ragnar ihr gegeben hatte. Sie setzte sich auf ihr Bett und riss ihn auf. In schnörkeliger, altmodischer Handschrift bedankte sich Frau Winter für Lenas Aufmerksamkeit und ihre gute Pflege. Ein schlechtes Gewissen überkam Lena, denn zu Anfang war sie doch häufig von der alten Frau genervt gewesen. Als sie weiterlas, stutzte sie plötzlich.

... ich habe Ragnar gebeten, dir einige meiner Bilder als Andenken zu überlassen. Mein Haus geht an Georg, denn obwohl er kein guter Mensch ist, so bleibt er doch mein Sohn und hat in den letzten Jahren meinen Pflegeplatz mitfinanziert. Ragnar dagegen möchte ich etwas anderes, möglicherweise noch viel Wertvolleres geben. Ich würde mir wünschen, dass er es ist, der den Schatz der Tuavinn findet, auch wenn ich nicht weiß, ob die Edelsteine Elvancors hier bei uns von Wert sind. Wie ich dir erzählte, hat Maredd meine Erinnerung verblassen lassen, aber ich glaube, ich habe den Ort, an dem die Steine verborgen liegen, schon einmal gemalt. Es ist nur eine flüchtige Erinnerung, von der ich nicht weiß, ob sie dem wirren Geist einer alten Frau entspringt. Findet die versteckten Edelsteine, und vielleicht öffnen sich auch für euch eines Tages die Pforten nach Elvancor. Ich glaube, Maredd nahm damals die zweite Hälfte des Amuletts an sich, mit ihm hättet ihr die Grenzen zu diesem magischen Reich überschreiten können. Letzte Nacht fiel mir wieder ein, was es damit auf sich hat. Es besteht aus zwei identischen Teilen, die sich ineinanderfügen, und erst wenn das geschehen ist, gibt es seine Magie frei, und man kann nach Elvancor übertreten.

Das Amulett! Lena wusste gar nicht, was daraus geworden war, doch dann las sie zunächst einmal weiter.

Du bist etwas Besonderes, Lena, das habe ich von Anfang an gespürt. Bitte hilf Ragnar, er ist fremd hier. Mehr als meine

Bilder und die vage Hoffnung, den Schatz zu finden, kann ich ihm nicht vererben, und auch du sollst einen Teil davon abbekommen. Ich wünsche euch alles Gute.
Amelia Winter

Seufzend ließ sich Lena nach hinten auf ihr Bett sinken. Sie sollte also diesem seltsamen Enkel von Frau Winter bei der Suche nach Edelsteinen helfen, die es höchstwahrscheinlich überhaupt nicht gab. Jetzt konnte sie auch Ragnars eigenartige Bemerkung verstehen – wahrscheinlich hatte er einen ähnlichen Brief erhalten.

»Warum ausgerechnet ich?«, stöhnte sie. Andererseits – am Ende gab es diese Steine und Lena wäre ihre Geldsorgen los. Sie sah zur Decke empor. Vielleicht konnte sie dann doch noch ihre Reise machen, erst später studieren, irgendwo in Berlin in einem schicken Apartment, nicht in einer engen Studentenbude.

Okay, Lena, du spinnst!, schalt sie sich selbst. Trotzdem wanderten ihre Gedanken während des ganzen Abends zu dem Brief. Erst ein Anruf von Katrin lenkte sie ab. Ihre Freundin wollte morgen mit ihr in die Disko gehen. Lena sagte freudig zu, aber nachdem sie aufgelegt hatte, erinnerte sie sich an etwas und schlenderte ins Wohnzimmer, wo ihre Eltern vor dem Fernseher saßen. Ihre Mutter blätterte nebenbei in einem Modemagazin, ihr Vater hielt eine Bierflasche in der Hand und rief laut: »Antwort B, du Trottel! Antwort B, mein Gott, wie kann man denn so dämlich sein?«

»Kommt was im Fernsehen?« Sie ließ sich auf der Lehne neben ihrem Vater nieder. Dessen Augenbrauen hoben sich kritisch.

»Was willst du, meine liebe Tochter?«

»Ich? Nichts!« Sie bemühte sich um eine unbeteiligte Miene, aber bedauerlicherweise kannte ihr Vater sie nur allzu gut.

Er stellte den Ton leise und richtete sich auf. »Hast du was ausgefressen?«

»Nein.« Sie wickelte sich eine Haarsträhne um den Finger. »Ich möchte nur morgen mal wieder ausgehen.«

Sofort holte ihr Vater tief Luft und setzte zu einem Protest an, deshalb versuchte Lena, ihm zuvorzukommen. »Nur mit Katrin, die trinkt oder raucht garantiert nichts.«

»Wir hatten ausgemacht, ein halbes Jahr keine Disko und keine Feten mehr«, erinnerte ihr Vater sie streng.

»Ja, ich weiß«, beklagte sich Lena, »aber mir fällt hier echt die Decke auf den Kopf!«

»Man kann sich auch anders beschäftigen«, warf ihre Mutter ein.

»Und mit was bitte?« Lena schnaubte verächtlich. »Vielleicht jeden Abend in die Röhre glotzen oder Trecker zählen, bis man eingeschlafen ist?«

»Du kannst Katrin hierher einladen«, schlug Manuela vor. »Dann könnt ihr euch eine DVD anschauen oder ... vielleicht abends spazieren gehen.«

Völlig entgeistert sah Lena ihre Mutter an. »Spazieren gehen? Sag mal, bin ich schon sechzig? Am Ende schlägst du noch vor, wir sollen uns nachmittags nach Gößweinstein in die Wirtschaft setzen und uns mit irgendwelchen scheintoten Touristen den Magen mit Sahnetorte vollschlagen.«

»Da wird immerhin nicht gekifft.« Die Augen ihres Vaters verengten sich bedrohlich.

Oma Gisela, die bisher geschwiegen hatte, schaltete sich nun ein. »Darauf würde ich nicht meinen letzten Euro verwetten, und ich weiß nicht, ob die unzähligen Bierchen, die viele der Stammtischbrüder in sich hineinlaufen lassen, nicht schlimmer als ein Joint sind!«

»Du wieder!«, bemerkte Manuela spitz.

»Wie auch immer«, polterte Lenas Vater, »wir bleiben dabei, diesen Sommer gibt es keine Disko für dich.«

»Mensch, Papa!« Lena spürte, wie ihre Wangen zu glühen begannen. »Jetzt sei halt nicht so streng, ich habe mir echt nichts mehr zu Schulden kommen lassen.«

»Das will ich auch hoffen.«

»Ich möchte doch nur diesen einen Abend weg.«

»Keine Diskussionen mehr.« Demonstrativ schaltete Dieter die Quizshow wieder lauter und blickte in den Bildschirm.

Wutentbrannt sprang Lena auf und stellte sich vor ihn. »Du weißt aber schon, dass ich volljährig bin!«

»Aber nicht erwachsen, das hast du ja deutlich gezeigt. Und solange du hier wohnst, hast du dich an Regeln zu halten, junge Dame.«

»Verdammt, Papa, das ist … das ist …« Auch wenn Lena bewusst war, wie wenig erwachsen sie im Augenblick wirken musste, stürmte sie aus dem Zimmer und knallte die Tür lautstark zu. Natürlich hatte sie nach dem Unfall einem Ausgehverbot zugestimmt, aber da jetzt schon über drei Monate vergangen waren, hatte sie absolut keine Lust mehr, jeden Abend zuhause zu sitzen. Zudem war sie ja gar nicht an dem kaputten Auto schuld. »Kevin, ich bringe dich um«, knurrte sie, als es abermals klingelte und Kevins Name auf ihrem Display erschien. Trotzig drückte sie ihn weg und warf ihr Smartphone aufs Bett.

»Also gut, dann gehe ich eben mit Ragnar auf Schatzsuche«, grummelte sie vor sich hin.

Kapitel 8

Verschiedene Welten

Der freie Samstag war nur ein schwacher Trost, und die starre Haltung ihres Vaters ärgerte Lena. Zu gern wäre sie mit Katrin nach Nürnberg in die Disko gefahren, hätte Freunde und Bekannte getroffen, einen Abend lang einfach nur Spaß gehabt. Aber so saß sie ohne Führerschein in diesem Kuhkaff fest und war auf dem besten Weg dazu, den Hirngespinsten einer alten Frau hinterherzujagen. Trotzdem war es allemal besser, als den ganzen Tag zuhause herumzusitzen.

»Oma, kannst du mich später nach Burggaillenreuth mitnehmen, bevor du einkaufen fährst?«, bat Lena sie beim Frühstück.

»Möchtest du Katrin besuchen?«

Da Lena befürchtete, ihre Eltern könnten etwas gegen Ragnar haben, der ja in der Tat ein seltsamer Typ war, nickte sie. »Hm, tagsüber darf ich ja weggehen, oder?« Sie sah ihren Vater herausfordernd an.

Dieser brummelte mit vollem Mund seine Zustimmung und widmete sich anschließend wieder der Tageszeitung.

»Gut, dann sei in einer halben Stunde fertig«, bestimmte ihre Großmutter.

Lena zog sich eine kurze Jeans und ein rotes Top an, band ihre braunen Haare zu einem Pferdeschwanz zusammen und wartete dann draußen auf Oma Gisela, die – wie üblich – zehn Minuten zu spät erschien. Sie trug ein weites, geblümtes Kleid und einen großen Strohhut, die hüftlangen Haare hatte sie zu einem Zopf gebunden.

»Hast du was Größeres vor, Oma?«

»Nein, weshalb?«

»Du bist so schick.«

»Findest du?« Lachend drehte sich die alte Frau im Kreis. »Ich hatte einfach mal wieder Lust, mich hübsch zu machen.«

»Oma, du bist echt klasse.«

»Danke, Lena.« Sie zwinkerte ihrer Enkeltochter zu und stieg in ihr antikes Gefährt. Dann tuckerten sie über die Dorfstraßen ins nahegelegene Burggaillenreuth.

»Sag mal, Oma, würdest du Ragnar deine Ente noch einmal leihen?«, erinnerte sie sich plötzlich an ihr Versprechen.

»Nachdem er sie mir nicht verbeult zurückgebracht hat – ja.«

War aber verflucht knapp, dachte Lena, sagte jedoch selbstverständlich nichts.

»Super, danke!«

»Lena«, ihre Oma schmunzelte verschmitzt, »ist dieser Ragnar dein potenzieller neuer Freund?«

»Was? Wie kommst du denn darauf? Um Himmels willen – nein!«, regte sich Lena auf. »Der Typ ist total seltsam.«

»Hm, aber nach allem, was ich gesehen habe, finde ich, er sieht nicht schlecht aus. Und … wir Frauen stehen doch auf geheimnisvolle Männer, oder nicht?« Sie stupste Lena an der Schulter an und zwinkerte ihr zu.

»Pah! Geheimnisvoll – schön und gut. Aber manchmal ist er richtig unverschämt. Außerdem stehe ich eher auf blonde, muskulöse Typen über eins achtzig, und nichts davon trifft auf ihn zu.«

»Ach Lena«, Oma Gisela strich ihr über die Haare, »du wirst schon noch erkennen, dass Äußerlichkeiten nicht alles sind. Ich sage nur *Kevin*.«

»Hast ja Recht, aber trotzdem, Ragnar Winter ist so ziemlich der Letzte, mit dem ich was anfangen würde. Nicht umsonst wird er im Stift der *Weltuntergang* genannt.«

Das amüsierte ihre Oma sichtlich, dann zwinkerte sie Lena zu. »Viel Spaß mit deinem *Weltuntergang.*«

Entgeistert sah sie ihre Großmutter an. »Wie kommst du darauf …«

»Mach mir nichts vor, meine Süße, vor zwei Minuten kam uns Katrin entgegen, und wenn du dich mit ihr treffen wolltest, wäre sie sicher nicht weggefahren.«

»Ähm, also …« Krampfhaft suchte Lena nach einer plausiblen Ausrede.

»Ich werde deinen Eltern nichts verraten«, kam ihr Oma Gisela zuvor, »schließlich war ich auch mal jung.«

»Na, wenn das so ist.« Lena grinste breit. »Dann sei so gut und fahr mich zum Reitstall.«

»Sag bloß, du willst wieder anfangen zu reiten?«

»Nein, aber Ragnar arbeitet dort als Pferdepfleger, und ich muss ihn was fragen.«

»Also gut.«

So chauffierte Oma Gisela Lena kurzerhand zum Reitstall. Sofort sprang Lena aus dem Auto und wollte schon die Tür zumachen, als sich ihre Oma in ihre Richtung beugte. »Du kannst mich anrufen, falls du nach Hause willst.«

»Ja, alles klar. Ciao, Oma.«

»Dann mach's gut.« Hupend fuhr ihre Oma davon.

Lena winkte ihr noch nach, dann sah sie sich um. Für sie war es ein eigenartiges Gefühl, wieder hier im Reitstall zu sein.

Eine Zeit lang hatte sie sich auf dem Reiterhof, der sich am Waldrand befand, sehr wohlgefühlt, aber mit dem Sturz vom Pferd und der neuen Reitlehrerin war ihr damals die Lust vergangen. Jetzt hoffte sie, dass die eingebildete Regine inzwischen nicht mehr hier arbeitete. Leider zerschlug sich Lenas Hoffnung schon Minuten später, denn vom Reitplatz her hörte sie eine unangenehm schrille Stimme. Die hochgewachsene Frau mit den kurzen schwarzen Haaren stand am Reitplatz und schrie eine sichtlich verzweifelte Reiterin an. Sie mochte um die sechzehn sein, und deren Pferd weigerte sich offenbar, über einen Oxer zu springen.

»Jetzt zeig dem verdammten Bock doch endlich mal, wer der Herr ist! Devera verarscht dich doch nur«, ereiferte sich Regine und gestikulierte wild mit den Händen.

Nur zu gut konnte sich Lena daran erinnern, dass Regine jedes Pferd, das nicht parierte, als »verdammten Bock« bezeichnete. Dieses Pferd, eine gut gebaute, mittelgroße braune Stute mit schwarzer Mähne, war bereits über und über mit Schweiß bedeckt, der besonders am Hals zu weißem Schaum aufgerieben wurde. Zudem schnaubte das Tier wild. Jedes Mal, wenn die Reiterin auf den hüfthohen Sprung zuritt, galoppierte sie zwar brav mit gewölbtem Hals an, stoppte aber vor dem Hindernis abrupt und warf den Kopf in die Höhe. Der Gesichtsausdruck der Reiterin wurde noch verzweifelter, denn Regine ließ sie wieder und wieder anreiten, und auch das Pferd wirkte mit jedem Versuch unwilliger. Nach drei weiteren Runden widersetzte es sich vehement, bockte und katapultierte schließlich seine Reiterin in den Sand.

»Ist dir was passiert, Tanja?« Regine klang derart unwirsch, als wäre es ein unverzeihliches Vergehen des Mädchens, sollte es denn so sein. Tanja rappelte sich auf, das Gesicht schmerzverzerrt und mit Tränen in den Augen. Dennoch schüttelte sie tapfer den Kopf. »Ich bin okay.«

»Dann gleich wieder in den Sattel«, polterte Regine los.

Die Reiterin zog die Schultern ein, beinahe hatte Lena den Eindruck, sie wolle protestieren, aber dann humpelte sie zu Devera, die panisch mit den Augen rollte, und zog sich mühsam in den Sattel.

Erneut ließ Regine Tanja anreiten, mit dem gleichen Resultat wie zuvor. Es kam, wie es kommen musste, und Tanja flog in hohem Bogen aus dem Sattel. Diesmal landete sie im Begrenzungszaun. Mit einem lauten Krachen barst das glücklicherweise morsche Holz, aber nun konnte Tanja nur mithilfe der Reitlehrerin aufstehen. Tränen rannen über ihr Gesicht.

Fluchend hielt Regine sie am Arm fest. »Wie geht's dir?«

»Mein Rücken tut weh«, heulte Tanja los.

»Verflucht, jetzt kann ich dich auch noch zum Arzt fahren«, beschwerte sich die Reitlehrerin und sah sich um. »Wo ist der verdammte Pferdepfleger?«

Ein etwa zehnjähriges Mädchen, das vom Zaun aus mit großen Augen zugeschaut hatte, quietschte verängstigt: »Ich hole ihn.«

Regine nickte grimmig, dann schien sie Lena entdeckt zu haben, wandte sich aber gleich wieder ab. Lena war froh, nicht von Regine erkannt worden zu sein, doch sie war damals erst zwölf gewesen und hatte sich doch recht stark verändert.

Schließlich kam Ragnar angeschlendert.

»Kannst du nicht einen Gang hochschalten?«, blaffte Regine ihn an.

»Was soll ich tun?«

Lena wurde den Eindruck nicht los, dass Ragnar sehr wohl wusste, was Regine von ihm wollte, denn er sah doch zu unschuldig drein und kratzte sich übertrieben am Kopf.

Die Reitlehrerin lief knallrot an, öffnete den Mund zu einer Entgegnung, fuhr jedoch in ihrem unverschämten Tonfall fort: »Bring den dämlichen Bock in die Box, ich muss seine unfähige Reiterin zum Arzt fahren.«

Besagte Tanja fing schon wieder zu weinen an, und Ragnar blickte sich suchend um. »Ich sehe keinen Ziegenbock.«

Lena unterdrückte ein Kichern, und Regines Augen verengten sich bedrohlich. »Verkauf mich nicht für dumm, du weißt sehr wohl, was ich meine!«

»Ach ja?« Provokativ sah er Regine an, die nun explodierte.

»Wenn du deinen Job behalten willst, dann tu gefälligst, was ich dir sage!«

»Ich bin nicht bei dir angestellt.« Er ging langsam auf Devera zu, redete leise auf Isländisch auf das Tier ein und kümmerte sich nicht um Regines Wutausbruch.

Diese schimpfte wie ein Rohrspatz, drohte, den Reitstallbesitzer zu informieren, und schien überhaupt nicht damit klarzukommen, wie konsequent Ragnar sie ignorierte. Ein solches Verhalten war sie mit Sicherheit nicht gewohnt, aber Lena fand, dass es ihr recht geschah.

Schließlich sah Regine wohl ein, von Ragnar keine Antwort mehr zu bekommen. Sie half der verschüchterten Tanja zum Zaun und fragte: »Du kippst jetzt aber nicht um, oder?« Als diese eilig verneinte, stapfte sie los. »Ich hole das Auto.«

Lena ging zu Tanja, die leise vor sich hin schluchzte, und drückte tröstend ihre Schulter. »Mach dir nichts draus, Regine war schon immer so.«

»Bist du … auch mal hier geritten?« Das blonde Mädchen fuhr sich über die Augen und verwischte dabei den Dreck auf ihrer Wange nur noch mehr.

»Ja, ist aber schon lange her.«

Nun kam Ragnar mit Devera am Zügel zu ihnen. »Sei ihr nicht böse, sicher hat sie einen Grund für ihr Verhalten.«

»Kannst … kannst du sie noch ein bisschen reiten?«, brachte Tanja mühsam heraus. »Ich habe gestern gesehen, wie du Comet geritten hast, das war toll! Mit ihm kommt sonst niemand zurecht, nicht einmal Regine.« Erschrocken sah sie sich um, so als befürchtete sie, die Reitlehrerin könnte sie gehört haben.

»Wenn du möchtest, kann ich das tun.« Ragnar klopfte die Stute am Hals, dann schwang er sich mit einer selbstverständlichen Eleganz in den Sattel, die vermuten ließ, dass er schon seit langer Zeit ritt.

Zunächst ließ er das Pferd im Schritt um den Reitplatz laufen, sprach leise und sanft mit ihm, wenn es vor dem Hindernis scheute. Später trabte er an. Schwungvoll zog die Stute ihre Kreise. Ragnar schien völlig auf sie konzentriert, Lena konnte keinerlei Anzeichen dafür sehen, dass er sie lenkte. Seine Hände und Beine waren vollkommen ruhig, sein Oberkörper schwang nur ganz sanft im Takt mit, und es wirkte so, als würde er das Pferd allein mit seinen Gedanken lenken. Devera entspannte sich sichtlich, schnaubte irgendwann ab und machte den Hals lang. Ragnar mied das Hindernis offenbar bewusst, schlug einen weiten Bogen darum. Unwillkürlich bewunderte Lena seinen Reitstil, denn bei Regine hatte alles immer deutlich weniger harmonisch gewirkt. Ihre Hilfen waren grob gewesen, und mit der Gerte war sie niemals zimperlich umgegangen.

Sowohl Lena als auch Tanja zuckten zusammen, als sie eine ungehaltene Stimme vernahmen. »Was soll das denn?«

Mit einem Autoschlüssel in der Hand stand Regine am Eingang zum Reitplatz. »Der soll ausmisten und die Pferde auf die Koppeln bringen, sonst nichts!«

»Ich habe ihn gebeten, Devera zu reiten«, erklärte Tanja kleinlaut.

»Pah, der bringt sie doch auch nicht über den Sprung!«

Tatsächlich verweigerte die Stute auch bei ihm, blieb wild schnaubend vor dem Hindernis stehen und wich dann panisch zurück. Ragnar ließ sich jedoch nicht irritieren, sprach leise in seiner Sprache mit ihr, streichelte sie am Hals und ritt schließlich noch einmal an. Mit einem gewaltigen, unkontrollierten Sprung setzte Devera über das Hindernis, und Lena hielt die Luft an, denn sie war sich sicher, Ragnar würde kopfüber in die Stangen knallen. Aber wie durch ein Wunder hielt er sich im Sattel, lobte das Pferd lautstark und ließ es am langen Zügel noch eine Runde um den Platz traben.

Anschließend stellte er sich vor Tanja. »Sie hat Angst, ich denke, sie hat schon einmal schlechte Erfahrungen beim Springen gemacht. Am besten wäre es, wenn du in ganz kleinen Schritten mit ihr anfängst und sie lobst, wenn sie auch nur einen kniehohen Sprung schafft.«

»Ach, du bist wohl der neue Pferdeflüsterer?«, höhnte Regine, ihr langes, schmales Gesicht verächtlich verzogen.

»Nein, das bin ich nicht, aber es ist allemal besser, ihnen zuzuflüstern, als sie anzuschreien.« Mit ungerührter Miene sah Ragnar sie von oben herab an.

»Dein unverschämtes Verhalten wird noch Konsequenzen haben!« Regines Zeigefinger deutete drohend auf ihn.

Auch diese Provokation ignorierte er, sprang aus dem Sattel und wandte Regine den Rücken zu. »Guten Tag, Lena.«

»Hallo.« Sie grinste verlegen, während Regine die unglückliche Tanja unsanft am Arm mit sich führte und dabei böse Blicke in Richtung Ragnar warf.

»Puh«, Lena blies die Backen auf, »die hast du aber ganz schön auflaufen lassen.«

»Sie ist ein garstiges, jähzorniges Weib. Wäre sie ein Pferd, hätte man sie sicher schon zum Schlachter gebracht.«

Lena lachte lauthals los. »Da könntest du Recht haben.« Sie räusperte sich. »Du, ich wollte wegen dem Brief von deiner Großmutter mit dir sprechen.«

»Dachte ich mir.« Unerwartet sanft streichelte er Devera über den Kopf. »Kommst du mit? Ich möchte zur Belohnung noch mit ihr spazieren gehen.«

»Ja, von mir aus.«

Ragnar löste Deveras Sattel, legte diesen über den Zaun und streifte ihr die Zügel über die Ohren. Den Hals lang gestreckt, den Kopf entspannt gesenkt, folgte die Stute Ragnar, der den Schotterweg in Richtung Wald einschlug.

Unsicher, wie sie anfangen sollte, schritt Lena neben ihm einher.

»Hat deine Großmutter dir auch geschrieben, du sollst mit mir auf Schatzsuche gehen?«, fragte sie schließlich.

Ragnar wandte sich ihr zu. »Ein verrückter Gedanke, nicht wahr?«

»Ja schon.«

»Vor allem, da du mich ja nicht ausstehen kannst«, fügte er mit einem schiefen Grinsen hinzu.

»Wie kommst du darauf ...«, begann sie empört. Nach kurzem Zögern meinte sie dann jedoch: »Na ja, du machst es einem nicht unbedingt einfach, dich zu mögen. Ich denke da nur an deine Auftritte im Altenheim.«

»Mag sein.« Mit zusammengezogenen Augenbrauen blickte er vor sich auf den Weg, fügte jedoch keine Erklärung hinzu.

»Also, denkst du, es ist etwas dran an dem Schatz?«, drängte Lena.

»Ich muss zugeben, ich weiß es nicht.« Ragnar verwuschelte Deveras schwarze Mähne. »Aber wie meine Großmutter aus Island immer gesagt hat: Es gibt viele Dinge auf der Welt, die wir für unmöglich halten und die doch wahr sind.«

»Dann meinst du, wir sollen ernsthaft nach den Edelsteinen suchen?«, hakte Lena zweifelnd nach. Auch wenn ihr der Gedanke letzte Nacht noch gut gefallen hatte, jetzt wusste sie nicht, ob es tatsächlich sinnvoll war, sich auf solch eine Aktion einzulassen.

»Sagen wir's mal so«, Ragnar kickte mit dem Fuß einen dicken Stein ins Gebüsch. »Wir haben ja nichts zu verlieren. Großmutter meinte, sie habe den Ort gemalt, an dem die Edelsteine versteckt seien. Wir könnten die Bilder heraussuchen, die Orte der Umgebung darstellen, um herauszufinden, ob sich dort der vermeintliche Schatz befindet.« Mit einem zynischen Zug um seinen Mund legte er den Kopf schief. »Es sei denn, ich bin dir derart zuwider, dass du auf deinen Anteil verzichten möchtest.«

»Pah!« Lena warf ihre Haare zurück. »Ich denke, ich werde dich ertragen – schließlich winkt ein großer Gewinn.«

Wie es aussah, war Ragnar nicht beleidigt. Er grinste, wobei seine Zähne weiß aufblitzten. »Also, lass uns mit der Schatzsuche beginnen. Ich schlage vor, wir bringen Devera zurück, dann sehen wir die Bilder durch, die ich in meiner Wohnung habe. Ach ja«, fügte er noch hinzu, »das Auto deiner Großmutter brauche ich nicht mehr. Mein lieber Onkel Georg hat mir die Bilder vorbeigefahren. Sein Kommentar war: Dann ist der *Müll* endlich aus dem Weg.«

»Ein Wunder, dass eine so nette Frau wie deine Oma ein solches Ekel zur Welt gebracht hat.« Sie sah dabei auch Ragnar an, biss sich anschließend jedoch auf die Lippe.

Auch er räusperte sich nur, zupfte an Deveras Zügeln und drehte um.

Nachdem das Pferd auf der Weide war, folgten sie einem schmalen Feldweg, der sich hinter den Stallungen und dem Reitplatz vorbei bis zu einer kleinen Holzhütte erstreckte. Ragnar schloss die Tür auf und machte eine einladende Handbewegung, wobei er spöttisch eine Augenbraue hob. »Willkommen in meinem Reich.«

Viel Platz bot das Holzhaus nicht gerade. Die Wohnküche stellte den größten Raum dar, eine angelehnte Tür gab den Blick auf ein winziges Schlafzimmer frei, eine zweite Tür führte vermutlich ins Bad. Durch das alte Holz wirkte alles recht düster, aber trotzdem fand es Lena auf den ersten Blick gemütlich, wenngleich ihre Schwester Ragnars Behausung als entsetzlich unordentlich bezeichnet hätte. An einem Bücherregal lehnten eine ganze Reihe Bilder, auch auf dem abgesessenen, braunen Sofa lagen kleinere Exemplare, außerdem zahlreiche Kleidungsstücke und einige Zeitschriften.

»Also gut.« Lena begann, sich die Bilder anzusehen. »Dann sollten wir die Gemälde aus unserer Gegend aussortieren.«

»In Ordnung.«

Nach und nach inspizierten sie sämtliche Ölbilder und auch die kleinen, teilweise in Mappen steckenden Bleistiftzeichnungen und machten einen Stapel mit fantastischen Bildern und einen weiteren mit jenen aus der Region. Als die Abenddämmerung bereits hereinbrach, hatten sie eine ganze Reihe an Ölgemälden vom Walberla, der Ruine Neideck und anderen Sehenswürdigkeiten herausgesucht.

Lena klopfte sich ihre staubigen Hände an der Jeans ab. »Ich sollte dann mal gehen.« Sie holte ihr Smartphone heraus, dann stöhnte sie laut. »Shit, der Akku ist leer. Kannst du mir deins leihen?«

»Ich besitze keines.«

»Kann ja auch ein einfaches Handy sein, ich muss schließlich nicht ins Internet.«

Mit zusammengezogenen Augenbrauen schielte Ragnar auf Lenas heiß geliebtes Smartphone, das sie zum letzten Geburtstag von der gesamten Verwandtschaft geschenkt bekommen hatte. »Was auch immer das genau ist, ich besitze so etwas nicht.«

»Wie? Du hast kein Handy?« Lena war, gelinde gesagt, entsetzt.

»Nein, ich mag die Dinger nicht, außerdem hat man hier ohnehin keinen Empfang.«

»Aha!« Erst jetzt begutachtete sie den Raum ein wenig genauer und blickte Ragnar mit in die Hüften gestemmten Händen an. »Sag mal, hast du am Ende auch keinen Fernseher und keinen Computer?«

»Nein.« Mit verschränkten Armen lehnte Ragnar an der Wand und sah sie herausfordernd an. »Ein großer Teil der Menschheit verblödet durch diese technischen Errungenschaften.«

»Wohl auch eine Weisheit von deiner isländischen Oma?«

»Das kann schon sein.« Jetzt war sein Gesicht wieder so verkniffen, wie es Lena aus dem Altenheim kannte.

Seufzend hob sie ihre Arme. »Okay, und wie soll ich dann bitte meiner Oma Bescheid sagen, dass ich nach Hause will?«

»Es ist nicht weit bis zu eurem Dorf. Du könntest laufen.«

»Hast du sie nicht alle?«, fragte Lena und schüttelte entrüstet den Kopf. »Das dauert mindestens …«, sie fuchtelte wild in der Luft herum, »… keine Ahnung, bestimmt eine Stunde. Außerdem müsste ich durch den dunklen Wald.«

»Und was ist das Problem daran?«

Obgleich keinerlei Provokation aus Ragnars Worten herauszuhören war, reagierte Lena unwirsch. »Hallo – ich bin eine Frau, und die sollten nicht unbedingt allein im nächtlichen Wald rumlaufen.«

»Hm.« Als hätte Lena ihm etwas völlig Neues offenbart, fuhr Ragnar sich über das Kinn. »Ist das in diesem Land tatsächlich so gefährlich?«

»Ähm, na ja …«, stammelte sie, »hier passiert eigentlich kaum etwas, aber man weiß ja nie. Und abgesehen davon, ich kenne nicht einmal den Weg.«

»Ich könnte dich begleiten«, schlug er vor.

Verwirrt blinzelte Lena ihn an. Der Gedanke, allein mit Ragnar Winter durch den Wald zu spazieren, begeisterte sie nicht allzu sehr, aber hätte er ihr an die Wäsche gewollt, wäre hier genügend Gelegenheit gewesen. »Ich weiß nicht.«

»Unter keinen Umständen würde ich dir zu nahetreten«, versicherte er ihr, hob, Unschuld beteuernd, beide Hände und musterte sie mit seinen seltsamen dunkelgrauen Augen. »Du bist ohnehin nicht unbedingt nach meinem Geschmack.«

»Na, herzlichen Dank«, schnappte sie empört nach Luft und spürte, wie ihr das Blut in den Kopf stieg. »Und was ist dein Geschmack?«

Gelassen hob er die Schultern. »Ich mag reifere Frauen, keine zickigen Mädchen. Außerdem gefallen mir lange, blonde Haare.«

»Sag mal, was bist du eigentlich für ein Machoarsch?« Sichtlich verwirrt runzelte er die Stirn.

»Macho – eingebildeter Kerl, keine Ahnung, wie das in deiner Sprache heißt.«

»Ich habe doch nur gesagt, dass ich eine andere Art von Frauen attraktiv finde. Schließlich hattest du ja Angst, ich könnte dir etwas antun, oder nicht?«

»Ja … nein … keine Ahnung!« Lena wusste selbst nicht, was mit ihr los war. Eigentlich hatte sie nicht das geringste Interesse daran, Ragnar zu gefallen. Andererseits, so wie er sie darstellte, als dummes Mädchen, das kratzte dann doch ganz gehörig an ihrer weiblichen Ehre. »Lass uns einfach gehen«, verlangte sie unwirsch, und als er zögerte, fügte sie spöttisch hinzu: »Nein, ich habe keine Angst, dass du mich hinter einen Busch zerrst und vergewaltigst. Aber falls du es versuchen solltest, trete ich dir dahin, wo es richtig wehtut. Ich habe mal einen Selbstverteidigungskurs gemacht.«

Seine einzige Antwort bestand darin, seine linke Augenbraue zu heben, dann zuckte er mit den Achseln und ging hinaus.

Stumm wanderten sie durch den Wald, und nach einer Weile verrauchte Lenas Zorn auf Ragnar. Obwohl sie in dieser Gegend aufgewachsen war und als Kind oft im Wald gespielt hatte, hätte sie den Weg nach Hause nicht gefunden. Ragnar dagegen fand sich wie selbstverständlich zurecht, verharrte nur hier und da kurz, warf einen Blick um sich und ging dann zielgerichtet weiter. Es hatte schon gedämmert, als sie losgelaufen waren, aber jetzt wurden die Schatten noch länger, und der Wald war bald von einem unheimlichen Zwielicht erfüllt. Zudem waren allerlei Geräusche zu hören, die Lena nicht zuzuordnen wusste. Um nichts in der Welt hätte sie es zugegeben, aber ihr war äußerst unbehaglich zu Mute, und auch wenn sie froh war, nicht allein zu sein, war sie sich nicht ganz im Klaren darüber, ob sie sich in Ragnars Gesellschaft wohlfühlte. Was wusste sie schon über ihn?

Gut, er war Frau Winters Enkel, kam aus Island und arbeitete momentan hier als Pferdepfleger. Aber vieles an ihm war dennoch mysteriös. Seine seltsamen Wutausbrüche, seine zynische Art und gleichzeitig dieser sanfte, liebevolle Umgang mit seiner Großmutter oder auch mit diesem schwierigen Pferd. Irgendwie passte das alles nicht zusammen. Aus dem Augenwinkel heraus musterte sie ihn verstohlen. Im Halbdunkel stach sein markantes Profil deutlich hervor. Sein schmales Gesicht, die gerade Nase, das markante Kinn. Geschmeidig schritt er über den weichen Waldboden, und es kam Lena auf einmal so vor, als würde er Teil dieses Waldes sein, mit Büschen und Bäumen verschmelzen.

»Okay, Lena, langsam drehst du echt durch«, murmelte sie vor sich hin.

»Hast du etwas gesagt?« Ragnar wandte sich ihr zu, und auf der Stelle lief sie knallrot an, denn sie hatte ihn sicher auffällig angestarrt. Doch sie war froh um die Dunkelheit, die ihre glühenden Wangen verbarg.

»Fürchtest du dich?«

»Nein, wie kommst du denn darauf?«

»Es muss dir nicht unangenehm sein.« Er blieb stehen, legte den Kopf in den Nacken und sah in die Wipfel hinauf. »Die meisten Menschen fürchten sich heutzutage in der Natur, auch wenn ich das nicht verstehe. Mir hingegen jagen eher Großstädte Angst ein.«

»Echt?«, stieß Lena überrascht hervor. »Ich würde so ziemlich alles dafür tun, aus diesem Kuhdorf rauszukommen und in einer großen Stadt zu leben.«

»Gefällt es dir hier nicht?« Langsam schlenderte er weiter.

»Na ja«, erwiderte sie gedehnt, »hier ist absolut nichts los. Bis man in eine Disko oder eine vernünftige Kneipe kommt, muss man eine halbe Weltreise unternehmen, und ohne Auto bist du völlig verloren.«

»Das ist in Island nicht anders. Man kann aber lernen, an anderen Dingen Freude zu finden.«

»Was denn?«, hakte Lena nach. »Vielleicht an Kuhscheiße und Traktoren?«

»Nein, eher nicht.« An seiner weicheren Stimmlage erkannte sie, dass er lächelte. »Aber diese Wälder, ich finde sie wunderbar. Auch die isländische Landschaft, die Berge, Vulkane, das Meer und die endlose Weite haben ihren Reiz, und ich liebe mein Land, aber seitdem ich hier bin, fühle ich mich im Wald sehr wohl und weiß seine Ruhe zu schätzen.«

»Aha«, murmelte sie, hob den Kopf und ließ ihre Augen über die Baumkronen wandern. *Okay, der spinnt mal wieder*, dachte sie jedoch.

»Sieh nur.« Abrupt hielt Ragnar an, fasste Lena an den Schultern und drehte sie um neunzig Grad nach links.

»Was denn?«

»Psst!« Ragnar legte ihr einen Finger auf die Lippen. »Dort auf der Lichtung.«

Zuerst wollte Lena ihn ungeduldig anfahren, aber dann erkannte sie, was er meinte. Langsam trat ein Rehbock aus den Büschen hervor, stellte sich, den Kopf hocherhoben, ins Licht der ersten Sterne und blieb wie eine Statue stehen.

»Er wittert uns«, flüsterte Ragnar ihr ins Ohr. »Mach keine hastige Bewegung.«

Sein warmer Atem streifte ihre Wange, und unwillkürlich lief ihr ein Schauer über den Rücken.

Regungslos verharrten sie, waren ganz in dieser Stille gefangen, und die Welt um sie herum schien verborgen in der Dunkelheit. Irgendwann senkte der Rehbock den Kopf und begann zu fressen. Kurz darauf gesellten sich auch noch zwei Rehe auf die Lichtung. Ragnar machte Lena mit einer Handbewegung auf ein Kaninchen aufmerksam, das im Sternenlicht nur wenige Schritte von ihnen entfernt vorbeihoppelte. Als es sich auf die

Hinterläufe stellte und dann mit einem mächtigen Satz im Unterholz verschwand, schlich sich ein Lächeln auf Lenas Gesicht, und sie drehte sich zu Ragnar um.

»Und, hat so etwas nicht auch seinen Reiz?«, fragte er.

»Ja, kann schon sein.« Lena räusperte sich, befreite sich aus Ragnars Griff, und die Rehe, vermutlich hatten sie die Bewegung registriert, sprangen mit mächtigen Sätzen davon. »Ein cooler Diskoabend ist mir aber trotzdem lieber.«

»Schade.« Ragnar seufzte tief, dann machte er sich erneut auf den Weg.

»Gehst du nicht gerne abends weg?«, erkundigte sich Lena verwirrt.

»Nein.«

»Was tust du denn dann? Hockst du nur zuhause rum – und noch dazu ohne Computer und Fernseher?«

»Das kommt dir wohl merkwürdig vor«, lachte er. »Es ist ja nicht so, dass ich niemals ausgehe. In Island habe ich mich regelmäßig mit Freunden getroffen, und ich mag diese Mittelalterveranstaltungen, die es bei euch so häufig gibt. Aber ich bin auch ganz zufrieden, wenn ich allein im Wald bin, ausreite oder mit Zelt und Rucksack wandern gehe.«

»O Mann, du bist echt ein Freak«, stöhnte Lena.

Inzwischen hatten sie Lenas Heimatdorf erreicht. Im Schein der Straßenlaterne sah sie, wie sich sein Mund zu einem Grinsen verzog. »Das könnte ich von dir ebenfalls sagen. Wie kann man sich freiwillig mit einer Unmenge von schwitzenden Menschen in einen viel zu engen Raum quetschen und seine Ohren mit dröhnendem Lärm malträtieren, den manche als Musik bezeichnen?«

Für einen Moment wusste Lena nicht, was sie entgegnen sollte. Beim besten Willen konnte sie sich nicht vorstellen, wie jemand in ihrem Alter, und Ragnar war ja lediglich drei Jahre älter, lieber im Wald herumspazierte, als sich abends zu amüsieren.

»Sind in Island alle so drauf wie du?«

»Nein, vielen der jungen Leute, mit denen ich in der Schule war, geht es so wie dir.«

»Gott sei Dank«, stieß sie hervor. »Ich dachte schon, alle Isländer hätten einen an der Klatsche.«

»Ich vermute, dieser Begriff bedeutet nichts Schmeichelhaftes«, spekulierte er mit einem schiefen Grinsen.

»Nicht wirklich«, bestätigte Lena.

Unvermittelt spürte sie seine Hand auf ihrer Schulter. »Wir haben unterschiedliche Vorstellungen vom Leben, aber mich stört das nicht. Möchtest du trotzdem mit mir Großmutters Schatz suchen?«

»Ja, schon«, grummelte Lena.

»Dann sollten wir gleich morgen weitermachen.«

»Nein, morgen kann ich nicht, ich muss arbeiten«, erklärte Lena mit wenig Begeisterung. »Und abends sind wir bei meiner Schwester eingeladen, sie feiert ihren Geburtstag.«

»Gut, dann übermorgen?«

»Okay.«

»Falls ich dann mein Motorrad schon habe, hole ich dich gegen Mittag ab«, bot Ragnar an.

»Alles klar.« Lena öffnete die Gartenpforte und ging zur Haustür. Als sie sich noch einmal umdrehte, sah sie, wie Ragnar im Wald verschwand, und unwillkürlich musste sie an ein wildes Tier denken, das mit der Dunkelheit verschmolz.

Kapitel 9

Die Sicht der Dinge

Die Geburtstagsfeier von Lenas Schwester Ramona verlief erwartungsgemäß wenig aufregend, lediglich ihre Cousine Julia, mit der sie sich schon immer gut verstanden hatte, machte den Abend halbwegs erträglich.

Im Altenheim verlief alles wie gewohnt, aber Lena gestand sich ein, Frau Winters Geschichten zu vermissen. Natürlich sorgten auch andere Bewohner für reichlich Unterhaltung, doch niemand konnte so mitreißend erzählen wie Ragnars Großmutter. Und daher sehnte Lena mehr denn je ihren Feierabend herbei, und heute, es war ein sengend heißer Julitag, der sich zu Ende neigte, geschah das, worauf sie schon ewig gewartet hatte. Lena hatte gleichzeitig mit Maike und Timo Feierabend, und als dieser nun seine Tasche aus dem Aufenthaltsraum holte, sagte er mit einem Stöhnen: »Puh, ich könnte wirklich ein Eis vertragen bei dieser Hitze.« Er sah auffordernd zu den beiden hin. »Was meint ihr, wollen wir uns noch einen Becher im Café gönnen?«

Auf der Stelle nahmen Maikes rundliche Wangen die Farbe des Feuerlöschers an, neben dem sie stand. »Ja … ähm, also … klar, ich habe Zeit!«

Zwar dachte Lena flüchtig an ihre Verabredung mit Ragnar, aber sie wollte Maike auf keinen Fall das Feld überlassen und sagte daher auch sofort zu. »Ich auch.« *Verdammt, wie soll ich ihm absagen?*, überlegte sie und zuckte dann die Achseln. *Wenn er kein Handy hat, dann ist das eben sein Pech.*

Schon war Ragnar Winter vergessen. Lena packte rasch ihren Rucksack und schlenderte mit Timo und Maike die Straße hinab ins Zentrum der kleinen Ortschaft. Sie bekamen sogar noch einen Platz vor der Eisdiele und bestellten sich drei große Eisbecher.

»Habt ihr heute Früh mitbekommen, wie die Käppler über den Nachttopf der garstigen Schwestern aus Zimmer neun gestolpert ist?«, fragte Timo mit einem unverschämt süßen Grinsen im Gesicht.

Sowohl Lena als auch Maike mussten kichern. »Sie ist im Aufenthaltsraum wie Rumpelstilzchen herumgehüpft und hat völlig hysterisch ihre brombeerfarbenen Schuhe saubergewischt«, lachte Lena.

»Die Dinger sind garantiert ruiniert«, spekulierte Maike.

»Kein allzu großer Schaden, meiner Meinung nach«, bemerkte Lena naserümpfend. »Die waren ohnehin hässlich.«

»Bestimmt haben die Müller-Schwestern den Nachttopf absichtlich so hingestellt, dass jemand reintritt.« Grübelnd rührte Maike in ihrem Cappuccino herum. »Wenn ich da an Frau Winter denke …«

»Die war zwar in mancher Beziehung wunderlich«, stimmte Timo zu, »aber ansonsten angenehm.«

»Im Gegensatz zu ihrem Sohn und ihrem Enkel«, kicherte Maike, dann sah sie Lena fragend an. »Hast du den mal wiedergesehen?«

Ragnar – ganz kurz durchzuckte Lena ein schlechtes Gewissen, aber dann sah sie ihre Begleiter Aufmerksamkeit heischend an. »Ja, habe ich. Könnt ihr euch vorstellen, dass der nicht einmal Fernseher und Computer zuhause hat?«

»Gibt's so etwas überhaupt noch?«, nuschelte Maike mit vollem Mund.

»Offensichtlich, und Disko mag er auch nicht. Er hat nicht einmal ein Handy!«, lästerte Lena weiter.

Fassungslos schüttelte Maike den Kopf. »Also ich könnte mir ein Leben ohne Handy und Internet nicht mehr vorstellen.«

»Ich ebenfalls nicht«, stimmte Timo, wenn auch zögernd, zu. »Aber nicht alle Menschen haben die gleichen Interessen, man sollte das akzeptieren. Er wird schon seine Gründe haben.«

»Na, also ich weiß nicht.« Mit einem Lächeln löffelte Lena ihr Eis. »Anders sein … schön und gut, aber er ist wirklich ein äußerst seltsamer Vogel.«

»Habt ihr eigentlich schon den neuen Actionfilm gesehen?«, fing Timo unvermittelt ein neues Thema an, und auch wenn Lena – dank ihres Ausgehverbotes – natürlich nicht auf dem neuesten Stand war, stellte sie erneut begeistert fest, dass Timo und sie einen sehr ähnlichen Geschmack hatten, was Filme betraf.

Die Zeit verging wie im Flug, und so war es schon nach acht, als sie aufbrachen. »Soll ich euch nach Hause fahren?«

»Ich bin selbst mit dem Auto hier.« Maike klang dermaßen unglücklich, als wäre es das Ende der Welt, auf eine Heimfahrt mit Timo verzichten zu müssen.

Lena hingegen streckte sich. »Also mich kannst du gern nach Hause fahren.«

Vermutlich wäre sie tot umgefallen, hätten Maikes Blicke töten können.

»Gut, gut, dann laufen wir zum Altenheim zurück«, schlug Timo vor.

»Und wie kommst du morgen zur Arbeit, wenn du dein Fahrrad nicht dabeihast?«, fragte Maike spitz.

»Passt es in deinen Kofferraum, Timo?« Die Gelegenheit, allein mit Timo zu sein, wollte sich Lena auf keinen Fall entgehen lassen.

»Klar.«

Auf dem Parkplatz verabschiedeten sie sich von Maike, die mit säuerlicher Miene in ihren alten Polo stieg. Lena hingegen war überglücklich und fasste sich sogar ein Herz, als sie an ihrem Haus angekommen waren. »Möchtest du vielleicht noch was bei mir trinken?«

Doch der junge Mann schüttelte den Kopf. »Nein danke, ich bin noch mit Freunden verabredet.«

»Oh, schade.« Lena war enttäuscht, aber zumindest hatte er *Freunde* und nicht *Freundin* gesagt. »Vielleicht ein anderes Mal.«

»Ja, vielleicht.« Timo lächelte ihr zu und fuhr dann los.

Lena hatte sehr wohl eine Bewegung hinter der Küchengardine bemerkt, und prompt öffnete ihre Mutter die Tür.

»Wer war das denn?«, wollte sie mit herausfordernder Stimme wissen.

»Timo.«

»Was für ein Timo?«

»Der Pfleger aus dem Altenheim.«

»Hier geht's ja zu wie im Taubenschlag!« Manuela sah sich unbehaglich um. »Erst vor einer Stunde hat ein äußerst unhöflicher junger Mann an der Tür geklingelt und nach dir gefragt. Was sollen denn da die Nachbarn denken?«

»Ragnar – o Shit!«

»Und wer ist das jetzt wieder?«

»Ein … Bekannter.«

»Kevin hat übrigens auch ein paar Mal angerufen.« Die Miene ihrer Mutter wurde immer verdrießlicher.

»Mein Gott, dafür kann ich auch nichts. Mit uns ist endgültig Schluss, aber der Idiot kapiert das nicht.«

»Er ist immerhin der Sohn vom Filialleiter der Sparkasse«, erwähnte sie betont beiläufig, »und der könnte die Wahl deines Vaters beeinflussen.«

»Ach, und deshalb soll ich wieder was mit diesem Macho-arsch anfangen?«

»Nun ja …« Ihre Mutter zupfte an ihrer Dauerwelle herum. »Er sieht gut aus, und das richtige Alter hätte er auch.«

Lena war nur noch entsetzt von dem, was ihre Mutter da von sich gab. Wortlos und stinksauer ging sie ins Haus.

Wenn ihr wüsstet, dass Kevin euer heiliges Auto in ein Häufchen Schrott verwandelt hat, würdest du nicht so von ihm sprechen, dachte sie.

Was sollte sie jetzt mit Ragnar machen? Anrufen kam ja kaum infrage, und zu ihm nach Hause zu laufen hatte sie auch keine Lust. Ihre Oma war nicht da, ihr Vater noch unterwegs, also konnte sie niemand fahren. Vielleicht würde Maike sie ja am nächsten Tag nach der Arbeit nach Burggaillenreuth fahren. Also verdrängte Lena jeden weiteren Gedanken an Ragnar und vertrieb sich den Abend damit, mit Freunden zu chatten.

Wie Lena gehofft hatte, erklärte sich die gutmütige Maike bereit, sie am Ende der Nachmittagsschicht in ihrem Auto mitzunehmen, und fuhr sie in das nahegelegene Dorf.

»Danke, Maike, ich lade dich bei Gelegenheit mal auf einen Kaffee ein«, versprach Lena, als sie am Reitstall ausstieg, und winkte ihrer Arbeitskollegin hinterher.

In seinem kleinen Holzhaus traf sie Ragnar nicht an und schlenderte daher zum Reitplatz, wo Regine ihre Reitschüler quälte. Die Kinder saßen verschüchtert auf den – wie Lena dachte – teilweise viel zu großen Pferden, und ein kleines Mädchen hatte ein tränenverschmiertes Gesicht.

Nur zu gut erinnerte sich Lena an ihre eigenen Reitstunden und schüttelte den Kopf. Dann sah sie Ragnar aus den Stallungen kommen. Er schob eine volle Schubkarre vor sich her, stockte kurz, als er sie erkannte, stapfte aber weiter auf den Misthaufen zu.

Lena lief zu ihm. »Hi Ragnar.«

Er beachtete sie überhaupt nicht, leerte ungerührt das schmutzige Stroh auf den Misthaufen und eilte im Stechschritt zurück zum Stall.

»Tut mir leid, dass ich dich gestern versetzt habe«, entschuldigte sie sich zerknirscht.

»Aha.« Mehr hatte er offensichtlich nicht dazu zu sagen, denn er begann, ohne sie eines Blickes zu würdigen, Pferdeäpfel einzusammeln.

»Timo hat Maike und mich nach der Arbeit zu einem Eis eingeladen«, startete sie einen Erklärungsversuch. »Da habe ich echt die Zeit vergessen.«

»Die alten Leute scheinen abzufärben.« Noch immer strafte er sie mit Missachtung und arbeitete verbissen weiter.

»O Mann, jetzt sei doch nicht beleidigt«, regte Lena sich auf. »Du hast ja nicht mal ein Telefon, also hätte ich kaum absagen können!«

»Ich war bei dir zuhause.« Endlich wandte er sich ihr zu. Sein Gesicht ernst, die Lippen zusammengekniffen, während er sie herausfordernd musterte.

»Ja, Mama hat das schon gesagt.« Verlegen scharrte Lena mit ihrem Fuß auf dem Boden herum.

»Wenn dir die Suche nicht wichtig ist, können wir es auch sein lassen.«

»Nein! Die Schatzsuche ist mir wichtig, ehrlich«, versicherte Lena ihm.

Ragnar schien ihr nicht ganz zu glauben, denn er legte zweifelnd den Kopf schief.

»Können wir nicht jetzt die Bilder durchsehen?«

»Nein«, lehnte Ragnar entschieden ab, »ich muss noch bis achtzehn Uhr hier arbeiten und dann ein neues Pferd mit dem Reitstallbesitzer abholen.«

»Ach so.« Enttäuscht ließ Lena die Schultern hängen.

»Aber morgen habe ich Zeit.« Ragnar hob seine Augenbrauen. »Soll ich noch einmal versuchen, dich abzuholen?«

»Gut, Sonntag muss ich nicht arbeiten. Du kannst so gegen Mittag kommen.«

»In Ordnung.« Ohne ein weiteres Wort fuhr er mit seiner Arbeit fort, und Lena war es irgendwann zu dumm, hinter ihm herzulaufen.

»Also dann bis morgen«, verabschiedete sie sich.

Ragnar hob lediglich eine Hand, und Lena verdrehte die Augen.

»Arroganter Kerl«, grummelte sie vor sich hin.

Auch wenn Lena sich über sich selbst wunderte, ertappte sie sich beim Frühstück dabei, immer wieder auf die Uhr zu schauen. Sonntags wurde traditionell erst gegen zehn gegessen, und Lena war neugierig, wann Ragnar auftauchen würde. Eine gewisse Abenteuerlust hatte sie gepackt, und sie war gespannt, ob sie etwas herausfinden würden. Kurz nach elf räumte sie gemeinsam mit ihrer Oma den Tisch ab. Diese deutete grinsend aus dem Fenster. »Sieh mal, dein Verehrer ist wieder da.«

»Er ist nicht mein Verehrer.« Zu ihrem Ärger lief Lena knallrot an, aber sie blickte dennoch hinaus.

Gerade steuerte Ragnar auf die Tür zu.

»Also, Oma, ich geh dann mal.« Schon eilte sie zur Haustür und öffnete sie.

»Bin ich zu früh?«

»Nein, ich bin so weit.« Lena schlüpfte aus der Tür, bevor ihre Eltern etwas mitbekamen. »Also los, wollen wir?«

Ragnar nickte, und so folgte sie ihm zum Gartentor.

»Wo ist denn dein Motorrad?«, wollte Lena wissen.

»Das Motorrad ist noch nicht angemeldet.«

»Aber wie sollen wir dann …«

Lena stockte, als sie um die Ecke bogen und Devera ihnen, mit Strick und Halfter am Zaun angebunden, leise entgegenwieherte.

»Ich bin mit dem Pferd hier.«

»Ach?« Fragend sah Lena ihn an und wusste beim besten Willen nicht, was das sollte.

»Wir reiten«, fuhr Ragnar erklärend fort.

»Ich kann nicht!« Lena spürte, wie ihr das Blut aus den Wangen wich.

»Du musst auch nicht allein reiten«, versicherte ihr Ragnar völlig selbstverständlich. »Du kannst hinter mir sitzen und musst dich nur festhalten.«

»Nein!« Vor lauter Panik wurde ihre Stimme unnatürlich hoch. Nur zu gut erinnerte sie sich daran, wie sie damals unsanft auf dem Boden gelandet war und sich mehrere Rippen gebrochen hatte. Dieses Erlebnis wollte sie nicht wiederholen.

»Devera ist ein braves Pferd.« Zärtlich klopfte Ragnar die Stute am Hals.

»Ich habe gesehen, wie sie ihre Reiterin auf dem Reitplatz in den Sand befördert hat.«

»Sie wollte nur nicht springen«, verteidigte der junge Isländer das Tier und hob fragend seine dunklen Augenbrauen. »Ich gehe davon aus, dass du keinen Springparcours reiten willst.«

»Ich will überhaupt nicht in den Sattel steigen.«

»Dann musst du eben neben mir herlaufen.«

»So weit kommt es noch!« Ungläubig schüttelte sie den Kopf. »Ich kann es nicht fassen, dass du mit einem Pferd hier aufkreuzt.«

»Ich hätte dich nicht für so feige gehalten.«

»Ich bin nicht feige«, rief Lena empört aus. »Ich will nur …« Sie stockte, und Ragnar musterte sie arrogant. »Verdammt, ich will nur nicht reiten!«

»Wie du meinst.« Er löste den Strick, schwang sich in den Sattel, dann sah er Lena auffordernd an. »Also komm.«

»Du glaubst doch nicht im Ernst, dass ich jetzt neben dir herlaufe!«

»Wenn du nicht reiten willst.«

Sie holte tief Luft, um zu einer gesalzenen Entgegnung anzusetzen, aber da sprang Ragnar wieder zu Boden und machte eine einladende Handbewegung. »Dann überwinde deine Angst.«

Für einen Moment blieb Lena wie angewurzelt stehen. In ihrem Kopf überschlugen sich die Gedanken. Sie hatte wirklich Angst, aber andererseits wollte sie sich vor Ragnar keine Blöße geben. Also nahm sie ihren Mut zusammen und ging auf das Pferd zu. Jetzt aus unmittelbarer Nähe kam ihr Devera noch größer vor. Unschlüssig stand sie neben der Stute und erwog ernsthaft, zurück ins Haus zu rennen und Ragnar Winter und diese ganze Schatzsuche für immer aus ihrem Leben zu streichen.

»Soll ich dir helfen?«

Lena fuhr herum, dann schüttelte sie den Kopf, stellte einen Fuß in den Steigbügel und atmete tief durch. Ein paar Sekunden später saß sie im Sattel.

»Na also, geht doch.« Ragnar zupfte an Deveras Zügeln, und das Pferd setzte sich in Bewegung. Zielsicher stapfte er durch den Wald voran und drehte sich ab und an nach ihr um. »Geht es dir gut?«

»Hm.« Stocksteif klammerte sich Lena am Sattel fest und hielt jedes Mal die Luft an, wenn das Pferd einen schnelleren Schritt machte. Da sie jedoch bemerkte, dass Devera gelassen neben Ragnar hertrottete und keinerlei Anstalten machte durchzugehen, entspannte sie sich zunehmend.

»Du hast gar keine so schlechte Haltung«, meinte Ragnar nach einer Weile.

»Danke«, knurrte sie.

Sein Blick wanderte über sie. »Du bist schon geritten, nicht wahr?«

»Ja«, gab Lena widerwillig zu, »aber ich bin heruntergefallen.«

»Das gehört dazu.«

»Toll, das Gleiche hat Regine auch gesagt.«

»Oh, du hattest bei dieser … entsetzlichen Person Reitunterricht? Dann wundert es mich nicht, dass du keine Lust mehr dazu hast.«

Insgeheim war Lena über Ragnars Worte verwundert, und sie hob zögernd die Schultern, erwiderte jedoch nichts. Stattdessen betrachtete sie die Umgebung von ihrer erhöhten Sitzposition aus. Ruhig und angenehm kühl war es hier im Wald. Lediglich das gelegentliche Zwitschern der Vögel und das beständige Rascheln, verursacht durch Deveras Hufe, durchbrachen die Stille. Ragnar sprach nicht, sondern schritt stumm voran, und so konnte sich Lena vollkommen auf sich selbst und das Pferd konzentrieren. Deveras Bewegungen waren weich und bequem zu sitzen. Nach einer Weile traute Lena sich sogar, eine Hand vom Sattel zu nehmen, und streichelte der Stute über das weiche Fell und die dichte schwarze Mähne.

»Hat es dir gefallen?«, erkundigte sich Ragnar, nachdem sie am Reitstall angekommen waren.

Mit einem vorsichtigen Lächeln nickte Lena, dann klopfte sie das Pferd am Hals. »Bist ein gutes Mädchen, Devera«, flüsterte sie dem Pferd zu.

Langsam ließ sie sich zu Boden gleiten, dann atmete sie erleichtert aus. »Puh, ich hatte nicht gedacht, nochmal auf ein Pferd zu steigen.«

»Man kann seine Meinung ändern.« Routiniert sattelte Ragnar das Pferd ab und brachte es auf eine der Weiden. Anschließend gingen sie gemeinsam zu seinem kleinen Holzhaus.

»Was für eine Rasse ist Devera eigentlich?«, erkundigte sich Lena.

»Sie ist ein Andalusier.«

»Ich finde sie sehr schön, besonders wenn sie den Kopf mit der langen Mähne so stolz hält!«

»Das gefällt Mädchen, ist schon klar«, meinte er spöttisch, was erneut Ärger in Lena aufwallen ließ, aber sie verkniff sich diesmal einen Kommentar. Er sah sie von Kopf bis Fuß an. »Obwohl du ja keine sonderlich langen Haare hast.«

Lena fuhr sich durch ihren schulterlangen Schopf. »Ich hab sie irgendwann abschneiden lassen.«

»Jedem, wie es ihm gefällt.« Damit schien für Ragnar das Thema erledigt zu sein. Er schloss die Tür auf und machte eine einladende Handbewegung. »Hast du Durst, Lena?«

»Ja, schon.« Sie ließ sich auf das Sofa plumpsen und betrachtete dabei eines von Frau Winters Bildern. Dieses zeigte einen Vulkankrater, weites, baumloses Land und im Hintergrund das Meer.

»Ob das auch Elvancor sein soll?« Lena legte den Kopf schief und besah sich das Bild genauer. Beinahe hatte sie den Eindruck, die Wellen würden sich tatsächlich bewegen, je länger sie sich dem Gemälde hingab.

Ragnar kam mit zwei Gläsern Wasser zu ihr. »Nein, das ist Island«, erklärte er mit leiser Stimme, und Lena hatte plötzlich den Eindruck, dass Trauer darin mitschwang.

»Echt? Sieht cool aus. Ich war noch nie in Island.«

»Großmutter hat uns ein paarmal besucht und natürlich einige Zeit mit Malen verbracht.«

»Und von deinem Vater hast du so gut Deutsch gelernt?«

Ragnar nickte ernst. »Er starb, als ich zwölf Jahre alt war.«

»Oh, das tut mir leid«, entgegnete sie mit ehrlichem Bedauern. »War er denn krank oder so?«

»Nein«, er fuhr sich durch die Haare und atmete tief aus. »Vater war kein Mensch für einen festen Job. Er hat uns mit Gelegenheitsarbeiten durchgebracht. Schafe scheren, Pferde zureiten, Feldarbeit. Und 1994 ist er bei einer Bergtour in Irland ums Leben gekommen.«

»Das war sicher sehr schlimm für dich.« Zu gern hätte Lena etwas Tröstendes gesagt, denn Ragnar sah sehr traurig aus, aber sie kannte ihn zu wenig, um die richtigen Worte zu finden. Außerdem hatte er Sekunden später schon wieder sein unnahbares Gesicht aufgesetzt.

»Wie lange bist du denn schon von zuhause fort?«

Eine ganze Weile musterte Ragnar sie stumm aus seinen seltsamen dunkelgrauen Augen, bis er schließlich antwortete: »Beinahe drei Jahre.«

»Und wann willst du wieder zurück?«

»Vielleicht gar nicht mehr.« Ruckartig wandte er sich ab und begann, zwischen den Bildern herumzuwühlen.

Lena ließ das Thema lieber auf sich beruhen. Noch eine ganze Zeit lang sahen sie die Gemälde von Ragnars Großmutter durch, bis sie schließlich alles sortiert hatten.

»Okay.« Lena stützte die Hände in die Hüften. »Einige Orte kenne ich. Aber wo zum Teufel sollen wir diese Edelsteine finden?«

»Möglicherweise hat sie einen Hinweis in den Bildern versteckt.« Ragnar kniete sich auf den Boden und besah sich ein Ölgemälde der Ruine Neideck ganz aus der Nähe.

Auch Lena starrte auf das Bild, konnte jedoch beim besten Willen keinen Schatz erkennen.

Gelangweilt nahm sie ein weiteres Bild in die Hand. Dieses zeigte das Walberla, den markanten Tafelberg bei Kirchehrenbach. »Vielleicht sollten wir einfach mal hinfahren und dann weitersehen. Ich glaube zwar nicht …«

»Warte!« Aufgeregt unterbrach Ragnar sie, dann legte er das Bild der Burgruine neben das des Walberla.

»Sieh mal«, er deutete auf den halb eingestürzten Turm der Ruine, dann auf das westliche Ende des Berges. »An beiden Stellen hat Großmutter ein verschlungenes Symbol gezeichnet.« Hastig nahm er Lena das Bild von Walberla ab und nickte dann triumphierend, wobei er auf eine kleine Kapelle deutete.

»Ich sehe nichts.« Lena kniff die Augen zusammen, konnte jedoch kein Symbol erkennen.

»Na hier.« Ungeduldig zeigte Ragnar auf die Kapelle.

»Das ist doch bloß ein Vogel, der auf dem Dach sitzt«, widersprach Lena.

»Und er hält irgendein verschlungenes Schmuckstück im Schnabel.« Nun wies er auf die Ruine. »Und hier hat sie das Zeichen in den Stein eingearbeitet.«

»Ich dachte eigentlich immer, ich hätte ganz gute Augen, vielleicht sollte ich mal einen Sehtest machen.« Lena ging mit den Bildern ans Fenster, und jetzt musste sie Ragnar Recht geben.

»Denkst du wirklich …«, begann sie, von einer kribbelnden Aufregung erfasst.

»Es könnte sein. Sind dir diese Orte bekannt?«

»Ja, Walberla und Neideck kenne ich.« Sie deutete auf die übrigen Bilder. »Falls sich noch auf einem anderen Bild Markierungen befinden, kann ich meine Oma fragen, die kennt sich gut in der Umgebung aus.«

»Gut, vielleicht sollten wir dann zuerst diese Ruine besuchen.«

»Aber nicht mit dem Pferd.« Lena schnitt eine Grimasse, woraufhin Ragnar grinste.

»Nein, übermorgen kann ich das Motorrad abholen.«

»Prima«, seufzte sie erleichtert.

»Heute musst du allerdings noch einmal reiten, sofern du nicht laufen möchtest.«

Zu ihrer eigenen Verwunderung freute sich Lena sogar darauf, und sie nickte. Ein Blick auf die Uhr zeigte ihr, dass es schon kurz nach vier war. »Ich denke, ich sollte jetzt gehen.«

»Dann lass uns Devera von der Weide holen.«

Gemeinsam machten sie sich auf den Weg. Das Pferd kam Ragnar sogleich entgegen, und er streifte ihr das Zaumzeug über, dann legte er den Sattel auf.

»Muss ich dich wieder führen, oder möchtest du hinter mir sitzen?«

»Hm.« Lena legte einen Finger an die Nase. »Also gut, ich versuche es.«

»In Ordnung, dann steig auf und lass dich dann vorsichtig hinter den Sattel gleiten. Zum Glück bist du recht klein und …«

»Na, ein Riese bist du ja auch nicht gerade«, unterbrach sie ihn spöttisch.

Kurz blinzelte er verwirrt, dann grinste er frech. »Es stört dich wohl, klein zu sein.«

»Nein, überhaupt nicht!«, behauptete sie, schwang sich mit größtmöglicher Anmut in den Sattel und rutschte dann vorsichtig nach hinten.

Auch Ragnar stieg auf, nahm die Zügel in die Hand und lenkte das Pferd in den Wald.

Lena fühlte sich unwohl auf dem blanken Pferderücken und befürchtete, jeden Moment herunterzurutschen.

»Du solltest deine Arme um meine Hüfte schlingen, dann sitzt du sicherer«, schlug Ragnar nach einem Blick über die Schulter vor.

»Könnte dir so passen«, knurrte sie, krallte ihre Finger in den Sattel und quietschte erschrocken, als Devera stolperte.

»Meinetwegen kannst du auch herunterfallen«, entgegnete Ragnar wenig charmant.

»Was dir vermutlich noch besser gefallen würde«, brummelte sie und ließ sich schließlich doch noch dazu herab, sich an ihm festzuhalten.

Eine ganze Weile ritten sie im Schritt durch den Wald, und Lena spürte, wie sie die Stille auf eine ungewohnt angenehme Weise einlullte. Sie schloss die Augen, lauschte dem leisen Schnauben des Pferdes, dem Vogelgezwitscher und dem raschelnden Laub.

»Sollen wir schneller reiten?«

Reflexartig klammerte sich Lena an ihm fest, und bevor sie antworten konnte, galoppierte Devera los.

»Nein!«, kreischte Lena panisch, aber Ragnar drehte sich lediglich mit einem Lachen zu ihr um.

»Hab keine Angst, Lena, es macht Spaß.«

Spaß sah für Lena eindeutig anders aus. Sie wurde auf- und abgeworfen und hatte Todesangst. »Halt auf der Stelle an!«, verlangte sie.

»Versuch, locker zu bleiben, pass dich dem Rhythmus des Pferdes an.«

»Ich will aber nicht …«

Jetzt legte er ihr auch noch eine Hand auf den Oberschenkel und lenkte das Pferd logischerweise nur einhändig, wie Lena entsetzt feststellte.

»Vertrau mir, schließ die Augen und lass es geschehen.«

Zunächst wollte sie aus Prinzip widersprechen, aber weil sie kaum glaubte, dass er freiwillig anhielt, atmete sie tief durch und versuchte, ihre verkrampften Beine sowie den eisernen Griff um Ragnars Hüfte zu lockern. Und siehe da – nach ein paar sanften Galoppsprüngen schwang sie im Takt mit. Sie stieß die Luft aus, passte sich den Bewegungen an, und schließlich schloss sie sogar die Augen und lehnte ihr Gesicht an Ragnars Rücken. Sein schwarzes T-Shirt verströmte einen Duft aus Pferd, Holz und einer eigenartigen, aber nicht unangenehmen, männlichen Note. Der laue Wind streichelte ihr Gesicht, und selbst durch die geschlossenen Augenlider konnte sie wahrnehmen, wie Licht und Schatten wechselten. Für Lena hörte die Zeit auf zu existieren, und sie gab sich völlig diesem ungeahnt intensiven Gefühl von Freiheit und Geborgenheit hin. Sie wusste nicht, wie lange sie so durch den Wald galoppierten, aber als Devera langsamer wurde und in einen gemächlichen Schritt fiel, war sie enttäuscht.

»Und?« Gespannt drehte sich Ragnar zu ihr um.

»Das war toll!«, stieß Lena begeistert hervor, dann räusperte sie sich und ließ ihn verschämt los. »Ich meine … nicht übel.«

Ragnar lachte jedoch nur, dann lenkte er Devera auf die Straße hinter dem Haus von Lenas Oma. »Möchtest du noch einmal reiten? Deveras Besitzerin ist für vier Wochen im Urlaub und hat mich gebeten, sie zu bewegen. Den Schimmelwallach des Stallbesitzers soll ich auch regelmäßig trainieren. Falls du Lust hast, könnten wir ab und zu gemeinsam ausreiten.«

Obwohl Lena es noch vor ein paar Stunden nicht für möglich gehalten hatte – sie wollte! »Meinst du nicht, Deveras Besitzerin hat etwas dagegen, wenn ich sie reite?«

»Das glaube ich kaum, aber wir können sie anrufen, ich habe ihre Telefonnummer.«

»Ja, okay.« Vorsichtig ließ sich Lena zu Boden gleiten, dann streichelte sie der Andalusierstute noch einmal über das Fell und sah zu Ragnar auf. »Es war wirklich schön, danke.«

»Keine Ursache.« Seine Verbeugung wirkte zum wiederholten Mal eine Spur zu spöttisch, doch diesmal störte sich Lena nicht daran. Er wendete Devera und drehte sich noch einmal kurz um. »Falls du übermorgen Zeit hast, könnten wir zu dieser Ruine fahren.«

Lena dachte kurz nach. »Ja, aber erst abends nach sechs. Vorher muss ich arbeiten.«

»Auf Wiedersehen, Lena.« Er ließ das Pferd aus dem Stand antraben, und kurz darauf war die schlanke Gestalt auf dem edlen Pferd im Wald verschwunden.

»Puh, Lena, du bist geritten«, sagte sie zu sich selbst und schloss kurz die Augen, um dieses berauschende Gefühl noch einmal zurückzuholen.

Kapitel 10

Schatzsuche

Voller Ungeduld wartete Lena auf den Beginn ihrer Schatzsuche. Auch wenn sie sich hier und da eine Närrin schalt, ernsthaft an die Edelsteine der Tuavinn zu glauben, brachte diese Suche doch endlich Abwechslung in ihr – wie es ihr erschien – entsetzlich tristes Leben. Ohne Auto war man in der Fränkischen Schweiz einfach aufgeschmissen, und wenn sie keinen größeren Ärger riskieren wollte, musste sie sich an das Ausgehverbot ihrer Eltern halten. Wenn sie jedoch tagsüber mit Ragnar unterwegs war und rechtzeitig nach Hause kam, würde niemand Anstoß daran nehmen. Ihr Vater nahm an vielen Abenden an Gemeinderatssitzungen teil, ihre Mutter arbeitete als Krankenschwester und hatte häufig erst spät Dienstschluss. Oma Gisela würde sich sicher als ihre Verbündete zeigen, wenn es doch mal später wurde. Und so fieberte sie dem heutigen Feierabend entgegen. Jetzt musste sie jedoch noch den anstrengenden Ausflug in die Forchheimer Innenstadt hinter sich bringen. Diejenigen Senioren, die noch halbwegs gut zu Fuß waren, hatte nämlich ein Bus zum jährlichen Ausflug in die Kleinstadt gebracht. Nachdem Kaffee und Kuchen in einem Café verspeist worden waren, tippelten die alten Leute durch die Fußgängerzone mit ihren Fachwerkhäusern, kleinen Läden und Cafés langsam wieder in Richtung Paradeplatz. Dort waren Marktstände aufgebaut, wo Händler Obst und Gemüse verkauften.

In Gedanken war Lena schon bei der Burgruine, und sie fragte sich, was sie erwarten mochte. Seit ihrer Grundschulzeit war sie nicht mehr dort gewesen und hatte kaum einen Gedanken an das historische Denkmal aus dem Mittelalter verschwendet. Aber jetzt brannte sie darauf, mit Ragnar den Spuren auf den Bildern seiner Großmutter zu folgen.

»Wo ist denn Herr Baumgärtel?«, riss die Stimme von Schwester Margareta Lena aus ihren Träumen.

Auf der Stirn der rundlichen Altenpflegerin glänzten Schweißperlen. Hektisch wischte sie sich mit einem Stofftaschentuch darüber, während ihr Blick über ihre Schützlinge schweifte, die sich an der Bushaltestelle versammelt hatten.

Auch Lena konnte den kleinen, verhutzelten Mann nicht entdecken. Herr Baumgärtel war gelegentlich etwas verwirrt, und eigentlich hatte sie den Auftrag gehabt, besonders auf ihn zu achten. Daher schoss ihr nun die Schamesröte in die Wangen. Aufgebracht sah sie sich um.

»Gerade war er noch hier. Ich suche ihn!« Schon spurtete Lena los. Zumindest war hier momentan nicht allzu viel los, und so sollte man einen kleinen, verhutzelten Greis mit einem Kranz aus halblangen weißen Haaren und einem Stock in der Hand doch eigentlich rasch finden. Das dachte Lena wenigstens, aber Herr Baumgärtel war nirgends auf dem Rathausplatz zu sehen. Langsam brach Lena der Schweiß aus. Sie joggte in die Fußgängerzone zurück, spähte nervös in die engen Nebengassen und rannte anschließend wieder zum Paradeplatz. Leider war der alte Mann nach wie vor nicht aufgetaucht, und Schwester Margaretas sonst so gutmütiges Gesicht zeigte nun deutliche Anzeichen von Wut.

»Ich versuch es nochmal dort vorne.« Erneut lief Lena los, diesmal zur großen Kreuzung.

»Verdammt, es ist ein alter Mann«, knurrte sie vor sich hin. »Weit kann er ja nicht gekommen sein!«

Da sie reichlich außer Atem war, verlangsamte sie ihre Schritte und stützte sich am hölzernen Tor, das zum Landratsamt führte, gegen den Torbogen. Eine bekannte Stimme ließ sie stutzen, und vorsichtig linste sie um die Ecke.

Ragnar stand mit dem Rücken zu ihr und redete leise, aber eindringlich auf einen jungen Mann ein. Auf den zweiten Blick erkannte Lena diesen als denjenigen, der hinter der Orkmaske gesteckt hatte.

»... jetzt komm schon, für dich ist das doch kein Risiko«, drängte Ragnar.

»Ich weiß nicht.« Der Langhaarige fuhr sich über das Kinn. »Irgendwie gefällt mir die Sache nicht.«

Lena hörte Ragnar unterdrückt in seiner Sprache fluchen, dann hielt er seinem Freund ein Bündel mit Geldscheinen hin, und sie hob überrascht die Augenbrauen. Wie viel es genau war, konnte sie nicht sehen, aber es schien sich doch zu lohnen, denn Rolf griff, wenn auch zögernd, zu.

»Also gut, ich hoffe nur, ich bekomme keinen Ärger.« Langsam wandte er sich in Richtung Landratsamt, und Lena zog sich eilig zurück, denn sie wollte nicht von Ragnar entdeckt werden. Was hatte das zu bedeuten? Weshalb gab Ragnar diesem Rolf Geld, noch dazu in aller Heimlichkeit hinter einer Mauer – vor den Blicken der meisten Passanten verborgen?

Ob er irgendwie Dreck am Stecken hat?, überlegte sie. An Ragnar war so einiges seltsam, und viel Geld verdiente er als Pferdepfleger ganz sicher nicht. Vielleicht stammte es ja aus seiner Erbschaft, aber wofür hatte er es Rolf zugesteckt? Möglicherweise gab es eine ganz einfache und harmlose Erklärung, doch weshalb diese Geheimniskrämerei? Einige Herzschläge lang wartete Lena ab, aber Ragnar trat nicht durch das Tor. Vermutlich war er in die andere Richtung gegangen.

Verdammt, Herr Baumgärtel!, schoss es Lena durch den Kopf, und sie eilte weiter die Straße entlang. Nur leider war der alte

Mann nirgends zu finden. Daher drehte sie resigniert um und ging auf der anderen Straßenseite entlang zurück zur Bushaltestelle. Vermutlich würde Schwester Margareta jetzt die Polizei verständigen und Lena mächtigen Ärger bekommen, weil sie nicht richtig aufgepasst hatte. Eher zufällig schweifte ihr Blick zur großen Bäckerei zu ihrer Linken, und sie hielt abrupt an. Völlig unbekümmert saß Herr Baumgärtel an einem der kleinen Tische und schlürfte seinen Tee. Sofort stürmte sie hinein.

»Herr Baumgärtel, was machen Sie denn hier?«, fragte Lena außer Atem.

»Na, wir wollten doch Kaffee trinken gehen.« Suchend drehte er sich um. »Ich frage mich nur, wo die anderen bleiben. Immer sind sie zu spät.« Kopfschüttelnd versenkte er seine Gabel in einem Stück Sahnetorte.

»Wir waren doch schon …« Lena unterbrach sich selbst, denn es war zwecklos, sich auf eine Diskussion einzulassen, wie sie aus leidvoller Erfahrung wusste. Unter keinen Umständen würde ihr der alte Mann glauben, erst vor einer knappen halben Stunde ein ähnlich großes Kuchenstück gegessen zu haben. Daher fasste sie ihn sanft am Arm. »Kommen Sie jetzt, wir gehen die anderen suchen, dann können Sie gemeinsam Kuchen essen.«

»Immer diese Unpünktlichkeit«, schimpfte er, ließ jedoch von seinem Kuchen ab und folgte Lena zittrigen Fußes.

Schwester Margaretas Gesicht entspannte sich deutlich, als sie Lena mit Herrn Baumgärtel kommen sah. Sie hörte sich an, wo Lena ihn gefunden hatte, und bugsierte den Rentner in den wartenden Bus.

»Sehr gut, Lena«, lobte sie anschließend.

»Ich hätte besser aufpassen müssen«, gab Lena zerknirscht zu.

Doch zu ihrer Überraschung zuckte Margareta nur mit den Schultern. »Das ist mir auch schon passiert. Wir bräuchten einfach mehr Personal für derartige Ausflüge. Aber zum Glück ist ja kein Unglück geschehen.«

Der Bus brachte sie zurück nach Gößweinstein, und nach zwei weiteren Stunden Arbeit hatte Lena Feierabend. Erleichtert schnappte sie sich ihren Rucksack und hastete zu ihrem Fahrrad. Überrascht entdeckte sie Ragnar, der lässig am Zaun des Seniorenheims lehnte. Er trug eine schwarze Jeans und hatte sich eine Lederjacke über die Schulter geworfen. In der Hand hielt er zwei Helme.

»Hi, ich dachte, du holst mich zuhause ab.«

»So geht es schneller.«

»Aber mein Fahrrad!«, protestierte sie.

Kurz zögerte Ragnar, dann hob er die Schultern. »Ich kann dich morgen vor der Arbeit herfahren.«

»Also gut.« Lena nahm einen der Helme und folgte Ragnar, fing jedoch plötzlich zu lachen an. »Was ist das denn für 'ne Schrottlaube?«

»Das Motorrad ist alt, aber gut in Schuss.« Stolz klopfte er auf eine schwarze Harley Davidson, die sicherlich schon fünfzig Jahre auf dem Buckel hatte. Das Motorrad erinnerte sie an das Gefährt ihrer Oma, denn diese war früher ebenfalls leidenschaftliche Motorradfahrerin gewesen.

»Steigst du jetzt auf oder nicht?«

»Na gut, schlimmer als auf dem Pferd kann es auch nicht werden«, seufzte sie und schwang sich hinter Ragnar auf den Sitz. Durch Handzeichen zeigte sie ihm an, wie er fahren sollte, und eine gute Viertelstunde später kamen sie auf dem Parkplatz des Schwimmbads von Streitberg, unterhalb der Burgruine, an. Der Aufstieg durch den Wald war anstrengend, doch da die Sonne langsam dem Horizont entgegenwanderte, ließ die größte Hitze nach.

»Und, was hast du heute so gemacht?«, erkundigte sich Lena, denn sie dachte an die seltsame Begegnung am Torbogen.

»Dies und das«, antwortete Ragnar ausweichend.

Doch sie wollte sich damit nicht abspeisen lassen. »Wir sind heute mit den alten Leuten nach Forchheim gefahren.« Sie sah ihn gespannt an. »Warst du auch schon mal dort?«

Für einen Moment glaubte sie, ihn zusammenzucken zu sehen. »Ja.«

»Ist doch ganz nett, das kleine Städtchen, oder?«

»Ich mag keine Städte.«

Ragnar beschleunigte seine Schritte, und Lena sah ihm kopfschüttelnd hinterher. Weshalb gab er nicht zu, heute dort gewesen zu sein? Steckte doch etwas Zwielichtiges hinter der Geldübergabe? Trotzdem glaubte sie kaum, mehr aus Ragnar herauszubekommen, und beeilte sich, ihm zu folgen. Bald hatten sie die Überreste der Burgmauer erreicht. Zu ihrer Linken tauchte die Ruine eines alten Wachturms auf.

»Und wo sollen wir jetzt suchen?«, fragte Lena.

»Am Turm. Großmutter hat das Zeichen dort angebracht.« Ragnars Blick wanderte über die alten Steine. »Das ist aber nicht der richtige Turm. Der auf dem Bild war deutlich besser erhalten.«

»Soweit ich mich erinnern kann, sind die Überreste der Hauptburg dort hinten.« Sie deutete den Pfad entlang, woraufhin Ragnar weiterging.

Nach einem kurzen Marsch standen sie auf einem Plateau und konnten den Wohnturm und die innere Burgmauer erkennen, die nur durch eine Brücke zu erreichen war.

»Gut zu verteidigen«, murmelte Ragnar vor sich hin.

Düster und mächtig erhob sich das Gemäuer auf einem schroffen Felsen, der mehrere hundert Meter über dem Wiesenttal thronte. Unter ihnen schlängelte sich der gleichnamige Fluss durch grüne Wiesen.

Sie gingen langsam über die hölzerne Brücke, und Lena steuerte auf den viereckigen Turm zu, bei dem es sich laut den Informationstafeln um den Wohnturm der Burganlage handeln sollte.

Als sie bemerkte, dass Ragnar stehen blieb und in die Tiefe sah, hielt sie inne. »Was ist denn jetzt?«

»Warte!« Er hob abwehrend die Hand und starrte den mit Gras und Gestrüpp bewachsenen Burggraben hinab.

»Was hat er denn jetzt wieder?«, knurrte Lena vor sich hin und ging zu ihm zurück.

Ragnar stand einfach da, das Gesicht unbewegt, die Augen weit geöffnet, und rührte sich nicht.

»Wir wollen doch zum Turm«, drängte sie.

»Moment. Sei so gut und lass mich einen Moment allein.« Seine Stimme war ganz leise, sein Blick völlig entrückt.

Ein paar Minuten lang trat Lena von einem Bein aufs andere, lehnte sich gegen das Brückengeländer und betrachtete Ragnar. Dann wurde es ihr zu dumm.

»Ich gehe mal dort hinüber zu den Infotafeln.«

Kaum merklich nickte er, und Lena ging zurück über die Holzbrücke, wobei sie sich ein paarmal umdrehte. Aber Ragnar stand noch immer bewegungslos dort.

Da sie nichts Besseres zu tun hatte, las sie die zahlreichen Hinweisschilder auf dem überdachten Informationspavillon durch. Eigentlich interessierte Lena die Geschichte der Neideck nicht sonderlich, aber dann staunte sie doch, als sie erfuhr, dass der Berg, auf dem nun die Überreste der mittelalterlichen Burg standen, schon um 500 vor Christus von Kelten besiedelt gewesen war, bevor sie im 1. Jahrhundert vor Christus von Germanen vertrieben worden waren. Ab 1050 nach Christus hatte man auf dem Plateau die ersten Türme und die Mauer errichtet. Bis ins 16. Jahrhundert hinein waren immer wieder neue Teile der Burg erstellt, zerstört und neu erbaut worden. Unwillkürlich fragte sie sich, wie die Menschen dieser Zeit wohl gelebt haben mochten. Vor ihrem inneren Auge tauchten Ritter in Rüstungen auf, Burgfräulein mit langen Gewändern, Kutschen und Mägde und Knechte, die ihre Arbeiten verrichteten.

Ragnars Stimme riss Lena aus ihren Tagträumen. »Lena, komm her!« Er stand nach wie vor auf der Brücke und winkte hektisch.

»Bin ich vielleicht ein Hund?«, brummte sie, setzte sich aber dennoch in Bewegung.

»Ich weiß, wo wir suchen müssen«, erklärte Ragnar mit hörbarer Anspannung in der Stimme.

»Ach, und das haben dir wohl die Bäume zugeflüstert?«, spottete sie.

Sein seltsamer Blick traf sie, er kniff die Lippen zusammen, und obwohl er nichts sagte, vermutete sie, dass es besser war, nicht weiter darauf herumzureiten.

»Also gut, wie der Meister befiehlt!« Kopfschüttelnd folgte sie ihm die grob behauenen Stufen hinunter, wo er vor einem bogenartigen Gewölbe stehen blieb. Eine Infotafel verriet Lena, dass es sich hierbei um den ehemaligen Küchentrakt handelte. Von ihrem Standpunkt aus konnte man noch das Gewölbe sehen, das vermutlich als Lagerraum gedient hatte. Darüber hatte sich Ausgrabungen zufolge die Küche befunden.

»Wir müssen dort hinein.«

»Spinnst du?«, rief Lena aus, als Ragnar sich über die Absperrung aus Stahlrohren schwang. Voller Unbehagen sah sie sich um. »Mach doch keinen Mist! Der Zaun ist sicher nicht zum Spaß dort, der Keller ist mit Sicherheit einsturzgefährdet.«

»Du kannst ja hierbleiben.« Schon schlitterte er den Pfad hinab und kroch dann auf den Knien in den niedrigen, von Gras und Farnen halb verdeckten Gewölbetunnel.

»Der Kerl hat sie nicht mehr alle«, schimpfte Lena, kletterte ebenfalls über die Absperrung, zögerte jedoch und blickte angestrengt in das Kellergewölbe. Sie überlegte, ob sie hier draußen warten und, falls Ragnar verschüttet wurde, Hilfe holen sollte. Oder war es besser, ihm doch zu folgen?

Während sie so unsicher dastand und mit zusammengekniffenen Augen in das Gewölbe spähte, hörte sie plötzlich Stimmen von oberhalb und duckte sich instinktiv.

»Dieser Teil der Hauptburg wurde erst im späten 15. Jahrhundert erbaut«, klang eine energische Stimme zu ihr hinab, die ihr vage bekannt vorkam. Nervös sah Lena zur Burg hinauf und hielt die Luft an, als sie die hochgewachsene Gestalt von Katrins Großvater erkannte, der – glücklicherweise – mit dem Rücken zu ihr stand und mit irgendjemandem sprach, den sie von ihrer Position aus nicht erkennen konnte.

»Verflucht, was macht denn der General hier?«, flüsterte sie vor sich hin. Wenn der General sie und Ragnar in dem abgesperrten Kellergewölbe entdeckte, konnten sie sich auf eine Standpauke der besonderen Art gefasst machen. Sie erwog, noch schnell unter der Absperrung vorzukriechen, aber da drehte sich der alte Mann langsam um, und Lena entschied sich für die Flucht nach vorne. Blitzartig rutschte sie den überwachsenen Pfad hinunter, krabbelte in das Kellergewölbe und zog sich in den Schatten zurück.

»Gut, du verdammter Keller, du hast ein paar hundert Jahre gehalten, da wirst du ja nicht ausgerechnet heute einstürzen.« Trotzdem hatte Lena ein äußerst unangenehmes Gefühl im Magen, und sie hoffte inständig, der General habe sie nicht gesehen. Von ihrer Freundin Katrin wusste Lena, dass er sich für die Geschichte ihrer Region interessierte und trotz seiner Hüftprobleme gelegentlich Wanderungen für Senioren zu historischen Sehenswürdigkeiten anbot. Aber dass er ausgerechnet heute hier auftauchen musste!

»Schon unsere Vorfahren wussten dieses strategisch günstige und ausgesprochen gut zu verteidigende Plateau für sich zu nutzen«, hörte Lena die Ausführungen des Generals, und sie musste grinsen.

Verteidigung, Krieg – da ist er mal wieder in seinem Element, dachte sie. Gott sei Dank entfernten sich Herr Krause und seine Begleiter nun, denn sie hörte nur noch ganz undeutlich. »... bei den Grotten handelte es sich um alte Kultstätten, die für uns von einer besonderen ...«

Erleichtert atmete Lena auf und überlegte, ob sie es nun wagen konnte, wieder hinauszugehen. Aber jetzt war sie schon einmal hier, und letztendlich siegte ihr Abenteuersinn, sodass sie langsam vorwärtskroch. Jede Menge Schutt und Geröll lagen hier herum.

»Ragnar?«, rief sie mit gedämpfter Stimme. Irgendetwas in ihr scheute sich, hier herumzuschreien. Sie hatte ohnehin ein eigenartiges Gefühl im Nacken, so als würde ein kalter Hauch sie streifen. Als sie sich umdrehte, war dort natürlich nichts, außerdem fiel immer weniger Licht in den alten Keller, je weiter sie vorwärtsrobbte.

»Ragnar, komm zurück, das hat doch ohne Taschenlampe keinen Sinn.«

»Gleich«, ertönte seine Antwort, gedämpft durch die niedrige Decke, ein ganzes Stück vor ihr.

»Autsch!« Lena stieß sich den Kopf und hielt die Luft an, als kleine Steinchen und Sand auf sie herabrieselten.

»Lena, dreh um.« Jetzt war Ragnar ganz nah, sie konnte ihn schemenhaft erkennen.

Umdrehen – nichts lieber als das! Sofort krabbelte Lena rückwärts, schrammte mit dem Ellbogen an etwas Hölzernem entlang und beschleunigte ihren Rückzug, als es verdächtig knarrte. Endlich war sie unter dem steinernen Bogen angelangt, aber aus dem Inneren des Kellergewölbes ertönte Gepolter. Steine prasselten herab, eine Staubwolke drang ins Freie.

»Scheiße!« Lena schlug eine Hand vor den Mund, riss die Augen weit auf und war für einen Moment wie gelähmt.

Qualvolle Sekunden vergingen, doch schließlich kam Ragnar, mit Staub, Erde und Spinnweben bedeckt, hustend aus dem Gang gekrochen.

Sofort eilte sie zu ihm, streckte ihm die Hand entgegen und half ihm beim Aufstehen. Er rieb sich die Augen, wobei er den Staub nur noch mehr im Gesicht verteilte. Beinahe hätte Lena laut aufgelacht, denn mit den Spinnweben in den Haaren sah er wie ein Burggespenst aus.

»Mensch, das hätte aber verdammt nochmal schiefgehen …« Sie hielt inne, da Ragnar sich an den Hinterkopf fasste und anschließend kritisch seine blutige Hand betrachtete.

»Shit!« Lena trat hinter ihn und stellte sich auf die Zehenspitzen, um sich seine Verletzung anzusehen.

»Das ist nichts«, behauptete er ungeduldig.

»Für *nichts* blutet es aber ziemlich heftig.« Die schmutzigen Haare waren von Blutstreifen durchzogen, und auch sein Nacken glitzerte rötlich. »Wahrscheinlich eine Platzwunde. Du solltest zum Arzt gehen.«

»Blödsinn, das heilt von selbst wieder.« Unwirsch drehte er sich zu ihr um, und auf einmal machte sich ein Grinsen auf seinem Gesicht breit. »Sieh nur.«

»Das gibt's doch nicht!« Lena wusste nicht, ob sie sich mehr darüber wundern sollte, dass Ragnar in dem finsteren Tunnel das Versteck gefunden hatte, oder darüber, was er da in der Hand hielt.

»Keine Edelsteine, aber es sieht nach Silber aus.« Neugierig drehte er ein Stück verschlungenen Metalls in der Hand herum und befreite es von Staub und Erde.

»Das Amulett – das Amulett deiner Großmutter! Das ist ein Teil davon!« Aufgeregt sah sie zu Ragnar auf. »Haben sie es euch gegeben?«

»Wer soll uns welches Amulett gegeben haben?« Voller Ungeduld zogen sich Ragnars Augenbrauen zusammen.

»Na, das Altenheim, die olle Käppler hat es euch doch sicher ausgehändigt.«

»Ich habe kein Amulett bekommen, aber selbst wenn es eines

gibt, weshalb soll dann ein Teil davon hier versteckt gewesen sein?«

»Deine Großmutter hat mir in ihrem Brief geschrieben, es gebe zwei identische Teile«, erklärte Lena aufgewühlt. Sie deutete auf das Teil in Ragnars Hand. »Das, was ich gesehen habe, hatte drei solche silberne Knoten und eine bronzefarbene Triskele in der Mitte.«

»Verdammt, vermutlich hat es mein Onkel.« Schon sprang Ragnar die Stufen zur Brücke hinauf, und Lena hatte Mühe, ihm hinterherzueilen.

»Wo willst du denn hin?«

»Zu Georg, er muss es herausrücken.«

»Ich glaube kaum, dass er das freiwillig macht.«

»Wenn er es mir nicht gibt, breche ich bei ihm ein.« Er sagte das so, als wäre es das Selbstverständlichste auf der Welt.

»Du kannst doch nicht bei ihm einbrechen«, empörte sich Lena, aber er wollte nicht hören und hastete den Pfad entlang, am Wachturm und der alten Burgmauer vorbei. »Abgesehen davon, du bist völlig verdreckt!«

»Ich hatte auch nicht vor, bei einem Modelcasting mitzumachen«, entgegnete er zynisch, ohne seine Schritte zu verlangsamen. Im Stechschritt durchquerten sie den Wald, und Lena überlegte, wie sie Ragnar von seinem irren Vorhaben abbringen sollte. Völlig außer Atem – ganz im Gegensatz zu Ragnar, der nicht einmal zu schwitzen schien – erreichten sie den Parkplatz.

»Jetzt steig schon auf«, drängte er, und in Lena keimte der böse Verdacht auf, er würde nicht zögern, sie einfach stehen zu lassen, falls sie sich weigerte. Also stülpte sie den Helm über den Kopf und schwang sich auf den Motorradsitz. Während der Fahrt grübelte Lena, wie sie Ragnar vor einer großen Dummheit bewahren konnte, doch leider fiel ihr nichts ein, und so konnte sie nicht verhindern, dass Ragnar in Richtung Gößweinstein brauste. Wenigstens hielt er an der Tankstelle an und verschwand in der Toilette, während Lena den Tank des Motorrads füllte. Anschließend sah er deutlich besser aus, auch wenn sein T-Shirt und die Hose noch Schmutzspuren aufwiesen.

»Was macht dein Kopf?«

»Nur ein Kratzer«, behauptete er. »Willst du dich auch säubern?«

Lena blickte an sich hinab, und obwohl sie glaubte, nicht ganz so schlimm auszusehen wie Ragnar, suchte auch sie die Toilette auf. Ein Blick in den Spiegel verriet ihr, dass eine Gesichtswäsche durchaus angebracht war. Außerdem zupfte sie sich Blätter und Spinnweben aus den Haaren und rieb sich, so gut es ging, den Schmutz von den Kleidern. »Ich möchte nur wissen, woher er ahnte, dass das Schmuckteil in dem Gewölbe war«, brummelte sie vor sich hin, während sie versuchte, ihre Frisur zu richten. Schließlich gab sie es auf, denn der Helm würde ohnehin wieder alles verstrubbeln. Ragnar wartete bereits ungeduldig und schwang sich auf der Stelle auf sein Motorrad.

In einer Neubausiedlung, wo sich noble Häuser aneinanderreihten, hielt er schließlich an und eilte, ohne auf Lena zu achten, festen Schrittes auf das moderne, zweistöckige Haus seines Onkels zu. Die gesamte Vorderfront war verglast, der Garten äußerst gepflegt und mit Marmorplatten ausgelegt.

»Bitte bleib ruhig«, beschwor Lena ihn, »sonst rückt er den Schmuck nie raus.«

Ragnars einzige Reaktion bestand darin, die Klingel energisch zu drücken. Kurz darauf hörte man Schritte. Sein Onkel öffnete – ausnahmsweise ohne Krawatte und Anzug, sondern in einem unfassbar geschmacklosen Hawaiihemd und Boxershorts, die den Blick auf seine speckigen, blassen und extrem behaarten Beine freigaben. Für einen Moment wünschte sich Lena den spießigen Anzug zurück.

»Was willst du denn um diese Zeit?«, war die wenig herzliche Begrüßung.

»Ich muss mit dir sprechen.« Immerhin fuhr Ragnar ihn nicht gleich an, wie Lena erleichtert feststellte, aber sein Gesicht sprach Bände.

»Na dann kommt rein«, murrte Georg Winter.

»Es wäre mir lieber, wenn wir das draußen besprechen«, meinte Ragnar.

Sein Onkel runzelte seine bullige Stirn, dann zuckte er gleichgültig die Schultern und zog die Tür zu, während sein Blick über Ragnars schmuddelige Erscheinung wanderte. »Ist wohl auch besser so.« Er ging zu einer Sitzgruppe aus Teakholz und ließ sich in einen der Stühle plumpsen. »Setzt euch.«

»Es geht um ein Schmuckstück meiner Großmutter«, kam Ragnar gleich zur Sache.

»Das Zeug ist alles kaum was wert«, blaffte ihn sein Onkel an. »Ich habe es schätzen lassen. Mehr als fünfhundert bekomme ich nicht dafür. Außerdem hast du deinen Anteil, Junge.«

»Es handelt sich um ein spezielles Schmuckstück. Ineinanderverschlungene Knoten, Silber und Bronze«, erklärte er, und Lena ahnte, wie viel Überwindung es ihn kostete, ruhig zu bleiben.

»So etwas war nicht dabei.«

»Es muss dabei gewesen sein. Großmutter hatte es noch im Altenheim.«

»Ach?« Jetzt wirkte Georg Winter interessiert. »Hat man es mir am Ende unterschlagen?«

»Das glaube ich kaum.« Ragnars Augen bohrten sich in die seines Onkels, und dieser zog zu Lenas Überraschung sogar die Schultern ein. »Gib es mir, ich bezahle dafür.«

»Ist es etwa wertvoll?« Ruckartig sprang Georg Winter auf und stellte sich hinter seinen Stuhl, so als brauche er eine Barriere, die ihn vor seinem Neffen schützte.

»Es ist eher … ein … wie sagt man? Idealer Wert.«

»Ideeller«, korrigierte Lena ihn, aber Ragnars Onkel kniff seine kleinen Schweinsaugen kritisch zusammen.

»Wie gesagt, ich habe das Ding nicht. Und jetzt lasst mir meine Ruhe!« Eilig wandte er sich ab und stapfte zurück zu seinem Haus.

»So einfach kommst du mir nicht davon!«, schrie Ragnar ihm hinterher und wollte schon losspurten.

Lena hielt ihn jedoch am Arm fest. »Warte!«

»Damit kommt er nicht durch!«

»Ich glaube, er hat die Wahrheit gesagt.«

Ragnar schnaubte abfällig, aber Lena hielt ihn weiterhin fest. »Ich habe sein Gesicht beobachtet. Als du das Amulett beschrieben hast, hat er ziemlich verwundert dreingeblickt.«

Sie spürte, wie Ragnar vor unterdrückter Wut bebte, doch schließlich entspannten sich seine Schultern, und er räusperte sich. »Also gut, dann lass uns zum Altenheim fahren. Ich bin mir sicher, seine erste Tat morgen wird sein, dort nach der Kette zu fragen.«

»Ja, das können wir tun.« Lena war erleichtert, denn sie hätte sich nicht gewundert, wenn Ragnar seinem Onkel noch einmal an die Gurgel gegangen wäre.

Es war schon dunkel, als sie am St. Elisabeth Seniorenheim ankamen. Zielstrebig eilte Lena zum Schwesternzimmer, und es versetzte ihr einen Stich, als sie Timo und Maike einträchtig zusammen beim Teetrinken sah.

»Lena, du hast doch gar keinen Dienst«, wunderte sich Maike, und ihre Augen weiteten sich, als Ragnar hinter Lena durch die Tür trat.

»Nein, habe ich nicht«, erklärte sie ungeduldig. »Kann es sein, dass die Käppler noch ein Schmuckstück von Ragnars Großmutter im Tresor hat?«

»Kann ich mir nicht vorstellen«, entgegnete Timo. »Ich war dabei, als ihr Zimmer ausgeräumt wurde, es ging alles an ihren Sohn.«

»Es war ja auch nicht in ihrem Zimmer, sondern …« Lena

stockte, dann wandte sie sich ruckartig zu Ragnar um, der sie fragend musterte. »Schon gut, hat sich erledigt.« Sie fasste ihn an der Hand und zog ihn aus dem Raum. »Bis übermorgen!«

»Was ist denn los?«, wollte Ragnar wissen, als Lena ihm voran durch den hallenden Flur rannte.

Sie antwortete jedoch nicht, bis sie draußen waren. »Ich habe das Amulett in der Hand deiner Großmutter gefunden«, erklärte sie außer Atem. »Dann kam der Notarzt, und ich habe es versehentlich fallen lassen. Ich dachte, sie hätten es gefunden, denn es muss direkt neben ihr im Gras gelandet sein.«

»Wolltest du es stehlen?« Eine wütende Falte hatte sich zwischen Ragnars Augenbrauen gebildet. Abrupt ließ er ihre Hand los.

»Nein!«, rief Lena empört aus. »Es war nur … Ich war … echt durcheinander und dann …«

Sein Blick durchbohrte sie förmlich, und sie biss sich auf die Lippen. »Das hört sich für dich vermutlich verrückt an, aber ich habe eine Stimme gehört, und die hat gesagt, ich soll es an mich nehmen. Natürlich wollte ich das nicht, genau aus dem Grund, weil mich sonst jeder für eine Diebin gehalten hätte.« Sie verschränkte die Arme vor der Brust und sah ihn herausfordernd an. Zu ihrer Überraschung war Ragnars Miene jetzt jedoch wieder freundlicher.

»Du hast also eine Stimme gehört.« So als würde das alles erklären, nickte er, murmelte noch etwas vor sich hin und verlangte dann: »Zeig mir die Stelle.«

»Ähm, okay.« Verdattert eilte Lena voran durch den dunklen Park.

Im Licht der Laternen, die den Weg zum Haupttor säumten, erkannten sie plötzlich eine bullige Gestalt. »Dein Onkel!«, flüsterte Lena.

»Mistkerl«, knurrte Ragnar und zog sie hinter einen Busch. Sie warteten, bis Georg Winter vorbeigestapft war, dann rannte

Lena zum Pavillon, wo sie Amelia Winter damals gefunden hatte. »Verdammt, wir bräuchten eine Taschenlampe«, murmelte sie und kämmte mit den Fingern das kurze Gras durch.

»Nicht nötig, wenn es hier ist, finden wir es«, sagte Ragnar.

Ständig blickte Lena über die Schulter, denn sie befürchtete, Georg Winter könne gleich hier auftauchen, und auch Ragnars Augen suchten beständig die Umgebung ab, während er mit den Händen das Gras abtastete.

Fieberhaft durchkämmte Lena den Boden, sah ständig auf und wartete förmlich darauf, entdeckt zu werden.

»Ich habe es!« Nur wenige Minuten später hielt Ragnar etwas in die Höhe.

Im Licht der ersten Sterne erkannte Lena das Amulett wieder. »Das ist es«, staunte sie.

»Komm schnell, bevor mein Onkel uns entdeckt.« Ragnar lief los, und auch Lena sah zu, vom Pavillon wegzukommen. In aller Eile schwangen sie sich auf das Motorrad, und Ragnar fuhr sie nach Hause.

»Danke, Lena.« Er fasste sie kurz an den Schultern. »Es tut mir leid, dass ich dich verdächtigt habe, etwas gestohlen zu haben.«

»Einmal kriminell, immer kriminell«, erwiderte sie mit Galgenhumor.

»Weshalb solltest du kriminell sein?«, wunderte er sich.

Sie winkte ab. »Erzähl ich dir ein anderes Mal. Wann suchen wir den nächsten Ort?«

»Ich melde mich bei dir.« Ragnar startete sein Motorrad und fuhr davon.

Wir haben das Amulett – coole Sache!, freute sich Lena, dennoch fragte sie sich, wo wohl die Edelsteine versteckt sein mochten.

»Was hast du denn mit dem *Weltuntergang* zu tun?«, überfiel Maike Lena erwartungsgemäß zwei Tage später, als sie gemeinsam arbeiteten. Gespannt sah Maike Lena an.

»Ach, so übel ist er gar nicht.« Betont unbeteiligt räumte Lena frische Handtücher auf ihren Wagen.

»Na hör mal, du tauchst mitten in der Nacht mit ihm auf. Da läuft doch was.«

»Da läuft nichts«, widersprach Lena vehement, »und es war auch nicht *mitten in der Nacht.* Er hat mich gebeten mitzukommen, weil er diese Kette finden wollte und wusste, dass ich hier arbeite.«

Voller Zweifel musterte Maike sie. »Na, ich weiß nicht. Hat er die Kette denn gefunden? Du hattest es ja plötzlich verdammt eilig.«

»Hm, keine Ahnung, er hat sich nicht mehr bei mir gemeldet.« Zumindest die Hälfte davon stimmte, denn tatsächlich hatte sie seitdem kein Lebenszeichen mehr von Ragnar erhalten.

»Dieser Georg Winter war am gleichen Abend da, und ...« Inzwischen waren sie im Zimmer von Herrn Krause angelangt, der ständig sein Gebiss verlegte. Auch heute hatte er es nicht im Mund, und während Maike seinen Blutdruck maß, räumte Lena die Wäsche ein.

»Georg Winter«, nuschelte er, »der Sohn von Amelia?« Normalerweise sprach er sehr selten, daher hob Maike verwundert ihre Augenbrauen.

»Richtig.« Suchend sah sich Maike um, dann pflückte sie das Gebiss mit spitzen Fingern von der Nachttischlampe.

»Ah!« Der alte Mann kicherte, steckte sich seine künstlichen Zähne in den Mund und verkündete dann im Brustton der Überzeugung: »Gott schütze uns vor Sturm und Wind und Männern, die bei Siemens sind!«

Kurz stutzte Lena, und auch Maike hielt mit ihrer Arbeit inne, dann blickten sie sich beide an und kicherten los. Sichtlich zufrieden, die beiden Mädchen amüsiert zu haben, lachte auch er. »Georg Winter war mir immer unsympathisch, im Gegensatz zu Amelia.«

»Das geht mir genauso«, stimmte Lena zu.

Die zwei Mädchen grinsten noch, als sie zum nächsten Zimmer weitergingen, aber Maike hielt Lena plötzlich am Arm fest. »Auf jeden Fall hat Herr Winter einen fürchterlichen Aufstand gemacht. Ist dieses Amulett so wertvoll, dass sie es beide unbedingt haben wollen?«

»Keine Ahnung«, sagte Lena ausweichend.

»Jetzt komm schon, sind wir Freunde oder nicht?«

»Maike, ich weiß wirklich nicht, was es mit dem Amulett auf sich hat«, erwiderte Lena unwirsch. Als sie Maikes beleidigtes Gesicht sah, tat es ihr leid, aber von ihrer Schatzsuche wollte sie nichts erzählen und schon gar nichts von dem Amulett, das Ragnar im Park gefunden hatte.

Vier Tage lang hörte Lena überhaupt nichts von Ragnar. Jeden Abend wartete sie darauf, dass er bei ihr klingelte oder er sie am Altenheim abholte. Auch als sie am fünften Tag mit dem Fahrrad zum Reitstall fuhr, traf sie ihn nicht an. Dann stand er eines Morgens unvermittelt vor der Haustür. Lena musste erst am Abend arbeiten und hatte versprochen, die Blumen ihrer Großmutter zu gießen. Soeben war sie damit fertiggeworden. Auf Lena machte Ragnar einen übernächtigten Eindruck. Er war schmal im Gesicht und hatte dunkle Ringe unter den Augen.

»Hast du heute Zeit, Lena?«

»Ich weiß nicht.« Gespielt unbeteiligt zupfte sie an einem Busch herum. »Morgen vielleicht.«

»Gut, ich komme dann nochmal vorbei.« Er wollte schon zu seinem Motorrad zurückgehen, als Lena sich nicht die Frage verkneifen konnte: »Wo warst du denn die ganze Zeit?«

»Ich war unterwegs … Pferde kaufen.«

Irgendwie hatte sie das Gefühl, er log sie an, auch wenn sie sich nicht erklären konnte, weshalb.

»Warte.« Sie stellte die Gießkanne auf den Boden. »Wenn ich's mir recht überlege, fahren wir doch besser gleich. Wo wollen wir suchen?«

»Du hast gesagt, du würdest diesen … Wallberg erkennen.«

»Walberla«, korrigierte Lena ihn kichernd. Sie blickte auf ihre Uhr und nickte dann. »Das sollten wir schaffen.« Dann legte sie ihren Kopf schief und grinste. »Sofern du wieder so eine Eingebung hast wie auf der Burg.«

Ragnar antwortete nicht, sondern setzte seinen Helm auf und machte eine einladende Handbewegung.

Da im Moment niemand zuhause war, konnte sie auch nicht Bescheid sagen. Und so rannte Lena nur rasch ins Haus und holte sich eine Jacke.

Bis zum Parkplatz unterhalb des etwa fünfhundert Meter hohen Berges, der den Namen Ehrenbürg trug, brauchten sie eine knappe halbe Stunde. In der Region war der lang gezogene Tafelberg als Walberla bekannt, benannt nach der Nordkuppe des Höhenzugs. Die südliche Erhebung trug den Namen Rodenstein und war deutlich mehr bewaldet. Ragnar stellte sein Motorrad auf dem Parkplatz gegenüber der Gastwirtschaft ab, dann stiegen sie einen schmalen Schotterpfad hinauf, der in einen geteerten Wanderweg mündete.

»Weißt du, wo die Kapelle steht, die wir auf dem Bild gesehen haben?«, wollte Ragnar wissen.

Im Gegensatz zu ihr schien er einmal mehr kaum außer Atem zu kommen, als sie den immer steiler werdenden Pfad hinaufwanderten.

»Bin mir nicht sicher«, japste sie. »Ist schon ewig her, dass ich am 1. Mai hier war.«

»Am 1. Mai?«, hakte er nach.

»Hier findet immer ein Frühlingsfest statt.« Lena machte eine ausladende Handbewegung. »Dann ist alles voller Marktstände, und die Leute kommen aus der ganzen Umgebung und den nahegelegenen Städten her.«

»Ich dachte, das hier wäre ein Naturschutzgebiet.« Verwirrt deutete Ragnar auf eines der zahlreichen Schilder, die dies verkündeten.

»Na ja, zum Walberlafest eben nicht.«

»Das ergibt für mich keinen Sinn«, meinte er kopfschüttelnd. »Da wird das ganze Jahr die Natur geschützt, aber sobald Profit gemacht werden kann, scheint das nicht mehr wichtig zu sein.«

Darüber hatte Lena noch nie nachgedacht, doch sie musste zugeben, dass in Ragnars Überlegungen ein Funken Wahrheit steckte.

Hier oben auf der Höhe, wo ein großes Holzkreuz stand und Bänke zum Verweilen einluden, wehte eine leichte Brise, die angenehme Kühlung verschaffte. Lenas Haare flogen im Wind, und sie band sich diese zu einem Pferdeschwanz zusammen, bevor sie sich umsah. Sie mussten sich in etwa auf halber Höhe zum Gipfel befinden. Von dieser Stelle aus hatte man einen guten Blick über das Tal und die waldbedeckten Berge der Fränkischen Schweiz.

»Ich denke, wir müssen einfach weiter dem Weg folgen.«

Nach kurzer Zeit endete die Teerstraße und wurde zu einem Schotterweg. Lena war froh, dass sie nun im Schutz der Bäume wanderten, denn so wurde die Hitze erträglicher. Eine Gruppe von vier Wanderern kam ihnen entgegen und grüßte freundlich.

»Wissen Sie zufällig, ob in dieser Richtung die Kapelle liegt?«, erkundigte sich Lena.

»Das ist aber schön, dass junge Leute noch zum Beten in die Walpurgiskapelle gehen«, freute sich eine der älteren Damen.

Mit Beten hatte Lena eher weniger am Hut, aber sie lächelte verbindlich.

»Vielleicht wollen die beiden ja dort heiraten«, spekulierte ihr Begleiter, dann lachte er dröhnend.

»Unter Garantie nicht!«, stieß Lena hervor, während Ragnar ebenfalls ein ablehnendes Gesicht machte.

»Na, was nicht ist, kann ja noch werden«, kicherte die Frau. »Geht noch ungefähr zehn Minuten in diese Richtung weiter, dann stoßt ihr automatisch auf die Kapelle.«

»Danke«, brummte Lena, und ein paar Schritte weiter ereiferte sie sich: »Heiraten – die hat sie wohl nicht alle.«

»Möchtest du nicht heiraten?«, wollte Ragnar wissen.

»Ähm, keine Ahnung«, stammelte sie, dann hob sie ihr Kinn. »Aber wenn, dann garantiert nicht dich!«

Theatralisch fasste er sich an die Brust und torkelte mit übertrieben weit aufgerissenen Augen zurück. »Du brichst mir das Herz!«

»Blödmann.« Sie schob ihn an der Schulter weiter.

Nach einem kurzen Marsch hatten sie den Wald hinter sich gelassen und standen auf dem grünen Hochplateau. Die kleine Kapelle befand sich unmittelbar vor ihnen. Rechter Hand zog sich der Hang weiter hinauf und endete in einer steinigen Klippe, wo sich Gleitschirmflieger für den Absprung bereit machten. Anstatt gleich zur Kapelle zu gehen, steuerte Ragnar auf den Hang zu, und Lena folgte ihm. Von hier aus konnten sie den gesamten Höhenzug überblicken. Sanft zogen sich grüne Wiesen, von Büschen und kleinen Baumgruppen bewachsen, in einen geschützten Talabschnitt hinab, bevor sie wieder anstiegen und zum stärker bewaldeten Teil des Rodenstein wurden.

»So, und jetzt?« Voller Ungeduld stellte sich Lena neben Ragnar, wobei sie auf die steinerne Kapelle mit dem spitzen Türmchen und der Statue der heiligen Walburga vor dem Eingang deutete. »Die Kapelle ist dort unten, aber wo sollen wir mit der Suche anfangen?« Sie grinste spöttisch. »Eine deiner Eingebungen wäre jetzt hilfreich.« Sie betrachtete den jungen Mann, der stumm dastand und sein Gesicht in den Wind hielt.

»Geh schon mal hinein«, verlangte er mit leiser Stimme.

»Und was wirst du tun?«

»Ich komme nach.«

Die Hände in die Hüften gestützt, musterte sie ihn verständnislos, dann machte sich ein Grinsen auf ihrem Gesicht breit. »Du musst wohl mal pinkeln. Schon gut, ich geh rein.« Sie drehte auf dem Absatz um, rannte den Berg hinab und betrat das kühle Innere der kleinen Kirche.

Der Raum war schlicht gehalten, mit einem Altar und Kerzen davor, in der linken Ecke befand sich eine Marienstatue. Hier auf gut Glück zu suchen, war vermutlich sinnlos, dennoch tastete sie die Wand nach verborgenen Nischen ab. Vielleicht steckte ein Teil des Schmucks ja in einer Mauerritze. Aber schließlich ließ sich Lena auf eine der Bänke nieder und trommelte ungeduldig mit den Fingern auf das Holz. Wo blieb Ragnar nur? Ein Blick auf ihre Uhr zeigte ihr, dass sie sich beeilen mussten, wenn sie pünktlich sein wollte. Auf eine erneute Strafpredigt von Frau Käppler konnte sie gut verzichten.

Wenn diese verfluchten Sozialstunden nur endlich vorbei wären, dachte sie.

Ein lautes Klingeln, das in dem alten Gemäuer auf unangenehme Weise widerhallte, riss sie aus ihren Grübeleien, und sie kramte ihr rotes Smartphone aus ihrer Tasche heraus. »Ja!«, rief sie hinein.

»Na endlich, Lenchen.«

Kevin – der hatte ihr gerade noch gefehlt!

»Was willst du denn schon wieder?«

»Bitte, lass uns nochmal reden«, bat er, und Lena konnte sich förmlich seinen Dackelblick vorstellen.

»Vergiss es«, zischte sie.

»Am Wochenende ist Kirchweih in Thuisbrunn, da spielt eine super Band«, erzählte er. »Komm doch hin, dann können wir über alles sprechen und …«

»Nein!«

»Lena, jetzt sei doch nicht so grausam.«

Knarrend öffnete sich die Tür, und Lena erkannte, geblendet vom hellen Tageslicht, die Silhouette einer schlanken Gestalt.

»Lena, bist du hier?«, hallte Ragnars Stimme durch den Raum.

Wie es aussah, konnte er sie im Halbdunkel der Kapelle nicht erkennen.

»Ah, Ragnar, Schatz, endlich bist du da!«, rief sie lautstark, dann legte sie eilig auf.

»Schatz?« Ragnar hob seine linke Augenbraue kritisch in die Höhe.

»Sorry, das war mein Exfreund, ich wollte ihn loswerden.«

Damit schien die Sache für ihn erledigt zu sein. Sein Blick wanderte durch den Raum, dann sah er Lena ernst an. »Eine der Platten links hinter der Statue.«

Staunend musterte Lena den jungen Isländer. »Du willst mir jetzt aber nicht sagen, du hattest schon wieder eine Eingebung.«

»Und wenn es so wäre?«

Zu gern hätte sie mehr erfahren, aber jetzt siegte die Neugier, ob er ein zweites Mal Recht hatte. Also stürzte sie hinter die wuchtige Marienstatue und ließ sich auf die Knie nieder. Ihre Finger suchten nach einer lockeren Steinplatte, doch nichts rührte sich. Beinahe war sie froh darüber und drehte sich zu Ragnar um. »Nichts.«

Auch er ließ sich auf die Knie nieder, besah sich den Boden und fuhr mit seinen langen, schlanken Händen darüber.

»Ich weiß nicht …« Auch er klang jetzt unsicher, dann kroch er unter den langen blauen Vorhang in der Ecke hinter der Statue.

»Ragnar, was tust du denn dort hinten?«, fragte Lena peinlich berührt, aber sein Kopf war schon darunter verschwunden. Sie hörte ein Kratzen, schabende Geräusche, und Sekunden später tauchte er mit zerzausten Haaren wieder auf.

»Hier.« Ragnar verbarg seinen Triumph nicht, als er ihr einen weiteren Teil des Amuletts entgegenhielt.

»Das gibt's doch nicht!« Vor Staunen blieb Lena der Mund offen stehen, aber bevor sie etwas hinzufügen konnte, vernahm sie, wie sich die Tür erneut knarzend öffnete. Dann erklangen schwere Schritte.

»Los, raus da, es kommt jemand«, zischte Lena.

Bevor es Lena gelang, sich zu erheben, stand auch schon jemand vor ihr, und sie blickte in das überraschte Gesicht eines Pfarrers. Postwendend wandelte sich dieses in ein ausgesprochen empörtes. Seine hängenden Wangen schlackerten hin und her, als er den kahlen Kopf schüttelte. »Was fällt euch ein, hier euren ... Trieben ... nachzugehen? Das ist ein Haus Gottes!«

Äußerst pikiert betrachtete er Ragnar, der sich nun aufrichtete und sich den Staub von der Hose klopfte. »Früher wurde an dieser Stelle anderen Göttern gehuldigt«, entgegnete er ganz ruhig mit dem herablassenden Blick, den Lena nur allzu gut kannte. »Und für diese Gottheiten waren gewisse *Triebe* sogar eine heilige Handlung, denn sie brachten Leben hervor.«

Lena gluckste unterdrückt, doch der beleibte Pfarrer in seiner schwarzen Robe schnappte nach Luft wie ein Fisch auf dem Trockenen. Sein breiter, fleischiger Mund öffnete und schloss sich hektisch.

»Wie kannst du es wagen?«, polterte er dann los, wobei er knallrot anlief.

Verstohlen steckte Ragnar das Amulettteil in seine Hosentasche, was der aufgebrachte Pfarrer glücklicherweise nicht bemerkte. »Vor langer Zeit stand hier ein heiliger Eichenhain«, erklärte Ragnar unbeeindruckt. »Männer deiner Glaubensrichtung haben die Bäume fällen lassen. Für euch war es unverständlicherweise von jeher ein Ausdruck eurer Frömmigkeit, an heiligen Orten vergangener Kulturen eure Bauwerke zu errichten.«

Für einen Moment befürchtete Lena, der Pfarrer könnte einen Herzinfarkt bekommen, denn seine Gesichtsfarbe wechselte von krebsrot zu einem beinahe bläulichen Farbton, auch wenn das im Zwielicht der Kapelle täuschen mochte.

Seine zitternde Hand deutete zur Tür. »Hinaus mit dir, du … du … Gesandter Satans!«

»Mich sendet niemand.« Lässig schlenderte Ragnar zum Ausgang, während Lena entschuldigend die Schultern zuckte und ihm eilig folgte.

Draußen schlug ihnen deutlich wärmere Luft entgegen, und Lena hielt Ragnar an der Schulter fest. »Was war das denn jetzt?«

Er atmete tief durch und sah Lena an. »Dieser Berg war eine keltische Siedlung und eine der größten Festungen der Gegend.« Seine Hand deutete auf den schroffen Abhang. »Eine hohe Steinmauer hat die Bewohner vor ihren Feinden geschützt. Sicher ein guter Platz, denn von dieser exponierten Lage aus haben sie Angreifer schon von Weitem erkannt, und die Steilhänge konnte niemand so leicht erklimmen.« Plötzlich schloss Ragnar seine Augen. Einen Moment lang schwieg er, nur ein leiser Wind säuselte. Als er weitersprach, klang es, als würde er ganz genau wissen, wie es zu jener Zeit hier ausgesehen hatte. »Krieger sind auf der windigen Höhe Patrouille geritten, schwer beladene Wagen, vor die zottelige Pferde gespannt worden waren, hatten Handelsware gebracht. Frauen, Männer und Kinder waren damit beschäftigt gewesen, dem Land eine karge Ernte abzuringen, und zahlreiche Hütten stellten den einzigen Schutz gegen die Unbilden des Wetters dar.«

»Hm, kann schon sein«, meinte Lena.

»Wusstest du das nicht?«

»Also, na ja, in der Schule haben wir das mal durchgenommen. Aber woher weißt ausgerechnet *du*, dass das hier eine Keltensiedlung war?«

Kurz runzelte er die Stirn, sie glaubte, eine Spur von Verlegenheit in seinem Gesicht zu sehen, aber dann zuckte er mit den Schultern. »Man findet überall Informationstafeln, und ich sagte doch, dass ich schon öfters bei Großmutter Amelia war. Außerdem hat meine andere Großmutter aus Island erzählt, unsere Familie sei keltischer Abstammung. Nordmänner hätten eine unserer Vorfahrinnen geraubt und mit nach Island gebracht, und so habe ich mich ein bisschen über die Kelten informiert.«

Irgendwie wurde Lena den Verdacht nicht los, dass Ragnar sie nur ablenken wollte, denn das alles kam ihr ausgesprochen seltsam vor, angefangen von Ragnars Fund bis hin zu seiner Begegnung mit dem Pfarrer. Trotzdem gluckste sie unterdrückt. »Der Pfarrer hält dich sicher für den Teufel in Person.«

»Das mag sein.«

Nun machten sie sich eilig auf den Rückweg. »Ich möchte nur wissen, wie lange der Pfarrer gebraucht hat, um sich hier hochzuschleppen«, kicherte Lena, als sie auf den Wald zuhielten.

»Nicht sehr lange«, entgegnete Ragnar trocken, wobei er auf einen großen Geländewagen deutete, der in einem Einschnitt im Wald abgestellt war.

»Na toll, der hat sicher 'ne Sondergenehmigung.« Auf ihrem Weg hinauf waren sie an zahlreichen geschlossenen Schranken vorbeigekommen, denn die Auffahrt auf den Berg war normalerweise verboten.

Irgendwann stöhnte Lena: »Hast du was zu trinken dabei? Ich habe echt Durst.«

»Nein, leider nicht. Aber neben dem Parkplatz war doch so eine Gastwirtschaft, dort können wir sicher Getränke kaufen.«

Ein Blick auf die Uhr, und Lena nickte zögernd. Es würde knapp werden, aber ihre Kehle fühlte sich entsetzlich trocken an.

»Soll ich dir eine Flasche Wasser besorgen?«, bot Ragnar unverhofft an, als endlich der Parkplatz in Sicht kam.

»Das wäre toll.«

Schon lief er los, während Lena auf das Motorrad zusteuerte. Als ihr Blick jedoch auf die vielen Informationstafeln fiel, steuerte sie darauf zu und überflog die Texte, die sich mit der Geschichte des Berges und seiner Besiedlung in bestimmten Epochen beschäftigten. Tatsächlich hatte man bei Ausgrabungen einiges aus der Keltenzeit gefunden, auch die Sache mit dem Felswall stimmte.

In diesem Moment hielt Ragnar ihr eine Flasche Wasser entgegen.

Dankbar nahm sie einige tiefe Züge, dann sah sie fragend zu ihm auf. »Wo steht denn das mit dem heiligen Eichenhain?«

»Das habe ich mal in einem Buch gelesen.« Ragnar fasste sie am Arm und zog sie mit sich. »Komm jetzt, ich dachte, du musst zur Arbeit.«

Noch einmal sah Lena auf die Uhr. »Jetzt wird's echt knapp. Die olle Käppler killt mich!«

Kapitel 11

Der Keltenwall

Da Ragnar erneut für ein paar Tage kein Lebenszeichen von sich gab, surfte Lena im Internet nach Informationen über die Keltensiedlung auf dem Walberla. Wie es aussah, hatte Ragnar Recht. Um 500 vor Christus war der Tafelberg ein bedeutender Ort dieser untergegangenen Kultur gewesen. Jetzt erinnerte sie sich daran, dass auch der Felsvorsprung, auf dem die Ruine Neideck stand, zu Zeiten der Kelten besiedelt gewesen sein sollte. Außerdem fand sie unter den Tausenden von Suchergebnissen zu den Kelten auch Beispiele von Schmuckstücken. Die verschlungenen Knoten und Triskelen gefielen ihr, und einige ähnelten durchaus dem Amulett von Frau Winter.

»Ob das alles Zufall sein kann?«, überlegte Lena laut.

Genau in diesem Moment kam ihre Oma herein. »Was soll Zufall sein?«

»Ach, nichts.«

Oma Gisela stellte Lena einen Korb mit frischgewaschener Wäsche aufs Bett. »Bitte räum die Kleider gleich ein, sonst stehen sie wieder eine Woche lang herum.«

»Ja, ja.«

Neugierig blickte ihre Großmutter auf Lenas Laptop. »Du interessierst dich für die Kelten?«, fragte sie.

»Nee, eigentlich nicht«, antwortete sie ausweichend, »ich bin nur zufällig darauf gestoßen. Ihr Schmuck war hübsch.«

»Ihr Schmuck!« Oma Gisela verdrehte die Augen, dann zog sie Lena spaßhaft am Ohr. »Ja, ihre Schmuckstücke waren sehr kunstvoll, aber hinter ihrer Kultur steckte noch sehr viel mehr als ein paar hübsche Klunker. Wusstest du, dass sie auch in unserer Region über eine lange Zeit gesiedelt haben?«

»Hm, habe ich gelesen.«

»Unter ihnen waren mächtige weise Männer und Frauen, die sich gut in der Heilkunst auskannten«, fuhr Oma Gisela begeistert fort. »Von ihnen hätte die heutige Medizin viel lernen können. Ihr Wissen in Kräuterkunde war vermutlich beeindruckend.«

»Das gefällt einer alten Hexe wie dir!«, lachte Lena.

»Das *alt* habe ich überhört. Komm jetzt, Lena, das Mittagessen ist gleich fertig. Bitte deck noch den Tisch.«

Also schaltete Lena ihren Computer aus und ging hinunter in die große, gemütliche Küche. Als Kind war dies Lenas Lieblingsort im Haus gewesen, und sie hatte ihrer Oma beim Kochen oder Trocknen der Kräuter zugesehen, während sie auf dem Boden gespielt hatte. Auch heute noch strahlte dieser Ort für sie eine gewisse Geborgenheit aus. Die abgesessene Eckbank aus hellem Holz, die Küchenzeile mit dem altmodischen Holzofen, den ihr Vater schon lange hatte austauschen wollen und den Oma Gisela jedoch mit ihrem Leben verteidigte, und die vielen Tontöpfchen in den Regalen, in denen die unterschiedlichsten Kräuter aufbewahrt wurden – das alles gehörte einfach zu ihrer Großmutter.

Aus den rustikalen Holzschränken holte Lena Teller und Besteck, und keine zehn Minuten später kamen ihre Eltern mit Gesangbüchern in der Hand herein.

»Du könntest ruhig auch mal wieder mit in die Kirche kommen«, meinte Lenas Vater vorwurfsvoll, während er sich mit einem Ächzen auf die Bank setzte.

»Wenn ich schon mal frei habe, schlaf ich lieber aus.«

»Pfarrer Burghardt aus Kirchehrenbach hat heute vertretungsweise den Gottesdienst gehalten. Er hat so schön gepredigt!« Lenas Mutter zog ihren neuen beigefarbenen Blazer aus und hängte diesen über den Stuhl.

»Schön für euch.« Unwillkürlich überlegte Lena, ob es derselbe Pfarrer gewesen sein konnte, der Ragnar als »Gesandter des Satans« bezeichnet hatte, und sie kicherte unterdrückt.

Dieter schüttelte strafend den Kopf. »Etwas Buße könnte dir in jedem Fall nicht schaden, junge Dame.«

Hoffentlich fangen sie jetzt nicht wieder mit der leidigen Kiff-Geschichte an, dachte Lena genervt.

»So heilig sind die Christen auch nicht«, konterte Lena, »schließlich haben sie andere Religionen mit Gewalt zu bekehren versucht und sogar ihre heiligen Haine abgeholzt!«

Vom Herd her hörte Lena ein Husten. Oma Gisela hatte gerade die Bratensoße abgeschmeckt und drehte sich nun schmunzelnd um. »Bravo, Lena.«

»Mutter!«, jammerte Lenas Vater. »Auch wenn du nichts von Religion hältst, musst du doch nicht auch noch deine Enkelin darin bestärken.«

»Ich habe nichts gegen Religion. Ich bin nur gegen Institutionen wie Kirchen, die den Menschen mit Hölle, Fegefeuer und ewiger Verdammnis Angst machen, nur damit ihr Klingelbeutel prallgefüllt ist«, belehrte Gisela ihren Sohn, wobei sie den hölzernen Kochlöffel in seine Richtung schwang.

»Schluss jetzt mit diesem Blödsinn«, bestimmte Lenas Mutter, »sonst wird der Braten trocken.« Sie zog das Blech mit duftendem Schweinebraten heraus und stellte es auf den Tisch. Anschließend verteilte sie Klöße und Soße auf den Tellern.

»Ihr denkt daran, dass ich nächste Woche nicht da bin«, ermahnte sie Oma Gisela.

»Ach ja, deine Hexenwoche«, stöhnte Lenas Vater, dann fuhr er sich über seine hohe Stirn. »Wo geht's denn diesmal hin?«

Einmal pro Jahr fuhr Oma Gisela zu einem spirituellen Treffen, wo sie sich mit Gleichgesinnten traf und mit ihnen über Kräuterkunde, Esoterik oder Astrologie diskutierte.

»Nach Glastonbury!« Ein freudiges Strahlen überzog Oma Giselas Gesicht.

Wie es aussah, fehlte ihrem Sohn jegliches Verständnis dafür, denn er schüttelte den Kopf. »Wie kann sich eine erwachsene Frau nur mit solch einem Blödsinn abgeben?«

»Mein lieber Junge«, meinte Gisela gelassen, »wären alle Menschen so nüchtern und fantasielos wie du, wäre diese Welt ein noch armseligerer Ort.«

»Mutter, du bist ein hoffnungsloser Fall«, stöhnte Lenas Vater, dann widmete er sich einem weiteren Stück des köstlichen Sonntagsbratens.

Nach dem Essen rief Lena mehrere ihrer Freunde an, denn sie wollte endlich mal wieder etwas mit ihnen unternehmen. Aber niemand schien Zeit zu haben. Entweder sie waren im Urlaub, mussten jobben oder erfreuten sich schon in Erlangen oder Nürnberg eines ausgiebigen Stadtbummels. Lena verfluchte ihre mangelnde Mobilität und setzte sich schließlich mit einem Buch in den Garten, um sich zu sonnen. Nur wollte die Sonne heute nicht richtig hinter den Wolken hervorkommen, der Roman war langweilig wie der bleigraue Himmel und Lena dementsprechend schlecht gelaunt.

Als sie ein Motorrad hörte, setzte sie sich auf. Kurz darauf vernahm sie, wie Oma Giselas Gartentor knarrte, und sie spähte um die Ecke. Ragnar, wie meist in schwarze Jeans und seine Lederjacke gekleidet, eilte auf die Haustür zu.

»Hi, suchst du mich?«

»Nein, deine Oma«, entgegnete er, und nachdem er keine Miene verzog, stutzte Lena für einen Augenblick.

»Sehr witzig!« Froh über die Abwechslung klappte sie das Buch zu. »Wollen wir weitersuchen?«

»Falls du Lust hast.«

»Ja, mir war sowieso langweilig. Ich hole nur rasch meine Jacke, dann kann es losgehen.«

Ragnar nickte zustimmend und ging zu seinem Motorrad zurück.

Im Flur traf Lena auf ihre Mutter. »Ich bin dann mal weg.«

»Wo willst du denn hin?« Manuelas Augenbrauen zogen sich kritisch in die Höhe.

»Nur zu einem Bekannten ins Nachbarkaff.«

»Und um welchen *Bekannten* und welches *Kaff* handelt es sich genau?« Eine gewisse Gereiztheit sprach aus den Worten ihrer Mutter.

»Ragnar«, nuschelte Lena, »er wohnt in Burggaillenreuth.«

»Wie heißt der junge Mann?«

»Ragnar«, wiederholte Lena ungeduldig.

»Was ist das denn für ein seltsamer Name. Ist wohl ein Ausländer?«

»Mein Gott, jetzt stell dich halt nicht so an«, entfuhr es Lena. »Muss seit Neustem jeder, mit dem ich weggehe, einen astreinen deutschen Stammbaum vorweisen?«

»Meine liebe Tochter, jetzt werd mal nicht unverschämt. Nach allem, was du dir geleistet hast, ist es doch normal, wenn ich mir Sorgen mache. Und ich möchte nicht, dass du mit irgendwelchen ominösen Typen herumlungerst.«

Lena blies die Backen auf und wusste nicht, was sie sagen sollte.

»Bring den jungen Mann doch mal mit, dann können wir uns ein Bild machen.«

»Mama, er ist nicht mein Freund«, protestierte Lena.

»Na, streitet ihr schon wieder?« Oma Gisela lugte zur Küchentür heraus.

»Ich möchte nur wissen, mit wem meine Tochter den Tag verbringt«, rechtfertigte sich Manuela.

»Draußen wartet doch der junge Mann aus Island mit dem Motorrad«, sagte Oma Gisela gelassen. »Lena hat ihn bei der alten Dame im St. Elisabeth kennen gelernt.«

»Ach, und du kennst ihn auch?«, fragte Lenas Mutter spitz.

»Na ja«, antwortete Oma Gisela ausweichend, »neulich hat er sich mein Auto ausgeliehen.«

»Wenn das so ist.« Manuela sah Lena streng an. »Aber um spätestens achtzehn Uhr bist du wieder zuhause.«

Als Lena den Mund zu einem Protest öffnete, denn sie war schließlich nicht mehr zwölf und wusste auch nicht, wie lange sie bleiben wollte, schaltete sich erneut ihre Großmutter ein. »Ich bin heute Abend ohnehin bei einer Patientin, ich denke, ich werde spätestens gegen zwanzig Uhr fertig sein, dann kann ich Lena abholen, sofern sie nicht ohnehin schon früher da ist.«

Lena sandte einen stummen Dank an ihre Oma, dann lächelte sie, denn auch ihre Mutter brummte eine Zustimmung. Eilig holte Lena ihre Jacke, dann rannte sie hinaus.

»Na endlich«, begrüßte sie Ragnar unfreundlich.

»Ich hatte noch eine kleine Diskussion mit meiner Mutter.« Sie schwang sich hinter ihm auf den Ledersitz, und schon zockelten sie auf dem alten Motorrad los.

In Ragnars Wohnung herrschte ein heilloses Chao.

»Ich bin in den letzten Tagen zu nichts gekommen«, entschuldigte er sich halbherzig.

»Gut, welches Bild nehmen wir uns als nächstes vor?«, fragte Lena abenteuerlustig.

»Erkennst du einen der Orte wieder?«

»Hast du noch irgendwo dieses seltsame Zeichen gefunden?«

»Nur hier.« Ragnar deutete auf ein Ölgemälde. Es zeigte dichten Wald und Felsen. Bei genauem Hinsehen erkannte Lena tatsächlich ganz klein das verschlungene Muster auf einem der Felsbrocken, dennoch schüttelte sie resigniert den Kopf.

»Das könnte überall sein. Diese Felsen gibt es hier in der Gegend zuhauf.«

»Das ist ungünstig.« Er betrachtete das Bild mit gerunzelter Stirn. »Ich habe das Gefühl, diesen Ort schon einmal gesehen zu haben, aber ich kann mich nicht erinnern.«

Einträchtig starrten sie auf das Bild mit dem Wald, so als könnten sie die Erkenntnis erzwingen. Schließlich seufzte Lena. »Wo sind eigentlich die beiden Teile des Amuletts, die wir gefunden haben?«

»Ich habe sie sicher verwahrt.«

»Könnte ich sie vielleicht mal sehen?« Lena verdrehte die Augen. Zunächst glaubte sie, Ragnar würde sich weigern, aber dann kramte er in seinem Bücherregal und holte hinter einem Buch über die Fränkische Schweiz ihre Fundstücke hervor.

Lena hatte das Gefühl, ein Prickeln zu verspüren, als sie das glatte Metall in die Hand nahm. Sie musterte die beiden Teile eingehend, dann legte sie sie auf den Tisch. »Sieh mal, die passen genau ineinander.« Sie schob die Enden der verschlungenen Symbole zusammen.

Erschrocken zuckte sie zurück, als sie eine Art Stromschlag traf, und sie glaubte, einen silbernen Blitz zu erkennen. Mit einem leisen Keuchen beugte sich Ragnar näher heran, starrte auf das Amulett. In der Hütte war es so still, dass man selbst eine Feder auf den Boden hätte fallen hören können. Fassungslos sahen sie sich in die Augen – das Amulett hatte sich perfekt zusammengefügt, nicht einmal mehr ein kleiner Riss war zu sehen. Nun lag vor ihnen die Hälfte des Gegenstücks zu dem Amulett, das Lena bei Frau Winter gefunden hatte.

»Ich … was … verstehst du das?«, stammelte Lena.

Offenbar ebenso fassungslos wie Lena schüttelte er den Kopf, dann nahm er das Schmuckstück ehrfürchtig in die Hand und strich vorsichtig darüber.

»Das war … Magie.« Seine Stimme war kaum mehr als ein

Flüstern. »Ich kann nicht die Spur einer Naht oder Verbindungsstelle erkennen.«

»Quatsch, so was gibt es nicht.« Energisch nahm ihm Lena die Amuletthälfte aus der Hand. »Es muss eine logische Erklärung dafür geben!«

»Auf diese Erklärung bin ich gespannt«, spottete er.

Auch wenn Lena krampfhaft nachdachte, ihr fiel kein Grund ein, weshalb die Knoten auf einmal perfekt zusammengefügt und auch nicht mehr voneinander zu lösen waren. Unwillkürlich fragte sie sich, ob die anderen beiden Teile – so sie diese denn fanden – sich ebenfalls in das Amulett einfügen würden.

»Wir müssen die restlichen Stücke finden, vielleicht führen sie uns zu den Edelsteinen.« Von einer prickelnden Aufregung erfasst kramte Lena in ihren Jackentaschen nach ihrem Smartphone, während Ragnar noch immer auf das Schmuckstück stierte, so als würde sich sein Geheimnis ihm offenbaren, wenn er es nur lange genug ansah. »Ich rufe meine Oma an. Sie soll gleich nach ihrem Termin herkommen und nicht noch stundenlang mit ihrer Patientin quatschen. Oma Gisela lebt schon immer in der Gegend und kennt sich super hier aus.«

»Ja, von mir aus«, entgegnete Ragnar zerstreut.

Ungeduldig suchte Lena eine Stelle, an der sie Empfang hatte, wartete darauf, dass Oma Gisela abhob, und diese erklärte ihr erfreulicherweise sogar, dass sie den Termin vorverlegt hätte. »Sie ist in zwei Stunden hier.«

»Und was machen wir so lange?«, wollte Ragnar wissen.

»Hm.« Lena zuckte ihre Schultern. »Wir könnten noch einmal nachsehen, ob wir auf den anderen Bildern das Zeichen finden.«

Doch Ragnar winkte ab. »Das habe ich schon mehrfach getan.« Kopfschüttelnd betrachtete er noch einmal das Schmuckstück, dann erhob er sich ruckartig und versteckte es wieder hinter den Büchern. »Möchtest du reiten?«

Jetzt fühlte sich Lena überrumpelt. »Ich weiß nicht.«

»Na komm, Regine ist heute nicht da, du kannst Devera auf dem Reitplatz bewegen.«

Ein mulmiges Gefühl machte sich in Lenas Magengrube breit, selbst wenn sie insgeheim in den letzten Tagen darauf gewartet hatte, dass Ragnar sie zum Ausreiten mitnahm. Trotzdem waren ihre Knie weich, als sie ihm ins Freie folgte.

Nachdem sie die Stute gemeinsam gestriegelt hatten, zeigte Ragnar Lena, wie man das Pferd korrekt sattelte. An das ein oder andere konnte Lena sich noch erinnern, war jedoch froh über Ragnars Unterstützung. Einmal mehr wunderte sie sich über ihn. So ruppig und herablassend er manchmal war, mit dem Pferd sprach er ganz sanft und vermied jegliche schnelle Bewegung. Lena war erleichtert, niemanden auf dem Reitplatz anzutreffen, denn sie befürchtete, sich zu blamieren. Ragnar half ihr in den Sattel, und kurz darauf lenkte sie das Pferd im Schritt um den Sandplatz herum.

»Halt die Zügel locker, aber mit leichtem Kontakt zu Deveras Maul«, riet Ragnar. Eine ganze Weile ließ er sie das Pferd im Schritt bewegen, Schlangenlinien und Zirkel reiten. »Trab doch mal an«, schlug er schließlich vor.

Augenblicklich versteifte sich Lena und klammerte sich an den Zügeln fest, woraufhin Devera zu tänzeln anfing.

»Was mach ich denn jetzt?«, jammerte sie.

»Entspann dich, lass die Zügel locker, du hältst sie zu stark fest.«

Das war leichter gesagt als getan, denn Lena hatte Angst, das Pferd könnte durchgehen. Schließlich kam Ragnar zu ihr, fasste die Stute am Zügel und flüsterte ihr etwas ins Ohr.

»Trab an, ich bleibe neben euch.«

Vorsichtig drückte Lena die Schenkel in Deveras Flanken, und das Pferd fiel in einen angenehm weichen Trab. Mehrere Runden rannte Ragnar nebenher, dann fragte er: »Kann ich jetzt loslassen?«

Lena nickte zaghaft, hielt die Luft an, aber die Stute zog weiterhin gelassen ihre Bahnen. Ein stolzes Lächeln machte sich auf Lenas Gesicht breit, als sie bemerkte, dass das Pferd sich auch im Trab ganz leicht lenken ließ. Lena passte sich den Bewegungen an, ritt hier und da eine Schlangenlinie, wechselte die Richtung und parierte dann zum Schritt durch. »Meinst du, ich kann mal galoppieren?«

»Wenn du dich traust?« Ragnar wirkte verwundert, aber er nickte ihr aufmunternd zu.

Also atmete Lena tief durch, sprach sich selbst Mut zu und trabte an. Wie sie es vor langer Zeit gelernt hatte, zupfte sie in der nächsten Ecke kurz am äußeren Zügel, legte den äußeren Schenkel ein Stück nach hinten und drückte den inneren an Deveras Bauch. Sofort sprang das Pferd in einen leichten Galopp. Strahlend galoppierte Lena zwei Runden, dann klopfte sie das Pferd am Hals.

»Sehr gut, das nächste Mal können wir ausreiten«, war Ragnars Kommentar. »Lass die Zügel lang, ich denke, es reicht für heute.«

»So ekelhaft du manchmal sein kannst«, erwiderte Lena, »als Reitlehrer machst du dich richtig gut!«

»Herzlichen Dank!« Ragnar verbeugte sich spöttisch.

»Meinst du …«, Lenas Blick wanderte zum Waldrand, »… wir können noch eine ganz kleine Runde ausreiten? Bis meine Oma kommt, dauert es noch.«

»Na, da hat wohl jemand Blut getrunken.«

Lena gluckste unterdrückt. »Geleckt!«

»Wie bitte?«, fragte er verständnislos nach.

»Es heißt: *Blut geleckt*.«

»Ach so, tut mir leid, manche Begriffe habe ich vergessen.«

»Das macht nichts, du sprichst wirklich super Deutsch.«

»Zuerst das Kompliment für meinen Unterricht, dann für meine Sprachkenntnisse«, staunte er. »Du wirst mich am Ende nicht doch noch heiraten wollen!«

»Haha, sehr witzig. Reiten wir jetzt noch aus oder nicht?«

»Von mir aus. Dann muss ich dich kurz allein lassen.« Er wartete ab, bis sie zustimmend genickt hatte, dann lief er in Richtung Stall.

Langsam ließ Lena ihren Oberkörper nach vorne gleiten und umschlang Deveras Hals mit beiden Armen. »Ich weiß, du magst Ragnar. Bei dir ist er ja auch ganz anders. Aber ich finde, er ist ein seltsamer Typ. Irgendwie habe ich den Eindruck, er hat ein Geheimnis.« Lena verbarg ihr Gesicht in Deveras schwarzer Mähne und atmete den lange vergessenen Geruch nach Pferd, Erde und Gras ein. Ihr war gar nicht bewusst gewesen, wie sehr sie das alles vermisst hatte. Als kleines Mädchen hatte sie immer von einem eigenen Pony geträumt, diesen Traum jedoch nach ihrem Sturz erfolgreich verdrängt.

Es dauerte nicht lange, bis Ragnar auf einem langbeinigen Schimmel angetrabt kam. Erstaunt bemerkte Lena, dass er auf dem blanken Pferderücken saß. Dennoch schien er keinerlei Probleme zu haben, das Gleichgewicht zu halten.

»Denkst du, du kannst mich beeindrucken, wenn du ohne Sattel reitest?«, fragte sie und fügte ein stummes »Angeber« hinzu.

»Ich glaube kaum, dass ich das nötig habe. Comet hat Satteldruck, daher kann ich keinen Sattel auflegen.« Er lenkte das Pferd neben Devera, dann deutete er hinter sich. Nun erkannte Lena eine kleine kahle Stelle auf dem Rücken des Schimmels.

»Ups.« Lena spürte, wie ihre Wangen zu glühen begannen. Sie räusperte sich. »Wollen wir?«

Seite an Seite ritten sie auf den nahen Wald zu, und insgeheim bewunderte Lena die Tatsache, wie sicher und selbstverständlich Ragnar auf dem Pferd saß und auch nicht in die Bredouille kam, als das Pferd vor einem Baumstamm, im hohen Gras halb verborgen, scheute und einen gewaltigen Satz nach vorne machte. Zunächst hielt Lena die Luft an, aber Devera ließ sich nicht beeindrucken und trottete voran.

»Puh, ich hätte voll den Abgang gemacht«, entfuhr es ihr.

Zunächst traf sie Ragnars verständnisloser Blick, dann schien er jedoch den Sinn ihrer Worte erraten zu haben. Ungerührt hob er die Schultern. »Als Kind bin ich in Island immer ohne Sattel geritten. Allerdings waren unsere Pferde auch deutlich kleiner. Wenn ich von Comets Rücken falle, wäre es mit Sicherheit schmerzhafter.«

»Stimmt«, erinnerte sich Lena, »hier im Stall gab es auch mal einen Isländer, ich glaube, er hieß Loki.«

Lena war sehr froh, dass Devera Comets Hüpfer nicht zum Anlass genommen hatte, sie auf den Boden zu befördern, und langsam begann sie, Zutrauen zu der Stute zu fassen.

Eine halbe Stunde lang ritten sie die weichen Waldwege ab, und als sie den Reitstall wieder erreichten, war Lena äußerst stolz auf sich.

»Jetzt müssen wir uns beeilen«, meinte sie. »Meine Oma kommt gleich.«

»Wir bringen nur noch die Pferde auf die Weide, so viel Zeit muss sein.«

»Aye, aye, Käpt'n«, lachte Lena.

Als sie an Ragnars Holzhütte ankamen, sah Lena die orangefarbene Ente ihrer Großmutter bereits davor stehen, und kurz darauf tauchte auch Oma Gisela aus dem nächsten Gebüsch auf. In ihren langen Haaren hingen Blätter und kleine Äste, ihre rechte Hand umklammerte ein Sträußchen großblättriger Wildkräuter.

»Seht nur, ich habe Frauenmantel gefunden«, strahlte sie.

»Oma!« Lena verdrehte die Augen. »Du bist echt peinlich.«

»Ich weiß nicht, was an Kräutern peinlich sein soll«, entgegnete Oma Gisela gelassen. »Frauenmantel ist ein wirksames Heilkraut, und gerade habe ich eine Patientin, der es helfen könnte.«

»Die Kräuter an sich sind vielleicht nicht peinlich.« Lena rümpfte ihre Nase. »Aber du siehst aus wie ein … Waldschrat.«

»Wald… ?« Anscheinend war dieser Begriff Ragnar nicht geläufig.

»Ein Waldschrat ist ein Naturgeist«, erklärte Oma Gisela. »Manche sagen, er wäre ein Hüter des Waldes, andere halten ihn für ein blutrünstiges Monster, das sich verwandeln kann und harmlosen Wanderern auflauert und sie verschlingt.« Dann deutete sie schmunzelnd auf Lena und Ragnar. »Du, meine liebe Enkeltochter, siehst aus, als hätte dich ein Pferd geküsst, und dein Freund hat deutlich mehr Haare an seinen Beinen und seinem Hinterteil, als es sich für einen jungen Mann seiner Evolutionsstufe gehört. Würde ich ihn nur von hinten sehen, könnte ich ihn glatt für einen isländischen Troll halten.«

Während Lena sich über die Wange strich und anschließend den Schmutz auf ihren Fingern begutachtete, lachte Ragnar lauthals los.

»Trolle zeigen sich aber nicht jedem«, meinte er dann.

»Ach, ich denke, mir schon.«

»Und welche Art von … Waldschrat … sind Sie?«, stieg er auf Oma Giselas Blödeleien ein. »Ein guter Geist oder ein verwandeltes Ungeheuer?«

»Das wirst du feststellen, wenn du mir allein des Nachts begegnest.« Sie formte die Hand zu einer Kralle und verdrehte die Augen, dann machte sie eine einladende Handbewegung. »Komm, Lena, lass uns fahren.«

»Oma, würdest du dir noch kurz ein paar Bilder ansehen?«, bat Lena. »Wir würden gerne wissen, ob du die Orte kennst.«

»Natürlich.«

»Dann folgen Sie mir doch bitte in meine Trollhöhle.« Ragnar ging voran, und Oma Gisela stieß Lena in die Seite.

»Ich weiß gar nicht, was du hast, der ist doch nett und hat Humor.«

»Hm.« Kritisch runzelte Lena die Stirn. »Vermutlich nur bei Leuten, die über sechzig sind.«

»Denkst du, ich hätte Chancen bei ihm?« Oma Gisela klimperte übertrieben mit den Wimpern und fuhr sich durch die Haare.

»Oma«, stöhnte Lena, »du bist unmöglich!«

»Ja, und stolz darauf!« Lachend schob sie ihre Enkeltochter an den Schultern durch die Tür.

Lena zeigte ihrer Oma Frau Winters Bilder, und diese beäugte sie interessiert. »Deine Großmutter konnte sehr gut malen«, sagte sie zu Ragnar.

»Danke, das finde ich ebenfalls, nur leider wurde sie niemals berühmt.«

»Vielleicht war ihr das auch gar nicht wichtig.« Oma Gisela deutete auf das Bild mit der Ruine. »Das ist die Neideck.«

»Das wissen wir. Aber dieses hier zum Beispiel, wo könnte das sein?« Lena hielt das Bild, auf dem Ragnar die Markierung gefunden hatte, in die Höhe.

»Hm.« Oma Gisela legte einen Finger an die Nase. »Es gibt viele Orte in der Region, die so aussehen könnten. Weshalb wollt ihr das denn wissen?«

Ertappt sahen sich Lena und Ragnar an. Der junge Mann rang sichtlich nach Worten, aber Lena ergriff zuerst das Wort. »Ragnar möchte die Orte besuchen, die seine Oma gemalt hat – quasi als Abschiedsritual.«

»Genau!«, stieß er eine Spur zu heftig hervor.

Doch Oma Gisela war offenbar ganz in ihre Überlegungen vertieft und meinte nur: »Sehr schön, ein netter Gedanke.« Sie drehte das Bild in der Hand hin und her, runzelte die Stirn, machte kurz »Ah!«, schüttelte dann jedoch wieder den Kopf. Schließlich seufzte sie. »Ich bin mir nicht vollkommen sicher, aber wenn ich mir die Steine so ansehe, könnte es sich um den Keltenwall handeln. Und der ist gar nicht weit von hier entfernt.«

»Keltenwall?«, hakte Ragnar nach.

»Na ja, das ist dort hinten im Wald«, erklärte Lena zögernd und fuchtelte wild in Richtung Fenster.

»Der Weg hinter der Burg führt direkt dorthin. Früher befand sich dort eine keltische Siedlung. Ihr werdet auch einige Hinweisschilder finden.«

Nun überzog Ragnars Gesicht ein ausgesprochen breites Grinsen. »Dort, wo wir uns das erste Mal außerhalb vom Altenheim getroffen haben?«

»Genau«, grummelte Lena.

Sie hätte ihn auf der Stelle erwürgen können, als er sich an ihre Oma wandte und ganz ernsthaft erwähnte: »Sie trug damals keine Hose.«

Oma Gisela stutzte kurz, dann kicherte sie. »Bitte, junger Mann, keine Details! Lena ist alt genug, um zu wissen, was sie tut – meistens zumindest.«

»Oma, wir haben nicht …«, protestierte Lena empört und warf Ragnar ihren giftigsten Blick zu.

»Mein Schatz, du kannst tun und lassen, was du willst. Wie du weißt, bin ich ein Kind der Hippiezeit, und bei uns war freie Liebe ein Gesetz. Wenn ich daran denke, wie wir in Woodstock auf der Wiese im Sternenlicht …«

»Jetzt möchte *ich* aber keine Details hören«, unterbrach Lena sie, wobei sie das Gesicht verzog.

Ragnar dagegen hatte nebenbei Gläser geholt und stellte sie nun zusammen mit einem Krug Wasser auf den Tisch. »Woodstock – ich würde gerne erfahren, wie es dort war.«

»Siehst du, Lena!«

»Toll, da haben sich ja zwei gefunden«, stöhnte sie.

»Leider habe ich jetzt keine Zeit mehr, Ragnar, aber du bist herzlich eingeladen, uns einmal zuhause zu besuchen.« Sie stutzte kurz. »Ich hoffe, es ist in Ordnung, wenn ich *du* sage.«

»Selbstverständlich.«

»Ich heiße Gisela.« Sie streckte ihm ihre Hand hin, und er ergriff sie lächelnd. Anschließend stießen sie mit einem Glas Wasser an.

»Ragnar.«

»Ragnarök – der *Weltuntergang*«, grummelte Lena.

»Wie bitte?«

»Nichts. Also, komm jetzt, Oma, bevor du ihn mit deinen Bettgeschichten langweilst.«

»Ein Bett hatten wir eigentlich eher selten«, lachte sie, woraufhin Lena leise aufheulte und sich die Haare raufte.

Ragnar schien sich jedoch köstlich zu amüsieren. Bevor sie gingen, fragte er zu Lena gewandt: »Übermorgen hätte ich Zeit, da könnten wir mit den Pferden zum Keltenwall reiten.«

»Übermorgen?« Lena dachte kurz nach. »Mist, da muss ich arbeiten, aber Mittwoch hätte ich Zeit.«

»Gut, ich hole dich ab.«

»Dein Freund ist nett«, stellte Oma Gisela im Auto fest.

»Er ist nicht …«, protestierte Lena auf der Stelle, aber ihre Großmutter unterbrach sie.

»Gut, dein *rein platonischer* Freund ist nett.«

Es war das erste Mal, dass Lena darüber nachdachte, was Ragnar eigentlich für sie war. Noch vor wenigen Tagen hätte sie ihn ganz sicher nicht als *Freund* bezeichnet, auch nicht als *platonischen*. Doch inzwischen hatten sie einiges miteinander erlebt, er hatte ihr geholfen, ihre Angst vor Pferden zu überwinden, und sie sahen sich jetzt regelmäßig. Möglicherweise waren sie doch so etwas wie Freunde geworden, auch wenn er sich teilweise noch immer äußerst seltsam verhielt.

»Ja, er ist ganz okay – meistens jedenfalls«, gab sie zu.

Zuhause setzte sich Lena an den Computer und recherchierte über den Keltenwall. Als kleines Mädchen war sie ab und zu mit ihrer Oma dort spazieren gegangen, daran konnte sie sich noch erinnern. Doch genauere Informationen über diesen Ort hatte sie nicht mehr im Kopf, obwohl sie noch wusste, dass Oma

Gisela immer gerne über die Geschichte dieser Gegend erzählt hatte, über Ritter, Räuber und, soweit sich Lena noch entsinnen konnte, sogar über ein altes Volk, bei dem es Zauberer und weise Frauen gegeben hatte. Heute glaubte Lena, Oma Gisela hatte von den Kelten und ihren Druidinnen und Druiden gesprochen. Nicht weit entfernt von ihnen gab es auch einen Ort, der Druidenhain genannt wurde. Dort veranstaltete ihre Großmutter gelegentlich Führungen und war dann meist ganz in ihrem Element. Und dies obwohl Lenas Vater stets bekräftigte, es gebe keine wissenschaftlichen Belege dafür, dass es sich tatsächlich um eine Druidenschule gehandelt hatte, wie seine Mutter behauptete.

Insgeheim musste sich Lena eingestehen, dass sie sehnlichst auf den folgenden Mittwoch wartete. Würden sie auch den dritten Teil des Anhängers finden? Außerdem musste sie unbedingt noch aus Ragnar herauskitzeln, weshalb er die ersten beiden Stücke so problemlos gefunden hatte.

Eigentlich hatte sie gedacht, er würde sie mit dem Motorrad abholen, aber kurz nach elf hörte sie Hufgetrappel, und Ragnar ritt auf dem Schimmelwallach Comet auf das Haus zu, Devera führte er am Zügel mit sich.

»Heute ist offenbar mal wieder das altmodische Transportmittel dran«, stellte Lena grinsend fest.

»Möglicherweise altmodisch, aber sicher zuverlässiger und weniger umweltverschmutzend als die meisten modernen Transportmittel«, konterte Ragnar.

»Kann sein, aber in den Urlaub reiten kann man mit einem Pferd eher nicht.« Langsam näherte sich Lena der Stute, streichelte sie am Hals und kicherte, als Devera an ihrem Ohr herumschnupperte.

»Man kann Wanderritte machen, in Island sind die bei Touristen äußerst beliebt.«

»Ja, du hast gewonnen«, stöhnte sie, dann zog sie sich hoch, wobei sie hoffte, sie würde nicht samt Sattel wieder vom Pferd rutschen, bevor sie dessen Rücken erklommen hatte.

Ragnars kritischen Blick interpretierte sie richtig und rechtfertigte sich postwendend: »Sorry, aber ich bin halt nicht eins achtzig, und ein Zwerg ist Devera auch nicht gerade.«

»Dann muss ich dir Zwerg wohl demnächst ein Zwergenpony besorgen.«

Für einen Augenblick war Lena sprachlos und saß bewegungslos auf dem Pferd. »Hat dir eigentlich schon mal jemand gesagt, dass du ausgesprochen unverschämt bist?«

»Ja.« Er wendete Comet und trabte zu Lenas Ärger mit einer Eleganz voran, die ihresgleichen suchte. Sie selbst wäre am liebsten zurückgeblieben und hätte ihn zappeln lassen, befürchtete jedoch, Devera könnte andere Pläne haben und sauer werden, wenn ihr Freund ohne sie im Wald verschwand.

Also trabte sie mit angespannter Miene hinterher, und als Ragnar sein Pferd zum Schritt durchparierte, funkelte sie ihn wütend an.

»Weshalb bist du eigentlich manchmal so ekelhaft?«

»Du kannst es wohl nicht ausstehen, wenn man sich über deine Größe lustig macht?«

»Nein, ja, verdammt, du machst mich wahnsinnig, und am liebsten würde ich wieder nach Hause gehen.«

»Dann suche ich den Schatz eben allein.« Für sein Grinsen hätte sie ihn gerne dorthin getreten, wo es richtig wehtat.

»Das könnte dir so passen«, schnaubte sie. »Und darf ich dich daran erinnern, dass du ohne meine Ortskenntnisse ziemlich dumm ausgesehen hättest?«

»Lena!« Lachend schüttelte Ragnar den Kopf. »Es ist herrlich, wenn du dich so aufregst. Du erinnerst mich an die kleine Schwester meines besten Freundes in Island. Wir nannten sie immer *geit.*«

»Und was bedeutet das?«

»Ziege.«

»Ich hasse dich, Ragnar Winter!« Ohne weitere Worte ließ Lena Devera angaloppieren und zog an Ragnar vorbei. Mit einiger Befriedigung sah sie aus dem Augenwinkel, dass Comet das offenbar gar nicht lustig fand. Der Wallach bockte auf der Stelle, und beinahe wäre Ragnar abgeworfen worden, denn er ritt erneut ohne Sattel. Am Ende rettete er sich mit einem beherzten Griff in die Mähne. Über Deveras Hals gebeugt, genoss Lena den Galopp, den Wind in ihren Haaren, das Gefühl von Freiheit.

»Du bist ganz schön mutig dafür, dass du noch vor ein paar Tagen allein bei dem Gedanken daran, in den Sattel zu steigen, gezittert hast«, bemerkte er, nachdem Lena Devera durchpariert und er aufgeholt hatte.

»Na ja, ich glaube, eigentlich reite ich ganz gerne«, gab sie zu, und den Ärger über Ragnar hatte der Wind größtenteils mit sich gerissen. Er war ein seltsamer Typ, aber wenn sie weiterhin gemeinsam auf Schatzsuche gehen wollten, musste sie ihn wohl so nehmen, wie er war. Jetzt deutete sie auf den sanft ansteigenden Waldweg. »Wollen wir nochmal?«

»Nur zu.«

Also galoppierte Lena langsam voran, und kurz darauf hatten sie die Anhöhe erreicht, die als Keltenwall bekannt war. Diese Siedlung musste in früherer Zeit von einer Mauer umgeben gewesen sein, aber inzwischen war nichts mehr davon zu sehen, auch keine Überreste von Behausungen. Doch laut einer Infotafel war diese Siedlung einst von einer beeindruckenden Mauer mit einem für diese Zeit sehr ausgeklügelten Torsystem geschützt worden. Sie stiegen ab und führten die Pferde zu einer Buche, deren Stamm in der Mitte gegabelt war.

»Hier können wir sie anbinden.« Aus dem Rucksack auf seinem Rücken holte Ragnar zwei Stricke und Halfter. Nachdem die Pferde sicher angebunden waren, sahen sie sich auf dem flachen, von Bäumen bewachsenen Areal um.

»Und, wo müssen wir suchen?«, fragte Lena herausfordernd.

»Das weiß ich nicht.«

»Keine wundersame Eingebung?«, spottete sie.

»Psst.« Ragnar hob eine Hand, und Lena beobachtete, wie er den Kopf schief legte und offenbar auf etwas lauschte.

»Was ist?«

»Jetzt sei doch mal still!«, knurrte er.

Entnervt ließ sich Lena auf einem flachen Felsen nieder. Während Ragnar einfach nur dastand und vor sich hin starrte, blickte sie hinauf in die sich leise im Wind wiegenden Baumkronen. Hier und da spitzte der blaue Himmel hervor. Lena ließ sich nach hinten auf das weiche Moos sinken. Das Spiel von Licht und Schatten lullte sie nach und nach ein, sodass sie schläfrig wurde. Schimmernde kleine Lichtpunkte blitzten zwischen den grünen Blättern auf, und die Wolken formten sich zu bizarren Gebilden. Langsam wurden ihre Augenlider schwer.

»Lena?« Eine leise Stimme drang an ihr Ohr, und sie brauchte einen Moment, um sich zu orientieren. Ragnar stand über sie gebeugt da.

Hastig fuhr Lena auf, strich sich die Haare glatt und fragte dann benebelt: »Hast du etwas gefunden?«

Zu ihrer Überraschung schüttelte Ragnar den Kopf. »Nein, wir müssen bei Nacht zurückkommen.«

»Bei Nacht?« Lena streckte sich und schaute dann verwirrt zu ihm auf. »Wie kommst du denn darauf?«

»Ich weiß es eben.« Erneut ließ er sie einfach stehen und ging mit langen Schritten zu den Pferden.

»Der Typ macht mich wahnsinnig.« Lena lief ihm hinterher und hielt ihn an der Schulter fest. »Ich lass mich doch nicht von dir verarschen. Jetzt sag mir, woher du weißt, wo die Amulettstücke versteckt sind.« Sie stemmte die Hände in die Hüften. »Oder wusstest du es schon die ganze Zeit und machst völlig umsonst ein Geheimnis um die Kette deiner Oma?«

»Weshalb sollte ich das tun?«

Lena stutzte, dann hob sie ratlos die Hände gen Himmel. »Keine Ahnung. Vielleicht, weil du dich wichtigmachen willst, oder weil du keine Freunde hier hast, was weiß ich.«

»Mir liegt nichts daran, mich wichtigzumachen«, stellte er mit ruhiger Stimme klar, »und großen Wert auf Freunde lege ich momentan ebenfalls nicht.«

»Wie nett!«

»Lena!« Er fasste sie an der Schulter, und als er sie jetzt ansah, waren jegliche Arroganz und Spott aus seinem Gesicht verschwunden. »Ich kann es dir nicht sagen. Aber bitte glaub mir, ich wusste wirklich nicht, wo die Schmuckteile versteckt sind, und ich brauche dich dafür.«

»Ich werde garantiert nicht bei Nacht mit dir an diesen Ort zurückkehren, wenn du mir nicht verrätst, was los ist.« Dieses Mal führte sie die braune Stute zu einem Stein, der ihr das Aufsteigen deutlich erleichterte.

»Natürlich kann ich auch allein hierher zurückkehren«, meinte er. »Aber ich dachte, du wolltest dabei sein, wenn wir die Teile des Amuletts und den Schatz finden.«

»Inzwischen zweifle ich daran, ob es diesen Schatz überhaupt gibt.« Jetzt war Lena richtiggehend sauer. »Und wenn, dann weißt du vermutlich ohnehin schon, wo er ist.«

»Nein!« Er fuhr sich durch seine Haare, schloss kurz die Augen, öffnete den Mund und machte ihn dann sofort wieder zu.

Lena begnügte sich mit einem Schnauben, und sie legten den Rückweg schweigend zurück. Am Haus ihrer Großmutter drückte Lena Ragnar die Zügel ihres Pferdes in die Hand. Nach einem gemurmelten »Ciao« stapfte sie zum Haus. Zwar kostete es sie große Überwindung, aber sie drehte sich nicht um. Erst im Haus sah sie aus dem Fenster. Offensichtlich hatte Ragnar noch eine ganze Weile gewartet, denn erst jetzt wendete er die Pferde und ritt auf der Straße zurück.

Während des restlichen Tages ging Lena Ragnars eigenartiges Verhalten nicht aus dem Kopf, und so war sie ganz froh, als ihre Cousine Julia gegen Abend vorbeikam. Ihre drei Monate alte Tochter hatte sie auf dem Arm, und Leonie sah sich mit neugierigen Augen im Garten um, wo Lena mit ihrer Familie beim Abendessen saß.

»Hast du Lust, mit mir ein Eis essen zu gehen?«, erkundigte sich Julia. »Mir fällt zuhause echt die Decke auf den Kopf.« Julia verzog das Gesicht. »Marco ist wie immer beim Fußball, und ich kann keine vollen Windeln mehr sehen. Außerdem scheint unsere liebe Tochter nicht im Babyhandbuch gelesen zu haben, dass man in ihrem Alter ungefähr sechzehn Stunden schläft.«

Lena lachte auf, dann streichelte sie dem kleinen Mädchen über den weichen Flaum am Kopf. »Klar hab ich Lust.« Sie sah ihren Vater herausfordernd an. »Nur leider habe ich Hausarrest – und das mit achtzehn!«

»Du weißt genau, weshalb, und Hausarrest hast du auch nicht«, stellte Dieter richtig. »Wir haben nur ausgemacht, dass du nicht in die Disko oder auf ominöse Feiern gehst und nur nach Absprache später als zweiundzwanzig Uhr nach Hause kommst. Wenn du mit deiner Cousine ein Eis essen gehst, haben wir nichts dagegen.«

Lenas Mutter nickte zustimmend, nur als Julia ulkte: »Gut, und mit Leonie werden wir kaum einen Joint rauchen«, verzog sie das Gesicht.

»Ihr könnt die Kleine auch hierlassen«, bot Oma Gisela an. Sie zwinkerte Julia zu. »Sicher bist du froh, mal ein paar Stunden babyfrei zu haben.«

»Oh, würdest du das ehrlich für mich tun?«, freute sich Julia, dann kramte sie in ihrem Rucksack herum. »Windeln, ihr Fläschchen und das Milchpulver habe ich dabei.«

»Also los, ihr beiden Hübschen!« Oma Gisela nahm Julia die kleine Leonie ab. »Macht euch einen schönen Abend.«

In Julias Kombi fuhren sie nach Gößweinstein und setzten sich vor der Eisdiele auf die bunten Plastikstühle. »Hörst du das?«, fragte Julia.

»Was?«

»Kein Babygeschrei!«

Lena kicherte. »Ist es so schlimm?«

»Na ja, manchmal schon, obwohl ich die kleine Maus um nichts in der Welt wieder hergeben würde. Aber anstrengend ist es schon. Und, was gibt es in deinem Leben so Neues?«

»Kannst du ein Geheimnis für dich behalten?« Da Lena sich mit ihrer Cousine gut verstand und ihr Ragnar noch immer im Kopf herumspukte, erzählte sie ihr alles. Angefangen von den Geschichten seiner Großmutter bis hin zu seinem seltsamen Verhalten, nur die magisch zusammengefügten Schmuckstücke ließ sie aus – das erschien ihr dann doch zu verrückt.

»Und ihr geht tatsächlich auf Schatzsuche?«, fragte Julia am Ende nach, wobei sie sich verblüfft über den Tisch beugte.

»Sicher hältst du das für kindisch.« Verlegen rührte Lena in den geschmolzenen Resten ihres Nussbechers herum.

»Nein, gar nicht«, protestierte Julia, und ihre grünen Augen funkelten. »Ich finde das klasse. Am liebsten käme ich mit.«

»Ich kann dir nicht mal sagen, ob ich überhaupt weiter mitsuchen möchte.«

»Natürlich machst du weiter!«, drängte Julia, dann zwinkerte sie Lena zu. »Und dieser Ragnar ist doch wirklich interessant.«

»Interessant?« Lena knallte ihren Eislöffel auf den Tisch. »Eher unverschämt, arrogant und undurchsichtig.«

Genüsslich ließ sich Julia nach hinten sinken. »Ach komm schon, solche Typen reizen einen doch mehr als irgendwelche Langweiler, die am liebsten den Abend mit ihrer Bierflasche vor dem Fernseher verbringen oder mit ihren Fußballkumpeln abhängen.«

»Redest du jetzt von Marco?«

»Hm.« Sie zog ihre Stirn kraus. »Seitdem wir zusammen wohnen, unternehmen wir kaum noch etwas gemeinsam, und seit die Kleine da ist, ist es noch schlimmer geworden.«

»Wenn, dann ertrage ich den Kerl nur wegen dieser Edelsteine, sofern sie tatsächlich existieren«, stellte Lena klar. »Ansonsten will ich nichts von Ragnar!« Plötzlich richtete sie sich ruckartig auf und zupfte ihr T-Shirt zurecht. »Von ihm allerdings schon«, seufzte sie sehnsüchtig. In diesem Augenblick kam Timo mit einem jungen Mann vom Fahrdienst die Straße entlanggeschlendert. Die beiden unterhielten sich angeregt und bemerkten Lena offensichtlich gar nicht. Vermutlich hatten sie Feierabend und wollten noch zusammen ein Bier trinken gehen.

Von Julias aufmerksamem Blick verfolgt, bogen die beiden in eine Seitenstraße ab. »Na ja, nicht schlecht«, meinte ihre Cousine gedehnt, dann hob sie ihre Augenbrauen. »Aber Ragnar – allein der Name klingt doch schon mystisch und aufregend! Am Ende ist er ein Vampir oder ein Werwolf!«

»Du hast wohl zu viele Filme in letzter Zeit gesehen«, lachte Lena. »Nee, Ragnar ist überhaupt nicht mein Typ.«

»Leider habe ich ihn ja noch nicht zu Gesicht bekommen, aber ich finde, du solltest dir das nochmal überlegen.« Julia schnitt eine Grimasse. »Auf jeden Fall wird er besser sein als diese Pappnase von Kevin. Ich weiß echt nicht, was du an *dem* gefunden hast.«

»Kevin«, stöhnte Lena. »Wenn ich diesen Namen schon höre! Aber jetzt Themenwechsel – der Kerl ist es nicht wert, den Abend mit Gedanken an ihn zu verschwenden.«

Kurz nach halb elf kamen die beiden beim Fachwerkhaus von Oma Gisela an. »Vielen Dank, das hat richtig gutgetan«, bedankte sich Julia bei Lenas Großmutter. Diese reichte ihr die schlafende Leonie. »Die Kleine war recht brav, ich habe sie erst vor einer halben Stunde gefüttert, vielleicht hast du ja Glück und sie schläft noch ein wenig länger.«

Eilig packte Julia ihre Sachen zusammen, dann umarmte sie Lena. »Mach's gut und viel Spaß bei … na, du weißt schon.«

Lenas Eltern saßen noch vor dem Fernseher, und sie spitzte kurz ins Zimmer. »Ich bin zurück und weder betrunken noch zugedröhnt!«

»Lena!« Ihre Mutter schüttelte den Kopf, dann winkte sie ihre Tochter herein. »Wir machen uns doch nur Sorgen um dich«, sagte sie sanft. »Ich hoffe, du verstehst das.«

»Ja, schon.« Sie zog ihre Stirn kraus. »Mir ist ja klar, dass ich Mist gebaut habe.«

»Wenigstens siehst du es ein«, brummte ihr Vater, wobei er den Blick nicht vom Bildschirm löste.

Natürlich verstand Lena ihre Eltern ein Stück weit, obwohl sie vermutete, dass die beiden in ihrer Jugend auch irgendwann einmal über die Stränge geschlagen hatten.

»Mein Gott, soll ich denn den Rest meines Lebens den reuigen Sünder spielen? Könnt ihr es nicht einfach mal gut sein lassen?«

»Natürlich werden wir das irgendwann.« Lenas Mutter nahm sie in den Arm, während ihr Vater grummelte: »Wenn du mein Auto abbezahlt hast, können wir darüber reden.«

Schon seit über zwei Wochen hatte Lena nichts mehr von Ragnar gehört, und sie war auch zu stolz, um zu ihm zu fahren. Seine Geheimniskrämerei wurmte sie, und als sie eines Tages im Internet surfte, um mehr über die Orte herauszufinden, an denen sie die ersten Teile des Amuletts gefunden hatten, stolperte sie über einen Link zu den Grotten in der Nähe der Ruine Neideck.

Geheimnisvoll sahen diese Höhlen mitten im Wald aus, und Lena betrachtete die Bilder.

»Das eine Teil des Amuletts haben wir an der Burgruine gefunden, das zweite am Keltenwall«, sagte sie laut zu sich und stützte dabei ihren Kopf in die Hände. »Das liegt alles gar nicht so weit auseinander. Wer weiß, vielleicht ist ja in den Grotten noch ein Teil versteckt.« Dieser Gedanke machte sie ganz kribbelig, und sie entschloss sich schließlich, einfach nachzusehen. »Na warte, Ragnar. Wenn ich den dritten Teil finde, wirst du blöd schauen.« Es war schon kurz nach acht, aber jetzt Anfang August blieb es ja noch lange hell. Schnell suchte Lena eine alte Wanderkarte ihrer Eltern heraus und stellte begeistert fest, dass es gar nicht so weit war, wenn sie durch den Wald fuhr. Zum Glück waren ihre Eltern bei Freunden zum Essen eingeladen, und Oma Gisela war auch nirgends zu sehen. Daher kritzelte Lena eilig eine Nachricht auf einen Zettel und schnappte sich ihr Fahrrad. Auf der Karte hatte der Weg einfach ausgesehen, und Lena fand sogar die Wanderwegmarkierung zur Ruine Neideck. Trotzdem war es wie überall in der Fränkischen Schweiz – es ging bergauf und bergab, und Lena kam ganz schön ins Schwitzen.

»Ich hätte mich doch lieber fahren lassen sollen«, stöhnte sie, nachdem sie endlich die Markierung »Neideckgrotten 400 m« gefunden hatte. Da der Weg immer steiler wurde und schließlich in steinerne Stufen überging, ließ Lena ihr Fahrrad zurück. Atemlos erreichte sie eine große Öffnung im Fels. Kühle Luft schlug ihr entgegen, und sie ließ sich erst einmal auf einen der niedrigen Steine am Eingang sinken. Anders als bei den bekannteren und touristisch genutzten Höhlen der Gegend, wie der Binghöhle, der Teufelshöhle und wie sie alle hießen, gab es hier keine spektakulären Tropfsteine. Ruhig und kühl war es in der Grotte, und Lena entdeckte einen Gang, der weiter ins Innere des Berges führte.

Wo könnte ein Schmuckstück oder gar ein Schatz versteckt sein?, überlegte sie. *Wenn, dann vermutlich weiter hinten, tiefer im Inneren der Höhle.*

Also wagte sie sich hinein in die Dunkelheit. Schon nach wenigen Schritten überkam sie ein beklemmendes Gefühl. Hier war es stockdunkel, sie konnte die Hand nicht vor den Augen sehen. Eilig zog sie ihr Handy heraus, schaltete die eingebaute Taschenlampe ein. Doch auch dieser kleine Lichtstrahl vermochte die Finsternis nicht zu durchdringen. Der Gang wurde immer niedriger, sodass Lena sich ducken musste.

»Das war ohnehin eine Schnapsidee«, brummte sie vor sich hin. »Ich habe schließlich nicht so komische Eingebungen wie Ragnar. Verdammt, ich möchte nur wissen, was es damit auf sich hat.« Trotzdem leuchtete sie die Wände ab, suchte nach Nischen, in denen ein Teil des Amuletts versteckt sein könnte – doch vergeblich. Immer niedriger wurde der Gang, und dieses unangenehme Gefühl, Augen in ihrem Nacken zu spüren, verstärkte sich. Lag es an der Dunkelheit, an der Enge?

Sei keine verdammte Memme, Lena, ermahnte sie sich. *Ragnar wäre hier ganz cool reingekrochen und hätte das verfluchte Schmuckteil gefunden!*

Sosehr sie auch versuchte, sich zusammenzureißen – als ein Rascheln direkt vor ihr ertönte, ergriff sie die Flucht und hastete in Richtung Ausgang. Der Lichtstrahl, den sie nach kurzer Zeit sah, hatte etwas ungemein Beruhigendes. Doch da vernahm Lena Stimmen. Gedämpft und seltsam hohl hallten sie durch die Grotte.

»… ein wichtiger und machtvoller Ort, den schon unsere Vorfahren für sich nutzten. Regelmäßig komme ich hierher und führe das Ritual durch.«

Ritual?, fragte sich Lena, schlich langsam näher und entdeckte zwei Personen, die mit dem Rücken zu ihr standen. Außerdem schwebte ein seltsamer Geruch zu ihr herüber. Kräuter und Rauch, und Lena musste unwillkürlich grinsen, denn auch ihre Oma räucherte – sehr zum Leidwesen von Lenas Eltern – jeden Frühling das gesamte Haus aus, um, wie sie es nannte, den Winter und böse Geister zu vertreiben.

»Wie lange wirst du hier in der Gegend sein?«

»Nur heute, ich muss zurück«, antwortete eine zweite männliche Stimme. »Seltsame Dinge gehen während der letzten Jahre vor. Sogar unsere skandinavischen Freunde haben gesagt …« Die Stimmen entfernten sich, und Lena wagte sich vorsichtig zurück ins Tageslicht. In der Mitte der Höhlenöffnung qualmten noch einige Kräuter, sie glaubte seltsame Zeichen in den Boden eingeritzt zu sehen.

»Langsam habe ich echt den Eindruck, hier wimmelt es vor Spinnern«, brummte sie vor sich hin. Dann eilte sie aus der Grotte, spähte den Pfad hinab und erkannte zwei Gestalten, die sich entfernten. Der hintere Mann mit den leicht gewellten, braunen Haaren kam ihr vage bekannt vor, doch weil sie sein Gesicht nicht sah, konnte sie sich nicht sicher sein. Der Gang, die Statur – irgendwo hatte sie die schon einmal gesehen. Aber vielleicht täuschte sie sich ja auch.

»Okay, das war ja wohl die Pleite des Tages«, seufzte sie, machte sich selbst an den Abstieg und schwang sich auf ihr Fahrrad. Von den beiden Männern war nichts zu sehen, und so strampelte Lena missmutig den anstrengenden Weg zurück nach Hause.

Kapitel 12

In letzter Sekunde

Nach wie vor kreisten während der nächsten Tage Lenas Gedanken häufig um den Sonderling aus Island und die Frage, ob er die Schatzsuche auf eigene Faust vorangetrieben hatte – und wenn, dann sicher erfolgreicher als sie. Die Vorstellung, dass er möglicherweise etwas wirklich Wertvolles fand und sie nicht dabei war, trieb sie fast in den Wahnsinn.

Heute war Lena mit ihrer Freundin in Gößweinstein unterwegs. Katrin hatte Lena von der Arbeit abgeholt, nun musste sie noch für ihren Großvater einkaufen. Anschließend wollten die beiden ins Schwimmbad fahren, denn dort fand am Abend eine Poolparty statt, und Lena hatte ihren Eltern die Erlaubnis abgerungen, bei diesem Spaß mit dabei sein zu dürfen.

»Pass bloß auf, dass du dem General die richtigen Kekse mitbringst, sonst regt er sich nur wieder über die Jugend von heute auf«, scherzte Lena, als sie sah, wie angestrengt Katrin von ihrem Einkaufszettel auf das Süßigkeitenregal und zurück starrte.

»Du sagst es«, stöhnte Katrin, dann hielt sie ihr den Einkaufszettel hin. »Opa hat so eine Sauklaue, da kann man meistens nur raten.«

Auch Lena bemühte sich, das Gekritzel zu entziffern, gab diesen Versuch jedoch bald auf, und so entschieden sie sich für eine Packung Schokoladenkekse.

Lachend verließen sie den Lebensmittelladen und machten

sich auf den Weg zu Katrins Auto. Sie waren schon beinahe in die Seitenstraße eingebogen, wo sie geparkt hatten, als ihnen eine Gruppe junger Männer entgegenkam. Sie alle hielten Bierflaschen in den Händen, der eine oder andere schwankte verdächtig.

»Der hat mir gerade noch gefehlt!«, rief Lena, die Kevin unter den dreien entdeckt hatte. Zu ihrem Bedauern gelang es ihr nicht mehr, ungesehen um die Kurve zu verschwinden, denn Kevin steuerte bereits auf sie zu.

»Lenchen, so ein Glück, dass ich dich hier treffe«, lallte er und legte ihr vertrauensvoll einen Arm um die Schultern. Seine Kumpel, Florian und Eddi, grinsten breit und lehnten sich lässig gegen die Mauer des angrenzenden Grundstücks.

»Die Freude beruht nicht auf Gegenseitigkeit.« Energisch löste sich Lena aus Kevins Umarmung.

»Kommst du heute Abend mit mir zur Poolparty?«, fragte er völlig ungerührt und stellte sich ihr und Katrin in den Weg, als sie weitergehen wollten.

»Mit dir garantiert nicht, du Pfeife.« Lena wollte sich an ihm vorbeidrängeln, doch jetzt wandelte sich Kevins eben noch freundliches Gesicht in ein sehr wütendes, und er hielt sie am Arm fest. Sein nach Alkohol riechender Atem schlug ihr entgegen.

»So redest du nicht mit mir«, verlangte er. »Ich hab dir schließlich nichts getan.«

»Nichts getan?« Sie schnaubte verächtlich. »Ich denke, du weißt sehr wohl, was du mir eingebrockt hast, und jetzt lass mich los!« Lena sah, wie Katrin neben ihr blass wurde und unruhig von einem Bein aufs andere trat.

»Kevin, jetzt lass uns doch bitte durch«, bat sie mit weinerlicher Stimme.

»Halt die Klappe, du fette Kuh«, knurrte er nur verächtlich. »Ich habe was mit meiner Freundin zu klären.«

»Ich bin nicht deine Freundin.« Beherzt trat Lena ihm gegen das Schienbein. »Und Katrin brauchst du auch nicht zu beleidigen!«

Für einen Moment hatte Kevin sie losgelassen, sein Gesicht verzerrte sich vor Schmerz, und seine Kumpel kamen alarmiert näher. Während Florian und Eddi Katrin langsam wegdrängten, presste Kevin Lena gegen die Mauer. Nun wurde ihr die ganze Sache doch unheimlich, denn sie wusste sehr wohl, dass Kevin zu Gewalttätigkeiten neigte, wenn er betrunken war.

»Lena, ich hol Hilfe«, hörte sie Katrin ängstlich quietschen, dann eilige Schritte und das Gejohle von Florian und Eddi, die sie noch ein Stück verfolgten. Danach bekam sie nicht mehr mit, was mit ihrer Freundin geschah, denn Kevin drückte sie mit seinem massigen Körper gegen die Wand. Sie wusste nur allzu gut, dass sie keine Chance gegen ihn hatte, da er doch von seinen regelmäßigen Besuchen im Fitnessstudio gut durchtrainiert war.

»Du hast schon zwei Vorstrafen, vergiss das nicht«, zischte sie.

»Es ist nicht verboten, seine Freundin zu küssen«, grinste er, und sein Mund näherte sich dem ihren.

Lena zappelte, um freizukommen – vergeblich. »Verdammt nochmal, lass mich in Ruhe«, rief sie. »Akzeptier doch endlich …«

Hatte sie eben noch befürchtet, gleich Kevins Mund, der nach Bier stank, auf ihren Lippen zu spüren, so wurde er auf einmal nach hinten gerissen, und eine Sekunde später knallte sein Kopf neben ihr gegen die Mauer. Er stieß einen gurgelnden Schrei aus, dann sackte er zusammen und hielt sich den Kopf.

Lena schnappte nach Luft und wusste überhaupt nicht, wie ihr geschah, als plötzlich Ragnar vor ihr stand und sie am Arm fasste. »Lena, geht es dir gut?«

Sie nickte mechanisch, dann rief sie erschrocken: »Pass auf!«

Hinter ihm kamen Florian und Eddi, die das Ganze offenbar beobachtet hatten und nun ihrem Kumpel zu Hilfe eilten. Eddi war ein Bulle von einem Mann, nicht so groß wie Kevin, dafür aber noch einmal deutlich breiter gebaut. Florian hatte eine eher schmächtige Statur, überragte Kevin jedoch um einige Zentimeter, und Lena sah mit Entsetzen, wie er ein Messer zückte.

»Jetzt hört doch auf mit dem Mist!«, schrie sie, wobei sie sich hektisch nach Hilfe umsah. Doch außer einer älteren Frau, die eilig in ihrem Auto verschwand, war niemand in der Nähe.

Ragnar stand jedoch gelassen da und wartete, bis die beiden auf ihn zukamen.

»Macht ihn fertig, den Dreckskerl!«, keuchte Kevin und erhob sich mühsam, wobei er seine flache Hand auf die Stirn presste.

Eddi rannte geradewegs auf Ragnar zu, die Hände zu Fäusten geballt. Florian wollte Ragnar offenbar von hinten angreifen. Es hatte den Anschein, als wollte Ragnar nach links ausweichen, sprang dann im letzten Moment nach rechts und seine Faust donnerte auf Eddis breite Nase. Dieser hielt sich stöhnend die Hände vors Gesicht und ging in die Knie. Mittlerweile war auch Kevin wieder auf den Beinen, auf der Stirn eine blutende Platzwunde, und schwankte auf Ragnar zu.

Florian stand abwartend da, das Messer schützend vor sich gehalten, und wusste offenbar nicht, was er tun sollte.

»Du hältst dich wohl für einen ganz tollen Hecht!«, schrie Kevin Ragnar an, dann winkte er mit einer Hand. »Na los, zeig, was du drauf hast, oder bist du zu feige?«

»Zu dritt auf ein Mädchen loszugehen, ist selbstverständlich ehrenhaft.« Ragnars Stimme troff geradezu vor Hohn, und Lena hielt die Luft an, denn sie war sich sicher, dass die drei Ragnar verprügeln würden.

Eddi hielt sich noch immer die Nase, stellte sich jedoch mit verzerrtem Gesicht neben Kevin. Florian näherte sich lauernd mit dem Messer in der Hand. Auf ein Kopfnicken von Kevin hin stürmten sie alle drei gleichzeitig auf Ragnar zu. Lena stieß einen spitzen Schrei aus, kramte eilig nach ihrem Handy, um die

Polizei zu rufen. Sie hatte nur ein paar Sekunden lang weggesehen, aber mit einem Mal polterte es, dann krümmten sich Eddi und Kevin auf dem Boden, Ragnar hatte Florians Arm nach hinten verdreht und schlug ihm die Hand gegen die Gartenmauer, bis das Messer aus seiner Hand fiel. Dann ließ Ragnar Florian los und drängte ihn wortlos zurück. Lena sah panische Angst in Florians Augen, dann rannte der große Kerl fort, während er sich immer wieder hektisch umblickte.

Lediglich Ragnars linke Wange hatte einen Kratzer abbekommen, an seinem schwarzen T-Shirt klebte etwas Blut, was jedoch vermutlich von den beiden anderen stammte. Eddi und Kevin rappelten sich langsam auf, und Lena hatte die beiden Großmäuler noch niemals derart verunsichert erlebt. Als eine Polizeisirene ertönte, waren sie sehr schnell auf den Beinen. »Verdammt, die Bullen!« Kevins blutige Hand fuchtelte drohend in Richtung Ragnar. »Das wirst du noch büßen, du scheiß Ausländer, du!«

»Hast du noch ein paar so *mutige* Freunde?« Viel sagend blickte Ragnar in die Richtung, in die Florian verschwunden war.

Blut rann über Kevins Gesicht, und das anschwellende rechte Auge verlieh ihm ein groteskes Aussehen. Aber jetzt fasste er den wimmernden Eddi an seinem Hemd und zerrte ihn mit sich, denn die Sirene kam näher.

»Komm, Lena.« Ragnar fasste sie an der Hand.

»Warte, Katrin hat sicher die Polizei gerufen.«

Auf Ragnars Gesicht trat ein gehetzter Ausdruck. »Die ist nicht mehr nötig.«

Unterhalb von ihnen bog ein Streifenwagen um die Ecke, und eine diebische Freude stieg in Lena auf, als sie sah, wie sie sich Kevin und Eddi in den Weg stellten, denn den beiden war es nicht gelungen, sich rechtzeitig aus dem Staub zu machen.

»Lena, ich habe eine Bitte.«

»Welche denn?«

»Geh nicht zur Polizei und mach keine Aussage.«

»Weshalb denn nicht?«

»Die drei werden ohnehin verhört, und ich möchte nicht mit hineingezogen werden«, bat er nervös.

»Also gut«, gab sie zögernd nach, denn sie machte sich ohnehin Sorgen, dass Kevin und seine Kumpel Rache an Ragnar nehmen könnten. Wenn sie jetzt keine Aussage machte, würde es möglicherweise glimpflich für ihn ausgehen.

»Ich gehe jetzt, die beiden haben ihre Strafe bekommen.« Mit diesen Worten rannte er in die entgegengesetzte Richtung los.

»Ragnar!«, rief Lena ihm hinterher, und er drehte sich noch einmal um. »Danke.«

Er hob lediglich eine Hand und verschwand in die nächste Seitenstraße.

Was das jetzt wieder zu bedeuten hatte, darauf konnte sich Lena keinen Reim machen, aber Katrin kam angelaufen und fragte keuchend: »Bist du okay?«

Lena nickte stumm und blickte Ragnar hinterher. »Ich glaube, ich hatte eine Art rettenden Engel«, murmelte sie.

Am nächsten Tag schnappte sich Lena ihr Fahrrad und fuhr zu Ragnar, denn sie war erst für die Nachtschicht eingeteilt. Da sie ein Mountainbike besaß, bereiteten ihr die teilweise mit Wurzelwerk durchzogenen Waldwege keine Probleme, und auch wenn sie bei einigen steilen Hängen mächtig aus der Puste kam, erreichte sie die Stallungen schneller als gedacht. Lena fand ihn nach einigem Suchen beim Ausmisten einer Pferdebox.

»Guten Morgen«, begrüßte er sie überrascht.

»Morgen.« Sie lächelte zaghaft. »Kann ich dir vielleicht helfen?«

»*Du* willst *mir* helfen?«

»Ja, ich wollte mich für gestern bedanken.«

»Das ist nicht nötig.« Ungerührt fuhr er damit fort, das Stroh mit der Mistgabel nach Pferdeäpfeln zu durchsuchen. »Dieser ungehobelte Klotz hat sich an Schwächeren vergriffen, das kann ich nicht ausstehen.«

»Wie hast du das eigentlich gemacht?« Lena lehnte sich gegen die offene Boxentür und spielte gedankenverloren an einem Strohhalm herum. »Ich meine, Kevin ist schon ein ziemlicher Schrank, aber Eddi …«

»Du meinst der Kerl mit dem Gesicht einer … wie heißen die Hunde noch gleich … Bulldogge?«

Kichernd nickte Lena.

»Dieser Eddi war plump und hat sich lediglich auf sein breites Kreuz verlassen. Mein Vater war Kampfsportler. Er hat mir vieles beigebracht und später, in Reykjavík war ich in einem Verein«, erklärte er.

»Ach so.« Jetzt wurde Lena einiges klar. »Sag mal, warst du nicht verletzt?« Sie deutete auf seine Wange, aber Ragnar zuckte nur mit den Schultern.

»So was heilt bei mir schnell ab.«

»Über Nacht?«

Als er ihr die Mistgabel hinhielt, stutzte sie.

»Na, du wolltest mir doch helfen«, erinnerte er Lena grinsend.

Also griff Lena zu, und gemeinsam misteten sie die Box aus.

»Ich hoffe, dieser Kevin hat dich nicht schon öfters belästigt?«

»Nein, er ist mein Exfreund und kann das nicht akzeptieren.«

Ragnars Gesicht sprach Bände, und Lena gab zerknirscht zu: »Heute weiß ich auch nicht mehr, was ich an ihm gefunden habe.«

»Manchmal macht man eben Fehler«, war Ragnars einziger Kommentar.

»Und manche mehr als andere«, entgegnete Lena düster. Als

der junge Isländer sie fragend ansah, fuhr sie fort: »Vor ein paar Monaten waren wir auf einer Party. Ich hatte mir Papas Auto ausgeliehen und hoch und heilig versprochen, nichts zu trinken oder erst am nächsten Tag zurückzufahren.« Sie grinste schief. »Getrunken habe ich auch nichts, aber einer meiner ehemaligen Schulfreunde hatte Hasch dabei, und wir haben ein paar Joints geraucht.«

»Oha. Und du hast dich trotzdem ans Steuer gesetzt?«

»Nein!«, protestierte Lena. »Eben nicht. Eigentlich hatte ich vor, dort zu übernachten, doch dann wurde mir von dem blöden Cannabis kotzübel. Nachdem ich eine ganze Weile über der Kloschüssel gehangen habe, wollte ich nur noch nach Hause.« Sie seufzte tief. »Ich hätte es besser wissen müssen, als Kevin steif und fest behauptet hat, er hätte nichts getrunken oder geraucht. Aber ich war einfach fertig und habe ihm geglaubt. Unterwegs bin ich eingeschlafen, und ich weiß auch gar nicht, wie es passiert ist, aber plötzlich habe ich Reifenquietschen gehört, ein Rumpeln, und schon hat das Auto mitten in der Scheibe des Feuerwehrhauses gesteckt.«

»Ist euch etwas passiert?«

»Nein, zum Glück nicht. Wir haben uns aus dem Wrack befreit, und kurz darauf hat ein Auto angehalten. Die Leute haben natürlich gleich Krankenwagen und Polizei gerufen, obwohl wir sie bekniet hatten, das nicht zu tun – sie dachten wohl, wir stehen unter Schock. Auf jeden Fall hat Kevin mich angefleht zu sagen, ich wäre gefahren. Er hat schon eine ganze Reihe an Punkten in Flensburg, außerdem Vorstrafen wegen Schlägereien, und er braucht sein Auto, um in die Arbeit zu kommen. Er meinte, wenn ich sowieso in einer Großstadt studiere, könnte ich eine Weile auf den Schein verzichten.« Lena blies ihre Wangen auf. »Dumm und verliebt wie ich war, habe ich zugestimmt.«

»Hm.« Ragnar stützte sich auf seine Mistgabel und sah sie

durchdringend an. »Möglicherweise war es dumm, aber es war sehr großzügig von dir. Wie es aussieht, hat er es dir jedoch nicht gedankt.«

»Nein, überhaupt nicht«, knurrte sie. »Ich habe einen Riesenärger mit meinen Eltern bekommen, muss diese dämlichen Sozialstunden machen, um die Feuerwehrtür abzuarbeiten, und anschließend jobben, um meinen Eltern zumindest einen Teil des Autos zu ersetzen. Eigentlich wollte ich ein Jahr durch Europa reisen, aber das kann ich mir jetzt abschminken.« Wütend knallte sie nasses Stroh in die Schubkarre. »Und dann hat mich der Idiot ein paar Wochen später mit einer anderen betrogen. Natürlich habe ich Schluss gemacht.«

»Zu Recht«, stimmte Ragnar zu. »Aber weshalb stellst du nicht klar, dass er den Unfall verursacht hat?«

»Das glaubt mir doch jetzt niemand mehr. Kevin würde garantiert behaupten, ich würde das nur sagen, weil wir nicht mehr zusammen sind. Mal abgesehen davon, es wäre mir peinlich zuzugeben, wie dumm ich war.« Eigentlich wusste Lena auch gar nicht, weshalb sie Ragnar das alles jetzt erzählte, denn zuvor hatte sie das noch nie getan, nicht einmal Katrin wusste Bescheid.

Es überraschte sie sehr, als Ragnar ihr eine Hand auf die Schulter legte und ihr ernst in die Augen sah. »Es mag falsch gewesen sein, ihn zu decken, aber du hast es aus Liebe getan. Nur leider hat Kevin diese Liebe nicht verdient.«

»Nein, in der Tat nicht.« Wenn Lena daran dachte, was ihr Exfreund sich zuletzt geleistet hatte, widerte er sie nur noch an.

»Vergiss ihn und beschäftige dich mit anderen Dingen«, riet Ragnar, dann zwinkerte er ihr zu. »Vielleicht mit einer Schatzsuche.«

»Möchtest du mich denn noch dabeihaben?«, fragte sie gespannt.

Vermutlich ließ sich Ragnar absichtlich Zeit, dann nickte er.

»Auch wenn wir uns immer wieder streiten, eigentlich macht es mir Spaß, mit dir nach dem Schatz zu suchen.«

Endlich waren sie mit dem Ausmisten fertig und stellten ihre Mistgabeln an die Wand. »Hast du das dritte Teil der Kette gefunden?«

»Ja, das habe ich.« Ragnar kratzte sich am Kopf. »Jetzt fehlt nur noch das Mittelstück, aber ich habe noch einmal alle Bilder angesehen. Auf keinem von ihnen ist ein Hinweis zu finden.«

»Hm«, überlegte Lena. »Das ist natürlich blöd, und vor allem wissen wir ja auch nicht, ob die Kette uns tatsächlich zu den Edelsteinen führt.« Sie räusperte sich. »Ich war neulich an den Neideckgrotten. Ich dachte, dort finde ich vielleicht etwas, aber …«

»Dort ist nichts, den Gedanken hatte ich selbst schon«, unterbrach Ragnar sie, und Lena verkniff sich die Frage, wie er das so genau wissen konnte. Gemeinsam gingen sie hinaus. »Was würdest du eigentlich mit deinem Anteil des Schatzes machen – falls es ihn wirklich gibt.« Neugierig blickte Lena Ragnar an.

»Ich denke, ich würde mir irgendwo ein Stück Land kaufen. Vielleicht in Schweden oder Irland«, sinnierte er.

»Nicht in Island?«

»Nein«, ein Schatten huschte über Ragnars Gesicht, »ich kann nicht zurück.«

Zu gerne hätte Lena jetzt nachgefragt, weshalb, doch sie traute sich nicht.

»Also ich würde meinem Vater das Geld für sein Auto geben, damit er mir das endlich nicht mehr vorhalten kann«, erzählte Lena von ihren Träumen, »und dann würde ich meine Europareise machen. Frankreich, Italien, Spanien. Anschließend dann in Berlin ein hübsches Zimmer nehmen, dann muss ich neben dem Studium nicht jobben. Und«, sie hob den Finger, »sobald ich meinen Führerschein wiederhabe, ein Auto!«

Ragnar lachte leise auf. »Da hast du dir ja eine Menge vorgenommen, wir sollten uns bald auf die Suche machen.«

Lena war erleichtert, dass ihr dummer Streit vergessen war, und überlegte voller Enthusiasmus laut: »Bisher waren die einzelnen Teile an alten keltischen Stätten versteckt gewesen. Vielleicht hat deine Großmutter das letzte Bild dieser Reihe verkauft, es ist kaputtgegangen, oder sie hat einfach vergessen, die Markierung anzubringen. Wir sollten Oma Gisela fragen, die kennt jede Menge mystischer Stätten, und dann suchen wir einfach auf gut Glück nach dem letzten Teil.« Sie sah Ragnar fragend an. »Ich gehe davon aus, du möchtest mir immer noch nicht sagen, wie du die versteckten Amulettteile so schnell gefunden hast.«

»Bitte frag nicht, Lena.«

»Okay«, gab sie widerwillig nach, auch wenn sie ihn nicht verstand. »Aber sag mal, hat sich das dritte Stück auch auf so magische Weise mit den anderen zusammengefügt?«

»Bisher habe ich es nicht versucht. Ich wollte es mit dir zusammen tun, denn meine Großmutter hat uns sicher nicht umsonst gemeinsam auf die Suche geschickt.«

Auf einmal war Lena seltsam gerührt, wie Ragnar da vor ihr stand und so zaghaft lächelte.

»Wollen wir's jetzt tun?«

Ragnar sah sich kurz um und meinte dann: »Gut, Regine ist nicht da und kann mich nicht verpetzen, wenn ich eine kurze Pause einlege.«

Sie machten sich zu Ragnars Holzhütte auf, und er holte die Teile des Kettenanhängers aus seinem Versteck. Lena schluckte und hielt den Atem an, als er die verschlungenen Schmuckteile fast schon andächtig zusammenführte und schließlich aneinanderhielt. Es war wie beim letzten Mal. Ein kurzes Aufblitzen, dann war das Amulett beinahe vollständig, nur noch in der Mitte fehlte das letzte Stück, die kupferfarbene Triskele.

Auch heute sahen sie sich fassungslos an, und Lena konnte einfach nicht begreifen, was vor sich ging. Noch niemals in ihrem Leben hatte sie etwas Vergleichbares erlebt. Ihr Verstand suchte nach einer einfachen Erklärung, scheiterte am Ende aber doch. Zu klar und eindeutig war, was Lena mit eigenen Augen erneut beobachtet hatte. Einerseits faszinierte sie diese magische Verschmelzung des Amuletts ungemein, andererseits machte es ihr auch Angst.

»Und jetzt?« Lena merkte selbst, wie dünn ihre Stimme klang. Ihr Mund fühlte sich trocken an.

So als wäre auch Ragnar aus seinen Gedanken gerissen worden, zuckte er zusammen. »Ich weiß nicht … Möglicherweise offenbart sich uns irgendetwas, wenn wir das letzte Teil finden.«

Eine ganze Weile starrten sie auf das Amulett, so als würde es ihnen eine Antwort liefern. Dann kam Lena eine Idee. »Gib mir doch bitte den Teil des Amuletts, den wir im Altenheim gefunden haben.«

»Was willst du denn damit?«

»Etwas ausprobieren.«

In diesem Moment stellte Ragnar eine recht unwillige Miene zur Schau, griff dann jedoch in sein Regal und zog kurze Zeit später die Kette mit der vollständigen Hälfte des Amuletts heraus. Ehrfürchtig nahm Lena es in die Hand.

»Deine Großmutter hat in ihrem Brief geschrieben, die beiden Teile würden sich auf magische Weise verbinden und den Weg nach Elvancor freigeben. Vielleicht funktioniert es ja auch, wenn noch das letzte Stück der einen Hälfte fehlt.«

»Du erwartest jetzt aber nicht im Ernst, dass sich hier eine Art magischer Tunnel auftut und uns in ihr wundersames Land führt«, spottete Ragnar.

»Wenn schon, dann wäre das ja wohl dein Job«, schoss sie zurück. »Wer glaubt schließlich an Elfen, Trolle und Drachen?«

»Ist ja schon gut.« Behutsam fuhren seine Finger über die beiden identischen Teile des Amuletts. Lediglich bei einer Hälfte fehlte noch das bronzene Mittelstück mit der Triskele. »Du hast Recht, versuch es!«

Aufregung ergriff Lena, und vielleicht glaubte ein Teil von ihr sogar, dass gleich etwas Besonderes passierte. Sie atmete tief durch, legte die beiden Hälften aufeinander und – nichts geschah. Kein magisches Leuchten, keine wundersame Zusammenführung. Enttäuscht legte sie die Schmuckstücke wieder auf den Tisch.

Sie sah, wie Ragnar die Luft durch die Nase ausstieß. »Sofern irgendetwas an Großmutters Geschichte ist oder das Amulett uns den Weg zum Schatz zeigt, dann muss es offensichtlich vollständig sein.

»Ja, sieht so aus. Gut.« Lena erhob sich ruckartig. »Dann will ich dich nicht länger von der Arbeit abhalten. Meine Oma fährt morgen auf so ein seltsames Seminar, aber falls du Zeit hast, können wir sie am Vormittag noch fragen, ob sie eine Idee hat, wo alte keltische Stätten liegen.«

»Möchtest du sie einweihen?«

Lena dachte kurz nach, doch dann schüttelte sie den Kopf. Oma Gisela war mysteriösen Dingen gegenüber aufgeschlossen und auch ein wenig verrückt, aber das hier ging ganz sicher sogar über ihre Vorstellungskraft hinaus. Lena hoffte ja selbst, dass sie zuhause immer noch glauben würde, was sie mit eigenen Augen gesehen hatte. »Nein, es bleibt unser Geheimnis.«

»Schön.« Er lächelte ihr zu, und als er weitersprach, klang er ausnahmsweise einmal nicht zynisch. »Es freut mich, mit dir ein Geheimnis zu teilen.«

Schließlich verließen sie Ragnars Hütte, und Lena schwang sich auf ihr Fahrrad, Ragnar eilte indes zu den Weiden.

Schon kurz nach neun Uhr am nächsten Morgen klingelte es an der Haustür. Da Lena Spätschicht gehabt hatte, war sie erst nach drei Uhr früh ins Bett gekommen. Zunächst zog sie sich die Bettdecke über den Kopf und knurrte: »Oma, mach du auf.« Als es dann aber penetrant weiterklingelte, sprang sie zornig aus dem Bett und stürmte zur Tür.

»Was?« Lena blinzelte in das helle Tageslicht und erkannte erst auf den zweiten Blick Ragnar, der mit amüsiertem Gesicht vor ihr stand.

»Du siehst aus wie eine Gewitterhexe«, lachte er.

Lena blickte über die Schulter zum Spiegel an der Garderobe und fuhr sich durch die wild abstehenden Haare. Außerdem entblößte ihr viel zu weites Oberteil mehr von ihrem Busen, als es eigentlich verbarg, und so zupfte sie verlegen daran herum. »Verflucht, dich habe ich ja völlig vergessen!«

»Ich kann auch wieder gehen.«

»Nein, warte einfach einen Moment, ich zieh mich nur schnell an.« Sie machte eine einladende Handbewegung, aber Ragnar schüttelte den Kopf.

»Ich bleibe lieber draußen.«

»Von mir aus. Hinter dem Haus stehen Stühle und ein Tisch. Magst du eine Tasse Kaffee?«

»Ja, gerne. Mit Milch ohne Zucker.«

»So trinke ich ihn auch«, grinste Lena, dann rannte sie ins Bad und versuchte, einen halbwegs anständigen Menschen aus sich zu machen. Eine Viertelstunde später schnappte sie sich ein Tablett und drei Kaffeetassen. Da ihre Oma nirgends im Haus zu finden war, vermutete sie, dass diese an ihren Beeten arbeitete und nach ihren geliebten Kräutern sah, bevor sie fortfuhr. Und tatsächlich entdeckte Lena ihre Oma im Garten, die sich sichtlich angeregt mit Ragnar unterhielt.

»… weißt du, Ragnar, wir waren damals zehn Leute, die in einer Kommune am Rande von Berlin gelebt haben«, erzählte Oma Gisela eine Geschichte, die Lena nur allzu gut kannte, trotzdem musste sie schmunzeln, als sie sich ihre Großmutter als junge Frau in bunten Hippiekleidern vorstellte. »Wir hatten kaum Geld«, sie lachte leise auf, »das hatte kaum jemand. Trotzdem beschlossen wir, dass wenigstens einer von uns zum Woodstock-Festival fahren sollte. Alle haben zusammengelegt, dann haben wir Stöckchen gezogen, tja, und meines war das längste!«

Wie es aussah, waren die beiden so sehr in ihr Gespräch vertieft, dass sie Lena gar nicht bemerkten, wie sie die Tassen und die Kanne auf den Tisch stellte.

»Ihr Mann hatte nichts dagegen, dass Sie …«, Ragnar unterbrach sich selbst, »ich meinte, dass du allein nach Amerika fährst?«

»Doch, das hatte Manfred«, bestätigte Gisela, »weil unser Sohn Dieter ja erst zehn war. Aber unsere Freunde in der Kommune haben alle versichert, auf den Kleinen zu achten.« Oma Gisela kicherte leise. »Vor allem haben wir Manfred verschwiegen, dass das Geld lediglich für den einfachen Flug gereicht hat.«

»Und wie bist du zurückgekommen?«

»Ich muss gestehen, ich war damals recht unbekümmert. Ich dachte mir, erst einmal nach Woodstock, dann sehe ich weiter! Das Festival war gigantisch, auch wenn ich zugeben muss, dass ich, so wie viele Leute meiner Generation, das eine oder andere inzwischen etwas verklärt sehe. Die hygienischen Zustände waren schon am zweiten Tag eine Katastrophe, und als es geregnet hat, hat sich das Gelände in einen Sumpf verwandelt.« Sie seufzte tief. »Trotzdem möchte ich Woodstock nicht missen. Außerdem ist mein Sohn Carsten dabei entstanden.«

»Oh«, staunte Ragnar, dann kratzte er sich am Kopf. »Hast du noch Kontakt zu seinem Vater?«

»Nein, leider nicht. Wir haben unsere Adressen ausgetauscht, aber ich habe sie dummerweise verloren. John hieß er, er war Musiker und Maler. Zu gern wüsste ich, was aus ihm geworden ist.« So als würde sich Oma Gisela gewaltsam aus den Erinnerungen an die damalige Zeit reißen, straffte sie die Schultern.

»Auf jeden Fall hat mein Geld mit Ach und Krach für die Verpflegung gereicht, aber an einen Heimflug war nicht zu denken. Also habe ich mich als blinder Passagier auf ein Schiff nach Hamburg geschmuggelt.«

»Ist nicht wahr!«, lachte Ragnar.

»Doch«, bestätigte Oma Gisela. »Ich bin fast zwei Wochen später nach Hause gekommen als geplant, und auch wenn ich während der Überfahrt ganz schön gezittert habe, bereue ich bis heute nichts.«

»Du hattest echt eine aufregende Jugend, muss ich sagen.« Erst jetzt drehte sich Ragnar zu Lena um, musterte sie kurz und meinte dann: »Du siehst besser aus.«

»War ja auch kein Kunststück«, erwiderte Lena selbstironisch.

»Kaffee, das ist aber lieb von dir, Lena«, freute sich Oma Gisela.

»Na, hast du Ragnar mit Woodstock-Geschichten beglückt?«, erkundigte sie sich augenzwinkernd.

»Das war ausgesprochen interessant«, versicherte er sogleich.

»Ragnar hat mir aber auch von seiner Großmutter aus Island erzählt. Ich finde, sie ist eine faszinierende Frau, ich würde sie gerne kennen lernen und mir ihre isländischen Legenden erzählen lassen.«

»Kann ich mir vorstellen«, erwiderte Lena. »Apropos Legenden und so was. Du kennst doch sicher die alten keltischen Stätten hier in der Gegend.«

»Jetzt muss ich mich aber über dich wundern. Erst die Suche im Internet und jetzt möchtest du noch mehr über die Kelten wissen«, staunte Oma Gisela.

»Nicht ich, sondern Ragnar«, behauptete sie, denn alles andere wäre zu unglaubwürdig gewesen und hätte Fragen aufgeworfen, die sie nicht beantworten wollte.

»Da versuche ich über Jahre hinweg, meiner lieben Enkelin

die Kultur unserer Vorfahren näherzubringen«, scherzhaft nahm Oma Gisela Lena in den Schwitzkasten, »aber nein, da muss erst ein junger Mann aus Island kommen, damit das interessant wird.«

»Oma!«, stöhnte Lena, aber ihre Großmutter ließ sie bereits los.

»Schon gut, ich freue mich, wenn ihr mehr über die Kelten erfahren wollt.« Sie sah die beiden kurz an. »Also, da wäre der Keltenwall in Burggaillenreuth …«

»Den kennen wir schon«, unterbrach Lena sie. »Auch Walberla haben wir bereits erkundet, und wir wissen außerdem, dass zu Zeiten der Kelten Menschen auf dem Plateau hinter der Ruine Neideck gesiedelt haben.«

»Alle Achtung.« Anerkennend nickte die alte Frau. »Ein faszinierender Ort ist der Druidenhain, wobei es umstritten ist, ob er von den Kelten genutzt wurde. Siedlungsspuren hat man nicht gefunden.« Sie legte einen Finger an die Nase. »Der Glauberg ist mindestens zweieinhalb Stunden von hier entfernt, ich weiß nicht, ob ihr so weit fahren wollt. Auch der Staffelberg liegt nicht gerade in der Nähe …«

»Staffelberg!« Lena richtete sich kerzengerade auf und sah Ragnar mit blitzenden Augen an. »Deine Großmutter hat erzählt, dass sie in Staffelstein gelebt und in einer bestimmten Nacht auf dem Berg Holz gesammelt hat.«

Verschwörerisch lächelten die beiden sich an, und Lenas Oma zog fragend ihre Augenbrauen zusammen. »Ein äußerst beeindruckender Berg. Man hat bei Ausgrabungen eine weitläufige keltische Siedlung dort gefunden – Menosgada wurde sie vermutlich genannt.« Dann senkte sie ihre Stimme. »Und sofern du an Legenden interessiert bist, Ragnar, man erzählt sich, dass dort ein Schatz versteckt ist.«

»Ein Schatz?«, riefen sie beide wie aus einem Munde, woraufhin Oma Gisela lachte.

»Zwei Seelen, ein Gedanke«, sagte sie augenzwinkernd. »Möchtet ihr die Geschichte hören?«

Gebannt nickten sie beide, und so fuhr Oma Gisela fort: »Man erzählt sich, dass tief im Innern des Staffelberges in einer unzugänglichen Höhle ein großer Schatz verborgen liegt. Alle hundert Jahre öffnet sich zu mitternächtlicher Stunde an Johanni der Berg und gibt für eine Stunde den Weg zu den unterirdischen Räumen frei.«

»Was ist Johanni?«, erkundigte sich Ragnar.

»Das ist der Johannistag, ein Fest zum Gedenken an Johannes den Täufer«, erklärte Oma Gisela, aber dann spielte ein Schmunzeln um ihre Mundwinkel. »Wenn ich ehrlich bin, glaube ich aber, dass, sofern es diesen Schatz gibt, sich der Weg um den 21. Juni herum öffnen würde.«

»Weshalb das?«

»Der 21. oder 22. Juni ist in der Regel der Tag der Sommersonnenwende, ein wichtiges und magisches Datum für unsere Vorfahren. Ich bin der festen Überzeugung, die Kirche hat sich dieses Datum unter den Nagel gerissen und mit einem ihrer Heiligen besetzt, um sowohl die Gläubigen als auch die Heiden damit zu ködern.«

»Oma und ihre Verschwörungstheorien.« Lena verdrehte die Augen, aber Ragnar nickte zustimmend.

»Davon habe auch ich gehört.«

»Da sind sich ja mal wieder zwei einig«, stöhnte Lena.

»Jetzt lass deine Großmutter doch weitererzählen«, schimpfte Ragnar ungeduldig.

»Nun gut.« Oma Gisela räusperte sich und senkte ihre Stimme. »Nur Sonntagskindern ist es möglich, in das Berginnere zu gelangen.« Sie zwinkerte ihrer Enkelin zu. »Also, Lena, du könntest den Schatz finden, aber ich rate es dir nicht.«

Erneut sahen sich Lena und Ragnar staunend an, und sie fragte zögernd: »Bist du etwa auch …?«

Doch Ragnar schüttelte den Kopf. »Nein, ich wurde an einem Dienstag geboren.«

Unwillkürlich atmete Lena auf, denn sonst wäre ihr das Ganze richtiggehend unheimlich geworden. »Weshalb soll ich den Schatz denn nicht suchen?«, fragte sie dann.

»Einmal wurde in einer solchen Nacht ein junger Schäfer durch ein donnerndes Dröhnen aufgeschreckt. Da er an einem Sonntag geboren war, konnte er den geöffneten Berg betreten. Angezogen und geblendet von den unermesslichen Reichtümern, die er vorfand, wurde er immer tiefer in den Berg gelockt. Ehe er sich seine Taschen voll Gold und Edelsteine stopfen konnte, war die kurze Frist von einer Stunde verstrichen. Mit einem Dröhnen schloss sich der Berg wieder und versperrte dem Schäfer den Weg ins Freie. Hundert Jahre lang musste er warten, bis sich der Berg erneut öffnete. Als alter Mann verließ er diese Stätte, seine Taschen leer, er brauchte keine Reichtümer mehr.« Sie legte Lena einen Arm um die Schultern und drückte sie an sich. »Wie du siehst, mein liebes Kind, Reichtum ist nicht alles.«

»Na ja, aber das Schlechteste ist er auch nicht.«

»Sagen wir's mal so. Geld beruhigt, zumindest in unseren Zeiten. Aber es gab viele Jahrtausende ohne Geld, und die Menschen haben dennoch existiert. Ich gehe davon aus, dass erneut eine Zeit anbrechen wird, in der unsere hübschen bedruckten Scheinchen nichts mehr wert sind und auch nicht gebraucht werden.«

»Ja, das mag schon sein«, entgegnete Lena ungeduldig. »Also, Oma, wir müssen jetzt los.« Sie erhob sich und sah Ragnar viel sagend an.

Daraufhin stand auch er auf und verabschiedete sich höflich von Lenas Großmutter.

Nach allem, was Lena von ihrer Oma erfahren hatte, war sie vollkommen aus dem Häuschen, und ihre Wangen glühten.

»Mensch, Ragnar, bestimmt liegt der Schatz im Staffelberg. Aber die Sommersonnenwende in diesem Jahr ist schon lange vorüber. Wenn wir jetzt ein ganzes Jahr warten müssen …«

»Müssen wir nicht«, behauptete er. »Sofern es den Schatz tatsächlich gibt, werden wir es auch so erfahren.«

»Und wie bitte?«, bohrte sie nach.

»Wir fahren hin und sehen weiter.«

»Meinst du, eine gute Fee taucht aus dem Nichts auf und hilft uns?«

»Möglicherweise.«

Vermutlich wollte Ragnar sich erneut auf seine seltsame Intuition verlassen, und obwohl es Lena brennend interessierte, was dahintersteckte, wollte sie jetzt nicht mit ihm streiten.

»Also gut, lass uns hinfahren.«

Ragnar nickte ernst. »Trotzdem möchte ich wissen, wo der letzte Teil des Schmuckstücks ist.«

»Den finden wir schon noch. Aber stell dir mal vor …« Lena senkte ihre Stimme. »… Edelsteine oder auch Gold – vielleicht sind wir bald reich.«

»Das kann sein, aber wir wissen nicht, ob diese Legende wahr ist«, gab er zu bedenken. »Außerdem – was ist, falls du wirklich in diesem Berg gefangen wirst?«

Dabei sah er so besorgt aus, dass Lena lachen musste.

»Ach was.« Mit einer wilden Handbewegung wischte sie alle Einwände beiseite. »Das ist doch nur ein dummes Kindermärchen. Wir fahren zum Staffelberg, du hast eine deiner Eingebungen, und ich kann endlich Papas Auto bezahlen.«

»Ich weiß nicht.« Er zog seine Stirn kraus. »Du glaubst an den Teil der Legende, der dir gefällt, und den anderen lässt du außer Acht. Ich bin mir nicht sicher, ob das klug ist.«

Kurz stutzte Lena, denn ganz Unrecht hatte er nicht, aber andererseits war eine alte Legende etwas anderes als real existierende Schmuckteile. Und wenn es die gab, dann bestimmt auch die

Edelsteine. Nachdem sie nun nicht mehr auf den Bildern nach Hinweisen suchen mussten, entschlossen sie sich zu einem Ausritt. Trotzdem konnte Lena sich heute kaum konzentrieren, denn in Gedanken war sie bereits auf dem Staffelberg und sah schimmernde Edelsteine vor ihrem inneren Auge.

Kapitel 13

Der Schatz im Staffelberg

Dummerweise streikte an dem Tag, den sie sich für die Schatzsuche ausgesucht hatten, Ragnars Motorrad, und die Werkstatt meinte, es würde einige Tage dauern, das Ersatzteil zu besorgen. Sie konnten nur abwarten. Weitere Ausritte mit Devera und Ragnar lenkten Lena immerhin zeitweise ab, und inzwischen fühlte sie sich auf dem Rücken der braunen Stute so sicher, dass es ihr Spaß machte, auf den weichen Waldwegen zu galoppieren.

»Was hältst du von einem Wettrennen?«, fragte Ragnar an diesem Abend. Noch immer war es warm, aber die größte Hitze des Tages hatte nachgelassen. Lena war froh, ihre Schicht im Altenheim beendet zu haben, und genoss die entspannende Ruhe im Wald.

»Wettrennen?«, wiederholte sie kritisch. Vor ihnen erstreckte sich eine sanft ansteigende, frischgemähte Wiese.

»Ja, wer gewinnt, gibt dem anderen im Biergarten an der Burg etwas zu trinken aus. So ein … Fahrrad, oder wie ihr das nennt.«

»Radler«, korrigierte sie ihn mit einem hellen Lachen.

»Zuerst dachte ich ja, es wäre ein seltsamer Brauch, Bier mit Limonade zu mischen, aber mittlerweile finde ich es erfrischend.«

»Also gut.« Lena nahm all ihren Mut zusammen, denn auf offener Strecke war sie bisher noch nie galoppiert.

Sie stellten ihre Pferde nebeneinander auf. Der Schimmelwallach – inzwischen konnte Ragnar ihn wieder mit Sattel reiten – tänzelte und bockte auf der Stelle. Vielleicht spürte er, was sie vorhatten. Auch Devera war heute unruhiger als sonst. Sie kaute eifrig auf dem Gebiss herum, schüttelte den Kopf, schnaubte und vibrierte regelrecht unter Lenas Schenkeln.

»Ich weiß nicht, vielleicht sollten wir lieber doch nicht …« Bevor sie ihren Satz beenden konnte, hatte Ragnar ihr jedoch schon zugenickt und ließ die Zügel schießen.

»Das ist unfair!«, rief sie empört und drückte instinktiv ihre Beine an Deveras Flanken.

Wie ein Katapult schoss die Stute nach vorne. Lena blieb der Atem weg, und sie hatte gar keine Zeit mehr, Angst zu verspüren. Comet war ihnen schon mehrere Längen voraus, aber auch die Stute zog kräftig an. Mächtig arbeiteten die Muskeln des Pferdes unter ihr. Der Wind zerrte an ihren Haaren, kühlte ihr Gesicht. Noch hielt sie Devera zurück, spürte den steten Zug an den Zügeln, energisch, jedoch nicht so, dass sie das Gefühl hatte, die Kontrolle zu verlieren. Sie wusste, die Stute wollte schneller laufen, den Schimmel einholen, denn der Abstand zu Ragnar auf Comet vergrößerte sich stetig. Sie sah, wie sich Ragnar kurz umdrehte, und glaubte, ein siegessicheres Grinsen zu erahnen. Auf einmal packte sie die Abenteuerlust. Sie beugte sich nach vorne, gab der Stute mehr Zügel. »Komm, denen zeigen wir's!«

Mit kräftigen Sprüngen legte Devera an Tempo zu, die schwarze Mähne peitschte Lena ins Gesicht, und plötzlich durchfuhr sie ein nie gekannter Adrenalinschub. Sie stieß einen Freudenschrei aus, der vom Wind mitgerissen wurde, dann gab sie sich völlig dem Geschwindigkeitsrausch hin. In diesem Moment war sie eins mit dem Pferd. Bäume und Büsche rasten an ihr vorbei, der Boden bebte unter den Galoppsprüngen, und Lena hatte beinahe das Gefühl zu fliegen. Schon waren sie Comets Hinterteil ganz nah, und kurz darauf war sie mit Ragnar auf gleicher Höhe. Allein sein verdutzter Gesichtsausdruck war es wert, ihre Angst überwunden zu haben, dann duckte auch er sich weiter über den Hals. Weiße Schaumflocken lösten sich aus Comets Maul, er hatte die Nüstern weit gebläht, und noch einmal verlängerten sich seine Sprünge. Auf dem trockenen Boden donnerten die Hufe der Pferde, doch da erreichten sie schon das Ende der Wiese. Da Lena befürchtete, sie könnten geradewegs in das nächste Waldstück schießen, parierte sie die Stute zum Trab und anschließend zum Schritt durch, während Ragnar weiter auf die Bäume zuraste. Sie hielt die Luft an, denn das Pferd widersetzte sich, riss den Kopf hoch, und nur im letzten Moment gelang es Ragnar, eine Kurve nach rechts zu drehen. Ganz allmählich wurde der Wallach langsamer, und als Ragnar elegant zu ihr getrabt kam, liefen Ströme von Schweiß an seinem Pferd hinab. Doch Comet schien nicht genug zu haben. Er galoppierte auf der Stelle, wehrte sich gegen den Zügel und warf den Kopf in die Höhe. Energisch brachte Ragnar ihn zur Räson und stellte ihn neben Lenas Stute. Den nächsten Bocksprung des Wallachs ignorierte er gekonnt und versetzte dem Pferd lediglich mit der flachen Hand einen Klaps zwischen die Ohren, als dieses sich auf die Hinterbeine stellen wollte.

»Hat es dir Spaß gemacht?«, fragte er.

»Und wie!«, rief sie mit strahlendem Lachen. »Ich glaube, das war so ziemlich das Schönste, was ich jemals erlebt habe.« Begeistert klopfte sie der Stute den feuchten Hals. »Das ist viel besser, als die ganze Zeit im Kreis zu reiten und sich Regines Kommandoton gefallen zu lassen.«

»Dem kann ich nur zustimmen.« Mit einem triumphierenden Grinsen hob er seine Augenbrauen. »Ich habe übrigens gewonnen!«

»Das würde dir so passen!«, protestierte sie. »Du bist viel zu früh losgeritten.«

»Sonst würdest du noch immer an der gleichen Stelle stehen«, behauptete er herablassend.

»Gar nicht wahr!«

»Außerdem bist du ohnehin leichter als ich, mein Vorsprung war nur gerechtfertigt.«

»Comet hat viel längere Beine, und du reitest besser als ich und …«

Empört beobachtete sie ihn, wie er sich betont lässig mit einer Hand auf den Oberschenkel abstützte und sie kopfschüttelnd betrachtete. Den tänzelnden Comet schien er überhaupt nicht zu bemerken, hielt die Zügel lediglich mit einer Hand und saß jeden seiner zornigen Sprünge mit Leichtigkeit aus. »Es ist herrlich, wie du dich aufregen kannst.« Abermals holte Lena zu einer Entgegnung Luft, aber er zwinkerte ihr zu. »Schon gut, ich bezahle das Radfahrerbier, mein Vorsprung war in der Tat unfair.«

»Hm.« Sie nickte grimmig, dann ritten sie im Schritt zurück zum Reitstall, trotzdem schwitzten die beiden Pferde noch, als sie ankamen.

»Wir sollten ihnen eine Dusche gönnen«, schlug Ragnar vor.

Sie sattelten ab und führten die beiden zum gepflasterten Waschplatz. Ragnar wusch seinem Pferd als Erstes den Schweiß aus dem Fell, was dem Wallach, nachdem er sich kurz gegen den Wasserstrahl gewehrt hatte, auch zu gefallen schien.

»Du bist dran«, forderte Ragnar sie nach einer Weile auf.

Lena zupfte an Deveras Strick und band sie neben Comet an dem hölzernen Balken an, dann streckte sie die Hand aus.

Ein empörter Schrei entwich ihrer Kehle, als sie der kalte Wasserstrahl traf, denn anders als erwartet, gab ihr Ragnar nicht den Schlauch, sondern spritzte sie von oben bis unten nass.

»Hör auf! Lass das«, quietschte sie, aber er hielt weiter mit dem Wasserstrahl auf sie. »Ragnar, du Vollidiot, ich bin klitschnass!«

»Das hatte ich beabsichtigt.« Endlich drehte er das Wasser aus und betrachtete sie sichtlich zufrieden. »Das Wetter ist warm, du wirst bald trocken sein.«

Lena, mit tropfenden Haaren und Kleidern, riss ihm den Wasserschlauch aus der Hand, drehte das Wasser an und begann, Devera abzuduschen. Wohlweislich hielt er sich außer Reichweite des Strahls auf und grinste vor sich hin.

»Na warte«, knurrte sie.

Während Lena das Pferd abwusch, trockneten ihre Kleider tatsächlich nach und nach. Aus dem Augenwinkel beobachtete sie Ragnar, der inzwischen Sättel und Zaumzeug aufräumte. Nachdem er im Gebäude verschwunden war, rannte sie zur Wassertonne, in der sich brackiges, mit Algen durchsetztes Regenwasser befand. »Sehr schön«, kicherte sie vor sich hin, schlich neben die Tür und wartete, bis sie Schritte hörte.

Mit einer schwungvollen Bewegung klatschte sie dem Ahnungslosen den Inhalt des Eimers mitten ins Gesicht. Sie vernahm ein ersticktes Luftschnappen, ihr Opfer drehte sich zu ihr. Aus seinen Haaren strömte Wasser, Algen klebten am Ohr und der Nase, und er hatte die Augen weit aufgerissen – nur bedauerlicherweise handelte es sich nicht um Ragnar, sondern um einen etwa fünfzigjährigen Mann.

»Ich … oh … Verzeihung.«

»Was fällt dir eigentlich ein?« Der Mann wischte sich das Wasser aus den Augen. Lena konnte sich daran erinnern, dass es sich um Herrn Gruber, den Reitstallbesitzer handelte. Sie hatte den mittelgroßen, kräftigen Mann als sehr gelassen und gutmütig in Erinnerung, aber jetzt lief er dunkelrot an, als er sich ungeduldig die Algen aus den Haaren zog.

Am liebsten wäre Lena im nächsten Mauseloch verschwunden, und sie rang nach Worten.

»Ich vermute, der Anschlag hat mir gegolten.« Aufreizend cool lehnte Ragnar an einer der Boxenwände. Wie es aussah, hatte er sich von der anderen Seite genähert.

»Ja«, bestätigte Lena eilig, »tut mir ehrlich leid, ich wollte das nicht.« Verschämt zupfte sie Herrn Gruber einen vergammelten Strohhalm vom Hemd.

»Davon kann ich mir auch nichts kaufen«, blaffte er sie an und stapfte dann davon. Er drehte sich noch einmal um. »Lass die Pferde heute Abend auf der Koppel, das ist für sie angenehmer bei diesen Temperaturen.«

»In Ordnung«, stimmte Ragnar zu, bevor er zu Lena ging.

»O Mann, so was kann auch nur mir passieren!« Sie sah ihn vorwurfsvoll an, doch Ragnar hob abwehrend seine Hände vor die Brust.

»Was kann ich dafür, wenn du nicht richtig hinsiehst? Komm, wir führen die Pferde zur Koppel, dann gehen wir in den Bierhof.«

»Biergarten heißt das«, brummte sie und sah dann ängstlich zu Ragnar auf. »Denkst du, er lässt mich jetzt nicht mehr in den Stall?«

»Kann schon sein. Würde dich das denn stören?«

»Ja«, jammerte sie, »es macht mir nämlich inzwischen Spaß, Devera zu reiten.«

»Na komm«, er schob sie energisch weiter. »Wir bringen ihm später ein oder zwei Flaschen Bier mit, dann wird er dir verzeihen. Georg ist normalerweise sehr nett.«

»Denkst du wirklich?«

»Sicher.« Er sah sie von oben bis unten an. »Soll ich dir ein T-Shirt leihen?«

»Pah.« Lena fuhr sich durch die Haare. »Ich habe auch meinen Stolz.«

»Wie du meinst.«

Zunächst brachten sie die Pferde auf die Koppel, anschließend gingen sie Seite an Seite das kurze Stück die Dorfstraße entlang bis zum Biergarten. Zahlreiche Tische, von denen jedoch nicht einmal die Hälfte besetzt war, luden unter dem dichten Blätterdach der knorrigen Bäume zum Verweilen ein. Einige der alten Linden waren miteinander verwachsen und umschlangen sich wie Liebende. Lena und Ragnar setzten sich an einen freien Tisch und bestellten ihre Getränke. Sie unterhielten sich über ihren Ausritt, lachten noch einmal, als Ragnar sie an Herrn Grubers verdutztes Gesicht erinnerte, und spekulierten dann, was der Besuch des Staffelbergs wohl bringen mochte.

Unvermittelt deutete Lena grinsend auf einen älteren Mann, der auffallend gerade und seinen Stock schwingend die geteerte Auffahrt entlangkam. »Der General«, erklärte sie.

»So sieht er auch aus.«

»Er ist der Opa meiner besten Freundin und war früher beim Militär.«

Nun setzte er sich umständlich auf einen Stuhl, sah sich mit stolz gerecktem Kinn um und trommelte schon nach wenigen Minuten mit den Fingern auf den Tisch.

»Oje!« Lena kicherte los. »Jetzt darf sich die arme Bedienung sicher was anhören.«

Und tatsächlich erklang kurz darauf Herrn Krauses kräftige Stimme. »Wird man hier auch noch bedient?«

Die junge Bedienung, Lena hatte sie noch nie hier gesehen, kam langsam angeschlendert.

»Bin doch schon da«, nuschelte sie.

»Hat man euch jungen Leuten nicht beigebracht, in ordentlichen deutschen Sätzen zu sprechen?«, erfolgte postwendend die Zurechtweisung, während er über seine Brille hinweg das Mädchen kritisch musterte. »Ich möchte ein alkoholfreies Bier, zwei Paar Bratwürste, gut durchgebraten, und in zwanzig Minuten eine Tasse Kaffee – bei exakt neunzig Grad gebrüht!«

Lena sah, wie die Bedienung stutzte, dann schrieb sie verdattert das Bestellte auf und ging kopfschüttelnd ins Innere der Gastwirtschaft.

»Der weiß aber ganz genau, was er will.«

Lena lachte zustimmend, dann duckte sie sich unter den Tisch, als der General in ihre Richtung sah.

»Was tust du dort unten, Lena?«

»Ich wollte uns nur einen Vortrag über Kinder und Alkoholmissbrauch ersparen«, erklärte sie.

Das belustigte Ragnar sichtlich. »In diesem Getränk ist aber kaum Alkohol, außerdem sind wir keine Kinder mehr.« Einer seiner Mundwinkel zuckte. »Zumindest ich nicht!«

»Na hör mal, ich bin schon achtzehn«, plusterte sie sich auf, aber Ragnar lachte bereits.

»Zu schön, wie schnell du in die Luft gehst!«

»Blödmann«, brummte sie gutmütig und bewarf ihn mit einem kleinen Ast, der auf dem Tisch gelandet war.

Noch eine ganze Weile erzählte Lena Geschichten über General Krause, die Ragnar offenbar interessant und lustig fand. Die Zeit verging wie im Fluge. Aber mit einem Mal fing Ragnar an, unruhig auf seinem Stuhl zu zappeln. Er sah immer wieder zum Eingang und wirkte plötzlich zerstreut.

»Hast du heute noch was vor?«, erkundigte sich Lena. »Wir können auch gehen.«

»Nein, ich habe nichts vor«, versicherte er ihr. »Es ist nur … Ach, ich weiß auch nicht. Lass uns bezahlen.« Ragnar winkte dem Kellner und übernahm zu ihrer Überraschung nicht nur ihre Getränke, sondern auch den Eisbecher, den sie sich gegönnt hatte. Lena bestellte noch zwei Flaschen Bier – die zur Besänftigung von Herrn Gruber dienen sollten –, dann machten sie sich auf den Weg.

Ragnar schlug ein rasches Tempo an, und Lena kam ordentlich ins Schwitzen. »Was rennst du denn so?«

»Ich habe ein ungutes Gefühl«, antwortete er düster und beschleunigte noch einmal seine Schritte.

»Toll, nur weil du …« Sie kam nicht weiter, denn Herr Gruber kam ihnen schon entgegengerannt.

»Gut, dass du kommst. Die braune Stute – sie ist krank!« Fahrig strich er sich durch die Haare, trat unruhig von einem Bein aufs andere. »Vielleicht eine Kolik. Ich rufe gleich den Tierarzt an.«

Schon hetzte Ragnar los, und Lena drückte dem aufgelösten Mann die zwei Bierflaschen in die Hand. »Sorry für die Dusche.« Und mit diesen Worten eilte sie Ragnar hinterher.

Wie schon viele Male zuvor gelang es ihr nicht, ihn einzuholen. Er kniete bereits auf der Koppel neben Devera, als Lena ankam. Die braune Stute lag auf dem Boden, war schweißgebadet, ihr Atem ging hektisch, und es sah so aus, als würden sich ihre Muskeln immer wieder verkrampfen. »Was fehlt ihr denn?«, fragte Lena erschrocken, aber Ragnar machte ihr mit einer abwehrenden Geste klar, dass er jetzt nicht antworten wollte.

Seine Miene war ernst und angespannt, wie er da am Boden saß, eine Hand streichelte den Hals, und er sprach ganz leise und beruhigend auf Isländisch mit dem Pferd. Noch einige Male versuchte Devera, sich aufzurichten, hob den Kopf, schlug mit den Beinen aus und sackte dann wieder zurück. Das Pferd tat Lena unendlich leid. Zu gerne hätte sie etwas getan, um ihr zu helfen.

»Hast du sie unterwegs irgendwo fressen lassen?«, wollte Ragnar plötzlich wissen.

»Nein, weshalb?«

»Ich denke, es ist eine Vergiftung«, erklärte er und sah sie durchdringend an.

»Ich habe sie wirklich nirgends fressen lassen«, beteuerte Lena und kniete sich neben ihn.

Kurz darauf kam Herr Gruber keuchend angerannt. »Der … Tierarzt … kommt nicht vor einer Stunde.«

»Verdammt!« Ragnars Miene wurde noch finsterer. »Ich vermute, Devera hat eine Vergiftung. Vielleicht kannst du sehen, ob du etwas auf der Koppel findest, dann hat es der Tierarzt leichter. Lena kann dir helfen.«

Im Gegensatz zu Lena schien der ältere Mann sogar erleichtert zu sein, nicht hierbleiben zu müssen. »Gute Idee.« Schon ging er los und suchte mit den Augen den Boden ab.

»Ich möchte hier warten«, sagte Lena entschieden, dann streichelte auch sie der Stute über den Kopf.

Zunächst schien es, als wolle Ragnar widersprechen, aber dann nickte er.

Während die Abenddämmerung hereinbrach, saßen sie neben dem Pferd, das immer wieder Krämpfe hatte und schwer atmete.

»Warum kommt denn der verfluchte Tierarzt nicht?«, regte sich Lena nach einer guten Dreiviertelstunde auf, als es Devera noch schlechter zu gehen schien. Sie verdrehte die Augen und schlug um sich.

Ratlos hob Ragnar die Schultern, legte eine Hand auf den Kopf, die andere auf ihren Hals. Kurz darauf drehte er sich zu Lena um und sagte mit leiser Stimme: »Sie stirbt.«

»Was?« Entsetzt sprang Lena auf. »Das kann doch nicht sein. Der Tierarzt wird kommen und dann …«

»Nein. Es wird nichts mehr nützen.«

»Das kannst du doch überhaupt nicht wissen!«

»Ich weiß es. Geh jetzt, Lena.«

Fassungslos sah sie zu Ragnar hinab, der die Augen schloss und beruhigende Worte ins Ohr der Stute murmelte.

»Ich will aber nicht gehen«, protestierte sie, denn das Pferd war ihr in den letzten Wochen ans Herz gewachsen.

»Verschwinde!«, fuhr Ragnar sie an, und sie wich unwillkürlich zurück. Sein Blick war hart und kalt, sein Mund verkniffen.

Tränen schossen in ihre Augen, und obwohl sie sein plötzlich so abweisendes Verhalten nicht verstand, entfernte sie sich. Aus der Ferne beobachtete sie Ragnar, der sich wieder zu Devera hinabbeugte. Nun kam auch Herr Gruber angelaufen, ein Büschel mit Ästen in der Hand. »Ich möchte nur wissen, welcher verfluchte Idiot seine Gartenabfälle auf die Koppel geworfen hat«, polterte er los und wedelte mit den grünen Zweigen vor Lenas Nase herum. »Buchsbaum ist verdammt giftig.«

»Ragnar hat gemeint, Devera schafft es nicht«, sagte sie mit weinerlicher Stimme.

»Ich befürchte, er hat Recht.« Herr Gruber fuhr sich über sein rundliches Gesicht. »Verdammt, Devera ist bei mir eingestellt, das gibt Ärger. Ich muss ihre Besitzerin anrufen.« Damit eilte er davon und ließ Lena ratlos zurück.

Während die ersten Sterne am Himmel zu glänzen begannen, stand sie auf der Koppel und kam sich mit einem Mal entsetzlich verlassen vor. Daher ging sie langsam wieder in Ragnars Richtung. Aus der Ferne hörte sie, wie er leise und liebevoll mit dem Pferd sprach. Nun lag die Stute bewegungslos da, nur am hektischen Heben und Senken ihrer Flanken erkannte Lena, dass sie noch lebte.

Als Lena ein Auto hörte, drehte sie sich um, in der Hoffnung, der Tierarzt könnte gekommen sein, doch das Auto fuhr weiter. Dafür nahm sie aus den Augenwinkeln plötzlich ein Aufblitzen wahr. Zunächst glaubte sie, ein Gewitter wäre aufgezogen, aber am Himmel befand sich kaum eine Wolke. Außerdem war es kein gleißendes, unangenehmes Licht, sondern ein weiches, warmes Leuchten. Es kam genau aus Ragnars und Deveras Richtung. Lena rieb sich die Augen, doch da war es auch schon wieder verschwunden.

Wenngleich sie befürchtete, Ragnar könnte sie anfahren, trat sie näher. »Hast du das gesehen? Dieses …«

Sie sprach nicht weiter, denn er erhob sich, sein Gesicht seltsam bleich, Tränen hatten Spuren auf seinen Wangen hinterlassen, und er schwankte, als er endlich stand.

»Ragnar?« Lenas Blick wanderte von ihm zu dem Pferd, das bewegungslos auf der Erde lag.

»Sie ist gegangen.« Seine Stimme war heiser, irgendwie kraftlos, und Lena fasste ihn am Arm. »Was ist mit dir?«

»Nichts.« Damit torkelte er los. »Ich melde mich in ein paar Tagen bei dir.« Langsam entfernte er sich über die Wiese. Lena blieb fassungslos zurück. Gerade erst hatte sie wieder Spaß am Reiten gefunden – und nun das. Sie kniete sich neben das Pferd und weinte leise.

»Er hat es wieder getan.« Lange hatten sie auf einen Augenblick wie diesen gewartet, und jetzt war es geschehen.

Noch wirkte sein Gegenüber verwirrt, sein Blick wanderte rastlos über die Umgebung, die für ihn ungewohnt war. Er zog sich tiefer in den Schatten der Bäume zurück.

»Gibt es weitere wie ihn?«

»Das ist ungewiss, das letzte Mal sah das Land anders aus. Wir müssen unsere Brüder finden und uns beraten.«

»Wird er unsere Sache unterstützen?«, zischte der Zweite; seine Gestalt war nur schemenhaft im Zwielicht des Abends zu erkennen.

»Geduld, zunächst müssen wir an Kraft gewinnen.« Der Erste schauderte. »Hier sind die alten Mächte zu stark. Lass uns gehen.«

Die beiden wandten sich ab und verschmolzen mit den Schatten.

Lena war traurig, hatte während der letzten Nacht kaum schlafen können und das Gefühl, mit Deveras Tod einen guten Freund verloren zu haben. Schon am nächsten Abend fuhr sie nach der Arbeit mit dem Fahrrad zum Reitstall, denn sie wollte sich erkundigen, wie es Ragnar ging, da er so furchtbar erschöpft ausgesehen hatte.

Doch sie traf nur auf Regine, die ein schwitzendes Pferd vom Reitplatz führte.

»Ist Ragnar hier?«, fragte Lena vorsichtig.

Postwendend verzerrte sich Regines hageres Gesicht. »Der Irre hat sich krankgemeldet.«

»Oh!« So wie Ragnar gestern davongewankt war, wunderte sie das nicht, aber als Regine mit biestiger Stimme fortfuhr, blieb ihr doch der Mund vor Staunen offen stehen.

»Der hat doch glatt das ganze Holz, das Georg am Waldrand aufgeschichtet hatte, gestohlen und damit das Pferd verbrannt. Ich wusste ja immer, dass er nicht alle hat! Der Abdecker war schon bestellt und dann das …«

»Er hat was?«, hakte Lena nach.

»Er hat das Pferd verbrannt«, wiederholte Regine ungeduldig. »Der Kerl kann froh sein, dass Georg Gruber bei der Feuerwehr ist und die Sache geradegebogen hat, sonst hätte er eine Anzeige bekommen. Eigentlich hätte er's ja verdient.« Damit zog sie ihr Pferd weiter.

Am Morgen hatte Lena noch die Feuerwehrsirene gehört, sich jedoch keine weiteren Gedanken gemacht. Darauf, dass Ragnar Devera verbrannt haben könnte, wäre sie aber im Leben nicht gekommen. Kopfschüttelnd ging sie zu seiner Hütte und klopfte an die Tür.

»Ragnar, bist du da?«, rief sie, als niemand öffnete.

Die Fensterläden waren geschlossen, vielleicht schlief er ja auch, aber sie wollte zu gern wissen, wie es ihm ging und was er sich bei der ganzen Aktion gedacht hatte. Da er jedoch nicht antwortete, gab sie schließlich auf.

Auf dem Rückweg zur Straße kam ihr Herr Gruber entgegen. Sie lächelte vorsichtig und murmelte einen Gruß.

»Wenn du deinen Freund siehst, dann mach ihm bitte noch einmal deutlich klar, dass es in Deutschland verboten ist, ein so großes Tier auf eigenem Grund zu bestatten.« Er runzelte seine Stirn. »Das gilt auch für eine Feuerbestattung.«

Gegen ihren Willen musste Lena grinsen. »Ja, in Ordnung.«

Sie räusperte sich. »Herr Gruber, also die Sache mit dem Wassereimer …«

Er winkte ab. »Schon vergessen.« Dann legte er ihr eine Hand auf die Schulter. »Ragnar hat mir erzählt, wie gern du das Pferd hattest.«

»Ja, das stimmt.« Betrübt senkte sie den Blick. »Wissen Sie zufällig, wo Ragnar ist?«

»Er hat Regine gesagt, er wäre krank. Vermutlich ist er beim Arzt.«

»Ja, das könnte natürlich sein.« Lena schwang sich auf ihr Fahrrad und trampelte nach Hause.

Auch in den folgenden zwei Tagen traf sie Ragnar nicht an, und er meldete sich nicht bei ihr. Langsam machte sie sich wirklich Sorgen. Doch eines schwülheißen Nachmittags wartete er nach der Arbeit am Tor auf sie.

»Hallo.«

»Hi!« Lena betrachtete ihn von oben bis unten. »Geht's dir wieder gut?«

»Ja.«

»Wo warst du denn die ganze Zeit?«, wollte sie wissen.

Seine Miene verschloss sich. »Ich war einige Tage fort.«

»Und wo?«

»Hier und da.«

Lena verdrehte die Augen, hatte aber im Moment keine Lust, sich mit ihm zu streiten. »Es ist traurig, dass Devera nicht mehr hier ist.«

»Das ist es«, stimmte er nachdenklich zu. »Ich kann versuchen, ein anderes Pferd zu finden, das du bewegen kannst. Viele Besitzer haben zu wenig Zeit für ihre Tiere.«

»Das wäre aber nicht das Gleiche«, meinte Lena traurig.

Für einen Augenblick legte er seine Hand auf ihren Arm. »Das wäre es nicht.« Anschließend zuckte er mit den Schultern. »Aber unser Leben muss weitergehen. Das Motorrad ist repariert, wir können also zum Staffelberg fahren, falls du noch Lust hast.«

»Ja, natürlich!« Auf einmal durchfuhr Lena eine gewisse Aufregung, dann räusperte sie sich. »Ragnar, ich soll dir von Herrn Gruber ausrichten, dass man hier keine Tiere …«

»Ich weiß«, unterbrach er sie ungeduldig, dann schüttelte er den Kopf. »Nur finde ich es grausam, Tiere, die wie Freunde für einen waren, einer Tierverwertungsgesellschaft zu geben. Zuhause in Island haben wir unsere Tiere immer begraben.«

»Das finde ich auch schöner«, stimmte Lena zu, »allerdings gibt es hier weniger Platz als in Island, befürchte ich.«

Aber Ragnar schüttelte stur den Kopf. »Ein verbranntes Tier nimmt keinen Platz weg.«

Unwillkürlich breitete sich ein Grinsen auf Lenas Gesicht aus. »Du hast tatsächlich das Holz von Herrn Gruber gestohlen?«

Wie es den Anschein hatte, war er sich keiner Schuld bewusst. »Da lag ein riesiger Haufen Holz am Waldrand, ich dachte, wenn ich etwas davon nehme, stört das niemanden. Also habe ich mir den Traktor des Reitstalls ausgeliehen und für Devera in der Morgendämmerung eine Feuerbestattung arrangiert.«

»Eigentlich ist das ja cool«, meinte Lena. »Nur ist es eben nicht erlaubt.«

»Aber es war richtig«, beharrte er. »Oder hast du noch niemals etwas Unerlaubtes getan?«

»Doch – leider«, gab sie zu, dann schwang sie sich auf ihr Fahrrad. »Ich werde aus dir zwar nicht klug, aber ich bin froh, dass Devera eine würdige Bestattung bekommen hat. Kannst du mich übermorgen so gegen einundzwanzig Uhr am Ortsschild abholen?«

»So spät?«

»Ich behaupte einfach, ich würde früh ins Bett gehen. Ansonsten müssten wir noch ein paar Tage warten, weil ich immer so blöden Schichtdienst habe.«

»Wenn du willst. Bis dann, Lena.«

Am Abend vor ihrem geplanten Ausflug zum Staffelberg konnte Lena kaum still sitzen.

Oma Gisela war seit gestern von ihrem Kurzurlaub zurück und hatte Lasagne zum Abendessen gekocht. Lena ließ es sich schmecken, nur ihr Vater musste seinen Unwillen mal wieder kundtun. »Ein anständiges Schnitzel wäre mir lieber.«

»Eine unanständige Lasagne mit Gemüse aus ökologischem Anbau ist aber besser für dich.« Sie klopfte auf den deutlich gewölbten Bauch ihres Sohnes, der beleidigt vor sich hin grummelte.

Lenas Mutter schien es dagegen zu schmecken, denn sie nahm sich bereits das zweite Stück. »Ich habe in der Mittagspause Frau Messingschlager, die Oma von der kleinen Chantal, im Einkaufszentrum getroffen.«

»Lass mich raten, sie hatte ein Brötchen mit einem dicken, fetten Stück Leberkäse in der Hand«, entgegnete Oma Gisela trocken.

Lena gluckste verhalten, denn sie konnte die kugelrunde Frau Messingschlager mit dem immer roten Kopf und den altmodischen Ringellocken förmlich vor sich sehen, wie sie eines der riesigen Leberkäsbrötchen verschlang, die es im Einkaufszentrum gab.

»Na ja«, meinte Lenas Mutter und klang dabei beinahe entschuldigend, »die kosten schließlich nur einen Euro, und man wird davon satt.«

»Das mag sein, aber gesunde Ernährung sieht anders aus.«

»Haste mal 'nen Euro«, spottete Lena, während sich Oma Gisela provokativ eine neue Portion frischen Gartensalat auf ihren Teller lud.

»Wie auch immer«, fuhr Manuela mit beleidigter Miene fort. »Was ich erzählen wollte: Sie hielt eines dieser Bayernlose in der Hand und wurde urplötzlich ganz bleich.«

»Kann ich mir bei ihr kaum vorstellen«, grummelte Oma Gisela, »ihr Blutdruck ist sicher jenseits von Gut und Böse. Aber lieber stopft sie sich mit Medikamenten voll, als ihren Lebensstil zu ändern.«

»Nun lass Manuela doch mal erzählen«, schimpfte Lenas Vater.

»Schon gut, schon gut. Was war denn nun mit dem Bayernlos?«

»Stellt euch nur vor, sie hat tatsächlich fünfzigtausend Euro gewonnen«, rief Lenas Mutter aus.

»Das ist ja der Hammer!« Lena riss die Augen weit auf.

»Die arme Frau war völlig überfordert«, meinte ihre Mutter. »Sie sah regelrecht verstört aus und sagte, sie wisse gar nicht, was sie mit so viel Geld anfangen solle.«

»Na ja.« Oma Gisela räumte die leere Lasagneschüssel weg. »Im Zweifelsfall kann sie sich ja jetzt fünfzigtausend Leberkäsbrötchen kaufen.«

Lena prustete los, wobei sich ein paar Reste Lasagne aus ihrem Mund verabschiedeten und über den Tisch verteilten.

»Lena!«, rügte ihre Mutter sie postwendend. »Halt dir doch bitte wenigstens die Hand vor den Mund.«

»Sorry, Mama«, gluckste sie. »Aber fünfzigtausend Leberkäsbrötchen? Ich pack's nicht!« Sie wischte sich die Lachtränen aus den Augen. »Wie viele Jahre könnte sie denn dann Leberkäse essen? Ich frage mich, ob sie überhaupt so alt wird.«

»Lass mich mal überlegen.« Oma Gisela legte einen Finger an ihre Nase. »Wenn sie pro Tag zwei Brötchen isst, sind das siebenhundertdreißig im Jahr … Nein, sie müsste schon mindestens drei pro Tag essen, ich gehe davon aus, das wäre kein Problem. Also, drei mal dreihundertfünfundsechzig …«

»Ihr seid albern!«, schimpfte Manuela und widmete sich erneut ihrem Essen.

Belustigt stellte Lena fest, dass ihre Mutter sogar beleidigt kauen konnte. Ihre Mundwinkel hingen herab, und sie bedachte Lena und ihre Schwiegermutter mit strafenden Blicken.

»Also ich wüsste ganz genau, was ich mit fünfzigtausend Euro anfangen würde«, betonte Lena.

»Unseren Kredit für das neue Auto abbezahlen.« Einmal mehr sah ihr Vater sie vorwurfsvoll an.

»Ja, ja, das wäre unter Garantie das Allererste!«

»Ich würde endlich unseren Hausbau abschließen«, verkündete Manuela, wobei sie ihrer Schwiegermutter einen schrägen Blick zuwarf. »Dann müssten wir Gisela nicht mehr auf die Nerven fallen.«

»Ach, ihr fallt mir eigentlich nicht auf die Nerven«, sagte sie gedehnt. »Andersherum mag das aber durchaus der Fall sein.«

Lenas Vater räusperte sich. »Wie auch immer, dieser leidige Hausbau sollte in der Tat endlich abgeschlossen werden.« Gereizt fuhr er sich über seine Halbglatze. »Ich muss nochmal beim Anwalt nachfragen.« Dann seufzte er tief. »Fünfzigtausend Euro wären in der Tat eine große Hilfe.«

»Aber nein, die *Queen of Leberkäs* muss sie ja gewinnen«, kicherte Lena, dann dachte sie an den Schatz, den sie möglicherweise bald finden würde. *Wenn es genügend ist, bezahle ich meinen Eltern den restlichen Hausausbau, auch wenn ich garantiert nicht hier wohnen bleiben werde!*

Nach dem Essen setzte sich Lena noch mit vor den Fernseher, aber von dem Actionfilm bekam sie kaum etwas mit. Um kurz vor neun gähnte sie lautstark. »Ich geh mal ins Bett, die letzten Nachtschichten haben ganz schön geschlaucht.«

»Ja, gute Nacht, Lena.« Ihre Mutter lächelte, und auch ihr Vater nickte ihr zu.

Oma Gisela saß in ihrem Sessel und strickte an einer Jacke für die kleine Leonie. »Schlaf gut und träum nicht von fünfzigtausend Leberkässemmeln!«

Kichernd ging Lena nach oben. Sie schaltete ihre Stereoanlage und den Timer an, damit ihre Eltern keinen Verdacht schöpften. In etwa einer Stunde würde die Musik aufhören und allen Unwissenden vorgaukeln, Lena würde schlafen. Sie stopfte einen Pullover in ihren Rucksack, schnappte sich eine Jacke und öffnete das Fenster zum Garten. Dann schwang sie sich über das Fenstersims und schlich durch die Bäume zum Tor. Sie hatte Ragnar extra gebeten, sich mit ihr am Ortsschild zu treffen, damit ihre Eltern nicht beim Geräusch des Motorrads misstrauisch wurden. Der Abend war mild, und Lena überlegte schon, ob sie ihre Jacke wieder ausziehen sollte, aber da vernahm sie das knatternde Geräusch von Ragnars altem Motorrad. Er hielt an, hob die Hand zum Gruß und holte den Ersatzhelm unter der Sitzbank hervor. Dann fuhren sie über die nächtlichen Straßen zum Staffelberg. Sie genoss die Fahrt durch die laue Nacht, und in freudiger Erwartung schaute sie zumeist gespannt über Ragnars Schulter hinweg, in der Hoffnung, ihr Ziel bald zu Gesicht zu bekommen. Nur ganz schemenhaft konnte man schließlich das Hochplateau gegen den Nachthimmel erkennen. Wenigstens war der Weg ausgeschildert. Schnell fanden sie den Parkplatz und machten sich an den Aufstieg. Fernab der großen Städte beleuchteten die Sterne und der Mond ihren Weg ausreichend, nur in den finsteren Waldstücken hätte sich Lena eine Taschenlampe gewünscht. Die Bäume wogten im leichten Wind, die leisen Tritte ihrer Füße waren in der Stille zu vernehmen, und Lena war froh über Ragnars Anwesenheit, denn allein hätte sie sich bestimmt gefürchtet. Neidisch stellte sie fest, dass Ragnar deutlich seltener stolperte, auch war er weniger außer Atem als sie.

»Wie machst du das? Bist du Marathonläufer oder so was?«, keuchte sie.

»Nein, offenbar bin ich nur besser in Form als du.«

»Charmant wie immer«, grummelte Lena. Sie war sehr erleichtert, als sie endlich das Hochplateau erreicht hatten. »Puh, der Bergrücken ist ziemlich weitläufig. Wo sollen wir denn anfangen?«

»Komm einfach mit.« Ragnar ging voran, und da er ja schon häufiger diese seltsamen Eingebungen gehabt hatte, folgte sie ihm.

»Offenbar sind wir nicht die einzigen Verrückten, die mitten in der Nacht hier oben herumlaufen«, sagte Lena nach einer Weile, denn auf einer mondbeschienenen Wiese waren drei Zelte aufgebaut, und eine Gruppe von Leuten saß ums Lagerfeuer. Einer spielte leise auf der Gitarre.

»Nicht alle jungen Menschen in deiner Gegend scheinen überfüllte Diskotheken zu bevorzugen.«

»Davon verstehst du nichts.«

»Du musst es ja wissen«, entgegnete Ragnar provokativ.

»Wo sonst willst du denn jemanden kennen lernen?«

»Möchtest du mir ernsthaft erzählen, es wäre nur möglich, in einem lauten, überfüllten Raum einen Partner zu finden?«

»Nein … na ja … keine Ahnung«, rang Lena gereizt nach Worten. »Aber sicher wird mir mein Zukünftiger nicht hier in der Wildnis über den Weg laufen.«

»Wildnis?« Ragnar lachte leise auf. »Du warst noch niemals an einem richtig urtümlichen Ort, nicht wahr?«

Lena wollte etwas entgegnen, aber Ragnar hielt abrupt an, blieb stehen und starrte zu einer Baumgruppe.

»Was ist denn jetzt wieder?«

»Psst.« Ragnar fasste Lena an der Hand und zog sie mit sich.

Nach ein paar Schritten sah auch sie, weshalb er stehen geblieben war. Lena vermutete, dass die Feuer durch das Gebüsch verdeckt gewesen waren, aber gleichzeitig wunderte es sie, den flackernden Lichtschein nicht früher wahrgenommen zu haben. Zwanzig bis dreißig Menschen standen oder saßen um drei Feuerstellen herum, einer schlug rhythmisch auf eine Trommel und führte dabei einen bizarren Tanz auf.

»Was sind das denn für Freaks?«, lachte sie. »Sieh mal, was die für komische Sachen tragen.«

Ragnar versteifte sich und betrachtete Lena stumm, wobei sich das Sternenlicht in seinen seltsamen dunklen Augen fing und die kleinen Pünktchen zum Leuchten brachte. »Du siehst sie?« Seine Stimme klang ungläubig.

»Na klar«, erwiderte Lena, »ich habe doch keine Tomaten auf den Augen. Sind das am Ende wieder solche LARP-Typen? Würde mich nicht wundern bei den komischen Kutten, die die tragen.«

Noch immer stand Ragnar bewegungslos da, hielt ihre Hand fest, als hätte er sie vergessen.

»Hallo, hast du die Sprache verloren?« Sie machte sich von ihm los und wedelte ihm vor den Augen herum. »Kennst du die etwa …« Sie konnte ihren Satz nicht beenden, denn als sie wieder zu der Stelle hinsah, wo zuvor die eigenartigen Gestalten gewesen waren, befand sich jetzt nur noch die mondbeschienene Wiese. Ein leises Keuchen entfuhr ihr. »Wo sind die denn so plötzlich hin?«, fragte sie mit dünner Stimme. Sie stolperte einige Schritte nach vorne und kniff die Augen zusammen. Ihr Gehirn suchte vergeblich nach einer rationalen Erklärung, denn selbst wenn die Leute allesamt fortgelaufen waren, die Feuer hätten noch brennen müssen.

»Du hast sie gesehen«, wiederholte Ragnar. »Und jetzt nicht mehr?«

»Nein, verdammt, was ist denn hier los?« Lena spürte, wie Panik in ihr aufstieg.

Ragnar trat näher zu ihr heran, nahm vorsichtig ihre Hand in seine und deutete mit der anderen nach vorne.

Lena torkelte zurück, als wie von Geisterhand erneut die Männer und Frauen in langen Gewändern oder weiten Hosen auftauchten. Die Haare hingen ihnen zottelig über den Rücken, einige trugen Bemalungen im Gesicht.

Hektisch machte sie sich von Ragnar los und sah ihn mit weit aufgerissenen Augen an. »Was geht hier vor?«

»Jetzt siehst du sie nicht mehr?«

»Nein!« Schützend schlang Lena die Arme um sich und wich langsam vor Ragnar zurück.

»Lena, hab keine Angst, das sind nur die Geister der Verstorbenen aus einer anderen Zeit«, erklärte er mit beinahe sanfter Stimme.

»Ach was – nur Geister?« Sie lachte hysterisch, dann fuchtelte sie abwehrend mit den Händen herum, als er auf sie zukam, und rannte kopflos davon. Das alles überforderte sie, sie hatte Angst, den Verstand zu verlieren. Im Augenblick wollte sie nur eins – fort von Ragnar, fort von diesem Ort und fort von irgendwelchen vermeintlichen Geistern. Lena war sich nicht sicher, ob sie den Weg allein zurückfinden würde, aber solange sie sich bergab hielt, musste sie ja zur Straße kommen. Zu einer richtigen, wirklich existierenden Straße, die sie zu menschlichen Behausungen und in die Realität zurückführte.

»Lena, warte!« Als sie Ragnars Stimme dicht hinter sich vernahm, beschleunigte sie ihre Schritte und schlug sich schließlich in der Hoffnung, ihn abzuhängen, ins Gebüsch. Dieser Plan ging gründlich schief. In der Dunkelheit stolperte sie über eine Wurzel, ruderte mit den Armen und prallte kurz darauf schmerzhaft auf dem Boden auf.

»Verdammte Scheiße!« Mühsam setzte sie sich auf, umklammerte ihr schmerzendes Knie und spürte bald, wie der Stoff ihrer Jeans feucht wurde. Wenige Augenblicke später war Ragnar neben ihr. Schemenhaft konnte sie seine Umrisse erkennen.

»Hast du dir wehgetan?«

»Lass mich in Ruhe!«

»Das alles muss dich verwirren …« Seine Hände legten sich auf ihre Schultern, aber sie drehte sich ruckartig weg.

»Fass mich nicht an, ich will nicht so ein … Zeug sehen.«

»Beruhige dich.«

»Du sollst mich nicht anfassen!«, schrie sie hysterisch und schlug blind nach ihm. Auch als sie Widerstand spürte, hörte sie nicht auf.

Doch Ragnar wich nicht zurück, sondern hielt sie fest und drückte sie schließlich an sich.

»Nicht weinen, hier sind keine Geister.« Noch eine ganze Weile tobte und schluchzte sie, dann brach ihr Widerstand, und sie versteckte ihr Gesicht an seiner Schulter, wollte nichts mehr sehen und hören. Auf einmal fühlte sich seine Anwesenheit gar nicht mehr so schlecht an. Zuvor war ihr kalt gewesen, nicht nur von der Nachtluft, sondern vor Angst, aber jetzt wärmte Ragnar sie, spendete ihr Trost, auch wenn er ihr noch immer nicht geheuer war.

Irgendwann hob sie mit tränennassem Gesicht den Kopf und sah zu ihm auf. »Kann man diese Gabe nicht einfach wieder abschalten?«

»Nein, ich befürchte nicht. Komm mit, du kannst doch nicht mitten auf diesem Abhang in den Dornen sitzen bleiben.«

Wenngleich Lena zu gern aus Prinzip widersprochen hätte, nickte sie und erhob sich langsam. Ihr Knie brannte wie Feuer, Hände und Arme waren vermutlich aufgeschürft, und als sie endlich auf der Ebene stand, fühlten sich ihre Beine seltsam zittrig an.

»Du hast dich verletzt.« Vorsichtig fuhr Ragnar über die Striemen an ihrem Arm.

»Nicht so schlimm«, behauptete sie. »Aber jetzt sag mir endlich, was mit dir los ist – und mit mir. Bevor ich dich kennen gelernt habe, konnte ich keine Geister sehen.« Sie verschränkte die Arme vor der Brust und blickte Ragnar herausfordernd an.

Er fuhr sich durch die Haare und atmete tief ein, bevor er antwortete. »Weshalb du Geister sehen kannst, weiß ich nicht. Aber vermutlich liegt es an mir. Ich habe diese Gabe schon seit Langem … Und glaub mir, ich weiß, wie du dich jetzt fühlst.«

»Ach ja?« Sie schnaubte abfällig. »Vielleicht ist es im Troll- und Elfenland normal, Tote zu sehen, aber hier ganz sicher nicht.«

»Auch in Island ist das nicht normal«, stellte er mit einer gewissen Bitterkeit in der Stimme richtig. »Und nachdem ich es das erste Mal bemerkt habe, hat es mir Angst gemacht. Bislang habe ich auch kaum jemals jemandem davon erzählt, denn mir ist klar, wie verrückt das klingen muss.«

»Wenigstens das siehst du ein«, grummelte sie.

»Es ist eine seltene und unheimliche Gabe, aber die Geister tun dir nichts – jedenfalls mir haben sie bisher keinen Schaden zugefügt.«

Erneut traten Lena Tränen in die Augen. »Ich will sie aber gar nicht sehen. Ich pfeife auf den verdammten Schatz, ich möchte einfach nur ganz normal weiterleben.«

»Wie es aussieht, kannst du die Geister nur in meiner Anwesenheit sehen, also wird dich diese Gabe nicht weiter beeinträchtigen, solange du mich nicht berührst.«

»Aber dann sind sie trotzdem hier.« Schaudernd blickte sich Lena um, und plötzlich fühlte sie sich beobachtet.

»Nicht überall halten sich Geister auf. Und sie können auch von Nutzen sein.«

»Wie denn das?«

»Sicher erinnerst du dich an die Teile von Großmutters Anhänger.«

Lena nickte.

»Durch die Geister, die sich an den alten keltischen Stätten aufhalten, habe ich erfahren, wo sie sind.«

»Du kannst mit ihnen sprechen?«, fragte Lena entsetzt.

»Mit einigen. Manche von ihnen sind freundlich und hilfsbereit, andere nicht.«

»O Gott, ich kann nicht glauben, dass ich mich mit dir über

so etwas unterhalte«, stöhnte sie. Auch wenn sie die Geister mit eigenen Augen gesehen hatte, so weigerte sich ihr Verstand, diese Beobachtung als real anzuerkennen.

»Dann waren überall, am Keltenwall, auf der Ruine und auf dem Walberla Geister?«

Mit einem Nicken bestätigte Ragnar dies. »Am Keltenwall musste ich auf den Geist eines Druiden warten, denn die anderen wussten nicht, ob sie mir sagen dürfen, wo sich der Teil des Schmuckstücks befindet, und dieser Druide zeigte sich nur nachts. Das war der Grund, weshalb ich dich damals gebeten habe, später zurückzukommen.«

»Also willst du mir erzählen, es wimmelt in unserer Welt nur so vor Geistern.«

»Wimmeln ist der falsche Begriff. Doch an manchen Orten halten sich die Seelen derer auf, die sich weigerten weiterzugehen.«

Lena verstand die Welt nicht mehr. »Und weshalb nicht?«

Ragnar hob die Schultern. »Das kann verschiedene Gründe haben. Manch einer war nicht bereit, sein irdisches Dasein aufzugeben, oder er wurde überraschend ermordet und konnte sich damit nicht abfinden. Andere wiederum sagten, sie könnten keine Wächter als ihre Nachfolger bestimmen, was auch immer sie damit meinten. Der Druide beispielsweise wurde zum Ende der Keltenzeit von einem feindlichen Germanen getötet. Er beschloss, am Ort seiner Vorfahren zu verharren und denen, die es hören wollen, von seinem Volk zu erzählen.«

»Na, da glaube ich aber kaum, dass er viel zu tun hatte in den letzten tausend Jahren.«

Ragnar schnitt eine Grimasse. »Zugegebenermaßen freute er sich über meine Gabe und meinte, sie sei selten geworden. Vielen Geistern ist es häufig gar nicht bewusst, dass sie nicht mehr leben. Sie existieren in einer Art anderen Dimension weiter und sind gefangen zwischen dem Diesseits und dem Jenseits.«

»Das ist mir alles zu viel.« Lena schüttelte den Kopf. »Ich will nach Hause und nichts mehr von dem Mist wissen.«

»Möchtest du nicht den letzten Teil des Amuletts finden?« Ragnar klang enttäuscht, aber Lena war das egal.

»Nein, will ich nicht.«

»Ich habe meinen Rucksack zurückgelassen, den müssen wir noch holen, denn darin ist der Schlüssel fürs Motorrad.«

»Meinetwegen gehst du nochmal zu deinen Geistern zurück, aber ich warte hier.«

»In Ordnung.« Ragnar sah sie von der Seite her an. »Möchtest du wirklich allein hierbleiben?«

»Ja.« Sie zweifelte jedoch an ihrem Entschluss, als sie ihn langsam in die Richtung gehen sah, aus der sie vor Kurzem gekommen waren. Das Rauschen des Windes erschien ihr schlagartig bedrohlich, jedes Knacken ließ sie zusammenfahren. Aus den Augenwinkeln glaubte sie, Schatten zu sehen, und als sie einen kalten Hauch im Nacken spürte, befürchtete sie, ein Geist hätte sie berührt.

»Ragnar!« Lena spurtete los, suchte hektisch nach ihm, fand ihn im Dunkeln jedoch nicht gleich. Plötzlich empfand sie es weniger unheimlich, gemeinsam mit ihm den Verstorbenen einer vergangenen Epoche gegenüberzustehen, als hier völlig allein zu bleiben, möglicherweise von unsichtbaren Augen beobachtet. »Ragnar, warte!«, rief sie, so laut sie konnte.

»Hier bin ich.« Seine Stimme kam von rechts, und erst als sie die Augen zusammenkniff, erkannte sie seine schemenhafte Gestalt neben einem Busch.

»Ich komme doch mit.«

Überraschenderweise verspottete er sie diesmal nicht. »Ist gut.«

»Vielleicht sind sie ja gar nicht mehr da«, meinte Lena hoffnungsvoll.

Vermutlich hätte sie die Stelle nicht einmal wiedergefunden, an der Ragnar seinen Rucksack zurückgelassen hatte, aber er steuerte zielsicher darauf zu.

»Sind die … Geister noch hier?«, fragte sie kläglich.

»Ja.«

Auch wenn Lena spürte, wie ihr ein Schauer über den Rücken lief und sie eine Gänsehaut bekam, so war ein Teil von ihr doch fasziniert und neugierig. Zögernd streckte sie ihre Hand nach Ragnar aus, und als sie ihn berührte, entdeckte sie wieder die kleine Gruppe an Menschen. Staunend sah sie Ragnar an, der ihre Hand fester umfasste. »Du musst dich nicht fürchten. Ich frage sie nach Großmutters Edelsteinen, dann gehen wir.«

»Ja, aber mach schnell.« Lenas Stimme war nur ein Flüstern, und sie war verunsichert, ob sie das alles vielleicht nur träumte.

Langsam ging Ragnar auf die seltsam gekleideten Männer und Frauen zu. Erst jetzt erkannte Lena, dass sie irgendwie verschwommen aussahen, so als hätten sie keine feste Form, aber trotzdem waren sie real. Ein hochgewachsener Mann mit gekalktem Haar, nacktem Oberkörper und einer sackartigen braunen Hose kam auf sie zu. An seiner Seite hing ein kurzes Schwert, Arme und Brust waren muskulös, ein langer Schnurrbart zierte sein Gesicht. Er beäugte zuerst Ragnar, dann sie. Sein Blick war fest, herrisch, die Kiefermuskeln angespannt.

»Warum sagst du denn nichts?«, hauchte Lena.

Doch Ragnar bedeutete ihr zu schweigen. Auch er starrte den Mann an. Nach einer Weile verbeugte sich dieser, dann wandte er sich ab und ging zu den anderen zurück.

»Was war das denn jetzt?«

»Wir haben telepathisch kommuniziert.«

»Ach?«

»Die Sprache der Kelten spreche ich nicht, aber wir konnten uns auch so verständigen.« Er hob die Arme und bemühte sich um keine weitere Erklärung – vielleicht hatte er selbst keine. »Von einem Schatz wusste er nichts, und Großmutters Schmuck scheint an keinem ihm bekannten Ort auf dem Berg versteckt zu sein. Auch die Legende entspricht offenbar nicht der Wahrheit, wenngleich sie eingeräumt haben, dass in vergangener Zeit eine Menge Waffen und Schmuckstücke vergraben oder in Felsspalten geworfen wurden – als Opfergabe an die Götter. Möglicherweise stammt daher der Mythos vom Schatz im Staffelberg.«

»Toll! Dann war die ganze Aktion völlig umsonst.«

»Es tut mir leid, Lena.«

Gereizt fuhr sie sich durch die Haare. »Ich will jetzt nur noch eins – nach Hause.«

»Das kann ich verstehen.« Ohne weiteren Einwand ging Ragnar voran, und Lena folgte ihm.

Sie fühlte sich beobachtet, ständig musste sie an die Geister denken, die möglicherweise hier umherschwirrten, und das Grauen drohte sie zu übermannen. Der Weg durch den Wald war der blanke Horror für sie, und bei jedem Knacken schreckte sie zusammen.

Als sie endlich bei Ragnars Motorrad angekommen waren, atmete Lena erleichtert auf. Beinahe schon panisch schwang sie sich hinter ihm auf den Sattel und war unendlich froh, diesen unheimlichen Ort zu verlassen. Dankbar lauschte sie dem brabbelnden Geräusch des Motors, das Geister und jenseitige Welten aus ihrer eigenen zu verbannen schien. Während der Fahrt drückte sie ihr Gesicht an Ragnars Rücken, wollte nichts mehr sehen und war direkt erstaunt, als er anhielt – sie waren schon an der Straße angekommen, die zu ihrem Haus führte.

Ragnar schaltete das Motorrad aus und klappte sein Visier hoch. »Ich dachte, ich fahre nicht bis zu eurer Haustür, damit du unentdeckt ins Haus kommen kannst.«

»Danke.« Eilig stieg Lena ab, nickte ihm kurz zu und wollte zum Tor gehen, doch er hielt sie am Arm fest. »Lena, geht es dir gut?«

»Ja«, behauptete sie und eilte die Straße hinauf. Sie spürte förmlich Ragnars Blick in ihrem Rücken, doch jetzt hatte sie keine Lust mehr, über diese eigenartige Gabe zu sprechen. Für heute hatte sie genug.

Unbemerkt gelangte sie ins Haus, legte sich ins Bett und zog sich die Decke über den Kopf. Am liebsten hätte sie die vergangene Nacht aus ihrem Gedächtnis gelöscht. Schlaflos warf sie sich hin und her, doch immer wieder tanzten schemenhafte Gestalten vor ihrem inneren Auge auf und ab. Als sie endlich einschlummerte, verfolgten sie die Geister auch noch in ihren Träumen. Sie sah Ragnar vor sich, wie er mit Schattenkreaturen rang, die ihn mehr und mehr auf einen bodenlosen Abgrund zutrieben. Sie wollte ihm zu Hilfe eilen und streckte ihm die Hand entgegen, wollte ihn festhalten. Doch es gelang ihr nicht, Ragnar riss sie nur mit in die Tiefe.

Kapitel 14

Eine seltsame Gabe

Draußen zwitscherten bereits die Vögel, und die Sonne schien zum Fenster herein, als Lena erwachte. Sie fühlte sich wie gerädert und glaubte, noch einen Nachhall dieser seltsamen Träume in ihrem Inneren zu spüren.

»Puh, ich wünschte, das wäre alles nur ein Traum gewesen«, sagte sie zu sich und stand dann auf. »Ich brauch dringend 'ne Dusche.« Als sie ihre schmutzige, blutdurchtränkte Jeans sah, die sie in der Nacht auf den Boden geworfen hatte, verzog sie das Gesicht. Ihr Knie war aufgeschürft, auch ihr rechter Unterarm hatte einiges abbekommen. Nach der Dusche fühlte sie sich zwar besser, aber die Erlebnisse vom Staffelberg ließen sich damit nicht aus ihrem Kopf drängen.

»Lena, stimmt etwas nicht mit dir?«, erkundigte sich ihre Oma beim Frühstück besorgt.

»Nein, alles gut.« Nachdenklich rührte Lena in ihrer Kaffeetasse.

»Momentan geht eine Sommergrippe um«, erzählte ihre Oma, »falls du dich nicht gut fühlst, bleib lieber zuhause. Nicht, dass du die alten Leute ansteckst, für die kann die Grippe gefährlich sein.«

»Hm.« Tatsächlich hatte Lena heute wenig Lust, im Stift zu arbeiten, außerdem hatte sie Kopfschmerzen. Doch die rührten nicht von einer drohenden Grippe, aber sie wollte und konnte

Oma Gisela nichts von letzter Nacht erzählen. »Wenn ich zuhause bleibe, motzt Papa abends wieder rum und behauptet, ich würde mich nur drücken wollen.«

»Papperlapapp!« Resolut fuchtelte Oma Gisela mit der Hand herum. »Ich werde ihm schon sagen, was Sache ist. Leg dich hin, Lena. Ich mache dir einen Kräutertee und suche dir ein paar Globuli heraus.«

Tatsächlich war Lena froh, als sie wieder im Bett lag. Sie starrte an die Decke, die Gedanken in ihrem Kopf fuhren Karussell. Als ihre Oma später hereinkam, hätte sie ihr am liebsten alles erzählt, doch sie traute sich nicht. Zu verrückt musste das für einen Außenstehenden klingen, selbst wenn es ihre mit einigen esoterischen Wassern gewaschene Großmutter war.

»Trink den Tee, Lena, und nimm dreimal am Tag fünf von den Kügelchen.« Oma Gisela hielt ihr ein kleines Fläschchen hin, dann legte sie ihr eine Hand auf die Stirn. »Fieber hast du aber nicht.«

»Nein.« Lena lächelte halbherzig und nahm die Teetasse in die Hand. »Kannst du im St. Elisabeth anrufen? Ich habe keine Lust, mir das Genörgel von der Käppler anzuhören.«

»Ja, das tue ich.« Oma Gisela zog ihre Stirn kraus. »Eigentlich wollte ich mich heute mit einer Freundin in Nürnberg treffen, aber wenn es dir nicht gut geht, kann ich auch hierbleiben.«

»Nein, fahr ruhig«, versicherte Lena eilig. »Ich schlafe noch ein bisschen, und mit deinen Hexenkräutern geht's mir sicher bald wieder besser.«

»Na gut.« Noch einmal streichelte ihre Großmutter über ihren Kopf. »Aber ruf mich an, falls die Globuli nicht wirken, ich habe auch noch andere Hexenkräuter.« Ihre Oma hatte ein Lächeln auf den Lippen, das Lena nur stumm nickend erwiderte. Dann legte sie ihren Kopf in die weichen Kissen und schloss die Augen. *Ich wünschte, es gäbe Globuli, die Geister verschwinden lassen.*

Schon seit Tagen schlichen Everon und Luvett um die kleine Holzhütte am Waldesrand herum, beobachteten den jungen Mann, studierten jeden seiner Schritte. Manchmal befürchteten sie, er könnte sie erkennen, denn noch besaß vor allem Luvett keine feste Gestalt, aber auch Everon hatte ärgerlicherweise auf seiner für ihn unfassbaren Reise hierher an Substanz eingebüßt. Sie verfügten noch nicht über die Kraft, die sie benötigten, um ihn für ihre Zwecke zu benutzen. Ihre beiden Brüder, die vor einiger Zeit hierhergelangt waren, hatten sie noch immer nicht gefunden. Doch langsam gewannen sie an Stärke.

»Wann ist es so weit, Bruder?« Luvett sah zu Everon auf.

»Bald. Wir müssen nur den richtigen Zeitpunkt abwarten. Warte hier, beobachte, aber handle nicht. Ich werde mich nun auf die Suche nach unseren Brüdern machen.« Mit einer für menschliche Augen kaum wahrnehmbaren Bewegung wandte sich Everon ab, während Luvett sich auf dem kühlen, trockenen Laub zusammenrollte und auf die ihm fremde menschliche Behausung starrte.

Nach ein paar Stunden Schlaf fühlte sich Lena nicht mehr ganz so zerschlagen. Trotzdem war sie nicht im Stande, sich auf irgendetwas zu konzentrieren. Weder die unzähligen und meist auch noch sinnlosen Fernsehsendungen noch Surfen im Internet konnten ihr Interesse wecken. Schließlich packte sie ihr Fahrrad und fuhr durch den Wald zum Reitstall. Dunkle Wolken hatten sich am Himmel zusammengeballt, und als Lena das verschlafene Nest Burggaillenreuth erreichte, fielen die ersten Tropfen auf die ausgedörrte Erde. Zwei Reiterinnen flohen gerade mit ihren Pferden vom Reitplatz, und Lena fragte sie nach Ragnar.

»Keine Ahnung, vorhin ist er zu seiner Hütte gelaufen«, meinte die ältere Frau mit dem Schimmel.

»Okay, danke.« Lena zog die Schultern ein und rannte den Weg entlang zu Ragnars Holzhütte.

Inzwischen prasselte der Regen heftig herab, und sie war bis auf die Haut durchnässt, als sie an die Tür klopfte.

Ein unangenehmes Prickeln im Nacken ließ sie herumfahren. Lena hatte das Gefühl, jemand beobachtete sie, aber da war niemand, zumindest konnte sie nichts erkennen. Sie blickte hastig nach links und rechts und zuckte schließlich zusammen, als die Tür sich knarrend öffnete. Zu ihrer Erleichterung war es Ragnar. Ein überraschter Ausdruck machte sich auf seinem Gesicht breit, dann nickte er einladend mit dem Kopf. »Komm rein.«

Das ließ sich Lena nicht zweimal sagen.

»Diesmal bin ich aber nicht schuld, dass du nass bist«, scherzte Ragnar mit einem schiefen Grinsen.

Lena schnitt eine Grimasse. »Ausnahmsweise nicht!«

»Geh ins Bad, dann kannst du dir die Haare trocken föhnen. Wenn du magst, kann ich dir ein T-Shirt und eine Hose von mir leihen.«

»Ja, wäre nicht schlecht.« Eilig verschwand Lena in dem winzigen Bad, in dem man sich kaum rühren konnte. Sie frottierte sich die Haare mit einem Handtuch und nahm kurz darauf ein schwarzes T-Shirt und eine Jogginghose von Ragnar entgegen. Wenig später verließ sie das beengte Badezimmer. Das T-Shirt war viel zu weit, und die Hose hatte sie zweimal umgeschlagen, aber wenigstens war sie wieder in trockenen Tüchern.

»Ich habe Tee gekocht«, verkündete Ragnar, und Lena setzte sich auf das Sofa. Inzwischen hatte er die Bilder seiner Großmutter größtenteils aufgehängt. Diejenigen, die keinen Platz gefunden hatten, waren in einer Ecke gestapelt.

»Geht's dir gut?«, erkundigte er sich mit forschendem Blick.

»Weiß nicht.« Lena umklammerte fröstelnd die Tasse, aus der heißer Dampf aufstieg.

Draußen war es inzwischen so dunkel, dass man meinen konnte, die Nacht wäre hereingebrochen. Regentropfen donnerten wie Geschosse gegen die Scheibe, die Luft war merklich abgekühlt.

»Die letzte Nacht muss sehr verwirrend für dich gewesen sein«, vermutete Ragnar.

»Das kannst du laut sagen«, brummte Lena, dann nippte sie von dem Tee. Er schmeckte nach Kräutern und Honig.

Ganz langsam ließ er sich ihr gegenüber auf dem braunen Sessel nieder. »Es ist nichts Schlimmes daran, die Geister Verstorbener zu sehen, nur«, er zögerte, suchte wohl nach den passenden Worten, »ungewöhnlich.«

»Ungewöhnlich?« Lena schnaubte abfällig. »Ich würde es eher abnormal, gruselig oder furchtbar nennen!«

»Lena …«, Ragnar beugte sich zu ihr vor, »du musst wirklich keine Angst haben. Solange du mich nicht in Anwesenheit von Geistwesen berührst, scheint ja nichts zu passieren.«

»Mir macht aber Angst, dass sie trotz allem existieren … irgendwie.« Unbehaglich sah sich Lena um, blickte zum Fenster, an dem Sturzbäche aus Wasser herabrannen, Ragnar jedoch lächelte ihr aufmunternd zu.

»Hier sind keine Geister.«

»Toll, aber ich werde mir nie wieder sicher sein können, dass nicht irgendwelche Gestalten um mich herumspuken.«

Er streckte seine Hand aus und sah Lena auffordernd an. Zunächst verstand sie nicht, aber dann sagte er: »Berühr mich.«

Im ersten Moment zögerte Lena, langte jedoch schließlich nach seinem Arm und sah sich mit weit aufgerissenen Augen um. »Okay, die Luft ist rein«, stieß sie erleichtert hervor.

»Siehst du!«

»Ich kann ja schlecht den Rest meines Lebens deine Hand halten, nur um sicherzugehen, nicht von irgendwelchen Geistern verfolgt zu werden.«

»Das wäre schwierig, ja«, stimmte er grinsend zu. »Aber man gewöhnt sich an Geistererscheinungen.«

»Ich will mich aber nicht daran gewöhnen.« Lena ließ sich zurücksinken und verschränkte die Arme vor der Brust. Dann fragte sie etwas freundlicher: »Wann hast du das erste Mal Geister gesehen?«

»Schon als kleines Kind«, erinnerte er sich und zog dabei angestrengt die Stirn kraus. »Ich habe meinen Eltern immer von einem alten Mann erzählt, der häufig hinter unserem Haus sitzt und Netze knüpft. Viele Male ist meine Mutter mit hinausgekommen, aber sie hat ihn nicht gesehen und geschimpft, ich solle mir keine Geschichten ausdenken.«

»Und dann?«, fragte Lena gespannt. Die Düsternis im Inneren der Hütte und der plötzlich aufkommende Wind verstärkten die unheimliche Atmosphäre, die sich bei dem Gespräch über Geister und mysteriöse Gaben bei ihr breitmachte.

»Irgendwann hat meine Großmutter Sigrid gefragt, wie er denn genau aussieht. Ich habe ihn beschrieben, einen kräftigen Mann mit graublondem Bart und großen Händen, dem der linke Ringfinger fehlt.« Ragnar machte eine kurze Pause.

Lena beugte sich nach vorne, sie barst beinahe vor Spannung. »Und?«

»Die Beschreibung passte haargenau auf den Großvater meiner Großmutter, Bjarni Gustavson. Er war Seemann und ist im Alter von sechzig Jahren ums Leben gekommen.«

»Wow, und der spukte dann vor eurem Haus herum?«, wunderte sich Lena.

»Gespukt hat er nicht. Er meinte nur, er würde hier leben und auf alles achten.«

Ein Blitz und der kurz darauf folgende Donnerschlag ließen Lena zusammenzucken.

»Na, wenigstens war es ein guter Geist. Und von da an hat man dir geglaubt?«

Ein erneuter Blitz erleuchtete den Raum, bizarre Schatten tanzten über Ragnars ernstes Gesicht.

»Großmutter Sigrid schon, Mutter hingegen behauptete, ich hätte sicher irgendwo ein altes Bild gefunden und mir dann diese Geschichte ausgedacht.«

»Kann ich irgendwie nachvollziehen«, murmelte Lena. »Und dein Vater?«

»Der war zu dieser Zeit nicht in Island. Er war immer viel unterwegs, und ich glaube, damals hatte er einen Job als Bergführer in den Anden.«

Lena schwieg kurz, strich sich eine braune Haarsträhne zurück, dann sah sie Ragnar fragend an. »Weshalb hast du mir eigentlich nicht schon früher erzählt, dass du Geister siehst? Ich habe dich schließlich mehrfach gefragt, woher du so genau wusstest, wo die Teile des Kettenanhängers zu finden sind.«

»Hättest du mir denn geglaubt?«

»Eher nicht«, räumte Lena nach kurzem Überlegen ein.

Seine Miene verfinsterte sich. »Man erntet wenig Verständnis, wenn man von dieser Gabe erzählt. Viele meiner Freunde haben sich von mir abgewandt.«

Nun glaubte Lena zu erahnen, weshalb er sich häufig so abweisend verhielt. »Du hattest befürchtet, ich würde nichts mehr mit dir zu tun haben wollen, wenn ich von deiner seltsamen Fähigkeit erfahre, nicht wahr?« Sie sah ihn an, und auf einmal verspürte sie Mitleid sowie eine gewisse Zuneigung zu ihm.

Ragnar erwiderte nichts, zuckte nur mit den Schultern.

»Wenn du magst, können wir weiter nach dem Schatz suchen«, schlug sie vor.

»Trotz der Geister?« Noch einmal rüttelte der Sturm an der Holzhütte, als hätten sich alle Geister der Gegend versammelt und würden versuchen, sie einzureißen. Dann wurde es schlagartig heller, auch wenn noch immer starker Regen vom Himmel fiel.

»Du sagtest, sie sind harmlos.«

»Dein Vertrauen ehrt mich.« Er legte den Kopf ein wenig

schräg und deutete eine Verbeugung an. Dieses Mal wirkte die Geste jedoch keineswegs spöttisch, sondern eher erleichtert.

»Gut, wo machen wir weiter?« Ragnar erhob sich.

»Ich weiß nicht.« Lena sah auf die Bilder. »Der Staffelberg war ja eine Pleite. Vielleicht versuchen wir es am Druidenhain.«

»Kennst du diesen Ort?«

»Ja, er ist gar nicht weit entfernt.«

Prüfend blickte Ragnar zum Fenster hinaus. »Vielleicht können wir noch heute dorthin reiten.«

»Bei diesem Wetter?«, fragte Lena entsetzt. Sie überlegte ohnehin schon, wie sie wieder nach Hause kommen sollte.

»Es wird gleich aufhören, und die Luft im Wald ist wunderbar nach einem reinigenden Gewitter.«

Lena beäugte ihn von der Seite. »Ich weiß nicht. Außerdem sollte ich besser wieder nach Hause fahren. Ich habe mich nämlich krankgemeldet, und wenn meine Eltern herausfinden, dass ich fröhlich durch die Gegend reite, ist der Teufel los.«

»Gut, dann begleite ich dich nach Hause.« Er hielt inne und runzelte die Stirn. »Falls du möchtest.«

»Ja, klar, kein Problem.« Lena zupfte an den viel zu großen Kleidern herum. »Darf ich die anbehalten?«

»Nein.«

»Was?« Verdutzt sah sie in sein unbewegtes Gesicht, dann begann sein linker Mundwinkel zu zucken, und sie warf ein Kissen nach ihm. »Du bist manchmal echt ein Ekel!«

»Mag sein.« Aus der Kommode neben dem Fenster holte er einen schwarzen Kapuzenpullover und reichte ihn Lena. »Hier, falls dir kalt ist.«

»Danke.«

Sie verließen Ragnars Wohnung, und tatsächlich ebbte die Regenflut nun ab. Nur noch vereinzelt fielen Tropfen von den Bäumen, der Boden dampfte, weißer Dunst schwebte über den Farnen. Jetzt, da Lena darauf achtete, bemerkte sie den würzigen

Duft nach Erde, Gras und Harz. Einträchtig gingen sie nebeneinander her. Lena schob ihr Fahrrad, schaute auf die Spuren, welche die Reifen auf dem feuchten Boden hinterließen, Ragnar blickte stumm geradeaus.

Lena betrachtete sein markantes Profil, und unvermittelt fragte sie sich, ob er häufig so schroff, unnahbar und teilweise auch unverschämt war, weil er schlechte Erfahrungen mit seinen Mitmenschen gemacht hatte. Es war eben nicht alltäglich, Geister zu sehen. Sie überlegte, wie ihre Freunde reagieren würden, wenn sie ihnen das erzählte. Nein, sie würde besser gar nichts von alledem weitergeben, nicht einmal an ihre beste Freundin Katrin oder ihre Cousine. Selbst die beiden würden das ganz bestimmt nicht verstehen und sie für verrückt erklären oder nichts mehr mit ihr zu tun haben wollen. Allein schon der Gedanke daran tat ihr weh, und unwillkürlich fragte sie sich, wer ihr am Ende noch bleiben würde. Wenn sie es sich recht überlegte, hatten sich seit dieser leidigen Sache mit dem Unfall ohnehin eine ganze Reihe ihrer früheren Freunde von ihr zurückgezogen. Einige wohnten weiter entfernt, und da Lena jetzt nicht mehr zu Partys oder Diskoabenden in den nahegelegenen Großstädten kommen konnte, war der Kontakt nach und nach eingeschlafen. Bis auf die eine oder andere E-Mail oder SMS kam von ihrer früheren Clique kaum noch ein Lebenszeichen. Lenas Miene verfinsterte sich immer mehr, während sie über all das nachsann.

»Sieh mal«, riss Ragnars leise Stimme sie aus ihren Gedanken. Sie folgte seinem ausgestreckten Finger. »Sieht das nicht aus, als würde man in eine andere Welt blicken?«

Auf einer Lichtung im Wald standen einige der schroffen Felsen, die es in der Gegend so häufig gab. Nebel stieg vom Boden auf, und ein paar einzelne Sonnenstrahlen brachen durch die dunklen Wolken. Plötzlich war es völlig still, nicht einmal die Vögel zwitscherten in den Bäumen und Büschen, auf deren Blätter Wassertropfen lagen, in denen sich das Sonnenlicht brach und die nun funkelten wie Diamanten. Ein Schauer lief über Lenas Rücken, und eine nie da gewesene Ehrfurcht für die Wunder der Natur überkam sie.

»Du hast Recht«, stimmte Lena flüsternd zu. Es kam ihr unangemessen vor, in diesem Augenblick laut zu reden.

Ragnar lächelte ihr zu, und Lena wurde bewusst, dass es ein seltener Moment war, denn Ragnars Lächeln war nicht zynisch, sondern warm und ehrlich und erreichte nun auch seine Augen – ungewöhnlich dunkelgraue Augen, in denen silbrige Punkte tanzten, die sie an die glitzernden Regentropfen erinnerten. *Eigentlich hat er sehr schöne Augen*, dachte sie. *Dunkel und geheimnisvoll.* Dann straffte sie jedoch die Schultern und löste sich gewaltsam von seinem Anblick.

»Los jetzt, bevor meine Mutter nach Hause kommt.«

»In Ordnung.« Noch einmal blickte Ragnar auf das Naturschauspiel, dann marschierten sie weiter.

»Du könntest den Araberwallach reiten, wenn du möchtest«, erzählte Ragnar unterwegs. »Seine Besitzerin wäre froh, wenn er ein- bis zweimal pro Woche bewegt werden würde.«

»Araber – sind die nicht sehr temperamentvoll?«

»Die meisten schon, doch Sahib ist schon beinahe zwanzig Jahre alt. Noch nicht sehr alt für ein Pferd dieser Rasse, denn sie werden häufig dreißig oder älter, aber wenigstens hat er nicht mehr so viele Flausen im Kopf. Ich bin ein paar Mal mit ihm ausgeritten, und da hat er sich immer anständig benommen.«

»Hm.« Unschlüssig kratzte sich Lena am Kopf. »Was würde das denn kosten? Ich bin im Moment alles andere als flüssig.«

Doch Ragnar winkte ab. »Frau Büttner hat genug Geld. Sie hat gesagt, wenn du ab und zu mal das Sattelzeug putzt, würde sie nichts verlangen. Notfalls kann ich das auch für dich erledigen.«

»Es scheint dir ja sehr wichtig zu sein, dass ich wieder reite«, meinte sie mit hochgezogenen Augenbrauen.

»Leider gibt es nur wenige Leute, die mir nicht auf die Nerven fallen, wenn ich mit ihnen ausreite – und abgesehen davon, dass du gelegentlich in die Luft gehst, bist du durchaus erträglich.«

Lena holte zu einer empörten Entgegnung Luft, doch dann rempelte sie ihn stattdessen kräftig in die Seite. »Du bist so ein Ekel!«, schimpfte sie, und als er von ihrer unerwarteten Attacke überrascht zur Seite stolperte, fiel er über einen Stein, hielt sich im letzten Moment an ihr fest, aber sie polterten trotz allem in den nächsten Graben. Ganz unvermittelt kam Lena auf Ragnar zum Liegen. Sein Gesicht verzog sich wütend, und auch sie wollte losschimpfen. Doch mit einem Mal stutzten sie, sahen sich an und fingen beide lauthals zu lachen an. Sie konnten gar nicht mehr aufhören, prusteten immer wieder, bis Lena sich schließlich von ihm herunterrollte und sich Schmutz, Blätter und Moos von den Kleidern klopfte.

»Wir sind schon ein seltsames Gespann.«

»Allerdings.« Sie hielt ihm die Hand hin, um ihm aufzuhelfen, dann standen sie sich gegenüber, und Lena musterte ihn verwirrt.

»An manchen Tagen bist du absolut ekelhaft, so wie damals im Altenheim, als du alle nur angemotzt hast. Und dann, als Devera gestorben ist, da warst du so einfühlsam zu ihr. Wie soll ein Mensch aus dir schlau werden, Ragnar Winter?«

Er hielt ihrem Blick stand, sagte jedoch zunächst nichts, dann senkte er den Kopf. »Alles hat seinen Grund.«

Vorsichtig hob Lena sein Kinn an. »War es, weil du Geister sehen kannst?« Schlagartig durchzuckte sie ein Gedanke. »Kannst du etwa Devera auch noch sehen? Ist sie noch immer hier?«

»Nein, sie ist weitergegangen, und das ist auch gut so«, erklärte er langsam, biss sich auf die Lippen und öffnete den Mund, dann schloss er ihn jedoch wieder und stieg aus dem Graben. »Komm jetzt, du sagtest, du willst vor deinen Eltern zuhause sein.«

»Ragnar, du machst mich wahnsinnig«, murmelte Lena vor sich hin, bevor sie ihm hinterhereilte.

Lena gelang es, sich vor ihren Eltern zuhause einzufinden. Um den Schein zu wahren, kochte sie eine Kanne Kräutertee, schlang sich einen Schal um den Hals und setzte sich vor ihren Computer. Da sie das Gefühl hatte, Normalität in ihr Leben bringen zu müssen, schrieb sie einige E-Mails an ihre Freunde, denn sie hatte mal wieder Lust, etwas mit ihnen zu unternehmen. Eine knappe Stunde, zwei Chats und einige Telefonate später war sie mit zwei ehemaligen Schulkameraden und drei anderen Freunden für den kommenden Freitag in einem Forchheimer Biergarten verabredet. Jetzt musste sie nur noch ihre Oma dazu bringen, sie zu fahren, und vielleicht würden ja auch ihre Eltern ausnahmsweise ein Auge zudrücken, wenn es mal ein bisschen später wurde.

Zufrieden setzte sie sich vor den Fernseher und sah sich eine Talkshow an, auch wenn diese sie schon nach kurzer Zeit nervte. »Ich möchte nur wissen, was das für Idioten sind, die bei so etwas mitmachen«, brummte sie vor sich hin.

Im gleichen Moment hörte sie, wie der Schlüssel im Schloss herumgedreht wurde und ihre Mutter hereinkam.

»Na, Lena, wie geht's dir denn?«, erkundigte sie sich besorgt. »Oma hat schon erzählt, dass du krank bist.«

Lena täuschte ein Hüsteln vor. »Geht schon wieder. Omas Kräuter sind super.«

»Na dann ist's ja gut.«

»Du, Mama, ich würde mich gerne mit ein paar Leuten treffen. Nur in Forchheim im Biergarten, auf den Kellern.«

Kritisch zogen sich die Augenbrauen ihrer Mutter in die Höhe. »Und mit wem?«

»Max und Tina aus dem Gymnasium und dann noch Robbie, Ellen und ihr Freund Klaus.«

Da Lenas Mutter die jungen Leute immerhin flüchtig kannte und sie damals auch nicht auf der schicksalhaften Party dabei gewesen waren, stufte sie diese offenbar als harmlos ein, denn sie nickte bedächtig. »Also gut, aber um elf bist du spätestens zurück.«

»So früh?«, maulte Lena.

»Der Biergarten macht dann ohnehin zu.«

»Bis zu uns fährt man doch fast eine Dreiviertelstunde, kann ich nicht bis Mitternacht fortbleiben?«

»Und wer fährt dich?«, fragte ihre Mutter nach.

»Oma macht's bestimmt.«

»Also gut, wenn du sie überreden kannst, dich mitten in der Nacht durch die Gegend zu kutschieren – von mir aus.«

»Oma macht es doch nichts aus, lange aufzubleiben«, meinte Lena zuversichtlich, »schon gar nicht im Sommer.«

Achselzuckend ging ihre Mutter aus dem Raum. »Ich werde mal kochen. Hast du irgendwelche Wünsche?«

»Auf Nudeln hätte ich Lust.«

Zum Glück musste Lena bei Oma Gisela nie lange betteln. Sie erklärte sich schnell einverstanden, und so fieberte Lena dem Wochenende entgegen. Nur bedauerlicherweise hatte der Sommer eine Pause eingelegt. Es regnete fast ohne Unterlass, sodass auch nichts aus ihrem geplanten Ausflug zum Druidenhain wurde. Es ärgerte Lena, Ragnar nicht telefonisch erreichen zu können, aber bei diesem Wetter hätte sie ohnehin wenig Lust auf einen Ausritt gehabt. Sie war mehr als froh, als es Freitag schon früh aufklarte und die Sonne herauskam. Sicher würde das gute Wetter bis zum Abend anhalten – und sie konnte ihre Freunde endlich einmal wiedersehen. So ging ihr heute auch die Arbeit im Altenheim leicht von der Hand, und als endlich Feierabend war, rannte sie zum Tor. Zu ihrer Überraschung wartete Ragnar davor.

»Hallo! Was machst du denn hier?«

»Ich wollte dich fragen, ob wir weitersuchen wollen.«

»Woher wusstest du denn, dass ich jetzt Feierabend habe?«

»Wusste ich nicht.« Er lehnte sich gegen den Pfosten am Eingang. »Ich bin vorhin vorbeigefahren und habe einen der Pfleger gefragt.«

»Ach so.« Unruhig trat Lena auf der Stelle herum. »Aber heute geht's nicht. Ich bin verabredet.«

»Schade.« Dann runzelte er die Stirn. »Ich dachte, du hast Ausgehverbot.«

Lena schürzte die Lippen und grinste. »Heute darf ich sogar bis Mitternacht wegbleiben.«

»Dann könnten wir doch im Anschluss ausreiten«, schlug er mit einem Augenzwinkern vor.

»Das ist jetzt aber nicht dein Ernst!«

»Doch. Bald ist Vollmond, da wird es beinahe taghell sein. Ich finde Ausritte bei Nacht sind etwas ganz Besonderes. Andererseits möchte ich natürlich nicht, dass du Ärger mit deinen Eltern bekommst.«

Lena sah ihn zweifelnd an, dann schüttelte sie den Kopf. »Nee, wenn ich ein neues Pferd ausprobiere, dann möchte ich das lieber bei Tageslicht tun.«

»Gut, dann eben nicht.« Er nickte ihr zu und ging zu seinem Motorrad zurück.

»Ein anderes Mal gerne«, rief Lena ihm noch hinterher, dann trat sie ordentlich in die Pedale, denn sie wollte sich noch ausgiebig aufstylen.

Da Oma Giselas letzte Patientin länger als geplant geblieben war, war es schon kurz nach acht, als Lena endlich am Kellerwald ankam. Eilig bedankte sie sich bei ihrer Oma und rannte dann den Berg hinauf. Ihre Freunde saßen bereits auf den Holzbänken, lautes Gelächter schlug ihr entgegen.

»Na endlich!«, wurde Lena von ihrer ehemaligen Schulfreundin Tina begrüßt.

Tina war wie immer perfekt geschminkt, ihre blonden Haare waren tipptopp frisiert, und sie trug modische, wenn auch für einen Biergartenbesuch wenig praktische Kleidung. Minirock, ein hautenges Shirt und High Heels.

»Sag mal, die Hose und das Top hattest du aber schon zu unserer Fete am Baggersee an, oder?«, fragte sie.

Diese spürte, wie ihre Wangen zu glühen begannen, und sie zupfte an ihrem petrolfarbenen Shirt herum. »Kann schon sein, ich bin in letzter Zeit kaum zum Shoppen gekommen«, murmelte sie verlegen.

»Na, und ziemlich bleich sieht unser Lenchen aber auch aus«, lästerte der braungebrannte Robbie.

»Im Gegensatz zu dir muss ich auch arbeiten«, schoss sie zurück.

Schon seit zwei Jahren hatte Robbie die Schule beendet, sich jedoch weder zu einem Studium noch zu einer Lehre durchringen können. Oma Gisela behauptete immer, er wäre von Beruf Sohn, denn seinem Vater gehörte eine große Baufirma, und Geldsorgen kannte er nicht.

»Jetzt hört doch auf«, versuchte Max einzulenken. Der hagere Zwanzigjährige mit der Brille war von jeher der Gutmütigste aus der Truppe gewesen. »Lasst uns lieber drauf anstoßen, dass Lena mal wieder dabei ist.«

Endlich setzten sich alle hin, und Lena atmete auf. Sie bestellte eine Apfelschorle, was Tina schon wieder kritisch die gezupften Augenbrauen heben ließ. Dann unterhielten sie sich über gemeinsame Freunde und Bekannte. Lena kam sich dabei ausgeschlossen vor, denn bei den vergangenen Sommerfeten war sie nicht mit von der Partie gewesen. Die meisten der neuen Freundinnen oder Freunde von gemeinsamen Bekannten hatte sie nie gesehen, sodass sie immer stiller wurde.

Tina und Ellen fingen irgendwann an, über die neueste Mode und angesagte Frisuren zu diskutieren, aber auch da war Lena nicht mehr up to date. Max, Robbie und Klaus hatten inzwischen ihr drittes Bier geleert, und ihre Witze wurden immer anzüglicher, was ihr ebenfalls auf die Nerven fiel. Verstohlen blickte sie auf die Uhr. Obwohl es erst kurz nach halb zehn war, wäre sie am liebsten schon gegangen.

»Sag mal, Lena, stimmt es, dass Kevin beinahe im Gefängnis gelandet wäre?«, fragte Robbie auf einmal.

Auf der Stelle versiegte das Gespräch über die Vorteile von Haar-Extensions, und sogar Ellen und Tina drehten sich erwartungsvoll zu ihr.

»Kann schon sein«, antwortete sie ausweichend.

Ellen riss ihre blauen Augen weit auf. »Ich habe gehört, er und seine Kumpel sind von irgendwelchen Typen furchtbar vermöbelt worden, aber sie haben nicht verraten, wer das war. Weißt du da etwas?«

»Woher soll ich das denn wissen?«, fragte Lena gereizt. Innerlich musste sie grinsen, denn sie wusste ganz genau, wer Kevin verprügelt hatte. *Ragnar*, dachte sie und wünschte sich, sie würde mit ihm durch den nächtlichen Wald reiten, statt hier mit diesen aufgeregt gackernden Hühnern zu sitzen. Im Augenblick plapperten nämlich sowohl Ellen als auch Tina auf sie ein und bedrängten sie, Details zu erzählen. Plötzlich sah Lena ihre Freundinnen mit ganz anderen Augen. War Tina eigentlich schon immer so oberflächlich gewesen? Ellen schminkte sich jetzt viel stärker als früher, und auch wenn es zu ihrer eher kräftigen Statur überhaupt nicht passte, trug sie ähnlich enge Kleider wie Tina. Die Jungs schienen noch dieselben zu sein, trotzdem störte Lena es, wie Robbie ihr mit seinem Bieratem ins Ohr hauchte und drängte: »Komm, du warst doch mal mit Kevin zusammen, du kannst uns schon verraten, was abgegangen ist.«

Eilig machte sie sich von ihm los. »Ich *war* mit ihm zusammen, aber wir haben keinen Kontakt mehr.«

»Da habe ich von ihm aber was ganz anderes gehört«, meinte Ellen spitz. Dabei zog sie sich ihren viel zu kurzen Rock über die drallen Oberschenkel.

»Kevin kann mir gestohlen bleiben.«

»Na, zumindest hat er nach deinem Kiffer-Unfall zu dir gehalten«, entgegnete Ellen herausfordernd.

Lena wusste, dass Ellen immer schon in Kevin verliebt gewesen war, er sich jedoch nie für sie interessiert hatte.

»Ach ja, hat er das?« Sie spürte, wie Wut in ihr aufstieg. Warum nur hielten alle Kevin für einen Heiligen?

»Natürlich. Gut«, räumte Ellen ein, »kurz darauf habt ihr euch getrennt, aber trotzdem …«

»Dann nimm ihn doch, wenn du ihn so toll findest.«

Mit einiger Genugtuung sah Lena, wie Ellen errötete.

»Wie sieht's eigentlich bei dir in Sachen Liebe so aus?«, fragte Robbie und legte ihr vertraulich den Arm um die Schultern.

»Ich bin Single – aus Überzeugung!«

»Ha, das wirst du sowieso nicht lange aushalten«, behauptete Klaus. »Bist doch 'n hübsches Mädchen.« Dies brachte ihm einen giftigen Blick von seiner Freundin ein.

»Na ja, zum Friseur könntest du schon mal gehen«, bemerkte Ellen. »Deine Strähnen sind ganz schön ausgewachsen. Und sag mal, hattest du nicht früher immer ein Piercing?«

Unwillkürlich fuhr Lenas Hand zu ihrer Schläfe, und sie bemerkte beiläufig, dass sie das Schmuckstück schon lange nicht mehr angelegt hatte.

»Deine Nägel müssten ebenfalls gemacht werden«, fuhr Tina unbeirrt fort.

In diesem Moment packte Lena die Wut, und sie sprang auf. »Und ihr, habt ihr eigentlich nichts anderes im Kopf als Kleider, Haare und mein verkorkstes Liebesleben?«

Schlagartig war es still am Tisch. Die jungen Leute sahen sich erst gegenseitig und dann Lena verdutzt an.

»Was ist denn mit dir los?«, wollte Tina wissen.

»Ich … ach … keine Ahnung.« Lena fuchtelte in der Luft herum. »Ich muss jetzt gehen.«

»Was, jetzt schon?« Entgeistert blickte Max auf die Uhr. »Ist doch nicht mal zehn.«

»Meine Eltern, ihr wisst schon … Die Sache mit dem Kiffen, da habe ich versprochen früh zuhause zu sein.« Eilig packte Lena ihren Pullover, umarmte ihre Freunde nacheinander und verließ beinahe fluchtartig den Biergarten. Der Weg zur Straße lag im Dunkeln, aber Lena war froh, allein zu sein. Sie fragte sie, was geschehen war. Früher hatte sie sich immer gut mit ihren Freunden verstanden, aber jetzt gingen sie ihr nur noch auf die Nerven.

Über eine Stunde wartete Lena am Waldrand auf ihre Großmutter. Diese kam erfreulicherweise schon zehn Minuten vor der verabredeten Zeit.

»Na Lena, du bist aber pünktlich«, freute sich Oma Gisela.

»Hm.«

»Hattest du einen schönen Abend?« Umständlich wendete sie ihre Ente.

»Ging so.«

»Habt ihr euch etwa gestritten?«

Lena lehnte ihren Kopf gegen die kühle Fensterscheibe. »Nicht direkt. Ich weiß nicht … irgendwie ist es jetzt anders als früher.«

Oma Giselas Blick schweifte kurz von der Straße zu ihr. »Weißt du, Schatz, Menschen verändern sich. Ihr habt euch schon einige Monate nicht mehr gesehen, und in den seltensten Fällen bleiben Schulfreundschaften erhalten. Bei mir war das nicht anders. Ich habe lediglich noch zu Agnes Kontakt.«

»Die durchgeknallte Agnes!« Lena musste grinsen, als sie an die alte Frau dachte, die sie vor einigen Jahren mal besucht hatte. »Lebt sie eigentlich immer noch auf dieser Finca in Spanien und verdient ihr Geld mit Telefonsex?«

»Erotikhotline – darauf legt sie Wert!«

»Stell dir das mal bildlich vor«, kicherte Lena. »Da rufen irgendwelche Typen an und erhoften sich eine knackige, vollbusige Schönheit, und dann sitzt 'ne runzlige alte Frau am anderen Ende der Leitung.«

»Ach, so viele Runzeln hat sie gar nicht. Agnes joggt jeden Tag fünfzehn Kilometer am Strand.«

»O Mann, Oma, die ist echt noch krasser drauf als du.«

»Soll ich mich jetzt geschmeichelt oder beleidigt fühlen?«, erkundigte sich Oma Gisela schmunzelnd.

»Im Zweifelsfall geschmeichelt!« Lena zwinkerte ihrer Großmutter zu und war glücklich, dass diese sie auf andere Gedanken gebracht hatte.

Kapitel 15

Neue Pfade

Am nächsten Morgen schnappte sich Lena ihr Fahrrad und fuhr zu Ragnar. Diesen traf sie an, als er zwei Pferde zur Weide führte.

»Guten Morgen«, begrüßte er sie und drückte ihr kurzerhand den Strick des Fuchswallachs in die Hand. »Das ist Sahib – das bedeutet *Gefährte*. Ich finde, es ist ein passender Name für ihn, denn er ist wirklich sehr brav. Du kannst dich gleich mit ihm bekanntmachen.«

Vorsichtig streichelte Lena dem zierlichen Pferd über den Hals. Sahib schnupperte kurz an ihr, dann zog er am Strick und wollte offenbar weiterlaufen.

»Meinst du, ich kann ihn heute mal reiten?«, erkundigte sich Lena erwartungsvoll.

»Also ich habe erst gegen Nachmittag Feierabend. Wir müssen noch Heu von einer Wiese im Nachbardorf holen.«

»Schade.« Lena war enttäuscht. Auf der großen Graskoppel ließen sie die Pferde los, und Lena beobachtete, wie Sahib und Comet sich erst genussvoll wälzten und dann zu grasen begannen.

»Okay, dann komme ich später nochmal«, meinte sie.

»Du könntest auch mitkommen und uns helfen, dann sind wir schneller fertig.«

»Ähm, also, ja, warum eigentlich nicht?«

Mit einem zufriedenen Nicken bedeutete Ragnar ihr zu folgen. Herr Gruber, sein Sohn Benno, ein ernster, ruhiger Mann um die dreißig, und zwei Reitschülerinnen warteten bereits neben einem Traktor mit großem Anhänger. Sie tuschelten miteinander, als sie Ragnar und Lena zusammen kommen sahen.

»Ah, noch eine Helferin. Ich hoffe, du hast keinen Wassereimer dabei«, grummelte Herr Gruber, grinste jedoch gutmütig.

»Nein, ausnahmsweise nicht.«

»Na dann steigt mal auf!« Er zeigte auf die Ladefläche, und schnell waren sie allesamt hinaufgeklettert.

Im Schneckentempo tuckerte der betagte Traktor über Feldwege zum nächsten Dorf, wo ein weiterer Traktor wartete. Zwei Männer waren schon damit beschäftigt, Heuballen aufzustapeln.

Die beiden Mädchen, sie mochten fünfzehn oder sechzehn sein, wisperten die ganze Zeit und bedachten Lena mit kritischen Blicken, während sie von der Ladefläche kletterten und Heuballen heranschleppten.

»Kann es sein, dass die beiden in dich verknallt sind?«, fragte Lena grinsend, nachdem sie abgestiegen waren.

Ragnar runzelte die Stirn, sah zu den Mädchen hinüber, die daraufhin erröteten. Dann drehte er sich zu Lena – und urplötzlich spürte sie seine Lippen auf ihren. Sie riss die Augen auf, doch sofort war der Spuk vorbei. Verdutzt starrte sie ihn an.

»Sag mal, hast du sie nicht alle?«, regte sie sich auf.

»Jetzt werden sie denken, du wärst meine Freundin, und sich keine falschen Hoffnungen machen.«

Lena konnte es nicht fassen. »Sei froh, dass ich dir keine geknallt habe. Du hättest das echt verdient.«

Doch Ragnar zuckte lediglich die Achseln und fing an, die Heuballen aufzuladen.

»So ein … puh! Ich weiß nicht einmal, wie ich ihn bezeichnen soll. Für so einen Kerl gibt es wohl keine passende Bezeichnung«, schimpfte sie vor sich hin.

Die Blicke der beiden Jugendlichen hätten sie töten können, und Lena war noch immer völlig durcheinander. Dieser Kuss, so überraschend er auch gekommen war, hatte sich gar nicht mal schlecht angefühlt, auch wenn sie sich sicher war, dass Ragnar sich nichts anderes dabei gedacht hatte, als die Mädchen abzuwimmeln. Um sich auf andere Gedanken zu bringen, stürzte sie sich auf die Heuballen und arbeitete wie besessen. Mit der Zeit wurden ihr die Arme schwer, dennoch dachte sie nicht daran aufzuhören, was womöglich noch als Schwäche gedeutet worden wäre. Nach einer Weile näherte sie sich dem anderen Traktor. Inzwischen waren ihre Unterarme von den dicken Heuhalmen zerstochen, die Haare hingen ihr verschwitzt ins Gesicht, und vermutlich war sie knallrot vor Anstrengung. Als sie Timo erkannte, der ebenfalls Heuballen auflud, stockte sie. Schlagartig erinnerte sie sich daran, dass sein Vater einen Bauernhof hatte und er irgendwann mal erzählt hatte, er müsse gelegentlich aushelfen.

»Hallo Lena!«, rief er überrascht, aber ein freudiges Lächeln überzog sein Gesicht.

»Timo!« Lena konnte sich keinen schlechteren Zeitpunkt vorstellen, um ihn zu treffen.

»Hast du noch 'nen Nebenjob?«, erkundigte er sich freundlich.

»Nein … ich … reite nur gelegentlich auf dem Hof«, stammelte sie.

»Ach so.« Seine blauen Augen durchbohrten sie, und Lena wäre am liebsten im Boden versunken. Verlegen strich sie sich eine Haarsträhne aus dem Gesicht.

»Steht dir irgendwie, dieser Landmädellook.«

»Ehrlich?«, rutschte es ihr heraus, und sie befürchtete im nächsten Augenblick, sie könnte Timo genauso auffällig verliebt anstarren, wie die beiden jungen Mädchen eben erst Ragnar angeschmachtet hatten.

»Dann lass uns mal weitermachen.« Schon wuchtete er den nächsten Heuballen auf den Ladewagen. »Vielleicht gehst du besser nach oben, und ich werfe die Ballen hinauf. Das ist nicht so schwer für dich.«

»Ja, okay«, freute sich Lena.

Sie beobachtete Timo, dessen Muskeln vor Anstrengung unter seinem T-Shirt hervortraten. Er entsprach tatsächlich in jeglicher Beziehung ihrer Vorstellung von einem Traummann. Groß, muskulös, ohne dass es übertrieben wirkte, höflich und humorvoll.

Völlig anders als Ragnar, dachte sie, und ihr Blick wanderte zu ihm. Er war deutlich schmaler gebaut, warf das Heu jedoch mit ähnlich spielerischer Leichtigkeit auf den Wagen wie Timo. Die dunklen Haare klebten ihm an der Stirn, und seine Miene war viel unnahbarer als Timos freundliches, offenes Gesicht. Gerade scherzte Timo mit seinem Vater, sodass sich an seinem rechten Mundwinkel ein kleines Grübchen bildete. Eine Strähne hatte sich aus seinen nach hinten gebundenen Haaren gelöst und fiel ihm verwegen in die Stirn. Seufzend lehnte sich Lena gegen die hölzerne Wand des Ladewagens. Mit Timo könnte sie sicher viel Spaß haben und …

»Hey, schläfst du?«, unterbrach Ragnar unsanft ihre Träumereien, indem er ihr einen Heuballen direkt auf die Füße warf.

»Kannst du nicht aufpassen?«, fuhr sie ihn an.

»Ich schon, du aber offensichtlich nicht.«

Wütend wuchtete Lena das Heu auf den bereits beträchtlich angewachsenen Stapel im hinteren Teil des Anhängers.

Bis zum Nachmittag schufteten sie auf der Wiese, luden den Wagen zweimal auf und in der Scheune am Reitstall wieder ab. Anschließend saßen sie alle erschöpft auf dem Wagen. Lena spürte ihre Arme kaum noch, und sie hatte das Gefühl, auf der Stelle einschlafen zu können.

»Na, möchtest du noch reiten?«, erkundigte sich Ragnar.

»Nee, bloß nicht.«

»Die Jugend von heute hält nichts mehr aus«, sagte Herr Gruber mit einem Zwinkern. »Wisst ihr was, ich finde, ihr habt euch eine Belohnung verdient. Ich werfe den Grill an, dann machen wir's uns am Lagerfeuer gemütlich.«

Die beiden Mädchen nickten begeistert, und auch Timo und dessen Vater nahmen die Einladung gerne an. Lena hingegen zupfte an ihren Kleidern herum. »Ich hätte ja Lust, aber wenn ich jetzt mit dem Fahrrad nach Hause fahre, mich dusche und dann wieder herkomme, bin ich ja völlig platt.«

»Du kannst bei mir duschen«, bot Ragnar an.

Lena warf einen verschämten Blick zu Timo, aber der hatte offensichtlich nichts mitbekommen und unterhielt sich angeregt mit seinem Vater.

»Nee, ich habe doch keine anderen Kleider dabei«, wandte sie ein.

»Ich könnte dir gern ein zweites Mal aushelfen.«

Wenn Lena schon mal die Gelegenheit hatte, einen Abend mit Timo zu verbringen, wollte sie auf keinen Fall wie eine Vogelscheuche aussehen, und Ragnars Sachen passten ihr nicht. Aber plötzlich kam ihr eine Idee.

»Danke, aber das ist nicht nötig. Ich gehe zu meiner Freundin Katrin, die kann mir sicher was leihen.« Früher war Katrin deutlich schlanker gewesen, und sicher fand sich noch eine passende Jeans und ein ansehnliches T-Shirt in ihrem Kleiderschrank.

»Wie du meinst«, entgegnete Ragnar gleichgültig, dann schlenderte er zu seiner Hütte.

»Katrin, die war doch früher auch ab und zu mal hier«, erinnerte sich Herr Gruber, der offenbar zugehört hatte. »Bring sie doch mit, falls sie Lust hat.«

»Ja, klar.«

Lena erhob sich ächzend, dann ging sie zum anderen Ende vom Dorf und klingelte an Katrins Haus.

Doch statt ihrer Freundin öffnete der General. Seine Augen musterten sie prüfend.

»Guten Abend, Herr Krause. Ist Katrin da?«

»Nein, sie befindet sich beim Einkaufen«, entgegnete er zackig, strich sein Hemd glatt und meinte dann kopfschüttelnd: »Eigentlich sollte sie bereits um siebzehnhundert zurück sein.«

Wegen seiner seltsamen Ausdrucksweise musste Lena kichern, versuchte das jedoch mit einem Räuspern zu überspielen. »Ähm, okay, dann warte ich draußen.« Sie hätte es nicht gewagt, den General zu bitten, in Katrins Wohnung duschen zu dürfen.

Doch der alte Mann hob bereits seine grauen Augenbrauen. »Siehst aus wie nach einem Manöver!«

»Wir haben Heu aufgeladen«, erklärte sie.

»Bravo! Junge Leute sollen tüchtig arbeiten, das hält Geist und Seele beisammen«, freute er sich. »Du solltest jedoch …«

Bevor er weitersprechen konnte, kam Katrin mit einem großen Einkaufskorb um die Ecke.

»Hi Lena, was machst du denn hier?«, fragte sie.

»Ich war im Reitstall und habe bei der Heuernte geholfen«, erklärte sie. »Nachher steigt noch 'ne Grillparty, und da wollte ich dich fragen, ob ich bei dir duschen und mir Kleider von dir ausleihen darf.«

»Weshalb hast du das denn nicht gleich gesagt?«, polterte der General los. »Eine eiskalte Dusche nach harter Arbeit – das hält gesund.«

Katrin verdrehte die Augen, dann schob sie Lena vor sich her den Gang entlang. »Natürlich kannst du mein Bad benutzen. Komm mit.«

Leise lachend stiegen die Mädchen in den zweiten Stock, wo Katrin wohnte.

»Herr Gruber hat gesagt, du kannst auch mitkommen«, erzählte Lena, nachdem sie eine ausgiebige Dusche genossen hatte – wenn auch keine eiskalte. »Oder hast du etwas anderes vor?«

»Nein, eigentlich nicht.« Katrin überlegte kurz und nickte anschließend. »Okay, warum nicht.«

»Timo ist auch da.« Lena wedelte mit einem Kajalstift herum. »Darf ich deine Schminksachen benutzen?«

»Sicher.«

Während Lena sich zurechtmachte, berichtete sie Katrin von ihrem Nachmittag. Ihre Freundin hatte inzwischen einige ihrer alten Kleider herausgesucht und auf dem Bett ausgebreitet.

»Du bist aber in letzter Zeit ganz schön oft mit diesem Ragnar unterwegs«, stellte sie fest.

»Ragnar?« Prüfend hielt Lena ein dunkelrotes Top mit V-Ausschnitt hoch und streifte es dann über. »Ja, kann schon sein.« Sie drehte sich vor dem Spiegelschrank hin und her. »Meinst du, das könnte Timo gefallen?«

»Keine Ahnung, ich kenne Timo nicht so gut.« Katrin zog ein weites Shirt mit bunter Schrift an und band sich einen Pulli um die Hüften. »Bist du fertig?«

»Denkst du, ich kann so gehen?« Lena zupfte an dem zu langen und für ihren Geschmack zu weiten Top herum.

»Klar, jetzt komm schon. Für einen Abend am Lagerfeuer musst du nicht unbedingt wie ein Topmodel aussehen.«

»Wer weiß, vielleicht kann ich ja heute bei Timo landen.« Lena stolzierte hinaus.

»Willst du keinen Pullover mitnehmen?«, erkundigte sich Katrin.

»Nee, ist doch noch total warm.«

»Wie du meinst.«

Die beiden Mädchen polterten die Treppe hinab und liefen natürlich noch einmal Katrins Großvater in die Arme.

»Na, wo soll's denn hingehen?«

»Zu einer Grillfeier«, erklärte Katrin.

»Ich gehe davon aus, ihr verhaltet euch anständig und trinkt keinen Alkohol!« Streng blickte der General über den Rand seiner Brille.

»Jaaa, Opa«, stöhnte Katrin.

»Sprich anständig mit mir«, rügte der prompt.

»Jawoll, Herr Oberleutnant!«, konnte sich Lena nicht verkneifen. Sie salutierte und machte dann schleunigst, dass sie aus dem Haus kam.

Kurz darauf kam Katrin kichernd hinterhergerannt. »Sein Gesicht hättest du sehen sollen!«

»Besser nicht, und jetzt komm.«

Am Reitstall herrschte inzwischen reger Betrieb. Hinter dem Reitplatz war ein Lagerfeuer aufgeschichtet, und Herr Gruber stand am Grill. Ragnar war nirgends zu sehen, aber Timo saß auf der Holzbank und ließ sich ein saftiges Steak schmecken. Lena nutzte die Gunst der Stunde und nahm neben ihm Platz.

»Hallo ihr beiden«, begrüßte er Lena und Katrin. »Wir haben schon mal angefangen. Geht ruhig zum Grill, es ist sicher gleich etwas fertig.«

»Katrin, bringst du mir was mit?«, bat Lena, denn sie wollte ihren Platz neben Timo nicht aufgeben.

»Von mir aus«, grummelte ihre Freundin.

»Wann musst du wieder arbeiten?«, erkundigte sich Lena, um das Gespräch in Gang zu bringen.

»Ich habe noch drei Tage vor mir, dann darf ich mich auf zwei Wochen Urlaub freuen«, strahlte er.

»Fährst du weg?«

»Nein, ich muss meinem Vater auf dem Hof helfen.«

»Ach so.« Lena fuhr sich durch die Haare, dann nahm sie all ihren Mut zusammen. »Wir könnten ja mal was zusammen unternehmen. Ins Kino gehen oder so.«

Timo musterte sie kurz und fragte dann: »Hätte da dein Freund nichts dagegen?«

»Was für ein Freund denn?«

»Na, der Pferdepfleger.«

»Ragnar?«, rief sie entsetzt. »Der ist doch nicht mein Freund!«

»Nicht?« Timo wirkte erstaunt. »Aber die beiden Mädels haben sich doch vorhin beklagt, dass er jetzt mit dir zusammen ist.«

»So ein Vollidiot!«, knurrte Lena, dann schüttelte sie energisch den Kopf. »Nein, das war ein Missverständnis. Er wollte die beiden Hühner nur loswerden.«

Das brachte Timo zum Lachen. »Nicht dumm, der Junge.« Er sah Lena nachdenklich an. »Weißt du, bei mir ist das alles auch nicht so einfach …«

»Hey, ich will dich nicht abschleppen oder so«, versicherte sie ihm eilig und spürte, wie sie errötete. »Ich hab nur gedacht, du hättest vielleicht Lust.«

»Ich finde dich auch wirklich nett«, begann Timo, aber sie wurden unterbrochen, denn nun trafen Lisa und Sabine, die beiden Mädchen, ein und setzten sich mit kritischen Blicken auf Lena ihnen gegenüber. Auch Katrin kam zurück, zwei Teller voll mit Steaks, Kartoffelsalat und zwei Scheiben Brot. Lena fluchte lautlos, denn möglicherweise hätte Timo jetzt endlich enthüllt, ob er schon eine Freundin hatte oder nicht.

Trotzdem wurde der Abend recht lustig. Einige Pferdebesitzer gesellten sich zu ihnen, einer spendierte einen Kasten Bier, ein anderer holte Kaffee und Kuchen von zuhause. Als es schon beinahe dunkel war, tauchte Ragnar endlich auf.

»Wo warst du denn so lange?«, erkundigte sich Lena.

»Ich musste noch ein Pferd reiten, das hatte ich versprochen.«

»Puh, ich wäre nicht mehr in den Sattel gekommen.« Dann räusperte sie sich. »Kannst du bitte mal klarstellen, dass ich nicht deine Freundin bin?«

»Warum?«

»Weil du mir sonst meine Chancen vermasselst«, zischte sie.

»Der blonde Hüne, den du schon den ganzen Tag anhimmelst und für den du dich bemalt hast wie zu einem Kriegszug?«, fragte er grinsend.

»Ich bin äußerst dezent geschminkt«, motzte sie ihn an, aber er hob lediglich eine Augenbraue, was sie nur noch mehr auf die Palme brachte. »Außerdem geht es dich überhaupt nichts an, ob ich irgendjemanden anhimmle oder nicht.«

»Habe ich ja auch nicht behauptet.«

»Dann such dir gefälligst eine andere, die sich als deine Freundin ausgibt!«

»Es war aber niemand anderes da. Und da wir in letzter Zeit häufig gemeinsam unterwegs waren, erschien es mir am glaubhaftesten.«

Lena öffnete den Mund, schloss ihn jedoch wieder und knirschte mit den Zähnen. *Der Kerl macht mich wahnsinnig!*

Wütend stopfte sie sich ein Stück Schokokuchen in den Mund und kaute grimmig darauf herum. Nach einer Weile bemerkte sie, wie Ragnar sie mit einem leichten Lächeln beobachtete. Dummerweise hatte sich Timo nun Herrn Gruber zugewendet und unterhielt sich mit ihm über irgendwelche Ersatzteile für Traktoren.

»Was ist?«

Er streckte seine Hand aus und strich ihr über die Wange.

»Was soll das denn jetzt?«

»Du siehst aus wie ein kleines Kind mit deinem Schokomund.«

»Gar nicht wahr, ich …« Sie wischte sich über den Mund und runzelte die Stirn, als dort tatsächlich Schokolade und Kuchenkrümel klebten. »Ups.«

»Lena, du bist ein seltsames Mädchen«, lachte Ragnar.

»In puncto *seltsam* hältst ja wohl du den Rekord«, grummelte sie, dann warf sie einen Blick auf die Uhr. »Shit, ich muss langsam nach Hause. Ich rufe besser mal an, sonst gibt's wieder Zoff.« Suchend hielt sie ihr Mobiltelefon in die Höhe. »So ein Mist, kein Empfang!«

»Ich sage doch, die Dinger sind völlig überflüssig«, folgte prompt Ragnars Kommentar.

Lena verdrehte lediglich die Augen, dann stand sie auf, um nach einem Ort zu suchen, wo sie telefonieren konnte. »Katrin, kannst du mich nach Hause fahren, falls es später wird?«

»Dann kann ich ja nichts trinken«, nörgelte Katrin. Vor ihr stand ein volles Glas Bier.

»Ach, komm schon«, bat Lena, aber ihre Freundin wirkte wenig begeistert.

»Ich fahre dich«, bot Timo überraschend an, was Lena zum Strahlen brachte.

»Cool!« Sie rannte den Hügel hinauf, und prompt erschienen drei Balken auf ihrem Display. »Geht doch.«

Zum Glück war ihre Mutter heute gut gelaunt und machte keinen Stress, als sie hörte, dass sie lediglich auf einer Grillfeier und zudem Katrin mit von der Partie war – die hielt sie offenbar für harmlos.

Freudig ging Lena zurück, setzte sich neben Timo ans Lagerfeuer und begann, ein bisschen mit ihm zu flirten. Bedauerlicherweise ging er kaum darauf ein, aber Lena schob es auf die Tatsache, dass zu viele Leute da waren. Die Nacht war sternenklar, und das Feuer loderte auf, wenn jemand neues Holz in die Flammen warf. Der Vollmond ging gerade über dem Wald auf und beleuchtete die nähere Umgebung mit sanftem Licht.

Kurz vor Mitternacht brachen die Ersten auf, und auch Lena erhob sich. »Kannst du mich nach Hause fahren, Timo?«

Dieser nickte und stand sofort auf. »Gut, lass uns gehen.«

»Tschüs!« Lena winkte in die Runde, dann folgte sie Timo zu seinem Auto.

»War doch heute ein schöner Abend«, meinte sie.

»Ja, das stimmt.« Er hielt seinen Blick gesenkt und sprach auch kaum ein Wort, als sie nach Hause fuhren.

Vor Lenas Haus hielt er an, atmete einmal tief ein und begann: »Lena, du bist ein nettes Mädchen, und unter anderen Umständen …«

»Du hast eine Freundin«, unterbrach sie ihn resigniert.

»Nein, das ist es nicht.«

»Was ist dann das Problem?«, wollte sie ungeduldig wissen. »Ich will dich ja nicht gleich heiraten. Ich dachte nur, wir könnten vielleicht ein bisschen Zeit zusammen verbringen, um zu sehen, was daraus wird.«

Timo fuhr sich durch seine schulterlangen Haare. »Wie gesagt, ich mag dich, und ich hätte durchaus Lust, hin und wieder etwas mit dir zu unternehmen. Nur mehr würde nie daraus werden.«

»Okay?« Lena sah ihn fragend an, und obwohl ihr das Ganze mittlerweile entsetzlich peinlich war, wollte sie nun wissen, was Sache war.

»Ich bin schwul«, brach es schließlich aus Timo hervor.

Für einen Moment starrte Lena ihn nur an, unfähig einen Ton herauszubringen. »Schwul?«, wiederholte sie schließlich mit dünner Stimme.

»Ja, ich hoffe, du tratscht es nicht gleich herum«, meinte er mit einem vorsichtigen Lächeln. »Robert und ich sind nämlich ein Paar, aber seine Eltern wissen noch nicht, dass er homosexuell ist. Daher halten wir das vorerst geheim.«

In Lenas Kopf drehte sich alles, und sie konnte ihre Gedanken kaum ordnen. »Robert, der Typ vom Fahrdienst?«

»Ja, genau. Meine Eltern wissen Bescheid. Zwar sind auch sie nicht begeistert, aber zumindest akzeptieren sie es.«

»Du siehst gar nicht … schwul aus«, stieß sie mühsam hervor.

»Und wie denkst du, sollte ich deiner Meinung nach aussehen?«, fragte er mit hochgezogenen Augenbrauen. »Mit engen Lackhosen und Netzhemd?«

»Nein, natürlich nicht.« Lena spürte, wie sie errötete, nur brach für sie in diesem Augenblick ein Teil ihrer Welt zusammen. Wie hatte sie sich nur derart verrennen können?

»Ich hoffe, du magst mich immer noch.« Timo sah sie unsicher an. »Aber mehr als eine Freundschaft kann ich dir leider nicht bieten.«

»Ja … natürlich … ist schon in Ordnung.« Völlig verdattert stieg Lena aus. Sie konnte einfach nicht glauben, was sie soeben gehört hatte, und stolperte auf das alte Fachwerkhaus ihrer Oma zu.

»Hattest du einen schönen Abend?«, erkundigte sich ihr Vater freundlich. Wie es aussah, war er auf dem Weg ins Bett, denn er trug seinen karierten Pyjama.

»Ja, ganz toll!« Lena verschwand in ihrem Zimmer und knallte die Tür zu. Dann warf sie sich aufs Bett und konnte die Tränen nicht mehr zurückhalten. Warum nur verliebte sie sich immer in den Falschen? Eine ganze Weile ließ sie ihrer Enttäuschung freien Lauf, dann richtete sie sich im Bett auf und schlug ein paarmal mit der Faust auf ihr Kopfkissen. Timo konnte nichts für seine Veranlagung, das war schon klar, aber sie war wirklich in ihn verliebt gewesen und hatte sich ernsthaft Hoffnungen gemacht. Ein Blick auf die Uhr zeigte ihr, dass es bereits kurz nach eins war, aber sie konnte einfach nicht einschlafen. Außerdem empfand sie die Luft in ihrem Zimmer als unerträglich stickig. Kurz entschlossen schnappte sie sich den nächstbesten Pullover und kletterte aus dem Fenster. Der Mond beleuchtete den Garten beinahe taghell, und Lena schlenderte ziellos umher. Doch auch hier war es ihr auf einmal zu eng, und so ging sie hinaus auf die Straße und schlug unwillkürlich den Weg zum Wald ein. Am Waldrand wehte eine leichte Brise, die ihre Wangen angenehm kühlte. Langsam spazierte sie den Feldweg entlang und dachte über ihr Leben nach. Im Augenblick erschien es ihr völlig verkorkst, und sie hatte das Gefühl, absolut alles würde schiefgehen. Dabei bemerkte sie gar nicht, wie weit sie schon gelaufen war, und fand sich mit einem Mal mitten im Wald wieder. Sie zögerte, denn so ganz allein traute sie sich doch nicht weiter. Plötzlich knackte es hinter ihr im Gebüsch. Nicht laut, aber irgendwie bedrohlich. Lena blieb stocksteif stehen, riss die Augen auf und versuchte, etwas zu erkennen. Das Herz pochte ihr bis zum Hals. *Nur ein Reh*, redete sie sich ein und wich langsam Schritt für Schritt zurück. Lena nahm ein Huschen zwischen den Baumstämmen wahr, vielleicht ein Fuchs – aber er war größer als die meisten Füchse, die sie bisher gesehen hatte. Und unvermittelt überkam sie das unwiederbringliche Gefühl, dass das Tier sie direkt anstarrte. Obwohl sie seine Augen nicht sehen konnte, spürte sie Kälte und Bosheit, jenseits von allem, was sie jemals gespürt hatte. Sie bohrten sich direkt in ihr Innerstes, intensiver, als es bei einem Tier eigentlich der Fall sein sollte. Nun hoben sich auch noch seine Lefzen, und er kam auf sie zu.

Verdammt, am Ende hat der Tollwut, schoss es Lena durch den Kopf.

Hastig wandte sie sich um, wollte möglichst schnell das Weite suchen.

Lena schrie auf. Sie war gegen ein riesiges, weißes Ungetüm geprallt und wäre um ein Haar gestürzt.

»Ruhig, Comet!«, hörte sie völlig unverhofft Ragnars Stimme, und der Schimmelwallach, der soeben hatte steigen wollen, landete wieder mit allen vier Beinen auf der Erde, obwohl er nach wie vor nervös schnaubte.

»Sag mal, reitest du immer mitten in der Nacht in der Gegend herum und erschreckst andere Leute zu Tode«, fuhr sie Ragnar an.

»Läufst du immer nachts allein im Wald herum und scheuchst arme Pferde auf?«, konterte er. Kurz zuckte sein Kopf nach links

– in die Richtung, wo Lena den Fuchs gesehen hatte, aber dann wandte er sich ihr zu.

»Ich … nein … verflucht …« Schon wieder brannten Tränen in ihren Augen, aber Gott sei Dank war es ja dunkel.

Doch Ragnar sprang aus dem Sattel und fasste sie an den Schultern. »Was ist denn mit dir?«

»Nichts«, schluchzte sie.

»Wenn Mädchen *nichts* sagen, ist es meistens ziemlich schlimm.«

»Hast du überhaupt eine Freundin?«

»Nein.«

Lena lachte bitter auf. »Wahrscheinlich erzählst du mir jetzt auch, dass du schwul bist.«

»Wie kommst du denn darauf?«, erwiderte Ragnar verwirrt.

»Ach, ist doch auch egal. Ich geh jetzt nach Hause.«

»Lena.« Ragnar hielt sie fest. »Manchmal ist es besser, nicht allein zu sein.« Noch einmal drehte er sich zu dem Gebüsch um.

»Irgendetwas hat Comet erschreckt, aber jetzt ist er wieder ruhig.« Tatsächlich hatte der Schimmelwallach den Kopf gesenkt und schnupperte am Boden herum. »Ein Galopp im Mondlicht lässt alle Sorgen verfliegen.«

Zunächst wollte Lena widersprechen, nickte jedoch zu ihrer eigenen Überraschung und ließ sich von Ragnar aufs Pferd helfen. Sie setzte sich hinter den Sattel, und er kletterte vor ihr hinauf. Dann schlang sie ihre Arme um ihn.

»Ragnar, hast du den Fuchs gesehen?«, wollte sie mit leiser Stimme wissen.

»Einen Fuchs? Nein.«

Ragnar lenkte den Schimmel den Weg entlang, bog dann nach rechts ab, und als sie eine frischgemähte Wiese erreichten, ließ er das Pferd langsam angaloppieren.

Lena umfasste ihn fester, drückte ihr Gesicht an seinen Pullover und genoss das gleichmäßige Auf und Ab auf dem Pferderücken. Noch einmal quollen ein paar Tränen aus ihren Augenwinkeln, doch letztlich ließ sie sich von dieser besonderen Stimmung überwältigen. Der Mond beleuchtete die Wiese, es roch nach frischgeschnittenem Gras und Laub. Eine Herde aufgeschreckter Rehe am Waldesrand hob die Köpfe, floh jedoch nicht vor ihnen, und als Ragnar am Ende der Wiese das Pferd in einen gemächlichen Schritt fallen ließ, atmete Lena befreit auf.

»Soll ich dich nach Hause bringen?«

»Nein.« Lena lehnte sich wieder an ihn, und er fragte nicht weiter nach.

Sie tauchten zwischen den Bäumen ein, und unerwarteterweise gefiel Lena die tröstende Dunkelheit, die alles verhüllte. Eine ganze Weile ritten sie durch den Wald, bis Ragnar auf einer Lichtung anhielt und absprang. Er bot ihr eine Hand an, damit auch sie abstieg. Comet ließ er am Zügel grasen.

Ragnar setzte sich auf einen flachen Felsen, und Lena sah, wie er sie beobachtete, als sie den Schimmel am Hals streichelte.

»Manchmal ist das Leben einfach zum Kotzen«, sagte sie irgendwann bitter.

Er klopfte mit der flachen Hand auf den Felsen, woraufhin sie sich neben ihn setzte und den Kopf in die Hände stützte.

»Manchmal ist es wirklich zum Kotzen«, stimmte er zu.

»Ich bin echt die volle Niete, was Männer betrifft.«

»Also falls ich dir die Sache mit Timo vermiest habe – ich kann es richtigstellen, dass wir kein Paar sind.«

»Das würde nichts nützen.«

»Ich denke schon, denn …«

»Ragnar, er steht auf Männer.«

»Ach! Deshalb dein seltsamer Kommentar von vorhin.« Lena war felsenfest überzeugt, ein spöttischer Nachsatz würde folgen, aber dieser blieb aus. »Das ist natürlich bitter für dich. Aber im Endeffekt musst du das akzeptieren.«

»Ja, und das ist mir auch klar. Trotzdem ist es frustrierend.«

»Vermutlich wäre es einfacher für dich, er hätte eine Freundin und du könntest sauer auf sie oder Timo sein.«

»Du sprichst mir aus der Seele!«, stöhnte sie.

Tröstend legte Ragnar einen Arm um sie. »Du wirst darüber hinwegkommen. Ich finde Timo recht nett, vielleicht könnt ihr wenigstens Freunde bleiben.«

»Ja, kann sein«, murmelte Lena, und auch wenn sie noch immer das Gefühl hatte, das Leben würde sie schlicht und einfach verarschen, war es im Augenblick beruhigend und angenehm, hier mit Ragnar im Mondschein zu sitzen.

»Hattest du jetzt eine Freundin in Island oder nicht?«

Für einen Moment versteifte er sich, dann nickte er. »Ja, aber sie war nicht die Richtige.«

»Weshalb nicht?«

»Im entscheidenden Augenblick hat sie nicht zu mir gehalten und mir nicht vertraut.«

»War es wegen dieser Geistersache?«

»Nein, es war etwas anderes. Ich möchte nicht darüber sprechen.«

»Okay, kann ich verstehen.« Sie drückte seine Hand, sah zu ihm hinüber und meinte dann: »Dann sind wir eben beide absolute Pfeifen in Beziehungsangelegenheiten.«

»Pfeifen?«

»Wir bringen nichts zu Stande, sind die absoluten Loser, was eine Partnerschaft betrifft!«

»Richtig – Lena und Ragnar, die Beziehungsloser.« Er breitete die Arme aus und ließ sich nach hinten auf den Stein sinken, woraufhin Lena leise auflachte.

»Immerhin habe ich dich zum Lachen gebracht«, bemerkte er, nachdem er sich wieder aufgerichtet hatte.

»Ja, danke.« Sie stand auf. »Auch wenn du manchmal ein Ekel bist, wenn's drauf ankommt, bist du doch ein guter Freund.«

»Vielen Dank. Sollen wir zurückreiten?«

»Ja, ich glaube, jetzt kann ich schlafen.«

Auf dem Rückweg nickte Lena mehrere Male beinahe ein. Der gleichmäßige Schritt des Pferdes und Ragnars warmer Rücken, an den sie ihren Kopf gelehnt hatte, ließen sie schläfrig werden.

»Wir sind da«, erklang plötzlich Ragnars leise Stimme.

Lena blinzelte zum Haus ihrer Großmutter. »Danke, Ragnar.« Sie ließ sich vom Rücken des Pferdes rutschen. »Ach ja, sei so gut und behalte das mit Timo für dich. Ich habe ihm versprochen, es nicht weiterzutratschen, nur … ich war so frustriert, da musste ich es einfach jemandem erzählen.«

»Ich werde schweigen, du hast mein Wort. Schlaf gut und mach dir nicht zu viele Gedanken.«

»Können wir das nochmal wiederholen?«, fragte sie, wobei sie zu ihm aufsah.

»Was denn?«

»In der Nacht ausreiten – das war sehr schön.«

Kurz blitzten Ragnars weiße Zähne auf. »Natürlich. Die Nacht ist meine liebste Tageszeit.«

Nachdem Lena noch einmal herzhaft gegähnt hatte, nickte sie und öffnete das Gartentor. Sie schlich zu ihrem Fenster und wollte sich gerade hineinschwingen, als sie eine Bewegung aus dem Augenwinkel bemerkte. Irgendwo hinter den Brombeersträuchern bewegte sich etwas, raschelte leise. Zunächst dachte Lena, es handelte sich um ein Tier, aber dann hörte sie ein leises Knacken, sah einen Schatten vorbeihuschen. Ein Schauder lief ihren Rücken hinab, und sie verharrte reglos einige Herzschläge lang.

Doch weil sich nichts mehr rührte, kletterte Lena schließlich ins Innere und legte sich in ihr Bett.

»Das Mädchen, stellt es eine Gefahr dar?« Im Morgengrauen war Everon mit seinen Brüdern zurückgekehrt. Die beiden wiesen deutlich festere Konturen auf, einer hatte sogar bereits die

Gestalt eines hochgewachsenen, blonden Mannes angenommen und verschwamm nur noch ganz selten.

»Diese Gegend, sie ist nicht gut für uns«, verkündete er mit tiefer Stimme. »Ist es das Mädchen?«

»Nein, sie ist noch jung für die ihrer Art«, zischte Luvett. »Ich denke, sie weiß gar nicht, wer wir sind.«

»Trotzdem können wir nicht lange hierbleiben. Die Kraftlinien sind stark«, der Blonde schauderte. »Ich spüre, wie sie mich schwächen.«

»Wir werden uns abwechseln und auf den geeigneten Zeitpunkt warten.« Everon wandte sich an den zweiten seiner neu eingetroffenen Brüder, dessen menschliche Gestalt verschwamm.

Wirre Albträume hatten Lena geplagt, und als am Morgen der Wecker klingelte, wusste sie nicht, was real oder ihrer Fantasie entsprungen war. Doch leider dämmerte ihr, dass Timos Outing wohl kein Albtraum war. Todmüde blieb sie noch ein paar Minuten liegen und starrte an die Decke.

Ein Klopfen an der Tür und die aufgeregte Stimme ihrer Mutter rissen sie aus ihren Grübeleien. »Lena, steh auf, sonst kommst du wieder zu spät.«

»Ja, gleich.« Also quälte sie sich aus dem Bett, schlurfte ins Badezimmer, wo eine Dusche den Großteil ihrer Lebensgeister zurückbrachte. Dennoch rührte sie nur wenige Minuten später am Frühstückstisch reichlich verschlafen in ihrer Kaffeetasse herum.

Lenas Vater war bereits fort. Ihre Mutter wuselte noch in der Küche herum und suchte ihr Mobiltelefon. Nachdem sie es endlich gefunden hatte, stürmte auch sie aus dem Raum.

»Ich hab heute keine Lust«, jammerte Lena.

»Wer spät nach Hause kommt, kann auch früh arbeiten«, erfolgte der mitleidlose Kommentar von Oma Gisela.

»War doch gar nicht so spät«, behauptete Lena.

Kritisch runzelte Oma Gisela die Stirn, dann zuckte ihr rechter Mundwinkel. »Du solltest auf das knarrende Tor achten, wenn du dich hereinschleichst.«

»Was … ich …« Lena riss die Augen auf, dann schwante ihr, dass ihre Oma sie ertappt hatte. »Warst du das letzte Nacht im Garten?«

»Lena, Schatz, wie du weißt, muss man manche Kräuter im Mondschein ernten. Und im Gegensatz zu deinen Eltern habe ich Verständnis für die Bedürfnisse junger Leute. Nur solltest du deine nächtlichen Ausflüge auf Tage verlegen, an denen du nicht früh rausmusst.«

Ein verschämtes Grinsen überzog Lenas Gesicht. »Du hast ja Recht, nur letzte Nacht war es echt nötig. Ich sag dir's, ich war völlig durch den Wind.«

»Gut, dann verstehen wir uns ja. Ich verrate nichts, aber, Lena, mach keinen Blödsinn.«

»Nein, bestimmt nicht.« Sie stand auf und drückte ihrer Oma einen Kuss auf die Wange. »Dann gehe ich jetzt mal«, seufzte sie.

»Ich fahre dich«, bot Oma Gisela an, und selbstverständlich ließ sich Lena nicht zweimal bitten.

Auch wenn sich der Tag wie ein geschmackloser Kaugummi dahinzog, führte sie ihre Arbeit gewissenhaft aus.

Am Nachmittag begann Timos Schicht. Voller Unsicherheit sah er sie an, aber Lena zwinkerte ihm aufmunternd zu und nahm ihn in einem unbeobachteten Augenblick zur Seite.

»Timo, ich bin froh, dass du dich mir anvertraut hast.«

»Wirklich?« Er atmete erleichtert aus. »Dann bleiben wir Freunde?«

»Klar – ich muss mir nur einen neuen Schwarm suchen.«

»Du findest sicher noch den Richtigen.« Timo umarmte sie freudig, und Lena entfuhr ein erstickter Laut, als in diesem Augenblick Maike um die Ecke kam und vor Schreck einen Stapel Handtücher fallen ließ. Der jungen Altenpflegerin drohten die Augen aus den Höhlen zu quellen, während sie sich bückte.

Sofort ließ Timo Lena los. »Warte, Maike, ich helfe dir.« Diese war offenbar nicht fähig, ein Wort herauszubringen, sie starrte Lena lediglich an und nickte Timo zu, als dieser sich mit einer gemurmelten Entschuldigung verabschiedete.

»Ist … bist …« Maike schluckte schwer und wirkte richtiggehend entsetzt.

»Maike, es ist anders, als du denkst.« In diesem Moment wurde Lena klar, dass sie akzeptiert hatte, dass aus ihr und Timo nichts werden konnte. »Ich habe nichts mit ihm, aber mach dir trotzdem keine Hoffnungen. Er ist vergeben.«

»Ach wirklich?« Enttäuscht ließ Maike die Schultern hängen. »Wer ist es denn? Kennen wir sie?«

»Nein.« Lächelnd schüttelte Lena den Kopf.

»So ein Mist«, ärgerte sich Maike. »Meinst du, es ist etwas Ernstes?«

»Auf jeden Fall, also schlag ihn dir besser aus dem Kopf.«

Sichtlich betrübt schlich Maike davon und zog den ganzen restlichen Tag über ein langes Gesicht.

Nachdem das Kapitel Timo für Lena endgültig abgeschlossen war, stürzte sie sich wieder voll in ihre Unternehmungen mit Ragnar. Sie besuchten den Druidenhain, eine mystische Stätte mitten im Wald, von der man annahm, hier hätten keltische Druiden ihre Ausbildung absolviert, doch es zeigte sich kein Geist, den Ragnar hätte fragen können.

Lena überlegte schon, ob sie nicht zum Glauberg fahren sollten, doch dessen Plateau ragte mehrere hundert Kilometer entfernt aus grüner Landschaft. Da weder sie noch Ragnar Geld für den Sprit und möglicherweise auch noch eine Übernachtung hatten und der Gedanke, auf einem von Geistern besiedelten Berg ein Zelt aufzuschlagen, für Lena wenig verlockend war, verschoben sie ihren Ausflug auf später. Auch heute schlich sich Lena nachts aus dem Haus, um mit Ragnar auszureiten. Sie hatte Sahib schon ein paarmal auf dem Reitplatz oder im Gelände geritten und zu ihrer Erleichterung festgestellt, dass er ein zuverlässiges Reitpferd war. Auch wenn er ihr noch nicht so sehr ans Herz gewachsen war wie Devera.

Das Sternenlicht spendete nur wenig Licht, und selbst wenn sie sich inzwischen auf Sahibs Rücken sicher fühlte, so war es doch etwas anderes, ihm hier in der Dunkelheit zu vertrauen. Während der ersten Meter war Lena ausgesprochen angespannt, umklammerte seine Zügel. Was, wenn plötzlich ein Reh aus dem Wald herausbrach, ein Hase vor Sahibs Hufen aufsprang? Würde er dann mit ihr durchgehen?

»Lena, vertrau ihm. Ich habe ihn schon häufig bei Nacht geritten. Wenn ihr euch aufeinander verlasst, wird nichts passieren.«

Ragnar konnte ihr angespanntes Gesicht in der Dunkelheit ja wohl kaum gesehen haben, aber vielleicht hatte er erraten, wie sie sich fühlte. »Ja, ich versuche es«, versprach sie mit dünner Stimme.

»Ich reite mit Comet voraus.«

»Na, der ist doch meistens viel nervöser als Sahib«, wandte sie ein, versuchte, den dunklen Wald mit den Augen zu durchdringen, was ihr aber kaum gelang. Nur hier und da konnte sie die Konturen von Bäumen und Büschen schemenhaft erahnen – eine beängstigende Erfahrung.

»Du wirst lachen.« Lena sah, wie Ragnar sich zu ihr umdrehte. »Nachts ist er sehr viel ruhiger, verlässt sich auf mich und vertraut mir. Bei Tage fordert er mich ständig heraus, aber wenn wir im Dunkeln reiten, sind wir aufeinander angewiesen.« Sie hörte, wie er das Pferd am Hals klopfte.

Nachdem sie eine Weile durch den Wald geritten waren, bog

Ragnar auf eine Wiese ab, und Lena entspannte sich. Hier konnte sie einige Meter weit sehen, denn der Himmel zeigte sich heute wolkenlos.

»Besser?« Ragnar hatte Comet zurückgehalten und ritt nun an ihrer Seite.

»Ja.« Sie lächelte zaghaft.

»Versuch, die Stille und die Verbindung zwischen dir und deinem Pferd zu genießen.«

Das war einfacher gesagt als getan. Aber hier auf freiem Feld fühlte sie sich tatsächlich wohler. Leise raschelte das Gras unter den Hufen, die Nacht war mild, so ruhig und friedlich, wie es Lena niemals für möglich gehalten hätte. Nach einer Weile genoss sie den Ritt sogar, empfand die Finsternis nicht mehr als Bedrohung, sondern verließ sich auf Ragnar und das Pferd, das sie trug. Die Stille und Dunkelheit umhüllten sie wie ein Mantel, gaben ihr ein in dieser Form nie da gewesenes Gefühl von Geborgenheit. Im Licht des abnehmenden Mondes und der Sterne ritten sie nebeneinander über die abgeernteten Felder und Wiesen, nur hier und da schnaubte einer der Wallache leise. Zu sprechen war nicht notwendig, denn mit Ragnar konnte man auch gut schweigen, ohne dass es peinlich wurde. Auf einmal musste sie ihrer Großmutter Recht geben, die stets behauptete, dies sei ein Zeichen wahrer Freundschaft.

Ragnar deutete auf zwei Kaninchen vor ihnen. Eines davon erhob sich auf die langen Hinterläufe und sah zu ihnen herüber, aber sie flohen nicht, sondern beobachteten sie nur aus sicherer Distanz.

»Warum bist du eigentlich damals, als ich dich das erste Mal im Altenheim gesehen habe, so ausgerastet?«, erkundigte sich Lena, nachdem sie einen Schotterweg erreicht hatten. Hier war der Hufschlag deutlicher zu vernehmen, und plötzlich fand es Lena wieder angenehm zu sprechen. Vorhin, auf den einsamen Lichtungen wäre ihr das irgendwie unpassend erschienen. Aber was es mit Ragnars seltsamem Verhalten auf sich hatte, wollte sie schon lange wissen.

Ragnar sah zu ihr herüber und zögerte kurz, bevor er antwortete.

»Ich kann Gebäude aus Beton nicht leiden«, gestand er mit leiser Stimme ein.

»Wie jetzt?«, lachte Lena. »Gebäude sind doch fast immer aus Beton.«

»Nein, es gibt andere. Manche bestehen aus Holz oder den Steinen der Umgebung. Sie haben eine Seele und leben, in ihnen kann ich wohnen.«

Verwirrt sah Lena ihn an. Eigentlich glaubte sie, sich inzwischen an seine seltsame Sicht der Dinge gewöhnt zu haben, aber ab und an überraschte er sie doch wieder.

Gedankenverloren streichelte er den Hals des Schimmels. »Meist sind es alte Häuser, die Generationen von Menschen noch mit ihren eigenen Händen erbaut haben, in denen ich mich wohlfühle. Aber gerade Gebäude wie das Altenheim bestehen aus totem Gestein – und außerdem wandeln dort viele unglückliche Geister umher. Sie haben mich wütend und traurig gemacht.«

Bei diesen Worten erschauderte Lena. Dass auch im St. Elisabeth Geister spuken könnten, darauf war sie noch gar nicht gekommen. »Deshalb wohnst du in einer Holzhütte«, überlegte sie laut.

Dies bestätigte Ragnar mit einem Nicken.

»Und bei euch in Island?«

»Wir lebten auf einem Hof, und das alte Haus meiner Großeltern ist aus Torf, Steinen und Holz errichtet. Unsere Häuser sind teilweise in die Hügel gebaut, und auf den Dächern wächst Gras.«

»Wirklich?«, staunte Lena.

Ragnar nickte. »Dort habe ich mich immer am liebsten aufgehalten.« Das Sternenlicht enthüllte kurz das traurige Lächeln auf seinem Gesicht. »Mutter hat oft mit mir geschimpft, weil sie ein neues, modernes Wohnhaus gebaut haben. Aber schon als kleines Kind habe ich immer fürchterlich geschrien, wenn ich dort war. Bei meinen Großeltern war das anders. Vater meinte schließlich, ich solle dort sein, wo ich mich wohlfühle.«

»Und wie war es in der Schule?«, wollte Lena wissen.

»Ich war niemals in einer Schule«, erklärte Ragnar zu ihrer Überraschung. »Natürlich hatte ich Unterricht, aber unser Hof lag sehr abgelegen, und bei uns in Island ist es üblich, dass die Kinder aus abgeschiedenen Gegenden Fernunterricht erhalten. Also habe ich über Telefon und Computer meine Aufgaben erledigt und einen Schulabschluss gemacht. Studieren wollte ich nie, denn dafür hätte ich nach Reykjavík gemusst.«

»Und Städte magst du ja auch nicht«, ergänzte Lena.

Ragnar legte seinen Kopf in den Nacken. »Dort leuchten die Sterne nicht so hell. Die Menschen sind hektisch und unhöflich. Ich denke, sie haben vergessen, woher wir alle stammen.«

Wie immer stieg Lena am Waldrand hinter dem Haus von Oma Gisela ab und reichte Ragnar die Zügel ihres Pferdes. Nach einer kurzen Verabschiedung huschte sie los und kletterte diesmal über das Tor, damit es nicht knarrte. Leise drückte sie das einen Spalt breit geöffnete Fenster nach innen, tastete sich zum Lichtschalter neben der Tür.

Ein erstickter Schrei entstieg Lenas Kehle. Mit säuerlicher Miene und verschränkten Armen saß ihre Mutter auf dem Bett.

»Mama – was tust du denn hier?«, presste Lena mühsam hervor.

»Wo kommst du her?«

»Ich … also …« Zig Ausreden schossen ihr durch den Kopf, aber keine erschien ihr plausibel. »Ich war ausreiten«, entschied sie sich letztendlich für die Wahrheit.

Doch das Gesicht ihrer Mutter verfinsterte sich nur noch mehr. »Verkauf mich nicht für dumm, junge Dame. Kein Mensch reitet mitten in der Nacht durch die Gegend.«

»Doch«, beharrte Lena.

»Du warst doch in einer Diskothek!«

»Nein, ehrlich nicht.« Um den Beweis zu erbringen, trat Lena zu ihrer Mutter heran und hielt ihr den Ärmel ihres Pullovers unter die Nase. »Riech mal.«

Manuela rümpfte die Nase, sah ihre Tochter skeptisch an und kratzte sich am Kopf.

»Meinst du, ich gehe in diesen Klamotten feiern, Mama?« Herausfordernd deutete Lena auf ihre schmutzige, ausgewaschene Jeans, das ausgeleierte T-Shirt und den Pullover, der in der Tat mächtig nach Sahib roch.

»Also ich weiß nicht, was das zu bedeuten hat! Weshalb reitest du bitte in der Dunkelheit herum und sagst nicht Bescheid, wenn du so lange wegbleibst?«

»Nachts ausreiten ist cool – und ihr hättet sicher was dagegen gehabt.«

»In der Tat!«

»Woher wusstest du eigentlich …« Fragend hob Lena ihre Augenbrauen, und ihre Mutter antwortete bitter: »Papa kam vorhin vom Stammtisch zurück und hat zufällig gesehen, wie du im Wald verschwunden bist. Da habe ich gewartet, bis du zurückkommst.«

»Oh.«

»Mehr als das hast du wohl nicht zu sagen«, schimpfte Manuela. »Also verrate mir, wer oder was dahintersteckt?«

»Ich lüge dich nicht an. Ich war wirklich reiten.«

»Du willst mir doch nicht erzählen, dass du in der Dunkelheit mutterseelenallein herumreitest!«

»Na ja, nicht direkt allein«, räumte sie ein.

»Und wer war dabei?«

»Ragnar.«

»Aha, nun kommen wir der Sache schon näher.«

»Du kommst gar nichts näher«, protestierte Lena. »Er ist nur ein guter Freund.«

»Lena«, sagte ihre Mutter ernst, »wir haben ausgemacht, dass du in Zukunft nur mit Leuten verkehrst, die wir auch kennen.«

»Ach Mama, ich kann doch nicht jeden neuen Bekannten erst hierherschleppen, um eure Genehmigung einzuholen. Was soll er denn denken?«

Manuela erhob sich und strich ihre Kleider glatt. »Du weißt, weshalb wir das wollen. Also, ich verstehe deine seltsamen Anwandlungen nicht, aber ich glaube in der Tat kaum, dass du in stinkenden Stallklamotten in die Disko gehst. Allerdings verlange ich, dass du diesen Ragnar hierher mitbringst, wenn du weiterhin mit ihm zu tun haben möchtest.«

Unwillig verzog Lena das Gesicht. »Mama, das ist aber voll peinlich.«

»Dich wie ein Kind aus dem Fenster zu schleichen, ist ebenfalls peinlich. Also, am Freitag lädst du ihn zu uns zum Abendessen ein.« Damit verließ Lenas Mutter das Zimmer, und sie selbst sank stöhnend aufs Bett. Ihre nächtlichen Ausflüge waren nun offenbar Geschichte, und sie musste Ragnar irgendwie dazu bewegen, am Freitag zu ihr nach Hause zu kommen.

Kapitel 16

Rätsel

»Du, Ragnar.« Schon am nächsten Nachmittag nach der Arbeit war Lena nach Burggaillenreuth geradelt.

»Was ist?« Ragnar stand mit einer langen Peitsche in der Mitte des Sandplatzes und ließ eine junge Stute an der Longe laufen.

»Versteh das jetzt bitte nicht falsch.«

Er lachte leise auf und blickte kurz zu ihr, bevor er sich erneut dem Pferd zuwandte. »Wenn du mir nicht endlich sagst, was los ist, kann ich nicht entscheiden, ob ich es falsch verstehen könnte. Schon seit einer halben Stunde redest du irgendwelchen Blödsinn und zappelst auf der Stelle herum.«

Ertappt runzelte Lena die Stirn, dann fasste sie sich ein Herz. »Meine Mutter hat mich letzte Nacht erwischt.«

»Das tut mir leid. Hast du großen Ärger bekommen?«

»Da ich nachweislich nach Pferd gerochen habe und damit nicht in einer ach so furchtbaren Disko oder Bar gewesen sein kann, hat sich die Schelte in Grenzen gehalten.« Lena schnitt eine Grimasse. »Nur bestehen meine Eltern jetzt darauf, dich kennen zu lernen. Also ich meine … das hat jetzt nichts zu bedeuten oder so … und …«

»Das kann ich verstehen«, erwiderte er zu ihrer Verwunderung gelassen.

»Echt?«

»Natürlich. Du bist ihre Tochter, noch nicht sehr alt, und sie machen sich Gedanken darüber, mit wem du deine Zeit verbringst.«

»Na, wenn du das so siehst«, rief sie erleichtert, »du bist Freitag zum Essen eingeladen.«

»Das ist sehr nett.«

Auf einmal kam Lena ein Gedanke, und sie sog die Luft scharf ein. »Oh, Shit, und was ist mit deiner Häuserphobie?«

Wieder drehte er sich kurz zu ihr und grinste. »Für einen Abend werde ich es aushalten. Außerdem mag ich das Haus deiner Großmutter. Es ist ein altes Haus und besitzt eine Seele. Keine Angst, ich kann mich beherrschen.«

»Na gut.« Insgeheim hegte sie noch Zweifel und hoffte inständig, er würde sich ihren Eltern gegenüber nicht so aufführen wie damals im Altenheim.

»Gut, dann sehen wir uns Freitag um neunzehn Uhr?«

»Ich werde da sein.«

Während des ganzen Freitagnachmittags war Lena nervös und ihrer Mutter keine große Hilfe in der Küche. Sie hoffte, dass weder ihre Eltern peinliche Fragen stellen würden, noch dass Ragnar in irgendeiner Weise ausrastete, denn dann würde es schwierig werden, weiterhin mit ihm auf Schatzsuche zu gehen.

Oma Gisela war noch auf einer Kräuterführung, daher kochte Lenas Mutter das Abendessen. Lena bereitete den Salat vor, wobei ihr Blick in regelmäßigen Abständen aus dem Fenster schweifte.

Kurz vor halb sieben kam Lenas Vater von der Arbeit nach Hause. Seufzend ließ er sich auf die Bank in der Küche plumpsen. »So ein Stress. Zum Glück ist endlich Wochenende. Was gibt es denn?« Neugierig reckte er seinen Kopf.

»Kotelett, Kartoffeln und Speckbohnen.«

»Hm, lecker«, war sein Kommentar, verzog dann jedoch kritisch seinen Mund. »Aber ob das unserem Gast aus Island schmeckt? Die essen doch Walfleisch und vergammelten Fisch, das habe ich erst kürzlich im Fernsehen gesehen.«

»Papa, bitte keine peinlichen Weisheiten aus dem Fernsehen«, stöhnte Lena.

»Aber wenn es doch so ist?«

»Also bisher habe ich noch keine vergammelten Walteile in seinem Kühlschrank gefunden«, stellte Lena richtig.

»Keine Sorge«, flötete Lenas Mutter. »Wir werden keine Vorurteile gegen deinen Freund haben, nur weil er aus einem anderen Land kommt.«

»Er ist aber nicht mein Freund«, erwiderte Lena, »jedenfalls nicht so, wie ihr denkt.«

»Du weißt doch gar nicht, was wir denken.« Aufreizend langsam goss sich ihr Vater ein Bier ein, und Lena ahnte, dass dieser Abend ein Desaster werden würde.

Um neunzehn Uhr klingelte es, und Lena hastete zur Tür. »Wenigstens ist der Junge pünktlich«, bemerkte ihr Vater.

Der Tisch war gedeckt, das Essen stand fertig auf dem Herd.

Ragnar trug ein hellgraues Hemd und eine schwarze Jeans. In den Händen hielt er einen Blumenstrauß und eine Flasche Cognac. »Ich hoffe, dein Vater mag das.«

»Ja, klar.«

Erleichtert bemerkte sie, wie ihre Eltern sich zufrieden zunickten, und Lenas Mutter bedankte sich überschwänglich für den Strauß. »Von meinem Mann habe ich schon seit Jahren keinen mehr bekommen«, meinte sie spitz. Aber ihr Ehegatte tat lediglich so, als würde er die Aufschrift des Cognacs sehr genau studieren, und reagierte nicht.

Ragnar setzte sich auf den Stuhl neben Lena, und auch wenn er höflich lächelte, nahm sie seine Anspannung wahr.

»Wenn Oma Gisela mal wieder nicht pünktlich ist, fangen wir eben an.« Mit einer säuerlichen Miene rührte Manuela in den Bohnen herum.

»Von mir aus können wir gerne noch warten«, erklärte Ragnar.

»Na gut, zehn Minuten warten wir noch, aber sonst verkocht ja alles.«

Lenas Vater wandte sich an Ragnar. »Ein Bier, junger Mann?«

»Nein danke, ich bin mit dem Motorrad hier.«

»Sehr vernünftig«, lobte er, goss sich selbst ein Glas voll ein, dann musterte er Ragnar kritisch. »Welche Ausbildung haben Sie denn?«

»Papa!«, ächzte Lena, doch Ragnar antwortete bereits.

»Nach der Schule habe ich auf der Farm eines Nachbarn Pferde ausgebildet und Touristen auf Trekkingtouren begleitet.«

»Das ist aber kein richtiger Ausbildungsberuf«, erfolgte postwendend der kritische Kommentar vom Herd.

Lena straffte die Schultern, nur Ragnar blieb gelassen. »Nein, aber diese Tätigkeit bereitet mir Freude und befriedigt mich. Das war mir wichtiger. Meiner Meinung nach gibt es leider viel zu wenige Menschen, die das tun, was ihnen Spaß macht, und nicht nur ihre Zeit bis zur Rente absitzen.«

»Eine gute Ausbildung ist wichtig für einen jungen Menschen«, belehrte Lenas Vater ihn.

Lena war mehr als froh, dass sie unterbrochen wurden, denn Oma Gisela wirbelte herein. Ihr langer Rock in Batikfarben wehte hinter ihr her. Das graue Haar hatte sie zu einem langen Pferdeschwanz gebunden. »Schön, dass du hier bist«, begrüßte sie Ragnar herzlich.

»Ich freue mich ebenfalls, Sie zu sehen, Frau Langfeld.«

»Hatten wir nicht ausgemacht, uns zu duzen? Sonst komme ich mir so alt vor«, lachte Lenas Großmutter, dann fiel ihr Blick auf ein Päckchen auf der Fensterbank, und ihre Augen begannen zu strahlen. »Na endlich, das werden die Kräuter und die Globuli für Frau Baumann sein«, freute sie sich und wollte das Päckchen schon öffnen.

»Jetzt essen wir aber zuerst«, protestierte ihre Schwiegertochter. »Unser Gast ist sicher hungrig.«

Oma Gisela zuckte mit den Schultern, bevor sie sich schließlich setzte.

Manuela brachte die Fleischplatte, doch Ragnar hob abwehrend eine Hand. »Danke, aber ich esse nur sehr selten Fleisch.«

Dies überraschte Lena, denn beim Grillen war ihr das gar nicht aufgefallen – andererseits hatte sie an dem Abend auch nur Augen für Timo gehabt.

»Ein Mann, der kein Fleisch isst, ist kein Mann«, erklärte ihr Vater und griff selbst beherzt zu.

»Gelegentlich esse ich schon Fleisch. Nur muss ich wissen, dass die Tiere ein gutes Leben hatten und nicht zusammengepfercht in dunklen Ställen ihr Dasein fristeten.«

»Bravo«, lobte Oma Gisela und fuchtelte dann in Richtung ihres Sohnes. »Siehst du, Dieter, Ragnar hat eine gesunde Einstellung zum Essen!«

Lenas Vater schnaubte nur und kaute bedächtig.

Oma Gisela dagegen nickte Ragnar beruhigend zu. »Dieses Fleisch stammt von einem Biobauern aus dem Nachbardorf. Ich kann dir versichern, die Tiere dort werden artgerecht gehalten. Ich achte darauf, dass meine Familie anständige Produkte isst, nur stoße ich damit meist auf wenig Verständnis.«

»Papperlapapp«, knurrte ihr Sohn.

Ragnar nahm sich nun doch ein Stück Fleisch und nickte nach dem ersten Bissen begeistert. »Es schmeckt ausgezeichnet.«

Das Essen verlief recht entspannt, was vor allem Oma Gisela zu verdanken war, denn sie befragte Ragnar über unverfängliche Dinge wie die schönsten Sehenswürdigkeiten in Island und das raue Klima.

Als Lenas Mutter den Nachtisch servierte, war Lena erleichtert, denn möglicherweise würde der Abend doch halbwegs glimpflich enden.

Da Ragnar auch das Schokoladen-Nuss-Soufflee von Lenas Mutter lobte, entspannte sich deren Gesicht zusehends. Oma Gisela konnte es offenbar nicht mehr abwarten, ihr Paket zu öffnen, und riss zwischen zwei Bissen Nachspeise die Verpackung auf.

»Ah! Eine Alantwurzel!« Oma Gisela spähte in eine kleine bräunliche Tüte. »Die wird bei Atemwegsbeschwerden verwendet.«

»Möchtest du noch Kaffee, Mutter?«, erkundigte sich Lenas Vater.

»Ja, sehr gerne«, erwiderte sie zerstreut und hielt dann strahlend ein Fläschchen mit weißen Kügelchen in die Höhe. »Na endlich, Taxus baccata C3, damit werde ich hoffentlich Frau Baumanns Verdauungsprobleme in den Griff bekommen. Ich sage euch, die arme Frau hat Blähungen …«

»Gisela, könntest du uns mit den Einzelheiten über die peristaltischen Schwierigkeiten deiner Patienten bitte bis nach dem Essen verschonen?«

Kichernd bemerkte Lena, wie sich der Mund ihrer Mutter angeekelt verzog. Sie wusste, dass sie in dieser Beziehung recht empfindlich war. Ragnar dagegen grinste nur vor sich hin und schien sich über Oma Gisela zu amüsieren.

»Ja, ja, kein Problem. Ich werde Frau Baumann gleich etwas abfüllen.« Sie beugte sich hinüber zum Küchenschrank, holte ein Röhrchen hervor und öffnete den Verschluss der kleinen Flasche.

Lenas Vater kam mit der Kaffeekanne, doch völlig unvermittelt flog diese in hohem Bogen durch die Luft. Er selbst fluchte und fing sich gerade noch – offenbar war er über eine Teppichfalte gestolpert. Die heiße Brühe ergoss sich über Oma Giselas Hand, sie ließ vor Schreck das Fläschchen mit den Globuli fallen, und unzählige Kügelchen hüpften über den Tisch. Lenas Mutter sog hörbar die Luft ein.

»Dieter, kannst du nicht aufpassen?« Oma Gisela rieb sich den

Arm, doch viel mehr schien sie der Verlust der Medizin zu stören, denn sie schimpfte leise: »Jetzt kann ich wieder bis Mitte nächster Woche warten!«

»Hihi, wenigstens bekommen wir jetzt alle keine Verdauungsbeschwerden«, ulkte Lena, denn die Kügelchen waren auch in die Nachspeiseteller gehüpft.

»Die Globuli schaden euch nicht«, versicherte Oma Gisela, denn ihre Schwiegertochter pulte mit einem Löffel kritisch in ihrer Schüssel herum.

Lena und Ragnar halfen Oma Gisela, die Kügelchen vom Tisch einzusammeln. »Kannst du die nicht trotzdem verwenden?«, wollte Lena wissen.

»Für mich selbst würde ich sie schon nehmen, nur einer Patientin kann ich doch nichts geben, was schon über unseren Tisch gerollt ist.« Sie linste in die Flasche und stellte erleichtert fest: »Na, ein paar sind noch drinnen geblieben.«

Lenas Vater hatte inzwischen den verschütteten Kaffee aufgewischt, sodass sie sich endlich dem Rest der Nachspeise widmen konnten. Ihre Mutter erzählte gerade von ihrer Arbeit, als Lena bemerkte, dass Ragnar eine Hand in die Tischkante krallte. Seine Gesichtsfarbe war urplötzlich seltsam fahl geworden, kleine Schweißperlen glitzerten auf seiner Stirn.

»… stellt euch nur vor, und dann kam der Chef und wollte noch bis halb fünf zwei Berichte fertig gestellt haben …«

»Ragnar«, wandte sich Lena flüsternd an ihn, »ist es deine Häuserphobie?«

Doch er schüttelte hastig den Kopf. »Nein, ich weiß nicht … Mir geht's nicht gut.«

»… das ist doch eine Unverschämtheit, so kurz vor Feierabend«, ereiferte sich Manuela unbeirrt.

»Dafür gibt er dir aber auch oft genug frei, wenn du ihn darum bittest«, wandte Oma Gisela ein, woraufhin eine angeregte Diskussion zwischen den beiden Frauen aufloderte.

»Möchtest du vielleicht lieber kurz rausgehen?«, erkundigte sich Lena besorgt.

Ragnar nickte hastig, dann erhob er sich ruckartig – offensichtlich zu ruckartig –, denn er torkelte gegen die Kommode an der Wand und riss dabei zwei der kleinen Porzellanfiguren von Lenas Mutter herunter. Lena konnte ihn gerade noch rechtzeitig am Arm packen, bevor er stürzte. Schlagartig verstummten die Gespräche, und alle starrten auf Ragnar, der nach Luft schnappend an der Wand lehnte.

»Ich weiß nicht, ich glaube, er muss mal kurz raus. Alles klar, Ragnar?«

Er nickte zwar, schwankte jedoch beträchtlich, als sie aus dem Zimmer gingen. Hinter sich hörte Lena ihre Mutter keifen: »Na, der wird doch nicht am Ende auch so ein Junkie sein!«

»Jetzt sei nicht albern, Manuela«, erfolgte Oma Giselas Zurechtweisung, dann erklangen Schritte hinter ihnen.

Lena schaffte es kaum noch, Ragnar auf den Beinen zu halten. Er stützte sich an der Wand ab, atmete schwer und hustete krampfhaft.

»Was hast du denn?« Lena wusste sich nicht mehr zu helfen und war heilfroh, als Oma Gisela endlich neben ihr stand.

»Komm, wir bringen ihn in dein Zimmer.«

»Er wollte eigentlich an die frische Luft.«

»Wenn er im Garten zusammenklappt, ist es umso schlimmer. Wir können das Fenster aufmachen.« Beherzt griff Oma Gisela Ragnar am Arm, und mit vereinten Kräften gelang es ihnen, ihn zu Lenas Bett zu schaffen.

Stöhnend legte er sich darauf nieder und krümmte sich zusammen.

»Ragnar, was ist los?« Oma Gisela rüttelte ihn an der Schulter. »Bist du auf irgendetwas allergisch? Nüsse, Gewürze, Milch?«

Er schüttelte zwar den Kopf, aber Lena wurde himmelangst, als sie sah, wie schwer er Luft bekam.

»Ich rufe einen Krankenwagen«, sagte Oma Gisela bestimmt.

»Nein!« Mühsam richtete sich Ragnar auf, die Augen weit aufgerissen. »Es geht … schon … wieder.«

»So siehst du aber nicht aus.« Sie wandte sich an Lena. »Bleib bei ihm, ich vermute, er hat einen allergischen Schock, vielleicht hat er eine Allergie, von der er vorher gar nichts wusste.«

Lena nickte verstört, streichelte Ragnar unbeholfen am Arm und spürte, wie sehr er zitterte.

»Keinen … Krankenwagen … bitte«, keuchte er.

»Ragnar, wir müssen doch etwas tun.«

Offenbar war er zu schwach, um weiterzuprotestieren, denn sein Kopf sank auf die Kissen.

Lenas Großmutter kam erneut herein und sagte: »Es wird leider etwas dauern.« Sie setzte sich neben ihn und tätschelte seine Wange. »Ragnar, das hier ist Histaminum. Sofern deine Beschwerden von einer Allergie herrühren, kann das helfen. Lass die Kügelchen auf der Zunge zergehen.«

»Meinst du wirklich, das bringt was?«, fragte Lena zweifelnd.

»Wir sollten es auf jeden Fall versuchen.« Oma Gisela beobachtete Ragnar dabei, wie er mit zitternder Hand die Globuli nahm, und hielt ihm anschließend ein Glas Wasser hin.

Allein das schien ihn ungemein anzustrengen, aber Lena erkannte nach einigen Minuten, dass er wieder etwas leichter atmete. Auch Oma Giselas besorgte Miene entspannte sich.

»Lena, ich gehe zur Hauptstraße und warte auf den Krankenwagen, sonst suchen die bei unserem chaotischen Hausnummernsystem ewig. Ruf mich an, falls es ihm schlechter geht, ich nehme mein Handy mit.«

»Ja, ist gut«, stimmte Lena zögernd zu. Ihr wäre es lieber gewesen, wenn ihre Oma hiergeblieben wäre. So konnte sie nur neben Ragnar ausharren und seine Hand halten. Sein Puls raste, und noch immer hob und senkte sich seine Brust nur mühsam. Trotzdem setzte er sich nach einer Weile auf.

»Ich gehe jetzt nach Hause.«

Verdutzt sah Lena ihn an. »Das kannst du nicht.«

»Doch, es muss sein.« Mühsam schwang er seine Beine aus dem Bett, stützte dann jedoch den Kopf in die Hände und stöhnte leise.

»Du brauchst einen Arzt, das musst du doch einsehen.«

»Ich kann in kein Krankenhaus gehen, das halte ich nicht aus. Außerdem … nein.«

Er wollte aufstehen, sackte jedoch wieder zurück.

»Na siehst du!«

»Ich muss hier weg.«

Erschüttert von der tiefen Verzweiflung in seinen Augen, streichelte Lena ihm tröstend über den Rücken.

»In deinem Zustand kannst du unmöglich Motorrad fahren.«

»Dann laufe ich. Wenn ich erst draußen bin, wird es besser.«

Das bezweifelte sie stark, trotzdem spürte sie, wie ernst es ihm war.

»Du musst dich zumindest hier von einem Arzt untersuchen lassen«, beschwor sie ihn.

Doch er schüttelte stur den Kopf. »Bestell den Krankenwagen ab.« Dann sah Ragnar sie flehend an. »Wenn wir Freunde sind, dann hilf mir bitte, hier wegzukommen. Ich kann zu keinem Arzt gehen.«

»Ich … verdammt, was soll ich denn tun?« Lena überlegte hin und her, aber sie traute Ragnar tatsächlich zu, nach Hause zu laufen – zur Not auch auf allen vieren. Nur ihre Großmutter würde sich kaum dazu überreden lassen, den Krankenwagen wieder fortzuschicken.

»Lena, bitte!«

Noch niemals zuvor hatte sie ihn derart panisch gesehen. »Okay, ich hoffe, ich mache jetzt keinen Fehler, aber ich fahre dich nach Hause.« Wenn das herauskam, würde sie einen Riesenärger bekommen, aber sie konnte Ragnar jetzt nicht im Stich lassen. Unter Aufbietung all ihrer Kräfte fasste Lena Ragnar unter den Armen und schaffte es, ihn auf die Füße zu bekommen. Bis sie sich zur Tür vorgearbeitet hatten, war sein Gesicht vor Anstrengung verzerrt.

»Komm, du musst nur bis zur Garage gehen.« Sie fasste ihn um die Hüfte, dann torkelten sie langsam zur Hintertür. Lena konnte hören, wie sich ihre Eltern im Wohnzimmer aufgeregt unterhielten, und hoffte, die beiden würden nichts mitbekommen.

Nach einigen quälenden Minuten hatten sie endlich die Garage erreicht. Ragnar lehnte sich gegen die Wand, und Lena öffnete das Holztor. Zum Glück hatte Oma Gisela immer einen Ersatzschlüssel unter der alten Gießkanne versteckt, und so drehte Lena nach einem tiefen Durchatmen den Schlüssel um und fuhr hinaus. Sie ließ den Motor laufen, rannte ums Auto herum und packte Ragnar, der schon halb zu Boden gesackt war, unter den Armen.

»Verdammt, was tue ich hier eigentlich?«, murmelte sie vor sich hin. »Wahrscheinlich bringe ich ihn gerade um.«

Doch er presste mühsam hervor: »Nein, du rettest mir das Leben.«

Zweifelnd hob Lena die Augenbrauen, dann half sie ihm auf den Beifahrersitz. Aus der Ferne hörte sie schon das Martinshorn und fuhr einen Umweg, um dem Rettungswagen und ihrer Oma nicht zu begegnen. Ständig wanderte ihr Blick zu Ragnar, der zusammengesunken auf dem Sitz saß und seinen Kopf gegen die Tür gelehnt hatte. Was fehlte ihm auf einmal? Und war es wirklich richtig, ihn wegzubringen? Natürlich war ihr Handeln alles andere als vernünftig, aber irgendwie spürte sie, dass er tatsächlich panische Angst vor dem Krankenhaus hatte. Die kurze Fahrt kam ihr wie eine Ewigkeit vor, und nachdem sie endlich vor seiner Hütte angehalten hatten, gelang es ihr kaum, Ragnar aus dem Auto zu hieven.

Draußen auf den Weiden hoben die Pferde ihre Köpfe. Eines der Tiere stieß alarmiert die Luft durch die Nüstern, und auch die anderen hielten mit dem Grasen inne, spitzten die Ohren und lauschten. Etwas war dort, eine Bedrohung, etwas, das sie noch nie zuvor gespürt hatten. Panik brach aus, die Tiere stoben in die unterschiedlichsten Richtungen davon – nur fort von diesen Kreaturen, die sich langsam der Hütte näherten.

»Heute können wir zuschlagen, heute ist er schwach.« Das bösartige Wispern durchschnitt die laue Abendluft, und ein Greifvogel flog hektisch flatternd davon, nachtaktive Tiere suchten eilig das Weite, selbst Würmer und Spinnen verkrochen sich.

»Sie ist bei ihm«, wandte Everon ein.

»Dennoch, wir sollten es versuchen«, schlug Zarod, sein Bruder aus dem Norden, vor. »Heute wird er sich nicht wehren können.«

»Und das Mädchen, darf ich …«, hechelte Luvett.

»Vor Menschen wie ihr müssen wir uns in Acht nehmen«, wies Everon ihn scharf zurecht.

Schritt für Schritt tasteten sich die Schatten voran, begierig auf das, was der junge Mann ihnen ermöglichen mochte. Doch mit einem Mal schrie Zarod in höchster Pein auf, ein Schrei, den kaum ein Mensch vernehmen konnte, so hoch und schrill war er. Everon und Luvett hielten inne, starrten auf die Gestalt in dem Umhang. Gewaltig, düster, einen Bogen in der Hand. Ihr Bruder tat seinen letzten Atemzug, stöhnte und löste sich dann in nichts auf.

Luvett duckte sich, nahm jedoch aus dem Augenwinkel heraus wahr, wie Everon nach dem Speer griff, den er schon seit Tagen bei sich trug. Everon schleuderte ihn direkt in die Richtung ihres Widersachers, dieser versuchte auszuweichen, aber dann traf der Speer ihn doch in die Brust, der eilig abgeschossene Pfeil verfehlte Everon. Der Mann ging zu Boden.

»Sind weitere von ihnen hier?«, jaulte Luvett, sein Kopf zuckte von rechts nach links.

»Ich weiß es nicht, aber wir müssen uns zurückziehen.«

Einen Moment lang war Lena abgelenkt gewesen, hatte gemeint, Schatten im Wald hinter der Hütte zu sehen, einen Schrei zu vernehmen, und noch immer spürte sie ein unangenehmes Kribbeln im Nacken, aber dann konzentrierte sie sich wieder auf Ragnar, der am ganzen Körper bebte.

»Wo ist dein Schlüssel?«

»Hosentasche.« Er rang nach Luft, schaffte es irgendwie, den Schlüssel hervorzukramen und gab ihn Lena. Nachdem sie Ragnar endlich hineinbugsiert hatte, presste er plötzlich eine Hand vor den Mund.

»Ragnar?«

Ohne zu antworten, stolperte er ins Bad. Eine Weile hörte sie würgende Geräusche und wusste nicht, was sie tun sollte. Kurz darauf vernahm sie laufendes Wasser, dann kam Ragnar zum Glück aus dem Badezimmer geschwankt.

»Jetzt ist es besser«, behauptete er und ließ sich auf sein Bett fallen.

Lena hegte große Zweifel an seiner Aussage, denn er sah völlig erschöpft aus und war kreidebleich im Gesicht.

Er rollte sich zusammen und schloss die Augen. »Fahr nach Hause, ich schlafe jetzt«, murmelte er. »Und danke.«

»Ich kann dich doch jetzt nicht allein lassen«, protestierte Lena.

»Ich komme zurecht.«

»Nein, ich bleibe.« Entschlossen setzte sie sich neben ihn auf das schmale Bett, und diesmal widersprach er auch nicht mehr.

Zahlreiche Dinge schossen Lena durch den Kopf, denn sie mochte sich gar nicht ausmalen, welcher Ärger auf sie zukam.

Trotzdem galt ihre Hauptsorge Ragnar. Inständig hoffte sie, er würde bald wieder gesund werden. Er zog sich die Bettdecke bis unters Kinn, und als Lena ihre Hand auf seine legte, bemerkte sie, wie kalt diese war. »Frierst du?«

Er nickte nur.

»Hast du irgendwo noch eine Decke?«, fragte sie, und als er antwortete, klapperten seine Zähne so heftig, dass sie ihn kaum verstehen konnte.

»Im Schrank.«

Lena stand auf, ging zu dem schmalen Holzschrank und fand im untersten Fach eine blaue Wolldecke. Nachdem sie ihm diese übergelegt hatte, schlief er kurze Zeit später ein. Aber es war offensichtlich kein erholsamer Schlaf, denn er warf sich unruhig hin und her, redete wirres Zeug, und nach einer Weile setzte auch noch heftiger Schüttelfrost ein.

Lena rüttelte ihn an der Schulter, denn langsam bekam sie es wirklich mit der Angst zu tun. »Ragnar, hörst du mich?«

Nur zögernd hoben sich seine Augenlider. Mit verschleiertem Blick sah er sie an. Für einen Moment hatte sie den Eindruck, er würde sie gar nicht erkennen. Dann kam ein undeutliches »Lena« über seine Lippen.

Vorsichtig wischte sie ihm mit einem Tuch die verschwitzte Stirn ab. »Soll ich nicht doch besser einen Arzt rufen?«

»Nein, bitte nicht.« Ragnar ergriff ihre Hand, hielt sie fest und drehte sich auf die Seite.

Glücklicherweise dauerte es nicht lange, und der Schüttelfrost ließ nach, dann war er wieder eingeschlafen. Inzwischen kletterte der Zeiger der Wanduhr auf Mitternacht zu. Lena beobachtete Ragnar im Schlaf, und auch wenn er hin und wieder leise aufstöhnte und ihre Hand eisern umklammert hielt, so schien doch das Schlimmste vorüber zu sein. Sie selbst verspürte inzwischen eine bleierne Müdigkeit, zwang sich jedoch, wach zu bleiben.

Gavin spürte, wie das Gift mehr und mehr seinen Körper durchdrang, wie ihn die Lebenskraft unweigerlich verließ. Die Verletzung durch den Speer hätte er überlebt, nicht aber dieses Gift. *Also sind sie wirklich hier, können uns auch hier besiegen*, dachte er. Mühsam rappelte er sich auf und schleppte sich durch den Wald zu den ihm fremden Behausungen. Jeder seiner Schritte war eine Qual, und als er endlich das Haus erreichte, das er gesucht hatte, kam es ihm so vor, als wäre eine endlose Zeit vergangen. Kraftlos klopfte er an das Fenster, stöhnte auf, ließ sich auf die kalte Erde sinken. Schließlich tauchte ein menschliches Gesicht vor ihm auf. »Wächter«, keuchte er, »die Schatten, ihr müsst euch schützen … die Hütte am Wald … bei den Pferden … der …«

Das Leben wich aus seinem Körper, die letzten Worte kamen nicht mehr über seine Lippen. Voller Trauer dachte er an seine Heimat, die er nun nie mehr wiedersehen würde, und an den, der mit seiner Seele verbunden war.

Lena strich Ragnar eine Haarsträhne aus der Stirn und traute sich nicht, ihn aus den Augen zu lassen. Hin und wieder sank ihr Kopf auf die Brust, und als plötzlich ein Hahn krähte, schoss sie erschrocken hoch. Draußen war es inzwischen hell geworden. Ragnar lag ruhig und gleichmäßig atmend unter seinen Decken. Völlig steif von der unbequemen Position, in der sie eingenickt war, schüttelte Lena ihre Arme aus. Zudem konnte sie kaum aufstehen, weil ihr rechtes Bein ganz taub war. Sie stützte sich am Tisch ab, aber das Bein knickte einfach weg, und als sie sich festhalten wollte, fiel ein Glas scheppernd zu Boden.

Ragnar regte sich, blinzelte und murmelte mit heiserer Stimme: »Lena?«

»Tut mir leid, schlaf weiter.«

Für einen Moment sackten seine Augenlider nach unten, aber schließlich hob er den Kopf. »Was tust du hier?«, fragte er verwundert.

Um wieder ein Gefühl in ihren Unterschenkel zu bekommen, klopfte sie auf diesem herum. »Ich habe dich gestern nach Hause gebracht, kannst du dich nicht erinnern?«

»Bist du etwa die ganze Nacht hiergeblieben?«

»Na hör mal, ich konnte dich doch nicht allein lassen. Wenn jetzt wieder irgendein blöder Spruch kommt …«

Hastig streckte er die Hand in die Höhe und ließ sich mit gequältem Gesichtsausdruck wieder zurücksinken, schloss kurz die Augen und sagte dann: »Nein, Lena. Es war sehr lieb von dir, dass du bei mir geblieben bist.«

»Wie fühlst du dich?« Lena betrachtete ihn besorgt.

»Als wäre ein Lastwagen über mich gerollt«, meinte er mit verzogenem Gesicht.

»Ragnar.« Sie setzte sich zu ihm ans Bett. »Weshalb wolltest du keinen Arzt? Ich denke immer noch, es wäre besser, jemand würde dich untersuchen. Du siehst echt übel aus.«

»Vielen Dank«, grummelte er, drehte sich auf die Seite und sah sie mit großen Augen an, die tief in den Höhlen lagen.

»Sie hätten mich untersucht, wochenlang im Krankenhaus behalten – und du weißt, wie schlimm es für mich ist, in diesen Betonbunkern eingesperrt zu sein.«

»Wer sagt denn, dass du wochenlang …«

Ragnar unterbrach sie mit einem Kopfschütteln. »Ich habe schon seit meiner Kindheit einen Herzfehler.«

»Ja bist du denn wahnsinnig?«, fuhr sie ihn erschrocken an. »Wenn ich das gewusst hätte, hätte ich dich niemals hierhergebracht. Verdammt, wenn du hier gestorben wärst …«

»Deshalb habe ich auch nichts gesagt«, er fasste sie beruhigend am Arm, »und jetzt lass mich doch bitte ausreden.«

Kopfschüttelnd betrachtete sie ihn, nickte schließlich jedoch.

»Ich habe einen Herzfehler, aber der beeinträchtigt mich in keiner Weise.« Er lachte leise auf. »Im Gegenteil, ich habe den Eindruck, ich bin ausdauernder und gesünder als die meisten

Menschen, die ich kenne. Nur glaubt mir das kein Arzt. Ich bin eine Art medizinisches Wunder, denn man hat meinen Eltern, als ich klein war, prophezeit, dass ich vermutlich nicht sehr alt werden würde. Mein Vater hatte das gleiche Problem, doch auch er führte ein normales Leben. In meinem Blut ist deutlich mehr Sauerstoff und Eisen, als es normalerweise der Fall sein sollte, trotzdem kann ich ganz normal leben.«

»Und was war das gestern Abend?«, fragte Lena unsicher.

»Das weiß ich nicht«, räumte Ragnar ein. »Es hat mir selbst Angst gemacht, aber möglicherweise hat deine Großmutter Recht, und ich habe irgendetwas nicht vertragen.«

»Bist du sicher, dass du nicht … keine Ahnung … einen Herzinfarkt oder so was hattest?«

»Nein, ganz sicher nicht.« Er lächelte beruhigend.

»Aber dieser Herzfehler – das ist doch seltsam.«

Ragnar nahm ihre Hand und legte sie auf seine Brust. Sie runzelte die Stirn, als sie seinen Herzschlag spürte. Bum – Bum – Bumbumbumm. Sein Herz schlug sehr viel stärker, kräftiger und in diesem ungewöhnlichen Takt. Lena sah ihn mit großen Augen an, aber er versicherte: »Mir geht es gut, und ich bin normalerweise sogar deutlich weniger krank als andere Menschen.«

»Puh, ich weiß nicht.«

Lena nahm ihre Hand weg, und nun versuchte er noch einmal, sich zu erheben. »Wie spät ist es?«

»Kurz vor sieben.«

»Gut, dann habe ich noch eine halbe Stunde Zeit.«

»Für was?«

»Ins Bad zu gehen, dann muss ich arbeiten.«

»Ragnar!« Entsetzt schüttelte Lena den Kopf. »Du warst gestern halb tot und bist nicht einmal in der Lage, aufrecht stehen zu bleiben. Da kannst du doch nicht zwanzig Pferdeboxen ausmisten.«

»Es muss aber gehen.« Er schwankte auf die Badtür zu, keuchte jedoch schon nach den wenigen Schritten, als hätte er einen Marathon hinter sich.

»Du kannst unmöglich …« Ohne auf Lena zu hören, schloss er die Tür hinter sich, und sie warf ihm ein Kissen hinterher.

»Der Typ macht mich wahnsinnig!«

In dem kleinen Kühlschrank fand sie ein paar Scheiben Käse, Wurst und ein halbes Glas Marmelade, doch offenbar hatte er kein Brot im Haus. Sie hörte, wie das Wasser aufgedreht wurde, dann ein lautes Poltern. »Ist alles in Ordnung?« Sie lauschte an der Tür und vernahm ein halbherziges: »Hm.«

»Soll ich dir helfen?«

»Nein!«

Sie verdrehte die Augen, und als ein paar Minuten später Ragnar, lediglich mit einem Handtuch bekleidet, aus dem Bad kam, prangte eine beachtliche Beule an seiner linken Schläfe.

»Autsch.« Mitleidig verzog sie das Gesicht, dann stemmte sie die Hände in die Hüften. »Ich nehme an, du siehst jetzt ein, dass du dich krankmelden musst.«

»Ich bin nur ausgerutscht.« Er torkelte zum Bett zurück und ließ sich auf der Bettkante nieder.

»Du bist nichts als ein sturer Idiot«, regte sie sich auf. »Ich gehe jetzt zu Herrn Gruber und erkläre ihm, dass du nicht arbeiten kannst.«

»Nein, Lena, warte. Heute ist nicht mein freier Tag.«

»Selbst ein Blinder mit Krückstock sieht, dass du nicht blaumachst.«

»Blau?« Ragnar rieb sich die Schläfen.

»Na ja, dass du eben nicht die Arbeit schwänzt.« Sie sah ihn von der Seite an. »Brauchst du eine Kopfschmerztablette?«

»Wäre nicht schlecht. Nur leider habe ich keine hier.«

Sie trat zu ihm und fasste ihn energisch an den Schultern. »Ich versuche, irgendwo im Dorf Brot aufzutreiben, dann melde ich dich bei Herrn Gruber krank.«

»Lena, ich habe keinen Vertrag. Wenn ich nicht arbeite, bekomme ich kein Geld, und vielleicht entlässt er mich.«

»Oh, Shit, du arbeitest schwarz.« Sie blies die Backen auf. »Egal, ich spreche mit Herrn Gruber. Er ist doch ganz nett, sicher entlässt er dich nicht gleich. Und auf jeden Fall musst du etwas essen.«

»Ich bin nicht hungrig.« Sichtlich erschöpft legte er sich auf die Seite.

»Keine Widerrede, du musst wieder zu Kräften kommen.« Drohend wedelte sie mit dem Finger. »Du bewegst dich nicht von der Stelle, bis ich wieder zurück bin.«

Vom Bett her kam lediglich ein undeutliches Murmeln, und auch wenn Lena sicher war, dass er nicht weit kommen würde, wusste man bei Ragnar ja nie. Daher nahm sie den Schlüssel, der neben der Tür hing, und schloss ihn kurzerhand ein. Dann rannte sie zum nahegelegenen Gasthof und kaufte einen Laib Brot, außerdem konnte ihr der Gastwirt mit einer Kopfschmerztablette aushelfen. Zurück auf dem Reiterhof suchte Lena nach Herrn Gruber, doch zu ihrem Bedauern war lediglich Regine anwesend.

»Hast du Herrn Gruber gesehen?«

»Der ist heute nicht da«, blaffte die Reitlehrerin sie an. Dann hob sie arrogant den Kopf. »Heute habe ich die Verantwortung.«

»Mist.« Lena runzelte die Stirn. »Ragnar ist krank, er kann nicht arbeiten.«

Regines Gesicht verzerrte sich vor Wut. »Und wer soll dann bitte die Ställe ausmisten?«

»Keine Ahnung. Dann werden sie heute eben nicht ausgemistet«, sagte Lena leichthin.

»Du hast sie wohl nicht alle!«, schrie Regine sie an. »Die Leute zahlen hier schließlich, und nur weil der faule Kerl sich einen schönen Tag machen will …«

»Er will sich aber keinen *schönen Tag* machen!« Lena trat auf die gut einen Kopf größere Frau zu, und diese wich unwillkürlich zurück. Vermutlich spürte selbst sie, dass Lena jetzt der Kragen platzte. »Ragnar kann nicht arbeiten – er ist krank!«

Nach einem Moment der Verwunderung stemmte Regine die Hände in die Hüften. »Dann sollte er besser schnell gesund werden, denn wenn er nicht in die Gänge kommt, zeige ich ihn an. Vermutlich hat er nicht mal eine Aufenthaltsgenehmigung.«

Lena überlegte, ob man als Isländer überhaupt eine Aufenthaltsgenehmigung benötigte, war sich aber nicht völlig sicher, um Regine Paroli zu bieten. Trotzdem ließ sie sich nicht einschüchtern. »Herr Gruber bekommt allerdings ebenfalls Ärger, wenn er die Leute illegal beschäftigt.«

»Du kleine, unverschämte …«, plusterte sich Regine auf.

Doch Lena fiel ihr ins Wort. »Wenn du jemand Unverschämten sehen willst, dann schau mal in den Spiegel!«

Regine lief knallrot an, schnappte nach Luft, dann holte sie demonstrativ ihr Handy hervor. »Gut, wenn du nicht anders willst.«

Wie kann man nur so garstig sein?, dachte Lena. Laut rief sie: »Warte!«

Zufrieden zog Regine ihre dünnen Augenbrauen nach oben.

»Ich miste für ihn die Ställe aus«, sagte Lena resigniert.

»Du?« Regines abschätzender Blick traf sie. »Na, von mir aus. Aber streng dich an.« Damit stolzierte sie davon.

»Dämliche Ziege«, knurrte Lena ihr hinterher, dann beeilte sie sich, zu Ragnar zurückzugehen. Sie schloss die Tür auf und rechnete schon damit, von ihm angefahren zu werden, weil sie ihn eingesperrt hatte, aber er schlief tief und fest. Offenbar hatte er es gerade noch geschafft, sich eine frische Jeans anzuziehen, das T-Shirt lag noch neben ihm. Interessiert betrachtete sie seinen muskulösen Oberkörper und die wenigen dunklen Haare auf der Brust. Sein Gesichtsausdruck war erschöpft, aber entspannt, und als sie sah, dass er an den Unterarmen Gänsehaut hatte, deckte sie ihn vorsichtig zu.

»Du bist schon ein verrückter Typ«, seufzte sie leise, legte das Brot auf den Tisch und ging dann hinaus, um mit dem Ausmisten zu beginnen.

Lena benötigte den ganzen Vormittag dazu. Zwischendrin sah sie immer wieder nach Ragnar, aber der schlief weiterhin und wachte nicht auf, wenn sie hereinkam. Am Ende spürte sie jeden einzelnen Muskel an den Oberarmen.

Ein Blick auf ihr Smartphone zeigte eine ganze Reihe von Anrufen an, meist von ihren Eltern und ihrer Oma. Voller Unbehagen dachte sie daran, dass sie eigentlich schon längst hätte zuhause sein müssen.

Als Lena wieder in die Holzhütte trat, war Ragnar anscheinend soeben aufgewacht. Er streckte sich. »Wie lange habe ich geschlafen?«

»Fühlst du dich besser?«, fragte sie, statt eine Antwort zu geben, und hielt ihm ein belegtes Brot hin.

Widerwillig nahm er es in die Hand. »Jetzt sag schon, wie spät es ist.« Mühsam drehte er sich um und erschrak, als er die Uhr erblickte. »Verdammt, ich …«

»Bleib liegen«, befahl Lena und drückte ihm eine Hand auf die Brust, denn er hatte sich ruckartig aufgesetzt. »Ich habe deine Arbeit erledigt«, beruhigte sie ihn und zog hastig ihre Hand zurück.

»Wirklich?« Er stieß die Luft heftig durch die Nase aus, lehnte sich an die Wand und beäugte Lena ein wenig verblüfft. »Vielen Dank, das ist sehr nett von dir.«

»Ja, ja, heute hatte ich meinen guten Tag.« Energisch deutete sie auf das Brot. »Jetzt iss.«

Mit einem Seufzen biss er in sein spätes Frühstück, kaute zunächst lustlos darauf herum, ließ sich dann jedoch noch zu einer weiteren Scheibe und einer Tasse Tee überreden.

Als Lena bemerkte, wie sein Gesicht endlich eine halbwegs gesunde Farbe annahm, war sie mehr als erleichtert.

»Meinst du, ich kann dich allein lassen? Ich müsste dringend nach Hause.«

»Natürlich kannst du das.« Plötzlich riss er erschrocken die Augen auf. »Verdammt, Lena, du bist mit dem Auto deiner Großmutter gefahren und hast gar keinen Führerschein. Ich hoffe, du bekommst keinen allzu großen Ärger.«

Auch wenn sie inzwischen einen dicken Klumpen in ihrem Magen spürte, winkte sie ab. »Das wird schon nicht so schlimm. Aber Ragnar«, sie blickte ihm eindringlich in die Augen, »ich weiß, du magst keine Handys. Bitte nimm trotzdem meins und gib mir Bescheid, sollte es dir später wieder nicht gut gehen. Dort drüben auf der Fensterbank hast du Empfang.« Lena legte ihr Smartphone auf die genannte Stelle. »Zuhause habe ich noch ein altes Handy, ich habe die Nummer eingespeichert.«

Zu ihrer Erleichterung nickte er zustimmend, erhob sich und kam mit wackeligen Schritten auf sie zu. »Ich bin dir wirklich dankbar. Es ist schön, gute Freunde zu haben.« Überraschenderweise umarmte er sie, und sie erwiderte diese Umarmung gerührt.

»Pass auf dich auf, und bitte ruf mich später noch einmal an.«

Ragnar zwinkerte ihr zu. »Falls dich deine Eltern in einen Kerker sperren, werde ich mit Comet kommen und dich befreien.«

»Mein Ritter auf seinem weißen Pferd.« Lena verbeugte sich übertrieben, dann drohte sie ihm spaßhaft mit dem Finger. »Aber erst morgen. Heute bleibst du im Bett.«

»Sehr wohl!« Er neigte den Kopf und öffnete ihr die Tür.

Bevor Lena hinaustrat, zögerte sie, betrachtete Ragnar abermals voller Sorge, aber er drückte ihre Hand.

»Du hast viel für mich getan, doch jetzt komme ich allein zurecht.«

»Okay.« Lena war beinahe zur Tür hinaus, als sie sich noch einmal umdrehte. »Kannst du mir einen Gefallen tun?«

»Welchen?«

»Wenn du schon zu keinem Arzt willst, würdest du dich dann von meiner Oma untersuchen lassen?«

»Weshalb von deiner Oma?«, erkundigte er sich skeptisch.

»Sie ist eine Art Naturheilerin und hat schon vielen Menschen geholfen.«

Ein paar Sekunden lang sah Ragnar sie stumm an, schließlich neigte er den Kopf. »Gut, ich denke, das würde mir nicht schaden.«

»Das freut mich.«

Da Lena nicht noch einmal ohne Führerschein fahren wollte, joggte sie los, um Katrin zu fragen, ob diese sie nach Hause fahren konnte.

Zum Glück traf sie ihre Freundin auch an, und Katrin erklärte sich sofort dazu bereit. »Sag mal, du siehst aber verdammt fertig aus«, meinte sie unterwegs.

Erschöpft sank Lenas Kopf gegen die kühle Fensterscheibe. »Das war vielleicht eine verrückte Nacht. Und jetzt erwartet mich eine Standpauke der besonderen Art.«

»Warst du heimlich weg?«, erkundigte sich ihre Freundin gespannt.

»Viel schlimmer.«

Sie waren schon am Haus von Lenas Oma angekommen.

»Du, ich erzähl's dir ein anderes Mal – sofern ich den heutigen Tag überlebe.«

Lachend drückte Katrin ihre Schulter. »Es wird schon nicht so schlimm werden. Mach's gut.«

Mit jedem Schritt, den Lena auf das niedrige Fachwerkhaus zuging, verdichtete sich der Klumpen in ihrem Magen. Sie hatte nicht einmal richtig aufgesperrt, als sich die Tür öffnete und ihre Mutter sie mit wütender Miene ins Haus zerrte.

»Was fällt dir eigentlich ein?«, schrie sie los, und für einen Moment glaubte Lena, ihre Mutter würde ihr eine Ohrfeige verpassen.

»Mama, ich …«

»Komm sofort in die Küche.« Energisch schob Manuela sie in den Nebenraum, wo ihr Vater und zu allem Unheil auch noch ihre Schwester wie das Jüngste Gericht hinter dem Küchentisch saßen. Auch das Gesicht von Oma Gisela war ungewohnt ernst.

»Wie geht es dem Jungen?«, fragte diese jedoch zunächst.

»Besser«, grummelte Lena und senkte den Blick.

»Weißt du eigentlich, was ein unnützer Krankenwageneinsatz kostet?«, polterte ihr Vater los. »Die halbe Nachbarschaft war heute hier und wollte wissen, was los war. Außerdem bist du ohne Führerschein gefahren – wenn dich jemand gesehen hat!«

»Wenn die Nachbarn dein einziges Problem sind …« Lena verschränkte die Arme vor der Brust, aber ihr Vater fuhr schon zornig fort.

»Ich musste die Sanitäter ganz schön beschwichtigen, und das Geld …«

»Verdammt, Papa!« Tränen schossen in Lenas Augen. Sie war furchtbar erschöpft von letzter Nacht und den Sorgen um Ragnar und hatte jetzt einfach keine Nerven mehr für Anschuldigungen. »Ich bezahle den verfluchten Krankenwagen.«

»Und von was bitte?«, erkundigte sich Ramona spitz.

»Notfalls mache ich halt noch ein paar Sozialstunden mehr im Altenheim«, schrie Lena, »darauf kommt es jetzt auch nicht mehr an.« Sie floh aus der Küche in ihr Zimmer, knallte die Tür zu und warf sich aufs Bett, dann heulte sie hemmungslos.

Als es kurze Zeit später klopfte, antwortete sie nicht, denn sie wollte niemanden sehen. Trotzdem öffnete ihre Oma die Tür einen Spalt breit. »Lena, darf ich reinkommen?«

Zwar konnte sie sich nicht zu einer Antwort durchringen, aber sie protestierte auch nicht.

Oma Gisela setzte sich neben sie auf das Bett und streichelte über ihre Haare. »Was hast du dir nur dabei gedacht?«

»Oma«, Lena schluchzte leise und drehte sich um, »ich kann dir das nicht wirklich erklären, aber Ragnar wollte auf keinen Fall ins Krankenhaus, und er hat mich angefleht, ihn von hier wegzubringen. Ich wusste mir einfach nicht anders zu helfen, sonst hätte ich dein Auto niemals genommen. Aber ich konnte ihn doch nicht nach Hause laufen lassen. Das hätte er nicht geschafft.«

»Lena, mit einem allergischen Schock ist nicht zu spaßen«, entgegnete Oma Gisela.

Wenngleich Lena durchaus klar war, wie verrückt das alles klingen musste, erzählte sie ihrer Großmutter nun von Ragnars Problem, sich längere Zeit in geschlossenen Gebäuden aufzuhalten, und auch wenn ihre Oma zunächst skeptisch die Stirn runzelte, hörte sie dennoch zu und unterbrach sie auch nicht.

Am Ende fuhr sich ihre Großmutter durch die grauen Haare. »Also, so etwas habe ich noch nie gehört.«

»Ich denke mir das nicht aus. Ragnar ist … irgendwie anders.«

»Das habe ich auch schon bemerkt«, stimmte Oma Gisela zu, dann lächelte sie. »Aber ich mag ungewöhnliche Menschen.«

»Er hatte richtiggehend Panik, in ein Krankenhaus zu gehen.«

»Viele Menschen haben Angst davor, und ich kann das verstehen, aber gestern hätte ich ihn dennoch lieber unter ärztlicher Aufsicht gewusst.«

Auf einmal sprang Lena auf, kramte hektisch in ihrer Nachttischschublade und hängte ihr altes Handy ans Ladegerät. Erleichtert stellte sie fest, dass Ragnar noch nicht angerufen hatte. »Ich auch, doch ich habe erlebt, wie unwohl er sich zum Beispiel im Altenheim gefühlt hat. Das ist nicht gespielt.«

»Möglicherweise eine extreme Form von Klaustrophobie«, murmelte ihre Oma vor sich hin.

»Er hat zugestimmt, sich von dir untersuchen zu lassen«, erwähnte Lena. »Vielleicht kannst du herausfinden, ob er tatsächlich gegen irgendetwas allergisch ist.« Dann zögerte sie. »Nur leider hat er nicht so viel Geld, und …«

»Das ist nicht so schlimm«, winkte Oma Gisela ab. »Vielleicht findet Ragnar ja mal Zeit, mir im Garten zur Hand zu gehen. Dein lieber Vater weiß sich meist aus der Affäre zu ziehen, wenn es um Gartenarbeit geht.«

»Das wird Ragnar sicher tun«, freute sich Lena und nahm die Hand ihrer Großmutter in ihre. »Es tut mir ehrlich leid mit deinem Auto. Wenn ich eine andere Möglichkeit gehabt hätte, wäre ich nicht gefahren.«

»Ach Lena«, Oma Gisela nahm sie in den Arm. »Ich weiß nicht, warum, aber ich kann dir einfach nicht böse sein.« Sie nahm Lena bei den Schultern und sah ihr in die Augen. »Auf jeden Fall finde ich es schön, dass ihr so gute Freunde geworden seid.«

»Das finde ich auch«, stimmte Lena zu.

Kapitel 17

Gefahr in den Wäldern

Obwohl Lenas Eltern, nach einem vermittelnden Gespräch mit Oma Gisela, ihr keine offenen Vorwürfe mehr machten, so spürte sie doch die anklagenden Blicke und fühlte sich unbehaglich zuhause. Schon nach einer Stunde rief sie bei Ragnar an, und dieser versicherte ihr, wenn auch mit müder Stimme, es gehe ihm gut. Gegen Abend klopfte ihre Oma abermals an ihre Tür.

»Ich möchte mein Auto holen. Begleitest du mich?«

»Fährt Papa dich?«

»Nein.« Oma Gisela legte den Kopf schief. »Ich dachte, wir laufen durch den Wald. Vermutlich würdest du gerne noch einmal nach ihm sehen.«

»Ja, da hast du Recht.« Lena lächelte zustimmend. Dann zog sie ihre Turnschuhe an und begleitete Oma Gisela auf den schmalen Pfaden durch den Wald.

»Das haben wir schon lange nicht mehr getan.«

»Was meinst du?« Gedankenverloren war Lena neben ihrer Großmutter hergewandert.

»Gemeinsam im Wald spazieren gehen. Als kleines Mädchen hast du mich immer gerne beim Kräutersammeln begleitet.«

»Ja, wohl wahr«, gab Lena zu, dann grinste sie. »Ist schon lange her.«

Oma Gisela wandte sich ihr zu, dann betrachtete sie Lena eindringlich. »Ich finde es schön, dass du dank Ragnar wieder mehr in der Natur unternimmst.«

»Das Reiten macht mir jetzt richtig Spaß und …« Weiter kam Lena nicht, denn ihre Großmutter hielt sie am Arm fest und starrte angestrengt ins dichte Unterholz.

»Was ist?«, wollte sie wissen, aber ihre Oma legte einen Finger an die Lippen.

Plötzlich überkam Lena ein seltsames Gefühl. Die feinen Härchen an ihrem Unterarm stellten sich auf, ihr Puls beschleunigte sich.

»Sollen wir nicht besser weitergehen?«, flüsterte Lena.

Doch die Augen ihrer Großmutter hafteten auf dem Dickicht, dann bückte sie sich und griff nach einem Stock. Kurz darauf nuschelte sie ein paar Worte, die Lena nicht verstand, und ritzte dabei irgendetwas in den Boden.

Lena vernahm ein Knurren, sah eine Bewegung – und genau in diesem Moment verflog das mulmige Gefühl.

Auch Oma Gisela entspannte sich.

»Was hast du denn gemacht?« Lena blickte auf den Boden und betrachtete den Kreis, der von zwei senkrechten Linien durchkreuzt wurde.

»Ein Schutzzeichen – es wehrt das Böse ab.«

»Was?«, lachte Lena. »Ist das wieder dein Hexenhumbug?«

»Nenn es Humbug, wenn du meinst, aber schon die Druiden wussten um die Kraft gewisser magischer Symbole.« Noch einmal wanderte der Blick der alten Frau in den Wald. »Du hast doch auch gespürt, dass dort etwas war, oder willst du das bestreiten?«

»Wahrscheinlich ein Reh. Oder dieser seltsame Fuchs, den ich neulich gesehen habe.«

»Was war mit dem Fuchs?«

»Ich weiß nicht.« Bei der Erinnerung daran erschauderte sie. »Er war seltsam. Ich habe schon überlegt, ob er vielleicht Tollwut hatte.«

»Dann sollten wir besser den Jäger anrufen«, murmelte ihre Großmutter, »obwohl schon seit Jahren keine Fälle von Tollwut mehr aufgetreten sind.« Sanft schob sie ihre Enkelin weiter. »Komm jetzt, sonst wird es dunkel. Außerdem habe ich heute noch einiges zu tun.«

Während sie durch den Wald gingen, wurden die Schatten länger. Düsternis senkte sich über die Bäume und Büsche, und Lena war heilfroh, als sie endlich Ragnars Hütte erreichten. Vor ihrer Oma hatte sie es nicht eingestehen wollen, aber das Gefühl, beobachtet zu werden, war zurückgekehrt. Doch sie war kein kleines Kind mehr, und an ihre eigenartige Gabe, Geister zu sehen, wollte sie gleich gar nicht denken, daher verdrängte sie eilig alle Gedanken daran.

»Ragnar? Bist du da?« Lena klopfte an die Tür, bekam aber keine Antwort. »Vielleicht schläft er.«

»Wir sollten besser nachsehen.« Oma Gisela fackelte nicht lange und blickte zum Fenster hinein, das zu den Weiden zeigte.

Doch da kam Ragnar langsam den Weg herauf und stutzte kurz, als er sie entdeckte. Dennoch erhellte ein leichtes Lächeln sein noch immer blasses, schmales Gesicht.

»Heute hatte ich gar nicht mehr mit Besuch gerechnet.«

Oma Gisela betrachtete ihn eingehend. »Ich bin froh, dich wieder auf den Beinen zu sehen.«

»Und ich erst«, seufzte Lena, dann sah sie ihn mit zusammengezogenen Augenbrauen an. »Ich hoffe, du hast dich nicht von dieser Sklaventreiberin Regine zum Arbeiten überreden lassen.«

»Nein«, versicherte er, »du hast mich ja würdig vertreten. Ich war nur ein Stück spazieren. Wenn ich draußen in der Natur bin, erhole ich mich am besten.« Sein Blick suchte den Waldrand ab, dann fügte er kaum hörbar hinzu: »Meistens jedenfalls.«

»Lena, die freiwillig den Stall ausmistet – es geschehen Zeichen und Wunder«, war Oma Giselas Kommentar, woraufhin Lena verlegen auf ihre Füße starrte.

»Wir wollten nur das Auto abholen«, erklärte sie rasch.

»Ach so.« Ragnar holte Lenas Smartphone aus seiner Hosentasche. »Du kannst es zurückhaben.«

»Nein, behalte es nur, ich habe ja noch eins.«

»So, jetzt falle ich aber völlig vom Glauben ab«, lachte Oma Gisela. »Lena, ich hoffe, du bist nicht auch noch krank, oder die richtige Lena wurde von Aliens entführt, und vor uns steht lediglich ein Klon!«

Als ihre Großmutter ihr eine Hand auf die Stirn legte, schob Lena sie ungeduldig zur Seite. »Was soll das denn?«

»Na ja, dein heiliges Smartphone! Ich dachte nicht, dich jemals wieder ohne das Ding zu sehen.«

Während Ragnar leise lachte, eilte Lena zu der orangefarbenen Ente. »Du hast doch gesagt, du hast noch was zu tun, Oma, also komm.«

»Bis bald, Lena.« Ragnar hob die Hand zum Gruß, und Lena winkte zurück, dann wartete sie auf ihre Großmutter, die noch einige Worte mit Ragnar wechselte. Lena hoffte, sie würde nicht weitere Peinlichkeiten von sich geben.

»Er kommt übermorgen zu mir, dann werde ich mal sehen, ob ich einen Grund für seinen seltsamen Zusammenbruch finde«, erklärte Oma Gisela, nachdem sie sich hinters Steuer gesetzt hatte.

Am übernächsten Nachmittag kam Lena von der Arbeit nach Hause und fand Oma Gisela in der Küche vor.

»Viele Grüße von Ragnar. Er hat gefragt, ob du später noch mit ihm ausreiten möchtest.«

»Oh, danke.« Lena nahm sich ein Glas Wasser. »Hast du ihn behandelt?«

Oma Gisela nickte mit ernstem Gesicht. »Bedauerlicherweise konnte ich nicht herausfinden, was ihm fehlt, aber ich habe ihm ein paar Kräuter mitgegeben, denn irgendetwas hat ihn massiv geschwächt.« Sie schüttelte den Kopf. »Noch niemals zuvor habe ich allerdings jemanden mit einer derart starken Aura getroffen – das ist ungewöhnlich. Dennoch … Ich habe auch etwas Düsteres an ihm gespürt, ein Geheimnis oder etwas, das ihn sehr beschäftigt und belastet. Ich weiß auch nicht …«

»Du mit deiner Aura!«, rief Lena.

Ihre Großmutter behauptete, die Aura der Menschen sehen zu können, jenen Schild, der angeblich jeden umgab und der mal stärker, mal schwächer ausgeprägt war. Sie war auch der unumstößlichen Meinung, Lena verfüge über eine starke Aura, die jedoch noch nicht voll ausgebildet sei. Auch wenn Lena die Heilerfolge ihrer Großmutter schon häufig miterlebt hatte, so glaubte sie nicht wirklich an diese Sache mit der Aura.

Doch Oma Gisela war nicht beleidigt – das war sie nie, wenn jemand ihre Arbeit infrage stellte.

»Mein Schatz, es gibt mehr Dinge zwischen Himmel und Erde …«

»Ja, ja, ich weiß.« Lena schnitt sich eine dicke Scheibe Brot ab und belegte sie mit Käse. »Dann geh ich mal ausreiten.«

»Lena, tu mir den Gefallen und nimm die Straße«, bat ihre Großmutter.

»Weshalb das denn? Durch den Wald ist es viel kürzer, und inzwischen kenne ich den Weg ja.«

»Es wäre mir lieber«, druckste Oma Gisela herum, dann räusperte sie sich. »Du hast doch selbst gesagt, du hättest möglicherweise einen tollwütigen Fuchs gesehen.«

»Hm, na ja, stimmt schon.« Lena zuckte mit den Schultern, dann ging sie in ihr Zimmer, zog sich um und packte anschließend ihr Fahrrad. Sie war schon auf dem Weg zur Hauptstraße, aber dann bog sie doch rechts in den Feldweg ein.

Blödsinn, der dämliche Fuchs wird mir schon nicht über den Weg laufen, dachte sie und strampelte los.

Im Wald war es kühl und ruhig. Eine Gruppe Wanderer kam

ihr entgegen, die Lena freundlich grüßte. Plötzlich klingelte ihr Handy – Ragnar war am anderen Ende.

»Ja, ich bin gleich da, vielleicht noch fünf Minuten«, keuchte sie, hörte für einen Moment zu und meinte dann: »Super, wenn du schon sattelst, können wir sofort los.«

Sie trat in die Pedale und kam gerade rechtzeitig, als Ragnar Comet den Sattel auflegte. Erfreut stellte sie fest, dass Ragnar wieder gesund und munter aussah. Nach einem kurzen Plausch stiegen sie auf und ritten in der warmen Nachmittagssonne erst ein Stück durch den Wald, dann über die abgeernteten Felder der Jurahochebene. Lena erfreute sich an dem raschen Galopp, als ihre Pferde über das Stoppelfeld jagten. Sie feuerte den kleinen Fuchswallach an und hatte am Ende sogar eine Länge Vorsprung zu Ragnar und seinem Pferd.

»Diesmal kannst du aber nicht leugnen, dass wir schneller waren«, lachte sie.

»Nein.« Er zwinkerte ihr zu, dann ließen sie die Pferde in gemächlichem Schritt verschnaufen.

Auf einer grasbewachsenen Lichtung hielt Ragnar an. »Falls es dir nichts ausmacht, zehn Minuten zu laufen, könnten wir die Pferde gleich auf die Weide bringen. Sie sollen hierbleiben und das letzte Gras abfressen.«

Ein Blick auf die Uhr zeigte Lena, dass es erst halb sechs war. »Ja, das können wir machen.«

Sie stiegen ab, und kaum hatten sie die beiden Pferde von Sattel und Zaumzeug befreit, begannen die Tiere genüsslich das noch immer saftige Spätsommergras zu rupfen. Ragnar legte sich ins Gras und lehnte seinen Kopf gegen den Sattel.

Er klopfte mit der flachen Hand auf den Boden, woraufhin sich Lena neben ihm auf die Erde setzte. Sein Blick schweifte über den von weißen Schäfchenwolken bedeckten Himmel. »Sieh mal, die eine ähnelt einem Drachen.«

Lena kniff die Augen zusammen, dann erkannte sie, was er

meinte. Mit etwas gutem Willen konnte man tatsächlich einen großen Kopf mit Hörnern und einem geöffneten Maul in den Wolkenformationen ausmachen.

»Hast du das von deiner isländischen Großmutter?«, fragte sie.

»Was meinst du?«

»Na, diese Fantasie. Ich glaube, ich kenne niemanden außer dir, der Drachen in Wolken sieht.«

»Ich bin eben nicht wie jeder.«

»Nein, wirklich nicht«, stimmte sie lachend zu, dann drehte sie sich zu ihm. »Da wir gerade bei deiner Oma sind, vor lauter Aufregung haben wir gar nicht mehr richtig nach dem Schatz gesucht.«

»Das stimmt.« Nun wandte er ihr seinen Kopf zu. »Möglicherweise haben wir aber etwas sehr viel Wertvolleres gefunden.«

»Was denn?«, wunderte sich Lena.

»Freundschaft.« Ragnar sah ihr ganz tief in die Augen.

Auf einmal spürte Lena ein eigenartiges Kribbeln in ihrem Inneren. Ein warmes, nie da gewesenes Gefühl breitete sich in ihr aus. Sie betrachtete Ragnar, der neben ihr im Gras lag, zu ihr herübersah, in einem Mundwinkel einen langen Grashalm, das rechte Bein angewinkelt auf das linke gelegt. Ja, im Laufe der letzten Zeit waren sie tatsächlich Freunde geworden, und sie ertappte sich bei dem Gedanken, sich ein Leben ohne ihn inzwischen gar nicht mehr vorstellen zu können.

»Ja«, antwortete sie. »Am Anfang haben wir nur miteinander gestritten, aber jetzt macht es Spaß, etwas mit dir zu unternehmen.«

»Unsere Gabe verbindet uns.«

Auf der Stelle verfinsterte sich Lenas Gesicht. »Die Geister.«

»Daran ist nichts Schlimmes«, versicherte er ihr erneut.

»Hm.« Eigentlich wollte sie lieber überhaupt nicht mehr daran denken, aber sie wurde ohnehin für einen Moment abgelenkt, denn die beiden Pferde hatten mit dem Grasen innegehalten, die Köpfe erhoben und blickten in eine ganz bestimmte Richtung.

»Was haben sie denn?«

»Die meisten Pferde können ebenfalls Geister sehen.«

»Tatsächlich?«, staunte Lena, dann fügte sie unbehaglich hinzu: »Und dort drüben ist einer?«

Ragnar nickte. »Der Geist eines Bären.«

»Wirklich?« Zögernd nahm Lena Ragnars ausgestreckte Hand, denn ein Geisterbär wirkte auf sie seltsamerweise weniger bedrohlich als ein Mensch.

Sie spürte ein Kribbeln, als sie Ragnar berührte, dann sah sie das Tier. Groß, majestätisch stand er einige hundert Meter von ihnen entfernt, von einem Schimmern umgeben, mit annähernd festen Konturen. Vor Überraschung blieb Lena der Mund offen stehen, dann wandte sich das Tier ab und verschwand im Wald. Sahib und Comet senkten ihre Köpfe und fraßen weiter.

Beinahe empfand Lena Bedauern, als Ragnar ihre Hand losließ, denn sie hatte sich warm, kräftig und irgendwie beruhigend angefühlt.

»Du musst keine Angst vor ihnen haben.«

»Wenn du dabei bist, nicht«, rutschte es ihr heraus, dann biss sie sich auf die Lippe.

Doch Ragnar lächelte nur und sprang behände auf. »Komm, sonst wird es dunkel.«

Tatsächlich brauchten sie nicht einmal zehn Minuten bis zum Reitstall, trotzdem beschleunigte Lena ihre Schritte. Sie hatte das Gefühl, ständig ein Kribbeln in ihrem Nacken zu spüren. Möglicherweise waren Geister in der Nähe, und sie scheute sich, Ragnar danach zu fragen, da er sie ja für harmlos hielt. Im Reitstall brachten sie Sättel und Zaumzeug in die Sattelkammer, und Lena ging zu ihrem Fahrrad zurück.

»Ich fahre dich mit dem Motorrad nach Hause«, bot Ragnar an.

»Das ist nett, aber ich brauche morgen das Rad, sonst komme ich nicht in die Arbeit.« Ihr Blick schweifte in den Himmel. »Wenn ich mich beeile, schaffe ich's, bevor es ganz dunkel ist.«

»Dann komme ich mit dir.«

»Das musst du nicht, ich finde den Weg.«

»Nein.« Plötzlich war seine Miene sehr ernst, und Lena musterte ihn verwirrt. »Ich möchte nicht, dass du allein durch den Wald fährst.«

»Na hör mal«, lachte sie. »Neulich erzählst du mir noch, wie toll es im Wald ist, und jetzt …«

»Etwas hat sich verändert.« Seine Stimme klang dunkel, sein Blick wanderte zum Waldrand.

Unwillkürlich lief ein Schaudern über Lenas Rückgrat. »Wie meinst du das?«

»Noch vor kurzer Zeit empfand ich diese Wälder als friedlich und sicher. Aber jetzt …« Offensichtlich suchte er nach Worten, zuckte jedoch nur mit den Schultern. »Ich weiß nicht, aber manchmal spüre ich etwas Kaltes, Böses, das ich nicht einordnen kann. Manche Schatten sind dichter, als sie es sein sollten.«

Unvermittelt wurde Lena bewusst, dass er soeben das ausgesprochen hatte, was auch sie hin und wieder fühlte, jedoch nicht wahrhaben wollte. »Und was soll das sein?«

»Das kann ich dir leider nicht sagen. Komm jetzt.«

Mit einem Mal war Lena heilfroh, Ragnar an ihrer Seite zu wissen. Nicht einmal über die Straße, die ebenfalls ein Stück durch den Wald führte, hätte sie jetzt allein nach Hause fahren wollen. Im Wald war es deutlich düsterer als draußen auf den Koppeln. Immer wieder warf Lena verstohlene Blicke über die Schulter, während sie ihr Fahrrad neben sich herschob. Irgendwann legte Ragnar stumm seine Hand auf die ihre. Dankbar lächelte sie ihm zu. Selbst wenn es vermutlich albern war und jeglicher Logik entbehrte – jetzt fühlte sie sich beschützt, und wenigstens würde sie herumspukende Geister sehen, so sie sich hier im Wald aufhielten. Unbehelligt kamen sie am Haus von Lenas Großmutter an.

»So, und jetzt musst du allein nach Hause laufen«, sagte sie von einer plötzlichen Unruhe ergriffen.

Ihre Großmutter war noch nicht da, und auch wenn das Auto von Lenas Vater vor der Tür stand, wollte sie ihn nicht fragen, ob er Ragnar zurückfuhr, denn das Thema Ragnar war noch immer ein kritischer Punkt, obwohl Oma Gisela mehr als ein gutes Wort für ihn eingelegt hatte.

»Mir geschieht nichts«, versicherte er ihr.

»Weil du ein Kerl bist?«, schnaubte Lena, aber er schüttelte lächelnd den Kopf.

»Nein, deshalb nicht. Aber ich bin ein Teil der Natur.«

»Bin ich das etwa nicht?«

»Doch«, gab er zögernd zu, »nur ... ich kann es dir nicht erklären, aber ich glaube, vor mir weichen die Schatten zurück.«

Verwirrt hob Lena ihre Augenbrauen, denn was er da erzählte, klang doch mal wieder reichlich abstrus.

Er umarmte sie kurz und lief dann zurück in den Wald.

»Ragnar!«, rief sie ihm hinterher, und er blieb kurz stehen. »Ruf mich an, wenn du zuhause bist.«

Mit erhobener Hand verschwand er zwischen den Bäumen.

Voller Ungeduld wartete Lena darauf, dass Ragnar sich meldete, denn seitdem er die Sache mit den verdichteten Schatten ausgesprochen hatte, war sie von einer seltsamen Unruhe ergriffen, die sie nicht mehr loslassen wollte.

»Lena, sei so gut und bring noch die Polster von den Gartenstühlen rein. Der Wetterbericht hat ein Gewitter vorhergesagt«, bat ihre Mutter, als Lena in die Küche ging, um sich ein Glas Wasser zu holen.

»Ja, mach ich.« Sie trat hinaus in den Garten, wo sich die knorrigen Obstbäume schemenhaft abzeichneten, raffte eilig

Kissen und Auflagen von der Holzbank und den Liegestühlen zusammen und brachte diese in die Garage. Ein Piepsen ertönte aus ihrer Hosentasche, und sie zog ihr Handy hervor. Erleichtert lehnte sie sich gegen die Wand, als sie feststellte, dass Ragnar eine SMS geschickt hatte.

Binn gudd zuhause ankomen. Gut Naacht Ragnar.

Über die vielen Rechtschreibfehler musste sie schmunzeln. Wie es aussah, sprach er deutlich besser Deutsch, als er in der ihm fremden Sprache schreiben konnte. Aber vermutlich war das kein Wunder, denn sicher hatte sein Vater hauptsächlich mit ihm in seiner Muttersprache gesprochen und ihm weniger Rechtschreibung beigebracht.

»Ragnar«, seufzte Lena und drückte das Handy kurz an sich, dann trat sie aus der Garage. Jetzt würde sie sicher besser schlafen, da sie wusste, dass er sicher angekommen war.

Ein spitzer Schrei entfuhr ihr, als sie auf einmal einen Schatten neben der Garage entdeckte.

»Lena, was ist denn?« Oma Gisela trat in den Schein der kleinen Lampe, die lediglich einen Lichtkreis von ein oder zwei Metern bot.

»Oma!«, stöhnte Lena auf. »Was kriechst du denn hier in der Dunkelheit herum?«

»Ich krieche nicht, mein liebes Kind«, stellte sie richtig, dann musterte sie ihre Enkelin eindringlich. »Wie du sehr wohl weißt, bin ich häufig nachts unterwegs … zum Kräutersammeln zum Beispiel.«

Nur ganz allmählich beruhigte sich Lenas rasender Herzschlag. »Und, hast du welche gefunden?«

»Was soll ich gefunden haben?« Lena musste grinsen, als ihre Oma sie verwirrt blinzelnd ansah.

»Na, deine Kräuter?«

»Kräuter – ja natürlich«, antwortete sie zerstreut und kramte in ihrem Bündel herum. »Komm jetzt, Lena, es ist schon spät.«

Kapitel 18

Das letzte Puzzleteil

Der Verlust ihres Bruders ärgerte Everon unbändig. Hätten sie doch nur abgewartet, ihre Kraft weiterhin genährt.

»Weshalb dürfen wir denn nicht mehr zur Hütte?«, fragte Luvett ungeduldig, wie er da in der feuchten, düsteren Höhle lag. Nur hin und wieder tönte ein leises Wimmern zu ihnen herüber.

»Weil die Wächter ihren Schutz erneuert haben«, zischte Everon. »Spürst du nicht, wie ihre Macht uns schwächt? Und zudem …« Voller Unruhe schweifte sein Blick hinaus ins Freie. »Wer weiß, ob nicht weitere wie Gavin hier sind.«

»Ist es das, was du denkst?« Der Dritte im Bunde erschien, ein wenig materieller, fester, als noch vor kurzer Zeit.

»Wir müssen achtsam sein«, verlangte Everon. »Hier sind wir zumindest vor ihnen geschützt.«

»Und der Junge«, jaulte Luvett.

Everons stechender Blick traf ihn, woraufhin Luvett rückwärtskroch. »Er wird sich wieder aus dem geschützten Bereich entfernen, das ist gewiss. Sobald der Schutzkreis der Wächter nachlässt, werden wir ihn weiterhin beobachten. Everon trat hinaus ins Freie. »Nun lass uns in anderen Gebieten jagen gehen.«

»Sag mal, hängst du eigentlich immer noch mit dem *Weltuntergang* ab?«, erkundigte sich Maike bei Lena, als die beiden Mädchen bei ihrer gemeinsamen Mittagspause im Aufenthaltsraum saßen.

»*Weltuntergang*?« Im Augenblick war Lena mit den Gedanken ganz woanders gewesen.

»Na, dieser Ragnar.«

»Ach so, ja. Wir unternehmen gelegentlich etwas zusammen.«

»Echt?« Maike verzog ihr breites Gesicht. »Also wenn ich daran denke, wie der sich immer aufgeführt hat …«

»So schlimm ist er gar nicht.« Schon seit zwei Tagen hatte sich Ragnar nicht mehr gemeldet, und inzwischen fehlte er ihr.

»Schon wieder sind zwei Leute verschwunden – diesmal sogar in Hilpoltstein. Langsam wird mir das unheimlich.« Schwester Margareta blickte von der Tageszeitung auf.

Auch Schwester Gunda ließ von ihrer undefinierbar aussehenden Suppe ab. »Da ist Schwarze Magie am Werk, das sage ich euch.«

»Ach, du wieder mit deinem Hokuspokus«, schimpfte Schwester Margareta.

»Ich finde das aber auch mysteriös. Seit einigen Wochen hört man ständig von Leuten, die einfach nicht mehr nach Hause kommen«, warf Maike ein.

»Bei dem ersten Verschollenen meinte meine Oma, das wäre ein frustrierter Familienvater gewesen, der genug von seinem zänkischen Weib hatte«, erinnerte sich Lena.

»Bei einem lasse ich mir das noch eingehen«, ratlos schüttelte Margareta mit dem Kopf, »aber das geht ja schon seit Wochen so.«

»Vielleicht sind mehrere Familienväter auf den Geschmack gekommen und feiern jetzt auf den Kanarischen Inseln eine Party«, kicherte Maike.

»Ihr jungen Dinger nehmt auch überhaupt nichts ernst. Und jetzt zack, zack, an die Arbeit.« Energisch scheuchte Schwester Margareta Lena und Maike auf.

Lena stöhnte leise, denn eigentlich hatte sie schon jetzt keine Lust mehr, und ihr standen noch drei Stunden bevor. Das Signal einer ankommenden SMS besserte ihre Laune jedoch jäh, denn Ragnar fragte, ob sie Lust hätte, später noch etwas mit ihm zu unternehmen, denn er sei ohnehin bei ihrer Oma und hätte danach noch Zeit.

Diese Aussicht motivierte Lena ungemein. Beim gemeinsamen Backen mit den alten Leuten gab sie sich richtig Mühe und lachte mit Frau Meister, die zum wiederholten Male mit ihrer verschmitzten Art Abwechslung in den eintönigen Seniorenalltag brachte.

»Hi Timo!« Gerade hatte sich Lena auf ihr Fahrrad geschwungen, als ihr ehemaliger Schwarm zur Abendschicht eintraf. Inzwischen verstanden sie sich ausnehmend gut, und Lena ärgerte sich auch nicht mehr darüber, dass er nicht zu haben war.

»Hallo Lena, du hast es gut, du hast schon Feierabend«, seufzte er.

»Du schaffst das schon.« Gut gelaunt radelte Lena los und fand Ragnar im Garten vor, wo er die alten Obstbäume von abgestorbenen Ästen befreite. Ein beachtlicher Haufen Holz türmte sich bereits neben der Garage.

»Wow, du bist ganz schön fleißig.«

Ragnar stieg von der Leiter und lehnte sich an den Apfelbaum. »Ich hatte es deiner Großmutter versprochen.«

»Hat sie dich nochmal behandelt?«

»Ja, sie hat gemeint, ich sei einer der gesündesten Menschen, der ihr jemals begegnet sei. Was diese Allergie – oder was auch immer es war – ausgelöst hat, konnte sie leider nicht sagen.«

»Hm, das ist blöd.« Lena sah ihn auffordernd an. »Wie lange brauchst du denn noch?«

»Ich gebe meinem tüchtigen Helfer für heute frei.« Oma Gisela kam hinter dem Haus hervor. »Möchtest du mit uns zu Abend essen?«

»Ich … weiß nicht.« Er zögerte sichtlich, und Lena konnte sich vorstellen, dass er befürchtete, das Gleiche wie beim letzten Mal könnte passieren.

»Erstens sind Lenas Eltern heute gar nicht da«, stellte Oma Gisela jedoch schon augenzwinkernd klar, »und zweitens gibt es heute weder Nüsse noch sonst etwas Gefährliches.«

»Aber ich denke, er ist nicht auf Nüsse allergisch«, wandte Lena ein.

»Tja, Ragnar ist mir wirklich ein Rätsel.« Mit gerunzelter Stirn betrachtete ihre Oma den jungen Mann.

Ein Rätsel ist er mir manchmal auch, stimmte Lena in Gedanken zu.

»Dann setzt euch mal«, schlug Oma Gisela vor. »Ich habe Gulasch vorbereitet, es wird bald fertig sein.«

Lena holte aus der Küche etwas zu trinken, dann setzte sie sich mit Ragnar unter den Apfelbaum.

»Ich mag euren Garten. Hier darf alles so wachsen, wie es möchte.« Sein Blick schweifte über die knorrigen Bäume, die verwilderte Hecke, die Wildblumen und die Kräuterbeete.

»Das stimmt.« Lena schnitt eine Grimasse. »Viele im Dorf zerreißen sich das Maul über Oma, denn bei ihnen ist der Rasen akkurat getrimmt und jedes Gänseblümchen eine Katastrophe.«

»Furchtbar!« Ragnar beugte sich zu Lena vor. »Meinst du, wir sollen deine Großmutter noch einmal nach besonderen Plätzen fragen, an denen das letzte Teil des Schmuckstücks versteckt sein könnte?«

»Ja klar, warum nicht.« Lena legte einen Finger an die Nase. »Nur befürchte ich, das wird wenig bringen. Bisher haben wir nur dort etwas gefunden, wo deine Großmutter ihre Markierung angebracht hatte.«

»Oder hast du keine Lust mehr, irgendwelche Geister zu sehen?«, fragte Ragnar ernst.

»Nein, das ist es nicht. Ich denke nur, wir haben das richtige

Bild noch nicht gefunden. Hast du tatsächlich alles durchgesehen?«

»Ja, habe ich.« Er trank von seinem Wasser, und an der Falte zwischen seinen Augen erkannte Lena, dass er angestrengt nachdachte. Unvermittelt knallte er das Glas heftig auf den Tisch. »Georg!«

»Georg?« Lena verstand nicht, was er meinte.

»Mein Onkel!« Ragnars Gesicht war hart und unnahbar geworden. »Weshalb bin ich nur nicht früher darauf gekommen?«

»Auf was denn?«

»Ich vermute, er hat einige Bilder behalten.«

Zweifelnd wiegte Lena den Kopf. »Und ich dachte, er kann die Bilder von deiner Oma nicht ausstehen.«

»Kann er auch nicht. Aber möglicherweise hat er doch noch das eine oder andere in seinem Haus.« Ungeduldig trommelte er mit einer Hand auf seinem Bein herum. »Ich hoffe nur, er hat sie nicht weggeworfen.«

»Puh, das wäre natürlich blöd. Willst du ihn fragen?«

»Nein.«

Gerne hätte Lena noch nachgehakt, was er vorhatte, aber da kam ihre Oma mit dem Essen. Die ganze Zeit über verhielt sich Ragnar sehr schweigsam, sein Gesichtsausdruck war düster.

»Schmeckt es dir nicht?«, wollte Oma Gisela nach einer Weile wissen. »Du kannst auch etwas anderes haben, Brot mit frischem Kräuterquark zum Beispiel.«

»Nein, das Essen ist ausgezeichnet«, versicherte Ragnar ihr und leerte seinen Teller. Doch sobald alle fertig waren, bedeutete er Lena mit einer Kopfbewegung, dass er gehen wollte.

»Oma, wir gehen dann mal ein Stück spazieren«, sagte Lena.

»In Ordnung, viel Spaß.«

Die beiden schlenderten die Straße entlang, anschließend den Feldweg in Richtung Wald. Die ganze Zeit über schwieg Ragnar und zog ein düsteres Gesicht.

»Sag mal, denkst du eigentlich immer noch, es ist gefährlich im Wald?«, begann Lena schließlich das Gespräch.

»Wie bitte?« Offensichtlich hatte sie ihn aus seinen Gedanken gerissen, dann sah er sie herausfordernd an. »Denkst du es denn?«

Lena blickte zu den Bäumen und zuckte mit den Schultern. »Nein, eigentlich nicht.«

»Dann vertrau deiner Intuition«, riet er. »Die meisten Menschen können das nicht mehr.«

»Also hättest du jetzt nichts mehr dagegen, wenn ich allein …«

»Nein, im Augenblick nicht«, unterbrach er sie, für ihren Geschmack etwas zu barsch. »Um ehrlich zu sein, wäre ich sogar froh, dann könnte ich wenigstens in Ruhe nachdenken.«

»Was soll das denn jetzt wieder?«, entgegnete Lena missmutig. »Ich dachte, wir ziehen die Schatzsuche gemeinsam durch.«

»Lena, ich werde Großmutters Bilder aus dem Haus meines Onkels holen.«

Das war ihm also im Kopf herumgespukt. »Meinst du, er rückt sie so einfach raus?«

»Das glaube ich kaum.«

»Aber wie willst du dann …« Lena stockte, denn ihr kam ein schlimmer Verdacht. »Du willst sie stehlen!«

»Er weiß sie ohnehin nicht zu schätzen.«

»Ragnar, das kannst du nicht tun!«

»Mein Onkel ist ein … *asni*.«

Wenngleich Lena schwante, dass es sich um ein wenig schmeichelhaftes Wort handelte, hob sie die Augenbrauen. Kurz schien Ragnar nachzudenken, dann übersetzte er: »Idiot. Onkel Georg wird nicht mit sich reden lassen. Deshalb muss ich mir das Bild heimlich holen.«

»Du weißt doch gar nicht, ob er tatsächlich ein Bild behalten hat«, versuchte Lena ihn von diesem verrückten Gedanken abzubringen, doch er schüttelte den Kopf.

»Du hattest aber mit deiner Vermutung Recht. Auf allen wichtigen Gemälden waren die Zeichen angebracht, also wird es auch auf dem letzten Bild der Fall sein. Mein Entschluss steht fest.« Sein Kinn war energisch nach vorne gereckt, seine Hände waren zu Fäusten geballt.

»Und wenn wir doch erst einmal zum Glauberg fahren«, schlug Lena vor.

»Nein.«

»Na toll, habe ich vielleicht auch noch was mitzureden?« In den letzten Tagen hatte sie das Gefühl gehabt, ihm nähergekommen zu sein, aber jetzt war er wieder so kühl und abweisend wie früher.

»Lena.« Mit weicherer Stimme fuhr er fort und legte ihr eine Hand auf den Unterarm. »Ich möchte dich in nichts Illegales mit hineinziehen und werde allein einbrechen.«

»Wenn du das tust, dann komme ich natürlich mit.«

»Das möchte ich nicht.«

»Und was ist, wenn du wieder deine komische Platzangst im Haus bekommst?« Herausfordernd stemmte sie die Hände in die Hüften.

Offenbar brachte das Ragnar zum Nachdenken. »Es wird schon gehen«, beharrte er dennoch.

»Nein, ich begleite dich.« Natürlich war Lena nicht wohl bei dem Gedanken, einen Einbruch zu begehen, aber zum einen konnte sie Ragnars Onkel ebenfalls nicht ausstehen, zum anderen befürchtete sie, Ragnar könnte völlig ausrasten, falls er überrascht wurde.

»Wann geht's los?«, fragte sie selbstsicherer, als sie sich tatsächlich fühlte.

»Vielleicht sollten wir es doch besser lassen.« Ragnar machte auf dem Absatz kehrt, aber Lena hielt ihn am Arm fest.

»Du willst es nur ohne mich durchziehen.«

»Nein, es ist nur …« Ganz offensichtlich bemühte er sich

um ein Pokerface, aber weil er wohl bemerkte, dass Lena genau wusste, was er dachte, seufzte er tief. »In Ordnung, dann tun wir es gemeinsam.«

»Okay, wie wäre es gleich heute Nacht? Du versteckst dich in meinem Zimmer, bis meine Eltern eingeschlafen sind, dann legen wir los.«

»Soll ich mich etwa in deinem Schrank verstecken wie ein heimlicher Liebhaber?« Ragnar verzog spöttisch den Mund.

Zu ihrem Ärger spürte Lena, wie ihr die Röte ins Gesicht stieg. »Im Schrank, unter dem Bett – ist doch egal. Du tust so, als würdest du nach Hause fahren, und später kommst du zu meinem Fenster, und ich lasse dich rein.«

»Von mir aus«, gab er nach, und sie marschierten zurück zum Haus von Lenas Oma. Höflich verabschiedete sich Ragnar, dann ging er zu seinem Motorrad.

»Du haust jetzt aber nicht einfach ab«, flüsterte Lena ihm zu und drückte dabei eindringlich seinen Arm.

Für einen Moment zögerte er, dann schüttelte er beruhigend den Kopf.

Lena sah ihm nach, wie er davonfuhr, und kehrte anschließend ins Haus zurück. Kurz setzte sie sich zu ihrer Oma ins Wohnzimmer, die strickte, während Lena sich zum Schein einen Krimi anguckte. Nach einer Weile kamen auch ihre Eltern nach Hause, die bei Bekannten zum Essen eingeladen gewesen waren. Einige Zeit unterhielt sich Lena mit ihnen, dann gähnte sie lautstark. »Ich geh noch ein bisschen an den Computer und dann ins Bett.«

»Seit wann meldest du dich denn ab?«, brummte ihr Vater.

»Ach, nur so. Gute Nacht.« Lena stand auf und schlenderte betont langsam aus dem Raum.

»Lena, du machst aber nicht wieder einen heimlichen Nachtausflug«, mahnte ihre Mutter, und Lena schaffte es gerade so, nicht allzu schuldbewusst dreinzuschauen – so hoffte sie zumindest.

»Nein, Mama, ich reite nicht aus.« Das war zumindest nicht gelogen. Nur zu gut wusste Lena, dass ihre Eltern seit der Sache mit den Nachtausritten häufiger kontrollierten, ob sie auch wirklich schlief. Sie musste grinsen, als sie daran dachte, wie ihr Vater ein paarmal in Pyjama und Hausschuhen vor ihrem Fenster herumgeschlichen war. Aber zum Glück hatten die beiden meist einen festen Schlaf, und während der letzten Tage waren die Kontrollen ohnehin nachlässiger geworden.

In ihrem Zimmer öffnete sie sofort das Fenster und beugte sich hinaus. »Ragnar«, flüsterte sie. Als keine Antwort ertönte, runzelte sie wütend die Stirn. »Hat der Idiot am Ende doch einen Alleingang gemacht?«, schimpfte sie leise vor sich hin.

»Nein, hat der Idiot nicht.« Plötzlich trat er hinter der Hausecke hervor, und Lena atmete auf. Geschmeidig schwang er sich in ihr Zimmer und setzte sich auf ihr Bett.

»Bis wann möchtest du warten?«

»Meine Eltern gehen sicher gleich ins Bett.« Sie blickte auf die Uhr und nickte zufrieden. »Danach warten wir sicherheitshalber noch eine halbe Stunde und fahren los. Hoffentlich schleicht meine Oma nicht wieder im Garten herum.«

Ragnar musterte sie fragend. »Tut sie das öfters?«

»Ja.« Lena verdrehte die Augen. »Sie behauptet, manche Kräuter könne man nur bei Nacht oder gar im Mondschein ernten.«

»Das kann ich mir vorstellen.«

Einmal mehr wunderte sich Lena, wie selbstverständlich Ragnar solche für sie völlig seltsamen Dinge fand. »Na ja, mag schon was dran sein«, räumte sie ein.

Damit es nicht auffiel, wenn sie sich unterhielten, schaltete Lena den kleinen Fernseher in ihrem Regal ein. Ungeduldig wartete sie darauf, dass ihre Eltern sich schlafen legten, aber die blieben heute länger als gewöhnlich im Wohnzimmer, denn noch immer drangen die gedämpften Stimmen an ihr Ohr.

»Das gibt's doch nicht«, schimpfte sie, aber Ragnar nahm die Sache anscheinend deutlich gelassener.

Er lehnte sich gemütlich zurück und sah sich interessiert einen Thriller an. Lena hingegen konnte sich kaum auf den Film konzentrieren, aber nach einer Weile lehnte sie sich ebenfalls zurück und ließ sich vom Programm berieseln. Schließlich nützte es nichts, wenn sie die ganze Zeit auf mögliche Geräusche vor der Tür lauschte.

»Lena?«

Zaghaft hob sie die Augenlider und bemerkte verwirrt, dass sie an irgendetwas Warmem lehnte.

»Mist, bin ich etwa eingeschlafen?«, murmelte sie.

»Sieht so aus.«

Sie blickte in Ragnars Gesicht, das ein leichtes Lächeln zeigte. Verlegen fuhr sie sich durch die Haare. »Sorry, ich hatte in letzter Zeit einige Nachtschichten.«

»Macht ja nichts. Aber ich glaube, deine Eltern schlafen seit einiger Zeit.«

Der Blick auf die Uhr zeigte Lena, dass es schon halb eins war.

»Falls du zu müde bist, können wir es auch sein lassen.«

Der Gedanke, diesen verrückten Einbruch zu vergessen, war durchaus verlockend, doch Lena glaubte Ragnar gut genug zu kennen. Sicher würde er allein nach dem Bild suchen, wenn sie nicht mitkam.

»Nein, heute ist so gut wie jede andere Nacht.« Entschlossen sprang sie aus dem Bett, ging zum Kleiderschrank und nahm sich eine dunkle Jacke und fand auch noch zwei Paar Handschuhe. »Ich hoffe, die passen dir.«

Ragnar drehte die Wollhandschuhe in der Hand hin und her. »Weshalb sollte ich die anziehen? Ich habe doch Motorradhandschuhe.«

»Die sind aber zu dick.« Als er sie weiterhin fragend ansah, erklärte sie ungeduldig: »Na, wegen der Fingerabdrücke.«

Ein Grinsen überzog Ragnars Gesicht. »Du hast ja richtig kriminelles Talent, Lena, aber es stimmt, daran habe ich gar nicht gedacht.«

»Ach Mensch, ich habe ja noch deine Sachen hier«, fiel ihr in diesem Moment auf. Sie holte Ragnars frischgewaschenes T-Shirt und die Jogginghose aus dem Schrank. »Der Pullover muss doch auch irgendwo sein.« Suchend sah sie sich um.

»Ist doch egal, du kannst ihn mir ein anderes Mal geben.« Ragnar nahm die Kleidungsstücke an sich und ging zum Fenster. Ein mulmiges Gefühl machte sich in Lenas Magengegend breit, als sie durch den Garten schlichen und dann zu Ragnars Motorrad eilten. Dieses hatte er am Dorfende geparkt, um keine Aufmerksamkeit zu erregen.

»Bist du sicher?«, erkundigte er sich noch einmal, als sie im Begriff war, den Helm aufzusetzen.

»Ja.« Die Antwort kam deutlich selbstsicherer heraus, als Lena sich tatsächlich fühlte, aber ihr Entschluss stand fest.

Also fuhren sie los.

Einige Straßen von Georg Winters Haus entfernt hielten sie an und huschten durch das dicht bewachsene Nachbargrundstück zu dem luxuriösen Einfamilienhaus. Lena war so aufgeregt wie noch nie in ihrem Leben. Wenn der Einbruch schiefging, würden sie beide im Gefängnis landen. Wie hoch die Strafe wohl ausfallen würde? Würde sie noch nach Jugendstrafrecht verurteilt werden? Und was würden ihre Eltern sagen!

»Ich kann die Sache auch ohne dich durchziehen. Ich möchte dich nicht in kriminelle Handlungen verstricken«, erklärte Ragnar noch einmal, als sie gemeinsam in dem Gebüsch an der Grundstücksgrenze kauerten.

Hat er etwa meine Gedanken gelesen?, schoss es Lena durch den Kopf.

»Nein.« Sie räusperte sich, denn ihr Mund war knochentrocken. »Letztendlich sind es ja deine Bilder. Deine Oma hat sie dir vererbt.«

»Schön, dass du das so siehst. Wenn ich ehrlich bin, wäre es mir sogar lieber, du würdest warten. Du kannst schließlich nichts für die Probleme mit meinem Onkel.«

»Nein, deine Oma hat uns gemeinsam auf die Suche geschickt, also komme ich mit!«

»Nun gut, dann geht es jetzt los.« Ragnar richtete sich auf, ging geduckt auf das dunkle Haus zu. An der Terrasse drückte er gegen die Tür, aber diese war verschlossen.

Lenas Herz pochte bis zum Hals, nervös sah sie sich um.

»Sind hier irgendwelche Geister?«, fragte sie Ragnar mit dünner Stimme.

»Nein, wie kommst du denn darauf?«

»Ich fühle mich beobachtet.«

»Lena, wenn du Angst hast …«

»Ich habe keine Angst!«, behauptete sie, streckte sich und deutete auf ein schmales Fenster zu ihrer Linken. »Ich glaube, es ist nur gekippt.«

»Du hast Recht«, sagte Ragnar und lief zu dem Fenster.

»Wir bräuchten eine Leiter«, wandte Lena ein.

»Steig auf meine Schultern und versuch mal, ob du es öffnen kannst. Du hast schmale Arme, vielleicht kommst du rein.«

Nun wurde es also ernst. Ragnar bückte sich, sie kletterte auf seinen Rücken, dann erhob er sich langsam.

»Zum Glück wiegst du fast nichts«, stieß er hervor, während Lena die Luft anhielt. Nachdem Ragnar sich vollständig aufgerichtet und an der Hauswand abgestützt hatte, erhob sie sich vorsichtig auf seinen Schultern. Sie quetschte ihren Arm in den schmalen Spalt und fand nach einer Weile den Griff.

»Was ist, wenn dein Onkel eine Alarmanlage besitzt?«, fragte sie auf einmal.

»Dann wäre sie schon längst losgegangen«, erwiderte Ragnar trocken.

Also nahm Lena all ihren Mut zusammen, schloss die Augen und drehte mit einiger Anstrengung den Griff zur Seite. Jede Sekunde rechnete sie mit einem ohrenbetäubenden Signal. Doch das Fenster klappte lautlos auf, schwang nach innen und hing am Ende nur noch an einem Scharnier. Fürs Erste erleichtert, schwang sich Lena durch den schmalen Rahmen. Sie knipste ihre Taschenlampe an und stellte fest, dass sie sich in einem Vorratsraum befand. Konserven und Putzmittel standen ordentlich aufgereiht in den Wandregalen. Mit einem triumphierenden Grinsen entdeckte sie eine Leiter. Langsam ließ sie sich zu Boden gleiten, holte die Trittleiter und bemühte sich, nirgends anzustoßen. Als sie ein Rumpeln von draußen vernahm, sagte sie leise: »Warte, ich habe eine …« Doch da erschien Ragnar schon im Fenster.

»Wie bist du denn da hochgekommen?«, staunte sie.

»Ich bin gesprungen«, flüsterte er.

»Sportlich, sportlich!«

Geschmeidig ließ er sich auf den Boden sinken und nahm dann grinsend ein Glas mit Essiggurken und öffnete dieses. »Möchtest du auch?«

»Du hast Nerven.« Lena schüttelte den Kopf, aber Ragnar biss grinsend in eine dicke Gurke, bevor er vorsichtig die Tür öffnete. Der Gang lag in tiefer Dunkelheit, lediglich durch eine Glastür drang ein schmaler Lichtstreifen, der vermutlich von der Straßenlaterne vor dem Haus stammte.

»Wo sollen wir suchen?«, wisperte Lena.

Unschlüssig hob Ragnar die Schultern, dann schob er sich durch den Schlitz. »Kein Licht«, zischte er Lena zu.

»Und wie sollen wir dann das Bild finden?«

»Wir werden es schon finden.«

»Weißt du, wo dein Onkel schläft?«, flüsterte Lena in Ragnars Ohr.

Im Zwielicht erkannte sie, wie er den Kopf schüttelte, dann deutete er vor sich. »Dort ist ein Bild.«

Kurz ließ Lena ihre Taschenlampe darauf leuchten, aber es handelte sich ganz eindeutig nicht um ein Gemälde von Ragnars Großmutter, sondern um ein äußerst geschmackloses Bild von einem röhrenden Hirsch. Also näherten sie sich der Glastür. Ragnar schob diese ganz langsam auf, und sie fanden sich in einem großzügigen Wohnzimmer mit angrenzender Küche wieder. Auch hier hingen diese altmodischen, düsteren Bilder von Wildtieren. »Ist dein Onkel Jäger?«, erkundigte sich Lena und schnitt eine Grimasse.

»Ich glaube, früher …« Weiter kam Ragnar nicht, denn auf einmal ging im Gang das Licht an. Einen Augenblick lang sahen sie sich entsetzt in die Augen, dann zerrte Ragnar Lena hinter das wuchtige Ledersofa. Atemlos verharrten sie in ihrem Versteck, zuckten beide zusammen, als auch hier plötzlich heller Lichtschein den Raum erfüllte. Schlurfende Schritte drangen zu ihnen herüber und leises Grunzen. *Jetzt ist es aus, gleich entdeckt er uns.*

Kapitel 19

Heimlichkeiten

Lena schloss die Augen, war sich absolut sicher, jeden Moment Georg Winters wütendes Gesicht zu sehen, sah sich und Ragnar schon von der Polizei abgeführt, als Diebe und Einbrecher angeklagt. Als sie spürte, wie sich Ragnars Arme tröstend um sie legten, drückte sie sich dankbar an ihn.

»Jetzt ist das verdammte Mineralwasser schon wieder leer«, erklang die bärbeißige Stimme von Ragnars Onkel. Erneut tapsende Schritte, dann die Tür.

Einige Atemzüge lang warteten sie ab, schließlich spähte Ragnar vorsichtig über den Rand des Sofas. »Er ist fort.«

»Sollen wir schnell verschwinden?«, schlug Lena vor.

»Zu riskant, er hat das Licht angelassen und kommt sicher zurück.«

Zu Lenas Entsetzen richtete er sich nun ganz auf und blickte sich um.

»Da drüben!«, rief er auf einmal aufgeregt. Und tatsächlich – neben der großen Terrassentür, halb versteckt hinter einer überdimensionalen Plastikpalme hing das Bild von einer in sanftes Morgenlicht getauchten Waldlandschaft. Doch schon mussten sie sich wieder verstecken, denn aus dem Gang ertönte ein Husten. Mit weit aufgerissenen Augen starrte Lena Ragnar an, der beruhigend ihre Hand drückte. Sie hoffte inständig, Georg Winter möge sich nur ein Glas Wasser einschenken und danach wieder ins Bett gehen. Doch diesen Gefallen tat er ihnen nicht. Nachdem sie gluckernde Geräusche gehört hatten, schlurfte er in ihre Richtung. Auch Ragnar spannte sich nun an, seine Lippen waren aufeinandergepresst, an seiner rechten Wange zuckte ein Muskel.

Ein Plumpsen und eine Erschütterung zeigten an, dass sich der massige Mann auf das Sofa hatte fallen lassen. Kurz darauf ging der Fernseher an. Georg Winter trank lautstark und rülpste anschließend. Ragnar verdrehte die Augen.

Und jetzt?, formte Lena lautlos mit den Lippen.

Er zuckte mit den Schultern, lehnte sich bedächtig gegen die Rückwand und verschränkte die Arme vor der Brust. Letztendlich blieb ihnen tatsächlich nichts anderes übrig, als abzuwarten. Zunächst sah sich Georg Winter die Wiederholung einer stumpfsinnigen Talkshow an, dann zappte er weiter, und als stöhnende weibliche Geräusche aus dem Fernseher ertönten, verzog Lena den Mund. Ragnar schüttelte den Kopf, zog jedoch eilig seine Beine ein, als von der Tür her ein Geräusch erklang.

»Georg, was tust du denn um diese Zeit im Wohnzimmer?« Die Tonlage der Frau war unangenehm schrill, und auf der Stelle verstummte das Gestöhne aus dem Fernseher.

»Ich komme schon, Irma!«

Unter lautem Gerumpel erhob sich Georg Winter vom Sofa und eilte zur Tür. Lena konnte seine klobigen, von Hornhaut bedeckten Füße erkennen, die in ausgetretenen Latschen steckten. Ein geblümter Morgenmantel reichte bis zu seinen bleichen, haarigen Waden.

Er öffnete die Tür, sodass Irmas Gezeter nun deutlicher hereindrang. »Mitten in der Nacht im Haus herumgeistern!«

»Ich hatte Durst und dachte, ich hätte ein Geräusch gehört«, verteidigte sich Georg Winter mit beinahe schon weinerlicher Stimme.

»Und das Geräusch kam wohl aus dem Fernseher«, keifte seine Frau.

»Nein, aber …«

»Jetzt sieh zu, dass du ins Bett kommst.«

»Ja, Irma.«

Lena presste eine Hand vor den Mund, um nicht laut loszulachen, und auch Ragnar grinste verdächtig. Als sich die Stimmen entfernten und das Licht ausging, kicherten sie beide unterdrückt los. »Na, da weiß man aber, wer hier die Hosen anhat«, gluckste Lena.

»Jaaa, Irma«, machte Ragnar seinen Onkel mit übertrieben weinerlicher Stimme nach, und Lena drückte lachend ihr Gesicht an seine Schulter.

Nachdem sie sich beruhigt hatte, sah sie ihn fragend an. »Und jetzt?«

»Wir nehmen das Bild mit und verschwinden durch die Balkontür.«

»Okay.«

Langsam, die Tür nicht aus dem Blick lassend, erhob sich Lena. Als Ragnar begann, Schränke zu öffnen und die Sachen zu durchwühlen, fasste sie ihn entsetzt an der Schulter. »Was soll das denn?«

»Wenn nur das Bild fehlt, weiß er sofort, dass ich es war.«

Nach kurzem Nachdenken musste Lena ihm zustimmen, aber sie wollte dennoch nichts stehlen. Allerdings versicherte er ihr: »Ich nehme nichts für mich.« Er hielt ein Besteckset mit silbernen Löffeln und eine goldene Uhr in die Höhe. »Die Sachen werfe ich als anonyme Spende bei einer Hilfsorganisation ein.«

»Von mir aus«, gab Lena nach, dann nahm sie das Bild von der Wand und wartete ungeduldig an der Tür.

Nachdem Ragnar noch einige Sachen im Zimmer verteilt hatte, eilte er zu ihr. Beinahe geräuschlos öffneten sie die Schiebetür, schlüpften hinaus und schoben sie wieder zu. Ein ohrenbetäubendes Alarmgeräusch ertönte. Gleichzeitig zuckten sie zusammen.

»Lauf!« Schon spurtete Ragnar los, und Lena folgte ihm, so schnell sie konnte.

Sie hörte Stimmen durch das geöffnete Fenster im ersten Stock, jemand knipste das Licht an. Lena rannte um ihr Leben. Ragnar war bereits im Gebüsch verschwunden, und sie blickte hektisch über die Schulter – was ihr zum Verhängnis wurde. Sie stolperte, ruderte mit den Armen, schlug auf dem Boden auf, wobei sie im Fallen in das grinsende Gesicht eines Gartenzwerges blickte. Sofort stand Ragnar vor ihr und zog sie in die Höhe. Dabei schnappte er sich das heruntergefallene Bild.

»Schnell, komm.«

Sie schlugen sich in die Büsche, hasteten durch den Nachbargarten und verschwanden im Wald. Erst nach einem knappen Kilometer blieben sie stehen. Lena schnappte nach Luft, lehnte sich an einen Baum und sah Ragnar ängstlich an. »Denkst du, das reicht?«

Er drückte ihr das Bild in die Hand. »Du wartest hier, ich hole das Motorrad.«

Erschrocken hielt sie ihn am Arm fest. »Nein, die Polizei ist sicher schon auf dem Weg.«

»Möchtest du vielleicht nach Hause laufen?«, erkundigte er sich.

Unschlüssig zuckte sie mit den Schultern.

»Jemand könnte mein Motorrad entdecken, und es ist doch recht auffällig«, fügte er hinzu.

»Ja, das stimmt schon«, gab Lena widerwillig zu. »Ragnar, sei vorsichtig.«

Im spärlichen Licht des Mondes und der Sterne erkannte sie, wie er nickte. »Ich beeile mich.«

»Das hoffe ich«, murmelte sie ihm hinterher und kauerte sich an dem Baumstamm zusammen.

Ganz allein im Wald, die Polizei, die sie möglicherweise schon suchte, im Nacken, hatte Lena wirklich Angst. Auch musste sie an Ragnars seltsame Warnung von vor ein paar Tagen denken.

Die Schatten sind manchmal dichter, als sie es sein sollten.

Mit weit aufgerissenen Augen starrte sie in die Dunkelheit. Jedes Knacken, jedes Rascheln ließ sie zusammenzucken. *Ragnar, bitte komm schnell,* flehte sie stumm und wünschte sich nichts sehnlicher, als ihn an ihrer Seite zu haben. Minuten wurden zu Stunden, und Lena war schon drauf und dran, zurück ins Dorf zu laufen – Polizei hin oder her. Kannte Ragnar überhaupt den Weg zu ihr zurück? Andererseits fand er sich in der Regel im Wald ungewöhnlich gut zurecht. Stets hatte sie das Gefühl, schemenhafte Gestalten würden herumhuschen, aber wenn sie genauer hinsah, stellten sich diese als Trugbild heraus. Mal war es ein knorriger Baum, ein moosbewachsener Stein, mal ein zu groß geratener Farnwedel, der ihr vorgaukelte, ein geheimnisvolles Wesen des nächtlichen Waldes zu sein. Lenas zitternde Hand tastete nach ihrem Handy. Tröstend leuchtete das Display auf, und sie wollte gerade Ragnar anrufen, als sie seinen leisen Ruf hörte.

»Lena, ich bin hier, nicht erschrecken.«

Für eine Sekunde schloss sie dankbar die Augen, dann drehte sie den Kopf und erkannte seine Silhouette zwischen zwei Laubbäumen. Selten in ihrem Leben war Lena derart erleichtert gewesen. Am liebsten hätte sie sich direkt in seine Arme geworfen, traute sich jedoch nicht.

Nur Augenblicke später war er bei ihr und nahm sie an der Hand, was einen beruhigenden Effekt hatte. »Komm mit, das Motorrad steht nicht weit entfernt.

»Hast du Polizei gesehen?«, erkundigte sich Lena atemlos.

»Nein, bisher nicht.«

Zielsicher führte Ragnar sie durch den dichten Wald, bis sie einen Schotterweg erreichten. Unwillkürlich fragte sie sich, wie er sie gefunden hatte, aber dann stiegen sie eilig auf das Motorrad. Erst am Dorfeingang hielt er an. »Ich begleite dich zu deinem Haus.«

Zu gern hätte Lena das Angebot angenommen, doch sie schüttelte den Kopf. »Nein, bring besser das Bild weg und versteck es gut. Wir sehen uns … morgen?«

»Ja, komm gut nach Hause.« Er klappte sein Visier herunter und fuhr los, während Lena nach Hause lief, in ihr Zimmer kletterte und sich dann auf ihr Bett fallen ließ.

Erst jetzt bemerkte sie, wie angespannt sie gewesen sein musste, denn ihre Muskeln zuckten. Trotzdem breitete sich ein Lächeln auf ihrem Gesicht aus. Sie hatten das Bild gefunden, und sie war mehr als gespannt, ob sie morgen bei Tageslicht das geheime Zeichen darauf entdecken würden.

Ein penetrantes Piepsen drang an Lenas Ohr, und sie zog sich mit einem Knurren die Decke über den Kopf, denn sie wollte nur eins – weiterschlafen. Doch rasch holte sie die Erinnerung an den gestrigen Tag wieder ein. Der Einbruch. Die Flucht durch den Wald. Das Bild!

Lena fuhr auf und strich sich die wirren Haare aus dem Gesicht. Sie bemerkte, dass sie sich letzte Nacht nicht einmal ausgezogen hatte. Dann schaltete sie eilig den Wecker ihres Mobiltelefons aus und überprüfte die eingegangenen SMS. Bei zweien handelte es sich um Werbung, und Lena drückte die Nachrichten eilig weg.

Als sie dann eine SMS von Ragnar entdeckte, schlug ihr Herz schneller. Doch leider wurden ihre Hoffnungen enttäuscht, denn er schrieb, er hätte kein Zeichen finden können.

»Verdammt!« Voller Zorn schlug sie mit einer Hand auf die Matratze. »Dann war also alles umsonst.«

Um den letzten Schlaf abzuschütteln, stieg Lena unter die Dusche und begab sich anschließend zum Frühstückstisch. Es war erst kurz nach sieben, Lenas Eltern waren noch nicht aus dem Haus. Ihr Vater blätterte in der Zeitung und schüttelte den Kopf.

»Stellt euch nur vor, letzte Nacht wurde in Gößweinstein eingebrochen.«

Lena bemühte sich um ein teilnahmsloses Gesicht, während ihre Mutter schimpfte: »Sieh mal einer an, da denkt man, man lebt in einer friedlichen Gegend, und dann verschwinden Menschen, und ganz in der Nähe wird eingebrochen.« Ihre Stirn legte sich in Falten. »Wir sollten unsere Schlösser kontrollieren.«

Betont gelangweilt rührte Lena in ihrem Müsli herum, während ihr Vater fortfuhr: »Man hat der armen Familie nicht nur Schmuck und Besteck gestohlen, sondern auch über zwanzigtausend Euro!«

»So ein Drecksack!«, stieß Lena hervor und wurde knallrot, als ihre Familie sie verwundert ansah. »Ähm, ich meine den Dieb.«

»Na, wen denn sonst?« Ihr Vater wiegte den Kopf hin und her und regte sich anschließend über irgendwelche Grundstücke auf, die nun zu Bauland werden sollten. Lena hingegen ärgerte sich maßlos über Ragnars Onkel. Dieser wollte nun vermutlich die Versicherung betrügen und hatte angegeben, ihm wäre Geld gestohlen worden. Eigentlich hatte Lena Frühschicht, aber sie rief im St. Elisabeth an und bettelte bei Schwester Margareta, zwei Stunden später anfangen zu dürfen. Glücklicherweise war diese heute in gnädiger Stimmung, und so radelte Lena auf schnellstem Wege zu Ragnar.

Als sie am Reitstall eintraf, striegelte Ragnar gerade eines der Pferde. Bedauernd hob er die Arme, als er sie sah. »Leider war alles umsonst.«

Völlig außer Atem ließ sich Lena auf die Bank neben dem Putzplatz plumpsen. »Hast du das von deinem Onkel gelesen?«

»Nein, was meinst du?«

»Der Mistkerl …« Lena senkte die Stimme für den Fall, dass

jemand zuhörte. »Er hat behauptet, ihm wären zwanzigtausend Euro geklaut worden. Ist das nicht der Hammer?«

Zornig zogen sich Ragnars Augenbrauen zusammen. »Wir hätten tatsächlich nach Geld suchen sollen.«

»Auf dem Bild war überhaupt kein Hinweis?«, jammerte Lena.

»Nein, leider nicht.« Ragnar fuhr mit dem Striegeln fort. »Möglicherweise hat er noch ein weiteres Bild in seinem Haus.«

»Du willst doch nicht im Ernst nochmal dort einbrechen?«, zischte sie entsetzt, aber zu ihrer Beruhigung schüttelte er den Kopf.

»Das wäre im Augenblick zu riskant.«

»Also war alles für die Katz«, stöhnte Lena und streckte ihre Beine aus.

»Katz?«, stutzte er, und gegen ihren Willen musste Lena lachen, denn genau in diesem Moment lief die getigerte Stallkatze vorbei, verfolgt von Ragnars Blick.

Aber dann schmunzelte auch er. »Ich kann mich erinnern, das hat mein Vater auch immer gesagt. Tja, es sieht so aus, als wäre unser kleines Abenteuer umsonst gewesen.«

»Hast du wirklich genau nachgeschaut?«, erkundigte sich Lena.

»Sicher, aber sieh dir das Bild ruhig an. Die Tür ist offen, es steht neben dem Bett.«

Das ließ sich Lena nicht zweimal sagen, denn sie wollte einfach nicht wahrhaben, dass sie sich völlig sinnlos in Gefahr gebracht hatten. Das Bild lehnte, lediglich mit einer Decke verhüllt, an der Wand.

Kritisch betrachtete sie das Ölgemälde. Es zeigte einen bewaldeten Berg und eine kleine Kapelle in allen Einzelheiten. Doch sosehr sie sich auch anstrengte, eines der verschlungenen Zeichen konnte sie nirgends ausmachen.

Kurz darauf hörte sie Schritte hinter sich. Ragnar ging zur

Spüle und wusch sich die Hände, dann zuckte er die Achseln. »Du hast auch nichts finden können, vermute ich.«

»Nein, aber du solltest das Bild trotzdem verstecken«, meinte Lena gereizt.

»Nach allem, was du mir erzählt hast, vermute ich, dass Onkel Georg keine große Anstrengung unternehmen wird, den Dieb zu finden.«

»Der hat echt Nerven«, stimmte Lena zu. Dann deutete sie auf den linken Rand des Bildes, wo ganz klein eine Herde Rehe abgebildet war. »Wahrscheinlich hat er es nur behalten, weil ein Hirsch darauf zu sehen ist.«

»Das mag sein«, erwiderte Ragnar lachend.

Er reichte Lena ein Glas Wasser, was sie gerne annahm, anschließend kramte er in seinem Schrank herum und förderte dann das unvollständige Amulett zu Tage.

Ein leichtes Schaudern überzog Lenas Körper, als sie es betrachtete, die feinen Härchen ihrer Unterarme richteten sich wie elektrisiert auf.

»Jetzt werden wir sein Geheimnis wohl nicht enträtseln«, vermutete Ragnar.

Lena seufzte tief, dann stützte sie ihren Kopf in die Hände. »Kein entschlüsseltes Geheimnis, kein Schatz, und ich liege meinen Eltern immer noch auf der Tasche. So ein Mist.«

»Nimm es nicht so schwer.« Er setzte sich neben sie und legte ihr einen Arm um die Schultern. »Ich denke, deine Eltern haben dir schon längst verziehen.«

»Das glaube ich kaum. Vor allem nicht nach der Sache mit dem Krankenwagen.«

Alarmiert blickte Ragnar sie an. »Was war mit dem Krankenwagen?«

»Ach nichts«, wiegelte sie ab, aber Ragnar fasste sie energisch an den Schultern.

»Sag's mir.«

»Na ja, weil wir einfach verschwunden sind, waren die Sanitäter natürlich stinksauer und haben gesagt, sie würden eine Rechnung schicken.«

»Verdammt, daran habe ich gar nicht gedacht.«

»Mach dir keine Gedanken, Oma hat den Einsatz bezahlt.«

»Nein, das möchte ich nicht«, protestierte Ragnar. »Sie wollte mir schließlich nur helfen, und jetzt kann ich sie dafür nicht bezahlen lassen.« Er sprang auf und suchte etwas in der Kommode unter dem Fenster. Kurz darauf hielt er einige Geldscheine in der Hand. »Was hat es gekostet?«

»Ragnar …«

»Was hat es gekostet?«, wiederholte er mit energischer Stimme und angespanntem Gesicht.

»Knapp dreihundert Euro.«

Er zählte die Geldscheine ab und hielt sie Lena anschließend hin. »Das sind zweihundertsechzig, den Rest gebe ich dir in ein paar Tagen, wenn ich wieder Geld bekomme.«

»Dann bist du ja völlig pleite!«

»Ich komme zurecht.«

»Am Ende hast du nichts, um etwas zu essen zu kaufen.«

»Der Kühlschrank ist voll.« Auf einmal zuckte Ragnars rechter Mundwinkel, und er sah auf das Bild seiner Großmutter. »Notfalls kann ich mir ja einen Hirsch schießen.«

»Das bringst du auch noch fertig«, stöhnte Lena. »Ragnar, der Wilderer vom Veldensteiner Forst.«

»Klingt das nicht gut?«

»Na ja«, meinte sie kritisch. »Ich befürchte, im Augenblick habe ich genug von Einbrüchen, Geistern und seltsamen Begegnungen im Wald.« Unwillkürlich senkte sie ihre Stimme. »Hast du in letzter Zeit noch etwas gespürt?«

»Nein.« Nun wurde auch Ragnar ernst. »Im Augenblick ist alles friedlich. Auch die Pferde sind wieder entspannter.«

»Das war schon eine verrückte Sache, oder?«

»Ja, da hast du Recht«, gab er zu und drückte ihr äußerst entschieden die Geldscheine in die Hand. »Gut, du gibst das Geld deiner Großmutter, und falls du Lust auf etwas weniger Aufregendes hast, dann können wir morgen Nacht Sternschnuppen beobachten.«

»Sternschnuppen?«, wunderte sich Lena.

»Ja, die Dinger, die vom Himmel fallen.«

»Ich weiß, was Sternschnuppen sind«, schimpfte sie.

»Hast du noch niemals zuvor welche beobachtet?«, erkundigte sich Ragnar ungläubig.

»Ähm, nein, nicht so direkt.«

»Die Meteorschauer vor ungefähr drei Wochen waren auf jeden Fall beeindruckend, aber selbst jetzt, Anfang September, sollten noch einige Sternschnuppen zu sehen sein, habe ich kürzlich in einer Zeitung gelesen. Aber gut, wenn du keine Lust hast …«

»Doch«, versicherte sie ihm eilig. »Ich befürchte nur, meine Eltern werden mir das nicht glauben und denken, ich würde auf eine Feier oder in eine Disko gehen. Na ja, vielleicht behaupte ich einfach, ich würde bei Katrin schlafen.«

»Denkst du, es ist gut, wenn du sie anlügst?«

»Nein, eigentlich nicht«, gab sie seufzend zu. »Andererseits ist es momentan einfach schwer, ihnen irgendetwas recht zu machen. Und auf dich sind sie auch nicht allzu gut zu sprechen.«

»Das kann ich sogar verstehen.«

Nach einem kurzen Blick auf die Uhr sprang Lena auf. »Ich muss jetzt los, sonst bekomme ich Ärger im Altenheim.«

»Soll ich dich fahren?«

»Nein, nicht nötig.« Mit einem bedauernden Blick auf das Bild ging sie zur Tür. »Ragnar, versteck das Ding besser, nur für den Fall, dass dein Onkel dich doch verdächtigt.«

»Du willst mich nur nicht im Gefängnis besuchen, gib es zu«, meinte er augenzwinkernd.

»Wer sagt denn, dass ich dich überhaupt besuchen würde?«, entgegnete sie frech und eilte zu ihrem Fahrrad.

Sie hatte es an die Wand von Ragnars Hütte gelehnt, und als er jetzt mit hinauskam, fuhren ihre Finger über seltsame Zeichen an seiner Wand, die sie zuvor noch nie bemerkt hatte. Eines sah aus wie ineinander verwobene Dreiecke, ein anderes glich einer Spirale, und als Lena den Kopf neigte, erkannte sie einen Strich mit einer Art Dreieck oder Dorn an der rechten Seite. Die eingeritzten Symbole wirkten recht frisch.

»Waren diese Zeichen schon immer hier?«, fragte sie.

Kurz stutzte er, dann schüttelte er den Kopf. »Nein, erst seit ein paar Tagen. Vermutlich waren es Kinder. Andererseits …« Er zögerte, dann sah er Lena auffordernd an. »Musst du nicht fahren?«

»Oh, stimmt.« Im Angesicht vom drohenden Zorn Frau Käpplers waren die seltsamen Zeichen rasch vergessen, und Lena jagte mit ihrem Mountainbike über die Straße in Richtung Gößweinstein.

Die Arbeit im St. Elisabeth ging ihr heute leicht von der Hand. Sie war dazu abkommandiert worden, mit einigen der agileren Senioren die Beete hinter dem Heim von Unkraut zu befreien. Frau Meister führte das Regiment. Zwar konnte sie sich nicht mehr bücken, aber sie fand doch beinahe jedes Kräutlein, das nicht am richtigen Ort war. Die erste Septemberwoche war vorüber, und die Sonne schien nicht mehr so stark. Trotzdem war die Luft angenehm warm, sodass Lena sich bald die ungeliebte Kittelschürze auszog, selbst wenn Frau Käppler deshalb schimpfen würde. Während sie die letzten reifen Tomaten aberntete, dachte sie an Ragnar, und auf einmal freute sie sich darauf, mit ihm Sternschnuppen zu beobachten. Vielleicht konnten sie vorher ein abendliches Picknick machen und …

»Sag mal, Lena, bist du vielleicht in unseren attraktiven jungen Pfleger verliebt?«, riss sie Frau Meister aus ihren Tagträumen.

»Pfleger? Verliebt?« Verdattert blickte Lena auf und entdeckte Timo, der einen alten Mann mit dem Rollstuhl zum Haus schob. Offenbar hatte sie genau in seine Richtung geblickt, und er winkte ihr auch freudig zu.

»Nein«, lachte Lena. »Bei ihm habe ich keine Chancen.«

»Man soll niemals nie sagen«, wurde sie postwendend von der alten Dame belehrt. »Du bist ein hübsches Mädchen. Ich habe schon länger beobachtet, wie du ihn ansiehst, und ich habe den Eindruck, er mag dich ebenfalls.«

»Eine Zeit lang war ich in ihn verliebt, das stimmt schon, aber das ist jetzt vorbei.«

»Na, so wie du eben geschaut hast, möchte ich das bezweifeln.«

Ich habe an jemanden ganz anderen gedacht, sagte sie zu sich, und plötzlich spürte Lena, wie ihre Wangen zu glühen begannen. *Verdammt, ich kann mich doch nicht in Ragnar verliebt haben!*

Eilig versuchte Lena, diesen völlig absurden Gedanken abzuschütteln. Ragnar war ein seltsamer Kerl und so ganz anders, als sie sich ihren nächsten Freund gewünscht hätte.

»Entschuldige, ich wollte dir nicht zu nahetreten«, sagte Frau Meister beschwichtigend.

»Nein, keine Angst, ich …« Sie sah die kleine, energische Frau fragend an. »Waren Sie schon einmal in jemanden verliebt, der völlig daneben war?«

Frau Meister kicherte verhalten. »Ja, tatsächlich.«

»Und, ist etwas aus dieser Liebschaft geworden?«

»Nein, leider nicht«, seufzte sie. »Rudolf war ein Weltenbummler, überall und nirgends zuhause, und bedauerlicherweise war ich zu feige, um ihm zu folgen. Wer weiß, wie mein Leben verlaufen wäre, wenn ich mit ihm gegangen wäre.« Eine schmale, von Altersflecken übersäte Hand legte sich auf Lenas Unterarm. »Manchmal muss man etwas riskieren, um glücklich zu werden, glaube ich.«

»Puh.« Verwirrt fuhr sich Lena durch die Haare. Bisher hatte sie es sich nicht eingestehen wollen, aber eigentlich dachte sie ständig an Ragnar. Außerdem kam ihr jeder Tag ohne ihn irgendwie leer vor. Doch empfand er das Gleiche? Sicher, er fragte sie häufig, ob sie etwas mit ihm unternehmen wollte, aber war da mehr? Lena glaubte es nicht, und schließlich hatte er ja vor einiger Zeit einmal sehr genau beschrieben, wie er sich seine Traumfrau vorstellte. Und davon war sie meilenweit entfernt. Diese Erkenntnis frustrierte sie derart, dass sie sich den Rest des Tages kaum mehr konzentrieren konnte. Auch Timo fiel dies offenbar auf, denn er stupste sie auf die Nase, als sie sich im Aufenthaltsraum umzog und ihren Rucksack nahm.

»Hey, was ist dir denn über die Leber gelaufen?«

»Ach, irgendwie ist alles so kompliziert.« Sie lehnte sich gegen die Tür und sah ihn unglücklich an. »Warum verliebe ich mich immer in die Falschen?«

»Ist dein neuer Schwarm am Ende schon wieder vom anderen Ufer?«, fragte er erschrocken.

»Nein«, lachte Lena, »nur … eben auch nicht ganz einfach.«

»Einfache Männer sind doch langweilig.« Freundschaftlich legte er ihr einen Arm um die Schultern. »Bist du denn sicher, dass er der Falsche ist?«

»Nein, eigentlich nicht.«

»Dann versuch doch, es herauszufinden.«

»Hm, du hast ja Recht.« Lena zuckte mit den Schultern und legte Timo eine Hand auf den Arm. »Ich muss dann mal los. Mach's gut, Timo.«

Eilig verließ sie das Altenheim und radelte nach Hause.

Ein wohl bekanntes Motorrad ließ Lenas Herz höher schlagen, und sie nahm sich vor, Ragnar endlich auf den Zahn zu fühlen. Schließlich war es ja möglich, dass sich auch seine Gefühle geändert hatten. Hastig betrachtete sie sich im Fenster, zupfte die Haare zurecht und schloss dann die Tür auf.

»Lena, kommst du bitte in die Küche?«, rief ihre Oma postwendend.

In der Erwartung, Ragnar vorzufinden, trat sie ein, wurde jedoch enttäuscht.

»Wo ist er denn?«

»Guten Tag, Lena.«

»Ja, hallo Oma«, grüßte sie geistesabwesend und blickte sich um.

»Ragnar ist nicht mehr hier.«

»Aber sein Motorrad steht doch noch draußen«, wunderte sie sich.

»Er kam zu mir, weil er sich wegen des Krankenwagens entschuldigen wollte.«

»Oh, Mist, ich habe ja die Kohle!« Rasch zog sie die Geldscheine aus ihrer Hosentasche.

»Offenbar war es Ragnar sehr peinlich. Er hat mich gebeten, das restliche Geld in ein paar Tagen zurückzahlen zu können.«

»Das hat ihn wirklich beschäftigt«, stimmte Lena zu.

»Auf jeden Fall habe ich vorgeschlagen, er könne unsere Hecken zurückschneiden, dann wäre die Sache für mich erledigt.« Oma Gisela setzte sich an den Küchentisch. »Er hat eine ganze Weile fleißig gearbeitet, aber als ich ihm etwas zu trinken bringen wollte, kniete er auf dem Boden und hat nach Luft gerungen. Seine Hände waren knallrot und von Pusteln übersät.«

Erschrocken riss Lena die Augen auf, aber ihre Großmutter versicherte ihr sogleich: »Es geht ihm schon wieder gut, und ich gehe inzwischen davon aus, dass er auf einen unserer Sträucher oder Büsche im Garten allergisch ist. Möglicherweise war es auch ein Insekt.«

»Puh.« Lena stieß scharf die Luft aus, dann schenkte sie sich ein Glas Wasser ein. »Bist du sicher, dass er in Ordnung ist?«

»Ja, Lena, ich habe ihn nur vorsichtshalber nach Hause gefahren.« Oma Gisela nickte beruhigend, dann zwinkerte sie ihr zu. »Du hast ihn sehr gern, nicht wahr.«

»Wir sind gute Freunde«, murmelte Lena, wobei sie in ihr Wasserglas starrte.

»Er hat mir von euren Plänen erzählt. Sternschnuppen beobachten – das ist doch sehr romantisch!«

»Oma!«, stöhnte Lena, aber ihre Großmutter lachte nur.

»Ich habe nichts dagegen. Deine Eltern wollten ohnehin morgen zu deiner Tante nach Bayreuth fahren und dort übernachten.«

»Ach wirklich?«, freute sich Lena, dann räusperte sie sich. »Ja, mal sehen.«

Nachdem Oma Gisela ihr noch einmal kurz über die Wange gestreichelt hatte, verließ sie den Raum.

»Du machst mich echt fertig, Ragnar«, ächzte Lena, blickte zögernd auf ihr Handy und rief schließlich doch bei ihm an.

Es dauerte eine Weile, bis er dranging. »Ja?«

»Hey, was machst du denn für Sachen?«, erkundigte sie sich.

»Ich befürchte, ich hinterlasse keinen guten Eindruck bei deiner Familie.«

»Meine Eltern waren doch gar nicht hier, und Oma Gisela mag dich. Ist es sehr schlimm mit deinen Händen?«

»Nein, es ist auszuhalten. Deine Großmutter hat mir eine kühlende Salbe gegeben, die hilft.«

»Gut.« Nichtsdestotrotz befürchtete Lena, er würde es auch nicht zugeben, wenn das Gegenteil der Fall wäre.

Für einen Moment entstand eine Gesprächspause, dann bat Lena leise: »Ruf an, falls es schlimmer wird. Oma Gisela hilft dir gerne.«

»Ja, Lena, ich gehe jetzt schlafen.«

Auch nachdem sie aufgelegt hatte, musste sie noch lange an ihn denken.

Da Lena nicht in den Seniorenstift musste, hatte sie eigentlich am nächsten Morgen ausschlafen wollen. Träge zog sie sich die Decke wieder über den Kopf, nachdem sie auf die Uhr geblickt hatte. Es war erst halb acht. Doch plötzlich kam ihr Ragnar wieder in den Sinn. Mit seinen Händen konnte er vermutlich kaum arbeiten. Ein paar Minuten lang wälzte sie sich hin und her und stand schließlich auf.

Drei überraschte Augenpaare blickten sie an, als sie in die Küche kam.

»Was ist denn mit dir los?«, fragte Lenas Mutter.

»Ich konnte nicht mehr schlafen.« Lena nahm sich eine Tasse Kaffee und durchforstete den Kühlschrank.

»Es geschehen Zeichen und Wunder!«, staunte ihr Vater.

»Darf ich ein paar Sachen mitnehmen?«, erkundigte sich Lena und hielt eine Stange Salami und ein Stück Käse in die Höhe.

»Was willst du denn damit?«

»Picknick machen.«

»Du willst picknicken? Und das um diese Zeit?« Lenas Vater blickte verwirrt hinter seiner Zeitung hervor.

»Nein, jetzt noch nicht, aber später.« Lena warf ihrer Großmutter einen verschwörerischen Blick zu. »Ich fahre zu Ragnar und helfe ihm beim Ausmisten.«

»Langsam zweifle ich daran, noch meine Tochter vor mir zu haben«, bemerkte Manuela. »Du verzichtest freiwillig aufs Ausschlafen, hilfst bei der Stallarbeit und willst auch noch ein Picknick machen? Wo ist unsere aufgestylte Diskoqueen, die ständig hinter dem PC sitzt und Wald und Wiesen lediglich aus diesen eigenartigen Computerspielen kennt?«

»Also, mir gefällt die neue Lena ausgesprochen gut.« Oma Gisela erhob sich und drückte sie kurz an sich.

»Wer weiß, wie lange diese erstaunliche Phase anhält«, brummte Dieter.

»Euch kann man auch nichts recht machen«, beschwerte sich

Lena, dann packte sie die Sachen in ihren Rucksack und machte sich auf den Weg.

Als sie den Wald erreichte, zögerte sie zunächst und überlegte, ob sie tatsächlich da hindurchfahren sollte. Leise wogten die Bäume in der Morgenbrise, Vögel trällerten ihre Lieder. »Ich bin doch kein Angsthase«, flüsterte sie schließlich, musste schmunzeln und radelte los. Alles war ruhig und friedlich, die Erde roch nach dem Regen der letzten Nacht. Hin und wieder hatte sie das Gefühl, Augen im Rücken zu spüren, tat das jedoch als Einbildung ab. Vielleicht waren es ja auch Geister, so wie der Bär, den sie mit Ragnar gesehen hatte. Lena trat in die Pedale und erreichte rasch den Reitstall.

Ragnar brachte gerade ein Pferd auf die Weide und sah sie erstaunt an, als sie neben ihm hielt. »Wir waren doch erst für abends verabredet, oder täusche ich mich?«

»Ich dachte, ich helfe dir. Mit deinen Händen kannst du sicher kaum arbeiten.«

»Mit Handschuhen geht es«, versicherte er ihr.

»Soll ich wieder fahren?«, fragte sie enttäuscht.

»Nein, es ist nett von dir, dass du an mich denkst.«

Wenn du wüsstest, wie oft ich in letzter Zeit an dich gedacht habe. Laut sagte sie: »Gut, wo soll ich anfangen?«

»Die Boxen müssen ausgemistet und später Futter auf den Weiden verteilt werden.«

Gemeinsam machten sie sich an die Arbeit, und Lena war froh, hergefahren zu sein, denn sie bemerkte, wie schwer es Ragnar fiel, die körperlich anstrengenden Tätigkeiten auszuführen.

»Zeig mal deine Hände«, verlangte sie, als sie eine Pause einlegten.

»Nein, das ist kein sonderlich schöner Anblick.«

»Das ist mir egal.«

Mit gerunzelter Stirn verschränkte er die Arme vor der Brust, aber Lena ruckte energisch an seinem Arm, sodass er schließlich mit zusammengekniffenen Lippen einen Handschuh auszog. Anschließend wickelte er den Verband ab.

Lena riss die Augen entsetzt auf, als sie seine knallrote, teilweise blutige und von Pusteln übersäte Hand sah. »Ach du Schande!«

»Ich weiß auch nicht, normalerweise heilt bei mir alles ausgesprochen schnell ab«, knurrte er missmutig.

»Wahrscheinlich bist du doch ein Vampir«, scherzte Lena. »Hast du am Ende Knoblauch oder Eisenkraut angefasst?«

»Wie bitte?«, fragte Ragnar verständnislos.

Kichernd musste sie an ihre Cousine denken, wollte Ragnar aber nicht verraten, dass sie mit ihr über ihn gesprochen hatte. Daher langte sie eilig in ihren Rucksack. »Oma hat mir noch eine andere Creme mitgegeben, vielleicht wirkt die besser.«

»Danke.« Er wollte die Salbe einstecken, aber Lena hielt seine Hand fest. »Ich kann sie auftragen, das ist sicher einfacher, als wenn du es selbst tust.«

Er nickte zustimmend, zuckte ein paarmal kurz zusammen, als sie die offenen Stellen berührte, aber nachdem sie den Verband wieder festgewickelt hatte, entspannte sich seine Miene. »Danke, jetzt brennt es deutlich weniger«, stellte er verwundert fest.

»Das freut mich.« Lena lächelte. »Oma ist eben doch die beste Kräuterhexe.«

Bis in den frühen Nachmittag hinein waren sie mit den Stallarbeiten beschäftigt. Anschließend sah Lena Ragnar zu, wie er einige Pferde ritt. Dies schien besser zu funktionieren, denn er führte die Zügel mit sanfter Hand, und Lena bewunderte auch heute seinen eleganten Reitstil. Auf Lena machte es den Eindruck, als wäre er eins mit der jungen Stute, die er einreiten musste, lenkte sie behutsam und redete leise mit ihr, wenn sie sich widersetzte oder unsicher wurde. Später mussten sie dann die Pferde wieder zurück in ihre Boxen führen, füttern und den Hof fegen. Am Ende war Lena ganz schön erledigt, aber Ragnars dankbares Lächeln war Lohn genug.

»Ich habe Brot, Käse, Wurst und Gurken sowie Tomaten aus unserem Garten mitgebracht«, erzählte sie. »Dann können wir draußen essen, während wir auf die Sternschnuppen warten.«

»Gute Idee«, freute sich Ragnar. Nachdem sie nacheinander unter die Dusche gestiegen waren, machten sie sich in der Dämmerung auf den Weg. Gemeinsam schlenderten sie durch den Wald und hielten an einer Lichtung an. Dort breitete Ragnar eine Decke aus, und sie ließen sich ihr wohlverdientes Abendessen schmecken. Eine ganze Weile unterhielten sie sich über ihre vergangene Schatzsuche und überlegten, was sie noch tun konnten, um das letzte Teil zu finden, und Ragnar erzählte sogar ein bisschen von seiner Kindheit in Island. Lena genoss es, neben ihm zu liegen und seiner angenehmen, ruhigen Stimme zu lauschen. Irgendwann leuchteten die ersten Sterne am Himmel, der Wald war in ein rötliches Zwielicht getaucht, und allmählich wurde es kühler.

»Wir haben Glück, der Himmel ist wolkenfrei«, freute sich Ragnar. »Sieh nur, der große Wagen und dort drüben der Drache.«

»Wo denn?« Lena folgte seinem ausgestreckten Finger und fand mit der Zeit richtig Spaß daran, die unterschiedlichen Sternbilder zu erkennen. »Woher weißt du das alles eigentlich?«, erkundigte sie sich fasziniert.

»Mein Großvater hat sich dafür interessiert.« Auf einmal klang er traurig. »Am schönsten fand ich immer die Nordlichter im Sommer in Island. Man hatte das Gefühl, der Himmel würde in Flammen stehen.«

»Das würde ich auch gerne einmal sehen.« Inzwischen war es völlig dunkel, und Lena zog ihren Pullover enger um sich.

»Ist dir kalt?«

»Ich hätte mir noch eine Jacke mitnehmen sollen.«

»Komm her.« Einladend hob er einen Arm, und Lena hielt den Atem an, dann rutschte sie zu ihm herüber, schmiegte sich an ihn und genoss die Wärme, die er verströmte.

»Besser so?«

»Ja.« Selten in ihrem Leben hatte sich Lena derart geborgen und sicher gefühlt, und sie wusste mit einem Mal gar nicht mehr, was sie jemals an Ragnar auszusetzen gehabt hatte. Sie wünschte sich, sie könnten bis ans Ende aller Zeit hier auf dieser Wiese liegen bleiben. Einträchtig und stumm blickten sie in den Himmel, dann zischten tatsächlich einige Sternschnuppen über das Firmament.

Auch wenn Lena sich scheute, dieses Thema anzusprechen, wusste sie doch, dass sie es irgendwann tun musste. Sie wollte Gewissheit darüber haben, was sie Ragnar wirklich bedeutete.

»Sag mal, deine Freundin in Island – wie lange warst du mit ihr zusammen?«

Sie spürte, wie er sich anspannte, und mit einem Mal war seine Stimme wieder deutlich härter und unnahbarer. »Über ein Jahr.«

»So lange war ich noch nie mit jemandem zusammen.«

Jetzt drehte er den Kopf zu ihr und sah sie an. »Du bist ja auch noch jung.«

»Nur drei Jahre jünger als du.«

»Ja, das stimmt.«

»Wenn du dich wieder verlieben würdest … Ich meine, wie …«

Ein Lächeln überzog sein Gesicht, und Lenas Herz schlug schneller. *Vielleicht sagt er mir jetzt auch, dass er sich in mich verliebt hat*, hoffte sie.

»Eines Tages werden wir beide den oder die Richtige finden, da bin ich mir sicher.«

Schlagartig wurde Lena eiskalt, sie schluckte hart und konnte nur mit Mühe die aufsteigenden Tränen unterdrücken. Und als Ragnar weitersprach, wurde alles noch viel schlimmer.

»Falls ich mich noch einmal verliebe, muss ich mir ganz sicher sein. Ich befürchte, ich bin niemand für kurze Affären.«

»Nein, vermutlich nicht«, erwiderte sie lahm.

»Ich wünsche mir ein Mädchen, das die Natur mag, abenteuerlustig ist, Humor hat …«

Verdammt, Ragnar, das alles trifft doch inzwischen auf mich zu, dachte sie verzweifelt.

»… und ich möchte mich auch über ernsthafte Dinge mit ihr unterhalten können. Ganz wichtig ist natürlich Vertrauen«, sinnierte er weiter, während sein Blick in den Himmel gerichtet war.

»Können wir jetzt gehen? Mir ist echt kalt«, unterbrach Lena ihn. Ein dicker Kloß saß in ihrer Kehle.

»Oh, natürlich.« Er lachte leise auf. »Für euch Deutsche ist der Sommer schon zu Ende, in Island wären diese Temperaturen ausgesprochen angenehm.«

»Tut mir leid, dass ich nicht so hart bin wie Mädchen aus Island«, giftete sie ihn an.

»Was ist denn auf einmal los, Lena?«, erkundigte sich Ragnar.

»Nichts, ich will nur nach Hause.« Eilig raffte sie die Überreste des Picknicks zusammen, Ragnars irritierte Blicke ignorierte sie geflissentlich. Am Ende wanderten sie durch die Dunkelheit zurück.

Den ganzen Weg über kämpfte Lena mit den Tränen, und wenn Ragnar eine Frage an sie richtete, antwortete sie nur einsilbig. Am liebsten hätte sie sich von ihrer Großmutter abholen lassen, wollte diese aber nicht wecken und ließ sich daher doch von Ragnar nach Hause fahren. Traurig lehnte sie ihren Kopf an seinen Rücken, verabschiedete sich kurz und knapp von ihm, und nachdem sein Motorrad hinter der nächsten Biegung verschwunden war, ließ sie ihren Tränen freien Lauf.

Ihre Gefühle waren ganz offensichtlich nur einseitig, und wenn sie es sich recht überlegte, hatte er ja sehr genaue Vorstellungen, wie seine Zukünftige sein sollte. Groß, blond, in seinem Alter – jedenfalls rein äußerlich war sie das genaue Gegenteil. Aber eigentlich hielt sie Ragnar mittlerweile nicht mehr für jemanden, der alles auf Äußerlichkeiten reduzierte. Ihre Freundschaft war ihr in der Tat viel wert, und auch sie hatte ja erst vor Kurzem bemerkt, wie viel er ihr tatsächlich bedeutete. Möglicherweise käme er ja ebenfalls noch darauf, dass sie ganz gut zusammenpassten. Lena legte sich auf ihr Bett, umarmte ihr Kissen und wünschte sich sehnlichst, Ragnar wäre bei ihr.

Kapitel 20

Schatten

In den kommenden Tagen fühlte sich Lena innerlich völlig zerrissen. Jetzt, da sie sich eingestanden hatte, dass sie in Ragnar verliebt war, wollte sie mehr. Doch er schien sie wirklich nur als gute Freundin zu sehen, holte sie nach wie vor zu gemeinsamen Ausritten ab und rief gelegentlich an. Auch Oma Giselas erneute Einladung zum Abendessen schlug er nicht aus. Seine Hände heilten deutlich schneller, als Oma Gisela vermutet hatte, und so blieb er auch für sie ein Mysterium. Bedauerlicherweise zeigte er keinerlei Anzeichen dafür, Lenas Gefühle zu erwidern. Sie selbst wusste überhaupt nicht mehr, wie sie mit ihm umgehen sollte, und spielte sogar mit dem Gedanken, den Kontakt zu Ragnar völlig abzubrechen. Wahrscheinlich würde er irgendwann zurück nach Island gehen und sie bestenfalls als ein Mädchen in Erinnerung behalten, das ihm einmal bei einer verrückten Schatzsuche geholfen hatte. Doch Lena brachte es nicht fertig, vermisste ihn schon, wenn er sich auch nur einen Tag lang nicht meldete, sehnte sich nach jeder noch so flüchtigen und für ihn vermutlich völlig harmlosen Berührung. Damals, bei der Heuernte, hatte sie sich furchtbar über seinen Kuss geärgert, heute wünschte sie sich nichts mehr, als seine Lippen auf ihren zu spüren.

Natürlich bemühte sich Lena, sich nichts anmerken zu lassen, denn das gebot ihr der Stolz, aber Ragnar bemerkte trotzdem, dass etwas mit ihr nicht stimmte.

Auf einem gemeinsamen Ausritt durch den Herbstwald fragte er nämlich: »Habe ich dich vielleicht versehentlich verärgert? In letzter Zeit bist du manchmal so still.« Er zwinkerte ihr zu. »Ich vermisse deine bissigen Kommentare.«

»Nein, du hast mich nicht verärgert.« Sie brachte ein halbherziges Grinsen zu Stande. »Ausnahmsweise nicht.«

»Oder bist du enttäuscht, weil wir Großmutters Schatz nicht finden konnten? Es tut mir leid, Lena, aber mir fällt auch nichts mehr ein.«

Verlegen spielte Lena mit den Fingern in Sahibs Mähne herum. Mittlerweile war sie gar nicht mehr so erpicht darauf, den Schatz zu finden, denn Ragnar hatte ja damals gesagt, er würde sich von dem Geld irgendwo eine Farm kaufen. Sie wollte nicht, dass er fortging, und selbst sie sehnte sich nicht mehr nach einer Reise durch fremde Länder. Und wenn doch, dann hätte Ragnar bei ihr sein sollen, aber das war sicher ein vergeblicher Wunsch. »Es ist nicht schlimm, ich glaube, man kann auch ohne Geld glücklich werden.«

»Das sehe ich genauso.« Seine Augen musterten sie prüfend, und Lena hatte auf einmal den Eindruck, er könnte in sie hineinblicken.

Vielleicht sollte ich einfach die Karten auf den Tisch legen, dachte sie. Aber sie verwarf die Überlegung rasch wieder, denn möglicherweise würde sich Ragnar dann ganz von ihr abwenden – und das würde ihr das Herz brechen. Die Freundschaft zu ihm war besser als nichts, außerdem blieb ihr die leise Hoffnung, auch seine Gefühle könnten sich eines Tages ändern.

»Komm, wollen wir galoppieren?«, rief Lena, um sich auf andere Gedanken zu bringen.

Ragnar nickte ihr kurz zu, dann stoben die Pferde davon. Der schnelle Galopp ließ Lenas Sorgen für kurze Zeit verfliegen. Doch plötzlich riss der fuchsfarbene Araber den Kopf hoch und schoss in einer Neunziggradkurve ins Unterholz. Um ein Haar wäre Lena aus dem Sattel geworfen worden. Sie klammerte sich an Sahibs Mähne fest, kämpfte um ihr Gleichgewicht und zog erschrocken die Zügel an. Doch das Pferd preschte wie von Sinnen durch das Gestrüpp, Zweige zerkratzten Lenas Gesicht und Arme, und sie duckte sich über den Hals des Pferdes, um den peitschenden Ästen zu entgehen. Gleichzeitig bemühte sie sich, Sahib unter Kontrolle zu bekommen, doch er machte keinerlei Anstalten, langsamer zu werden.

»Jetzt halt doch bitte an!« Noch einmal versuchte sie, das Pferd durchzuparieren, sah sich nach einer Möglichkeit um, es in einen großen Bogen zu lenken und so die Geschwindigkeit zu verringern. Aber die Bäume standen dicht an dicht, und Lena wunderte sich ohnehin, noch nicht an einem Stamm abgestreift worden zu sein. Die Hufe des Wallachs donnerten über den Waldboden, und Lena riss die Augen weit auf.

Ein Schrei entstieg ihrer Kehle, denn vor ihnen tat sich ein Abgrund auf, und Sahib hielt genau darauf zu. Im letzten Augenblick drehte der Wallach doch noch nach rechts ab, aber das war zu viel für Lena. Bäume, Büsche, Laub und Steine wirbelten um sie herum, der Boden kam unaufhaltsam näher.

Der Sturz raubte Lena den Atem. Mit brachialer Gewalt wurde ihr die Luft aus den Lungen gedrückt, und für einen Moment tanzten Sterne vor ihren Augen. Das Donnern der Pferdehufe verklang allmählich in der Ferne, und als Lena sich mühsam auf die Seite rollte, war Sahib schon längst verschwunden.

»Verdammt nochmal, so ein Mist«, stöhnte sie. Ihr tat alles weh, doch die Prellungen waren mit einem Mal ihr geringstes Problem, denn aus dem Unterholz vernahm sie ein bedrohliches Knurren. Ein kalter Schauer lief über ihren ganzen Körper, und plötzlich erkannte sie einen ungewöhnlich großen Fuchs. Mit der Schulterhöhe eines ausgewachsenen Wolfes, den Kopf gesenkt und den langen buschigen Schwanz nach hinten weggestreckt, kam er fast geräuschlos auf sie zugeschlichen. Mehrfach blinzelte Lena, denn sie hatte das Gefühl, die Konturen des Tieres würden verschwimmen. *Wahrscheinlich habe ich eine Gehirnerschütterung*, dachte sie.

Ganz langsam, um das Tier nicht zu reizen, kroch sie zurück. Möglicherweise war das dieser tollwütige Fuchs, den sie schon einmal gesehen hatte. Seine Lefzen hoben sich, spitze Zähne wurden sichtbar, und erneut drang dieses tiefe Knurren aus seiner Kehle. Zu gern hätte Lena jetzt nach Ragnar gerufen, aber sie traute sich nicht, und sofern sein Pferd nicht ebenfalls durchgegangen war, würde er sie vermutlich ohnehin suchen.

»Ganz ruhig, Füchschen«, flüsterte sie und unterdrückte ein Stöhnen, als sie mit ihrem lädierten Ellbogen gegen einen Stein stieß.

Doch das unheimliche Tier kam drohend näher. Abermals verschwammen seine Umrisse, als würden die Schatten des Waldes versuchen, Formen anzunehmen, konnten sich jedoch nicht dazu entschließen. *Diese dunklen Konturen*, schoss es Lena durch den Kopf, *das ist bestimmt seine Aura*. Oma Gisela hatte immer gesagt, Wildtiere seien nicht böse, würden lediglich ihren Instinkten folgen, und solange sie sich nicht bedroht fühlten, würden sie keine Gefahr darstellen. Aber dieses Tier war anders. Lena spürte Angstschweiß ihren Rücken hinablaufen. Eine alles verschlingende Dunkelheit, bestehend aus Schwarz- und Grautönen, umgab den Fuchs.

»Lena?« Der Kopf des Tieres wandte sich in die Richtung, aus welcher der Ruf kam. Erleichtert erkannte Lena Ragnar, doch dieser kämpfte darum, Comet unter Kontrolle zu bekommen, denn das Pferd stieg voller Panik und wollte nicht weitergehen.

»Ragnar, der Fuchs«, rief sie voller Angst.

Der Kopf des Tieres zuckte von ihr zu Ragnar, dann trat er einige weitere Schritte auf Lena zu. Aus dem Augenwinkel nahm sie wahr, wie Ragnar aus dem Sattel sprang und Comet buckelnd das Weite suchte.

»Bleib ruhig, Lena, ich komme zu dir.«

»Was anderes hatte ich gar nicht vor«, versicherte sie mit dünner Stimme. Sie sah, wie Ragnar sich bückte, einen dicken Ast ergriff, den Fuchs kurz musterte und dann in einem Bogen auf sie zukam.

Jetzt waren die eigenartigen, blutunterlaufenen Augen des Fuchses auf Ragnar gerichtet.

Lenas Hände krallten sich in den Fels hinter ihr. »Bitte sei vorsichtig«, flüsterte sie.

Aber Ragnar näherte sich Schritt für Schritt, ließ den Fuchs nicht aus den Augen. Dieser knurrte ihn an, fixierte ihn mit seinen listigen Augen. Beinahe erweckte es den Anschein, als würde er versuchen, Ragnar den Weg abzuschneiden – ausgesprochen ungewöhnlich für ein Tier. Lena hielt die Luft an. Am liebsten hätte sie die Augen geschlossen, sich abgewendet, doch sie musste hinsehen.

»Wenn ich *jetzt* sage, springst du auf den Stein und fliehst den Berg hinauf«, verlangte Ragnar mit gepresster Stimme.

»Nein, du kannst doch nicht …«

»Tu, was ich dir sage!«

Lena schluckte heftig, schielte nach dem etwa schulterhohen Felsen, hinter dem ein steiler Hang weiter hinauf auf einen Hügel führte. Irgendetwas sagte ihr, dass Ragnar diesen Fuchs ohnehin nicht aufhalten konnte und er es auf sie abgesehen hatte, so seltsam es auch klang.

Auf einmal ging alles ganz schnell.

»Jetzt!«, schrie Ragnar.

Lena versuchte, sich an dem Felsen hochzuziehen, glitt jedoch ab. Der große Fuchs sprang vorwärts, Ragnar warf sich dazwischen. Erneut bemühte sich Lena, auf den Felsen zu klettern, ihre Hände krallten sich in das nasse Gestein, doch ihre Füße fanden keinen Halt. Hinter sich vernahm sie ein kehliges Knurren, dann einen Schlag. Ragnar stieß einen Schrei aus, und Lena wandte sich erschrocken um. Der Fuchs stand direkt vor ihm, nur einen Satz vorwärts und er würde ihm an die Kehle gehen.

Schon duckte sich das Tier, hielt aber unvermittelt inne. Dann hob es den Kopf, fixierte das Unterholz neben sich. Dort waberten Schatten, vielleicht waren es auch Nebelschwaden, die sich zu einer menschlichen Gestalt verdichteten. Der Fuchs winselte plötzlich, zog die Rute ein, drehte um und löste sich wenige Schritte später in Luft auf. Nur einen Atemzug später war auch die Schattengestalt verschwunden. Während Ragnar noch immer wie erstarrt dastand, stieß Lena heftig die Luft aus, lehnte sich gegen den Felsen und bemühte sich, ihre zitternden Beine unter Kontrolle zu bekommen. Dann war Ragnar unvermittelt bei ihr, nahm sie in den Arm, wobei seine Augen jedoch weiterhin die Umgebung absuchten.

»Ragnar, was war das?« Dankbar für seine Nähe klammerte sie sich an ihn, hätte ihn am liebsten nie wieder losgelassen.

»Ich weiß es nicht.« Er nahm ihr Gesicht in seine Hände, und für einen Moment wähnte sie den ersehnten Kuss ganz nahe.

»Das sieht übel aus.« Zwar streichelte er vorsichtig über ihre Wange, machte jedoch keine weiteren Anstalten.

Verlegen räusperte sich Lena und tastete nach ihrem Gesicht. Sie spürte Schmutz, an ihrer linken Schläfe bildete sich offensichtlich eine Beule, und ganz sicher hatten die peitschenden Äste zahlreiche Kratzer hinterlassen. Doch dies war im Moment ihr geringstes Problem.

»Dieser Fuchs … der war irgendwie seltsam, oder?«, begann sie zögernd.

Ragnar runzelte ernst die Stirn, blickte zurück auf die Stelle, wo vor Kurzem noch der Fuchs gewesen war. »Wie auch immer … Irgendetwas noch viel Stärkeres hat ihn zurückgerufen.«

»Verstehst du das, Ragnar?«

»Nein.«

Schaudernd drückte sich Lena näher an ihn heran.

»Falls du dir nicht zu sehr wehgetan hast, sollten wir verschwinden.« Besorgt betrachtete er sie von oben bis unten. »Oder soll ich besser Hilfe holen?«

»Nein«, versicherte Lena ihm, wenngleich ihr der Sinn im Augenblick nicht gerade nach einem mehr als einstündigen Marsch stand. »Ich will hier nur noch weg.«

»Hatte ich nicht ausdrücklich befohlen, ihn in Ruhe zu lassen, bis wir alle feste Gestalt angenommen haben?« Drohend hatte sich der Schatten über dem Wesen in Fuchsgestalt aufgebaut. Luvett duckte sich, legte winselnd seine Schnauze auf den Boden. »Ich dachte, wenn wir das Mädchen haben …«

»Du sollst nicht *denken.* Du sollst gehorchen!« Außer sich vor Wut waberten die Umrisse der Schattenkreatur hin und her. Mal wirkte sie wie ein Mensch, dann glich sie einer grau-schwarzen Wolke, anschließend einem der vielen Felsen der Umgebung.

Luvett war nicht so stark wie sein Bruder, hatte sich für die Gestalt eines Tieres entschieden, da diese schneller zu beherrschen war und er zudem den jungen Mann hatte beobachten können, während seine Brüder sich mehr und mehr den Menschen dieser ihm fremden Welt angeglichen hatten. Sie alle waren ungeduldig, wollten den jungen Mann dazu bringen, weitere Brüder hierherzuholen, doch Everon war der Auffassung, man solle ihn auf ihre Seite bringen, statt ihn unter Druck zu setzen. Luvett jedoch war ungeduldig, sah hier eine sehr viel größere Chance für seinesgleichen. Sicher gab es auch in dieser Welt Wächter, und die Kraftlinien waren an manchen Orten stark. Dennoch waren die meisten Wesen, ob Mensch oder Tier, anscheinend kaum mit Magie vertraut, vermochten sich nicht auf Dauer wirkungsvoll gegen ihn und seine Brüder zu schützen, und bestimmt würde es hier für sein Volk sehr viel einfacher werden, die Macht zu übernehmen. Die Aussicht, mächtig zu sein, die Geschicke der Welt zu lenken, ließ seine Fuchsgestalt noch einmal anschwellen, doch Everons energische Zurechtweisung folgte sogleich. »Lass das, sonst wird jeder Narr erkennen, dass du keines dieser Waldtiere bist.«

Widerwillig nahm Luvett erneut die Gestalt eines zu groß geratenen Fuchses an und bemühte sich, sich in Geduld zu üben.

So rasch es Lenas geschundener Körper erlaubte, eilten sie durch den Wald. Da Ragnar der Meinung war, Leutzdorf liege näher, hatte sie sich dazu überreden lassen, gleich zu ihr nach Hause zu gehen. Sie bemerkte sehr wohl, dass auch Ragnar nervös war, ständig verstohlene Blicke über die Schulter warf, und als er ihre Hand nahm und ihr aufmunternd zulächelte, war sie mehr als froh.

»Dieser Fuchs«, begann Lena noch einmal nach einer Weile, »ist das vielleicht eine Art Geist?«

»Nein, das glaube ich nicht, denn du hast ihn ja gesehen, ohne mich zu berühren.«

»Da hast du wohl Recht«, räumte Lena ein. »Aber was könnte es dann sein?«

»Wenn ich das nur wüsste.« Ratlos blickte Ragnar sich um. »Möglicherweise etwas, das einem Geist nahe kommt, nur … Ich habe den Eindruck, es ist böse und aggressiv, und gleichzeitig …« Er beendete seinen Satz nicht, zog lediglich die Augenbrauen zusammen.

»Was gleichzeitig?« Tapfer bemühte sich Lena, mit ihm Schritt zu halten, was ihr nur schwer gelang, denn zum einen legte er ein ordentliches Tempo vor, zum anderen schmerzte ihre linke Hüfte unerträglich.

»Ich weiß auch nicht«, entgegnete er knapp.

»Kann man etwas gegen diese … Dinger tun?«

»Verdammt, Lena, ich habe keinen blassen Schimmer«, fuhr

er sie an, woraufhin sie sich auf die Lippe biss und betreten zu Boden blickte.

»Es tut mir leid.« Ragnar hielt sie fest und umarmte sie ganz kurz und vorsichtig. »Schon seit einiger Zeit habe ich mich beobachtet gefühlt, Schatten gesehen. Bisher sind sie immer vor mir zurückgewichen, aber jetzt habe ich den Eindruck, sie werden stärker, dichter.« Er räusperte sich und sah sie traurig an. »Wahrscheinlich ist es das Beste, ich verschwinde von hier.«

»Nein«, entfuhr Lena ein entsetzter Ausruf. »Diese Dinger werden ja kaum nur deinetwegen hier sein.«

»Ich befürchte doch«, gab er kaum hörbar zurück.

»Wie meinst du das?«

Der Griff von Ragnars Hand wurde fester, und er zog sie energisch weiter. »Komm jetzt, es ist besser, wenn du bald zuhause bist.«

»Ragnar!«

»Lena, ich kann das nicht erklären«, sagte er unwirsch. »Und es ist besser, wenn du bestimmte Sachen nicht weißt.«

»Ich dachte, wir sind Freunde«, entgegnete sie verletzt.

»Ja, und deshalb will ich dich auch beschützen.«

Sein Blick über die Schulter ließ sie beinahe dahinschmelzen, aber dennoch war sie wütend, weil er ihr so vieles verheimlichte.

»Diese Schattengestalten sind doch übernatürlich, oder nicht?«

Unschlüssig hob er die Schultern, und Lena warf ihm einen kritischen Blick zu. »Ich kann es dir ehrlich nicht sagen.«

Inzwischen hatten sie das Dorf und das Fachwerkhaus ihrer Großmutter erreicht, und Lena war erleichtert, denn langsam konnte sie tatsächlich nicht mehr weiter. Hastig schloss sie die Tür auf. Vielleicht war es naiv, aber hier fühlte sie sich sicher, auch wenn sie befürchtete, Türen und Mauern würden diese mysteriösen Kreaturen nicht aufhalten.

»Lena, was ist denn mit dir passiert?«, rief ihre Großmutter erschrocken aus, als sie ins Haus traten.

»Ich bin vom Pferd gefallen.« Ein Blick in den Spiegel entlockte Lena jedoch auch ein: »Ach du Schande!«

Ihre linke Gesichtshälfte wies zahlreiche Schürfwunden auf, die Schläfe war blau und grün angelaufen. In ihren Haaren hingen Blätter und Ästchen, ihre Kleider waren völlig verschmutzt.

»Gebrochen hast du dir aber hoffentlich nichts?«, erkundigte sich Oma Gisela besorgt.

»Nein«, erwiderte Lena.

»Lena, ich muss jetzt gehen. Im Reitstall wird man sich Sorgen machen, wenn die Pferde allein zurückkommen.« Ungeduldig trat Ragnar von einem Bein aufs andere.

»Oma, kannst du ihn fahren?«

»Soll ich mir nicht lieber deine Verletzungen ansehen?«

»Nein, ich komme zurecht.« Die Vorstellung, dass Ragnar allein zurück durch den Wald lief, machte ihr Angst. Am liebsten wäre es ihr ohnehin gewesen, wenn er bei ihr bliebe, doch die Sache mit den Pferden leuchtete ihr ein.

»Hier wird dir nichts geschehen«, flüsterte er ihr ins Ohr, als er sie kurz umarmte.

Zwar fragte sie sich, wie er sich da so sicher sein konnte, aber Lena selbst hatte ja auch dieses Gefühl. Nachdem Ragnar und ihre Großmutter gegangen waren, humpelte sie ins Bad. Als sie ihre Kleider auszog, zeigten sich zahlreiche Prellungen und weitere Schürfwunden. Ihre linke Hüfte war tiefblau angelaufen, und als Lena unter die Dusche stieg, brannte das Wasser auf der offenen Haut. Die ganze Zeit überlegte sie, was diese Schatten von ihr oder Ragnar wollten. Weshalb war er der Meinung, sie seien hinter ihm her? Lena überlegte schon, ihre Oma zu befragen. Schließlich kannte die sich mit spirituellem Zeug aus und konnte ihnen weiterhelfen. Andererseits traute sie sich nicht. Zu verrückt klang das, was ihr und Ragnar widerfahren war. Mit einem tiefen Seufzen lehnte sie sich gegen die Wand der Dusche und ließ das warme Wasser über ihren Körper laufen.

Zumindest hat er sich zwischen mich und diesen Schattenfuchs gestellt, dachte Lena, was ein wohliges Kribbeln in ihrer Magengegend verursachte. *Dann muss ich ihm ja doch etwas bedeuten.* Die böse kleine Stimme, die ihr zuflüsterte, für ihn wäre es trotz allem nur Freundschaft, ignorierte sie.

Als Oma Gisela zurückkehrte, verabreichte sie Lena noch einige Kräutersalben und Tinkturen, die sie auf ihre Verletzungen streichen sollte.

»Na, das Pferdchen hast du aber ordentlich geärgert, wenn es dich so gründlich abgesetzt hat«, war der Kommentar ihrer Großmutter.

»Es hat sich erschreckt.«

»Hm.« Oma Gisela betrachtete ihre Enkelin kritisch. »Vielleicht solltest du einfach ins Bett gehen, Lena, du siehst völlig erledigt aus.«

»Ja, ich glaube, das ist eine gute Idee.« Es war erst kurz nach sieben, aber sie konnte sich tatsächlich kaum noch auf den Beinen halten.

»Morgen gehst du nicht zur Arbeit«, schlug Oma Gisela vor. »Ich entschuldige dich nachher bei Frau Käppler.«

»Du bist ein Schatz, Oma.«

Um sich von den Schattengestalten abzulenken, schaltete Lena den Fernseher ein, doch ihre Gedanken wanderten stetig zu Ragnar. Er war ganz allein in der Hütte am Wald. Was, wenn die mysteriösen Kreaturen dort auftauchten und ihm etwas antaten? Ihr war klar, dass sie nicht schlafen konnte, bevor sie ihn gesprochen hatte. Als er nicht ans Telefon ging, wurde sie unruhig, doch wenigstens antwortete er auf ihre SMS. *Alles okay. Pferden get auch guud.* Erleichtert schloss sie die Augen, und auch wenn sie wirre Albträume plagten, so war sie doch erleichtert, fürs Erste diesen Wesen entkommen zu sein.

Kapitel 21

Eine Frage des Vertrauens

Das Läuten der Hausglocke riss Lena am Morgen aus einem tiefen Schlaf. Stöhnend streckte sie Arme und Beine aus. »Verdammt, jetzt ahne ich langsam, wie sich die alten Leute im Heim fühlen müssen«, knurrte sie vor sich hin und drehte sich auf die andere Seite, um weiterzuschlafen.

Doch Sekunden später klopfte es an ihrer Tür, die aufgeregte Stimme ihrer Mutter ertönte: »Lena, zieh dich an und komm raus!«

»Oma hat mich doch im Altenheim entschuldigt«, erwiderte sie. Der Blick auf die Uhr zeigte ihr, dass es erst kurz nach sieben war.

»Die Polizei ist hier, jetzt komm schon!«

»Polizei?«

Auf einmal war Lena hellwach, quälte sich aus dem Bett und schlüpfte hastig in Jeans und T-Shirt. Dabei bildete sich ein riesengroßer Kloß in ihrem Magen. War am Ende der Einbruch aufgeflogen? Suchte man sie und Ragnar? Das Herz klopfte ihr bis zum Hals, als sie aus der Tür trat. Zwei uniformierte Beamte standen mit ihren Eltern im Gang. Lenas Mutter fuchtelte wild mit den Händen herum und redete auf die Polizisten ein, während ihr Vater mit verkniffenem Gesicht an der Wand lehnte.

»Wie siehst du denn aus?« Sichtlich entsetzt deutete Manuela auf das Gesicht ihrer Tochter.

»Bin vom Pferd gefallen«, nuschelte sie.

Der ältere Polizist, er mochte um die fünfzig sein, runzelte kritisch die Stirn. Nach einem Räuspern streckte er sich, wobei sich die Knöpfe seiner Uniform, die einen beachtlichen Bierbauch bedeckte, bedrohlich spannten.

»Kennen Sie einen gewissen Ragnar Winter?«

Es hatte wenig Sinn, das zu leugnen, also nickte Lena.

»Hat er Ihnen das angetan?« Der zweite Polizist war deutlich kleiner als sein Kollege, einige Jahre jünger und so rund wie eine Kugel.

»Nein! Wie kommen Sie denn darauf?«, empörte sich Lena.

»Wissen Sie, wo er sich momentan aufhält?« Der ältere Polizist musterte sie durchdringend.

»Ähm, nein.«

»Lena, du bist doch des Öfteren mit ihm zusammen«, schimpfte ihre Mutter. »Jetzt sag schon, wo er ist.«

»Keine Ahnung«, behauptete sie und suchte im Geiste nach einer Möglichkeit, ihn zu warnen.

»Fräulein Langfeld, das ist eine ernste Sache.« Der Polizist reckte sein Kinn vor. »Schließlich geht es hier um Mord.«

»Mord?« Beinahe gleichzeitig stießen sowohl Lena als auch ihre Mutter dieses Wort hervor.

Also ging es gar nicht um den Einbruch, aber was zum Teufel hatte Ragnar mit einem Mord zu tun? Lena spürte, wie sie bleich wurde und weiche Knie bekam, daher stützte sie sich an der Wand ab.

»Was … wie … Weshalb denn ein *Mord*?«

Der Polizist forschte in ihrem Gesicht, kam aber wohl zu dem Schluss, dass sie tatsächlich nichts davon wusste.

»Der junge Mann wird schon seit über zwei Jahren von den irländischen …«

»Isländischen«, korrigierte der Rundliche ihn, was seinen Kollegen zornig dreinblicken ließ.

»Von unseren isländischen Kollegen gesucht. Er steht in dringendem Verdacht, seinen Stiefvater und dessen Vater ermordet zu haben.«

In Lenas Kopf drehte sich alles nur noch, und sie war nicht in der Lage, überhaupt zu antworten.

Dafür sprudelte ihre Mutter los wie ein Wasserfall. »Ich habe doch gleich gewusst, dass mit dem Kerl etwas nicht stimmt«, kreischte sie. »Er war ausgesprochen seltsam, und als er beim Abendessen plötzlich umgekippt ist … Sicher hat er auch mit Drogen zu tun, nicht wahr?«

Die beiden sahen sie verdutzt an. »Davon ist uns nichts bekannt.«

Lenas Vater fasste seine Tochter am Arm. »War er das wirklich nicht?« Vorsichtig legte er eine Hand an ihre Wange, aber Lena schüttelte den Kopf. »Mädchen, es ist doch sinnlos, einen Verbrecher zu schützen.«

»Ragnar ist kein Verbrecher!«, verteidigte sie ihren Freund instinktiv. »Und ich bin ehrlich vom Pferd gefallen. Oma hat mich gesehen, ich war völlig schmutzig.«

»Hm.« Weder ihre Eltern noch die Polizisten schienen ihr Glauben zu schenken, aber Lena war das egal.

»Wie auch immer.« Der Rundliche schaltete sich wieder ein. »Bitte nennen Sie uns jetzt seinen Aufenthaltsort.«

»Keine Ahnung.« Stur verschränkte Lena die Arme vor der Brust. Sie weigerte sich hartnäckig zu glauben, was Ragnar vorgeworfen wurde.

»Wer einen Verbrecher deckt, macht sich selbst strafbar«, wurde sie von dem Älteren belehrt.

»Lena!« Der Blick ihres Vaters durchbohrte sie förmlich, aber sie kämpfte verzweifelt mit ihren Gefühlen und sagte nichts.

»Der wohnt doch auf diesem Reiterhof in …« Lenas Mutter wedelte nervös mit der Hand. »Windischgaillenreuth, glaube ich. Nicht wahr, Lena?«

Windischgaillenreuth – in Lena arbeitete es. Wenn die Polizisten dorthin fuhren, blieb ihr vielleicht noch genügend Zeit, Ragnar zu warnen. Selbst wenn sich die Zweifel nicht ganz verdrängen ließen, sie konnte ihn doch nicht einfach ins offene Messer laufen lassen.

»Ja«, sagte sie daher widerwillig.

Die Polizisten nickten sich zufrieden zu, dann warfen sie Lena noch einen warnenden Blick zu. »Sie halten sich zur Verfügung, und sollte er bei Ihnen auftauchen, melden Sie das bitte auf der Stelle.«

Lena bemühte sich um ein Lächeln und nickte.

Nachdem die beiden gegangen waren, brach das Donnerwetter über sie herein. Gleichzeitig schimpften ihre Eltern los.

»Wie kannst du nur mit diesem Kerl …«

»Was soll nur aus dir werden?«

»Womit haben wir das verdient?«

Jeder Versuch, ihnen zu versichern, dass sie von einer Mordanklage nichts gewusst hatte, wurde im Keim erstickt. Jede Sekunde war kostbar, und Lena war unendlich froh, als ihr Vater mit einem Blick auf die Uhr den Redeschwall seiner Frau unterbrach. »Wir müssen jetzt los, sonst kommen wir zu spät zur Arbeit.«

Manuela klappte den Mund zu, blickte Lena eindringlich an und verlangte: »Du bleibst zuhause und schließt die Tür hinter dir ab. Lass dich ja nicht wieder mit diesem Ragnar ein.« Sie zögerte kurz. »Dieter, es wäre besser, wenn du hierbliebest.«

Schon holte Lena zu einer Entgegnung Luft, doch ihr Vater schüttelte den Kopf, wobei er recht betreten wirkte. »Ich habe heute eine wichtige Sitzung. Lena, kommst du zurecht? Oder soll ich dich besser zu deiner Schwester fahren?«

»Nein, nicht nötig«, entgegnete sie. »Ich … schließe die Tür ab.«

Beide Eltern musterten sie nun besorgt. »Sei bitte vorsichtig, Kind.«

Lena nickte nachdrücklich, beobachtete die beiden, wie sie das Haus verließen und dann fortfuhren. Sofort stürzte sie zu ihrem Mobiltelefon, wählte Ragnars Nummer. *Bitte geh ran, bitte, Ragnar.* Doch entweder hatte er das Telefon nicht dabei oder keine Verbindung. »Scheiße!« Lena wusste weder ein noch aus. Schließlich eilte sie zur Tür, entdeckte jedoch noch rechtzeitig den Polizisten, der hinter der Hecke hervorlugte.

Mist, die beobachten mich.

Also rannte sie in ihr Zimmer, schwang sich aus dem Fenster und schlich geduckt durch den Garten. Sie kletterte über den Zaun und verschwand im Wald. Dann spurtete sie los, und ihre Gedanken rasten. Tat sie wirklich das Richtige? Sie hatte sich in Ragnar verliebt, das war schon klar, aber was war, wenn er tatsächlich jemanden umgebracht hatte?

So etwas würde er nie tun, redete sie sich ein. Doch dann dachte sie an ihre erste Begegnung mit ihm, wie er auf seinen Onkel losgegangen war. Es war nicht zu leugnen, dass Ragnar Geheimnisse hatte, aber ein Mord? Mehrfach verlangsamte Lena ihre Schritte, überlegte, ob sie umdrehen sollte, lief jedoch weiter. Auf jeden Fall wollte sie ihm die Chance geben, alles zu erklären. Wie sie so durch den Wald stürmte, den Kopf voll mit den wildesten Gedanken, kamen ihr erst am Reitstall die Schatten von gestern in den Sinn. Völlig außer Atem sagte sie sich, dass es jetzt ohnehin zu spät war, Angst zu haben.

Wie es aussah, war die Polizei noch nicht hier.

»Wo ist Ragnar?«, schrie Lena schon von Weitem einer älteren Frau zu, die über den Reitplatz trabte.

Die Reiterin hielt ihr Pferd am Zaun an. »Ist alles in Ordnung mit dir?«

»Ja, verdammt, jetzt sagen Sie schon, wo er ist!«

»Ich glaube, im Stall.«

Den verwirrten Blick der Frau ignorierte Lena, spurtete noch einmal los und stürmte zu den Pferdeboxen.

»Ragnar!«, schrie sie in die Stallgasse.

Und schon tauchte sein grau melierter Schopf hinter einer der Gitterboxen auf. »Lena, was machst du denn hier?« Mit einer Mistgabel in der Hand kam er aus der Tür. »Was ist, hast du etwa wieder …«

Sie schüttelte den Kopf, sah ihn voller Verzweiflung an und hoffte sehnlichst, er würde das, was sie ihm jetzt sagte, vehement bestreiten. »Ragnar, die Polizei sucht dich. Sie haben behauptet, du hättest jemanden umgebracht.«

Mit jedem ihrer Worte war etwas mehr Farbe aus seinem Gesicht gewichen. Jetzt blickte er sich hektisch um, öffnete und schloss den Mund, dann trat er zu ihr.

»Es stimmt … aber es ist anders, als es vielleicht klingt.«

Entsetzt wich sie vor ihm zurück. Der verzweifelte Ausdruck in seinen Augen berührte sie zwar, aber dennoch brach in diesem Moment ihre Welt zusammen.

»Lena …« Flehend streckte er eine Hand aus. »Bitte gib mir die Gelegenheit, es dir zu erklären. Nur …«, er rang nach Worten, »… jetzt muss ich erst von hier verschwinden.«

Lena wusste nicht mehr, was sie denken sollte. Ihr Herz sagte ihr, dass Ragnar, so seltsam er auch sein mochte, kein schlechter Mensch war. Ihr Verstand hingegen machte ihr eindringlich klar, dass sie möglicherweise einen Schwerverbrecher deckte. »Ich weiß nicht.« Sie biss sich auf die Unterlippe, und als Ragnar ihr tief in die Augen sah, kämpfte Liebe gegen Vernunft.

»Bitte, vertrau mir«, flüsterte er.

Auch wenn im Moment alles gegen ihn sprach, nickte Lena, sie konnte einfach nicht anders. Erleichtert sackten Ragnars Schultern nach unten. Er lächelte sie dankbar an und nahm ihre Hand. »Komm, ich muss ein paar Sachen holen.«

»Ein Polizist ist nach Windischgaillenreuth gefahren. Aber wahrscheinlich werden sie bald merken, dass ich nicht die Wahrheit gesagt habe.«

»Danke, Lena.« Er lächelte sie an, dann rannten sie zu seiner Hütte. In Windeseile stopfte er einige Klamotten, etwas zu essen und Geld in seinen Rucksack.

»Die Bilder meiner Großmutter, würdest du sie aufbewahren?«, bat er, während er hektisch die Schränke durchwühlte.

»Ja, natürlich, sofern die Polizei nicht alles beschlagnahmt.« Da sie ihm ohnehin nicht helfen konnte, begann sie, wahllos die erstbesten Bilder aus den Rahmen zu lösen und zusammenzurollen. Sie arbeitete hektisch und blickte dabei ständig zum Fenster hinaus, befürchtete, gleich eine Polizeistreife zu entdecken.

Ragnar löste inzwischen eine der Dielen aus dem Boden, und für einen Moment dachte Lena schon, er würde eine Waffe darunter hervorholen. Aber dann förderte er nur die Stücke des Amuletts zu Tage. »Nimm du es.«

Zögernd nahm sie das vollständige Teil an sich, jenes, das sie damals neben Amelia gefunden hatte, hängte es sich um den Hals und steckte das unvollständige Gegenstück, in dem das letzte Stück fehlte, in ihre Hosentasche.

»Schnell jetzt.« Ragnar warf noch einen prüfenden Blick um sich und stürzte dann zur Tür.

Lena, einige der Bilder in der Hand, folgte ihm. »Weißt du, wo du hinwillst?«

»Erst mal nur weg.« Schon hielt er auf den Wald zu, verschwand zwischen den Bäumen, und Lena war erleichtert, immerhin fürs Erste der Polizei entkommen zu sein. Gemeinsam hasteten sie durch den Wald, und erst nach einer ganzen Weile wurde Ragnar langsamer. »In der Nähe gibt es ein verlassenes Haus mitten im Wald. Ich denke, vorerst werde ich mich dort verstecken. Du solltest jetzt besser gehen.«

»Du hast mir versprochen, es zu erklären.«

»Das werde ich, nur wenn du jetzt …«

»Ich werde verrückt, wenn du mir nicht sagst, was los ist.«

Ragnar betrachtete sie einen Moment lang schweigend, dann nickte er.

»In Ordnung, du hast Recht. Ich möchte dich nur nicht in Schwierigkeiten bringen.«

»Die Polizei beobachtet unser Haus, aber ich habe mich durch den Garten fortgeschlichen. Es war nur ein Beamter, und der hat es bestimmt nicht bemerkt.«

»Gut, ich denke, ich bin dir eine Erklärung schuldig.«

Eine knappe Stunde liefen sie durch den Wald, und auch wenn Lena so viele Fragen auf der Seele lasteten, bedrängte sie Ragnar nicht, denn ihr war klar, dass sie zunächst einmal einen halbwegs sicheren Platz finden mussten.

Schließlich kamen sie an einem beinahe völlig eingewachsenen Häuschen an. Vermutlich hatte es früher als Ferienhaus gedient, aber jetzt war es von Unkraut und Schlingpflanzen überwuchert. Prüfend ging Ragnar um das Haus herum und schlug schließlich kurzerhand eine Scheibe ein. Von dem Geräusch zuckte Lena zusammen, aber er hob nur entschuldigend die Schultern.

Wenige Augenblicke später betraten sie das stille Innere des alten Hauses. Es war nicht mehr als eine Wohnküche mit einer hölzernen Eckbank, zwei Stühlen und einem Tisch, was sie erwartete. Alles war staubig, roch leicht muffig. Auf dem Tisch standen sogar noch eine Schüssel und eine Kerze.

»Ist doch gemütlich«, meinte Ragnar grinsend, wischte halbherzig den Sitz von einem Stuhl sauber.

Widerstrebend nahm Lena Platz und sah Ragnar auffordernd an. Einen Moment lang wusste sie gar nicht, ob sie das, was er nun sagen würde, auch wirklich hören wollte.

Kapitel 22

Ragnars Geheimnis

Langsam ließ sich Ragnar auf der Bank nieder, legte seine Fingerspitzen aneinander und schloss die Augen.

»Nachdem mein Vater gestorben war, blieb meine Mutter einige Zeit allein, aber als ich fünfzehn war, traf sie einen alten Schulfreund, und leider verliebte sie sich erneut in ihn.«

»Du mochtest ihn nicht?«, schlussfolgerte Lena.

Ragnar nickte, rieb sich kurz die Augen und fuhr dann fort. »Dagur konnte mich von Anfang an nicht ausstehen. Ich war lediglich das lästige Anhängsel der Frau, die er begehrte, und er tyrannisierte mich regelmäßig. Nur tat er das so geschickt und heimlich, dass meine Mutter vermutlich nichts davon mitbekam.«

»So ein Idiot!«

»Ich habe es ihm nicht leicht gemacht«, räumte Ragnar ein. »Zum einen vermisste ich meinen Vater sehr, zum anderen fiel es Dagur natürlich schwer zu verstehen, dass ich entsetzlich unglücklich in dem Vorort von Reykjavík war, in den wir nach einiger Zeit zogen. Immer wieder lief ich davon, nach Hause zu meiner Großmutter. Und nachdem ich mit der Schule fertig war, blieb ich auch bei ihr und besuchte meine Mutter nur noch gelegentlich.«

»Ragnar, das ist alles sehr interessant«, unterbrach Lena ihn. »Nur was hat das mit dieser Mordanklage zu tun?«

Betrübt senkte er den Blick. »Es sollte dir erklären, wie es dazu kam.«

»Okay.« Lena lehnte sich zurück und bemühte sich, geduldig zu sein.

»Mehrfach holten sie mich zurück, als ich noch jünger war«, fuhr Ragnar fort. »Dagur machte mir das Leben zur Hölle mit seinen Anschuldigungen, aus mir würde niemals etwas werden, nur weil ich nicht in seinem Fischereibetrieb arbeiten wollte.« Nun wurde seine Stimme leise. »Der einzige Trost in dieser Stadt war Dagurs Vater Andri. Mit ihm habe ich mich von Anfang an gut verstanden. Mit der Zeit wurde er eine Art Ersatzgroßvater für mich. Auch er kam aus einem kleinen Dorf im Norden Islands und sehnte sich nach seiner alten Heimat. Er konnte meinen Drang nach Freiheit und meine Liebe zur Natur verstehen und …«

Als Ragnar stockte, nickte Lena ihm aufmunternd zu.

»Meine Gabe. Du weißt, ich kann Geister sehen.«

»Ja, das habe ich mitbekommen.« Nun war sie wirklich nervös, aber sie spürte, wie schwer es Ragnar fiel weiterzusprechen.

»Die Sache mit den Geistern ist nicht alles«, gab er widerstrebend zu.

»Was denn noch?«, fragte sie verwundert.

»Ich weiß nicht, wie ich es erklären soll.« Ragnar fuhr sich durch die Haare. »Mein Großvater, der Vater meiner Mutter, starb, als ich zehn Jahre alt war. Ich war bei ihm, er bekam mitten auf der Schafweide einen Herzinfarkt. Alles ging sehr schnell. Zunächst konnte ich die Angst in seinen Augen erkennen, aber plötzlich war alles ganz anders.« Noch einmal schien sich Ragnar zu sammeln. »Ich wollte Hilfe holen, doch er hielt meine Hand fest, sah mich so verzweifelt an, und dann war da … dieses Licht, dieser Friede. Schemenhaft konnte ich ein anderes Land sehen, das ich heute kaum beschreiben kann. Ich glaube, ich habe ihm geholfen, friedlich ins Jenseits zu gehen.«

Zunächst wusste Lena nicht, was sie erwidern sollte. Stumm starrte sie Ragnar an, der ein Lächeln andeutete. »Für dich muss das seltsam klingen.«

»Ja, das stimmt.« Lena runzelte die Stirn. »Aber dafür bekommt man doch keine Mordanklage.«

»Nein, dafür nicht. Das war nur das erste Mal, dass mir etwas Derartiges passierte. Auch ich dachte, ich hätte mir das alles nur eingebildet, schließlich war ich ja noch ein Kind. Aber es blieb nicht bei diesem einen Ereignis. Weitere starben. Zunächst unser Hund, den ich sehr liebte, dann einige der Pferde auf der Farm und eines Tages einer meiner besten Freunde, der bei einem Autounfall ums Leben kam, den ich selbst wiederum durch viel Glück überlebt habe. Jedes Mal erschien dieses Licht, und sie starben eines friedlichen Todes – das glaube ich zumindest.«

Ein Schauer lief über Lenas Rücken, dann fragte sie mit dünner Stimme: »Du bist also eine Art Todesengel?«

»Ein Todesengel?« Mit einem bitteren Lächeln schüttelte Ragnar den Kopf. »Ich befürchte, als Engel würde ich eine schlechte Figur abgeben. Allerdings weiß auch ich nicht, was ich bin oder weshalb mir derartige Dinge möglich sind. Diese seltsame Gabe hat mir lange Zeit Angst gemacht, und es fiel mir schwer, sie zu akzeptieren. Lena, wenn du mir nicht glaubst, könnte ich das verstehen.«

»Hm.« Unwillkürlich rückte sie ein Stück von ihm ab, fragte sich, ob er auch sie ins Jenseits befördern konnte. Aber dann riss sie sich zusammen, denn schließlich hatte sie ihn schon oft genug berührt, und ihr war nichts geschehen – mal abgesehen von den Geistererscheinungen.

Unschlüssig kaute sie auf ihrer Unterlippe herum, dachte nach, dann zuckte sie zusammen. »Devera – bei ihr war es das Gleiche.«

»Du hast es gesehen, das Licht?«, flüsterte Ragnar und sah sie hoffnungsvoll an. »Du glaubst mir?«

»Ich weiß nicht«, entgegnete sie zögernd. Innerlich rang sie mit sich selbst.

»Nun gut. Andri erzählte ich irgendwann ebenfalls davon, und ich war sehr glücklich, dass er mich ernst nahm. Scherzhaft meinte er, wenn es einmal mit ihm zu Ende ginge, wäre es äußerst nützlich, jemanden wie mich zu kennen. Leider traf das schneller ein, als er dachte.« Ragnar räusperte sich. »Vor zwei Jahren bekam Andri gleich drei Schlaganfälle kurz hintereinander.«

»Der Arme!«, rief Lena aus.

»Er konnte sich nicht mehr bewegen, kaum noch sprechen und wurde am Ende nur von Maschinen am Leben erhalten. Mir fiel es sehr schwer, ihn im Krankenhaus zu besuchen, du kennst den Grund. Andri flehte Dagur an, die Maschinen abstellen zu lassen, er wollte nicht mehr leben, aber Dagur wollte davon nichts wissen. Ich stritt mich entsetzlich mit ihm, denn ich besaß ja keine rechtliche Handhabe, da ich kein Verwandter war.«

Langsam dämmerte Lena, worauf Ragnars Erzählung hinauslaufen würde, und sie beugte sich gespannt vor.

»Ich bin nicht stolz darauf, aber eines Tages bin ich wieder einmal ziemlich ausgerastet«, gab Ragnar zu. »Auf dem Krankenhausflur beschimpfte ich ihn irgendwann und wünschte ihm vor Zeugen ebenfalls ein qualvolles Ende.«

»Das war vermutlich nicht so geschickt«, gab sie zu bedenken.

»Nein … Auf jeden Fall ging es Andri immer schlechter, und schließlich flehte er mich an, ihm zu helfen, diesen würdelosen Zustand zu beenden.«

»Du hast den Stecker gezogen?«, stieß Lena mit weit aufgerissenen Augen hervor.

»Nein«, widersprach Ragnar, »wobei ich auch das für ihn getan hätte. Ich mochte ihn nämlich sehr. Aber nein, ich blieb bei ihm, nahm seine Hand. Er schloss die Augen, und auf einmal erschien wieder dieses Licht.« Unsicher hob er die Schultern. »In diesem Moment spielten alle Geräte verrückt, die Sicherungen brannten durch und Funken sprühten. Andri war tot.«

»Man hat dich beschuldigt, die Geräte zerstört zu haben«, mutmaßte Lena mit dünner Stimme.

»Die Ärzte konnten sich etwas Derartiges nicht erklären, und sie verdächtigten mich. Schlimmer war jedoch Dagur. Der beschuldigte mich, seinen Vater umgebracht zu haben, wollte mich anzeigen, ins Gefängnis bringen.«

»Puh, eine krasse Geschichte.«

»Ich fuhr nach Hause, packte meine Sachen, um schleunigst zu verschwinden, denn ich hatte echt Panik, verhaftet zu werden. Dagur erwischte mich, bevor ich die Flucht ergreifen konnte. Er griff mich an, wollte mich einsperren und die Polizei holen. Es kam zu einem Handgemenge.«

»Und dann?« Lena hielt den Atem an.

Die Erinnerung daran setzte Ragnar sichtlich zu. Seine Miene war ernst, angespannt, seine Worte kamen nur zögerlich heraus. »Dagur war ein Baum von einem Mann. Er wollte mich niederschlagen, und als ich mich wehrte, stolperte er unglücklich und fiel die Treppe herab – sein Genick war gebrochen.«

Erschrocken schlug Lena eine Hand vor den Mund.

»Auch du glaubst mir nicht«, sagte Ragnar bitter. »Was hatte ich auch erwartet?«

»Was meinst du mit *auch*?« Dann atmete sie scharf ein. »Deine Exfreundin. Deshalb hat sie dich verlassen!«

»Nicht nur Lilia, auch meine Mutter. Natürlich wusste sie, wie angespannt das Verhältnis zu meinem Stiefvater war und wie oft wir uns gestritten haben.«

»Sie dachte, du hättest ihn absichtlich gestoßen«, schlussfolgerte Lena.

»Wenigstens zog sie es ernsthaft in Erwägung.« Möglicherweise hatte sie aber doch Skrupel, mich der Polizei auszuliefern, und ich vermute, sie hat ihr verschwiegen, dass wir noch Verwandte in Deutschland haben. Onkel Georg hätte mich ohne Zweifel angezeigt, aber bis heute bin ich unbehelligt geblieben.« Betrübt wandte er sich ab. »Ich war völlig durcheinander und fragte Lilia, ob sie mit mir käme, aber auch sie hielt mich für einen Mörder. Anfangs war ich entsetzlich enttäuscht, aber vermutlich ist es zu viel verlangt, dass mir jemand glaubt und vertraut.« Er stützte den Kopf in die Hände und schloss die Augen.

Zunächst zögerte Lena, musste das alles erst einmal verarbeiten. Stimmte das, was Ragnar ihr erzählt hatte? Hatte er seinem Stiefgroßvater lediglich geholfen? Und diese Sache mit dem neuen Mann seiner Mutter – war das ein Unfall gewesen? Prüfend betrachtete sie ihn. Was war er für ein Mensch? Ein Stück weit hatte sie ihn inzwischen kennen gelernt, und auch wenn er gelegentlich ein äußerst seltsames und unbeherrschtes Verhalten an den Tag legte, so glaubte sie doch nicht, dass er grundsätzlich einen schlechten Charakter hatte. Ganz langsam und noch immer recht zerrissen in ihrem Inneren erhob sie sich und setzte sich zu Ragnar auf die Bank. Als sie ihre Hand auf seine legte, zuckte er zusammen und blickte erwartungsvoll auf.

»Ich weiß nicht, ob es vernünftig und richtig ist, aber ich vertraue dir.«

»Wirklich?«, stieß er atemlos hervor.

»Ich habe dich mit Devera gesehen, durch dich kann ich Geister wahrnehmen, und dann sind da noch diese Schattenwesen …«

»Die Schatten, ich habe sie schon früher gesehen. Damals in Island, aber ich dachte, hier hätte ich sie abgeschüttelt.«

Stumm und mit großer Unsicherheit, aber auch einer Spur von Hoffnung in seinen dunklen Augen sah Ragnar sie an. Und genau dieser Blick überzeugte sie letztendlich davon, das Richtige zu tun. Dankbar drückte er ihre Hand. »Du weißt gar nicht, wie viel mir dein Vertrauen bedeutet.«

Und du weißt nicht, wie viel du mir bedeutest, dachte sie und überlegte, ob dies vielleicht der richtige Zeitpunkt war, ihm ihre Gefühle zu gestehen.

Aber da sprach er schon weiter. »Du bist ein unglaubliches Mädchen, und unsere Freundschaft ist mir ehrlich sehr viel wert.«

Freundschaft, dachte Lena traurig. Natürlich war Freundschaft etwas Wunderbares, aber inzwischen wollte sie mehr. Doch nun gab es Wichtigeres als ihre wirren Gefühle.

»Was machen wir denn jetzt mit dir?«, fragte sie unglücklich.

»Zunächst muss ich mich verstecken«, meinte Ragnar. »Und dann werde ich mich bemühen, unauffällig zu verschwinden – wohin auch immer.«

»Ich komme mit«, rief Lena impulsiv aus.

Doch Ragnar streichelte ihr kopfschüttelnd über die Wange. »Nein, Lena. Ich möchte dich nicht in meine Schwierigkeiten mit hineinziehen. Du hast ein gutes Leben hier, das kann ich dir nicht nehmen.«

»So toll ist es auch wieder nicht«, protestierte sie. »Meine Eltern machen mir sowieso die ganze Zeit nur Vorwürfe, und …«

»Lena«, er sah sie eindringlich an. »Du wirst studieren, in eine Großstadt gehen, so wie du es dir immer gewünscht hast, erfolgreich sein und glücklich werden.«

Ein dicker Kloß bildete sich in Lenas Kehle. *Das alles will ich doch gar nicht mehr,* sagte sie in Gedanken, *ich möchte doch nur mit dir zusammen sein.*

»Du würdest mir fehlen, wenn … wenn du fort bist«, gab sie leise zu.

»Und du mir. Aber wir können versuchen, den Kontakt aufrechtzuerhalten, jedenfalls solange es für dich nicht zu gefährlich ist. Wahre Freundschaft kann nichts erschüttern, selbst wenn man sich über einen langen Zeitraum nicht sehen kann.« In seinen ungewöhnlichen Augen stand so viel Zuneigung, dass Lena ganz warm ums Herz wurde, und für einen Moment hatte sie sogar das Gefühl, mehr darin zu lesen. Aber möglicherweise war das auch nur Wunschdenken ihrerseits. Auf jeden Fall genoss sie die beruhigende Wärme seiner Hand und wünschte sich, alles wäre weniger kompliziert.

»Ich bringe dich jetzt nach Hause«, erklärte er, nachdem er sich kurz geräuspert hatte.

»Willst du wirklich hierbleiben? Ganz allein mitten im Wald? Immerhin sind da noch diese Schattengestalten.« Schaudernd dachte Lena daran, wie Ragnar möglicherweise diesen Kreaturen ausgesetzt sein würde – und davor fürchtete sie sich beinahe noch mehr als vor der Polizei.

»Sie sind verschwunden.« Ragnar zuckte mit den Schultern. »Jedes Mal hat es einige Zeit gedauert, ehe sie erneut aufgetaucht sind. Mach dir keine Sorgen.«

Lena schluckte und rang um Fassung. Das Sprechen fiel ihr zunehmend schwer. »Keine Sorgen machen, Ragnar, das …« Sie blinzelte rasch einige Tränen weg. »Das kann ich nicht mehr«, sagte sie leise und senkte den Blick.

Sie konnte fühlen, wie Ragnar sie ansah, glaubte sogar, sein Atem würde plötzlich etwas schwerer gehen, so als läge ein Fels auf seiner Brust. Zu gerne hätte sie gewusst, was in diesem Augenblick in ihm vorging. Sanft hob Ragnar nun ihr Kinn an, seine Augen fixierten die ihren, wirkten sogar ein wenig traurig. »Lena, das ist kein Abschied für immer.« Ein Lächeln breitete sich auf seinem markanten Gesicht aus. »Deine Augen werden immer so sanft, wenn du traurig bist«, flüsterte er.

Lena glaubte, ihr Herz würde gleich explodieren, und brachte keinen Ton heraus.

»Na komm schon«, sagte Ragnar nach einer Weile. Er lächelte ihr aufmunternd zu und erhob sich. »Ich bring dich nach Hause.«

Ich bin doch schon daheim, ich bin bei dir.

Er nahm Lena an der Hand, öffnete vorsichtig die Tür und spähte hinaus. Dann trat er ins Freie und führte Lena auf ihr völlig unbekannten Pfaden zurück zum Haus ihrer Großmutter. Schweigend gingen sie nebeneinander her, nur ihre leisen Schritte waren zu hören. Die Geräusche des Waldes erschienen Lena wie in weite Ferne entrückt.

»Ich möchte nicht zu nah herangehen«, erklärte Ragnar entschuldigend, als sie auf den Feldweg nach Leutzdorf stießen.

»Natürlich.« Lena holte tief Luft und straffte die Schultern. »Ragnar, wenn du noch kurz in der Nähe bleibst, bringe ich dir Essen und Decken und vielleicht eine Taschenlampe.«

»Das wäre sehr lieb von dir.«

»Hast du mein Smartphone dabei?« Sie beobachtete, wie er ihr Telefon aus der Hosentasche zog. Lena holte ihr zweites hervor und reichte es Ragnar. »Hier, nimm besser das alte, das ist nirgends registriert. Am Ende werden wir noch abgehört. Die Prepaidkarte ist aufgeladen, die sollte einige Zeit halten. Ich besorge mir ein anderes von meiner Freundin oder meiner Cousine.«

»Daran hätte ich gar nicht gedacht«, murmelte er, dann zog er die Stirn kraus. »Mein Motorrad – ich überlege, ob ich es wagen soll, es zu holen.«

»Besser nicht. Sicher haben sie es schon beschlagnahmt oder lassen es als Lockmittel stehen. Schließlich ist es ja auf dich registriert.«

»Nein, ist es nicht«, erklärte er mit einem vorsichtigen Lächeln. »Ich habe einen Bekannten gebeten, es zuzulassen, damit mein Name nirgends erscheint und die Polizei mir nicht auf die Schliche kommt. Deshalb besitze ich auch kein Telefon und arbeite ohne Vertrag in dem Reitstall.«

»Der Uruk-hai«, stellte Lena fest und begriff, weshalb sich Ragnar und Rolf damals in Forchheim so geheimnisvoll verhalten hatten. Auch einige andere seltsame Verhaltensweisen Ragnars ergaben nun einen Sinn.

»Genau der«, stimmte Ragnar zu. »Ich hoffe, er bekommt keinen Ärger, falls sie das Motorrad tatsächlich mit mir in Verbindung gebracht haben.«

»Versprich mir, es nicht zu holen«, bat sie. »Ich kann versuchen, dir Geld zu besorgen, damit du untertauchen kannst, aber bitte …«

»Nein«, unterbrach er sie, nahm ihre Hand und sah ihr ernst in die Augen. »Du tust schon genug für mich. Ich weiß, du hast selbst kein Geld und sogar Schulden bei deinen Eltern. Hätten wir nur Großmutters Schatz gefunden.«

»Das wäre gut gewesen.« Lena umarmte Ragnar, einen Moment lang überlegte sie, ihn nie wieder loszulassen, tat es aber dennoch und schlug sich ins Unterholz. »Warte dort, hinter diesen Felsen auf mich, ja?«

»In Ordnung.«

Darum bemüht, möglichst wenige Geräusche zu verursachen, schlich sie sich von hinten an das Fachwerkhaus ihrer Großmutter heran. Glücklicherweise war der Polizist noch dort, wo er sich vor einigen Stunden versteckt hatte. Sie musste grinsen, als sie sah, wie er gähnend an einem Baumstamm lehnte und in der Nase bohrte. Die Dorfpolizisten hier waren erfreulicherweise nicht sehr motiviert, und so würde es kein Problem für Lena werden, noch einmal zu verschwinden. Ungesehen kletterte sie zurück in ihr Zimmer, öffnete, um den Anschein zu erwecken, sie wäre zuhause, das Küchenfenster und drehte die Musik auf. Sofort tauchte der dunkle Haarschopf des Polizisten hinter der Hecke auf. Sie tat so, als würde sie das Küchenfenster putzen, und vermutlich dachte der Beamte nun, dass sie sich mit einem Hausputz ablenkte.

Nachdem sie eine Weile an der Scheibe herumgewischt hatte, packte sie in aller Eile Essen, Decken, einen Schlafsack, eine Taschenlampe und ein paar Kerzen ein. Außerdem hatte sie noch fünfzig Euro, die sie kurzerhand in den Schlafsack steckte – egal, was Ragnar gesagt hatte, zumindest dieses wenige Geld sollte er annehmen.

Anschließend sah sie sich noch einmal prüfend um, dann erinnerte sie sich an etwas. Im Küchenschrank befand sich ein altes Handy ihres Vaters, das er schon lange nicht mehr benutzte. Zum Glück hatte er Telefonnummer und Code hinten draufgeklebt. Eilig notierte sie diese für Ragnar und lud, während sie die restlichen Sachen packte, das Mobiltelefon auf – so konnten sie relativ gefahrlos in Kontakt bleiben. Ein Blick aus dem Fenster im ersten Stock versicherte Lena, dass der Polizist noch an Ort und Stelle war. Sie öffnete auch das obere Fenster, schaltete den Staubsauger an und rannte dann die Treppe hinab. Eilig raffte sie alles zusammen und schlich geduckt hinaus. Als sie im Wald war, atmete sie erleichtert auf, erreichte kurz darauf den verabredeten Treffpunkt und rief leise nach Ragnar.

Als der nicht antwortete, hielt sie die Luft an, befürchtete schon, er wäre bereits fort, doch kurz darauf trat er hinter einem Felsen hervor.

»Danke, ich gehe jetzt besser.« Unruhig schweifte sein Blick zwischen den Bäumen umher, und mit einem Mal überkam Lena das mulmige Gefühl, es könnte das letzte Mal sein, dass sie sich sahen. »Pass auf dich auf.«

»Und du auf dich.« Erneut bildete sich ein Kloß in ihrem Hals. »Du verschwindest aber nicht einfach, ohne dich zu verabschieden.«

»Nein, natürlich nicht«, versicherte Ragnar ihr. »Es sei denn, die Polizei findet mich.«

»Das wird sie nicht.« Lenas Herz wurde ihr schwer, als Ragnar sie noch einmal in seine Arme schloss. Wieder hätte sie ihn am liebsten nicht losgelassen, und als sie ein leises Schluchzen nicht unterdrücken konnte, hob er ihr Kinn an.

»Hey, nicht weinen.«

»Tu ich ja gar nicht«, behauptete sie mit rauer Stimme.

»Das sah vorhin in der Hütte aber anders aus.«

Also hat er es bemerkt, dachte sie, schüttelte aber dennoch den Kopf.

»Dass du mir auch immer widersprechen musst!«, entgegnete er augenzwinkernd. Auch wenn er einen lustigen Tonfall angeschlagen hatte, spürte Lena, dass der nur gespielt war. Ganz bestimmt machte auch er sich Sorgen. »Ich melde mich bei dir, versprochen.«

Nun drückte ihr Ragnar einen Kuss auf die Wange, schnappte sich die Sachen und eilte davon.

Ein paar Tränen kullerten über Lenas Gesicht, aber sie riss sich zusammen und beeilte sich, zurück ins Haus zu kommen. Dort schaltete sie den Staubsauger wieder ab und versuchte, sich irgendwie abzulenken. Doch weder das Fernsehprogramm noch das Internet brachten sie auf andere Gedanken. Pausenlos kreisten ihre Gedanken um Ragnar und darum, was er schon alles durchgemacht hatte. Die Flucht aus Island war bestimmt nicht einfach gewesen. Sich ständig verstecken müssen, niemandem die Wahrheit sagen können – das alles machte sein häufig so abweisendes und ruppiges Verhalten verständlicher.

»Wenn ich ihm nur irgendwie helfen könnte«, seufzte Lena.

Am späten Nachmittag kehrten ihre Eltern zurück, kurz darauf Lenas Großmutter. Sie waren noch immer besorgt, aber Lena versicherte, nichts von Ragnar gehört zu haben. Lediglich Oma Giselas Blick ließ sie verlegen werden, denn sicher ahnte sie etwas.

»Bestimmt ist er schon längst über alle Berge«, sagte Lena beim Abendessen.

»Hoffentlich!« Manuela strich hektisch Butter auf ihr Brot. »Ein Mörder – hier bei uns!«

Zu gern hätte Lena widersprochen, ihren Freund verteidigt, aber sie wusste, wie sinnlos das war.

Eine SMS von Ragnar beruhigte ihre angespannten Nerven ein klein wenig. Er schrieb, es gehe ihm gut, das Geld wolle er ihr zurückgeben.

Bitte behalte es und warte, bis ich mehr für dich aufgetrieben habe, schrieb sie zurück. *Sei nicht stolz, Ragnar, du wirst es brauchen, wenn du verschwinden musst.*

Guud zahl alle zuruck sobald moglich, erfolgte ein paar Minuten später seine Antwort.

Er ist so ganz anders als Kevin, dachte Lena, legte sich auf ihr Bett und starrte gegen die Zimmerdecke. *Der hätte mich garantiert um mehr Geld gebeten und wäre dann sang- und klanglos verschwunden.* Andererseits, wer sagte ihr, dass Ragnar das nicht auch irgendwann tat?

Plötzlich klopfte es an der Tür, und Lena ließ eilig das alte Handy ihres Vaters verschwinden.

»Ja?«

Oma Gisela trat ein und setzte sich mit besorgtem Gesicht auf Lenas Bettkante. »Wie geht es dir?«

Ratlos hob sie die Schultern, denn was sollte sie darauf antworten?

Unsicher zupfte ihre Großmutter an der Bettdecke herum. »Möglicherweise habe ich mich in Ragnar getäuscht. Oder vielleicht ist alles auch nur ein großer Irrtum?« Forschend sah sie Lena in die Augen, und diese musste einiges an Willensstärke aufbringen, um dem prüfenden Blick standzuhalten.

»Kann schon sein«, entgegnete sie knapp. »Ich traue Ragnar keinen Mord zu.«

»Lena, wenn du etwas weißt, wenn du Kontakt zu ihm hast, dann sag ihm, er muss sich stellen! Falls er in der Tat unschuldig ist, wird sich alles aufklären.«

Und zuvor kommt er in Untersuchungshaft, rastet vollkommen aus und besiegelt damit sein Schicksal, fügte Lena stumm hinzu. Zu gern hätte sie sich ihrer Großmutter anvertraut, ihr das Herz ausgeschüttet, aber das ging leider nicht. So unbefangen und locker ihre Oma viele Dinge auch handhabte – in diesem Fall würde sie keine Gnade kennen und Ragnar möglicherweise verraten, und wenn auch nur aus dem Grund, um sie zu schützen.

»Ich habe keinen Kontakt – leider«, seufzte sie daher, dann schluchzte sie leise, was nicht einmal gespielt war. »Immer gerate ich an die falschen Typen.«

Tröstend nahm Oma Gisela sie in die Arme, und als Lena leise zu weinen anfing, wiegte ihre Großmutter sie hin und her wie damals, als sie ein kleines Mädchen gewesen war.

»Es ist nicht einfach. Du kannst niemandem ins Herz schauen.«

Lena sagte nichts dazu, aber sie freute sich über die tröstende Anwesenheit ihrer Großmutter.

Diese erhob sich nach einer Weile. »Wenn ich dir oder Ragnar irgendwie helfen kann, dann sag bitte Bescheid.«

Ein stummes Nicken war alles, was Lena als Antwort gab. Die ganze Nacht lang grübelte sie über Ragnar nach und wie es weitergehen sollte. Auf keinen Fall wollte sie ihn im Stich lassen oder den Kontakt zu ihm verlieren. Aber wie konnte sie ihm nur helfen?

Kapitel 23

Die Esperhöhle

Bitte, Katrin, kannst du nicht wenigstens hundert oder zweihundert Euro lockermachen?« Die Stimme gedämpft, lugte Lena hinter der Informationstafel im zweiten Stock des Altenheims hervor. Im Moment versuchte sie verzweifelt, Geld für Ragnar aufzutreiben, und Katrin war eine der wenigen, die dafür infrage kamen.

»Ich musste gerade eine Autoreparatur bezahlen«, erklang die wenig begeisterte Antwort ihrer Freundin.

»Ich zahl's dir auch so bald wie möglich zurück.« In Wirklichkeit wusste Lena nicht, wie sie dieses Versprechen einlösen sollte, aber notfalls würde sie eben abends kellnern.

»Also gut. Hundertfünfzig.«

»Super!« Erleichtert schloss Lena die Augen, zuckte jedoch gehörig zusammen, als sich eine Hand auf ihre Schulter legte und sie in das biestige Gesicht von Frau Käppler blickte.

»Habe ich Ihnen nicht schon mehrfach gesagt – keine Privatgespräche während der Dienstzeit!« Die Stirn der hageren Frau lag in bedrohlichen Falten.

»Tut mir leid, war ein Notfall.«

Jetzt streckte Frau Käppler die Hand aus. »Geben Sie mir das Ding, Sie können es sich nach Dienstschluss abholen.«

»Na hören Sie mal!«, regte sich Lena auf. »Wir sind ja hier nicht in der Schule.«

»Meine liebe Lena, Sie sind hier, um Anstand und Respekt zu lernen«, folgte postwendend die Zurechtweisung. »Sozialstunden werden nicht ohne Grund durch die Gerichte aufgebrummt. Also haben Sie sich daran zu halten und …«

Um weiteren moralischen Ergüssen zu entgehen, schaltete Lena ihr Handy ab und drückte es Frau Käppler in die Hand. »Ist ja schon gut.«

Zufrieden nickte die Heimleiterin. »Dann haben wir uns ja verstanden.« Damit rauschte sie ab, und Lena blickte ihr kopfschüttelnd hinterher.

Hoffentlich versucht Ragnar nicht gerade jetzt, mich zu erreichen, dachte sie. In der Mittagspause kaufte sie mit den fünfzehn Euro, die Maike ihr geliehen hatte, einen Gutschein, um die alte Prepaidkarte ihres Vaters aufzuladen. Es waren nur noch wenige Cent Guthaben übrig gewesen – und so konnte sie mit Ragnar in Kontakt bleiben.

»Hey, Lena.« Nachdem Lena endlich Feierabend hatte, war sie auf dem Weg zu Frau Käpplers Büro, um ihr Mobiltelefon abzuholen, als Timos Stimme hinter ihr erklang. Seine Miene wirkte besorgt, als sie sich umdrehte. »Wie siehst du denn aus?«

Inzwischen hatte Lena schon gar nicht mehr an ihre Blessuren gedacht und fuhr sich nur abwesend über die Wange. »Reitunfall«, murmelte sie.

»Ups, Sport ist Mord, wie man so schön sagt«, scherzte er. »Ich wollte dich eigentlich fragen, ob du mal wieder Lust hast, nach Feierabend mit Maike und mir was trinken zu gehen.«

»Ja, können wir gerne machen«, erwiderte sie zerstreut.

»Alles in Ordnung, Lena?« Forschend sah er ihr in die Augen.

»Hm, klar.« Für einen Moment überlegte sie, ob sie auch ihn um Geld fragen sollte, aber sie verwarf den Gedanken schnell, denn so gut kannte sie ihn ja auch wieder nicht.

»Du, ich muss jetzt echt los.« Sie eilte zu Frau Käpplers Büro und fand die Tür offen vor. Frau Käppler winkte sie herein, telefonierte jedoch zunächst in aller Ruhe mit irgendeiner Frau namens Betty und sortierte nebenbei ihre Ablage. Lena hatte das Gefühl, innerlich zu platzen, hätte der Heimleiterin am liebsten das Telefon vom Ohr gerissen, beherrschte sich jedoch mühsam.

»Ja, Betty, dann sieh zu, dass du die lästigen Hühneraugen bald loswirst«, flötete Frau Käppler in den Hörer, legte endlich auf, musterte Lena über den Brillenrand hinweg und blätterte weiterhin in ihren Unterlagen.

»Frau Käppler, ich bräuchte jetzt dringend mein Handy zurück!«

»Ihr jungen Dinger glaubt, die Welt hört auf, sich zu drehen, wenn ihr mal ein paar Stunden nicht erreichbar seid«, rügte sie.

Zu gern hätte Lena ihr jetzt eine patzige Antwort entgegengeschleudert, wusste aber nur allzu gut, dass das die ganze Sache nur in die Länge ziehen würde. Daher ballte sie hinter ihrem Rücken die Hände zu Fäusten, während die unangenehme Frau weiterhin aufreizend langsam Verträge und Rechnungen ordnete, und zwang sich, tief und gleichmäßig ein- und auszuatmen. Endlich schien Frau Käppler sie ausreichend auf die Folter gespannt zu haben, öffnete eine Schublade und drückte Lena das Handy in die Hand.

Sofort eilte sie nach draußen, tippte hektisch den Code ein und starrte dann auf das Display. Fünf Anrufe in Abwesenheit, und jedes Mal war es Ragnar gewesen. Einmal hatte er auf die Mailbox gesprochen. Sofort hörte Lena diese ab und lauschte atemlos. Er klang äußerst aufgeregt: »Lena, ich habe ein weiteres Bild meiner Großmutter gefunden, sie hatte es hinter jenem mit dem Hirsch versteckt. Dort ist eine Markierung angebracht, komm gleich zu mir, wenn du das abhörst. Ruf mich an, dann hole ich dich an der Straße nach Wohlmannsgesees ab. Von dem Jägerstand dort sind es nur noch knappe zehn Minuten durch den Wald bis zur Hütte.«

Hektisch gab Lena den Gutscheincode ein, wählte dann Ragnars Nummer, aber er nahm nicht ab. Sie entschloss sich, gleich zu ihm zu fahren, probierte es unterwegs noch einige Male, aber nie erreichte sie ihn.

»So ein Mist!«

Wenngleich es jetzt im September nicht mehr so heiß war, kam Lena doch ordentlich ins Schwitzen. Da sie befürchtete, den Weg zu Ragnars Hütte nicht zu finden, tippte sie erneut die Nummer ein – abermals ohne Erfolg.

»Verdammt, wo bist du denn?«, fluchte sie. »Oder hast du etwa keinen Empfang?« Auf ihrem Display waren lediglich zwei Balken zu sehen, und möglicherweise war es im Wald noch schlechter um das Funknetz bestellt. Suchend sah sie sich um, fuhr langsam die Straße entlang und entdeckte schließlich rechter Hand, am Rande einer langen Wiese, einen Jägerstand.

Ob er diesen gemeint hat? Vorsichtshalber fuhr Lena noch ein paar hundert Meter weiter, von einem anderen Jägerstand war jedoch weit und breit nichts zu sehen. Eilig wendete sie ihr Fahrrad, trampelte zurück und schob das Rad über die abgemähte Wiese zum Waldrand. Zur Sicherheit blickte sie sich nach allen Seiten um, ob sie nicht möglicherweise von der Polizei verfolgt wurde, obwohl seit heute Früh niemand mehr vor ihrem Haus zu sehen gewesen war. Doch wie es den Anschein hatte, war die Luft rein. Noch einmal versuchte Lena, Ragnar zu erreichen. Leider vergeblich. Kurz entschlossen machte sie sich auf eigene Faust auf den Weg. Lena war aufs Äußerste angespannt, spähte ständig über die Schulter – doch im Augenblick wirkte alles friedlich. Zunächst stapfte sie reichlich planlos durchs Unterholz, aber dann traf sie auf einen zugewachsenen Waldweg, der ihr bekannt vorkam. Hatte der Weg hinter der

Hütte nicht ähnlich ausgesehen? Lena rannte los, sprang über einige umgestürzte Baumstämme und sah schließlich hinter einer weiteren Biegung das alte Holzhaus zwischen dem Gebüsch vorspitzen.

»Ragnar?«, rief sie leise, doch nichts rührte sich.

»Ragnar? Nicht erschrecken, ich bin's nur.«

Es blieb still.

Lediglich ein Specht klopfte mit unermüdlicher Vehemenz gegen einen Baumstamm, das Geräusch hallte unnatürlich laut durch den Wald. Langsam ging sie näher heran. Ein Rascheln hinter ihr ließ sie herumfahren. Ängstlich starrte sie ins Gebüsch. Die Zweige bewegten sich, etwas ließ die Äste knacken. Lenas Herzschlag beschleunigte sich, sie wich an den nächsten Baum zurück, stellte sich dahinter, umklammerte den Stamm, auch wenn ihr durchaus bewusst war, wie wenig sie das vor einer dieser Schattenkreaturen schützen würde.

O Gott, Ragnar, bitte komm raus, wenn du da bist, flehte sie stumm, krallte ihre Hände in den Stamm und wagte kaum zu atmen.

Ein leiser Wind erhob sich, die Bäume rauschten, und wieder rumpelte es im Gebüsch.

Lena hielt die Luft an – und – hätte um ein Haar laut aufgelacht, als ein großer Feldhase unter einem rotblättrigen Busch hervorkam. Vermutlich war das Tier ebenso erschrocken wie sie selbst, erstarrte kurz und hüpfte schließlich, Haken schlagend, davon.

»Langsam werde ich echt paranoid«, grummelte sie, dann näherte sie sich der Hütte, stieg durch das kaputte Fenster ein und sah sich um. Ragnars Rucksack war fort, die Decken lagen noch auf dem Boden, die Bilder seiner Großmutter auf dem Küchentisch. Eines davon kannte Lena noch nicht. Es zeigte dichten Wald, ein düster anmutendes Felsmassiv mit einer Höhle. Auch wenn sie nicht wusste, woher, kam ihr dieser Ort bekannt vor. Nach kurzem Suchen fand sie die Markierung, von der Ragnar gesprochen hatte. An den linken Rand der Höhle hatte Frau Winter dieses verschlungene Muster gezeichnet, ähnlich denen, die schon auf den anderen Bildern zu sehen gewesen waren.

»Verdammt, Ragnar, ruf doch nochmal an«, knurrte sie dem Handy zu, bis ihr ein anderer Gedanke kam. »Vielleicht ist sein Akku leer.« Hier hatte er keinen Stromanschluss, und das Telefon war nicht mehr das neueste. »Mist!« Wütend starrte sie auf das Bild, konnte sich allerdings beim besten Willen nicht daran erinnern, ob sie diese Höhle tatsächlich schon einmal gesehen hatte oder ob es ein Wunschgedanke war.

Schließlich entschloss sie sich, nach Hause zu fahren. Vermutlich wusste ihre Oma, wo die Höhle lag. Das einzig Gefährliche an der Sache war, dass man ihr und Ragnar dann möglicherweise auf die Schliche kommen würde. Doch wenn sie vorsichtig war, würde es schon gut gehen. In Windeseile schwang sich Lena auf ihr Fahrrad, aber während sie in halsbrecherischem Tempo über die Waldwege schoss, machte sich plötzlich ein ganz eigenartiges Gefühl bei ihr breit. Sie konnte es nicht wirklich erfassen, aber ihr Inneres krampfte sich förmlich zusammen, eine kaum niederzukämpfende Unruhe wühlte sie auf.

Verwirrt hielt sie kurz an, ihr Blick schweifte in den Wald.

Ragnar braucht mich, schoss es ihr durch den Kopf. Dann stieg sie kopfschüttelnd auf und trat erneut in die Pedale. War er aufgeflogen, vielleicht schon auf der Flucht? Oder brauchte er sie an dieser Höhle?

Der Weg nach Hause schien ihr dreimal so lang als gedacht, aber endlich war sie angekommen. Sie lehnte ihr Fahrrad an den Gartenzaun und stürmte ins Haus.

»Ist Oma da?«, fragte sie ihre Mutter atemlos.

Manuela wusch gerade Salatblätter. »Nein, was möchtest du denn von ihr?«

Lena zögerte, dann hielt sie ihrer Mutter das Bild unter die Nase. »Ich muss wissen, wo das ist.«

»Wozu denn?« Ein Funken von Misstrauen war aus der Frage herauszuhören.

»Na ja, also, fürs Altenheim«, redete sich Lena heraus, bemühte sich, einnehmend zu lächeln und sich so lässig wie möglich an den Küchentisch zu lehnen, auch wenn sie vor Anspannung bebte. »Eine alte Frau hat uns alle den ganzen Tag tyrannisiert, weil sie nicht mehr wusste, wo diese Höhle liegt. Ich habe versprochen, Oma zu fragen, die kennt sich doch in der Gegend gut aus.«

»Ach so.« Manuela trocknete sich die Hände ab, setzte ihre Brille auf die Nase und kniff dann die Augen zusammen. »Also wirklich, Lena!«

»Was denn?«, fragte diese ungeduldig.

Ihre Mutter schüttelte den Kopf, dann verwuschelte sie ihr die Haare. »Du solltest wissen, wo das ist! Immerhin liegt dieser Ort direkt vor deiner Tür!«

»Vor unserer Tür?«

»Na, das ist die Esperhöhle. Früher hat dich Oma öfters mal mit hingenommen. Weißt du das nicht mehr?«

Wie ein Schlag durchzuckte Lena die Erinnerung. Sicher – die Höhle im Wald, keine Viertelstunde von hier entfernt. Ihre Oma hatte häufig Räucherwerk am Eingang verbrannt, manchmal Blumen niedergelegt oder an bestimmten Tagen dort getanzt und gesungen.

»Danke, Mama!«, stieß Lena hervor, dann zappelte sie unruhig auf der Stelle herum. »Weißt du, ich fahre am besten gleich nochmal zum St. Elisabeth und sage es den anderen.«

»Jetzt?« Ihre Mutter zog die Augenbrauen kritisch in die Höhe. »Du kannst doch anrufen.«

»Na ja.« Verzweifelt suchte Lena nach einer plausiblen Ausrede. »Weißt du, wir haben gewettet, dass ich es herausfinde, und

Timo und Maike müssen mich jetzt zu einem Abendessen einladen.«

»Timo – ist er nett?«, erkundigte sich Lenas Mutter neugierig.

»Ja, total!«

»Na, dann kommst du wenigstens schnell über diesen Ragnar weg.« Sie fuchtelte mit dem Messer in der Luft herum. »Du hältst dich doch von ihm fern?«

»Klar, außerdem ist er sicher schon über alle Berge – ist auch besser so.«

»Das finde ich auch.«

»Ciao, Mama.« Auf der Stelle machte Lena auf dem Absatz kehrt, zwang sich, nicht zu ihrem Rad zu rennen, denn sie spürte den Blick ihrer Mutter im Nacken. Dann schwang sie sich auf den Sattel und raste den Feldweg entlang. Bestimmt wartete Ragnar an der Esperhöhle auf sie. Vielleicht hatte er sogar schon den Schatz gefunden. Die Bäume flogen nur so an ihr vorbei, und an der Abzweigung, die sogar mit »Esperhöhle« ausgeschildert war, wäre sie beinahe gestürzt, so schnell schoss sie um die Kurve. Lena strampelte den Berg hinauf, fuhr einen steinigen Waldweg entlang und erreichte schließlich das düstere Felsmassiv. Achtlos warf sie ihr Fahrrad auf den Boden und rannte die letzten Meter hinauf.

»Ragnar?« Ihr Ruf hallte von den drohend aufragenden Felswänden wider.

Das graue Gestein bildete einen Halbkreis um eine Lichtung, auf deren Mitte wiederum ein Fels thronte – er erinnerte Lena an einen Altar.

Draußen war Ragnar nicht zu sehen. Auch ein Blick in die niedrige, links gelegene Höhle brachte nur Enttäuschung. Also betrat Lena die rechter Hand klaffende Öffnung, duckte sich und tauchte in die Düsternis ein. Sofort fühlte sie sich wieder beobachtet, spürte einen Schauer ihren Nacken hinablaufen, anders als an seiner Hütte, kälter, bedrohlicher, greifbarer.

»Ragnar, bist du hier?«

Es wäre äußerst beruhigend gewesen, ihn an ihrer Seite zu wissen, doch niemand antwortete. Suchend sah sich Lena um, überlegte, wo er sein könnte. Da – abermals glaubte sie, aus dem Augenwinkel ein Huschen wahrzunehmen, und plötzlich lief über ihren ganzen Körper eine Gänsehaut. Bestimmt gab es hier Geister. Möglicherweise beobachteten die sie nun, standen unmittelbar neben ihr, starrten sie an, und Lena konnte sie nur nicht sehen. Langsam, Schritt für Schritt, die Augen weit aufgerissen, tastete sie sich zurück. Die Höhle war ihr unheimlich, unangenehm kalt, düster, feucht. Es war besser, sie kam gemeinsam mit Ragnar hierher. Vielleicht war er ja wieder zurück in seinem Versteck oder wartete in der Nähe ihres Hauses auf sie. Sie hatte sich schon umgewandt, um von diesem bedrohlichen Ort fortzukommen, aber dann zögerte sie, verharrte auf der Stelle, hörte jedoch nur das aufgeregte Pochen ihres Herzens. Irgendetwas in ihrem Inneren drängte sie weiterzugehen, so unvernünftig es auch sein mochte.

»Ragnar?«, rief sie noch einmal, aber da bewegte sich irgendetwas oberhalb der Höhle. Mit Lenas Beherrschung war es endgültig vorbei, sie rannte den Berg hinab, drängte die innere Stimme vehement zurück und schnappte sich ihr Fahrrad. Da sie nicht noch einmal den ganzen Weg zur Hütte fahren wollte, entschloss sie sich, den Ort aufzusuchen, an dem sie gestern die Decken für ihn versteckt hatte. Abermals nahm sie ein Huschen im Wald wahr, war sich fast sicher, hinter dem grünen Blätterwerk einen flüchtigen Blick auf einen dunkelgrauen Schemen erhascht zu haben, der sich verdichtete und ebenso rasch wieder verflüchtigte – und nichts konnte sie mehr halten.

Nachdem sie endlich den Felsen erreicht hatte, verflog zum Glück das Gefühl, kalte Augen im Nacken zu spüren. Doch zu ihrem Bedauern wurde sie erneut enttäuscht, denn anders als sie erhofft hatte, traf sie Ragnar dort nicht an.

»Verdammt!« Wütend schrieb Lena eine SMS, doch falls der Akku von Ragnars Telefon tatsächlich den Geist aufgegeben haben sollte, würde das ja auch nichts bringen.

Eine knappe Stunde wartete Lena am Felsen, aber weil es langsam dämmerte, wollte sie nicht mehr allein im Wald bleiben. Also hoffte sie einfach, er würde sich bei ihr melden.

Den ganzen Abend lang verließ sie ihr Zimmer nicht, blickte aus dem Fenster und wünschte sich, er würde sich zu ihr schleichen, selbst wenn das für ihn vermutlich nicht ganz ungefährlich wäre. Erst im Morgengrauen schlief Lena ein, hatte wirre Albträume und fühlte sich wie gerädert, als der Wecker kurz nach acht klingelte. Immerhin musste sie heute nicht ins Altenheim, aber sie hatte ihrer Mutter vor ein paar Tagen versprochen, die Wohnung zu putzen.

Ein Blick auf ihr Handy zeigte Lena, dass sich Ragnar nicht gemeldet hatte, und so war sie äußerst schlechter Laune beim Frühstück.

»Hast du etwas von diesem Kerl gehört?«, wollte ihr Vater wissen. Er war auf dem Weg ins Büro und packte ein belegtes Brot in seine Aktentasche.

»Nein.« In diesem Fall bedauerte es Lena, nicht lügen zu müssen, denn langsam war eine Nachricht von Ragnar mehr als überfällig.

»Die Fahndung ist auf den gesamten Landkreis ausgedehnt worden«, wusste ihr Vater zu berichten. »Rüdiger hat gemeint, sobald er irgendwo versucht, Geld abzuheben oder ein Ticket zu kaufen, ist er dran.«

Rüdiger war Polizist und ein Freund von Lenas Vater, mit dem er öfters Schafkopf spielte.

»Wenn der Junge klug ist, dann stellt er sich«, betonte Oma Gisela noch einmal mit einem Seitenblick auf Lena. »Oder er hat schon längst das Land verlassen.«

»Per Anhalter nach Tschechien, das mag schon sein«, brummelte Dieter. »Wie auch immer, Hauptsache er ist fort.« Er drückte Lena einen flüchtigen Kuss auf die Wange, etwas, das er seit der Sache mit dem Auto nicht mehr getan hatte, dann stupste er sie auf die Nase. »Sei vorsichtig, mein Schatz.«

»Natürlich.« Lena rührte in ihrer Kaffeetasse und wartete darauf, dass ihr Vater das Haus verließ. Glücklicherweise hatte auch Oma Gisela heute einen Termin.

»Ich gebe ein Kräuterseminar in Bamberg und bin erst abends zurück«, erklärte sie bedauernd.

»Macht nichts«, grummelte Lena. »Schrubber und Staubsauger werden mir Gesellschaft leisten.«

Das brachte ihre Oma zum Lachen. »Dann kann ich mich ja darauf freuen, wenn heute Abend alles blitzt.«

Eine halbe Stunde später war Lena allein. Ihre Augen suchten den Waldrand ab, in der Hoffnung, Ragnar würde wenigstens heute zu ihr kommen, denn das seltsam kribbelige Gefühl in ihrer Magengegend war geblieben. Da sie ohnehin den ganzen Tag Zeit hatte, entschloss sie sich, ihren Hausputz auf später zu verschieben und noch einmal zu Ragnars Versteck zu fahren. In dem Moment, als sie die Haustür öffnen wollte, klingelte das Telefon. Es war die Polizei, die wissen wollte, ob Lena etwas von Ragnar gehört hatte. Natürlich blieb eine Rüge nicht aus, weil sie den Kollegen den falschen Wohnort genannt hatte, aber Lena behauptete, sie hätte in der Aufregung statt Windischgaillenreuth Burggaillenreuth verstanden. Vermutlich glaubte ihr der Polizist nicht, aber sie versicherte ihnen, den jungen Mann weder gesehen noch gesprochen zu haben, dann legte sie auf.

Nur für den Fall, doch von der Polizei überwacht zu werden, hielt Lena vorsichtshalber immer wieder an, als sie durchs Dorf fuhr, und gab vor, ihre Schuhe zu binden. Aber alles blieb ruhig.

In dem Ferienhaus fand sie alles so vor, wie sie es gestern verlassen hatte. Es war ganz offensichtlich: Ragnar war nicht zurückgekehrt und hatte auch nicht hier geschlafen. Die Reste des

Brotlaibs lagen unangerührt in der Tüte, die Wasserflasche war noch immer halb gefüllt. All das machte Lena stutzig. Wo hatte Ragnar übernachtet? Sie traute es ihm ohne Weiteres zu, auch irgendwo unter freiem Himmel genächtigt zu haben, aber hätte er dann nicht wenigstens den Schlafsack mitgenommen? Essen musste er auch, und ob er es wagte, irgendwo in einer Ortschaft einzukaufen, war eher fraglich.

Das mulmige Gefühl in ihrem Inneren drängte mit aller Macht an die Oberfläche, ein dicker Kloß in ihrer Kehle drohte sie zu ersticken, und sie überlegte, noch einmal zur Esperhöhle zu fahren. Doch was sollte das bringen? Dort wartete er bestimmt nicht auf sie.

Langsam und nachdenklich fuhr sie nach Hause. Die Putzaktion konnte sie kaum von ihren Gedanken an Ragnar ablenken. War er am Ende von der Polizei erwischt worden, oder hatte gar dieser seltsame Schatten im Wald mit seinem Verschwinden zu tun? Pausenlos wanderte ihr Blick zum Handy, immer wieder sah sie hinaus in den Garten, wünschte sich, seine Gestalt zwischen den Bäumen zu erblicken, aber nichts dergleichen geschah.

Mit jedem Tag, der verstrich, wurden die Zweifel in Lena größer, und Sorge wich Wut. Wäre Ragnar geschnappt worden, hätte sie sicher durch ihren Vater davon erfahren. Hatte Ragnar sie einfach ohne ein Wort verlassen? War er mit dem Schatz getürmt, machte sich jetzt irgendwo ein schönes Leben und lachte über die dumme kleine Deutsche? Zunächst schob sie derartige Gedanken weit von sich, denn noch hing sie viel zu sehr an ihm, aber die böse kleine Stimme in ihrem Hinterkopf wurde lauter und lauter.

Nicht einmal die Tatsache, dass ihre Sozialstunden nun bald abgeleistet waren, munterte sie auf. Im Gegenteil, Lena war eigentlich ganz froh über die Ablenkung, die der geregelte Ablauf im Altenheim mit sich brachte.

Heute war sie mit Timo zur Essenausgabe eingeteilt.

Mit düsterer Miene schob sie den Wagen durch die hallenden Flure und brachte den bettlägerigen Senioren das Mittagessen.

»Lena, was ist eigentlich in letzter Zeit los mit dir?«, erkundigte sich Timo besorgt.

Ein abgrundtiefes Seufzen entstieg ihrer Kehle, während sie ein weiteres Tablett hervorzog. »Ich gerate einfach immer an die falschen Männer.«

»Das tut mir leid«, Timo zwinkerte ihr zu, »möglicherweise solltest du es mal mit Mädels versuchen.«

»Nein danke, kein Bedarf.« Lena schnitt eine Grimasse.

Im nächsten Zimmer richtete Timo ein paar freundliche Worte an den alten Herrn Baumann, dann wandte er sich wieder Lena zu. »Möchtest du nicht erzählen, was genau los ist?«

»Ich kann nicht darüber reden«, antwortete sie und zog wütend die Stirn kraus. Zu gern hätte sie sich irgendjemandem anvertraut, aber die Mordanklage war einfach zu heikel.

»Wie du meinst.« Aufmunternd drückte er ihre Schulter und lächelte sie an. »Aber wenn du mal jemanden zum Reden brauchst, dann sag Bescheid.«

»Danke, Timo.«

Gegen vier Uhr war Lenas Dienst beendet. Sie packte gerade ihre Sachen zusammen, als ihr Mobiltelefon klingelte.

»Ragnar!« Ihr Herz schlug sofort schneller, als sie seine Nummer erkannte. Möglicherweise würde er ihr jetzt eine logische Erklärung für die lange Funkstille bieten. Vielleicht hatte er einen sicheren Ort gefunden und wollte sich nun mit ihr treffen. Tausend Gedanken schossen Lena durch den Kopf, und sie überlegte sogar, ihn noch ein paar Stunden schmoren zu lassen und ihn erst später zurückzurufen. Aber dann hielt sie es einfach nicht mehr aus.

»Verdammt, Ragnar, wo warst du denn die ganze Zeit?«, rief sie statt einer Begrüßung.

»Lena Langfeld?«, erklang eine ihr fremde Stimme aus dem Telefon.

»Ja, hallo.« Hatte sie sich am Ende in der Nummer geirrt?

»Hier spricht die Polizeiinspektion Bayreuth. Sind Sie im Augenblick zuhause? Wir möchten gerne mit Ihnen sprechen.«

Erschrocken torkelte Lena zurück. Sie spürte förmlich, wie das Blut aus ihrem Gesicht wich, und im Moment war sie zu keiner Antwort fähig. Hatten sie Ragnar etwa erwischt? War er im Gefängnis? Ihr wurde gleichzeitig heiß und kalt.

»Fräulein Langfeld, sind Sie noch dran?«

»Ja«, hauchte Lena ins Telefon.

»Halten Sie sich zuhause auf?«

»Nein, aber ich bin auf dem Heimweg«, antwortete sie kläglich.

»Gut, dann halten Sie sich bitte bereit.«

»Ich … was … wollen Sie denn?«

»Das werden wir Ihnen vor Ort erklären. Auf Wiederhören.«

Unschlüssig stand Lena im Aufenthaltsraum, starrte auf das Handy und kaute auf ihrer Unterlippe herum. Vielleicht hatte sie Ragnar doch Unrecht getan, und er war die ganze Zeit in Untersuchungshaft gewesen, von wo aus er sich bei ihr gar nicht hatte melden können. Beinahe verspürte sie so etwas wie Erleichterung, denn zumindest hätte er sie dann nicht hintergangen. Gleichzeitig wuchs jedoch auch die Sorge um ihn. Ragnar im Gefängnis, das konnte niemals gut gehen! Und falls er tatsächlich verurteilt wurde – sie mochte sich gar nicht ausdenken, was das für einen so freiheitsliebenden, naturverbundenen Menschen wie ihn bedeutete. Auch sie würde vermutlich Ärger bekommen, denn sie hatte ja behauptet, keinen Kontakt mehr zu Ragnar zu haben, aber das war im Augenblick das kleinste Problem.

Den Kopf voller wirrer Gedanken fuhr sie nach Hause, erwog währenddessen alle Möglichkeiten, wie sie Ragnar helfen konnte. Natürlich würde sie ihn im Gefängnis besuchen, doch wie sollte sie ihn davor bewahren, völlig durchzudrehen? Bestimmt würde man ihn nach Island zurückschicken, und somit wäre er endgültig außer Lenas Reichweite. Wahrscheinlich konnte er sich nicht einmal einen guten Anwalt leisten. Würde es ihm gelingen, das Gericht davon zu überzeugen, unschuldig zu sein und lediglich in Notwehr gehandelt zu haben?

So in Gedanken versunken, erschrak sie beinahe, als sie plötzlich vor ihrer Haustür stand. Erleichtert stellte sie fest, dass ihre Eltern nicht da waren, und sie hoffte, sie würden erst eintreffen, wenn die Polizei schon da gewesen war. Natürlich musste sie später alles erzählen, aber im Augenblick war sie für Erklärungen oder Vorwürfe viel zu durcheinander.

»Hallo Oma.«

Lenas Großmutter arbeitete im Garten und sah sie mitleidig an. »Lena, geht es dir nicht gut?«

Sie schüttelte den Kopf, Tränen brannten in ihren Augen. »Ich glaube, sie haben Ragnar erwischt. Die Polizei wird gleich hier sein, sie haben wohl meine Nummer in seinem Handy gefunden.«

»Ach Schatz.« Ihre Großmutter schloss sie in die Arme. »Vielleicht ist das gar nicht das Schlechteste. So wäre er doch nur immer auf der Flucht gewesen.«

»Aber er hält das nicht aus im Gefängnis«, schluchzte sie. »Oma, er hat niemanden mit Absicht umgebracht, das weiß ich.«

Resolut wischte Oma Gisela Lena mit dem Ende ihrer langen cremefarbenen Bluse die Tränen aus den Augen.

»Wir hören uns jetzt an, was die Polizei sagt, und ich verspreche dir, auch selbst mit ihm zu reden. Wenn ich den Eindruck habe, er ist tatsächlich unschuldig, werden wir gemeinsam einen Weg finden, ihm zu helfen.« Sie sah Lena von der Seite her an. »Außerdem ist mir eingefallen, was möglicherweise seine seltsame Allergie ausgelöst haben könnte. Wenn diese schlimme Sache mit der Mordanklage vom Tisch ist, werden wir uns auch darum kümmern.«

»Wirklich, Oma?« Ein Funken Hoffnung keimte in Lena auf. Vielleicht konnten sie Ragnar einen guten Anwalt besorgen, die Mordanklage würde fallengelassen, er käme frei und könnte sogar in der Gegend bleiben. Auf einmal schien alles nicht mehr so aussichtslos, und obwohl Lena nervös war, so sehnte sie das Eintreffen der Polizei nun beinahe herbei. Wenn alles gut lief, hatten Ragnar und sie am Ende doch noch eine Chance auf eine gemeinsame Zukunft – wie auch immer die aussehen mochte.

Eine gute Viertelstunde später klingelte es an der Tür, und Lena öffnete mit einer Mischung aus Angst und Enthusiasmus. Zwei Beamte standen vor der Tür, ihre Mienen ernst, die Augen auf sie gerichtet.

»Lena Langfeld?«

Lena nickte. »Kommen Sie doch bitte herein.«

Nun trat auch Oma Gisela in den Gang, streckte ihre Hand aus und stellte sich vor. »Gisela Langfeld, Lenas Großmutter.«

Die Polizisten, beide mochten um die fünfzig sein, nickten knapp. »Kriminalpolizei Bayreuth. Mein Name ist Rupprecht«, erwiderte der Polizist mit dem grauen Schnurrbart. »Mein Kollege ist Kommissar Klein. Wir haben einige Fragen an Ihre Enkeltochter.«

Gemeinsam betraten sie die Küche, Oma Gisela bot den Beamten einen Stuhl und eine Tasse Kaffee an, welche die beiden jedoch ablehnten.

»Fräulein Langfeld, Sie kennen einen gewissen Ragnar Winter«, meinte Kommissar Rupprecht.

Der andere mit kahlem Kopf blickte währenddessen starr auf den Tisch, so als wäre er froh, dass sein Kollege das Sprechen übernahm.

»Ja«, bestätigte Lena und bemühte sich darum, möglichst gelassen zu klingen. »Wir sind befreundet. Ich weiß, was man ihm vorwirft. Ich gehe davon aus, Sie haben ihn verhaftet, aber ich versichere Ihnen …«

»Darum geht es nicht«, unterbrach der Schnurrbartträger sie.

»Nicht?«, wunderte sich Lena, und auch ihre Großmutter sah irritiert von ihrer Kaffeetasse auf.

»Nein … es ist so …« Der Beamte ruckelte nervös an seinem Kragen herum, dann straffte er die Schultern und sah Lena direkt ins Gesicht. »Gestern wurde Ragnar Winter von Wanderern an der Esperhöhle tot aufgefunden.«

Kapitel 24

Das Ende der Welt

Tot aufgefunden.

In einer Art Endlosschleife hallten die Worte in Lenas Innerem wider.

Tot aufgefunden.

Die Worte des Polizisten drangen nur ganz verzerrt an ihre Ohren.

Tot aufgefunden, Ragnar!

Lena konnte sich nicht rühren, nichts antworten. Sie starrte Kommissar Rupprecht stumm an und bemerkte abstruserweise, dass aus seinem rechten Nasenloch eine Vielzahl an grauen Haaren wucherte. Erst als ihre Großmutter sie am Arm fasste und »Lena, sieh mich an« sagte, wachte sie aus ihrer Erstarrung auf. Ihr Blick fiel auf das erschütterte Gesicht ihrer Großmutter.

Tot aufgefunden!

»Wie gesagt«, Kommissar Rupprecht räusperte sich erneut. »Ihre Nummer war die letzte, die er gewählt hat.«

»Die letzte«, wiederholte Lena mit rauer Stimme und blickte zu dem Polizisten auf. Ihr dämmerte, dass er das, was er nun erklärte, schon einmal gesagt haben musste.

»Der Todeszeitpunkt liegt vier bis fünf Tage zurück«, berichtete er in kühlem, geschäftsmäßigem Tonfall. »Den zweiten Mann konnten wir bereits eindeutig identifizieren. Es handelt sich um einen der Männer, die seit längerer Zeit vermisst wurden.«

»Noch ein Mann?«, brachte Lena mühsam hervor. Wie es aussah, hatte sie auch das überhört, denn die Miene des Polizisten wurde immer säuerlicher.

»Ein unterernährter Mann wurde im Klingloch, in diesem tiefen Schacht am linken Eingang der Höhle, gefunden. Wie die beiden Tode zusammenhängen, ist uns noch nicht klar. Also, Fräulein Winter, sind Sie bereit, ihn zu identifizieren?«

»Identifizieren?«

»Wie wir bereits erwähnten, ist der Gesuchte vor einigen Tagen …«, schaltete sich der Glatzkopf nun ein, wurde jedoch umgehend von Lenas Großmutter unterbrochen.

»Sehen Sie denn nicht, dass meine Enkelin unter Schock steht?«, fuhr sie Kommissar Klein an, woraufhin dieser sich verlegen über die Stirn fuhr.

»Nein … ich … habe das schon verstanden«, versicherte Lena, obwohl sie das Gefühl hatte, die Worte würden nur ganz verzögert und tonlos aus ihrem Mund kommen. Sie bekam auch lediglich am Rande mit, wie ihre Eltern eintrafen, die Beamten mit ihnen sprachen, und selbst Oma Giselas Arm, der tröstend um ihre Schultern lag, spürte sie nicht wirklich.

Alles war mit einem Schlag seltsam grau und leer. *Ragnar ist nicht tot, sicher ist alles ein Missverständnis. Wenn ich mit den Polizisten mitfahre, kann ich es aufklären.*

»Ich tue es«, hörte sie sich selbst sagen.

»Lena …« Plötzlich tauchte das blasse Gesicht ihres Vaters vor ihr auf. »Ich fahre mit dir, in Ordnung?«

Sie ließ sich von ihm in die Höhe ziehen, folgte ihm mechanisch nach draußen.

»Es tut mir leid, meine Kleine«, bemerkte ihr Vater mitfühlend, als sie in seinem Auto saßen. Seine Hand legte sich kurz auf die ihre.

Ragnar lebt, er ist nicht tot, er hat sicher alles nur vorgetäuscht, redete sie sich ein.

Während der Fahrt versuchte ihr Vater, mit ihr zu sprechen, aber sie nahm überhaupt nicht wahr, was er sagte, und schließlich gab er auf.

Die Kriminalbeamten warteten vor einem schmucklosen Betonklotz und führten sie durch sterile, hallende Gänge.

»Ein Seelsorger steht bereit, wenn Ihnen alles zu viel wird«, versicherte Kommissar Rupprecht.

»Aha.«

Gemeinsam mit dem Polizisten betrat Lena einen kalten, gekachelten Raum. In der Mitte befand sich ein Tisch, über den ein weißes Tuch gelegt war. Lenas Vater fasste sie an den Schultern, dann sah der Kommissar sie auffordernd an. »Sind Sie so weit?«

Konnte man für so etwas überhaupt bereit sein? Dennoch nickte Lena, schloss jedoch kurz die Augen.

»Fräulein Langfeld.« Der Kommissar tippte sie an, und Lena hob ihre Augenlider.

Nein!, schrie alles in ihrem Inneren. Das konnte nicht Ragnar sein, nicht der Ragnar, den sie gekannt hatte, der junge Mann, der mit ihr durch den Wald galoppiert war, mit dem sie auf Schatzsuche gegangen war und in die Sterne geblickt hatte. Hier lag ein blasser, lebloser Körper, die Augen geschlossen, an der Schläfe eine Platzwunde, und auch das grau melierte Haar wies verklebtes Blut auf.

»Das ist nicht Ragnar«, stieß sie plötzlich hervor, und sowohl ihr Vater als auch der Kommissar blickten sie verdutzt an.

»Nicht?«, fragte Kommissar Rupprecht skeptisch nach, während ihr Vater ihr unbeholfen über den Kopf streichelte.

»Lena, ich habe ihn doch auch ein paar Mal gesehen und …«

Mit einer heftigen Bewegung riss sie sich von ihm los, und jäh brach alles aus ihr heraus. »Nein! Er kann es nicht sein, Ragnar hasst Betonbauten und enge Räume. Er ist es nicht!« Damit stürzte Lena aus dem Raum, rannte tränenblind den Gang entlang, die Treppe hinauf, rammte irgendeinen Angestellten, hörte nicht auf die empörten Rufe und verließ das Gebäude. Sie hatte das Gefühl, ersticken zu müssen, und selbst draußen auf der Straße wurde es nicht besser. Lena lief einfach weiter, immer weiter, nur fort von hier. Doch den Stimmen in ihrem Kopf konnte sie nicht entfliehen. *Ragnar ist tot, er ist tot, du wirst ihn niemals wiedersehen.*

Irgendwann bemerkte Lena zu ihrer Rechten ein verwildertes Grundstück mit einem halb verfallenen Haus. Sie öffnete das knarrende, verrostete Tor und schlug sich in die Büsche. Unter einem Baum sackte sie keuchend und zitternd zusammen. Einem nicht enden wollenden Strom gleich flossen die Tränen über ihre Wangen.

Ragnar hatte sie nicht im Stich gelassen, nicht betrogen – wie hatte sie jemals so von ihm denken können? Verzweifelt schlang sie die Arme um ihre Knie und versteckte ihr Gesicht, wollte nichts mehr sehen und hören. Aber vor ihrem inneren Auge tauchte die Esperhöhle auf.

War er schon tot gewesen, als sie dort angekommen war, oder hatte er am Ende irgendwo verletzt zwischen den Steinen gelegen? Hätte sie ihm noch helfen können? Warum zum Teufel hatte sie nicht auf ihr Gefühl gehört und war wie ein Feigling davongelaufen? Lena machte sich die schwersten Vorwürfe, konnte sich überhaupt nicht beruhigen, und als pausenlos ihr Telefon klingelte, schaltete sie es einfach aus.

»Ragnar, es tut mir leid, es tut mir so leid«, flüsterte sie wieder und wieder, sah sein Gesicht vor sich, wie er sie anlächelte. Häufig war er so abweisend und zynisch gewesen, aber er hatte auch andere Seiten gehabt, und die hatte sie an ihm geliebt.

Was war an der Esperhöhle geschehen? Sicher, es gab dort tiefe Schächte, die Steine waren möglicherweise vom Regen glitschig gewesen, aber Ragnar war doch geschickt beim Klettern und durch und durch ein Naturmensch gewesen. Lena musste

Gewissheit haben, erhob sich mit zitternden Beinen und ging zurück zum Gebäude der Gerichtsmedizin. Unterwegs wurde sie von vielen Leuten auffällig angestarrt. Ganz bestimmt sah sie furchtbar aus, aber das war ihr egal.

Vor dem Gebäude schritt ihr Vater hektisch auf und ab und telefonierte dabei gestenreich. Nachdem auch er sie erkannt hatte, kam er sofort auf sie zu.

»Lena, Schatz, wo warst du denn die ganze Zeit?« Er setzte dazu an, sie in seine Arme zu schließen, aber Lena wollte jetzt keinen Trost und hob abwehrend die Hände vor sich.

»Ich will wissen, wie es passiert ist«, sagte sie tonlos.

Ihr Vater öffnete den Mund, schloss ihn dann wieder und geleitete sie ins Innere. Kurz darauf standen sie in Kommissar Rupprechts Büro.

»Wie geht es Ihnen, Fräulein Langfeld?«, erkundigte sich der Kommissar, auch wenn er ungeduldig auf die Uhr blickte.

»Wie bitte soll es mir gehen?«, zischte sie wütend. »Mein bester Freund ist tot.«

»Lena!« Peinlich berührt zuckte ihr Vater mit den Schultern und wandte sich dann in entschuldigendem Tonfall an den Kommissar. »Sicher verstehen Sie, das ist eine furchtbare Situation, und so gut hat meine Tochter den jungen Mann auch gar nicht gekannt …«

»Ich habe ihn gut gekannt«, entgegnete Lena scharf, obwohl ihr Vater ihr ein Zeichen machte zu schweigen. »Ragnar war mein Freund, und er war kein Mörder, es war Notwehr bei seinem Stiefvater, und dem alten Mann hat er auch nur geholfen.«

»Wie Sie meinen.« Kommissar Rupprecht blickte zweifelnd drein. »Nun gut, ob es Mord war oder nicht, werden wir nun nicht mehr aufklären. Also, Fräulein Langfeld, können Sie bestätigen, dass es sich bei dem Toten um Ragnar Winter handelt?«

»Ja«, antwortete sie widerstrebend. »Wie … und wo …?«

Der Beamte kratzte sich am Kopf. »Wir vermuten, er wollte sich in der Höhle vor der Polizei verstecken, ist unglücklich gestürzt und seinen inneren Verletzungen erlegen. Wanderer fanden seine Leiche in der rechten Höhle, deren Dach bereits vor Hunderten von Jahren eingestürzt ist. Der junge Mann hatte keine Personalien bei sich, lediglich an dem Fahndungsfoto haben wir ihn erkannt.« Jetzt klang der Polizist direkt vorwurfsvoll. »Sein Onkel war nicht zuhause anzutreffen, und die Nachbarn berichteten, er sei verreist. Herrn Winters Familie in Island konnten wir bisher ebenfalls nicht erreichen.« Erwartungsvoll reckte er das Kinn vor. »Wissen Sie zufällig, wo sich seine Mutter aufhält?«

»Nein.« Lena dachte über das nach, was der Polizist gesagt hatte. *Die rechte Höhle, verdammt, warum bin ich nur nicht weitergegangen, vielleicht hat er noch gelebt.*

»Offensichtlich haben Sie die Kollegen belogen«, fuhr Kommissar Rupprecht mit strengem Blick fort. »Sie wissen, dass es strafbar ist, einen Verbrecher zu schützen?«

»Sie können mich ja verhaften«, entgegnete Lena lahm, denn im Augenblick war auch in ihr alles tot.

»Herr Kommissar«, versicherte ihr Vater dagegen eindringlich. »Meine Tochter hat diesen Ragnar nicht mehr gesehen und ihm schon gar nicht geholfen. Wenn der junge Mann sie anruft, kann sie doch auch nichts dafür!«

»Nun gut, wir werden das prüfen.« Erneut blickte Herr Rupprecht zur Uhr, sicher hatte er Feierabend. »Halten Sie sich bitte für weitere Fragen bereit, und falls Ihnen noch etwas zur Familie von Herrn Winter einfällt, melden Sie sich bei uns.«

»Natürlich wird sie das.« Lenas Vaters nahm die Visitenkarte des Polizisten entgegen und schob Lena eilig aus dem Raum.

»Lena, so furchtbar das alles für dich sein muss, jetzt musst du an dich denken«, beschwor er sie auf dem Weg zum Auto, aber Lena hörte gar nicht richtig zu.

Auch auf der Fahrt nach Hause starrte sie lediglich aus dem Fenster.

Ragnar – hat er an jenem schicksalhaften Tag allein und verletzt in der kalten Höhle gelegen? Hat er Schmerzen gehabt und vielleicht verzweifelt auf mich gewartet? Warum bin ich nur so dumm und feige gewesen und habe nicht genauer nachgesehen?

Zuhause herrschte große Aufregung, alle bemühten sich, Lena zu trösten, aber sie wollte eigentlich nur in Ruhe gelassen werden. Schließlich meinte Oma Gisela, sie solle erst einmal schlafen, brachte ihr noch eine Tasse Tee und streichelte ihr über die Wange.

»Lena, es ist entsetzlich, wenn ein so junger Mensch stirbt«, sagte sie leise, »und ich will dir jetzt auch nicht mit sinnlosen Weisheiten wie ›Das Leben geht weiter‹, oder sonst etwas kommen, denn ich weiß, es wird dich nicht trösten.«

Damit hatte Oma Gisela nur allzu Recht, und Lena begnügte sich mit einem halbherzigen, schiefen Lächeln. Bevor sie ging, streichelte Oma Gisela ihr noch einmal über die Wange. »Eines möchte ich dir nur sagen, ich bin mir sicher, wir sehen die, die wir lieben, eines Tages wieder, wo auch immer dieser Ort liegen mag oder wie man ihn nennt.«

Damit verließ sie das Zimmer, und Lena rollte sich zusammen, weinte um Ragnar, den sie aufrichtig geliebt hatte und den sie nun mehr vermisste als jemals zuvor einen Menschen. Jetzt war er zu ihrem ganz persönlichen Weltuntergang geworden.

Natürlich bestand niemand darauf, dass Lena am nächsten Tag zur Arbeit ging. Mehrmals hörte sie, wie sich am Morgen die Tür zu ihrem Zimmer öffnete, aber sie stellte sich schlafend, auch wenn sie die ganze Nacht kein Auge zugetan hatte. Schließlich stand sie aber dennoch auf, suchte im Schrank nach frischen Kleidern und stutzte, als sie ein schwarzes Kapuzenshirt entdeckte. Auch wenn sie gedacht hatte, keine Tränen mehr zu haben, kullerten jetzt trotzdem ein paar Tropfen ihre Wange hinab, während sie den Pullover an sich drückte. Schon längst hatte sie ihn Ragnar zurückgeben wollen. Er roch sogar noch nach ihm. Nach Wald, Erde, Pferden und der ihm eigenen Note. Jetzt war er das Letzte, was ihr von ihm geblieben war. Sie streifte sich das Kleidungsstück über den Kopf und erinnerte sich an etwas. Der Pullover war gar nicht das einzige Erinnerungsstück – der unvollständige Anhänger lag noch in ihrem Nachttischkästchen, und Frau Winters Kette hing um ihren Hals. Lena zog das Schmuckstück hervor und betrachtete es wütend. Hätte Ragnar das letzte Bild nicht gefunden, wäre er möglicherweise noch am Leben. Schon wollte sie das verdammte Ding in den Abfalleimer werfen, zögerte jedoch. Die gemeinsame Suche hatte sie zusammengeschweißt, Ragnars guten Kern zum Vorschein gebracht, und so ließ sie die Kette mit dem Amulett unter Ragnars Pullover verschwinden. Das unvollständige Gegenstück steckte sie gedankenverloren in ihre Hosentasche. Dann schlang sie die Arme um sich, glaubte für einen Moment, seine Umarmung zu spüren, schüttelte dann aber den Kopf. Nein, es war vorbei – für immer.

Ihre Familie betrachtete sie mit besorgten Gesichtern, selbst Ramona war gekommen, und alle bemühten sich, sie aufzumuntern. Das war lieb gemeint, aber Lena wollte eigentlich nur allein sein. Als ihre Schwester anbot, mit ihr in die Stadt zu fahren, hob sie abwehrend eine Hand.

»Wenn du mir einen Gefallen tun willst, dann fahr mich bitte zum Reitstall.«

Perplex sah ihre Schwester sie an. »Willst du jetzt reiten gehen?«

»Vielleicht ist das gar keine so schlechte Idee«, schaltete sich Oma Gisela ein. »Pferde sind empfindsame Wesen, manchem Menschen können sie Trost spenden.«

»Na, von mir aus.« Ramona schien an den Worten ihrer Großmutter zu zweifeln, dennoch fuhr sie Lena hinüber ins Nachbardorf.

»Danke, ich laufe später nach Hause.«

»Laufen?« Ihre Schwester sprach dieses Wort entsetzt aus, und Lena grinste traurig, als sie daran dachte, dass sie selbst vor einiger Zeit noch genauso über Spaziergänge gedacht hatte.

»Ja, durch den Wald ist es gar nicht so weit.«

»Wenn du meinst. Mach's gut, Lena, und Kopf hoch.« Damit fuhr Ramona wieder davon, und Lena schlenderte zu den Pferdekoppeln.

Auf halbem Weg kam ihr Herr Gruber entgegen, hielt verwirrt inne und schien zu überlegen, was er nun tun sollte. Dann kam er auf Lena zu und fasste sie an der Schulter. »Schlimme Sache mit Ragnar.«

»Ja.« Lena blickte zu Boden, wollte nicht schon wieder in Tränen ausbrechen und schluckte sie tapfer hinunter.

»Also, was man so von ihm hört, kann ich kaum glauben«, bemerkte der Reitstallbesitzer. »Uns gegenüber hat er sich immer sehr korrekt verhalten, seine Arbeit gewissenhaft erledigt.« Er fuhr sich durch seine kurzen Haare. »Jetzt habe ich ebenfalls ziemlichen Ärger am Hals, weil er hier schwarzgearbeitet hat. War mir ganz recht, du weißt schon, die Lohnnebenkosten …« Dann unterbrach er sich selbst. »Na ja, du hast jetzt sicher ganz andere Sorgen. Tut mir auf jeden Fall leid für dich, Lena. Falls du weiterhin hier reiten möchtest, ist das kein Problem.« Eilig ging er weiter, und Lena schlüpfte durch den Koppelzaun zu Sahib und Comet. Die beiden Pferde kamen gleich neugierig näher, und der kleine Araber rieb seinen Kopf an ihrer Schulter. »Ihr vermisst ihn sicher auch, nicht wahr?«, flüsterte sie, vergrub ihr Gesicht in Sahibs langer Mähne und dachte an die vielen schönen gemeinsamen Ausritte. Nie wieder würde es so werden wie mit Ragnar, aber vielleicht war sie es ihm schuldig, sich jetzt um die Pferde zu kümmern und die Reiterei nicht aufzugeben. Sosehr sie auch versuchte, es niederzukämpfen, immer wieder stieg das Bild vor ihrem geistigen Auge auf, wie er kalt und leblos in der Gerichtsmedizin gelegen hatte. Irgendwie kam es ihr noch immer völlig irreal vor, denn sie hatte ihn einfach ganz anders in Erinnerung. Dieser tote Körper hatte nichts mit ihm gemein.

Ich muss mich von ihm verabschieden, dachte sie. *Nicht bei einer Beerdigung, sofern ich überhaupt mitbekomme, wann die stattfindet, sondern dort, wo er gestorben ist.* Noch einmal streichelte sie über die beiden weichen Pferdenasen, dann ging sie in Richtung Wald davon. Sie musste zur Esperhöhle.

»Ihr habt es verdorben, nun ist er uns nicht mehr von Nutzen.« Drohend hatte sich Everon vor seinen Brüdern aufgebaut, dem menschlich erscheinenden Schatten und dem in Fuchsgestalt.

Die duckten sich, senkten ihre Köpfe und wichen vor ihm zurück.

»Wir dachten, der richtige Zeitpunkt sei gekommen«, rechtfertigte Luvett sich.

»Ich befahl euch zu warten.« Die mächtigste der Schattenkreaturen schritt bedächtig vor der Höhle auf und ab. »Der Mensch ist nun für uns verloren, dafür haben wir wieder einen von *ihnen* in dieser Gegend.«

»Wir könnten verschwinden«, wagte derjenige, der die Gestalt des Bauern angenommen hatte, zu sagen, aber Everon fuhr wütend herum.

»Du weißt, sie können uns finden, und in diesem Land sind unseresgleichen nur wenige. Wir müssen uns schützen und unsere Rückkehr sichern. Vielleicht wird es eines Tages erneut einen wie ihn geben.«

»Aber wie sollen wir uns schützen, Herr?«, jaulte Luvett.

»Denk nach, Fuchsgesicht.«

Luvetts listige Augen zogen sich zu Schlitzen zusammen, dann verzog sich sein Fuchsmaul zu einem Grinsen. »Das Mädchen!«

Langsam schritt Lena durch den Wald, fand zu ihrer Überraschung sogar eine Spur von Frieden und Trost zwischen den Bäumen, die im Wind wogten. Der Herbst hatte endgültig Einzug gehalten, mehr und mehr Blätter lagen auf dem Boden, bildeten eine dichte, weiche Schicht und dämpften ihre Schritte. Fröstelnd versteckte sie ihre Hände in Ragnars Pullover, wünschte sich nichts sehnlicher, als ihn wiederzusehen, die Zeit zurückdrehen zu können und ihn noch ein einziges Mal zu umarmen.

Bald hatte sie die Abzweigung zur Höhle erreicht und zögerte. Sollte sie das wirklich tun, oder würde es sie nicht noch mehr quälen, den Ort zu sehen, an dem er einsam und allein gestorben war? Lena schluckte schwer, dann ging sie entschlossen weiter. Bald schon ragten die düsteren Felsen vor ihr auf.

Lena begann zu zittern, wäre am liebsten umgedreht, und doch zwang sie sich, einen Fuß vor den anderen zu setzen. Vor der Höhle waren polizeiliche Absperrungen zu sehen, Hinweisschilder verboten den Zutritt. Lena kümmerte sich nicht darum und schlüpfte zwischen den Bändern hindurch. Düster und kühl war es in der Höhle, unheimlich hallten ihre Schritte von den Wänden wider, und der Kloß in ihrer Kehle wuchs an. Der Weg hinab zu der Stelle, an der die Polizei Ragnar gefunden hatte, war rutschig von Laub und Tropfwasser. Licht fiel durch die eingestürzte Höhlendecke, und die tanzenden Schatten verliehen der Szenerie etwas Unwirkliches. Lena glitt aus und dachte sich, es wäre doch eine Ironie des Schicksals, wenn sie jetzt mit dem Kopf gegen einen der Felsen knallen würde, womöglich noch gegen denselben, der Ragnars Leben beendet hatte. Doch schon fing sie sich und tastete sich langsam voran. Der Boden war von vielen Schuhen zerwühlt, und Lena musste schlucken, als sie an einem der Steine getrocknetes Blut entdeckte. Ihre bebenden Finger berührten die Stelle, und sie flüsterte: »Bitte verzeih mir, ich hätte bei dir sein müssen.«

Eigentlich wollte sie schon wieder umdrehen und nach Hause

gehen, aber da erweckte ein Schimmern ihre Aufmerksamkeit. War es ein Sonnenstrahl gewesen, der sich zwischen Bäumen und Felsen hierherverirrt hatte? Noch einmal blitzte es auf, und Lena schob Blätter und Äste beiseite. Halb in die Erde getreten, von Laub verborgen, lag ein Stück Metall. Sie zog es heraus, befreite es von feuchter Erde und betrachtete dann das Schmuckstück. Ganz eindeutig handelte es sich dabei um das letzte Teil des Anhängers von Ragnars Großmutter. Eine Weile starrte Lena auf die bronzefarbene Triskele, fuhr mit der Hand über das kühle Metall. »Du hast es also gefunden.«

Sie holte den unvollständigen Anhänger aus ihrer Hosentasche und steckte den Mittelteil zwischen die Silberschlingen. Wieder erschien dieses kurze Aufblitzen, erfüllte sogar einen Moment lang die Höhle. Aus einem Impuls heraus holte Lena nun das Gegenstück hervor, jenes Amulett, das sie bei Frau Winter gefunden hatte.

Zusammengefügt entfalten sie ihre Magie, erinnerte sie sich an die Worte der alten Dame.

Voller Ehrfurcht legte Lena die beiden Hälften aufeinander und wartete atemlos. Zunächst geschah nichts, aber nachdem sie die Hälften ein klein wenig bewegt hatte, spürte sie, wie ein pulsierendes Kribbeln über ihre Haut lief. Das gesamte Schmuckstück fühlte sich auf einmal ungewöhnlich warm an, war in ein helles Licht getaucht. Die silbernen Knoten wirbelten durcheinander, umschlangen sich wie Liebende – und nun waren sie miteinander verbunden, so als wäre es niemals etwas anderes als ein einziges Schmuckstück gewesen.

Ich wünschte, Ragnar hätte das sehen können, schoss es Lena durch den Kopf. *Ob auch der Schatz hier ist?* Allerdings interessierte sie der mögliche Reichtum nicht mehr. Traurig strich sie über das Amulett. Es würde sie immer an Ragnar erinnern, und auf eine seltsame Weise fühlte sie sich dadurch mit ihm verbunden – wo auch immer seine Seele jetzt sein mochte.

Eine Bewegung oben am eingebrochenen Dach der Höhle ließ Lena zusammenzucken. Irgendetwas war blitzschnell vorbeigehuscht. Ein Vogel?

Lenas Herz begann schneller zu klopfen, und da war es wieder – diese eigenartige Empfindung, beobachtet zu werden, der kalte Hauch in ihrem Nacken, die Angst.

Irrten hier Geister umher? Dunkel erinnerte Lena sich an Erzählungen ihrer Großmutter – über die Opferdarbietungen der keltischen Krieger hier in dieser Höhle. Oder war es am Ende erneut der unheimliche Fuchs?

»Hallo, ist da jemand?«, rief sie mit zaghafter Stimme, in der Hoffnung, es könnte sich nur um ein paar Wanderer handeln.

Doch niemand antwortete. Plötzlich hatte Lena das Gefühl, Schatten würden über den Rand der Höhle kriechen. Langsam, aber unaufhaltsam schoben sie sich vor die in den Fels gekrallten Bäume, verschluckten das wenige einfallende Licht. Auf dem Boden bildeten sich nun auch noch seltsame, verschlungene Linien, zuerst undeutlich, dann immer stärker, und krochen vom Fels aus auf sie zu.

»Ragnar, bitte hilf mir«, flüsterte sie, umklammerte unwillkürlich das Amulett. Vielleicht war er ja ein Geist, befand sich auf eine ihr unerklärliche Weise noch hier.

Jeder Muskel in Lenas Körper war angespannt, sie wollte fortlaufen, fühlte sich jedoch wie gelähmt und starrte zuerst auf den Boden, dann auf die sich verdichtenden Schatten.

Gesichter schälten sich aus dem Dunst heraus, Arme griffen nach ihr, und Lena war nicht fähig, sich zu rühren.

Das ist das Ende, dachte sie und hätte jetzt gerne die Augen geschlossen, war jedoch nicht einmal dazu in der Lage.

Dann spürte sie auch noch irgendetwas in ihrem Rücken, eine gewisse Präsenz, die sie nicht erfassen konnte, doch endlich gelang es ihr, wenigstens den Kopf zu drehen. Hinter ihr war nichts – nichts, was sie sehen konnte.

Ragnar, bist du das?

Eiskalte Schauer jagten über ihren Rücken, doch seltsamerweise verharrten die Schatten vor ihr.

Lena vernahm ein seltsames Zischen, ein Gemurmel. Wäre es nicht so verrückt gewesen, sie hätte glauben können, die Wesen hinter ihr wollten ihr helfen. Doch dann kristallisierte sich ein schmales, von silbernem Haar umrahmtes Gesicht aus den Schatten heraus. Die Gestalt manifestierte sich zu einem hochgewachsenen Mann mit ausgeprägten Wangenknochen, der einen langen Mantel trug und eine Hand nach Lena ausstreckte.

Nun wich sie doch zurück, ignorierte das Gefühl, irgendetwas Körperloses in ihrem Rücken zu berühren.

»Wehr dich nicht, komm mit uns«, sagte der Mann mit dem Mantel, und wie aus dem Nichts stand der seltsame Schattenfuchs neben ihm.

Hatten möglicherweise diese Kreaturen Ragnar umgebracht? War es am Ende gar kein Unfall gewesen?

»Komm mit uns, sonst wirst du ihm folgen.«

Es war, als hätte das Wesen ihre Gedanken gelesen, und Lenas Kehle schnürte sich mehr und mehr zu.

Irgendetwas schob sich vor sie, erneut die Ahnung, von kalten Händen berührt zu werden, aber das Wesen in dem Umhang machte eine Handbewegung, und die imaginäre Wand vor ihr verflüchtigte sich. Jetzt fühlte sich Lena völlig schutzlos, konnte nur zusehen, wie die Gestalt auf sie zukam. »Ich bin Everon, und wenn du dich fügst, wird dir kein Leid geschehen.«

Eine innere Stimme sagte Lena, dass das ein leeres Versprechen war.

»Was … wollt ihr von mir?« Sie bemerkte, wie sich der Fuchs seitlich an sie heranzuschleichen versuchte, vermutlich wollte er ihr den Rückzug abschneiden.

»Du sollst unser …« Weiter kam die Schattenkreatur nicht. Ein gleißendes Licht fuhr in die Höhle, so hell und intensiv, dass es in den Augen wehtat. Für einen Moment war Lena geblendet, sie hörte verzerrte Schreie, Zischen und Rascheln. Was auch immer es war, es hatte diesen Everon abgelenkt, und so nutzte sie die Gelegenheit und floh. Sie stürzte den Abhang hinauf, eilte aus der Höhle, rannte den Berg hinab und sah sich nicht um, wagte es nicht, denn sie hatte panische Angst, verfolgt zu werden. Ihre Füße flogen regelrecht über den Boden. *Weiter, weiter, nur nicht stehen bleiben.*

Das Blut rauschte in ihren Ohren, ihre Lungen fingen zu stechen an, aber sie wollte nicht einmal eine Sekunde lang verharren. Schon glaubte sie, etwas hinter sich zu spüren, den kalten Hauch, den hechelnden Atem des mysteriösen Fuchses.

Völlig kopflos lief sie die Dorfstraße entlang, stürzte in den Garten und fummelte hektisch nach ihrem Haustürschlüssel. Ein Blick über die Schulter ließ ihre Panik etwas abflachen, denn es waren keine Verfolger auszumachen, und eigenartigerweise fühlte sie sich auch heute hier halbwegs sicher, selbst wenn diese Sicherheit vermutlich trügerisch war. Als die Tür plötzlich aufging, schrie Lena erschrocken auf. Ihr Vater starrte sie verwirrt von oben bis unten an. »Lena? Was ist denn mit dir los?«

»Ich … nichts … bin, ähm, ich war nur joggen«, japste sie.

»Joggen? Heute drehen offenbar alle durch«, brummelte er vor sich hin.

»Weshalb alle?« Lenas Blick schweifte unruhig durch den Garten. Zwischen den hintersten Bäumen glaubte sie ein Huschen zu sehen und drängte ihren Vater hinein.

»Na, deine Großmutter. Sie ist vorhin aus dem Haus gerannt und hat etwas von einem Notfall gefaselt.« Er schnaubte verächtlich. »Wahrscheinlich hatte irgendjemand eine Überdosis Kräuter genommen, haha.«

»Ja, kann schon sein«, antwortete Lena zerstreut, ging an ihrem Vater vorbei in ihr Zimmer und blickte zum Fenster hinaus. Noch immer klopfte ihr das Herz bis zum Hals. Wer oder was in aller Welt war dieser Everon? Eine Art Geist? Ein Dämon? Schaudernd schlang sie die Arme um ihren Körper und schmiegte ihre Wange an Ragnars Pullover. Bestimmt hatten diese Schattenwesen ihn auf dem Gewissen. Was sollte sie tun? War sie hier im Haus sicher? Wen sollte sie um Hilfe bitten?

Gemeinsam mit Ragnar hätte ich bestimmt eine Lösung gefunden, und falls nicht, dann wären wir wenigstens zu zweit gewesen, dachte sie traurig. Er fehlte ihr unglaublich, und es tat so entsetzlich weh, ihn verloren zu haben. Außerdem hatte Lena Angst. Dieser Everon wollte sie – weshalb auch immer.

Ob ich mich doch Oma anvertrauen soll?, überlegte sie. *Oder denkt sie, ich hätte Ragnars Tod nicht verkraftet und würde durchdrehen. Am Ende lassen sie mich einliefern.*

Wie es aussah, musste sie allein mit dieser verfahrenen Situation fertigwerden.

Lena setzte sich an den Computer, suchte im Internet nach übersinnlichen Erscheinungen. Natürlich gab es Menschen, die Geister gesehen haben wollten, Fantasie- und Fabelgestalten, aber nichts traf auf diesen Everon zu. Während sie durch das Netz surfte, wanderte ihr Blick ständig zum Fenster. War es Einbildung, oder lauerten am Rande des Gartens Schatten? Würden sie näher kommen, vielleicht in der Nacht?

Beim Abendessen bekam Lena kaum einen Bissen herunter, und heute schloss sie sogar die Fensterläden, bevor sie schlafen ging. Sie machte sich auch Sorgen um ihre Oma, denn die war noch immer nicht zurück. Jedes Knacken, jedes Rascheln ließ sie zusammenzucken. Gott sei Dank vernahm sie um kurz nach zehn die vertraute, ruhige Stimme ihrer Großmutter im Gang und hatte jetzt eine Sorge weniger. Dennoch kreisten ihre Gedanken um Ragnar, und als sie nach einer halben Ewigkeit einschlief, träumte sie von ihm und wie er mit einem Schattenfuchs kämpfte, bis beide in die bodenlose Tiefe des Klinglochs in der Esperhöhle stürzten.

Für Lena war es sehr verlockend, das Angebot ihrer Eltern anzunehmen, sich noch einen weiteren Tag krankzumelden. Andererseits hatte sie das Gefühl, zuhause verrückt zu werden, und vor allem wollte sie nicht allein sein.

»Oma, wenn du mich ins Altenheim fährst, würde ich gerne arbeiten.« Nur mit dem Fahrrad allein durch den Wald fahren, das wollte sie nicht.

Auch ihre Großmutter sah übernächtigt aus und streichelte ihr mitleidig über die Wange. »Du bist tapfer, Lena. Natürlich fahre ich dich.«

Ich weiß nicht, ob ich tapfer bin, dachte sie bedrückt.

Beinahe bedauerte Lena ihren Entschluss, denn im Altenheim trafen sie entweder mitleidige oder neugierige Blicke. Obwohl alle Kollegen beteuerten, wie leid es ihnen doch tat, dass Lenas Freund ums Leben gekommen war, spürte sie die Sensationslust in vielen Augen.

Timo verhielt sich noch am vernünftigsten, hatte sie nur kurz umarmt und bemühte sich nun, sie während des Rundgangs durch die Zimmer aufzumuntern. Sie war froh über seine Anwesenheit, lenkte er sie doch von ihren Gedanken ab, die sich unaufhörlich um Everon und den Vorfall an der Höhle drehten. Selbst hier im Park fühlte Lena sich beobachtet, hinter jedem Busch, jedem Baum und jeder Hecke glaubte sie, ein Fuchsgesicht oder einen Kapuzenmann zu erkennen.

Gerade fuhr sie einen neuen Bewohner im Park spazieren. Herr Lonnert war ein hutzeliger, kleiner Mann mit einem verbissenen Gesicht und hatte bisher keinen Ton gesprochen. Kurz bevor sie wieder zum Altenheim einbogen, deutete er jedoch plötzlich zu den Brombeerbüschen und schrie: »Da, da ist er!«

»Was ist da?«, fragte sie erschrocken.

Seine knochige Hand fuchtelte noch immer in Richtung des Gebüsches, dann drehte er sich im Rollstuhl zu Lena um und sah zu ihr auf, seine wässrigen Augen weit aufgerissen. »Der Sensenmann! Er kommt uns alle holen! Ja, ja, er kommt uns alle holen!«

Voller Panik wich Lena zurück, starrte ins Gebüsch, während der alte Mann pausenlos vor sich hin brabbelte: »Der Sensenmann, der Sensenmann, er kommt uns alle holen.«

»Herr Lonnert, jetzt beruhigen Sie sich doch.« Maike trat aus dem Haus und verdrehte die Augen. »Das sagt er heute schon den ganzen Tag.«

»Ah.« Mehr brachte Lena nicht zu Stande und hatte ganz unvermittelt das Gefühl, Augen aus dem Gebüsch hervorblitzen zu sehen. Natürlich redeten die alten Leute häufig wirres Zeug, aber konnte es nicht sein, dass Herr Lonnert tatsächlich Everon, den Schattenmann, gesehen hatte? Schleunigst machte sie sich daran, ins Haus zu kommen.

Nach Dienstschluss fuhr Timo Lena in seinem Auto nach Hause. Ihr Blick wanderte aus dem Fenster, suchte den Wald nach den Schattengestalten ab.

»Danke, Timo.« Lena hastete nach drinnen und fand ihre Eltern und Oma Gisela in der Küche vor, die laut miteinander diskutierten.

»Also, nein, was hier in der Gegend in letzter Zeit alles passiert ...«, lamentierte ihre Mutter, doch Lenas Vater warf ihr einen scharfen Blick zu, woraufhin sie verstummte.

»Was ist denn los?«, wollte Lena wissen.

»Ach nichts, Schatz.« Lenas Mutter begann, hektisch den eigentlich sauberen Tisch abzuwischen.

»Jetzt sagt schon!«

»Die vermissten Menschen wurden gefesselt in einer Höhle am Eibengrat, in der Nähe von Plech, gefunden.«

»Am Eibengrat?«, wiederholte Oma Gisela, wobei sie ungläubig den Kopf schüttelte.

»Völlig verstört und unterernährt hat man sie in die Psychiatrie eingeliefert«, fuhr Lenas Vater fort.

»Puh, das ist heftig. Hat man denjenigen gefunden, der sie festgehalten hat?«

»Nein.« Besorgt zogen sich die Augenbrauen von Dieter zusammen. »Auf jeden Fall werden wir dich in nächster Zeit in die Arbeit fahren. Ich möchte nicht, dass du allein mit dem Fahrrad durch die Gegend fährst, Lena. Vor allem nicht jetzt, da es wieder früher dunkel wird.«

Das war Lena nur recht, aber sie verschluckte sich heftig, als ihre Mutter noch hinzufügte: »Aber was dieser Kerl mit den Füchsen angestellt hat, das möchte ich auch mal wissen.«

»Füchse?«, stieß sie hervor.

»In der Höhle fand man mehrere tote Füchse. Der Mann muss wirklich krank im Kopf sein.«

»Füchse.« Lena ließ sich auf der Bank nieder und musste an den Schattenfuchs denken.

Den ganzen Abend lang versuchte Lena, sich abzulenken, aber Ragnar und die Esperhöhle ließen sie einfach nicht los. Weder Computerspiele noch Fernsehen konnten sie auf andere Gedanken bringen, und Lena befürchtete, dass ihr eine weitere schlaflose Nacht bevorstand. Kurz vor zehn ging sie noch einmal in die Küche, um sich ein Glas Wasser zu holen.

»Mein Gott, Dieter, jetzt hast du wieder den Müll nicht rausgebracht«, schimpfte Lenas Mutter, während ihr Vater sich den letzten Schluck Bier genehmigte.

»Mach ich morgen«, brummte er.

»Das sagst du jedes Mal«, keifte Manuela. »Das Ding läuft schon über. Also los jetzt.«

»Ich bin aber schon im Schlafanzug«, protestierte er.

Lena kam es unendlich überflüssig und banal vor, dass sich ihre Eltern über einen vollen Mülleimer zankten.

Falls ich jemals mit Ragnar zusammengekommen wäre, überlegte Lena, *hätten wir uns dann auch irgendwann über solche Kleinigkeiten gestritten?*

»Hört auf, ich bringe ihn raus«, bat sie leise, und ihre Eltern drehten sich mit schuldbewussten Gesichtern zu ihr.

»Nein, Schatz, das musst du nicht«, erwiderte ihre Mutter.

»Dauert doch nicht lange.« Lena schnappte sich den übervollen Mülleimer und ging hinaus. »Gute Nacht.«

»Das arme Kind, ich hoffe, sie kommt bald darüber hinweg«, hörte sie ihre Mutter noch leise sagen.

»Wenn es nur keinen weiteren Ärger mit der Polizei …«

Lena wollte nichts mehr hören, trat hinaus in den dunklen Garten und eilte auf die Mülltonnen zu, die sich vor dem Gartenzaun befanden. Rasch dahinziehende Wolken verdeckten immer wieder Mond und Sterne.

Hoffentlich war das keine dumme Idee, hier in der Dunkelheit herumzulaufen, schoss es Lena durch den Kopf, denn schon wieder fühlte sie sich beobachtet. Doch vielleicht waren es lediglich ihre überreizten Nerven, und schließlich waren es ja nur ein paar Meter bis zur Mülltonne. Trotzdem zitterten ihre Hände gehörig, als sie das Tor öffnete, zur Mülltonne hastete, und eilig den Inhalt darin entleerte. In der Hektik fiel die Hälfte daneben, und Lena bückte sich fluchend nach einer dicken Melonenschale.

Als sie aufsah, stand eine hochgewachsene Gestalt vor ihr, das Gesicht in den Tiefen eines Kapuzenumhangs versteckt, lange silberne Haare lugten darunter hervor, und Lena bekam keinen Ton über ihre Lippen. Ihre Hände krallten sich um den leeren Mülleimer. Everon hatte sie also gefunden.

»Lass … mich … in Ruhe.«

Doch die Gestalt trat näher.

Kapitel 25

Elvancor

Wie verteidigte man sich gegen eine Schattenkreatur, einen Geist, ein körperloses Wesen? Starr vor Angst torkelte Lena gegen den Zaun.

»Fürchte dich nicht.« Die Stimme klang anders als beim letzten Mal. Wärmer, dunkler und vielleicht eine Spur weniger Furcht einflößend, trotzdem hatte Lena den Eindruck, keine Luft mehr zu bekommen.

»Was willst du von mir?«, flüsterte sie.

Der Mann schlug die Kapuze zurück, und im fahlen Schein der weit entfernten Straßenlaterne erkannte Lena zunächst lediglich helle Haare.

»Ich bin Ragnars Großvater. Ich möchte mit dir sprechen.«

»Sein Großvater?« Lena wusste überhaupt nicht, wie ihr geschah. Was wollte dieser Everon ihr jetzt einreden?

Als der Mann jedoch in den Lichtstrahl der Laterne trat, konnte Lena die Gesichtszüge ausmachen; sie wirkten anders als bei Everon, weniger schemenhaft, dennoch blieb sie vorsichtig.

»Ich … gehe jetzt zurück ins Haus«, sie bemühte sich, ihren Worten einen festen Klang zu verleihen, »und Sie verschwinden!«

»Lena, du musst wirklich keine Angst vor mir haben«, beschwor sie der Mann. »Schon seit einigen Tagen suche ich nach dir, denn diese Welt habe ich eine Weile nicht mehr gesehen, die Orte sind mir nicht mehr vertraut.«

Schritt für Schritt tastete sich Lena zurück.

»Ragnar bat mich, dich aufzusuchen, er machte sich große Sorgen um dich.«

»Ragnar ist tot.« Verzweifelt versuchte Lena, das Beben in ihrer Stimme zu unterdrücken. »Und vermutlich haben Sie ihn umgebracht.«

»Ja, *sie* haben ihn getötet.«

»*Sie?*«, wunderte sich Lena.

»Die Rodhakan.«

»Was zum Teufel sind ...« Der Begriff kam ihr bekannt vor, aber sie wusste im Augenblick nicht, wann sie ihn schon einmal vernommen hatte, aber das war ihr im Moment auch egal. »Ich meinte Sie!« Lena deutete auf den Mann, der auf einmal verwirrt zurückzuckte.

»Ich?«

»Natürlich, Sie!«

»Ich verstehe nicht ...«

Beinahe hätte Lena laut losgelacht. Sie stand hier in der Dunkelheit und diskutierte mit einem äußerst eigenartigen Wesen über eine völlig normale Anredeform.

»Dann eben du.« Erneut zeigte sie auf ihn.

»Nein, ich war es nicht!« Seine Stimme klang ausgesprochen empört. »Es waren Rodhakan, Schattenwesen. Einer von ihnen hat die Gestalt eines Mitglieds meines Volkes angenommen – er ist sehr mächtig.«

»Ich weiß nicht, was das soll«, entgegnete Lena ungeduldig. »Sie sind kein normaler Mensch und erzählen mir, Sie wären Ragnars Großvater. Aber der ist doch auch schon längst tot und sah garantiert nicht so aus wie Sie – ähm *du*.«

»Ich bin Maredd von den Tuavinn«, erklärte der Fremde mit stolzer Stimme.

»Natürlich, Maredd, Frau Winters ominöser Verehrer, das ist ja völlig abgefahren.«

»Mein Erscheinen verwirrt dich, das war mir bewusst«, redete der vermeintliche Maredd auf sie ein, »aber ich musste den richtigen Zeitpunkt abwarten. Amelia und Ragnar beschworen mich schon seit langer Zeit, dich nach Elvancor zu holen. Doch erst als du mit dem Amulett in der Höhle …«

»Das Amulett!«, stieß Lena hervor und riss die Augen weit auf. Ihre Hand fuhr zu dem Schmuckstück. Woher konnte der Kerl davon wissen?

»Die Rodhakan hätten dich beinahe gefangen«, erklärte er weiter. »Sie spürten die Präsenz des magischen Knotens genau wie ich, nur waren sie näher bei dir. Ich eilte dir zu Hilfe, und das Licht, das sie vertrieb …«

»Das warst du?«, beendete Lena den Satz, woraufhin der Mann freundlich nickte.

Inzwischen stand er direkt neben ihr, und Lena bemerkte, dass sie ihm nicht einmal bis zur Schulter reichte.

»Aber Ragnar und Frau Winter, ich meine Amelia …«, stammelte sie und sah ihm völlig verwirrt in die dunkelgrauen Augen, in denen, so wie in Ragnars, kleine silberne Punkte tanzten.

»In deiner Welt sind sie gestorben, doch in Elvancor leben sie.«

»Elvancor – Sie wollen mir erzählen, Sie sind Maredd aus Elvancor!« Ein hysterisches Lachen entstieg Lenas Kehle.

Kurz stutzte er – vermutlich weil sie ihn erneut siezte, dann verneigte er sich. »Das bin ich in der Tat. Könnten wir das Gespräch möglicherweise im Inneren deiner Behausung fortführen – ich spüre, die Rodhakan könnten in der Nähe sein.«

»Oh, ja … also.« Lena war völlig durcheinander, und auch wenn das eine oder andere dafür sprach, dass das hier tatsächlich Maredd war, so wusste sie doch nicht, wie sie ihren Eltern diesen seltsam gekleideten, silberhaarigen Mann erklären sollte, der, wie sie nun bei näherem Hinsehen erkannte, sogar ein Schwert an seiner Seite trug. Dieses umklammerte er gerade und sah sich nervös um.

»Okay, von mir aus«, gab sie nach. »Kommen Sie … Ich meine, komm einfach zur Rückseite des Hauses, ich lasse dich durch das Fenster herein.«

»Ist das dieser Tage in diesem Land Tradition?« Fragend legte er den Kopf schief, und gegen ihren Willen musste Lena kichern.

»So in etwa.« Völlig aufgelöst ging sie ins Haus zurück. Was Maredd da erzählte, klang absurd – sie hatte ja sogar Ragnars Leiche gesehen. Wie konnte er da in einem anderen Land existieren? Trotzdem schlug ihr Herz schneller.

»Hast du den Müll nach Heiligenstadt gebracht?«, brummelte ihr Vater.

»Nein, ich … habe nur frische Luft geschnappt«, erklärte sie.

»Also, wir gehen jetzt ins Bett.« Mitleidig streichelte ihre Mutter ihr über die Haare. »Versuch, auch ein bisschen zu schlafen – trotz dieser furchtbaren Geschichte.«

»Ja, gute Nacht.«

Sofort hastete Lena in ihr Zimmer, öffnete das Fenster und die geschlossenen Fensterläden. Keinen Atemzug später sprang Maredd herein. Elegant und leise wie eine Raubkatze. Jetzt konnte Lena ihn genauer betrachten. Er hatte ein schmales, markantes Gesicht mit einer leicht gebogenen Nase, hohen Wangenknochen und diesen ungewöhnlichen Augen, die denen von Ragnar so verblüffend glichen.

»Was ist mit Ragnar? Wie kannst du sagen, er würde leben?«, fragte sie sofort.

Geschmeidig ließ sich Maredd auf Lenas Schreibtischstuhl nieder, drehte sich ein paarmal hin und her, wobei ein verwunderter Ausdruck auf sein Gesicht trat, dann legte er seinen Umhang ab und stellte das Schwert an die Wand. Er trug ein dunkelgrünes, bis zum Hals geschnürtes Hemd, eng anliegende, graue Hosen, die muskulöse Beine bedeckten, und hohe Stiefel aus abgewetztem Leder.

»Lena, mit wem sprichst du denn da?«, erklang die Stimme von ihrer Mutter vor der Tür.

Eilig legte Lena einen Finger an ihre Lippen. »Ich habe noch kurz mit Katrin telefoniert.«

»Gut, aber geh jetzt schlafen, Lena, das ist wichtig für dich.«

»Ja, Mama, gute Nacht.«

»Soll ich meine Stimme dämpfen?«, bot Maredd an. »Ich vermute, deine Mutter wäre über den nächtlichen Besuch eines Tuavinn-Kriegers in deinem Zimmer nicht sehr erfreut.«

»Nein, eher nicht.«

Also sprach Maredd ganz leise. »Wir Tuavinn sind ein Volk aus einem magischen Land. Amelia erzählte dir bereits einiges, auch wenn du ihr damals vermutlich keinen Glauben geschenkt hast.«

»Ich glaube im Moment auch nicht, hier mit dir zu sitzen«, grummelte sie.

Doch Maredd ließ sich nicht beirren. »Amelia ist meine Anam Cara, meiner Seele verbunden, und als sie ihren Körper verließ, spürte ich das durch die Schleier zwischen den Welten hindurch. Im Moment des Todes wird eine große Menge an Magie freigesetzt oder Energie, wie du es nennen würdest. Mir war es möglich, zu ihr zu reisen und sie nach Elvancor zu holen. Dort erfuhr Amelia auch, dass Ragnar von meinem Blute ist.«

»Moment, Moment«, unterbrach Lena und hob die Hand. »Woher wusstest du das, und wie kann Ragnar dein Enkel sein? Ich meine, gut, er hat deine Augen, aber Amelia hat mir erzählt, ihr Sohn Lucas wäre erst elf Monate nach eurem letzten Treffen auf die Welt gekommen.«

Ein Schmunzeln huschte über Maredds ernstes, würdevolles

Gesicht. Lena überlegte, wie alt er sein mochte – er musste uralt sein, sah jedoch nicht danach aus. Sofern man das Alter dieses Mannes überhaupt schätzen konnte, hätte sie ihn für Ende vierzig gehalten.

»Ein Kind elf Monate auszutragen, ist für eine Tuavinn-Frau keine lange Zeit. Zwölf bis dreizehn Monate, sofern man die Zeit berechnen möchte, so wie ihr, ist die Regel.«

»Wow!«, stieß Lena hervor. »Kein Mensch ist so lange schwanger!«

»Wir sind auch keine Menschen«, stellte Maredd klar, woraufhin Lena zurückzuckte. »Den Menschen äußerlich zwar ähnlich ist unser Volk doch mit Magie vertraut und benötigt eine längere Zeitspanne, um sich zu entwickeln.«

»Also willst du mir sagen, du hast Amelia Winter, die hier tot ist, mit in dein Land genommen, und da lebt sie, genau wie Ragnar?«

»Ja, das versuche ich, dir zu erklären, aber die Zeit drängt, denn die Rodhakan erstarken in meinem Land.« Sein Kopf drehte sich zum Fenster. »Durch das Amulett wird der Pfad nach Elvancor passierbar sein. Wenn du mich begleitest, wirst du es selbst sehen, und ich erspare mir weitere Worte.«

»Hm, ich weiß nicht recht.« Abgesehen davon, dass es ohnehin verrückt war, mit diesem seltsamen Mann hier in ihrem Zimmer zu sitzen, wusste Lena nicht, was sie denken sollte. Selbstverständlich reizte es sie, das magische Elvancor zu sehen, und sie sehnte sich so sehr nach Ragnar. Aber richtig glauben konnte sie all diese Geschichten um Elvancor nicht.

»Du zweifelst, das verwundert mich nicht.« Lena zuckte zurück, als Maredd zu ihr trat und ihr eine Hand auf die Brust legte. »Mein Amulett wird dir auch in deinem jetzigen Körper Zutritt gewähren, und wenn du hierher zurückkehrst, wird für die deinen nicht einmal ein Tag vergangen sein.«

»Wie nett, dass ich meinen Körper behalten darf«, entgegnete sie zynisch, dachte fieberhaft nach und kam einfach zu keinem Ergebnis. »Und was ist mit diesen Rodhakan?«

»Wenn ich bei dir bin, werden sie dir kein Leid zufügen«, versprach er. »Zudem handelt es sich um noch recht schwache Kreaturen, lediglich einer von ihnen kam in Gestalt eines der unsrigen in diese Welt und verfügt über eine gewisse Macht.«

»Meine Familie«, unruhig sah sie sich um, »sicher sind auch sie in Gefahr.«

»Nein«, Maredd schmunzelte, »diese Behausung ist geschützt, und auch weite Gebiete eurer Wälder. Zudem werden wir einige unserer Krieger herschicken, um die Rodhakan zu jagen, das verspreche ich dir. Nur müssen wir uns sputen, denn im Augenblick ist der Zeitpunkt günstig, nach Elvancor und zurück zu reisen. Die Linien der Macht sind stark.«

Für Lena war das alles unbegreiflich. »Aber wie sind die Rodhakan überhaupt hierhergekommen?«

»Es war Ragnars Schuld, auch wenn er damals nicht wusste, was er tat und es auch nicht beabsichtigt hatte. Er ist etwas ganz Besonderes«, fuhr sein Großvater fort. »Nur selten kommt es vor, dass Tuavinn Kinder bekommen, und noch seltener vereinigen sich Mensch und Tuavinn. Doch soweit uns bekannt ist, hat noch niemals ein Mischwesen aus Tuavinn und Mensch, so wie unser Sohn Lucas es war, einen Nachkommen zeugen oder zur Welt bringen können. Ragnar ist ein einzigartiges magisches Wesen. Seine seltsame Gabe ist vermutlich auch der Grund, dass er überall einen Pfad nach Elvancor schaffen kann, denn normalerweise ist es uns nur an bestimmten Kraftorten möglich, über die Schwelle zu treten.« Energisch fasste er sie an der Schulter. »Lena, er brennt darauf, dir alles zu erklären, doch wenn du noch lange zögerst, werden sich Amelia und Ragnar sorgen.«

»Amelia, Ragnar?« Verwirrt schüttelte Lena den Kopf.

»Sie unterliegen nicht mehr eurer Vorstellung von Zeit und werden warten.« Er sah sie von der Seite her an. »Ragnar hat sich zu Anfang viele Gedanken um dich gemacht, und obwohl ihn seine Ausbildung sehr vereinnahmt hat, spricht er häufig von dir.«

»Es sind doch nur ein paar Tage her, wie kann er denn …« Lena unterbrach sich selbst, denn sie erinnerte sich daran, dass Frau Winter damals erzählt hatte, sie wäre lange Zeit fort gewesen und hier sei lediglich ein Tag vergangen.

So als hätte Maredd ihre Gedanken gelesen, lächelte er. »Elvancor liegt jenseits eurer Zeitrechnung. Ragnar hat viel gelernt.«

»Gut, ich komme mit.« So unglaublich Maredds Erzählungen klangen, Lena musste wissen, ob sie der Wahrheit entsprachen, sonst würde die Ungewissheit sie ein Leben lang plagen. Und Ragnar – ein Kribbeln machte sich in ihr breit –, ihn noch einmal zu sehen, war jedes Risiko wert.

»Das erfreut mein Herz.« Schon war Maredd beim Fenster, sprang hinaus und hielt Lena seine Hand hin. »Wir müssen uns beeilen.«

An der Seite des hochgewachsenen Kriegers hastete Lena durch den Wald. Zu ihrer eigenen Überraschung fürchtete sie sich nicht einmal vor diesem Everon, denn Maredd strahlte eine große Ruhe und Überlegenheit aus. Hin und wieder ertappte sie sich bei dem Gedanken, sie könnte das alles nur träumen, aber Maredd war ebenso real wie das raschelnde Laub unter ihren Füßen.

»Amelia hat gesagt, nicht immer wäre der Weg nach Elvancor passierbar«, fiel Lena plötzlich ein.

Ganz kurz legte sich Maredds Hand auf das Amulett an ihrer Brust. »Das ist richtig, und auch ich musste mich in Geduld üben. Aber vor langer Zeit haben Menschen und Tuavinn ihre Kräfte vereint und diese Schmuckstücke erschaffen. An Orten wie der Esperhöhle entfalten sie ihre Magie, verbinden die Kraftlinien beider Reiche miteinander und machen den Übertritt möglich. Gleich wird sich der Pfad nach Elvancor öffnen.«

Sie konnte ihm kaum folgen, so schnell rannte er den Berg hinauf und auf die in tiefer Dunkelheit liegende Esperhöhle zu. Schon tauchte der hohe Felsen vor ihnen auf, doch vor dem Eingang hatten sich drei Gestalten aufgebaut.

Lena hielt den Atem an.

»Bleib dicht hinter mir.«

Etwas anderes hätte sie auch nicht im Sinn gehabt. Everon, in den langen Umhang gekleidet, der große Fuchs und ein Wesen, das wegen seiner Konturlosigkeit nur vage an einen Menschen erinnerte, stellten sich Maredd in den Weg.

Panische Angst schnürte Lena die Kehle zu, aber Maredd zog lediglich sein Schwert, stürzte vorwärts. Einer der Schatten schnellte herbei, dann der nächste. Mit ungeheuer raschen und geschmeidigen Schlägen hieb Maredd auf die Schattenwesen ein. Nur wenig Licht fiel durch die Bäume, und so konnte Lena kaum etwas erkennen, aber sie hörte verzweifelte Schreie, dann ein Jaulen und alsbald ergriff Maredd sie an der Hand. »Komm.«

Er zog sie mit in die Höhle, und da glaubte Lena auf dem Boden ganz feine, leuchtende Striche zu sehen. Außerdem wurde das Amulett um ihren Hals warm, und als sie es unter ihrem Pullover hervorholte, bemerkte sie staunend, dass ein sanftes Leuchten davon ausging. Zudem bewegten sich die einzelnen Silberstränge, so unmöglich das in Lenas Augen auch erschien.

»Was ist das?«, fragte sie atemlos.

»Die Kraftlinien, die euren Planeten und auch alle anderen überziehen«, erklärte Maredd rasch. »Auf ihnen ist es möglich, in andere Welten und auch nach Elvancor zu reisen. Das Amulett ebnet uns den Weg in mein Land.«

Maredd fasste Lenas Hand fester, führte sie ins Zentrum eines Kreises, der aus sich verdichtenden und ineinander verschlungenen Linien bestand wie die des Amuletts, und drückte sie an sich.

»Maredd«, rief Lena kläglich, denn sie spürte ein eigenartiges Kribbeln am ganzen Körper, außerdem schwebte ein Schatten von der Decke herab, der Everons Gestalt annahm.

»Sie können uns nichts mehr anhaben«, versicherte Maredd ihr. Ein weißes Licht umhüllte sie, Maredd lächelte beruhigend, dann wirbelte alles um sie herum. Die feinen silbernen Linien, die Höhle, Lena fühlte sich durch einen Tunnel gezogen – endlos wie es ihr schien –, dann sah sie ein warmes, gelbrotes Leuchten, bevor alles in ihrem Kopf zu explodieren schien.

Verdammt, ich glaube, jetzt bin ich tot.

Ein lautes Rauschen weckte Lena, und als sie die Augen öffnete, blendete sie gleißendes Tageslicht.

Sanft streichelte eine Hand über ihre Haare, und als sie noch einmal vorsichtig blinzelte, stand Maredd vor ihr. »Den meisten Menschen geht es wie dir, wenn sie das erste Mal nach Elvancor kommen«, sagte er tröstend und hielt ihr eine Hand hin.

Verwirrt rappelte sich Lena auf, dann sah sie sich um. Sie befanden sich in einem grünen Tal, von unfassbar hohen Bergen umgeben, deren Gipfel im Nebel verschwanden. Das Rauschen stammte von einem Wasserfall, der tatsächlich direkt aus den Wolken stürzte. Tosend bahnte er sich seinen Weg über rund geschliffene Steine, und das Licht, das zu ihrer Linken besonders hell durch den Nebel drang, brach sich in den unzähligen Wassertropfen.

»Ist das …«

»Elvancor«, ergänzte Maredd mit Stolz in der Stimme.

Die steilen Berge aus hellgrauem Gestein, in die sich teilweise Bäume, Büsche, Moos und Blumen krallten, boten einen atemberaubenden Anblick. Lena wurde schwindlig, als sie in die Höhe blickte.

Ganz unvermittelt löste sich aus den schimmernden Gischttropfen des Wasserfalls eine Gestalt.

»Maredd, ein Rodhakan!«, entfuhr es Lena, und sie brachte sich eilig hinter seinem Rücken in Sicherheit.

Doch der Krieger blieb gelassen und verbeugte sich vor der Nebelgestalt, die bei näherem Hinsehen die Form einer Frau annahm.

»Hell scheine das Licht der Ewigkeit, Maredd. Ich begrüße deine Rückkehr.« Sie kam – oder floss – näher heran. Ihr Gesicht wirkte zeitlos, ebenmäßig, von blassblauer Farbe, die Augen schimmerten wie bläuliche Wasserperlen, und ihre Mundwinkel hoben sich zu einem einnehmenden Lächeln. Trotzdem wusste Lena nicht, was sie von der Frau halten sollte, und bekam kein Wort heraus. »Dieses Menschenkind ist nur zu Gast in unserem Reich. Ich heiße sie willkommen.«

»Ihr Name ist Lena. Sag, Herrin des Wassers, droht uns Gefahr?«

Die Frau mit dem Haar, das einem schimmernden, silberblauen Fluss glich, schüttelte ihren Kopf. »Dein Volk konnte die meisten Rodhakan aus den Bergen vertreiben.«

Die angespannten Schultern des Kriegers lockerten sich. »Mein Herz ist erfüllt von großer Freude.« Sanft, aber bestimmt schob er Lena nach vorne. »Lena kam her, um Ragnar zu finden. Ist dir sein Aufenthaltsort bekannt?«

»Nein, doch ist es mir möglich, es herauszufinden.« Die Frauengestalt schwebte zum Wasserfall, verschmolz darin und kehrte zu Lenas grenzenlosem Erstaunen nur wenige Augenblick später zurück.

»Ragnar und einige deiner Brüder befinden sich am Fuße der Berge von Avarinn, am Rande der Ebenen in der Nähe des Himmelsflusses.«

»Das Glück ist uns hold.« Lächelnd wandte sich Maredd an Lena. »Wir werden ihn bald sehen.« Dann verneigte er sich erneut vor der Wasserfrau. »Sagt, Herrin, würdet Ihr uns die Ehre erweisen?«

»Die Wege des Wassers begrüßen Euch.«

»Komm, Lena, wir werden Ragnar in wenigen Augenblicken sehen.«

Verdutzt sah Lena den großen Krieger an. »Aber wir sind hier mitten in den Bergen. Ich denke, er wäre auf irgendeiner Ebene.«

»Die Herrin des Wassers gewährt uns die Ehre, durch die Himmelswasser zu reisen.«

»Sollen wir etwa da durchschwimmen?«, erkundigte sie sich entsetzt und deutete auf den Wasserfall. Wild sprudelnd bahnte sich der gewaltige Fluss seinen Weg durch die urtümliche Berglandschaft und war mit Sicherheit eiskalt.

»Schwimmen wäre nicht die richtige Bezeichnung«, meinte Maredd mit einem Schmunzeln, während die Herrin des Wassers ihre durchscheinende Hand nach Lena ausstreckte. Diese schien keine feste Form zu haben, so wie ihr gesamter Körper. Fließendes Wasser strömte unablässig durch sie hindurch und bildete trotz allem die Gestalt dieser alterslos schönen Frau.

»Vertrau mir, Lena, ich habe dich sicher hierhergebracht.«

»Okay«, antwortete sie zögernd, schritt an Maredds Seite auf die Herrin des Wassers zu und hielt die Luft an, als diese sie beide umarmte.

Urplötzlich wuchs sie zu einem gewaltigen Strudel an, Lena sah nur noch hellblaues Wasser um sich herumwirbeln. Vage bekam sie mit, wie sie regelrecht in den Wasserfall hineingesogen wurden. In unfassbarer Geschwindigkeit rasten sie in die Tiefe. Selbst ein Schrei blieb ihr im Halse stecken, sie glaubte, ertrinken zu müssen, und lediglich Maredds feste Umarmung bewahrte sie davor, völlig in Panik zu geraten. Wasserwirbel tanzten durch die tosenden Fluten, und Lena meinte, sogar Gesichter darin zu erkennen, aber dann war der Spuk jäh vorüber. Auch wenn sich noch immer alles um sie drehte, stand sie auf einmal auf festem Grund. Maredd hielt sie nach wie vor fest, ohne seinen eisernen Griff wäre sie vermutlich gestürzt. Die Wasserfrau verneigte sich vor ihnen und tauchte dann unvermittelt in einen breiten Fluss ein, der sich durch sanfte, grüne Hügel zog. Langsam drehte sich Lena im Kreis. Die Berge waren nun ein gutes Stück von ihnen entfernt, sie befanden sich in einem lieblichen Tal. Der reißende Wasserfall war verschwunden, und obwohl der Fluss noch eine beträchtliche Strömung aufwies, so konnte man ihn doch nicht mit dem tosenden Bergfluss vergleichen.

»Was war das?«, stammelte sie. »Wie sind wir hierhergekommen? Und wer zum Teufel war diese Wasserfrau?«

Maredd lächelte sie gutmütig an. »Du wirst dich bald an die Wunder von Elvancor gewöhnen. Wir sind durch die Güte der Herrin des Wassers durch ihr Element gereist. Manchmal gewähren uns die Herren der Elemente die Gunst, auf raschen Wegen an unser Ziel zu gelangen.«

»Die Herren der Elemente? Was soll das sein? Das ging so schnell. Und wir … wir sind nicht einmal nass!« Staunend fuhr sich Lena durch die Haare.

»Man könnte die Herrin des Wassers am ehesten als einen Naturgeist bezeichnen«, überlegte Maredd. »In alten Tagen waren sie den Tuavinn stets in Freundschaft verbunden, doch heute kann man nicht immer auf ihre Hilfe zählen.«

Das alles verwirrte Lena ungemein. »Sie sah so menschlich aus«, murmelte sie.

»Nur, weil du ein Mensch bist«, entgegnete er lächelnd. »Ein Pferd, Drache oder eine Bergkatze würde sie als eine der ihren wahrnehmen.«

»Ach wirklich?« Das alles war so unglaublich, und eigentlich konnte sie nach wie vor nicht fassen, tatsächlich hier zu sein. Heimlich kniff sie sich in den Arm, aber dieses weite, grüne Land blieb. Ein sanfter Wind ließ das kniehohe Gras wogen, hoch oben am Himmel zogen große Vögel ihre Kreise, und schillernde Insekten, Libellen nicht unähnlich, flirrten über einem smaragdfarbenen See.

Unvermittelt legte Maredd seine Hände an die Lippen, hob seinen Kopf und stieß einen lauten Ruf aus, der Lena an den eines Raubvogels erinnerte. Der Schrei wurde aus der Luft erwidert, und schon schoss ein anmutiger weißer Vogel, dessen dunklere Flügel einen interessanten Kontrast bildeten, in die Tiefe.

»Bald werden sie hier sein.«

»Wer?«

»Ragnar und Etron. Graha begibt sich auf die Suche nach ihnen.« Auf Lenas fragenden Blick hin erklärte er: »Etron ist ein Tuavinn, und Graha, sein Bussard, wird ihn finden.«

»Du kannst mit einem Bussard sprechen?«, stellte Lena kritisch fest.

»Selbstverständlich. Hier in Elvancor versteht jeder den anderen.« Er deutete auf seine Brust. »Im Herzen.«

Eigentlich hätte sie nichts mehr wundern dürfen, aber sie staunte dennoch und konnte kaum verarbeiten, was sie da hörte. Maredd legte ihr einen Arm um die Schultern und nickte ihr zu. »Öffne dein Herz, Lena, dann wirst du verstehen.«

Das wollte sie nur allzu gerne, doch irgendetwas in ihr weigerte sich, Maredd zu glauben. Aber dann wurde sie abgelenkt, denn sie spürte ein Beben. Kleine Vögel flatterten hinter dem nächsten Hügel auf, Maredd hob sein markantes Gesicht, und ein Lächeln spielte um seinen Mund.

Das donnernde Geräusch wurde lauter, drei Reiter näherten sich auf einem braunen und zwei grauen Pferden, deren lange Mähnen im Wind wehten. Ein großer Vogel kreiste über ihren Köpfen und stieß einen durchdringenden Schrei aus.

Maredds Hand drückte ihre Schulter, und bei allen Wundern, die Lena bisher gesehen hatte, erschien ihr dieses nun als das größte. Noch konnte sie die Reiter nicht genau erkennen, aber der Reitstil des Linken war ihr mehr als vertraut, und sie schlug eine Hand vor den Mund.

»Ragnar«, flüsterte sie ergriffen, spürte, wie ihre Wangen feucht wurden, während Maredd ihr sanft über die Haare strich.

»Heute beginnt das größte Abenteuer deines Lebens, Lena.«

Verzeichnis der wichtigsten Personen

Lena Langfeld	18-Jährige, die Sozialstunden im Altenheim ableistet
Gisela Langfeld	Lenas Großmutter
Manuela Langfeld	Lenas Mutter
Dieter Langfeld	Lenas Vater
Ramona Langfeld	Lenas ältere Schwester
Julia	Lenas Cousine
Frau Käppler	Leiterin des Altenheims
Schwester Gunda	Altenpflegerin
Schwester Margareta	Altenpflegerin
Maike	Altenpflegerin
Timo	Altenpfleger
Katrin Krause	Lenas Freundin
Amelia Winter	Alte Frau im Seniorenheim, die Lena Geschichten erzählt
Georg Winter	Amelias ältester Sohn
Irma Winter	Georgs Frau
Lucas Winter	Amelias jüngerer Sohn, Ragnars Vater
Ragnar Winter	Amelias Enkel
Dagur	Ragnars Stiefvater
Andri	Ragnars Stiefgroßvater
Sigrid	Ragnars Großmutter in Island

Herr Gruber	Reitstallbesitzer
Regine	Reitlehrerin
Everon	Schattengestalt
Luvett	Schattengestalt
Zarod	Schattengestalt
Maredd	Tuavinn-Krieger
Gavin	Tuavinn-Krieger

Aileen P. Roberts

Aileen P. Roberts ist das Pseudonym der Autorin Claudia Lössl. Ihre Begeisterung für das Schreiben entdeckte sie vor einigen Jahren durch ihren Mann. Als dieser mit der Arbeit an einem Buch begann, beschloss sie, sich ebenfalls als Schriftstellerin zu versuchen. Seither hat sie bereits mehrere Romane im Eigenverlag veröffentlicht, 2009 erschien mit »Thondras Kinder« ihr erstes großes Werk bei Goldmann, danach folgten »Weltennebel« und »Feenturm«. Claudia Lössl lebt mit ihrem Mann in Süddeutschland.
Mehr Informationen zur Autorin und ihren Büchern finden Sie unter www.aileen-p-roberts.de.

Mehr von Aileen P. Roberts:

Thondras Kinder

Die Zeit der Sieben. Roman (auch als E-Book erhältlich)
Am Ende der Zeit. Roman (auch als E-Book erhältlich)

Weltennebel

Das magische Portal. Roman (auch als E-Book erhältlich)
Das Reich der Dunkelelfen. Roman (auch als E-Book erhältlich)
Im Schatten der Dämonen. Roman (auch als E-Book erhältlich)

Außerdem lieferbar

Feenturm. Roman (auch als E-Book erhältlich)

GOLDMANN
Lesen erleben